KB210603

밤새들의 도시

CITY OF NIGHT BIRDS

밤새들의 도시

김주혜 장편소설

김보람 옮김

CITY OF NIGHT BIRDS

다산책방

독자 여러분에게

그리고 사랑하는 우리 할아버지를 추모하며

김수경(1925 – 1994)

차례

일러두기

- 각주는 옮긴이가 쓴 것이다.
- 책 제목은 겹낫표(『 』)를 쓰고, 잡지나 신문 이름은 겹화살괄호(《 》)로 표시했다.
- 발레 공연, 음악, 단편, 시, 영화, 연극, 드라마, 신문 기사 제목은 홑화살괄호(〈 〉)로 표시했고 발레 작품 속 등장인물의 이름은 (' ')로 표시했다.
- 인명, 지명, 발레용어는 대부분 국립국어원의 외래어표기법을 따랐으나 실제 발음에 가깝게 표기한 경우도 있다.

서막

나를 죄인이라고 부르고,
악랄하게 조롱하라.
나는 너의 불면증이었고,
너의 슬픔이었으니.

안나 아흐마토바, 〈작은 창문을 가리지 않았다〉

그리고 동이 틀 때까지
그 불이 나를 둘러싼 듯하였네.
그리고 나는, 그 눈동자의 색깔을
끝내 보지 못했다네.
모든 것이 떨며 노래하고 있었지.
그대는 내 친구였나, 적이었나?
그때는 겨울이었나, 여름이었나?

안나 아흐마토바, 〈파편〉

보드카를 따른다. 그 맛은 한밤중에 옛 도시로 날아갈 때 느끼는 묘한 간절함과 같다.

동그스름한 비행기 창문 너머의 구름 사이로, 상트페테르부르크의 불빛이 찬란히 어른거린다. 그렇지. 백야의 계절이다. 은색 상공에서 점점 낮아져 밤하늘보다 더 밤하늘 같은 육지로 향하다 어느 순간, 별밭으로 고꾸라지는 느낌이 든다. 눈을 감고 심호흡을 한 후, 천천히 다시 뜬다. 이 도시는 지극히 익숙하면서 동시에 낯선 곳이다. 한때 사랑했던 이의 얼굴처럼.

옛사랑과 우연히 마주쳤다고 치자. 공원에서, 아니면 공연장의 오케스트라석[1]과 파테르석[2] 사이 계단참에서. 인터미션이 끝나

1 1층 객석.

2 오케스트라석 뒤편이나 발코니 아래쪽 측면에 배치된 자리. 오케스트라석보다 높은 위치.

기 전에 서둘러 사 온 샴페인 한 잔을 손에 들고 위층으로 향하는데, 아래층으로 내려오는 옛 연인의 얼굴이 보인다. 그의 이목구비는 달라졌는데, 변치 않은 표정 때문에 그를 알아본다. 순간, 그 사람일 리 없다는 의구심이 손바닥에 가시처럼 박히지만, 그일 수밖에 없다는 사실을 이내 받아들인다. 그를 훑어보는 동시에 지금 그의 눈에 비치는 모습이 어떨지 곱씹는다. 화장은 잘되었는지, 머리는 잘 만져졌는지. 옷을 입고 나오기 직전에 생각나서 굵은 알반지와 귀걸이를 착용했는데, 참 다행이다. 눈을 맞출까, 차갑게 무시하고 지나갈까, 미소를 지을까, 인사라도 건네야 하나, 아무것도 결정하지 못한 사이 닳은 대리석 계단 위에서 서로를 스쳐 지나가고, 인터미션의 종료를 알리는 벨이 울린다. 샴페인의 김이 빠지는 데 걸리는 것보다도 짧은 시간에 다 끝나버렸다.

"안전띠를 착용해 주시기 바랍니다."

통로에 서 있는 승무원이 나를 노려본다. 내가 안전띠를 매고, 깨끗이 비운 미니 보드카병들을 모아서 그의 손에 들린 비닐봉지 안에 집어넣는 내내. 아까 다른 승무원이 사인해 달라고 했는데, 그 요청을 내가 거절해서 이러는 모양이다. "정말 나탈리아 레오노바 씨 아니세요?" 그때 그 승무원은 내게 재차 확인한 뒤에야 갤리 주변에 옹기종기 모여 있던 동료들 곁으로 돌아갔다. 그 이후로 기내의 모든 승무원이 나를 대놓고 무시했다. 마치 승무원 한 사람의 요구를 경시하는 건 크루 전체를 경시하는 의미라는 듯이. 그들의 따가운 시선을 피하고자 나는 두 눈을 지그시 감고, 내가 이 도시에 남기고 떠난 이들의 얼굴을 하나하나 떠올려 본다.

비행기의 착륙과 함께 내 공상도 끝난다. 나를 나쁜 인간이라고 생각하는 이가 나 말곤 아무도 없는 곳으로 어서 빨리 숨어 들어가고 싶은 생각뿐이다.

넵스키 거리에 있는 내 단골 호텔, 그랜드 코르사코프에 가서 체크인한 뒤, 방으로 올라간다. 발코니 너머로 피터[1] 최고의 전망이 펼쳐진 방이지만, 커튼을 닫고 백야를 지운다. 커피 테이블 위에 뵈브클리코 한 병, 크림색 장미 스물다섯 송이가 꽂힌 꽃병, 그리고 "다시 오신 것을 환영합니다. 마드무아젤 나탈리아"라고 적힌 카드 한 장이 놓여 있다. 누가 보낸 걸까, 잠시 고개를 갸웃한다. 카드에 호텔 로고가 박힌 걸 보니, 지배인인 이고르 페트렌코 씨가 예약자 명단에서 내 이름을 보고 반가운 마음에 특별히 준비해 줬나 보다. 내가 여기 온 걸 아는 사람은 없다. 나는 옷을 벗고, 샴페인을 따고, 알약을 챙겨 침대로 가져간다. 깨끗한 이불 속으로 다리를 쑥 밀어 넣을 때의 촉감은 언제 느껴도 참 좋다. 심지어 지금 같은 상황에서도 위로가 될 만큼. 그러나 이것 말곤 아무것도 없다는 생각이 들자, 위안이 혐오감으로 변한다. 현실을 잊기 위해 자낙스[2] 한 알을 혓바닥에 올리고 샴페인을 병째로 입술에 갖다 댄다. 입안 가득 탄산이 퍼지자, 신경이 둔해지면서 모든 게 아득히 흐려진다. 내 어리석음, 내 심장, 실낱 같은 힘줄이 붙잡고 있는 내 발목도.

밤새 하늘은 촛불처럼 빛난다. 커튼을 쳐놓아도 달뜬 보랏빛을 막지 못한다. 이리저리 뒤척이다가 눈을 떠보니, 방 안이 환하게 밝

1 상트페테르부르크를 줄여서 부르는 명칭.

2 알프라졸람 성분의 항불안제.

다. 오후 4시라니, 늦잠을 잔 것이다. 다리를 천천히 돌려 침대 밖으로 꺼내자 저절로 입에서 신음이 나온다. 발레를 그만둔 지 2년이 다 되어가는데도 매일 아침 바닥을 디딜 때마다 노인이 된 것처럼 발이 아프다. 느릿느릿 다리를 절며 욕실로 들어가, 불을 켜지 않은 채 가만히 서서 온몸으로 뜨거운 물을 맞는다. 그것만으로도 힘이 나서 바깥에 나가야겠다는 마음이 생긴다. 그러나 엄마를 만나러 갈 용기는 아직 없다.

지배인을 마주치지 않은 채 대리석 바닥이 깔린 호텔 로비를 빠져나온다. 피터의 여름 공기는 겨울 공기보다 훨씬 더 농후하고 달콤하다. 아이스크림이 아이스커피보다 더 진한 것처럼. 꽃향기, 운하에서 증발하는 물 입자들, 그리고 네바강과 하늘 사이에 떠도는 진주알 같은 햇빛이 대기를 가득 채우고 있다. 삼삼오오 걸어가며 사진을 찍고 까르르 웃는 사람들의 모든 움직임이 슬로모션 비디오처럼 느리게 펼쳐진다. 추운 나라에서 햇볕이 명암을 드리우는 날에 볼 수 있는 광경이다.

카페에 들러 카푸치노 한 잔을 사 들고 나온다. 넵스키 거리를 따라 서쪽으로 걷다 보면, 성모마리아의 옷자락을 닮은 진파란색 네바강을 만나게 된다. 그리고 강의 오른편에는 라일락이 만개한 마르스 광장이 나온다. 내 인생에서 손꼽히게 아름다웠던 어느 하루를 보낸 곳이다. 굳이 눈을 감지 않아도 잔디밭에 드리운 우리의 그림자가 보이는 것 같다.

우리가 드러누워 놀던 자리와 그리 멀지 않은 데서 사중주단이 비발디의 〈스타바트 마테르〉를 연주한다. 다들 비슷비슷한 흰 셔츠에 까만 바지를 입은 걸로 보아 음악원에 다니는 학생들 같다. 카운터테너가 노래를 시작한다. *"십자가 곁에서 비통의 눈물을 흘리는 어머니……"* 노랫말을 듣고 있으니, 주사염과 노동으로 붉었던 엄마의 둥근 얼굴과 손등이 떠오른다. 윤기 없는 에스프레소색 머리카락이 나이가 들수록 겨울 잔디처럼 처지고 푸석하게 마르던 것도. 마음이 평온해질까 싶어서 엄마의 모습을 눈앞에 붙든다. 그러다 엄마의 목소리가 기억나지 않는다는 사실을 깨달은 순간, 입안에 재 맛이 감돈다. 엄마를 만나기 위해 모든 걸 견뎌내고 이곳에 돌아왔는데 여전히 엄마를 마주할 준비가 안 됐다.

테너의 노랫소리가 내 발걸음을 멈춰 세운다. 나는 그 노래가, 그리고 내가 모르는 다음 곡이 끝날 때까지 그 자리에 가만히 서 있는다. 얼마 안 되는 관중의 진심 어린 박수가 허공에 꽃망울처럼 터져 나온다. 환호를 받으며 자리에서 일어난 음악가들이 활의 털을 느슨하게 푼 다음, 악기를 가방에 넣고 잠근다. 음대생들은 묵직한 악기 가방과 보면대를 들고 구부정한 자세로 느릿느릿 퇴장한다. 이제 저들은 저녁을 먹으러 가겠지. 그러고 보니 내가 종일 굶었다는 게 생각난다. 배는 고프지 않으나 음악과 행복한 사람들 주변에서 물든 희망감 때문에 나는 휴대폰을 꺼내어 니나에게 보낼 문자메시지를 입력한다. 물리적으로 가까운 거리에 있으니 수년간의 침묵을 깨고 인사를 해도 될 것 같다.

어젯밤 비행기로 왔어. 시간 괜찮으면 같이 저녁 먹을래?

휴대폰 메시지창에 점 세 개가 나타난 순간 눈이 번쩍 뜨이고 가슴이 두근거린다. 니나가 내 메시지를 확인하고 답장을 쓰는 중이다.

나타샤! 진작 연락하지 그랬어! 근데 오늘 저녁은 안 되겠는데. 〈백조의 호수〉 공연이라.

응. *괜찮아.* 실망과 안도를 동시에 느끼며 답장을 입력한다. 마린스키 발레단의 공연 스케줄을 확인하지 않은 터였다. 어떤 경우에도 그곳에 돌아가기 싫은 것은 물론이고, 공연 일정을 찾아볼 마음조차 전혀 없었으니까.

끝날 때까지 기다릴래? 11시면 될 거야. 지금은 어디에 있어?

나는 잠시 망설인다. 우리가 어릴 때 공연이 끝나면, 반쯤 지워진 화장과 청춘으로 얼룩진 얼굴을 하고서 바레니키[1]와 보드카로 식사를 하던 게 생각나서다.

마르스 광장 근처.

그럼 거기 조금만 더 있다가 나 공연 끝날 시간쯤 극장으로 와. 그때 만나자. 응?

일찍 자야 할 것 같아. 어제 도착해서 많이 피곤해. 키패드를 꾹꾹 누른 다음, 전송 버튼을 누른다. 니나에게 답장이 오지 않는다. 그제야 그에게 '토이, 토이, 토이'[2]를 빌어주지 않았다는 게 생각나 후회가 밀려든다.

발이 몹시 아프긴 하지만, 벌써 호텔로 돌아가고 싶지는 않다. 여름정원[3]으로 걸어가 꽃이 만개한 보리수나무 아래를 걷는다. 꽃

1 밀가루로 만든 피 안에 갖가지 소를 채워, 만두처럼 빚은 뒤 삶아 먹는 우크라이나 음식.
2 toi toi toi, 공연을 앞둔 이에게 행운을 빌 때 주로 쓰는 인사말로, 본래 독일 전통이다.
3 Summer Garden, 상트페테르부르크에 있는 공원.

꿀이 얼마나 진한지 이를 한 입 쭉 빨아들인 벌들이 취해서 땅바닥으로 툭툭 떨어진다.

그리스 조각상들이 양쪽으로 전시된 갤러리에서 걸음을 멈춘다. 조각상 사이에 놓인 초록 벤치에 앉아서 하늘을 바라본다. 코발트빛 하늘이 점점 보랏빛과 장밋빛으로 물들어 간다. 황혼은 일출까지 지속될 것이다. 이렇게 시간이 느려지는 것을 느낀 곳은 여름의 상트페테르부르크밖에 없다. 과거, 현재, 미래가 객차처럼 순서대로 흐르지 않고 서로서로 반투명하게 겹쳐져 있다. 몇 년 전의 일은 어제처럼 생생하고 가깝게 느껴지고, 내일은 몇 년 뒤처럼 아득히 멀게 느껴진다.

마치 이런 생각이 문을 열어주기라도 한 것처럼, 하얀 조각상들 사이로 그가 나타난다. 유령이 아니라면, 내 환상의 한 조각이 한밤중 빛에 홀린 나방처럼 머릿속을 빠져나간 것이리라. 녹색 벤치의 팔걸이를 꽉 그러쥔다. 그러나 그가 내 쪽으로 걸어오기 시작한다. 그의 움직임, 그 특유의 태를 보니 진짜가 아니라고 더는 의심할 수 없다. 아니, 이렇게 생생히 살아 숨 쉬는 사람은 세상에 몇 되지 않는다. 각각의 조각상이 드리운 그늘을 지날 때마다 그의 형체가 어두워지고 밝아지고, 또 어두워지고 밝아진다. 다시 한번 어두워지고 밝아지자 그의 아치형 눈썹과 검은 머리카락이 드러난다. 말 한마디 없이 분노할 수도 웃을 수도 있는, 빛나는 초록 눈동자. 팬들에게는 위대한 드미트리 오스트롭스키, 친구들에게는 디마, 발레단 무용수들에게는 드미트리 아나톨리예비치로 불리는 남자. 그러나 나에게 그는 야누스다. 두 얼굴을 하고서 나를 나락으로 끌어내린 사람, 내가 한 치의 망설임 없이 적이라고 부를 수 있는 유일한 인간. 우리는 서로에게 한시도 시선을 떼지 않는다. 내가 앉아 있는 벤치 바로 앞에서 그가 걸음을 멈출 때까지.

"나타샤." 우리가 여기서 마주친 게 아주 자연스러운 일이라는 양 그가 고갯짓과 함께 내게 인사를 건넨다.

"드미트리." 내 불안한 속마음을 비춰서 그에게 만족감을 줄까 봐 목소리를 낮게 깔고 대꾸한다. "여기는 웬일이야?"

"아니, 무슨 인사가, 우리가 얼마 만에 만난—" 드미트리가 웃는다. "뭐, 친구든 뭐든 마음대로 부르시고. 좀 앉아도 돼?" 그가 내 옆을 가리키며 묻고는 대답을 기다리지도 않고 자리에 앉는다.

"피터로 돌아온 걸 환영해." 그가 두 다리를 쭉 뻗고서 발목을 꼰다.

"그런 치렛말은 생략하지." 내 대답에 드미트리가 빙긋 웃는다.

"네가 날 왜 그렇게 미워하는지 아무리 생각해도 모르겠어." 드미트리는 멀찍이 조각상을 응시한 채 고개를 저으며 과장된 표정으로 서운함을 티 낸다. 그러나 그도 잠시, 찡그림은 순식간에 사라지고 그의 주름 없이 매끈한 얼굴이 되돌아온다. 그를 마지막으로 봤을 때와 조금도 달라지지 않았다. 보주 광장 옆 바에서, 그의 손에 들린 샴페인 잔을 통과하던 빛을 여전히 기억한다. 네 개의 분수대에서 흐르는 달빛이 은수저처럼 물그릇에 떨어지는 소리를 듣는다. 친구들이 여기저기서 프랑스어와 러시아어로 건배를 외친다. *상테! 부뎀!*

그러고 얼마 지나지 않아 나는 사고를 당했다. 드미트리는 예나 지금이나 똑같을지 몰라도 나는 그 이후로 모든 걸 잃었다는 사실이 뇌리를 스친다.

"난 할 얘기 없어. 우리가 절대 만나지 말았어야 할 사이였다는 것 말고는." 애써 차분한 목소리로 또박또박 말한다. 우리 둘 사이의 훈훈한 밤공기가 보랏빛으로 달아오른다. 그가 한 손으로 턱을 괴고 나를 바라본다.

"나타샤, 나는 언제나 진실했어. 내 신념과 말과 행동이 완벽하게 일치한다는 뜻이야. 사람들 대부분은 이런 나를 이상하다고 생각하지. 보통 인간은 남들은 물론이고 자기 자신까지도 속이면서 살아가니까." 드미트리가 능글맞게 웃는다. "과연, 너는 정직하게 살아왔을까?"

"여긴 왜 찾아왔어? 내가 여기 있다는 건 대체 어떻게 안 거야?" 나는 차갑게 내뱉고 반쯤 자리에서 일어난다. 그러기 전에 그가 손을 뻗어 내 팔꿈치를 잡는다. 예상외로 부드러운 그의 손길을 내 몸은 바로 기억해 낸다. 〈백조의 호수〉. 땀과 송진, 축축한 나무 바닥의 냄새.

"그래. 너한테 할 말 있어서 찾아왔어." 그가 손가락을 떼자, 그 자리에 기억이 멍처럼 푸르스름하게 남는다. "사실은, 일을 하나 제안하려고. 마린스키 가을 시즌에 '지젤' 역을 맡아달라는 제안이야."

내가 믿기지 않는다는 표정으로 노려보자, 그가 차분히 내 시선을 받는다. 나는 참지 못하고 묻는다. "왜 나야?" 그의 얼굴에 미소가 물처럼 번진다. 진지함은 그새 사라지고 빈정거림만 남은 채.

"나는 감독이고, 관객이 원하는 걸 무대에 올리는 게 감독의 일이니까. 뭐, 너만큼 객석을 채우는 무용수도 없지. 나탈리아 니콜라예브나."

"내가 2년 동안 무대에 오르지 않았다는 걸 알면 아무도 표를 안 살 거야." 나는 대답을 하는 동시에 발끝으로 동그라미를 그려 발목에 통증이 있는지 확인한다. 역시 느껴진다. 눈이 아리고 입안의 혓바닥이 뜨거워지며 묵직해진다. 사고 이후로 무대에 오르기는커녕 스튜디오에 간 적조차 없다는 걸 드미트리는 물론 모른다.

"무너지지 말고 침착해, 나타샤. 지금 시즌의 첫 〈지젤〉 공연 무대에 서달라고 제안하는 거니까. '알브레히트' 역에는 우리 발레단에서 가장 최근 승급한 프리미에 당쇠르.[1] 두 번 얘기 안 해." 그는 자리에서 일어나 양쪽 허벅지를 손으로 가볍게 털며 말려 올라간 바지 옆단을 단정히 당겨 내린다. 그의 뒷모습이 조각상 사이로 사라지려는 찰나, 그가 고개를 돌려 마지막 말을 던진다. "클래스는 여전히 오전 11시 시작이야. 내일 봐."

아침 10시, 식당으로 내려간다. 초록빛 색유리창으로 아침 햇살이 스며들고, 흰 조끼 차림의 젊은 웨이터들이 그랑 알레그로[2]로 테이블 사이사이를 누빈다. 나는 자리를 잡고 앉아 카푸치노와 크루아상을 주문한다. 파리에 살면서 생긴 습관이다. 진한 버터 향을 맡으니 마치 숄을 두른 것처럼 마음이 포근해진다. 마레 지구의 단골 카

1 남성 수석 무용수.
2 발레에서 크게 점프하거나 빠르게 이동하는 스텝.

페에 편안히 앉아서 보내는 어느 토요일 아침인 듯, 내가 페테르부르크에 와 있다는 사실을 한순간 잊는다. 그러나 평온함도 잠시, 살짝 손을 갖다 댔을 뿐인데 크루아상이 몸부림치듯 깨끗한 식탁보에 황금빛 부스러기 수백 개를 떨어낸다. 떨어진 잔조각을 손날로 쓸어 모으고 있는데, 내 이름을 부르는 이고르 페트렌코 씨의 중후한 저음이 들려온다.

"나탈리아 니콜라예브나, 다시 뵙게 되어 무척 반갑습니다."

이내 호텔 지배인의 모습이 시야에 들어온다. 그의 감색 핀스트라이프 정장 소매 밑으로는 시그닛 커프링크[3]가 살짝 보이고, 두툼한 넥타이는 작은 다이아몬드 핀에 저항하는 중이다. 큼직한 금장 시계 바로 아래, 그의 손목에 쇼핑백 하나가 대롱대롱 매달려 있다. 그동안 나는 호화로이 치장한 남자를 볼 때마다 내심 거부감을 느꼈다. 그러나 페트렌코 씨는 언제나 완벽하게 정중했고, 차츰 나는 그가 단지 구식 신사라는 결론을 내리게 되었다.

"이고르 블라디미로비치, 반가워요. 꽃하고 샴페인 잘 받았어요. 고맙습니다."

"오, 고맙단 인사를 받을 사람은 제가 아닌걸요!" 지배인은 금방이라도 숨이 넘어갈 듯 다급히 말한다. "어느 신사분이 보내주신 겁니다." 내가 "누구요?"라고 물을 겨를도 없이 이고르 페트렌코가 들고 있던 쇼핑백을 내게 건넨다.

"오늘 아침 일찍 택배로 이것을 나탈리아 니콜라예브나께 보내

3 프랑스식 셔츠의 소맷단을 고정하는 액세서리.

신 바로 그분, 드미트리 아나톨리예비치 오스트롭스키입니다."

입안에 든 카푸치노의 맛이 마치 석유처럼 검게 변한다. 어두워지는 내 표정을 눈치챈 지배인이 센스 있게 쇼핑백을 직접 건네지 않고 테이블 위에 올려놓는다. "좋은 하루 보내시길 바랍니다. 필요한 게 있으시면 언제든 편하게 말씀해 주세요." 그는 미소를 지으며 인사하고 자리를 뜬다.

이고르 페트렌코 씨가 시야에서 사라지고 난 뒤에 쇼핑백에 든 내용물을 꺼내본다. 발레 슬리퍼 한 켤레. 마린스키에서 마지막에 신었던 것과 같은 브랜드, 같은 사이즈의 포인트 슈즈. 공단 리본과 스트레치 끈. 작은 반짇고리. 분홍색 하나, 검은색 둘, 총 세 켤레의 발레 타이츠. 진녹색, 흰색, 담자색 레오타드 세 벌. 니트 재질의 검은색 전신 워머 한 벌.

휴대폰 화면을 힐긋 보니 오전 10시 40분이다. 얼굴로 흘러내리는 머리카락을 손가락으로 쓸어 넘기며 포인트 슈즈를 쳐다본다. 내가 이 호텔에 묵고 있다는 사실을 어떻게 알았지? 대체 나를 왜 가만 놔두지 않는 걸까? 숨이 가빠진다. 내가 세상에서 가장 이해하지 못하고 끔찍이 여기는 것은 붙잡는 인간이다. 일평생 나는 떠나는 사람으로 살아왔으니까.

신발과 옷가지를 다시 넣으려는데, 쇼핑백 밑바닥에 깔린 종이 한 장을 발견한다. 가을 시즌 캐스팅 리스트가 인쇄되어 있다. 나와 같은 세대 무용수들의 이름도 있고, 내가 모르는 후배들도 많다. 〈지젤〉이라는 타이틀 아래에 "김태형: 알브레히트", 그리고 그 옆에 (손 글씨로) "나탈리아 레오노바: 지젤"이라고 쓰여 있다. 그가 던진 미끼에 웃음이 터져 나온다. 나의 경쟁심, 무대, 그리고 뛰어난 파트너. 날 자극하는 게 무엇인지 드미트리는 언제나 정확히 꿰뚫고 있다. 태형을 처음 본 건 몇 년 전, 도쿄의 갈라 콘서트에서였다. 당시 스물넷이었던 태형은 갓 승급한 마린스키의 신임 수석이었는데, 볼쇼이 극장에 맞먹는 큰 무대를 그의 기막힌 쿠페제테[1]로 삼켜버린 것이다. 그가 트리플 투르, 두블르 투르로 베리에이션[2]을 마치는 순간, 곁무대에서 보고 있던 라 스칼라, 라 콜론, 아메리칸 발레시어터, 로열발레단, 슈투트가르트발레단의 수석 무용수들의 입이 일제히 벌어졌다. 그런 모험적 투르[3]를 무대 위에서 시도하고 성공하는 걸 목격하기는 나도 그날이 처음이자 마지막이었다. 그때 누군가가 "와, 씨발!"이라고 소리쳤다. 조금 이상한 방식이긴 했지만, 그의 무대를 지켜본 사람이라면 누구라도 이해할 법한 반응이었다. 태형이 곁무대로 돌아오자 다른 무용수들이 그의 옆으로 몰려들었다. 다들 이미 세계적인 스타의 반열에 오른 주역 무용수들이었지만, 우르르 몰려가는 모습이 흥분한 코르 드 발레[4] 단원들 같았다. 태형은 그들과 인내심 있게 차례대로 사진을 찍고 대화를 나누었다. 물론, 젊은 남자 무용수들에게 있어서 겸손함과 천부적 재능은 으레 상반된 관계다. 그의 겸손함은 춤에서도 여실히 드러

1 무릎을 구부려 한쪽 발끝을 반대쪽 다리의 복숭아뼈에 갖다 대는 쿠페와 한 발을 던지듯 뻗으며 다른 발로 착지하는 제테의 연속 동작으로, 주로 큰 원을 그리며 무대를 완주하는 데 쓰인다.

2 주인공 또는 주요 등장인물이 등장하여 자신의 기술을 뽐내고 감정을 표현하는 솔로 춤.

3 회전을 의미하는 발레용어.

4 발레단에서 배경 역할 및 군무를 담당하는 무용수.

났다. 진정한 예술가가 무대에 올랐을 때 사람들의 마음을 빼앗는 것은 그의 춤이 아니라 그의 영혼이다.

10시 45분. 신발이 가득 담긴 가방을 챙겨 들고 마린스키로 가는 택시를 잡는다. 차에 탈 때 시선이 간 하늘은 우윳빛 구름을 짙게 드리워, 마치 도시 전체가 하나의 거대한 진주알 안에 있는 듯하다. 광장을 가로질러 걷고 있을 때 이제 막 구름을 뚫은 한줄기 햇살이 피스타치오색의 웅장한 극장을 환하게 비춘다. 그 모습에 속이 울렁거리고 숨이 가빠져서 하마터면 걸음을 멈출 뻔했다. 근육에 각인된 기억이다.

그러나 한편으로는 정말 알고 싶다. 과연 내 기억은 어디까지가 진실일까?

제1막

넵스키 거리보다 더 좋은 곳은 없다.
적어도 페테르부르크에서는 그렇다.
거기엔 모든 것이 있기 때문이다. (……)

오, 이곳 넵스키 거리를 믿지 마세요! (……)
모든 게 속임수요, 모든 게 꿈입니다.
보이는 그대로인 것은 아무것도 없습니다!

니콜라이 고골, 〈넵스키 거리〉

1장

나는 무용수가 될 운명이 아니었다. 그건 순전히 우리 아파트의 북향 창문이 안뜰 건너 우크라이나인 부부의 아파트 창문과 맞보고 있어서였다. 몸이 빼빼 마르고 조용한 말투의 우체부 아저씨 세르게이 코스튜크와 검은 머리에 성격이 쾌활한 아주머니가 사는 곳이었다. 한창 호기심 많고 심심하던 그 시절 내게 이들 부부의 아파트는 디오라마 같은 존재였다. 집들이 다닥다닥 붙은 가난한 동네에 사는 아이들에게는 흔한 일이었다. 물론 그때는 우리 집이 가난한 줄 몰랐지만.

코스튜크 부부 사이에는 세료자라는 나와 동갑인 아들이 하나 있었다. 어린 시절을 회상할 때 가장 먼저 떠오르는 장면은 흰색 민소매에 팬티 차림으로 이 방 저 방을 돌아다니던 그 애의 모습이다. 세료자의 팔은 손목부터 어깨까지 일자로 가늘게 뻗었고, 삐쩍 마른 데다 뽀얀 살이 몰랑몰랑해 보이기까지 해서 전체적으로 꼭 면봉 같았다. 학교에서 다른 남자애들을 대할 때와 마찬가지로 세료자를 보고 있으면 짜증이 났다. 남자애들이 자기들끼리만 알아들을 수 있는 스타카토로 동시에 고함쳐 대는 것도, 여자애들의 말총머리를 잡아당기는 짓거리도, 손톱 밑에 낀 시커먼 때도, 지렁이처럼 축축한 냄새도 싫었다. 학교 밖에서까지 매일 마주치는 세료자는 그중 최악이었다. 아파트 계단을 오르내리다가 그 애와 마주칠 때면, 내게 잘해주는 세료자에게 나도 상냥하게 대하라는 엄마의 경고를 무시한 채 차갑게 눈을 돌렸다. 세료자가 내게 잘해주는 이유도 걔네 엄마가 시켰기 때문일 거라고 나는 확신했다. 이웃집 친구와 사이좋게 지내라는 두 어머니의 가정교육은 그렇게 끊임없이 반복되었다.

싸늘하고 축축한 어느 일요일 아침이었다. 안뜰에 널린 고엽과 떨어진 사과 열매 사이로 체념의 기운이 흘렀다. 전깃줄에 앉은 까마귀들이 까악까악 울어대자, 세료자가 창가를 향해 고개를 돌렸다. 그러다 내가 쳐다보고 있다는 걸 알아챈 그는 얼굴을 붉히며 사라져 버렸다. 이내 그의 창문에 달린 노란 커튼이 다급하게 방 안을 가렸다. 점점 목청을 높이던 까마귀들은 스베타 이모가 안뜰에 들어선 순간 휙 날아갔다. 어떤 부류의 여자는 위에서 내려다봐도 아름답다는 걸 처음 깨닫게 해준 사람이 바로 스베타 이모였다. 이모를 보자마자 나는 엄마에게 외쳤다. "스베타 이모가 왔어요!"

엄마가 집 안을 정리할 새도 없이 스베타 이모가 현관문을 열었다. 우리 집에 언제부터 이모가 오기 시작했는지 기억도 안 날 만큼 이모와 우리는 오랫동안 알고 지낸 사이였다. 처음엔 스베틀라나 아주머니라고 불렀는데, 그런 내게 이모는 자기를 스베타 이모라고 부르라고 했다. 내가 크면서 엄마도 극장으로 출근하는 날이 많아졌지만, 스베타 이모는 여전히 우리 집에 와서 엄마와 차를 마시고 수다를 떨며 맞춤 수선을 받았다. 그날도 이모는 꽉 끼는 가죽 장갑에서 손가락을 하나씩 빼면서 엄마의 양 볼에, 그리고 내 정수리에 입을 맞추었다. 일요일 아침 10시인데도 엄마의 재봉대 앞에 선 이모에게서는 화려한 매력이 은은한 빛처럼 뿜어져 나오는 듯했다. 발레에서는 아주 사소한 디테일이 치명적인 문제를 만든다고 이모는 말했다. 들어보니, 이모의 '라일락 요정' 의상 보디스[1]가 너무 꽉 조였고, 점프를 할 때 어깨끈 때문에 팔을 자유롭게 움직일 수 없었으며, 결국 발롱[2]이 전혀 안 됐다는 이야기였다. 이모가 발레단 의상실에 찾아가 어깨끈이 살짝 내려오도록 느슨하게 수선해 달라며 수석 재봉사에게 요청했지만, 단호하게 거절당했다고 했다. 그 의상은 1890년 〈잠자는 숲속의 미녀〉 초연 당시의 디자인인데 고작 제2솔리스트 한 명 때문에 의상을 수정한다는 건, 두 세기에 걸쳐 발에서 발로 전해 내려온, 마치 영롱히 수놓은 태피스트리와도 같은 발레의 전통에 어긋난다는 이유였다. 스베타 이모에게 이 이야기를 듣고 있는 동안 내 머릿속에는 마린스키 극장의 금색 술이 달린 하늘색 벨벳 커튼을 마구 짓밟는 포인트 슈즈가 그려졌다.

엄마는 걱정하지 말라며 스베타 이모를 달래고, 내게는 거실로

1 가슴과 허리 둘레가 꼭 맞게 되어 있는 여성 상의 또는 드레스의 몸통 부분.
2 몸을 유연하고 부드럽게 들어 올려 마치 부력이 있는 듯 보이게 만드는 가볍고 우아한 동작.

가서 놀라고 일렀다. 나는 텔레비전을 켜고 거실 바닥에 앉았다. 옆에는 엄마가 수선을 마치고 다림질하려 모아둔 의상이 쌓여 있었다. 뉴스 프로그램이 끝나자, 텔레비전 화면에 어느 발레리나의 모습이 흑백으로 나타났다. 가늘고 기다란 다리 끝에 뾰족한 포인트 슈즈를 신은, 꼭 스베타 이모처럼 생긴 발레리나가 그 날카로운 발로 뛰어오르면서 한쪽 다리를 뒤로 쭉 뻗었다. 높이 올라간 다리는 활처럼 뒤로 휘어진 등에 스칠 것처럼 보였다. 굳이 땅을 디딜 필요조차 없다는 듯 발레리나의 모든 동작은 마치 참새처럼 가뿐하고 민첩했다. 그러나 나를 정말로 사로잡은 건 음악이었다. 나는 곧장 방으로 달려가 엄마가 자투리 망사천으로 만들어준 튀튀를 갖고 나왔다. 그걸 골반에 걸치고는 "엄마, 이모, 날 좀 보세요!"라고 외치면서 화면 속 발레리나를 흉내 내기 시작했다. 두 사람의 신경을 건드릴 걸 알면서도 텔레비전의 볼륨을 높였다. 그러다 내 운을 어디까지 시험해도 될지 잘못 계산하는 실수를 저질렀다. 등을 뒤로 젖히며 높이 뛰어오른 나는 엄마가 쌓아놓은 의상 더미 위에 착지하고 말았다.

발이 미끄러지면서 바닥에 엉덩방아를 찧기도 전에 엄마가 꽥 비명을 지르며 달려왔다. "일부러 그런 건 아닌데." 나는 바닥에 웅크린 채 웅얼거리기 시작했다. 엉덩이에 큼지막한 멍이 퍼지는 게 느껴졌지만, 엄마 앞에서 눈물을 터뜨릴 순 없었다. 엄마는 내게 입 다물라고 말하고서 의상을 하나하나 살폈다. 그중 하얀 망사천으로 짠 튀튀 하나가 손가락 길이만큼 찢어져 있었다. 엄마는 욕을 삼키며 방 안의 옷장으로 달려갔다. 이런 말썽을 피우는 날이면 엄마는 허리띠로 나를 때렸다. 이번에도 그렇게 맞을 걸 생각하니 갑자기 춤을 추고 싶지도, 튀튀를 입고 싶지도, 무엇 하나 하고 싶지도, 살고 싶지도 않았다. 내가 팔을 뻗어 스베타 이모의 손을 잡자, 이모가 나를 자기 배 앞으로 끌어당겨 안아주었다.

"이모." 내가 눈을 감고 작게 속삭였다. "나 데리고 가면 안 돼요?"

스베타 이모는 내 머리칼을 쓰다듬고 등을 다독여 주었다. 내가 엄마에게 늘 바라던, 그런 손길이었다. 그러던 이모가 쪼그려 앉아 내 양 볼에 입을 맞추었다. "나타슈카, 그건 안 돼."

실망한 내가 이모 품에서 한 걸음 물러서자, 이모가 내 어깨를 양손으로 잡고는 방긋 미소 지었다. "너 춤추는 거 봤어. 그게 어떤 작품인지 아니?"

나는 고개를 저었다.

"〈돈키호테〉라는 발레 작품에 나오는 솔로야. 네가 했던 건 키트리 점프라고 부르는 동작이란다. 지금 몇 살이지, 나타슈카?"

"일곱 살이요." 나는 천장으로 눈을 치뜨고 내 짧은 인생에 몇 안 되는 중요한 날짜들을 곱씹으며 대답했다. 1992년이었고, 사실 내 나이는 일곱 살 3개월이었다. 빨간색과 노란색이었던 국기가 죄다 흰색, 파란색, 빨간색으로 바뀐 지 채 1년도 되지 않은 때였다.

"그렇구나. 하루라도 빨리 발레 수업을 듣게 해주라고 엄마한테 말씀드려야겠다. 여자 무용수 중에 가장 희귀한 재주를 네가 갖췄어. 무슨 말이냐면, 네가 점프 능력을 타고난 점퍼라는 뜻이야. 나탈리아 레오노바."

그러고서 이모는 조만간 다시 와서 수다도 떨고 의상도 입어보겠다고 말한 뒤 서둘러 집을 나섰다. 이모가 나가자마자 엄마가 나를 부르더니 따귀를 때렸다. 딱 한 대. 내 버릇을 고쳐주기 위한 체벌이라는 걸 알게 하려는, 제멋대로 굴면 안 된다는 걸 가르치려는 한 대였다. 얼마 뒤, 엄마는 나를 꼭 안아주며 내가 미워서가 아니라 오히려 날 사랑해서 때린 것이라고 말했다. 엄마의 말을, 삐걱거리는 침대의 따뜻함을, 피곤함을 이기고 호수 물에 담기는 노처럼 쉼 없이 내 머리를 쓰다듬는 엄마의 부드러운 손길을 믿었다. 눈 뜬 채 잠드는 날도 있을 만큼 바쁘고 피로한 일상에 절어 있으면서도 엄마는 몇 시간이고 내 머리칼을 만져주었고, 그러면 나는 엄마가 그 손으로 나를 때렸다는 사실을 잊었다. 용서. 그것이 내가 아는 사랑이었다. 그러나 그게 행복은 아니었다.

엄마가 행복을 가르쳐줄 수 없다는 걸 나는 알고 있었다. 엄마도 행복이 무엇인지 모르는 사람이었기 때문이다. (내 이름에도 들어 있지만, 여전히 낯선 이름인) 니콜라이라는 남자 이후로 엄마는 아무런 즐거움 없이, 단지 의무적으로 살아왔던 것이다. 그 사람 이야기를 엄마에게 직접 들은 적은 없었다. 내가 자는 줄 알고 스베타 이모에게 속삭이던 엄마의 말소리를 엿들어서 아는 게 전부였다. 엄마는 백화점에서 수선 담당 재봉사로 일할 때 그를 만났다. 어느 날 허름한 옷차림을 한 남자 둘이 들어와서 겨울 정장과 코트를 한 벌씩 샀고, 그 자리에서 수선을 맡겼다. 두 사람은 극동 사할린에서 벌목공으로 같이 일하던 친구 사이였고, 18개월 만에 한 달짜리 휴가를 나온 참이라고 했다. 키가 작고, 왜소하고, 공손하며, 면도를 깔끔하게 한 쪽은 파벨이었고, 큰 키에 금발, 덥수룩한 수염, 어딘가 거친 눈빛에 말수가 적은 쪽이 니콜라이였다. 1년 반 동안 월급을 받으면서도 달리 쓸 곳이 없었던 터라 두 사람의 주머니는 두둑했다. 그런 데다 사할린섬 전체에서 여자의 흔적이라도 본 횟수를 다 합해도 한 손에 꼽을 만큼밖에 되지 않았다. 두 사람은 벌어놓은 돈으로 무어라도 하고 싶었지만, 제일 먼저 여자를 만나고 싶었다. 그러던 차에 니콜라이가 먼저 엄마에게 말을 건 것이다. 만약 파벨이 먼저 엄마에게 다가갔더라면, 니콜라이는 우정을 생각해 한발 물러났을 터였고 엄마는 마찬가지로 운명을 따라갔을 것이며, 그들의 인생은 완전히 달라졌을 테다.

어쨌든 엄마는 두 사람의 코트를 수선해 주었고, 둘은 엄마에게 일이 끝나면 같이 저녁 식사를 하자고 제안했다. 그렇게 며칠을 만난 이후로 자연스럽게 파벨이 빠졌고, 니콜라이와 엄마는 둘만의 시간을 보내기 시작했다. 엄마가 남자의 구애를 받은 건 그때가 처음이었다. 그 전까지는 누구도 엄마에게 초콜릿을 선물한 적이 없었고, 지하철을 타는 대신 운하를 따라 운치 있는 길을 나란히 걸어준 적도 없었다. 니콜라이는 엄마에게 시구를 읊어주었고, 엄마의 어린 시절이 어땠는지 물었다. 엄마가 외롭기만 했던 지난날을 얘기했을 때 니콜라이는 엄마를 꼭 껴안아 엄마의 몸에 담긴 숨과 슬픔을 모두 짜냈다. 니콜라이는 아버지가 보드카를 하루에 한 병씩 비웠고, 자신은 열네 살일 때 집을 나왔으며, 그 이후로 혼자 힘으로 살아왔다고 했다. 이 세상에 친구, 가족이라고는 책과 나무밖에 없었고, 매일 아침 잠에서 깰 때 그와 눈을 맞추는 건 외로움뿐이었다. 그러나 이제 더는 그렇지 않다고, 니콜라이는 엄마의 손에 깍지를 끼며 말했다. 그의 말 한마디, 눈빛, 입맞춤이 엄마를 숯처럼 뜨겁게 달궜다. 간단히 말해서 엄마는 니콜라이와 사랑에 빠졌던 것이다.

그달 말, 니콜라이는 엄마에게 가능한 한 자주 전화하고 편지를 쓰겠노라고 약속하고서 사할린으로 돌아갔다. 실제로 몇 달간은 매주 엄마에게 전화를 걸었다. 임신 사실을 전해 듣고 난 뒤로도 마찬가지였다. 얼마 뒤 출산한 엄마는 일을 그만둬야 했고, 그때부터 니콜라이는 엄마에게 돈을 보내주기 시작했다. 니콜라이가 휴가를 받아 방문했을 때 나는 이미 9개월 아기였다. 그는 나와 함께 놀아주고, 내게 푸시킨의 책을 읽어주었으며, 내가 잠들 때까지 안고 둥개둥개 흔들어주었다. 갑자기 사라졌다가 다음 날 아침에야 돌아와서는 벌목꾼 친구들과 놀다 보니 시간 가는 줄 몰랐다고 할 때도 있었지만, 아주 가끔이었다. 엄마는 그가 돌아온 것만으로도 무척 안심했고, 그렇지 않아도 함께할 수 있는 시간이 짧았기 때문에 금세 그를 용서했다.

니콜라이가 벌목장으로 돌아가고 몇 달 지나고부터 그에게 연락이 닿지 않았다. 그가 전화를 받지 않자 엄마는 메시지를 남겼다. 자신과 나타샤가 보고 싶지 않냐고, 자신을 아직 사랑하느냐고 물었다. 얼마 뒤 니콜라이는 엄마에게 전화를 걸었고, 엄마의 걱정을 듣다가 다시 일터로 돌아갔다. 이후로도 이런 일이 여러 차례 반복되었다. 네댓 번이었는지 여남은 번이었는지, 엄마는 정확히 기억하지 못했다. 그러나 마지막이 된 통화에서 니콜라이가 들려주었다던 단테의 인용구만큼은 평생 잊지 않았다. "용기를 가지시오. 신이 결정하였다면 / 우리의 갈 길은 누구도 빼앗지 못하니."

한 달간의 휴가가 돌아올 무렵, 엄마는 곧 니콜라이가 초콜릿 한 상자와 내게 줄 장난감을 들고 나타날 거라고 믿었다. 놀랍게도 휴가 마지막 날이 되도록 엄마는 그 믿음의 끈을 놓지 않았다. 그날이 저물고 다음 날 해가 뜰 때까지도 니콜라이는 끝내 나타나지 않았다. 먹여 살려야 할 아이가 없었더라면 엄마는 미쳐버리고 말았을 것이다. 송금이 끊긴 지도 이미 수개월이었다. 엄마는 어디서 어떻게 일자리를 구해야 할지 막막했다. 그러던 어느 겨울날, 겨우 기운을 차린 엄마가 나를 유아차에 태워 산책하러 나갔을 때 낯익은 코트를 걸친 신사가 엄마를 불러 세웠다. 파벨이었다. 그가 입은 진녹색 양모 개버딘 코트를 보니, 그것을 팔고 수선했던 일이 아득히 멀게 느껴졌다. 니콜라이에게도 똑같은 옷이 있었기에 엄마는 그를 떠올리지 않을 수 없었다. 그 코트를 입고 있는 남자가 니콜라이였더라면 얼마나 좋았을까 생각하던 엄마는 파벨이 장갑 낀 두 손을 뻗어 엄마의 손을 감싸는 순간, 그런 상상을 한 자신이 부끄러웠다. 파벨은 1년 전쯤 벌목을 그만두었고, 그동안 번 돈으로 아내와 함께 살 아파트를 마련했다고 했다. 그의 근황을 한참 듣던 엄마의 심장은 조바심으로 쿵쾅거리기 시작했다. 마침내 니콜라이의 소식을 아는 게 있느냐고, 혹시 일하다가 사고라도 당해 죽은 건 아닐까 걱정된다고, 떨리는 목소리로 엄마는 말했다. 파벨은 말문이 막힌 듯한 표정으로 유아차 속 아이의 얼굴을 살폈다. 그러고는 마침내 아주 슬픈 목소리로 대답했다. "안나 이바노브나, 저는 부인을 무척 존중합니다. 제가 진실을 말한들 거짓을 말한들 위로가 안 될 테니 가슴이 아픕니다. 그렇더라면 진실을 듣는 편이 낫겠지요. 니콜라이, 그 친구는 잘 지내고 있습니다. 블라디보스토크에서 더 나은 일자리를 찾았다고 하더군요. 사할린보다 한결 나은 환경이죠. 그 친구가 부인에게 연락을 끊은 줄은 미처 몰랐습니다."

다행히 엄마는 광장에서 눈물을 터뜨리지 않았다. 정직하고 자비롭게 대답해 줘 고맙다고 파벨에게 꼿꼿이 인사했다. 파벨도 뜻밖의 선심을 베풀었고, 수년 전 처음 만나 겨우 며칠 본 게 전부인 엄마를 돕기 위해 최선을 다했다. 그의 아내는 마린스키 극장에서 분장사로 일하는 지인을 알고 있었고, 그 연줄로 엄마에게 집에서도 할 수 있는 재봉사 일자리를 얻어주었다.

그렇게 나는 이 세상에 불확실성만큼 고통스러운 게 없다는 사실을 일찌감치 알게 되었다. 누가 믿을 만한 사람인지, 누가 곁에 남을 사람인지 알 수 없다. 홀로 남겨지지 않는 유일한 방법은 내가 먼저 떠나는 것이다.

밤이 되어 침대에 누울 때면 나는 다른 여자애들처럼 새하얀 웨딩드레스를 입고 결혼하는 상상 대신 어디론가 떠나는 상상을 했다. 그러나 내가 꾸었던 꿈은 니콜라이처럼 흔적 없이 사라지는 게 아니라, 남겨진 사람들이 신문과 사진에서만 내 얼굴을 볼 수 있을 만큼 유명한 사람이 되는 것이었다.

공연자 출입구에는 처음 보는 경비원이 라디오에서 흘러나오는 푸치니의 음악을 듣고 있다. 내가 안으로 들어가자, 그가 홍얼거림을 멈추고는 꼬고 있던 다리를 풀면서 벌떡 일어난다. 너무 세게 일어난 나머지 그가 앉아 있던 회전의자가 뒤로 미끄러져 벽에 부딪힌다.

"나타샤—나탈리아 니콜라예브나." 그가 더듬거리며 말한다. "정말, 다시 만나 뵙게 되어 영광입니다."

이런 환영을 받는 게 민망하게도 누군지 전혀 기억나지 않는다. "그냥, 편하게 나타샤라고 불러주세요. 클래스 하러 왔어요."

"네, 그럼요." 경비원이 긴장한 듯 웃으며 한 손으로 듬성듬성한 머리카락을 쓸어 넘기고, 다른 한 손으로는 내부로 이어지는 복도를 가리킨다. 내가 돌아서려는 순간, 그가 내 팔꿈치를 잡는다.

"나타샤." 그가 내 손을 그러쥔다. 나는 놀란 티를 내지 않으려고 내 모든 에너지를 동원한다.

"마린스키에 다시 오신 것을 환영합니다." 그는 격식을 갖추어 음송한다. 내가 미소 지으며 고맙다고 대답하자 그제야 충격과 환희가 교차하는 표정을 지으며 내 손을 놓아준다.

텅 빈 탈의실은 노란색 벽시계의 초침 소리가 들릴 만큼 조용하다. 11시 3분. 발레단 클래스는 이미 시작되었다. 새로 받은 레오타드와 타이츠로 옷을 갈아입는다. 거울을 보지도 않고 머리카락을 모아 둥글게 올려 묶는다. 발레 슬리퍼를 신자 발에 생생함과 기민함이 돌아오며 바닥과 연결되고, 무릎뼈가 들리며, 골반이 열린다. 어깻죽지가 편편히 펴지고 당겨져 내려가며 목은 길고 곧게 선다. 엄청난 안도감이 온몸을 타고 흐른다. 촛불이 어느 바람 한 줄기에 확 커졌다 다시 초점을 맞추는 것처럼 나도 순간 나란 존재를 다시 알아본다.

탈의실 안으로 흘러 들어오는 음악 소리를 따라 복도로 나간다. 스튜디오 문이 열려 있다. 안에서 무용수들이 플리에[1]를 하고 있다. 나는 조용히 들어가 발레 바의 빈자리를 찾는다. 순간 모든 시선이 내게 쏠린다. 누구는 고개를 돌려, 또 누구는 움직이지 않고 거울을 통해 나를 쳐다본다. 하나같이 무표정이다. 날 봐서 반가운지 언짢은지 알 길이 없다. 오로지 니나가 나에게 짧지만 환한 미소를 보낸다. 내 눈은 습관적으로 세료자를 찾으며 스튜디오를 훑지만, 그는 없다. 그 빈자리가 손톱 밑에 박힌 가시처럼 날카롭게 가슴을 찌른다. 무용수 중에 꼿꼿하게 나를 쳐다보지 않는 사람도 하나 있다. 바로 카티야 레즈니코바. 진정한 프리마 발레리나답게 카티야는 마흔한 살의 나이에도 여전히 눈부시게 아름답고 위풍당당하다. 이 모든 일이 일어나는 동안에도 여전히 플리에가 진행 중이다. 마침내 워밍업이 끝나자, 드미트리가 한 손을 허리춤에 얹고 맨 앞으로 나간다. "올가을 시즌, 초대 무용수 나타샤가 태형과 함께 〈지젤〉 무대에 오릅니다. 돌아온 나타샤를 따뜻하게 맞이해 주세요."

니나가 주도하다시피 한 박수가 군데군데서 나온다. 나는 발레 바의 빈 공간을 찾아가 혼자 플리에를 몇 번 해본 다음, 다른 무용수들과 함께 바트망 탕뒤[2]로 넘어간다. 굳이 의식하지 않아도 발가락은 하프 현을 뜯듯이 섬세하게 움직인다. 몸에 밴 이 단순한 동작이 자의식으로 나의 내부를 채운다. 그리고 놀랍게도, 사고 이후 처

1 한쪽 또는 양쪽 무릎을 구부리는 동작.

2 무릎을 굽히지 않은 상태로 한쪽 다리를 쭉 뻗는 동작.

음으로 희망을 느낀다. 그러나 잠시 후, 프라페[3]에서, 다시 통증이 발에서 발목을 타고 종아리까지 이어진다. 짤막한 센터 콤비네이션을 하는 중에도 발목과 아치가 무너지는 바람에 싱글 피루엣[4]조차도 절름거린다. 드미트리가 푸에테[5]로 마무리되는 코다[6]를 지시하자, 한때 내 전매특허였던 동작을 전혀 할 수 없다는 사실을 모두에게 드러내느니 차라리 스튜디오를 빠져나가기로 한다.

탈의실로 들어가 벤치에 웅크려 앉는다. 무릎 위에 팔꿈치를 얹고 두 손으로 머리 양옆을 감싸 받친다. 희미하게 들리던 피아노 소리가 완전히 멈춘 뒤에야 나는 물건을 챙겨 길을 나선다.

문밖에 드미트리가 십 대 소년처럼 벽에 기대고 서서 날 기다리고 있다.

"사무실로 가서 이야기 좀 하자." 평소의 비아냥도, 그 어떤 감정도 실리지 않은 건조한 목소리다.

"굳이 그럴 필요 없어." 내 대답은 의도한 것보다 훨씬 더 차갑게 들린다. "드미트리, 지난 일은 지난 일이고, 어쨌든 날 믿어준 건 정말 고마워. 솔직히 나도 욕심났지. 근데 아까 봤겠지만, 못 하겠어." 혹시 이 말을 하다가 눈물이 나올까 잠시 걱정했지만, 다행히 눈가는 메마른 그대로다. 이제 이 문제에 쏟을 감정이 조금도 남지 않았다.

3 한쪽 다리를 고정한 채 다른 다리로 무언가를 치듯이 앞, 옆, 뒤로 뻗는 동작.

4 한쪽 다리로 중심을 잡고 서서 팽이처럼 회전하는 동작.

5 한쪽 다리를 고정하고 다른 다리로 채찍질하듯 공중을 찍으며 연속으로 빠르게 회전하는 동작.

6 발레의 마지막을 장식하는 화려하고 역동적인 피날레.

"그래, 굳이 올라갈 필요 없지. 그냥 여기서 얘기하자." 드미트리가 빈 스튜디오 안으로 들어가면서 내게 따라오라고 손짓한다. 그의 클래스를 하러 온 것이니 여기서 그냥 나가버리는 건 예의가 아니다. 드미트리가 거울 앞에 놓인 의자에 앉고, 나는 그의 옆자리에 앉는다. 흘러내린 머리카락을 쓸어 넘기고 한숨을 한 번 내쉬고서 드미트리는 내가 전혀 예상하지 못한 말을 꺼낸다.

"부상은 좀 어때?" 드미트리를 알고 지낸 지 수년이 흘렀어도 그는 여전히 수수께끼 같다. 나에게뿐만 아니라 세상 사람 대부분에게 그렇다. 그래서인지 (다른 사람에게서 나왔더라면 분명 연민이라고 생각했을) 그의 부드러움에 내 눈가가 촉촉해진다. 예기치 못한 따뜻함이 마음의 경계를 허물면서, 내 입에서 말이 쏟아져 나온다.

"아치. 아킬레스건. 종아리도. 그런데 제일 심한 건 발하고 발목이야."

"어느 쪽? 양쪽 다?"

"양쪽 다."

한동안 우리는 말이 없다. 옆 스튜디오에서 반주자가 〈라 바야데르〉 3막 파드되[1]를 연주하고 있다. 맑은 밤 달빛처럼 교교한 음악 소리가 들린다. 달빛, 분수, 풍경 같은 소리를 내며 부딪는 술잔, 내가 고통으로 구석에 숨어 있는 동안 퍼져오는 내 친구들과 드미트리의 웃음. 그 기억이 되살아나면서 발에 부기와 욱신거리는 통증이 다시금 인다. 새삼 분노도.

1 두 명이 함께하는 춤.

"내가 이렇게 된 게 다 누구 때문인데."

드미트리가 내 눈을 똑바로 쳐다본다. "나타샤, 네가 날 안 좋아한다는 사실은 나도 아는데, 그래도 말은 바로 해야지. 내가 그런 건 아니잖아."

"너만 아니었으면……" 나는 쉽게 말을 잇지 못한다. "사고 날 일도 없었으니까."

내가 연민이라고 해석했던 모든 흔적이 그의 얼굴에서 사라진다. "나타샤, 난 거기 있지도 않았는데 무슨. 아니, 나는……" 드미트리가 눈썹을 치켜올리며 어이없다는 듯 실소를 터뜨린다.

"내가 알던 너는 자기 인생에 책임지는 사람이었는데. 적어도 그런 점은 높이 샀어."

한동안 침묵이 이어진다. 옆 스튜디오에 있는 두 사람은 대화 중인 것 같다. 아마 어려운 리프트와 포지션 전환을 어떻게 연습해야 할지 의견을 나누고 있을 것이다. 잠시 후, 갑작스럽게 피아노 반주가 다시 시작된다.

"이렇게 하자." 드미트리가 말을 잇는다. "곧바로 발레단 클래스에 합류하는 건 무리였어. 개인 레슨을 붙여줄 테니까 천천히 다시 연습하는 거야. 물리치료도 받을 수 있게 해놓을게. 넌 할 수 있어."

"불가능한 일이야." 내가 힘없이 대꾸한다. 드미트리가 다시 짜증을 낸다.

"나타샤, 클래스 중에 내가 계속 보고 있었어. 내가 어떻게 생각하는지 솔직히 말해?" 그는 풀빛 눈동자를 내게 고정하고, 나는 어깨를 으쓱인다.

"네 부상 말이야." 그가 관자놀이께를 톡톡 두드리며 말한다. "내가 보기엔 거의, 아니면 전부, 네 머릿속에 있다고."

밖으로 나가면서 〈라 바야데르〉 리허설 중인 옆 스튜디오를 지나가는데, 그 안에서 파트너와 연습하고 있는 니나가 보인다. 그는 규정을 어기고 춤을 멈추더니 피아노의 잔음이 채 사라지기도 전에 내게 다가와 나를 꽉 안아준다.

"나 30분 있으면 쉬는 시간이야. 우리 차 마시러 가자." 가까이 다가선 니나의 얼굴에서 이마의 주름, 볼의 홍조까지 뚜렷이 보인다. 그의 목과 쇄골, 무릎을 덮은 피부에는 예전에 없던 느슨함이 드러난다. 물론 무대 위에 서 있을 땐 보이지 않을 터이고, 무대 밖에서는 의외로 매력적이다. 빳빳하게 다림질한 와이셔츠를 곧장 입었을 때보다 몇 시간 지나 살짝 구김이 갔을 때가 한결 우아해 보이는 것처럼. 눈에 띄는 새로운 특징 또 하나는 오 대 오 가르마를 탄 칠흑 같은 머리칼 사이로 가닥가닥 지나가는 별똥별이다. 니나는 노화를 장신구처럼 보이게 만든다. 나는 유명 배우를 만난 것처럼 그의 눈부신 외모에 완전히 사로잡힌다. 내 친구 니나의 대부분이 내 기억 속에만 살아 있어 그렇다.

"미안해, 니나." 안타까운 목소리로 대답한다. "할 얘기가 참 많은데, 지금 너무 피곤하네. 이유는 말 안 해도 알지? 아까 너도 봤으니. 내일 다시 올게."

"정말 다시 올 거지?" 니나가 못 믿겠다는 듯 묻자 나는 고개를 끄덕인다. 그제야 안심한 듯 그의 표정이 부드러워진다. 니나가 아는 나타샤는 하겠다고 말했으면 어떻게든 해내는 사람이니까. 그런 나타샤가 이제 없다는 걸 니나는 아직 모른다. 지금 목이 마르고 발에 염증이 인 상태로 서 있는 내 머릿속에는 침대 옆에 놓아둔 자낙스 생각뿐이다. 약통 속에서 흰 벌처럼 잘가닥거리는 알약이 곧 있으면 나를 바닥부터 벽, 천장까지 푹신한 베개로 뒤덮인 방으로 데려다줄 것이다. 그 순간의 느낌이 너무나 기다려진 나머지 눈가에 눈물이 맺힌다. 이런 내 모습이 클래스를 망친 실망감 때문이라고 오해한 니나가 내 팔을 토닥이며 달래준다.

"차츰 나아질 거야. 내일 봐, 나타샤."

니나를 만나기 전까지 내겐 진정한 친구가 없었다. 학교에 다닐 때도 나는 늘 혼자였다. 친구를 사귀기 싫어했던 것이 아니라, 내가 어딘가 다르다는 걸 다른 여자애들이 본능적으로 감지한 탓이었다. 그 아이들은 새끼 양 같았다. 나긋나긋하고 예쁘고 명랑했고, 사소한 것에도 쉽게 만족했으며, 무리를 지으며 즐거워했다. 그러나 내게는 이런 사랑스러운 자질이 없었다. 나는 예쁘지도, 부유하지도, 쾌활하지도 않았고, 그렇다고 눈에 띄게 똑똑하지도 않았다. 어릴 때도 나는 진지하고 우울했다. 타고난 강박을 쏟아부을 대상을 아직 찾지 못해 늘 초조해하다가 제풀에 지쳐버리기 일쑤였다. 나중에는 그 덕을 보긴 했지만, 초등학생 땐 그런 성격이 친구를 만드는 데 아무런 도움이 되지 않았고, 난 점심을 혼자 먹지 않으려 부단히 애를 써야만 했다. 나는 조명을 조절하듯 내 눈의 조도를 낮추었고, 아이들이 농담을 하면 그냥 웃었다. 때로는 잔불처럼, 때로는 마그마처럼 내 안에서 타오르는 무언가를 그렇게 꽉꽉 숨기고 지냈다. 이 미지의 것이, 남들이 이해하지 못하는 나의 비밀 능력이라고 나는 믿었다. 엄마에게 들켰다가는 혼날 일이 하나 더 느는 셈이니 나는 집에서도 내 능력을 숨겼다. 아무도 없이 혼자 있을 때만 다른 사람인 척 연기할 필요가 없었고, 그제야 머리부터 발끝까지 타오르는 불이 꺼진 것 같았다.

어느 날, 학교를 마친 뒤 혼자 눈 쌓인 거리를 걸어 집으로 가고 있었다. 나는 하루 중에 그 시간을 가장 좋아했는데, 그건 세상을 마음껏 감상할 수 있어서였다. 눈앞에 펼쳐진 장면이라고는 헐벗은 고목, 벽돌 건물, 굴뚝에서 피어올라 홍조 띤 하늘로 퍼지는 흰 연기가 전부였지만. 여름엔 매연이 코를 찔러서 최대한 빠르게 집까지 달려가야 했는데, 찬 공기가 온 세상을 깨끗하게 덮어주는 겨울이 되면 순수한 눈 냄새를 들이마실 수 있었다. 바람이 불고 저녁이 싸늘히 내려앉자, 까마귀들이 전깃줄이며 건물 옥상에서, 또 눈에 보이지도 않게 허공에 숨어서 까악까악 울어대기 시작했다. 그때 새들의 불협화음 위로 바삐 걷는 누군가의 발소리가 겹치더니 이내 내 발소리까지 덮었다. 순간, 온몸의 피가 얼어붙는 것 같았다. 당황할 겨를도 없이 그가 나를 따라잡았다.

"나타샤." 양 볼이 새빨개진 세료자였다. 그 무렵 우리는 모래 위의 새끼 거북이 두 마리처럼 서로 앞서거니 뒤서거니 하며 서로의 키를 추월하고 있었다. 어느 해에 세료자의 키가 나보다 더 크면, 이듬해에는 틀림없이 내 키가 조금 더 컸다. 그리고 그해는 세료자가 나를 앞질렀다. 마지막으로 가까이에서 봤던 때보다 더 컸는지 세료자는 이제 꼭 업라이트 피아노만큼 자라 있었다. 고개를 몇 센티미터쯤 들어 올려야 그와 마주 볼 수 있었다. 뛰어온 바람에 쓸려 올라간 금발 머리를 한 세료자가 가쁜 숨을 몰아쉬며 뜬금없이 내게 파티에 같이 가겠느냐고 물었다. 세료자 아버지의 상사의 상사, 우체국장 정도가 아니라 통신부의 고위 인사라는 레즈니코프 씨네 집에서 신년 파티가 열린다고 했다. 지위의 격차가 분명한 레즈니코프 부부와 코스튜크 부부가 교류하게 된 건 예전에 레즈니코프의 딸이 세료자와 같은 발레학교에 다닌 인연 때문이었다. 세료자가 세 살부터 발레 수업을 받고 있었다는 사실을 알 리 없었던 내가 그를 빤히 쳐다보자, 그의 뺨이 사탕무 즙이 묻은 것처럼 빨개졌다. 나는 그때까지 파티에 초대된 적이 한 번도 없었다. 내가 가겠다고 대답하자, 세료자의 푸른 홍채 속에 별 모양이 선명하게 보일 만큼 눈이 초롱초롱해졌다. 그 모습을 보니 왠지 눈송이가 반짝 떠올랐다.

몹시 추웠던 파티 날 밤에 코스튜크 가족과 나는 지하철을 타고 레즈니코프 부부의 집으로 향했다. 역에서 내리고서도 폰탄카 강둑까지 가려면 여러 블록을 걸어야 했다. 세료자의 어머니가 틈틈이 고개를 돌려서 우리를 확인하며 괜찮냐고 물었다. 세료자와 나는 어깨를 으쓱이며 그렇다고 했지만, 사실 부츠 속에 겹쳐 신고 온 두툼한 타이츠 두 켤레가 이미 다 젖어버린 게 느껴졌다. 얼마 뒤 세료자의 아버지가 어느 화려한 건물 앞에 멈춰 서더니 우리에게 서둘러 오라는 손짓을 보냈다. 입구 양쪽에는 두 개의 가스 제등이 걸려 있었고, 그 속에는 진짜 불꽃이 훨훨 춤추고 있었다. 달빛 아래 운하는 새하얗게 반짝였으며, 다만 군데군데 발자국 모양으로 단단한 얼음이 검게 드러났다.

우리가 도착하자 우아한 아주머니가 문을 열어주었다. 우리 엄마나 세료자의 어머니보다 더 나이가 많아 보였고, 더 아름다웠다. 적갈색 머리카락을 목덜미에 둥글게 말아 묶고 있었는데 젊은 여자들에게 더 매력적인 이 헤어스타일이 아주머니에게는 완벽하게 어울렸다. 아주머니가 세르게이 아저씨의 양 볼에 입을 맞추어 인사한 다음, 아저씨의 아내와 아들을 맞아주었다. 마침내 세르게이 아저씨가 나를 가리키며 어색하게 소개했다. "그리고 이쪽은 나타샤라고, 세료자의 친구입니다." 나에게 딱히 눈길도 주지 않던 아주머니는 세료자를 보자 화사하게 반겼다. 둘은 이미 아는 사이였으며, 게다가 아주머니는 세료자를 높이 평가하는 눈치였다. 그 순간, 코스튜크 가족이 파티에 초대받은 이유는 세르게이 아저씨 때문이 아니라 세료자 때문이라는 사실을 나는 깨달았다.

"바가노바 오디션 준비는 열심히 하고 있니? 두블르 투르 연습은 잘되어 가고?" 아주머니는 유화가 줄지어 걸린 복도로 우리를 안내하며 세료자에게 물었다.

"점점 나아지고 있어요. 물어봐 주셔서 고맙습니다." 넓은 응접실로 들어가면서 세료자가 대답했다. 실내에 넘실거리는 부드러운 황금빛은 눈앞에 보이는 모든 것의 테두리를 흐릿하게 만들었다. 손님들은 약속이라도 한 듯이 꼭 두세 명씩 모여 있었다. 혼자 있는 이도, 넷 이상 모여 있는 이들도 없었다. 다들 광고에 나오는 배우들처럼 근사한 옷차림과 단정한 머리를 하고는 적당히 유머러스한

말들을 나누고 있었다. 세료자의 어머니가 위축되지 않을까 걱정이 될 만큼 여자들은 하나같이 마르고 세련되고 아름다웠다. 레즈니코바 부인이 자신과 똑같은 붉은 머리의 아리따운 소녀를 가리키며 "카티야가 저기 있구나. 세료자, 가서 카티야에게 인사하고 오려무나"라고 말하고는 자연스럽게 손님들 틈으로 사라졌다.

카티야에게 걸어가 인사를 건네는 세료자를 보고 나는 깜짝 놀랐다. 열예닐곱쯤 되어 보이는 카티야는 세료자보다 키가 훨씬 더 컸지만, 자기 어머니처럼 무척 차분하고 살갑게 웃으며 세료자의 인사를 받았다. 세료자가 자기 등 뒤에 서 있는 나를 소개하자 카티야는 내게도 미소를 보냈다. 긴장이 풀리기는커녕 오히려 더 혼란스러웠다. 이렇게 아름다운 여고생이 왜 세료자의 친구처럼 행동하는 것이지? 세료자는 학교에서 말을 많이 하지도, 특별한 인상을 남길 만한 행동을 하지도 않았다. 우리 선생님은 내게 신경 쓰지 않는 것만큼이나 세료자에게도 별 관심이 없었다. 그러나 이곳에서 세료자는 여유 만만했다. 두 사람은 세료자가 곧 치르게 될 거라는 바가노바 발레학교 입학 오디션에 관해 이야기를 나누었다. 현재 카티야는 그 학교의 졸업반이었고, 그중에서도 스타 학생이었다. 둘의 대화를 들으면서 나는 그 바가노바라는 곳이 러시아에서 최고이자 가장 오래된 발레학교이며, 가장 재능 있는 아이들이 모여 무용수가 되기 위해 종일 훈련하는 곳이라는 사실을 알게 되었다.

밤이 깊어지자 손님들은 아스픽,[1] 데블드 에그,[2] 그리고 캐비아

1 고기나 생선을 끓인 육수에 젤라틴을 넣어 만든 젤리.

2 완숙 달걀을 세로로 잘라 노른자를 뺀 뒤, 여러 재료와 섞은 노른자를 다시 채워 넣은 음식.

를 올린 작은 버터 토스트를 맛보았다. 나는 배가 고팠지만 괜히 뷔페 테이블로 가서 사람들의 눈길을 끌고 싶진 않았다. 내가 음식도 먹지 않고 말 한마디도 하지 않았다는 걸 아무도 몰랐다. 세료자도, 겁에 질린 듯 조용히 서성거리는 그의 부모님도 신경 쓰지 않았다.

어느덧 시곗바늘이 11시를 가리켰다. 한 잔 두 잔 보드카가 들어가면서 사람들의 조심스러운 태도가 점점 풀어지더니 결국 흐트러졌다. 벌겋게 달아오른 남자들의 얼굴에는 땀방울이 맺혔고, 여자들의 화장은 지워지고 말라 푸석해 보였다. 그때, 저녁 내내 손님들과 악수하던 납빛 머리카락의 키 큰 남자가 술잔을 높이 들더니 사람들의 주의를 끌었다. 모두들 금세 조용해졌다.

"저희 집에 와주시고, 저희 가족을 우정으로 축복해 주신 모든 분께 감사합니다." 이렇게 시작한 레즈니코프 씨는 초대받은 수많은 손님을 차례차례 언급하며 인사말을 건넸다. 부처 내의 영향력 순일 터였다. 감사 인사가 줄줄이 이어지는 동안 분위기가 살짝 무거워졌다. 자기 이름이 너무 늦게 불렸다고 생각하는 사람들은 이따 집에서 침대에 누웠을 때 레즈니코프 씨의 푸대접이 떠올라 쉬이 잠들지 못하고 밤새 뒤척일 것이었다.

그때였다. 놀랍게도, 갑자기 레즈니코프 씨가 세료자의 이름을 거론하며 사람들의 이목을 집중시켰다.

"자, 제 딸 카티야의 예전 발레 스튜디오에서 제가 만난 무용수를 여러분에게 소개하고 싶습니다. 아주 뛰어난 재능을 갖고 있어요. 솔직히 말씀드리면, 한때는 저도 발레를 여자들이나 하는 거라고 생각했답니다. 딸아이가 배우는 것은 괜찮았지만 사실 별 관심은 없었죠. 그런데 이 친구, 세료자의 춤을 보고 나서야 비로소 발레가 무엇인지 이해하게 되었습니다."

나는 세료자가 사탕무처럼 새빨개진 얼굴로 제 발끝만 쳐다볼 줄 알았는데, 그러지 않았다. 그는 주변의 우아한 어른들이 보내는 감탄의 눈빛을 한 몸에 받으며 꼿꼿하게 서서 환하게 미소 지었다.

"아, 발레 얘기가 나와서 말인데." 레즈니코프 씨의 손끝이 축배를 들 수 있도록 약간의 보드카를 허락받은 카티야를 향했다. "얼마 전, 카티야가 마린스키의 〈신데렐라〉에서 주역에 뽑혔습니다! 졸업을 6개월이나 앞두고서 말이죠!"

레즈니코프 씨가 박수를 치기 시작하자 손님들도 감탄사를 낮게 중얼거리며 그를 따랐고, 레즈니코프 부인은 딸의 어깨를 감싸 안았다. 갈채 소리가 잦아들자 레즈니코프 씨가 음악을 바꾸고 세료자에게 춤을 청했다. 나를 놀라게 한 것은 레즈니코프 씨의 이런 요청이 아니라, 안뜰 건너편에 사는 부끄럼쟁이 세료자가 망설임 없이 그에 응하는 모습이었다.

세료자의 눈망울이 반짝였다. 여느 때처럼 몽환적이고 부드러운, 눈송이를 연상시키는 빛이 아니라 다이아몬드의 단단한 광채가 돌면서 그가 마룻바닥 정중앙으로 걸어가더니 현악기의 박자에 맞추어 고개를 가볍게 끄덕였다. 손님들이 그에게 시선을 집중하자 장내가 고요해졌다. 어떤 준비 동작이나 예고도 없이 세료자가 오른발을 옆으로 뻗고, 왼쪽 발끝으로 바닥을 미는 동시에 오른 발가락을 왼 무릎에 갖다 붙였다. 그 자세로 그는 회전하고, 회전하고, 또 회전했다.

그 순간 나는 레즈니코프 부부가 세료자에게 관심을 가진 이유를 알아챘다. 세료자는 어린 나이에도 뛰어난 재능을 드러냈다. 그리고 재능만 있으면 아버지가 우체부든 어머니가 실팍한 몸집에 유행에 뒤떨어지는 차림을 하든, 부자들의 귀여움을 받을 수 있었다. 부자들도 그의 이름을 기억하고, 그가 뭘 먹고 마시긴 했는지 신경 쓰는 것이었다. 그러나 그런 것들이 부럽지는 않았다. 내 가슴에 큰불을 지핀 건 바로 빙글빙글 회전할 때 세료자의 얼굴에 비친 표정이었다. 그를 본 순간, 내가 그토록 자랑스러워했던 내 내면의 화염은 세료자의 재능 같은 게 아니었음을 깨달았다. 내 불꽃은 한낱 욕망이었다.

엄마는 담요를 두르고 식탁에 앉아 차를 마시며 나를 기다리고 있었다. 거실 텔레비전에서는 대통령의 신년사를 전달하는 재방송이 잔잔하게 흘러나오고 있었다. 매년 어김없이 들려오던 그 방송은 우리 집에 새해가 밝았음을 알리는 유일한 소리였다. 엄마 옆에 자리를 잡고 앉아 바가노바 발레학교의 오디션을 봐도 되느냐고 물었다. 당연히 안 된다는 대답이 돌아올 줄 알았다. 엄마는 새롭거나 '쓸데없는' 일을 대부분 반대했으니까. 그런데 웬일인지 엄마가 차를 한 모금 길게 홀짝이더니 정말로 하고 싶으면 해보라고 했다. 엄마의 솔직한 생각으로는 절대 합격할 리 없다고 말했다. 바가노바 오디션에 지원하는 여학생은 매해 수천 명이고 그중 서른 명이 뽑힌다. 그나마도 절반은 졸업까지 버티지 못한다. 최고 성적으로 졸업하는 소수만이 마린스키 발레단의 코르 드 발레로 입단하는데,

소품처럼 배경을 채우는 역할을 주로 맡게 된다. 운이 따르면 어떤 해에는 '숲의 여왕' 또는 〈지젤〉의 '미르타' 역할을 맡을 수도 있다. 정상은 아직도 아득한데 머지않아 몸은 소진될 것이고 발레단 안에서의 위치는 나날이 위태로워질 것이며 패기에 찬 졸업생들이 쏟아져 나와 곧 그 자리를 채울 것이다. 그렇게 서른여덟 살쯤, 극장 밖 교육이나 경험은 전무한 채로 무용수의 커리어는 끝나버린다. 그러니 쓸모 있는 일을 선택하는 편이 낫다. 간호사나 교사는 늘 필요하니까.

"엄마, 나 할 수 있어. '오데트'[1]도 출 수 있고, 난 다 할 수 있어." 나는 조용히 말했지만, 엄마는 고개를 가로저었다.

"사람들이 하는 말이 있어, 나타슈카. 프리마 발레리나는 10년에 한 번 태어난단다." 그 말이 주는 쓴맛을 중화하려는 듯 엄마는 찻잔에 잼을 한 숟가락 더 넣고 휘휘 저었다. 씁쓸한 건 엄마의 말뿐이 아니었다. 엄마가 세상을 바라보는 방식, 그리고 나를 바라보는 시선이 쓰디썼다.

그날 나는 중요한 사실 하나를 깨달았다. 모든 사람이, 그러니까 같은 학교 아이들, 선생님들, 심지어 엄마까지도 나를 아무것도 아니라고 생각한다는 점이었다. 아니, 아무것도 아닌 것은 우주의 광활하고 검은 공허처럼 무한하고 중대했다. 그러나 그들에게 나는 고양이, 빗, 주전자처럼 아주 하찮고 평범한 존재였고, 그런 내가 다른 것이 되려는 생각 자체가 우스운 일이었다. 눈물방울이 뺨을

1 〈백조의 호수〉에 나오는 주인공으로 마법에 걸려 백조로 변해 밤에만 인간의 모습으로 돌아온다.

타고 흘러내려 무릎으로 톡 떨어졌다. "엄마는 네가 괜한 고생을 안 했으면 좋겠어서 그래, 나타슈카." 엄마가 내 등을 토닥였다.

그러나 다음 날 엄마는 바가노바 발레학교에서 학생들을 가르치는 스베틀라나 이모에게 전화를 걸었다. 이모는 오디션을 보게 하라고 엄마를 부추기며 8월에 있는 2차 모집에 내 이름을 등록해 놓겠다고 했다. "왜 저렇게 자기 분수를 넘으려 하는지 모르겠어." 엄마는 굳이 목소리를 낮추려 하지도 않고 이모에게 대꾸했다. "근데 이거든 다른 거든, 쟤는 언젠가는 뭐라도 시도할 애니까." 이 말을 듣고서 나는 두 팔로 만세를 하며 소리 없이 위아래로 방방 뛰었다. 그때부터 나는 등굣길에 폴짝폴짝 뛰고 밤이면 다리 찢기를 연습하며 텔레비전에서 봤던 모든 동작을 따라 했다.

세료자는 6월 1차 모집에 오디션을 보았고, 합격했다. 계단참에서 마주친 세료자의 어머니가 가던 걸음을 멈추고 서서 자랑스럽게 아들 소식을 전해주었다. 그 애가 특별한 재능을 타고났다는 아주머니의 자랑에 우리 엄마도 미소 지으며 고개를 끄덕였다. 그러나 엄마는 나도 곧 오디션을 볼 거라는 말을 하지는 않았다. 집에 돌아왔을 때 엄마는 찬장 문을 열고 나란히 줄 서 있는 피클병들을 향해 나직이 말했다. "너무 큰 기대는 하지 말고, 그냥 가보기나 하는 거야, 나타슈카."

오디션 당일, 엄마와 나는 로시 거리에 있는 바가노바 발레학교로 출발했다. 케이크 반죽같이 노란 벽에 흰색 기둥들로 둘러싸인 발레학교 건물은 알렉산드린스키 극장 방향으로 한 블록 전체를 차지하고 있었다. 수십 명의 아이들과 학부모로 입구 주변이 발 디딜 틈 없이 붐볐고, 우리도 돌계단 한쪽 구석에 자리를 잡았다. 그때 구릿빛 피부에 광대뼈가 높이 솟은 남자가 엄마를 바라보며 물었다. "따님이 오디션을 보러 왔나 봐요?"

"네. 나타샤예요." 엄마가 내 머리카락을 쓰다듬으며 대꾸했다.

"체형이 좋네요." 그 아저씨가 건성으로 나를 칭찬하고서 말을 이었다. "제 아들 파르하드도 오디션을 보러 왔어요." 아저씨가 빼빼 마른 남자애의 어깨를 몇 번 두드렸다. 아몬드 모양의 짙은 갈색 눈과 뾰족한 광대가 영락없이 제 아버지와 닮아 있었다.

"따님은 발레를 오래 했나요?" 엄마가 입을 앙다물며 길게 대화하고 싶지 않다는 의사를 비추고 있었는데도, 아저씨는 아랑곳하지 않고 질문을 던졌다.

"아뇨. 따로 배운 적은 없어요. 하지만 춤을 아주 잘 춘답니다."

"파르하드는 다섯 살 때부터 발레를 배웠어요, 무대 경험도 있고요." 아저씨가 애정 어린 눈으로 아들을 쳐다보았다. 자신을 치켜세우는 아버지 때문에 조금 불편해하는 듯한 아들의 표정을 보자 세료자가 떠올랐다. "그래도 너무 염려 마세요. 나타샤라고 했죠? 따님도 틀림없이 잘할 거예요. 저도 바가노바에 입학했을 때 발레를 배운 경험이 전혀 없었거든요. 여긴 경험이 아니라 능력을 보는 곳이니까요."

"여기 졸업생이신가 봐요?" 아저씨의 수다스러움이 못마땅하다는 티를 내야 한다는 것도 잊은 채 엄마가 물었고, 이에 그는 열정적으로 대답했다.

"네! 1960년에 입학했어요. 누레예프[1]가 망명하기 직전이었죠. 열 살 때 아버지하고 꼬박 사흘 동안 기차를 타고 아스타나에서 상트페테르부르크까지 왔어요. 오는 동안 기차에서 먹을 음식을 전부 챙겨 왔는데, 막판엔 삶은 달걀이 어찌나 질리던지. 근데 아버지가 그러시는 거예요. 이걸 먹어야 힘이 나서 춤을 잘 출 수 있을 거라고! 그렇게 우파, 사마라, 모스크바까지 모든 도시를 지나쳐 왔어요. 창밖으로 풍경을 본 게 전부였죠. 그래도 합격하고 나니, 그런 건 중요하지 않게 되었어요. 아버지는 인생에서 그날이 가장 행복했다고 하셨죠."

"참, 재밌는 사실이 있는데, 뭔지 아세요? 이번에 아들과 저도 같은 기차를 타고 왔다는 거예요. 그리고 그때 먹었던 것과 똑같은 음식을 챙겨 왔죠. 제가 옛날에 그랬던 만큼이나 파르하드가 싫어할 줄 알면서도요. 애들은 자기한테 좋은 게 무엇인지 아직 모르니까요." 씩 웃는 아저씨의 눈이 추억으로 반짝였다.

"애들이 철들기까지 참 오랜 시간이 걸려요. 결국 그러고 나면 너무 늦지요." 엄마가 말했다.

"그래도 괜찮잖아요. 안 그래요?" 남자가 아들의 짙은 머리카락을 손으로 쓸어 넘겼다. 그러고는 뜬금없는 말을 했다. "아, 누레예프가 타타르계 무슬림이었던 거 아세요?"

"그런가요? 그렇군요. 아버님은 발레단에서 춤을 추셨나요?"

1 바가노바 졸업 후 1955년 레닌그라드 키로프 발레단(현 상트페테르부르크의 마린스키 발레단)에 입단하여 활동한 소련의 무용가 겸 안무가로, 1961년 발레단의 파리 공연 때 망명하여 구미 발레단에서 활약했다. 발레 역사상 가장 위대한 발레리노 중 하나로 손꼽힌다.

"네, 아스타나에서 몇 년 활동했죠. 그러다 부상을 입는 바람에……. 그 당시만 해도 고관절이 망가지면 할 수 있는 일이 별로 없었거든요. 요즘과는 달라서. 지금은 보수 공사 일을 하고 있어요."

사람들이 기다리다 지쳐가고 심지어 파르하드의 아버지마저 조용해졌을 때, 교사 한 명이 밖으로 나오더니 학부모들은 그만 가보라고 말하며 학생들이 로비 안으로 들어갈 수 있도록 문 옆으로 비켜섰다. 안으로 들어간 순간, 이곳이 내 운명의 세상이라는 걸 직감했다. 이곳은 내 집이었다. 2월을 닮은 옅은 회색으로 칠해진 벽들, 오래된 나무 냄새, 쪽빛 카펫이 깔린 계단, 그리고 1742년부터 배출한 전설적인 졸업생들의 사진이 담긴 액자들까지. 그중 내가 아는 얼굴은 딱 한 명, 바로 섬연한 안나 파블로바였다. 초등학교에 걸려 있던 포스터의 주인공, 그 창백한 프리마 발레리나를 알아본 것이다. 나는 나머지 무용수들의 얼굴을 곧장 아로새겼다. 니진스키,[2] 발란친,[3] 바리시니코프.[4] 경이로운 마음으로 주변을 둘러보는데, 오디션에 합격하리라는 분명한 신호를 받았다. 딱 한 번 들어본 음악이 내 머릿속에 울려 퍼지는 것이었다. 스베타 이모가 내게 '점퍼'라고 말했던 그날 텔레비전에서 나오고 있었던 발레 음악이 음표 하나하나까지 또렷이 기억났다. 그동안 내 잠재의식에 악보를

2 우크라이나 출신으로 러시아에서 활동한 폴란드계 무용수 겸 안무가. '무용의 신'이라고 불린다.
3 러시아 출신의 미국 무용수 겸 안무가. 신고전발레의 창시자다.
4 리투아니아 태생 러시아 출신의 미국 무용수 겸 배우. 일흔이 넘도록 활동한 20세기 대표 발레리노다.

간직하고 있었던 것이었다. 아주 기묘하고 말이 안 되는 예감이었지만, 그래서 더욱 진짜라는 확신이 들었다.

그러나 신체검사와 안무 시험을 거치면서 내가 최고와는 거리가 멀다는 현실을 깨달았다. 내가 했던 훈련이라고는 엄마가 보지 않을 때 거실에서 다리찢기를 하는 것이 전부였던 반면, 다른 오디션 참가자 대부분은 이미 수년간 무용과 체조를 배워온 티가 났다. 다들 내 눈에 무척 굉장해 보였는데, 심사하는 선생님들은 그런 여자애들을 보며 "등이 너무 뻣뻣하다" "골반이 닫혔다" "키가 너무 작다" "다리가 너무 짧다" "근육이 과하다" 그리고 어느 한 명에게는 끔찍하게도 "너무 뚱뚱하다"며 모두에게 들릴 만큼 큰 소리로 평가했다. 내가 받은 지적은 '발 모양이 안 좋다'는 것이었다. 팬티만 입은 상태로 심사 위원의 지시에 따라 가만히 서 있거나 이리저리 움직이는 동안, 한 명도 아니고 두 명도 아니고 세 명씩이나 똑같이 말했다. 둘째 날에는 의사가 왔는데, (발레계에서든, 보통 사회에서든 상당히 자주 보이는) 마치 태어날 때부터 중년 외모에 구닥다리 신발을 신었을 법한 유형의 사람이었다. 그는 무슨 텃밭에서 감자 품종을 비교하는 듯한 어투로 내 발에 대해 이렇게 말했다. "전형적인 그리스인 발이군. 이것 때문에 나중에 문제가 생기겠다. 특히 포인트 할 때."

2차 신체검사가 끝나자, 스베틀라나 이모가 복도로 나와서 게시판에 결과지를 붙였다. 차마 확인할 용기가 나지 않았던 나는 다른 애들이 날 밀치고 지나갈 때까지 가만히 서 있었다. 내 옆에 있던 베레지나라는 여자애도 겁에 질린 표정으로 꼼짝 않고 서 있었다. 베레지나는 마치 나비의 날개처럼 섬세하고도 찬연했다. 흰색 레오타드와 흰색 시폰 치마, 긴 속눈썹에 까만 눈동자, 그리고 완벽하게 뒤통수 정중앙에 말아 올린 머리. 선홍빛 귓불이 아니었더라면 사람이 아니라고 여겼을 것이다. 베레지나는 오디션 참가자 중에 심사 위원의 비하 발언을 한마디도 듣지 않은, 그러니까 눈에 보이는 결점이 단 하나도 없는 유일한 아이였다. 게시판 앞에 서 있던 학생 하나가 뒤돌아서서 베레지나를 불렀다. "니나, 우리 둘 다 최종 라운드 진출이야!" 그제야 베레지나는 용기가 생긴 듯 앞으로 걸어 나갔다. 그 친구의 목소리가 들렸다. "뭐 때문에 이렇게 기죽어 있어, 니나? 너는 무조건 상위권이야!"

풍선처럼 얇아진 피부 바로 밑에서 내 심장이 쿵쾅거렸다. 나도 모르게 내 시선이 베레지나에게 향해 있던 것처럼 다른 참가자들도 서로서로 의식하고 있을 터였다. 그러나 내 이름을 거론하거나 부러운 눈초리로 나를 힐긋거리는 학생은 없었다. 내 굴욕감이 분노로 바뀌었다. 그리고 그 분노의 힘이 내 등을 게시판 앞으로 힘차게 밀어주었다. 순간 숨이 멎는 듯했다. 합격한 참가자들 이름 옆에 내 이름이 나란히 적혀 있었던 것이다.

최종 라운드에 올라간 열다섯 명의 참가자는 꼭 식료품 가게에 진열된 사과처럼 서로 닮아 있었다. 작은 머리, 버드나무처럼 길고 부드러운 목, 가냘픈 어깨, 유연한 척추, 길고 가는 다리, 좁다란 발. 전 세계 모든 발레학교 중에 가장 섬세하고 우아하기로 정평이 난 바가노바의 전형이었다. 외적 개성을 벗고 속옷 차림으로 서 있는 학생들은 비슷한 체형 때문인지 이미 단정한 코르 드 발레 같았다.

거울에 비친 내가 어디에 있는지 한눈에 짚어내지 못할 정도였다. 이내 찾아낸 내 모습은 날씬한 실루엣과 갈비뼈를 팽팽히 덮은 피부, 대리석 조각처럼 날렵하고 높은 골반, 수수깡 같은 다리, 단정하게 말아 올린 진갈색 머리카락이 다른 아이들과 다름이 없었다. 그들과 유일하게 다른 점은 나의 잘못된 발 모양이었다.

"학생들, 한 줄로 길게 서세요. 1번 포지션에서 소테[1] 열여섯 번, 2번 포지션에서 열여섯 번, 샹즈망[2] 열여섯 번." 심사 위원 한 사람이 양손으로 시범을 보여주고는 피아노 연주자에게 신호를 보냈다.

거울에 비친 여자애들이 일제히 점프했다. 그리고 그중 한 명, 나인 게 틀림없는 여자애가 나머지 애들보다 더 높이 날아올랐다. 그동안 억눌러 왔던 내 모든 힘이 한순간에 분출되어, 마음만 먹으면 두 손을 위로 뻗어 천장을 툭 칠 수도 있을 것 같았다. 이제 심사 위원들은 나를 손가락으로 가리키고 있었다. 놀라움에 숨을 들이켜는 소리와 속삭임. *쟤는 점퍼야.* 나는 더 높이 뛰어올랐다. 마음만 먹으면, 우주로 날아가 별을 만지고 올 수도 있을 것 같았다.

피아노 연주가 멈추고 나는 마침내 땅으로 내려왔다. 다른 아이들의 시선 때문에 내 볼이 빨개져 있었다. 기다란 책상에 나란히 앉은 심사 위원들이 낮게 중얼거리며 뭔가를 끄적이는 내내 나는 등을 곧게 펴고 두 발을 겹쳐 완벽한 5번 포지션으로 서 있었다. 드디어 뜻이 한데 모인 것 같았다. 끝자리에 앉아 있다가 다른 위원들과 의논을 하러 가운데로 모였던 심사 위원들이 제자리로 돌아갔고,

1 제자리에서 뛰어오르는 점프 동작.
2 공중에서 양발의 앞뒤 위치를 바꾸는 점프 동작.

스베틀라나 이모가 목을 가다듬었다.

"합격자 두 명을 발표합니다." 스베타 이모가 목소리를 높였다. 500명 가운데 단 두 명.

"나탈리아 레오노바. 니나 베레지나. 다른 학생들은 불합격입니다."

니나에게 인사를 건네고 호텔로 돌아온다. 하루 중 가장 어중간한 시간, 오후 3시다. 체크인한 뒤로 줄곧 커튼을 닫아두었더니 방 안의 공기가 묵직하고 후텁지근하다. 커튼을 걷고 프랑스식 문[3]을 열자, 창백한 빛이 흰 거품처럼 쏟아져 들어온다. 처마에 띠 장식이 둘러진 건물과 자동차와 사람들이 담긴 한 폭의 그림이 눈앞에 펼쳐진다. 저마다의 세상을 사는 사람들이 그 액자 안팎을 드나든다. 발코니에서 고개를 돌리는 찰나, 병에 담긴 크림색 장미꽃 다발에서 첫 번째 꽃잎이 떨어진다. 꽃잎은 커피 테이블에 내려앉는 순간 무어라 나직이 속삭인다.

샤워를 마친 후, 몸에 수건을 두른 채로 절름거리며 나와 침대에 쓰러진다. 내 몸의 모든 관절에 묵직한 추가 묶여 있는 느낌이다. 내가 누운 자리 아래 모든 층을 지나 로비까지, 그리고 지구의 중심까지 몸이 꺼져버릴 것 같다. 자낙스 한 알을 혓바닥에 올리자 그제야 몸이 다시 위로 떠오른다. 선선한 바람, 희미하게 들리는 자동차 소리에 눈이 스르륵 감긴다. 밀려오는 파도처럼 잠이 쏟아지면서

3 가운데에서 양쪽으로 밀어 여는 여닫이문.

검은 새가 나오는 꿈이 시작된다. 윤기 흐르는 흑단 같은 깃털, 굽은 노란색 부리, 기름방울처럼 반지르르하고 큼직한 눈. 전에도 이 새를 본 적이 있다. 검은 새가 앞장서서 날고, 나는 그 뒤를 따라간다. 그러자 다른 새들이 하나둘 모여들더니 이내 하늘을 검게 물들인다. 까악까악 울음소리의 장막이 나를 감싸고 내 몸을 상공으로 들어 올린다. 나를 둘러싼 검은 새들이 빙글빙글 구름 위로 솟아오르며 깃털의 소용돌이를 만들어낸다. 그러다 갑자기 나를 붙잡고 아래로, 아래로, 아래로 곤두박질친다.

동물계에서 가장 사회적인 생물은 바로 새다. 같은 종과 일절 교류 없이 밤낮으로 홀로 대양 위를 날며 최대 수년간 땅에 발 한 번 디디지 않는 앨버트로스조차 결국엔 대대로 이어져 온 서식지로, 자신이 태어난 바로 그 장소로 돌아간다.

2장

바가노바에서 내 룸메이트는 소피야였다. 소피야는 이전 학교에서 줄곧 봐오던 부류의 여자애였다. 옷을 말쑥하게 차려입고 생글생글 잘 웃으며, 자기와 비슷한 여자애들 서넛과 늘 함께 다니는 애였다. 살짝 올라간 눈매에 깜찍한 코, 빗으로 넘겨 정수리 바로 밑에서 하나로 묶은 후 말아 올린 샴페인 색 머리칼까지, 소피야는 러시아 사람이라기보다는 프랑스 사람 같았다. 그러니까 프랑스 말로 델리카테스délicatesse, 감미로운 세련미가 느껴진다는 의미였다. 학기 초에 불을 끄고 각자의 침대에 누워 있는데, 소피야가 자기 아버지는 광산 회사 소유주였으며 어머니는 젊은 시절 볼쇼이 발레단 코르 드 발레에서 활동했다고 말해주었다. 그래서 나도 우리 어머니는 마린스키 극장에서 의상을 제작하는 사람이라 많은 솔리스트가 어머니에게 옷을 맞추러 우리 집에 찾아온다고 얘기했다. 소피야가 부러운 목소리로 대꾸하는 걸 들으니, 기분이 썩 좋았다. "우리 엄마도 그런 일을 하면 진짜 좋을 텐데. 지금 우리 엄마는 나와 내 동생 돌보는 거랑 쇼핑이 다야."

그러나 사소한 일이 하나둘 쌓이기 시작했다. 연습실에서 센터 콤비네이션을 할 때 나는 소피야와 함께 뒤편에 서지 않고 항상 앞쪽으로 갔다. 모두에게 거의 매일 있는 일이지만 스튜디오를 가로지르며 턴 콤비네이션을 하다가 비틀거리는 경우, 소피야는 다른 아이들과 함께 키득거리고 어깨를 한 번 들썩이는 게 다였다. 그러나 나는 혼자 옆으로 빠져서 그 동작을 다섯 번 연속으로 완벽하게 해낼 때까지 계속 연습했다. 나는 모든 수업에 제일 일찍 가 있었고, 소피야는 나보다 최소 15분은 늦게 친구들 무리와 도착했다. 다른 애들이 '선생님 앞에서 잘난 척한다'며 나를 아니꼽게 본다는 사실을 나도 알고 있었지만, 걔들의 인정 따위는 내게 중요하지 않았다. 또 언젠가는 소피야가 나와 같이 짝으로 그리쉬코 브랜드의 발레 스웨터를 입었으면 좋겠다고 한 적이 있었다. 현기증이 나도록 치솟는 인플레이션으로 부유층을 제외한 모두가 더 가난해졌던 그 시절, 그리쉬코 스웨터 한 벌 가격은 우리 엄마의 주급과 맞먹었다. 나는 이렇다 저렇다 설명 없이 소피야에게 싫다고만 말했다.

우리가 서로를 의식하게 된 결정적인 계기는 숙제였다. 시간이 이르든 늦든, 〈호두까기 인형〉 리허설을 마친 소피야가 얼마나 피곤하든 간에 나는 숙제를 하지 않으면 침대에 누울 수 없었다. 솔직히 소피야 때문에 내가 못 자는 날도 있었다. 소피야는 밤에 친구를 데려와 늦게까지 수다를 떨거나 카세트 플레이어로 노래를 들곤 했다. 그의 음반 컬렉션은 학교에서 유명했다. 해적판 테이프를 집에서 또 복제한 카세트테이프나 변두리 아파트에서 펼쳐진 언더그라운드 콘서트의 녹음본을 사촌들에게 물려받고 애지중지하는 상급생들이 있었지만, 소피야는 그런 걸 취급하는 수준이 아니었다. 소피야는 칼리노프 모스트, 아쿠아리움, 키노의 전집은 물론이고 마돈나, 머라이어 캐리, 휘트니 휴스턴의 정품 카세트테이프까지 깔끔한 제이카드[1]가 끼워진 투명 플라스틱 케이스에 완벽하게 보관하고 있었다. 소피야와 친구들이 가장 좋아하는 장르는 파워 발라드였고, 나 역시 시끄럽다고 찌푸리는 시늉을 하면서도 귀를 쫑긋 기울였다. "앤드 아-아아이-아-이 윌 올웨이즈 러브 유—" 애들이 목청껏 노래하고 있으면 나도 못 이기는 척 흥얼거리며 음을 더했다. 소리가 끊기면 소피야는 카세트를 꺼내 새끼손까락으로 바퀴를 돌려 갈색 테이프를 조인 후 플레이어에 넣었다. 그러면 노래가 다시 흘러나오면서 우리를 잠시나마 동지애로 감싸안았고, 소피야는 그 아몬드 모양의 완벽한 발에 도로 매니큐어를 바르기 시작했다.

다른 여자애들에게는 조금도 제압당하지 않았지만, 베라 이고레브나 사벤코바 선생님만큼은 나를 두려움에 떨게 했다. 사벤코바 선생님은 사람이 존경스러운 동시에 잔인할 수 있다는 사실을, 그리고 가혹함이 기적을 만들어낼 수 있다는 사실을 내게 보여주었다.

1 카세트테이프의 플라스틱 케이스에 들어가는 종이로, 음반과 가수에 관한 정보와 사진 등이 인쇄되어 있다.

언젠가 한번은 선생님이 우리에게 기나긴 롱 드 장브 앙 레르[1] 콤비네이션을 시켰다. 어느덧 내 오른쪽 골반은 관골에 겨우 걸쳐 있게 되었고, 콤비네이션이 끝나갈 즈음, 나는 몸과 직각이 되도록 다리를 완전히 옆으로 들고 알 라 스콩드[2] 자세로 섰다. 그때 베라 이고레브나가 피아노 연주자를 향해 손바닥을 들며 연주를 중단시켰다.

"레오노바, 골반을 빼! 빼라고!" 베라 이고레브나가 꽥 소리를 질렀다. 도대체 뭘 어떻게 하라는 거지? 몸에 붙은 다리를 어떻게 빼라는 거지? 나는 들어 올린 다리의 각도가 90도 아래로 떨어지지 않도록 온 힘을 다하면서 어떻게든 오른쪽 골반을 관골에서 빼 보려고 애썼다. 베라 이고레브나는 이를 악물고 내게 다가오더니, 내 오른 다리를 2센티미터 남짓 바깥쪽으로 당겨 뽑고는 위로 들어 올렸다. "이렇게! 그렇지! 여기서 이 상태로 유지! 음악, 포이잘루이스타(부탁합니다)!" 선생님이 손을 뗐을 때 내 다리가 그 자리에 그대로 떠 있었던 건 순전히 두려움 덕분이었다. 여유롭게 폴로네즈[3]를 연주하는 반주자는 학생들이 어쩔 줄 모르고 덜덜 떠는 모습을 즐기는 게 분명했다.

경단처럼 통통한 몸집, 촌스럽고 텁수룩한 잿빛 섀기커트 머리를

1 한쪽 다리를 몸과 수직이 되도록 들고 무릎을 고정시킨 다음 공중에서 발로 타원을 그리는 동작.

2 다리를 옆으로 벌리는 2번 포지션.

3 19세기에 유행한 3/4 박자의 폴란드 춤곡.

보고 나는 처음에 베라 이고레브나가 다정한 사람인 줄 알았다. 그렇지 않다면 최소한 덜 엄격할 것 같았는데, 금세 그것이 완전한 착각이었다는 사실을 알게 되었다. 베라 이고레브나는 장군처럼 강압적이었다. 우리가 덜덜 떨리는 다리를 들어 올린 상태에서 마지막 남은 숨을 다해 버티고 있을 때도 선생님은 마치 전장을 바라보듯 냉랭하고 엄숙한 표정으로 우리를 쓱 훑어보았다. 한 치의 오차도 허락하지 않는 예리한 눈으로 학생 한 명 한 명의 자세를 교정해 주었지만, 선생님의 진짜 목표는 누구 한 명이 아니라 학급 전체를 훌륭한 무용수로 키우는 데 있었다. 다른 선생님들과 달리 베라 이고레브나는 누구도 편애하지 않았고, 따라서 선생님을 특별히 좋아하는 학생도 없었다. 수업을 마무리할 때마다 선생님은 우리에게 를르베 앙 푸앵트를 무한반복 하는 고문을 내렸다. 불에 달군 감자칼로 발가락을 벗겨내는 것처럼 고통스러웠지만, 선생님이 너무 무서워서 계속하지 않을 수 없었다.

베라 이고레브나의 또 다른 특징은 끝나는 종이 쳐도 수업을 마치지 않는다는 것이었다. 그래서 다음 수업에 항상 늦을 수밖에 없었는데, 이 문제로 베라 이고레브나는 일반 교과 선생님들과 수십 년째 전쟁을 치르고 있었다. 수업을 마치고 탈의실에 들어가면 피 나는 발가락을 쳐다볼 겨를도 없이 운동화에 쑤셔 넣어야 했다. 수학, 러시아어, 프랑스어, 과학 수업을 듣는 내내 발가락이 욱신욱신 아팠다. 지금쯤 피가 양말을 흥건히 적시고 신발 안창까지 스며들었을까 하는 생각에 나는 전혀 집중하지 못했다. 이런 일상이 일주일 중 엿새간 어김없이 반복되었다.

어느 점심시간, 급식실에서 소피야를 찾아 두리번거리고 있었다. 소피야는 어디서나 쉽게 눈에 띄었다. 짙은 색 머리 두세 명에 둘러싸인 백금발 머리, 신기루같이 은은히 피어난 웃음꽃을 찾으면 됐다. 그날도 금세 찾은 소피야의 맞은편 자리에는 니나가 앉아 있었다. 처음 보는 광경이었다. 그보다 더 내 마음에 안 드는 건, 그 자리에 세료자가 함께 있다는 사실이었다.

순간 얼어붙어서 다른 자리로 가서 먹을지 망설이고 있는데, 소피야가 그리쉬코 스웨터로 감싸인 팔을 높이 들고서 카랑카랑한 목소리로 나를 불렀다. "나타샤, 여기야. 이리 와서 우리랑 같이 앉아." 니나와 세료자 두 사람 다 고개를 돌려 나를 보더니, 이 상황을 어떻게 받아들일지 아직 결정하지 못한 사람들처럼 어색하게 웃었다. 그 모습에 나는 마음이 상했다. 나를 좋아할 이유가 전혀 없었던 니나가 아니라 세료자의 반응 때문이었다.

애들이 있는 식탁으로 걸어가서 소피야 옆자리에 앉아 니나와 세료자를 마주 보았다. 세료자는 나를 보고도 더 이상 얼굴을 진홍빛으로 붉히지 않았다. 그를 이렇게 가까이에서 본 건 몇 달 만에 처음이었다. 우리는 그가 오디션을 보고 기숙사에 들어가기도 전에 마지막으로 마주했던 것이다. 이제 세료자는 새 친구들과 잘 어울려 다녔고, 같은 아파트에 살던 옛 이웃 따위는 필요 없어 보였다. 의자에 앉아 있는데도 눈에 띌 만큼 세료자의 키는 몇 센티미터 자라 있었다. 보송보송한 솜털 같은 모습을 벗은 그의 몸은 어느새 단단한 근육이 감싸고 있었지만, 푸른 별을 닮은 눈동자만큼은 그대로였다. 눈 밑에 깔린 짙은 얼음 같은 빛깔이었다. 나도 모르게 입 밖으로 나가버린 내 목소리가 들렸다. "세료자, 안녕." 그러자 낯설면서도 낯익은 그의 얼굴이 미소와 함께 부드러워졌다.

"나타샤, 그동안 어떻게 한 번도 안 마주쳤지?" 그가 흰색 교복 티셔츠를 걸친 상체를 바로 세우며 말했다.

"뭐야, 둘이 이미 아는 사이야?" 소피야의 물음에 세료자는 우리가 같은 아파트에 살았고 같은 초등학교에 다녔다고 대답했다. 레즈니코프 부부의 신년 파티 이야기는 빼놓고서. 목적을 두고 친구들을 사귀는 스타일이었던 소피야는 나와 룸메이트 이상으로 친하게 지내면 얻어낼 만한 무언가가 있을 거라고 생각하는 눈치였다. 그가 친구에게 바라는 건 재능이나 진솔함이 아니었다. 소피야는 다른 아이들, 특히 세료자 같은 남자애와의 연줄을 높이 평가했는데, 그러면 친한 친구 '무리'를 형성하는 일이 한결 수월해지기 때문이었다. 순식간에 따뜻해진 소피야의 얼굴에 이런 속마음이 이토록 자명하게 드러나지 않았더라면 내가 너무 냉소적으로 반응했다고 자책할 뻔했다. 어찌 됐든 소피야는 자기 생각이나 감정을 굳이 숨기려고 하지 않았고, 그런 얄팍함에는 오히려 참신할 정도의 솔직함이 깃들어 있었다.

소피야는 세료자만큼 인기가 많은 니나에게도 적극적으로 관심을 보였다. 그 무렵 니나와 나는 〈호두까기 인형〉의 '어린 마샤' 역할을 배우고 있었다. 총 다섯 번의 공연이 예정되어 있었고, 우리 중 한 명이 A 캐스팅으로 선정되어 개막과 폐막 공연 무대에 서게 될 것이었다. 우리가 가까워질 수 없는 사이인 건 당연했다.

지난 몇 주간 리허설을 하면서도 니나에 대해 거의 아무것도 몰랐던 나는 점심을 같이 먹으며 많은 것을 알게 되었다. 니나는 엔지니어 아버지와 교사 어머니를 둔 탄탄한 중산층 출신이었고, 자기 표현에 따르면 예술에는 뿌리가 없는 가정에서 자란 아이였다. "그래도 나는 성공하고 싶어. 아니, 꼭 성공할 거야." 니나는 투명하다 시피 창백한 두 손을 꽉 쥐고는, 굉장한 결의를 다지며 말했다. 또 눈여겨본 점은, 친구들에게 늘 둘러싸여 다니면서도 니나는 소피야처럼 무리를 위안으로 삼는 아이는 아니었다는 것이다. 니나는 친구들과 대화할 때도 그들의 승인이나 만장일치를 구하려고 하지 않았고, 훨씬 나이 많은 사람이 수다 떠는 어린 애들을 구경하듯 무심하게 지켜보았다.

수업이 끝나고 니나와 나는 연습실로 가서 5시 30분 리허설을 준비했다. 쉴 새 없이 재잘거리는 소피야가 빠지고 우리 둘만 있으니 고요했지만, 그리 불편하지 않았다. 나는 마룻바닥에 앉아서 굳은 피가 엉겨 붙은 양말을 천천히 벗겨냈다. 몇 주째 발가락에 물집이 잡히고, 피가 나고, 딱지가 생겼다가 아물기 전에 뜯어지는 날들이 하루도 빠짐없이 이어지고 있었다. 딱 이틀만 포인트 슈즈를 안 신으면 발이 나을 것만 같았다. 그러나 연습이 없는 날은 일요일 하루뿐이었다. 이 사이클이 끝없이 이어질 거라 생각하니, 작은 한숨이 목구멍을 타고 새어 나왔다.

"발 괜찮아?" 니나가 바닥에 다리를 넓게 벌리고 앉으며 물었다. 나는 고개를 끄덕였지만, 목을 쭉 빼고 쳐다본 니나는 전혀 괜찮지 않다는 듯 눈살을 찌푸렸다. 그러고는 자기 발레 가방을 뒤적여 흰색 테이프를 한 롤 꺼냈다.

"발가락에 이 테이프를 감아봐. 물집이 이미 생겨서 별 도움은 안 되겠지만, 그래도 나쁠 건 없으니까. 이거 가져가. 나는 방에 더 있어." 니나가 테이프를 내게 건넸다. 니나는 생김새뿐만 아니라 마음씨도 천사처럼 고운 애였던 것이다. 이렇게 예쁘고 누구에게나 사랑받는 사람을 보면 영혼이라도 못생겨야 공평한 거라고 믿고 싶은데, 니나는 그런 애가 아니었다.

"고마워." 쉰 목소리로 꿍얼거린 대답은 내가 듣기에도 꼭 두꺼비 울음소리처럼 들렸다. 발가락에 테이프를 감고 양털로 감싼 후 포인트 슈즈에 조심스레 밀어 넣었다. 그것만으로도 발이 한결 편안해져서 다시 힘을 내 일어날 수 있었다. 그때 연습실 문이 열리더니 베라 사벤코바 선생님이 암브로시 시모노비치 코발라제 교장과 함께 안으로 들어왔다.

암브로시 코발라제 교장은 성공한 예술 감독들에게 많이 관찰되는 유형의 인물이었다. 키는 작고 외모는 평범했으며, 나이는 평생 마흔에서 예순 사이로 보이는 종잡을 수 없는 중년이었다. 교장은 그 전 세대의 발란친이 그랬던 것처럼 당쇠르 노블[1]이 아니라 캐릭터 댄서[2]로 활동했다. 그가 맡았던 최고의 역할은 〈잠자는 숲속의 미녀〉의 파랑새였지, 극 전체를 끌고 가는 왕자나 전사가 아니었다. 그리고 수십 년이 흐른 지금 그에게서는 매혹적인 마법의 새였던 왕년의 자취는 흔적도 없이 사라지고, 대신 휴가를 나온 중

1 최고의 기술과 수려한 품격을 지닌 남자 무용수.

2 폴란드의 마주르카, 스페인의 투우와 플라밍고 등 다양한 지역의 민속 무용의 특징을 살려 발레로 만든 안무를 주로 담당하는 무용수.

견 관료나 골프 셔츠를 즐겨 입는 이웃 아저씨 같은 분위기만 흘렀다. 평소 버릇대로 암브로시 시모노비치는 상체를 태연자약하게 유지하고 하체만 빠르게 놀려 연습실로 들어왔다. 그리고 우리 앞에 멈춰 서서 생각에 잠긴 듯, 한 손으로 팔꿈치를 감싸 쥐고 다른 손으로는 단정히 다듬은 수염을 연거푸 잡아당겼다. 그와 키가 거의 비슷한 베라 이고레브나가 평소와 달리 유순한 모습으로 뒤따라 들어오더니 교장 옆으로 살짝 비켜섰다.

"너희 둘 다 몇 주 동안 아주 열심히 연습하고 있다." 암브로시 시모노비치가 특유의 살짝 비음 섞인 목소리로 말했다. 니나와 내가 웅얼웅얼 감사 인사를 건네자, 그가 조급하게 고개를 끄덕였다.

"'어린 마샤'가 아주 중요한 역할이라는 건 잘 알고 있지? '성인 마샤' 다음가는 중요한 역할이니까. 마린스키의 솔리스트며 수석 대부분이 바가노바의 〈호두까기 인형〉의 주역을 거쳐 갔단다. 나 역시 '호두까기 왕자' 역을 했었지. 베라 이고레브나도 '어린 마샤' 역을 맡았고. 내가 입학하기 2~3년 전이었던 것 같은데, 그렇죠, 선생님?" 그가 베라 이고레브나를 힐끗 쳐다보며 묻자, 선생님은 자랑스럽게 고개를 끄덕이며 대답했다. "'성인 마샤'도 했고요. 졸업반 때요." 그 순간 나는 암브로시 시모노비치가 중요하지도 않은 말을 쓸데없이 장황하게 늘어놓고 있다는 걸 깨달았다. 그리고 이건, 본질적으로 착한 사람들이 모진 행동을 해야 한다는 압박감을 느낄 때 시간을 끄는 처세술이었다.

"음, 캐스팅이 결정됐단다. 개막 공연 무대에는 베레지나가 오를 거야. 공연은 총 세 번." 교장이 말하는 동안, 내 머릿속의 모든 피가 빠져나가는 것 같은 느낌이 들었다. "레오노바, 너는 나머지 두 공연의 무대에 오를 거다."

한시름 놓았다는 듯 암브로시 시모노비치 교장의 이마 주름이 부드럽게 풀렸다. 우리에게서 고맙다는 인사를 기다리고 있는 것 같았다. "스파시바(고맙습니다), 암브로시 시모노비치." 의무적인 한마디가 내 입 밖으로 흘러나왔고, 그 순간 이후 저녁의 기억은 물에 젖어 번진 글씨처럼 흐릿하다. 그다음에 떠오르는 장면은 이미 침대에 누워 있는 내 모습이다. 소피야는 텔레비전이 있는 학생 휴게실에서 아마 발레 영상을 보거나 숙제를 하고 있을 터였다. 어둠이 나를 포근히 감쌌다. 이불 속에서 몸을 웅크린 나는 문 밑으로 새어 들어오는 금색 불빛을 쳐다보고 있었다. 사람들이 복도를 걸어갈 때마다 직사각형 모양의 얇은 틈으로 그들의 그림자가 지나갔다. 벽 너머로 나지막히 울리는 대화와 웃음소리를 듣고 있으니 내 고독이 더욱 실감 났다. 나는 혼자였을까, 아니면 외로웠을까? 두 상태의 경계는 문턱 없는 문이었고, 나는 그 문을 하루에도 셀 수 없이 넘나들었다.

빛의 창구로 미끄러지듯 지나가던 그림자가 멈추더니, 뒤미처 노크 소리가 났다. 나는 대답하지 않았다. 그러자 문손잡이가 서서히 돌아가는 게 보였다. 복도를 가득 채운 값싼 조명이 방 안으로 쏟아져 들어오며 니나 베레지나의 실루엣을 부조처럼 드러냈다. 샤워를 마치고 깨끗한 티셔츠와 웜업팬츠로 갈아입은 니나는 보드카처럼 생긴 유리병 하나와 그릇 하나를 가슴 앞에 안고 서 있었다.

"나타샤, 자니?" 그가 물었다. 내가 눈을 뜨고 있는 모습을 못 봤을 리가 없지만. "저기, 줄 게 있어서 왔어."

나는 호기심에 못 이겨 몸을 일으켜 세웠다.

"그게 뭐야? 보드카?"

니나가 웃었다. "응. 그렇긴 한데, 네가 생각하는 그런 건 아니야." 니나가 내게 이불 속에서 발을 꺼내보라고 손짓하고는 보드카를 그릇에 콸콸 쏟아부었다.

"아까 얘기한 것처럼 물집이 생기기 전에 해야 효과가 좋은데. 보드카에 발을 담그면 피부가 더 강해지거든. 당장은 따갑겠지만, 일주일에 몇 번씩 꾸준히 하다 보면 나아질 거야." 니나가 그릇을 침대 옆에 내려놓고서 기대에 찬 눈으로 나를 쳐다보았다. 나는 깊은숨을 한 번 들이쉬고 한쪽 발을 그릇에 담갔다. 곧이어 영혼이 몸 밖으로 빠져나갈 듯한 고통에 비명을 질렀다. 최악의 통증이 지난 뒤 발을 빼고 눈을 떠보니, 내가 마치 산고를 겪는 여인처럼 니나의 손을 꽉 잡고 있었다. 순간 모든 상황이 너무나 우스꽝스러워서 우리 둘 다 웃음을 터뜨렸다.

"이거, 좀 마실까?" 내가 이렇게 묻자 니나는 그릇에 든 내용물을 쭉 들이켜는 시늉을 했다. 다시금 우리는 눈물이 맺히고 숨이 찰 때까지 웃었다.

발레는 방대하지만 발레 세계는 무척 좁다. 한때 나란히 수업을 듣고, 밥을 먹고, 경쟁했던 사람들은 우리가 사랑에 빠지고, 결혼하고, 평생의 친구 또는 라이벌이 될 사람들이기도 하다. 니나와 내가 친구로 지내는 편이 좋겠다고 결정한 사람은 니나였다. 그가 왜 그런 결심을 했는지는 아직도 알 수 없다. 항상 나보다 조금은 더 앞서갈 거라고 생각해서 그랬을 수도 있다. 치열한 우리 세계에서 이런 확신은 인간관계를 안정시켜 주는 무게 추와 같다. 그게 아니라면, 니나는 나와 정반대로 정말로 다른 사람을 미워하지 못하는 성격인지도 모른다.

어쨌든 니나는 내 마음의 문을 열고 들어온 유일한 사람이었고, 그래서 나는 그가 내밀어준 손을 순순히 잡았다. 그때는 두 사람이 서로에게 끌리는 이유가 무엇인지 알기엔 너무 어린 나이였다. 그럭저럭 지내는 친구나 애인을 선택할 수는 있어도 진정으로 사랑하는 사람을 선택하기란 불가능하다는 사실을 깨달은 건 긴 세월이 흐른 뒤였다.

우리가 진정으로 사랑하는 사람은 누구인가? 그냥 좋아하는 사람이 아니라 계속 생각나는 사람 아닌가. 나는 셀 수 없이 많은 사람을 만났다. 멋진 남자, 멋진 여자 들과 친밀함을 나누고, 웃고, 서로 호의를 보였으며, 좋은 시간을 함께했다. 그러나 다음 극장에서 새로운 일정을 시작하고 나면 더는 그들을 생각하지 않았다. 물론 몇 달 동안 내 상상을 완전히 사로잡은 이들도 있었지만, 헤어지고 나면 더는 그들의 빈자리가 느껴지지 않았다. 그런 사람들은 내 안에 어떤 공간도 차지하지 못한 것이다. 그런가 하면 어떤 사람들은 내 머리와 가슴에 큰 공간을 차지한 채 몇 년을, 어쩌면 평생을 떠나지 않는다. 그런 사람들은 내 영혼 깊숙이 파고들어 자리를 잡기 때문에 나 자체가 사라지지 않고서는 그들을 떠나보낼 수 없다. 나는 어린 시절 친구들을 자주 떠올리는데, 그렇다고 그때의 관계를 되찾고 싶은 마음이 드는 건 아니다. 친구들을 그리워하던 나조차 이제는 그리움의 대상이 되었다.

수업을 듣고, 식사를 하고, 무대에 서고, 늦은 밤 비밀 얘기를 나누며 우정을 쌓아가던 우리 사이에는 열네 살이 될 무렵부터 미묘한 균형이 형성되었다. 행운의 여신의 딸처럼 찬연한 소피야. 특유의 진지하고 우아한 분위기로 선생님과 학생들의 이목을 사로잡은, 생일이 빨라 벌써 열다섯 살이 된 니나. 밝고 유순한 성격으로 모두에게 사랑받는 세료자. 그리고 스튜디오에 가장 먼저 도착하고 가장 늦게까지 남아 발레 숭배로 자신을 불태우던, 그런 맹목을 누그러뜨릴 우정이 없었더라면 이미 무너져 버렸을 나. 우리끼리는 서로 경쟁하지 않는다는 불문율이 있었다. 우리 중에 한 사람이 속상해하고 있으면 나머지 모두가 달라붙어 위로해 주었고, 누군가 잘되는 사람이 있을 때는 승리의 기쁨을 함께 나누었다. 그리고 우리는 누구 하나도 무리를 주도하려고 하지 않았다. V 자를 그리며 날아가는, 꼭짓점의 리더가 지치면 자연스럽게 자리를 바꾸어 대형을 유지하는 기러기들같이 우리는 힘들이지 않는 관성의 상태로 돌아가면서 번갈아 주목을 받았다. 움직이는 동시에 쉬는 철새들처럼.

이런 우리 관계를 깨뜨린 건 머리카락처럼 가느다란 금이었다. 너무 미미한 일에서 비롯된 균열이라 어느 토요일 오후 엄마와의 통화에서 시작되었다는 걸 나는 세월이 한참 흐른 뒤에야 짚어낼 수 있었다. 그날 내가 전화를 걸자 엄마의 목소리가 환히 밝아졌다.

엄마가 베이킹소다와 레몬즙으로 지르잡고 욕조 안에 담그던 낡은 의상들처럼, 새것이 아니라 새것 같은, 행복이 아니라 행복 같은, 그런 목소리였다.

"나타슈카. 학교는 어때? 집에는 언제 올 거니?"

나는 웅얼거리며 리허설 스케줄이 빡빡하다는 핑계를 댔고, 그러는 내게 엄마는 아무 대꾸도 하지 않았다. 마지막으로 집에 다녀온 지 몇 달이나 지났는데도 못 간다는 내 말에 엄마는 조금 안심하는 것 같기도 했다. 물론 이제 내가 허리띠로 맞을 나이는 지났지만, 너무 오랜 시간을 같이 보내는 건 엄마에게나 나에게나 부담이었다. 엄마에게는 스트레스나—짐작건대—슬픔이 쌓인 날이 많았고, 그럴 때면 갑자기 격하게 화를 내기도 했다. 방금 전까지 같이 이야기를 하며 웃다가도 엄마는 아주 사소한 일, 예를 들면 화장실 불 끄기를 잊은 일로 소리를 질렀다. 게다가 이제는 예전처럼 침대에 함께 누워 엄마의 품에 안겨 잠드는 것으로 위안받을 나이가 아니었다. 여전히 엄마를 사랑했고 엄마에게 사랑받고 싶었지만, 엄마와 함께 있으면 걱정과 긴장, 그리고 불안이 차올랐다. 엄마도 정말로 내 행복을 바랐으니, 딸이 명문 학교에서 그토록 원하던 발레를 배우며 잘 지낸다는 것만큼 기쁜 소식도 없을 터였다. 이렇게 지내는 게 모두에게 최선이었다. 함께 있는 것보다 떨어져 있는 게 나은 가족도 있는 법이었다.

"나타샤, 좋은 소식이 있어." 오랜만에 엄마의 쾌활한 목소리를 듣고 있으니, 엄마가 소녀처럼 집게손가락으로 수화기의 줄을 돌돌 꼬던 모습이 머릿속에 그려졌다. 스베타 이모와 통화할 때마다 나오던 엄마의 습관이었다.

"극장 월급이 올랐어. 이제 한 달에 100루블씩 더 받는단다." 100루블이면 보드카 5리터를 살 수 있는 돈이었다. "엄마가 새 외투 사줄게. 지금 있는 건 소매가 짧아졌잖니."

나는 "고마워요, 엄마"라고 대답했고, 몇 분 뒤 전화를 끊었다. 애초에 전화를 걸었던 진짜 용건은 꺼내지도 못한 상태였다. 얼마 후면 우리 담임인 아그리피니야 알렉세예브나 선생님의 칠순이라 5학년 여자애들이 돈을 모아 선물을 사기로 했다. 사교 생활의 리더 역할을 자연스럽게 도맡는 소피야가 이번에도 선물 준비 담당을 맡았고, 얼마 뒤 내 몫의 돈을 요구했다.

"엄마가 전화를 안 받으시네. 요즘 극장에서 매일 야근한다고 하시더니 바쁘신가 봐." 소피야에게 말했다. "내 거까지 먼저 좀 내줄 수 있어? 방학 끝나고 갚을게."

"그래, 알았어." 소피야가 눈을 가늘게 뜨며 말했다. 그러나 10분쯤 지나자 세료자 얘기를 하고 싶은 마음이 짜증보다 더 강해진 소피야는 얇은 C 자 모양으로 눈썹을 다듬으며 내게 쫑알쫑알 말을 걸었다.

아그리피니야 알렉세예브나 선생님의 생일 잔치 하루 전날, 소피야의 어머니가 딸을 백화점에 데려다주기 위해 기숙사로 왔다. 긴 손톱 끝으로 방문을 살살 노크하는 것이 마치 밤바람에 흔들리는 나뭇가지가 기숙사 창문을 긁는 소리 같았다. 소피야는 침대에서 벌떡 일어나 제 엄마의 품에 뛰어들었다. 두 사람은 부둥켜안고 몸을 좌우로 흔들며 서로를 반겼다.

"엄마, 얘가 나타샤예요." 소피야가 내 쪽을 향해 고갯짓을 하자, 아주머니는 나를 향해 입꼬리를 살짝 올렸다. 그는 팔꿈치까지 내려오는 긴 금발 생머리를 지녔고, 가느다란 두 다리는 당시 세련된 모스크바인들 사이에서 황금기를 누리기 시작한 골반 청바지에 감싸여 있었다. 서리처럼 반짝이는 그의 하늘색 아이섀도는 마치 우주탐험이나 놀라운 발명품처럼 위대한 발견으로 여겨져 내 가슴에 울림을 주었다. 팔짱을 끼고 방을 나서는 두 사람의 모습은 꼭 자매 같았다. 세 시간 뒤 그들은 선생님에게 줄 아름다운 자수정 목걸이, 그리고 소피야의 새 옷이 가득 찬 쇼핑백을 잔뜩 들고 방으로 돌아왔다. 새로 사온 물건들을 정리하며 내게 재잘거리는 소피야를 보면서 나는 "아, 여기. 이거 보니 네 생각이 나서 사 왔어"라며 작고 값싼 무언가를 꺼내 주지 않을까 생각했다. 자기는 누가 줘도 안 가질 싸구려 무엇이라도.

마지막 쇼핑백을 비운 소피야가 샤워하러 방을 나갔을 때, 그런 선물 따위는 없다는 사실을 그제야 깨달은 나는 부끄러움에 얼굴이 화끈거렸다. 가난보다 더 수치스러운 것은 가난하게 행동하는 것, 즉 더 많이 가진 자의 관대함을 기대하는 것이었다. 소피야의 옷장은 색깔별로 정리된 옷들로 가득한데, 그 옆에 똑같이 생긴 내 옷장은 페레스트로이카[1] 이전 시대의 식료품 가게처럼 닳고 해진 물건들로 반쯤 채워져 있다고 해도, 어쩌겠는가? 그렇다 한들 소피야에게 나를 행복하게 만들어줄 의무가 있는 건 아니었다. 대신

1 1986년 고르바초프가 펼쳤던 개혁 정책.

나는 언젠가 지금과 반대되는 상황에 서 있을 미래의 나를 상상했다. 값비싼 물건들이 황홀한 부의 향기를 자아내는 층층의 선반 앞에서 비단처럼 부드러운 종이에 겹겹이 싸인 핸드백이며 하이힐을 꺼내어 가지런히 정리하는 내 모습을.

이건 내가 나중에 커서 하고 싶은 수많은 일 가운데 하나였다. 내 이런 소망의 대부분은 소피야나 니나, 그들의 가족에게 영감을 받은 것이었다. 엄마를 백화점에 데려가고, 매주 나 자신을 위해 꽃다발을 사고, 카디건과 니트 세트를 맞춰 입으며, 《거장과 마르가리타》를 읽는 것. 그들의 아무 생각 없는 습관이 내 가슴속 깊이 새겨져서 내가 꿈꾸는 미래가 되었다는 걸 친구들에게 말하지는 않았다.

수요일, 아그리피니야 알렉세예브나 선생님은 프티파 스튜디오에서 졸업생과 재학생, 동료들에게 둘러싸여 일흔 번째 생일을 축하받았다. 모두가 자수정 목걸이를 비롯한 다른 선물들, 여러 개의 꽃다발을 선생님의 왜소한 몸에 수북이 안겨드렸다. 성대한 초콜릿케이크가 나뉘어져 작은 접시에 담기고 테이블에 쫙 깔렸지만, 남자애들 말고는 아무도 손대지 않았다. 따뜻한 축하 연설을 건넨 암브로시 시모노비치가 아그리피니야 알렉세예브나의 볼에 열정적으로 입을 맞춘 후 갑자기 선생님을 머리 위로 번쩍 들어 올리는 바람에 스튜디오의 모두가 환호하며 웃음을 터뜨렸다. 우리는 입을 떡 벌리고 고개를 들어 우아하게 아라베스크[1]를 한 선생님을 쳐

1 한 발로 중심을 잡고 서서 다른 쪽 다리를 뒤로 뻗는 자세.

다보았다. 이 포즈를 취하고 있는 선생님은 도저히 스물한 살이 넘었다고 믿어지지 않았다. 파티가 끝날 무렵, 아그리피나야 알렉세예브나가 내 쪽으로 고개를 돌리며 "꽃다발을 차로 옮겨야 하는데, 좀 도와주겠니?"라고 부탁했다. 나는 흥분해서 가슴이 뛰었다. 이렇게 학생 하나가 선택되어 선생님을 돕는 일은 특별한 영광이었다. 나는 선생님의 차 안 천장까지 꽃다발을 가득 채웠고, 그걸 본 선생님은 백미러도 안 보이겠다며 웃음을 터뜨렸다. 자동차의 헤드라이트가 저녁 공기를 가르며 연황색 통로를 만들어냈다. 나는 선생님의 차가 모퉁이를 돌아 사라질 때까지 한참 서서 손을 흔들었다.

목요일, 테크닉 수업을 들으러 스튜디오에 들어갔는데 아그리피나야 알렉세예브나 선생님이 보이지 않았다. 수업 시작 5분 뒤 스베타 이모가 대신 나타났지만, 아그리피나야 알렉세예브나에게 무슨 일이 생겼는지 궁금해하는 우리의 질문에 아무런 대답을 해주지 않았다.

금요일이 되자 나의 걱정은 괴로움으로 바뀌었다. 꽃다발이 잔뜩 쌓여서 백미러가 안 보인다며 차창 밖으로 새처럼 생긴 얼굴을 빼꼼 내밀던 선생님이 계속 떠올랐다. 선생님에게 무슨 일이 생겼는지 말해주는 사람이 없자, 사고가 난 게 틀림없다는 확신과 함께 거기에 내 책임도 있다는 생각이 들었다. 그러다 토요일 점심시간에 마침내 소피야가 무슨 상황인지 알려주었다. 꽃 때문이긴 했지만, 내가 걱정하던 것과는 전혀 다른 이야기였다.

"선생님네 고양이, 티볼트 때문이래. 고양이가 설사했는데 피가 섞여 나와서 아그리피니야 알렉세예브나는 개가 위암에 걸렸다고 생각한 거야." '피'라고 말하는 순간 소피야는 포크로 방울토마토를 쿡 찔러서 터뜨렸다. "그래서 엄청나게 큰돈을 들여서 각종 검사를 해봤는데, 아마 꽃 같은 걸 잘못 먹어서 그런 것 같다는 게 수의사의 결론이래."

"그럼, 고양이는 괜찮은 거야?" 니나가 양상추를 씹으며 물었다.

"응. 선생님은 월요일에 돌아오신대. 그래도 오늘 밤 리허설은 취소!"

토요일 저녁에 쉬는 건 몇 달 만에 처음이었다. 선생님의 고양이가 설사병에 걸리는 은총이 우리가 졸업하기 전에 두 번은 오지 않을 거라며 소피야는 최고의 자유 시간을 보낼 계획을 세우기 시작했다. 그날 저녁 마린스키 극장에서 〈백조의 호수〉 공연이 있었고, 마침 스물한 살의 프리마 발레리나 카티야 레즈니코바가 '오데트-오딜' 역할로 데뷔하는 날인 데다가 마린스키는 바가노바 학생증이 있으면 무료로 입장할 수 있었다. 몇 분 만에 소피야는 세료자, 그리고 노보시비르스크 출신인 6학년 안드레이를 초대했다. 눈 깜짝할 사이에 우리는 5시 30분에 안뜰에서 만나기로 약속했다.

저녁 계획에 온 정신이 팔린 탓에 오후 테크닉 수업을 아그리피니야 알렉세예브나 대신 베라 이고레브나가 가르친다는 것조차 신경 쓰이지 않았다. 오랜만에 뵌 베라 이고레브나의 입은 내 기억보다도 더 매서웠다. 선생님은 모두가 보는 앞에서 소피야에게 발레로는 아무것도 못 하게 생겼으니 일반 과목이나 열심히 공부하라고 했다. 심지어 니나도 선생님의 윽박을 피해 갈 수 없었다. "왜 이렇게 폴짝거려? 지탱하는 다리를 바닥으로 굳게 내리뻗으란 말이야. 다시!" 선생님이 무섭게 소리쳤다. 다시 아티튀드[1] 턴을 시도한 니나가 여전히 살짝, 겸연쩍게 폴짝이며 끝내자, 베라 이고레브나는 한심하다는 듯 내뱉었다. "다리 하나 없는 새끼 염소 같은 꼴이네." 그리고 생각지도 못한 순간에, 선생님이 내 얼굴을 가리키며 말했다. "레오노바, 아티튀드 턴."

나는 깔끔하게 세 바퀴를 돌고 알롱제[2]로 착지했다. 이번만큼은 베라 이고레브나도 지적 사항을 찾지 못한 듯 심술궂은 한마디로 그쳤다. "보트 타크. 그렇지, 바로 그렇게."

수업이 끝난 뒤 탈의실의 분위기는 우리에게 가장 소중한 주말의 시작이라는 걸 전혀 느낄 수 없을 정도로 최악이었다. 소피야에게 다가가 보았지만, 그는 눈을 내리깔고 말없이 고개를 가로저었다. 조금 더 침착해 보이던 니나는 샤워를 마치고 곧 밖에서 보자고 말했다. 소피야와 나는 나지막하지만 돌고 돌며 계속 치솟는 계단을 엉금엉금 올라 우리 방으로 들어갔다. 방문을 열었을 때, 태양은 그날의 마지막 햇살 한 줌을 눈 덮인 안뜰에 던지는 중이었다. 그 부드러운 풍경 한가운데 나무 한 그루가 앙상한 가지 끝에 닿은 섬광 한 줄기를 소피야의 침대 위로 보내고 있었다. 바로 그 위에 그는 고개를 처박고 엎드려 꼼짝도 하지 않았다.

"일어나, 우리 나갈 준비 해야지." 소피야의 어깨를 톡톡 건드리며 내가 말했다.

1 한쪽 다리를 고정하고 다른 다리 무릎을 90도 이상 굽혀 올리는 포즈.
2 손등을 위로 하고 두 팔을 양옆으로 손끝까지 길게 뻗는 동작.

"됐어, 나 빼고 너네끼리 가." 소피야가 침대에 얼굴을 박은 채 웅얼거렸다.

"놀러 가자고 우리를 꼬드긴 게 누군데 그래. 얼른 준비하자." 소피야의 손을 잡고 끌어당겼지만, 그는 보기보다 기운이 남았는지 기어코 뿌리쳤다. 갑자기 피로가 밀려와 나는 소피야 옆에 앉았다.

"질투야. 자기가 젊었을 때처럼 춤을 잘 추는 애들을 보면서 느끼는 씁쓸함……." 이 말이 입 밖으로 나가기도 전에 이미 나는 그게 진실이 아니라는 사실을 알았다. 베라 이고레브나는 분명 독했으나, 악독하지는 않았다.

"선생님 말씀이 옳아. 나는 글렀어." 소피야가 여전히 베개에 얼굴을 파묻고 끙끙댔다.

"그런 말 마. 너 아주 잘하고 있잖아." 나는 소피야의 등을 토닥였다. "누구에게나 잘 안 풀리는 날이 있게 마련이야."

"너는 안 풀리는 날 같은 거 없잖아."

거기에 뭐라 대꾸할 말을 찾을 수 없었다. 그 전날보다 퇴보했을 때 느끼는 고통과 두려움은 언제 마지막으로 겪었는지 희미할 정도로 이미 오래전 기억이었다. 수많은 연습 시간 중 정확히 집어낼 수 없는 시점, 그 어느 순간 내 몸은 아귀가 맞아떨어져 제자리를 찾은 것이다. 포인트 슈즈 안쪽에 자꾸 마찰하며 피부가 찢기는 발가락, 우아하지 못한 포르 드 브라[1]와 같은 약점은 사라지고 빠른 속도, 턴, 점프와 같은 강점이 더욱 뚜렷해졌다. 발레가 쉬워졌다는

1 발레에서 팔을 움직이는 동작과 기법.

뜻이 아니라, 이해하게 되었다는 뜻이다. 마치 뛰어난 선수가 체스를 이해하듯이. 말하자면 예순네 칸 흑백의 세계에서 모든 기물을 어떻게 활용하는지 인지하게 된 것이다. 그다음부터는 창의적으로 두는 건 물론이고 재치를 보일 수도, 상대와 협상을 할 수도 있었다. 뭔가를 포기하는 대가로 다른 무언가를 발레에서 얻어내는 방법을 터득했다는 뜻이다. 이 지점에 도달한 후로는 매일 아침이 따뜻한 파랑으로 가득 찬 여름의 첫날처럼 한량없이 상쾌하게 느껴졌다.

"야아, 5시 거의 다 됐어." 소피야의 어깨를 다시금 톡톡 두드렸다. "네가 안 가면 세료자가 실망할 텐데."

이번엔 소피야가 내 손을 뿌리치지 않고 가만히 있기에 나는 말을 이었다.

"새로 산 벨벳 원피스 입으려고 했던 거 아니야? 너한테 정말 잘 어울리던데. 어서 가자." 소피야의 팔을 잡아당기며 말했다.

소피야는 내키지 않는다는 시늉을 하다 결국 못 이기는 척 침대 밖으로 끌려 나와 샤워실로 향했다. 그날도 기숙사의 보일러가 고장 나 온수가 나오지 않았다. 우리는 꽥꽥 소리를 질러대며 견딜 수 있을 만큼만 찬물 아래에 서 있었고, 몇 분 뒤 밖으로 뛰어나와서 곧장 젖은 머리카락 위에 두툼한 털모자를 뒤집어썼다. 옷을 다 차려입고 안뜰을 내려다보니 어둑한 실루엣 세 개가 팔꿈치를 잡고 서서 좌우로 총총거리고 있었다. 우리를 발견한 친구들이 미친 듯이 손을 흔들자 소피야는 "금방 갈게!"라고 활기차게 외쳤다. 우리는 계단을 두세 개씩 건너뛰어 내려가며 아무 이유 없이 깔깔거렸다.

나는 바가노바에서 몇 블록 벗어나자마자 방향감각을 잃었다. 시내를 잘 아는 소피야와 니나가 앞장서서 걸었고, 두 사람 뒤를 안드레이와 세료자, 그리고 내가 바짝 붙어 따라갔다. 우리는 어렸고 감동할 준비가 되어 있었기에 그저 사랑스러운 밤이었다. 눈에 보이는 모든 걸 다 기억해야만 할 것 같았고, 세상은 우리에게 은밀한 암호로 말을 걸어왔다. 묵은눈이 녹아 검게 번들거리는 아스팔트 도화지 위로 신호등이 빨강, 노랑, 초록의 붓질을 하고 있었다. 얼굴에 닿는 안개가 서늘하고 상쾌했다. 믿는 이들의 안내를 받아 아무 생각 없이 따라갈 때 특유의 여유 있는 유쾌함과 농담이 넘쳤다. 목적지가 어딘지, 어떻게 가는지도 모르면서 다만 근사함이 기다린다고 믿는 것은 나름대로 특별한 행복이다.

우리가 도착한 곳은 패스트푸드 식당이었는데, 〈호두까기 인형〉에서처럼 다과의 나라가 아니라 형광등과 감자튀김의 궁전이었다. 다른 여자애들처럼 나도 몇 달째 거의 메밀죽과 샐러드만 먹고 있었던 터라 안에 들어가자마자 진한 기름 냄새가 코를 지나 뇌까지 올라오는 것 같았다. 나는 가진 돈을 털어 작은 사이즈의 감자튀김 하나를 사고 골무만 한 종지 두 개에 케첩을 담았다. 그러고는 플라스틱 쟁반을 들고 니나 옆자리로 가서 앉았다. 세료자는 소피야 옆에 앉았고, 안드레이는 다른 테이블에서 의자를 하나 끌어다가 니나와 세료자 사이에 앉았다. 제일 먼저 아그리피니야 알렉세예브나 선생님과 티볼트 얘기를 시작한 우리는 곧 빼어난 무용수, 카티야 레즈니코바로 넘어갔다.

"작년에 카티야가 〈파키타〉 추는 거 봤는데, 그야말로 눈부셨어." 소피야가 햄버거를 얌전히 한 입 베어 물며 말했다. "나도 카티야처럼 큰 코에 붉은 머리카락이면 좋을 텐데. 정말 우아해."

"난 네 금발이 좋은데. 작은 코도." 세료자가 말했다. 그의 서글서글한 목소리에는 같은 아파트에서 나와 함께 컸던 숫기 없는 남자애의 수줍음이 아주 약간 담겨 있었다. 하지만 그것뿐, 세료자는 전혀 못 알아볼 정도로 달라져 있었다. 가슴 근육 사이의 뚜렷한 골짜기, 나무껍질에 파인 골처럼 팔을 감싸고 있는 핏줄, 보면 안 되는 걸 알지만 자꾸 눈이 가던 다리 사이의 삼각형 부분까지. 소피야가 방긋 웃으며 그의 허벅지에 손을 얹었다. 두 사람은 마치 키스라도 할 것처럼 잠시 서로를 빤히 쳐다보았지만, 이내 세료자는 음료수가 담긴 컵을 집어 들었고 소피야는 냅킨 뒤에 숨어버렸다. 반대편에 앉은 안드레이와 니나는 다가올 바가노바 리사이틀에서 선보일 장 드 브리엔 베리에이션 이야기가 한창이었다. 안드레이에게 훌륭하다고, 뭐든 다 잘하니까 걱정할 것 없다고 말하는 니나의 목소리가 들렸다.

"아냐, 다는 아니지." 또렷한 이목구비를 지닌 안드레이의 왕자님 같은 얼굴에 몽환적인 미소가 번졌다. "나는 아다지오를 정말 못 하겠어. 그게, 뭐라고 해야 하나……."

니나가 애잔한 표정으로 안드레이를 향해 몸을 기울이면서 내게 나직이 말했다. "내 샌드위치 좀 먹을래? 감자튀김도. 너무 많아서 혼자서는 다 못 먹겠다." 내가 내 음식을 다 먹고도 허기져 보일 때면 니나는 이렇게 묻곤 했다.

샌드위치를 한 입 베어 물 때 안드레이가 드디어 생각났다는 듯 말했다. "너무 느려." 그가 인류에 관한 아주 심오한 통찰을 드러내기라도 한 듯 니나의 눈이 감탄으로 반짝였다. 안드레이는 머리보다 몸이 더 빨리 회전하는 사람이었지만, 그게 단점이 되지는 않았다. 오히려 비현실적으로 아름다운 외모에 인간미를 더하는 독특한 매력이었다. 안드레이와 니나가 짙고 아름다운 머리를 맞대고 있는 모습을 보고 있노라면, 발레 블랑[1]의 결점 있는 귀족과 헌신적인 정령이 떠올랐다. 금발인 세료자와 소피야를 보고 있으면 아폴로와 그의 뮤즈가 연상되었다. 나중에 니나와 소피야에게 이 얘기를 해줘야겠다고 생각하며 머릿속에 메모를 남겼다. 십 대의 무한한 활기를 지닌 우리는 현재 모습보다 우리가 바라는 미래의 모습에 관해 더 많은 이야기를 나누고 있었다.

지나온 날보다 다가올 날이 더 많을 때는 꿈이 현실보다 더 현실적인 법이다.

인생은 결국 궁극의 캐스팅 과정이라는 걸 우리는 조금씩 이해하기 시작했고, 우리가 최종적으로 어떤 역할을 맡게 될지 궁금해했다. 이 문제는 세료자와 안드레이를 제외한 우리를 끊임없이 사로잡은 단 하나의 주제였다.

우리가 도착했을 때 극장은 마치 밤이 드리워져 암흑이 된 바다에 떠 있는 한 척의 배처럼 광장 가운데에서 밝은 빛을 뿜어내고 있었

1 어두운 배경에서 흰색 튀튀를 입은 무용수들이 군무하는 장면으로, 낭만 발레의 특징으로 꼽힌다.

다. 입구를 가득 메운 관객들은 새로운 '오데트'에 대한 기대감으로 웅성거렸다. 극장은 만석이었다. 오케스트라석부터 황제의 모노그램이 새겨진 차르의 박스석,[2] 벨 에타주,[3] 그리고 불멸의 신들이 그려진 천장 바로 아래, 신들[4]이라고 불리는 가장 저렴한 꼭대기 좌석까지, 담청색 벨벳이 깔린 모든 의자가 꽉 차 있었다. 스물한 살밖에 안 된 무용수가 같은 해에 프리마 발레리나로 승급하고, '백조의 여왕'으로 데뷔하는 건 매우 귀한 영광이었고, 관객의 기대감이 전선처럼 공중을 갈랐다.

그러나 공연의 시작은 그런 과열된 기대에 미치지 못했다. 〈백조의 호수〉 공연에 왕자의 생일 파티를 보러 오는 관객은 없었다. 그날 밤 관객들의 얼굴에는 유독 왕자 '지그프리트'와 그의 친구들이 빨리 그 신을 마무리하고 무대를 비우기를 바라는 표정이 역력했다. 마침내 현의 트레몰로가 호수의 물결처럼 극장을 채웠고 기다리던 순간이 시작되었다. 차이콥스키만의 특징대로, 음향이 객석 맨 뒷줄까지 파고들듯 퍼지면서 드디어 백조 여왕이 된 예카테리나 레즈니코바가 가뿐히 점프하며 무대에 오른 것이다. 그의 등장만으로 쏟아진 우레와 같은 박수갈채. 카티야의 높은 코와 불꽃처럼 붉은 머리카락에 대한 소피야의 평가는 과장이 아니었다. 멀리 떨어진 거리에서도 새를 연상시키는 그녀의 이목구비가, 높은

2 과거 황제가 관람하던 일부 극장 중앙에 마련된 전용 좌석으로, 대여섯 개 의자가 칸막이 안에 놓여 있으며 황족만이 사용할 수 있었다.

3 2층 로열층, 드레스 서클이라 불리기도 한다.

4 전통적으로 그리스·로마 신화의 신들이 그려진 극장 천장에 가까운 꼭대기 좌석은 '신들'이라는 의미의 'the gods'라고 불렸다. 프랑스에서는 같은 이유로 'le paradis(천국)'이라고 불린다.

아치형 눈썹이며, 광채가 나는 눈, 뚜렷한 광대뼈까지 또렷하게 보였다. 마린스키 발레리나 중에서도 카티야의 팔다리는 놀라울 정도로 길고 유연했다. 레즈니코바가 연기하는 '오데트'는 겁에 질린 연약한 새가 아니라 추방당한 자신의 운명까지도 근엄하게 견뎌내는 여왕이었다. 석궁을 든 '지그프리트'를 마주했을 때도 전통으로 전해 내려온, 두려워서 파르르 떠는 듯한 부레[1] 동작을 생략하고서 어디 한번 쏠 테면 쏴보라는 듯이 도도한 자세를 유지했다.

1막의 커튼이 내리자, 관객의 함성으로 극장은 청색 양탄자가 깔린 바닥부터 천장의 샹들리에까지 흔들거리는 듯했다. 그러나 그들은 2막에서 '오딜' 역으로 등장할 레즈니코바가 진가를 보여주길 기다리고 있었다. 여성 무용수가 기술적으로 가장 소화하기 어려운 역할은 〈잠자는 숲속의 미녀〉의 '오로라'라고 흔히들 말하지만, 발레리나의 역량을 최종적으로 가늠하는 것은 〈백조의 호수〉의 '오데트-오딜' 일인이역이다. 1막에서 레즈니코바를 지켜본 나는 그가 '오딜' 역할을 더 잘할 거라고 예상했고, 그 예측은 정확히 들어맞았다. 흑조의 푸에테와 피루엣을 화려하게 소화하는, 참된 브라뷰라bravura[2] 무용수라고 보기에는 레즈니코바의 다리와 발이 너무 길었고, 마린스키에는 그보다 더 자연스럽게 회전하는 무용수들이 있었다. 그러나 레즈니코바는 불꽃을 튀겼고, 스타일이 있었으며, 주저하지 않는 공격성이 있었다. 코다가 끝나자, 관객의 반응은 환희를 넘어 공황 수준에 이르렀다.

1 양다리를 하나로 모아 포인트로 서서 빠르게 발을 동동 구르는 동작.
2 빠르고 많이 회전하는 턴, 높은 점프 등 대담한 기교로 관객을 압도하는 춤 스타일.

기숙사로 향하는 우리 옆에는 폰탄카강이 조용히 흘렀고, 그 검은 표면에 가로등 불빛이 밤하늘의 별처럼 반짝였다. 어쩌다 보니 소피야, 니나, 안드레이가 앞서 걸었고 나와 세료자가 그들 뒤에서 나란히 걸어갔다. 세료자가 소피야나 니나와 함께 있을 때는 말을 잘만 하다가 내 앞에서만 유독 입을 꾹 닫는다는 걸 진작부터 알고 있었지만, 전처럼 거슬리지는 않았다. 소피야에게 시시덕거리고, 니나를 다독이며, 내 앞에서는 조용해지는 세료자를 보면서 어쩐지 그가 나를 가장 신뢰한다는 느낌을 받았다.

"카티야는 프리마 중의 프리마가 될 거야. 그렇지?" 무거운 발을 계속 내딛는 데 집중하며 내가 말했다. 긴 하루 끝에 찾아온 긴 밤이 지나고 있었다.

"그러게. 얼마 전까지 우리와 같은 학생이었다니, 믿기질 않더라." 세료자가 씽긋 웃었다. "아, 카티야랑 그렇게 친한 사이는 아냐. 나한테 잘해주긴 했지만. 날 정말 좋아한 건 카티야의 부모님이었지. 지금도 연하장을 보내주셔."

내 오른편에는 여느 밤과 마찬가지로 느리게, 조금은 은밀하게 강물이 흐르고 있었다. 내가 발걸음을 멈추고 난간을 붙잡자, 세료자가 괜찮냐고 물었다.

"너 그날 이후로 파티 얘기도 레즈니코프 가족 얘기도 한 번을 안 하더라." 그러려고 한 건 아니었는데 생각보다 더 날카롭게 말이 나갔다. "그러니까, 네가 나를 창피하게 생각하는 거 같아서."

세료자가 깜짝 놀라 입을 벌렸다. 나는 그의 눈동자에 새겨진 별무늬를 찾으려고 애썼지만, 주황색 불빛 아래서는 잘 보이지 않았다.

"나타샤, 내가 널 창피하게 생각하다니. 절대 그렇지 않아." 세료자가 고개를 가로저으며 말했다.

"솔직히, 네가 춤추고 있으면 다른 사람은 눈에 보이지도 않는 걸." 세료자의 입김이 안개 속 안개가 되어버렸다. 강에서 물안개가 피어오르고, 시곗바늘은 자정을 가리키며 내일이 오늘로 녹아들고, 날카로운 모서리의 경계가 뭉개지고 희미해졌다. 친구들이 저 앞에서 우리를 부르고 있었다. 그들의 목소리는 어둠 속에서 아득히 깜빡이는 등대 셋이었다. 세료자는 아무 일도 없었다는 듯 다시 걷기 시작했지만, 그 한마디로 우리의 모든 게 달라졌다.

3장

기말시험을 몇 주 앞두고, 연휴를 맞아 소피야네 부모님은 딸을 데리고 얄타로 휴가를 떠났다. 우리 귀여운 소피야는 스스로를 지나치게 몰아붙이는 성격이라 춤에만 빠져 사는 건 좋지 않아, 바닷가에서 며칠 쉬고 오는 게 정서적으로나 신체적으로나 도움이 될 거야, 라고 말하며. 며칠 뒤 소피야는 선연히 그을린 피부와 콤팩트 카메라로 찍은 사진 몇 장을 지니고 돌아왔다. 자갈 깔린 해변에 부딪는 사파이어 빛깔 흑해. 줄무늬 파라솔과 주황색 수건들. 비키니에 흰색 반바지를 입은 소피야가 해안가의 절벽 위에 있는 동화에 나올 법한 성을 향해 걸어가는 모습. 그는 투명한 구릿빛 피부 아래에 크림반도 태양의 따뜻함을 담아온 것 같았다. 그러나 돌아온 첫날, 베라 이고레브나는 5분 내내 소피야를 꾸짖으며 마지막엔 "시험에서 그딴 식으로 춤추면 너 때문에 내가 잘리겠다"라는 말까지

했다. 여행 전이었더라면, 소피야는 방에 들어오자마자 엉엉 울었을 게 틀림없었다. 그러나 바다와 더 넓은 세상을 보고 어떤 용기를 얻었는지, 그의 반응은 이전과 전혀 달랐다.

"난 두 가지 선택지가 있는 거야. 첫째는, 내 가치를 증명해야 하는 또 하나의 관문이라고 받아들이는 거지. 나의 타고난 역량보다 더 나은 모습을 보여야만 하는, 절대 성공할 수 없는 관문." 소피야가 말했다. 우리는 책상 의자를 창가로 바짝 끌고 가 창문을 열어놓고 앉아서 바람을 쐬고 있었다. 두 다리를 포개어 책상다리로 앉고서 분홍빛 두 손으로 찻잔을 감싼 소피야의 모습은 마치 정교하고 아름다운 매듭 같았다.

"두 번째는, 배움의 과정이라고 생각하는 거야. 바가노바에서 7학년을 마치는 건 처음 해보는 일이잖아. 그러니까 뭘 어떻게 해야 하는지를 내가 무슨 수로 미리 알겠어? 그냥 호기심을 갖고 배워나갈 수밖에." 소피야가 말을 멈추고 차를 한 모금 들이켜기에 나도 따라 홀짝였다. 날씨는 어느새 따뜻해졌지만 여전히 우리는 포만감을 주는 뜨거운 음료를 즐겨 마시고 있었다.

"정말 건강한 관점이다." 나는 진심으로 말했다.

"세료자도 그렇게 말하던데." 소피야가 씽긋 웃었다. 세료자 얘기를 할 때만 나오는 미소였다. 그건 무의식적이고 억제할 수 없는, 한 사람이 다른 사람에게 일으키는 자연현상이었는데, 마치 누군가를 쳐다보는 것만으로 비가 내리거나 태양이 뜨는 것과도 같았다. 그런 소피야를 보면서 나는 사랑에 빠진 사람의 얼굴을 알게 되었다.

"생각해 보니, 우리가 이미 경험한 일 같은 건 없네." 내가 캐머마일차를 한 모금 마시며 말했다. "모든 게 새로우니까. 그냥 순간순간 다가오는 대로 살아가야 할 뿐이지."

소피야가 한숨을 내쉬며 고개를 가로저었다.

"너는 굳이 마음을 다잡기 위한 전략을 세울 필요 없어. 넌 그냥 타고난 대로 하면 돼. 언제나 뛰어나잖아. 항상 다른 사람의 기대, 아니 스스로의 기대에도 못 미치는 게 어떤 기분인지 너는 몰라."

인생의 아이러니. 소피야는 이상적인 몸을 타고난 데다가 전직 무용수의 딸이었다. 소피야의 어머니는 코르 드 발레까지밖에 못 갔다고 하더라도 볼쇼이 발레학교에서는 손꼽히는 학생이었다. 그래서 소피야의 어머니를 포함한 모든 사람이, 선천적으로 소피야에게 주어진 조건에 그가 부응해 주길 기대했다. 반면 나는 늘 모든 이에게 과소평가되었고, 그들이 틀렸다는 걸 증명하기 위해 끊임없는 노력을 한 결과 앞으로 나아가게 되었다. 이런 경험이 너무도 잦아서 사람들에게 무시당할 때마다 반드시 성공할 거라는 내 확신은 오히려 한층 커졌다. 그리고 마침내 혼자서 빙긋 미소 짓게 되었다. 우리 친구 무리 외에는 특별히 내가 잘되길 바라는 사람이 없었기 때문에 나는 그 어떤 것도 두렵지 않았다.

시험 당일, 우리는 프티파 스튜디오에 줄지어 입장한 후 선생님들, 연습 코치인 레페티퇴르들, 그리고 학교와 발레단 경영진들 앞에 섰다. 아담한 체구의 암브로시 시모노비치는 열렬히 손짓하며 뭔가를 말해 스베틀라나 이모가 웃고 있었고, 위압적인 태도로 앉아 있는 마린스키 발레단의 예술감독, 이반 스타니슬라비치 막시모프 옆에서 베라 이고레브나가 우리를 이글거리는 눈빛으로 쳐다보고 있었다. 아무 잘못도 하지 않은 사람조차 무심코 "정말 죄송합니다"라고 말하게 할 만한 표정이었다. 발코니석은 다른 학년 학생들과 학부모들로 가득 차 있었다. 나는 엄마가 없어야 집중을 더 잘할 수 있을 거라며 오지 말라고 일렀지만, 뒤쪽 구석 문 옆에 마치 다른 사람의 그림자인 양 숨죽이고 앉아 있는 엄마의 모습이 보였다. 시험이 끝날 때면 엄마는 내게 스타칸치크[1] 아이스크림을 먹으러 가자고 할 것이었다. 내가 단것을 마지막으로 먹은 것이 벌써 몇 년 전이라는 사실을 알 리 없는 엄마는 내가 아직도 아이스크림을 좋아하는 줄 알았다. 엄마가 스타칸치크를 다 먹도록 나는 앞에 놓인 아이스크림에 거의 손도 대지 않을 것이었고, 엄마는 더는 공통점이 없는 우리의 삶을 이어줄 대화 거리를 찾느라 애쓸 터였다.

나와 눈이 마주친 엄마가 수줍게 손을 흔들었다. 나는 꼿꼿하게 자세를 유지하면서도 내가 엄마를 봤다는 걸 표정으로 알려주려고 노력했다. 엄마가 내 집중을 흐트러뜨린다는 말은 거짓말이었다. 엄마의 얼굴은 나를 조금 슬프게 만들 뿐이었다. 나는 전혀 흔들리지 않았다. 지난 3년간 모든 항목에서 최고점을 받아왔었다. 7월에 있을 바르나 국제 콩쿠르에 참가할 바가노바 대표로 세료자와 니나, 그리고 내가 뽑힌 것도 이미 확정된 사항이었다.

그날 반주자는 우리의 마음속 바람을 듣기라도 한 듯 너그러운,

1 러시아 아이스크림.

그리고 지칠 때 힘을 더해주는 연주를 해주었다. 그의 음악에 따라 우리는 바에서 센터로, 그리고 알레그로로 차차 나아갔다. 지난 몇 달간 반복해 연습한 덕분에 굳이 안무를 생각할 필요도 없었다.

마지막 레베랑스[2]를 마치고 복도로 돌아온 우리는 다 같이 꼭 끌어안았다. "마네주[3] 끝에 살짝 균형을 잃었는데, 그래도 눈에 띌 정도는 아니었던 것 같아. 그것 말곤 만족." 니나가 말했다. 홍조를 띤 소피야는 솟구치는 아드레날린으로 파르르 떨고 있었다. "그동안 했던 어떤 리허설보다도 더 잘됐어, 나는." 소피야가 한 손을 가슴 위에 올리고 숨을 내쉬며 말했다. 니나가 팔을 뻗어 소피야의 어깨를 감싸안았다. 그때는 몰랐지만, 이건 우리 셋이 함께하는 마지막 순간이었다.

소피야도 니나도 내게 어땠냐고 묻지 않았고, 나도 굳이 설명할 필요는 없었다. 나는 졸업을 앞둔 8학년 선배들을 포함한 바가노바 전체에서 이미 최고였다. 다만, 전 세계 무용수가 모두 스스로를 최고라 여기는 바르나에서도 내가 과연 최고일 수 있을지 하는 의문만이 남아 있었다. 10년에 한 번 나오는 발레리나가 되려면, 당연히 그래야 했다.

'바르나'라는 명칭이 어디에서 유래했는지 아무도 정확히 알지 못한다. 호텔 로비에서 집어 온 안내 지도에 의하면 '요새' '흐르는 강물' '검은색' 중에서 비롯했다는 것이다. 베라 이고레브나가 우리에

2 공연이 끝날 때 상반신이나 무릎을 살짝 구부려 하는 인사.

3 턴이나 점프로 무대에 큰 원을 그리며 이동하는 스텝.

게 방 열쇠를 건네주면서 조금 쉰 후 저녁 6시 수업을 준비하라고 일렀다. 우리 셋은 "네, 베라 이고레브나"라고 공손히 대답하고 니나와 내가 쓸 여자 방, 세료자가 쓸 남자 방으로 갈라섰다. 물론, 등을 보이자마자 당연하다는 듯 세료자가 우리 방으로 찾아왔다. "너네 방이 훨씬 크네. 그래도 경치는 내 방이 낫다." 세료자의 방에 구경 갔을 때 니나와 나는 둘 다 소리를 지르고 말았다. 창문 너머로 붉은 지붕과 하얀 벽, 싱그러운 정원으로 가득한 도시가 수도원의 모자이크 바닥처럼 펼쳐져 있었다. 동쪽 지평선에는 아릴 정도로 푸른 리본이 길게 뻗어 있었는데, 바로 흑해였다.

수업 시작 전에 해변에 다녀오자고 내가 제안했지만, 니나는 싫다고 했다. 결국 니나는 방에서 낮잠을 자며 쉬기로 했고, 세료자와 나만 나가보기로 했다. 가장 먼저 눈에 들어온 건 강한 햇빛이었다. 태양은 울창한 수림이 드리운 그늘 밖의 모든 곳과 우리 발밑의 돌길을 하얗게 표백했다. 남쪽 나라의 눈부심에 익숙해지고 나자, 바르나가 피터보다 수천 년이나 더 오래된 도시라는 사실에 탄복했다. 이 도시의 담장, 길, 성당 모두 고대에 지어진 것이었다. 이곳 사람들은 창턱에서 벽을 타고 흐드러진 붉은 꽃처럼 여유 있었다. 바르나에서는 돌, 종소리, 시간의 무게처럼 무거운 것들은 더 무겁게 느껴졌고 나무 그늘, 장미 향기, 아이들의 웃음소리, 내 발처럼 가벼운 것들은 더욱 가볍게 느껴졌다. 드디어 처음으로 내가 누군지를 증명했다고 생각하니 두 발이 땅에 닿지 않는 듯했다. 떠나겠다는 약속을 지킨 것이다. 내가 알고 있던 모든 것에서 멀리 떨어지니, 내 세상에 새로운 태양이 떠오르는 듯한 예감을 받았다.

세료자가 내게 아이스커피를 마시러 가겠냐고 물었다. 사실 목이 마르기는 했지만, 그보다 꼭 해변에 가고 싶었다. 세료자는 언제나처럼 흔쾌히 그러자고 했다. 나와 파드되를 출 때도 그는 기꺼이 내게 주도권을 주었다. 내리쬐는 햇빛 아래서 지도를 보며 열심히 길을 찾았지만, 금세 바다가 시야에서 사라지고 우리는 길을 잃었다. 한 시간쯤 지나서 세료자가 이제 그만 호텔로 돌아가야 한다고 말했다.

"바닷가에 갈 기회가 또 있을 거야. 무대가 바로 바다 근처니까."

"근데 경연이 시작되면 시간이 없을걸." 내가 지도를 접으며 말했다. 세료자의 또 다른 특징은 늘 나중이 있을 거라고, 결국 모든 게 잘 풀릴 거라고 생각한다는 것이었다. 반면에 나는 모든 일이 정확한 순간에 이루어져야만 했고, 그렇지 않으면 아무런 의미가 없었다. (언젠가 〈돈키호테〉 파드되를 배울 때 베라 이고레브나가 으르렁거렸다. "세료자에게는 시간이 있고, 나타샤에게는 타이밍이 있어. 너희 둘은 서로에게 좀 배워야 해. 그렇지 않으면 둘 다 가망이 없어.")

베라 이고레브나는 길을 잃고 헤매다 수업 시작 직전에 스튜디오에 도착한 우리 둘을 깜짝 놀라게 했다. 우리가 기억하는 한 처음으로 우리를 야단치지 않은 것이다. 대신 선생님은 니나를 포함해 우리 셋 모두에게 이렇게 경고했다.

"서로 가까이 붙어 다니고 경쟁 상대들하고는 말을 섞지도, 쳐다보지도 말 것."

우리가 고개를 끄덕이자, 베라 이고레브나가 나만 한쪽으로 제껴 세웠다.

"너는 바에서 세료자하고 니나 사이에 서도록." 선생님이 낮은 목소리로 말했다. "나타샤, 너는 네 능력을 인정받으려는 마음이 지나치게 커. 지금은 그게 도움된다고 생각할지 몰라도 나중엔 그게 독이 될 거야. 비소처럼. 최고가 되려는 욕망만 좇는 사람은 진정한 예술가가 될 수 없어."

다른 참가자들이 집게손으로 레오타드 매무새를 가다듬고 둥글게 말아 올린 머리에 여분의 핀을 꽂으며 스튜디오에 몰려 들어갔다. 발을 떼야 했지만 묻지 않을 수가 없었다.

"그러면, 진정한 예술가는 무엇을 좇는데요?"

선생님은 조급하게 고개를 저었다. 순간 베라 이고레브나와 일대일로 대화를 나누는 게 선생님을 알고 지낸 지 수년 만에 처음이라는 사실이 떠올랐다.

"나타샤, 그거 하나만큼은 내가 가르쳐줄 수 없는 거다. 어서 가. 좋은 자리 다 뺏기기 전에."

그날 밤부터 비가 내리기 시작했다. 베라 이고레브나는 경연 첫날은 좋은 컨디션으로 시작해야 한다며 우리에게 곧장 방으로 들어가서 자겠다고 약속을 받아냈다. 우리 셋은 나란히 고개를 끄덕였지만, 5분 뒤 니나와 나는 세료자의 방으로 몰래 들어가 폭풍우가 바르나를 덮치는 광경을 지켜보았다. 노란 번개가 하늘을 반으로 쪼갰고, 뒤이어 거대한 전차가 지나가는 듯한 소리를 울리며 천둥이 쳤다. 세료자가 보드카 뚜껑을 열고는 딱 붙어서 까슬까슬한 담요를 뒤집어쓰고 있는 니나와 내게 건넸다. 니나는 절레절레 고개를 흔들었다. 늘 그래왔듯이, 사리분별이 있는 그는 경연에 지장을 줄 만한 모험을 할 리 없었다. 그러나 나와 세료자는 몇 모금 마시면 긴장을 푸는 데 도움이 될 거라며 니나를 설득시키는 데 성공했다.

"볼쇼이 학교에서 온 애들 봤어?" 세료자의 질문에 니나가 열렬히 고개를 끄덕였다.

"허 참, 선생님 말을 들은 사람은 나밖에 없는 거야?" 나는 화난 시늉을 하며 코웃음을 쳤다. 물론 선생님이 다른 경쟁자들에게 신경 쓰지 말라고 내린 명령은, 누구보다 모스크바의 라이벌 학교에서 온 학생들을 의미한다는 걸 우리 셋 다 알고 있었다.

"여자애들이 예쁘긴 하던데, 좀 영혼이 없어 보이더라." 니나가 말했다. 그 천사 같은 외모와 달리, 니나의 시선은 날카롭다는 걸 다른 사람은 몰라도 우리들은 잘 알고 있었다. "그랑 알레그로를 굉장히 잘하는 남자애 하나 있던데. 왜 머리 좀 길고. 걔도 못 봤어, 나타샤?"

"걔, 알렉산드르 니쿨린이야." 세료자가 술을 병째 한 모금 들이켜며 얼굴을 찌푸렸다. "볼쇼이의 앙팡 테리블. 제2의 바리시니코프. 우리보다 겨우 한 살 위인데 벌써 모스크바의 별이라고 알려져 있어."

"어어. 경쟁자들을 쳐다보지도 말라고 하셨는데." 내가 말했다. 세료자가 우리 담요를 자기 무릎 위로 살짝 잡아당겼고, 나는 베라 이고레브나가 이기려는 욕망을 비우라는 충고를 하셨다고 둘에게 털어놓았다.

"나는 최고가 되고 싶어 한 적도 없고 내 실력을 인정받으려고 한 적도 없어." 니나가 무릎을 가슴 가까이 끌어안으며 말했다. "나한테 발레는 무엇보다도 아름다움 그 자체야. 내가 그런 아름다움의 일부가 되는 것만으로도 충분해."

"그럼 너는, 세료자?" 내가 세료자를 쳐다보자 그가 웃음을 터뜨렸다.

"뭐, 나는 여자애들한테 잘 보이려고 춤추는 거지." 세료자의 이런 성격이 난 이미 익숙했다. 장난기 있게 여자애들을 유혹하는 듯하다가도 조금 순진하게, 어딘가 쑥스러워하는 것이 그의 버릇이었다.

"그래, 효과는 좀 있니?" 나는 그의 손에 들린 병을 낚아채며 웃었다. 방금 그의 입술이 닿았던 곳에 내 입술을 대자 보드카의 쓴맛이 어디론가 사라졌다.

"글쎄, 네가 보기에 그런 것 같아?" 세료자가 말했다. 또 한 번의 번개가 도시 전체를 환하게 비추었고, 곧 호텔 방은 더 큰 어둠 속으로 빠져들었다.

이른 새벽에 폭풍이 잠잠해졌지만, 바다정원[1]의 야외무대는 여전히 발목까지 물이 차 있었다. 무대 스태프들이 온종일 빗자루로 물을 쓸어내고, 개구리를 쫓아내고, 거인의 헤어드라이어처럼 생긴 장비로 무대를 말렸다. 무대 리허설을 하지 않으면 우리가 어떤 바

1 바르나에서 가장 크고 오래된 공원.

닥에서 춤을 추게 될지 알 수 없었다. 무대의 접지력과 기울기를 알아야 힘을 얼마나 주고 균형을 어떻게 잡아야 할지 감을 잡을 수 있는 것이다. 미끄러운 바닥에서 힘을 너무 많이 주면 조금만 균형이 어긋나도 자칫 엉덩방아를 찧을 수 있다. 반대로 끈끈한 바닥에서 너무 망설였다가는 여섯, 일곱, 여덟 번 돌아야 할 피루엣에서의 회전이 두세 번이나 줄어들 수 있었다. 바가노바 스튜디오의 기울어진 바닥은 마린스키의 경사진 무대에 적응할 수 있도록 우리를 준비시켰지만, 세계에 있는 극장 상당수는 평평한 무대를 갖추고 있었다. 이런 변수들은 아무리 뛰어난 무용수라고 할지라도 동작이 완벽하게 나올지 장담할 수 없다는 기본적 사실에 불확실성을 더했다. 피케 아라베스크[2]처럼 간단한 동작에서조차 '다리에 오르지 못하고' 제대로 균형을 잡지 못할 위험은 항상 있다. 근육, 체력, 정신력, 바닥, 습도, 분위기, 파트너까지. 모든 조건이 시시각각 달라지기 때문이다.

"괜찮을 거야." 무대를 둘러싼 담쟁이덩굴 벽 뒤에서 대기하고 있을 때 세료자가 말했다. 검푸른 이파리 사이에서 투광 조명의 불빛이 어둠 속을 오가는 무용수들의 의상을 알록달록하게 물들였다. "토이, 토이, 토이." 우리는 서로 행운을 빌어주며 성호를 그었다. 신의 축복과 가호가 함께하길. 무대 담당자가 우리에게 신호를 보냈다. 우리는 서로의 손을 잡았다.

눈부신 조명의 한복판으로 들어가자 스타카토 같은 박수 소리

2 선 자세에서 중심을 이동해 한쪽 발을 발끝으로 딛고, 다른 다리를 몸 뒤로 세우는 동작.

가 우리를 감쌌다. 무대에 올라가자마자 바닥이 미끄럽다는 걸 깨달았다. 세료자가 내 손을 더 꽉 잡았다. 그러나 음악이 시작되자, 다른 모든 것은 사라져 버렸다. 밤과 빛의 명암 속에서 오로지 우리 둘이 함께 춤출 뿐이었다. 내가 무대를 갈망하는 이유는 내 모든 걸 벗겨내기 때문이다. 배고픔도 투지도 열망도 모두 녹여버리고 가장 본질적인 것만 남긴다. 그 본질은 아름다움도, 사랑도 뛰어넘는다.

우리 둘의 아다지오가 끝난 후, 세료자가 베리에이션을 하는 동안 나는 벽 뒤에 서서 기다렸다. 굳이 쳐다보지 않아도 그가 잘하고 있다는 사실을 알 수 있었다. 여자를 대하는 세료자의 태도는 가볍고 장난스러웠지만 방탕하거나 유해하지는 않았다. 그가 연기하는 스페인 청년의 사랑에는 잘 익은 토마토를 딸 때와 같은 순수함과 명랑함이 느껴졌다. 세료자의 베리에이션이 끝나자, 나는 나의 솔로를 위해 무대로 달려 나갔다. '키트리' 베리에이션은 내게 조금도 어렵지 않았다. 자기가 누구인지, 무엇을 원하는지 정확히 알고 있는 소녀의 생기와 교태를 표현하기만 하면 되었기 때문이다. '키트리'는 크고 붉은 장미이자 브릴리언트 커팅을 한 다이아몬드다. 깊은 미스터리를 지니지는 않았지만 '키트리'는 여전히 매력적이고, 모두에게 사랑받는다. 세상에서도 예술에서도, 어두움만이 가치를 부여하는 것은 아니기 때문이다.

내 솔로가 끝난 후 코다는 결말을 향해 빠르게 치달았다. 이제 우리가 해야 할 일은 단 하나, 사람들이 〈돈키호테〉에서 가장 기대하는 불꽃놀이 같은 묘기를 선보이는 것이었다. 마지막 투르와 피루엣에서 우리 둘이 동시에 착지한 순간, 장내의 고요함 속에 나의 거친 숨소리만 들렸다. 그러나 이내 쏟아지는 박수갈채는 마치 파도 한가운데 선 것처럼 우리를 뒤로 넘어뜨리다시피 했다. 여기저기서 휘파람과 브라보 소리가 밤하늘을 메웠고, 세료자는 내 손을 붙잡고 관객 쪽으로 이끌었다. 나는 깊이 무릎을 굽혀 절한 뒤 그의 옆으로 돌아가 함께 관객을 향해 마지막 인사를 했다.

1라운드가 끝난 뒤, '오로라' 베리에이션을 추었던 니나가 2라운드에 진출하지 못했다는 소식을 전해 들었다. 니나는 아침 식사를 앞에 놓고 눈물을 훔쳤고, 세료자와 나는 그런 니나의 등을 번갈아 토닥이며 찻잔을 건넸다. 100명의 참가자가 탈락하고 40명이 남았으며, 이들 중 남녀를 통틀어 단 한 명의 무용수만 그랑프리를 거머쥘 것이었다.

세료자와 나는 이번 라운드를 위해 각각 솔로를 준비했다. 베리에이션을 마치자마자 관객은 나에게 기립박수를 보냈다. 그러나 미간을 찌푸린 베라 이고레브나의 "몇 가지 조금 아쉬운 부분이 있었지만, 전반적으로 나쁘지 않았어, 레오노바"라는 말을 듣고 난 뒤에야 비로소 내가 할 수 있는 최고의 공연이었다는 사실을 알 수 있었다.

전례 없는 느슨함에 사로잡힌 베라 이고레브나는 내게 다른 무용수들의 무대를 볼 자격을 주기로 결정했다. 웜업 중인 세료자를 남겨두고 니나와 나는 객석으로 가서 앉았다. 나는 처음으로 집중해서 다른 참가자들을 관찰하기 시작했다. 쿠바에서 온 한 남자애는 '악테온' 베리에이션으로 무대를 불태우다시피 했다. 그는 바닥보다 공중에 머무는 시간이 더 길었고 아홉 번의 피루엣과 함께 활짝 웃는 얼굴로 솔로를 마무리했다. 마치 첫 경주에서 가볍게 우승한, 재능 있는 2년생 말 같았다. 그를 보면서 나는 러시아인과 쿠바인 모두 브라뷰라를 중요시하지만 그것을 러시아인들은 예술처럼, 쿠바인들은 파티처럼 보이게 한다는 사실을 알게 되었다. 말하자면 그들은 즐거움을 위해, 그리고 서로를 위해 춤을 추는 것이었다. 절제된 태도를 보여준 영국인들은 지나친 신체 비율이나 체조 같은 묘기에는 크게 중점을 두지 않는 것 같았고 미국인들은 전반적으로 운동 선수 같은 기질을 보였지만, 국가의 특성을 짚어내기엔 너무 제각각이었다. 러시아 스타일을 전수한 루마니아와 우크라이나를 제외하면 고유의 전통 양식을 보여주는 나라는 프랑스가 유일했다. 바가노바와 파리 오페라 발레 모두 우아하다고 불리었지만, 전자는 영혼, 즉 두샤를 지녔고, 후자는 다른 모든 사람이 그들을 모방하고 싶게 만드는 요소, 즉 패션을 갖고 있었다.

"오, 다음이 니쿨린 순서야, 나타샤." 프랑스에서 온 '지젤'이 무대에서 퇴장했을 때 니나가 속삭였다. "볼쇼이에서 온 새로운 바리시니코프."

우리 친구들이 아닌 다른 사람을 보고 이렇게 대단하다는 듯 감탄하는 게 나는 조금 거슬렸지만, 아무 말도 하지 않았다. 니쿨린은 대회에 참가한 다른 남자 무용수들보다 키가 최소 한 뼘 정도 더 컸다. 넓은 통이 발목에서 좁아지는 파란색 하렘팬츠와 벗은 상체에 금색 체인만 휘감은, '노예 알리' 의상을 입은 그의 근육은 귀족적으로 늘씬하기보다는 묵직하고 실팍하며 야성적이었다. 그는 금발이었는데, 세료자처럼 잿빛이 감도는 부드러운 크림색이 아니라 보기 드문 샛노란색에 거의 어깨까지 내려오는 생머리였다. 멀리서도 뚜렷이 보이는 단단한 턱선과 강렬한 눈빛은 관객이나 심사위원은 전혀 신경 쓰지 않는다는 듯 자기 확신에 가득 차 있었다.

"하나도 바리시니코프 같지 않아." 내가 낮게 중얼거리자 니나가 조용히 하라며 옆구리를 쿡 찔렀다.

야외극장에 정적이 흘렀다. 이윽고 음악이 시작되었는데, 니쿨린이 상상도 못할 행동을 했다. 그의 솔로 안무 시작 직전, 녹음된 반주가 단 네 박자 동안 준비 신호를 주는 동안, 전력 질주하여 무대를 가로지른 것이었다. '알리' 베리에이션은 최상의 컨디션일 때에도 숨이 차면 안 되는 배역이다. 긴장과 압박이 극심한 경연에서 그런 행동을 한다는 건 자살 행위나 다름없었다. 그러나 니쿨린은 씽긋 웃으며 무대 앞으로 달려 나가더니 완벽한 아티튀드로 균형을 잡았다. 그런 그의 모습은 전성기의 바리시니코프처럼 경이로웠다. 최절정의 예술은 위험하기 때문이다. 니쿨린이 무대를 대각선으로 넘나들며 나는 본 적도 없는 형태의 피스톨 점프[1]를 선보였다. 그의 몸은 무거울 거라는 내 예상을 뒤엎고 눈으로 보고도 믿기 힘든 회전수와 폭발적인 높이로 비상했다. 그를 보는 것은 마치 칠흑 같은 밤중에 터져 오르는 화산을 보는 것 같았다. 붉게 빛나는 용암을 앞두며 감격하는 동시에 죽음을 두려워하는 느낌이었다.

1 한쪽 다리를 차고 두 번째 다리는 엉덩이 쪽으로 당기는 포즈를 취하며 공중에서 회전하는 바스크 점프의 일종이자 '묘기' 점프. 다리의 모습이 피스톨(권총)을 연상케 해 이런 이름이 붙었다.

그는 아름다움, 폭력, 생명, 파괴를 하나의 몸으로 완벽하게 표현하고 있었다.

이것이 의미 있는, 그리고 아주 희귀한 본질이라는 사실을 나는 깨달았다. 흔히 남자 무용수는 공기처럼 가볍고 투명한 아폴론적 유형, 야성과 마력을 가진 디오니소스 유형으로 나뉜다고들 한다. 니쿨린에게는 디오니소스적인 무언가가 다분했는데 그게 온도인지 질감인지, 아니면 다른 것인지 파악하기도 전에 그는 이미 다음 동작으로 넘어갔다. 그는 뒤로 갈수록 점점 빨라지는 그랑 피루엣으로 무대를 찢어놓을 듯하다가, 두 번 연속 몸을 던져 두블르 투르를 하고서 무릎을 꿇은 채 등을 뒤로 활처럼 휘어 백벤드로 마무리했다.

폭풍 같은 박수갈채가 쏟아졌다. 니쿨린은 무대에서 일어나 경건하게 고개를 숙이며, 노예인 알리로서 관객에게 인사했다. 니나가 내 팔꿈치를 잡아당기기도 했지만, 이 공연을 보고도 가만히 앉아 있는다면 그건 거짓말을 하는 거나 다름없었다. 우리는 자리에서 일어나 압도적인 소음에 우리의 박수 소리를 더했다.

세 번째이자 최종 라운드에서 세료자와 나는 〈라 바야데르〉의 '감자티' 파드되를 췄다. 베라 이고레브나가 내 비밀 병기로 준비한 것으로, 여자 클래식 발레 베리에이션 중에 점프 횟수가 가장 많아서 내가 어떤 무용수인지 보여주기에 적합한 솔로였다. 니쿨린의 무대를 본 나는 더 이상 안주하지 않았다. 천장 없는 원형 극장 위의 하늘로 날아오를 만큼 분노에 차 있었다. 점프해서 상공에 한참 머물러 있다가 내려오면, 관객들은 놀라움에 일제히 숨을 들이

쉬었다. 이미 열 살 때부터 봐와서 익숙한 반응이었지만 그 어느 때보다도 나를 기쁘게 했다. 무언가가 내게 들어와 내 몸을 빌려 내가 인간으로서 할 수 있는 것보다 더 아름답게 춤을 추고 있었다.

그럼에도 단 한 명의 무용수에게 수여하는 그랑프리가 아니라 여자 금메달 부문 시상에서 내 이름이 호명됐을 때 나는 그리 놀라지 않았다. 그랑프리를 시상할 때, 알렉산드르 니쿨린은 환하게 빛나는 얼굴로 무대 한복판에 서서 상을 받았다. 나는 그의 얼굴을 유심히 보려고 애썼다. 진솔한지, 거만한지, 수줍은지, 아니면 얄팍한지, 그가 어떤 사람인지 알고 싶었다. 그러나 환희를 느끼는 사람의 본모습을 파악하는 건 거의 불가능했다. 진정한 행복을 느끼는 짧은 찰나에 사람들은 놀랍도록 비슷하다. 차이가 드러날 때는 행복할 때를 제외한 나머지 시간이다.

시상식이 끝나고, 참가자들은 야외극장을 빠져나가 바다정원으로 흩어졌다. 우리도 지친 미소와 한숨을 나누며 그들 뒤를 따랐다. 패전한 나폴레옹처럼 자존심으로 무장한 베라 이고레브나가 볼쇼이 스타일은 화려하기만 할 뿐 완성도가 떨어지고, 본질과 '진실성'이 없다며 툴툴거렸다. 그러고는 목을 가다듬고 엄숙한 목소리로 내게 말했다. "나타샤, 정말 잘했어." 순간적으로 인간적인 유약함에 흔들린 선생님은 우리에게 내렸던 금기 사항을 스스로 깼다. "니쿨린인지 뭔지 걔보다 네가 더 잘했어." 그런 선생님을 꼭 끌어안고 싶었지만, 내가 너무 다가가면 선생님이 부담을 느낄 것 같아 그러지 않기로 했다. 대신 무릎을 깊이 굽혀서 감사의 인사를 드렸다.

우리는 이튿날 새벽 6시 비행기로 돌아갈 예정이었다. 베라 이고레브나와 니나가 앞장서서 걸었고, 세료자와 나는 그 뒤를 따라갔다. 터널처럼 어두운 길이었지만 두려움보다는 친숙하게 느껴졌다. 이 길을 영원히 걷고 싶은 마음도 들었고, 가보지 않은 곳, 더 넓은 세상, 심지어 발레 너머의 새로운 현실을 경험하고 싶은 마음도 들었다. 이토록 막연한 갈망이 열일곱의 나이에는 너무나도 강렬하게 파고들었다. 나는 아린 가슴을 가라앉히려 깊이 심호흡을 했다. 세료자가 내 손목을 잡아당기고 있었다.

"우리 할 거 있잖아." 그가 말했다. "바닷가 가야지."

"이미 시간이 너무 늦었어. 니나랑 베라 이고레브나는 어떻게 하고?"

앞서가는 선생님과 친구의 등을 쳐다보며 내가 말했다. 둘의 뒷모습이 다른 무용수와 코치들에 가려져 이미 사라지고 있었다.

"한 시간 정도는 우리가 없어진 줄도 모를걸." 세료자가 씩 웃으며 내게 손을 내밀었다. 내가 그의 손을 잡자, 그는 나를 남쪽으로 이끌었다. 정원은 곧 초승달 모양의 해변으로 이어졌다. 밤이 모든 걸 감색 잉크로 물들였고, 달은 수평선에서부터 우리의 맨발이 박힌 모래까지 은빛 길을 그렸다. 나는 세료자의 손을 조금 더 세게 잡았다. 상트페테르부르크도 발트해를 끼고 있었지만, 그런 사실을 우리는 잊고 살았다. 그 도시의 의미는 바다가 아니었기 때문이다. 나는 헐떡일 정도로 숨을 깊이 들이쉬고 내쉬었다. 무언가를 보고서 평생 갖지 못했던 게 무엇인지 깨달으면 가슴이 아프다.

"소피야는?" 그의 손을 놓지 않고 물었다.

"진지한 사이 아닌 거 너도 알잖아. 아직 너무 어리기도 하고! 그러니까 우리가 어떤 사이라고…… 그런 말을 한 적도 없어." 세료자가 중얼거렸다.

"그야 그렇지만, 소피야가 너 정말 좋아하는데."

"소피야는 시험에서 떨어졌어, 나타샤. 다음 학기에 바가노바로 못 와. 모스크바 집으로 돌아갔어." 그가 숨을 크게 들이마셨다. "그리고, 나는 네가 정말 좋아."

내가 갖고 싶어 했던 소피야의 모든 것이 머릿속에 스쳐 지나갔다. 소피야가 갖고 싶어 하는 단 하나를 내가 갖겠다는 게 그렇게 비열한 생각 같진 않았다. 소피야도 모스크바로 돌아가면 금세 세료자를 잊고 새로운 관심의 대상을 찾을 것이었다. 그맘때 우리는 모두 전자가 하나 부족한 원자처럼, 감정적으로 불안정한 상태였다. 나도 마찬가지여서, 나한테 관심을 보인다는 이유만으로 몇몇 남자애들과 키스를 해보기도 했다(상급생 전체를 휩싼 이 열기가 도대체 무엇인지 확인조차 안 해보는 건 예의가 아닌 것 같았다). 바가노바에서 가장 안정적인 커플인 니나와 안드레이도 최소 다섯 번의 이별과 재회를 반복하고 만나는 중이었다. 우리 학년은 너나 할 것 없이 어둠 속에서 더듬거리고, 선생님들 몰래 이성 기숙사 방에 잠입하고, 화장실에서 흐느끼며 슬퍼했다. 〈로미오와 줄리엣〉처럼 겨우 2~3일 사이에 사랑이 불타오르고 사그라들었는데, 다만 차이가 있다면 양쪽 다 금세 살아나 다른 상대와 열애에 빠진다는 점이었다.

세료자와 나는 손깍지를 끼고 나란히 서서 부서지는 파도에 시선을 고정하고 있었다. 그때 갑자기 나는 소리 내어 웃었다.

"요새는 나." 내가 말했다. "흐르는 강물은 너. 그리고 검은색은 말하지 않아도 뻔하지."

"무슨 소리야?" 세료자는 내 말을 이해하지 못하면서도, 좋은 신호로 여겨 용기를 얻은 것 같았다. 그는 나를 품 안으로 끌어당겼다. 우리의 입술이 만났다. 그의 몸에서 아직 굳지 않은 하얀 석고와 빗물 같은 냄새가 났다. 그의 따뜻한 체온과 체취가 내 안의 딱딱한 무언가를 풀어주었다. 태어나 처음 맛보는 행복이었다. 게다가 이건 고생 끝에 혼자 얻어낸 승리감도, 친구들과 함께 누리는 유쾌한 충만함도 아니었다. 누군가가 오로지 나만을 위해 건네는 행복이었고 진실된 친절함과 진실된 우정처럼 아무런 이유 없이 주어지는 것이었다. 그러나 친절함이나 우정보다 더 강렬한 감정이었다. 그 황홀한 달콤함이 내 입속을, 내 몸 전체를 휘감았다. 그러나 우리가 한 몸으로 바람을 맞고 서 있을 때 내가 생각하고 있던 사람은 세료자가 아니라 니쿨린이었다. 인간을 뛰어넘는 그의 재능, 그리고 그런 그를 이기기 위해 내가 해야 할 일.

그렇다. 그런 아름다움을 처음 본 순간의 충격은 평생 헤어 나올 수 없다. 우리 세계에서 재능은 워낙 흔한 현상이었기에 적당한 소질은 천박해 보일 지경이었다. 내가 아는 모든 사람, 심지어 중간에 낙제해서 퇴학당한 학생들도 일반적인 기준으로는 영재였다. 그런 사람들은 해변에서 보이는 얕은 바다였고, 니쿨린은 방향조차 의미를 잃을, 어디로 시야를 돌려도 수평선밖에 안 보이며 자기만의 날씨와 법칙과 논리를 만들어내는 대양이었다. 무엇보다 위험했다. 나는 두려워하면서도 유혹에 흔들렸고, 지금 그 파멸의 후유증을 온몸에 지닌 채 살아간다.

마린스키 발레단 클래스를 한 번 들었을 뿐인데, 온몸 구석구석 통증이 퍼진다. 두 발과 발목은 새빨갛게 부어올라 욕실에 걸어가는 것조차 겁이 난다. 나는 극장으로 돌아가지 않고 종일 호텔 방에 틀어박혀 의미 없이 소란스럽기만 한 텔레비전 프로그램을 틀어놓고 멍하니 바라보며 룸서비스로 시킨 보드카를 홀짝인다. 두 잔에서 세 잔으로 넘어갈 때쯤, 포기하고 패배를 받아들이는 일이 얼마든지 가능하며 심지어 즐겁기까지 하다는 사실을 깨닫는다. 누구에게 그 어떤 것도 인정받을 필요가 없으며, 내가 굳이 무엇이 될 필요도 없다. 아침에 일어나 출근하고, 퇴근하고, 저녁을 먹고, 텔레비전을 보고, 잠자리에 드는 것이 유일한 삶의 목표인 사람들을 예전에는 무시했는데 이제는 평범한 일상에서 단순한 만족을 찾는 이들이 오히려 성숙하고 지혜로워 보인다. 내일, 피터를 떠나는 비행기를 예약할 것이다. 엄마의 일을 정리해 줄 사람을 고용해야 하겠지만. 파리로 가서 아파트의 가구들을 처리하고, 싼 시골집을 하나 사서 일상을 찾아야지. 돈이 떨어질 때까지 조용히 살 것이다. 그렇게 최소한 몇 년은 버틸 수 있다. 그다음 일은 어떻게 될지 모르겠으나, 그것까지 계획하라는 건 나 자신에게 너무 지나친 요구다. 평생 급류를 거슬러 올라가듯 살아왔으니 이제는 흐르는 물살에 온전하게 몸을 맡긴 채 유유히 떠내려갈 준비가 됐다. 그렇게 마음을 다잡자 나는 몇 달 만에 처음으로 약을 먹지 않고 꿈도 꾸지 않는 깊은 잠에 빠져든다.

아침 식사를 주문하기 전에 프런트 데스크에서 이고르 페트렌코 씨가 내 방으로 전화를 걸어온다.

"방문자가 있습니다. 뵙고 싶다고 하시는데요." 그가 수화기에 대고 작은 소리로 말한다. "마담 니나 베레지나입니다."

나는 손님을 방으로 올려보내 달라고 대답한다. 몇 분 뒤, 파란 야생화처럼 싱그러운 얼굴과 향기를 지닌 니나가 방 안으로 들어온다. 니나는 날 꼭 껴안고, 뒤돌아 방문을 닫고, 핸드백을 내려놓는다. 이 모든 동작을 한꺼번에 해내는 모습이 조금도 어수선하지 않고 그저 활기차 보인다. 이것도 니나의 다양한 매력 중 하나라는 걸 나는 상기한다.

"내가 문자를 몇 번이나 보냈는데, 왜 답장을 안 해?" 니나가 묻는다.

"아. 몸이 좀 안 좋아서 전화기를 전혀 안 봤네." 여기저기 뒤척거리다가 화장대 위에 엎어져 있는 휴대폰을 찾는다. 읽지 않은 메시지 열두 통. 발신자는 모두 니나다.

"여기서 계속 이러고 있을 거야? 어서 옷 입어." 아무렇게나 둘둘 말린 이불, 빈 술잔, 그리고 바닥에 나뒹구는 수건을 니나가 흘겨보며 말한다.

"샤워는 하고 나갈래." 저항하는 내게 니나가 고개를 젓는다.

"그럴 필요 없어. 우리 바냐[1] 갈 거야."

사우나로 향하는 길에도 우리는 별 대화가 없다. 탈의실에서 옷을 벗는 동안에도 살가운 말은 오가지 않는다. 호텔 욕실에서 불을 끈 채로 샤워를 하던 터라 무척 오랜만에 내 알몸을 찬찬히 들여다본다. 거울에 비친 내 모습 앞에서 나는 움찔한다. 눈 밑에는 그림자가 드리웠고, 위팔은 살이 늘어진 데다 양 볼까지 축 처져 있다.

"완전 망가졌어." 내가 말한다.

"전혀 그렇지 않아." 니나는 우선 기계처럼 대꾸하고, 그다음에 내 쪽을 힐긋 쳐다본다. 내 몸을 객관적으로, 그러니까 비판적으로 바라보는 동시에 그러지 않으려고 무척 애쓰는 게 느껴진다. 진짜 친구는 원래 이런 법이니까. 니나는 내게 살쪘다고 말하느니 차라리 비행기에서 우는 아이 옆자리에 앉는 걸 택할 것이다.

사우나 안에서 나는 살갗에 맺혀 주름 사이로 모이는 땀방울을 바라본다. 사막에서 물이 모이듯 한 방울 한 방울 담긴다. 열기를 견디기 힘들어질 즈음 우리는 냉탕에 들어간다. 찬물에 첨벙 잠기는 순간 모든 신경이 되살아난다. 마침내 프레드반니크[2]로 돌아가 신선한 크랜베리 즙 한 잔을 들고 벤치에 앉는다. 그제야 대화할 시간이 되었다는 듯 니나가 말을 꺼낸다.

"어머니한테는 다녀왔어?"

나는 고개를 가로젓는다. 니나가 작은 한숨을 내쉰다.

"내가 같이 가줄까? 사우나 마치고 가도 되고. 나 저녁까지 시간

1 러시아식 습식 사우나.
2 목욕 후 쉬며 대화를 나누는 휴식실.

괜찮아."

"정말 고마워. 근데 아직 마음의 준비가 안 됐어." 붉은 과육을 숟가락으로 저으며 대답하는데 내 눈시울이 뜨거워진다. 반쯤 마신 컵을 멀찍이 탁자 가운데에 내려놓고 니나의 슬픈 얼굴을 마주한다.

"미안. 지금 이 얘기 하지 않아도 돼. 네 곁에 항상 내가 있다는 것만 알아주면 좋겠어." 니나가 내 등을 토닥인다. "매듭이 심하게 엉켜 있을 때는 가장 풀기 쉬운 매듭부터 찾아서 푸는 거야. 하나 풀고 나서 그다음 매듭을, 또 그다음 매듭을 차근차근 풀어나가면 돼. 지금은 네 재활에만 집중하자." 니나가 일어나면서 사우나와 냉탕에 한 번씩 더 들어가자고 손짓한다.

바냐에서 나온 뒤, 니나가 같이 집에 가서 저녁을 먹자고 한다.

"아냐, 어떻게 그래. 벌써 네 시간을 너무 많이 뺏어서 미안한걸. 일주일에 하루 쉬는데 나 때문에 가족이랑 못 보내서 어떡해."

"너도 내 가족이야, 나타샤." 니나가 날 안아준다. "술은 좀 자제하고, 끼니 잘 챙겨 먹어. 그리고 내일 물리치료 받으러 꼭 나오고. 드미트리가 스베틀라나 선생님 개인 레슨 스케줄 잡아놨어. 안 오면 너 정말 큰 실례를 저지르는 거야."

이튿날. 11시 15분 전에 극장에 도착해 보니, 스베타 이모가 엘리베이터 옆에서 나를 기다리고 있다. 이모는 이제 안경을 쓰기 시작했고 내 기억보다 키가 조금 작아진 듯하지만, 목덜미에 낮게 말아 묶은 머리는 20년 전처럼 새까맣다. 이모가 내게 다가와 양 볼에 키스하며 말한다. "이모가 잘 봐줄 테니 걱정할 것 없어."

"이모." 목이 메어 잠시 멈칫한다. "모든 게 엉망이 됐어요. 너무, 너무나요."

스베타 이모가 두 손으로 내 얼굴을 감싸고서 내 눈을 빤히 들여다본다. "그래, 그래. 나도 알아. 그런데 이렇게 심한 고통도 영원하진 않단다."

이모는 아파도 아픈 줄 모르는 러시아인답게 내 은퇴 결정이 실수였다고, 프랑스의 물리치료 팀이 무능했다고 믿는다. 이모의 지도를 따라 나는 바가노바 1학년 때에도 해본 적 없는 기본 동작들을 반복하며 발에 무게를 싣는 연습을 시작한다. 우리 레슨에는 안무도, 음악도 없다.

스베타 이모는 내게 몸이 언제 회복할지 조바심 내지 말고 여유를 가지라고, 지금 신경 쓸 건 탕뒤 한 번, 를르베 한 번에 집중하는 것뿐이라고 말한다. 이모의 '처방'은 그랑 바트망[1]을 앞, 옆, 뒤, 옆으로 방향마다 열여섯 번씩 반복하는 것인데, 너무 힘들고 지루하다. 내가 불평하자, 이모는 위대한 마리나 세묘노바[2]도 팔십 대까지 이 콤비네이션을 가르치고 시범을 보였다며 날 꾸짖는다. "너도 미리미리 이걸 연습했더라면 아마 부상당하지도 않았을 거다."

절제하라는 이모의 요구에도 불구하고 나는 매일 아침 눈을 뜰

1 한 발로 서서 중심축을 고정한 채 다른 다리를 앞뒤 혹은 양옆으로 공중에 던지듯 최대한 높이, 힘차게 차는 동작.

2 1908년 상트페테르부르크에서 태어난 러시아 클래식 무용수로, 아그리피나 바가노바에서 교육받은 첫 번째 대무용수였다.

때마다 오늘은 다시 점프할 수 있을지 스스로에게 묻는다. 매일 오후 부은 발목과 발을 끌고 호텔로 돌아간다. 매일 밤 나를 달래는 것은 자낙스와 보드카로, 그 둘이 없으면 잠을 잘 수 없다. 그러나 잠들고 나면 검은 새들이 나타나 나를 에워싸고, 그들의 깃털이 내 눈, 목, 등에 부대끼며 내 숨통을 조인다. 이른 봄, 굳은 땅을 뚫고 나오는 크로커스처럼 깃털이 내 살갗에서 터져 나온다. 내 팔은 날개가 되고, 내 입술은 딱딱하게 굳어서 부리가 된다. 날아보려고 애쓰던 나는 결국 영겁처럼 느껴지는 시간 동안 검은 깃털을 흩뿌리고 소용돌이를 그리며 하염없이 추락한다. 어느 순간 꿈에서 깨면 흠뻑 젖은 이불이 다리 사이에 뒤엉켜 있다. 등에 닿은 매트리스의 견고함, 이불에서 나는 분 같은 냄새와 함께 차차 현실로 돌아오며 머릿속으로 천장에 글씨를 써본다. 오늘은 드디어 점프할 수 있을까?

이렇게 한 달이 지나도 포인트 신발을 신기는커녕 피루엣조차 하지 못한다. 스베타 이모가 초인적인 힘을 발휘해 산뜻하게 낙관하려 노력하는데도, 우리의 재활 수업은 점점 더 우울해진다. 매일 저녁 해는 더 일찍 저문다. 야외에서 휴식을 취하는 사람들의 미소에는 또 한 해의 여름이 기울고 있음을 아쉬워하는 달곰씁쓸한 체념이 묻어난다. 내 공연은 10월에 예정되어 있다.

드디어 어느 날, 내가 말한다. "이모, 아무리 생각해도 10월에 '지젤'을 추는 건 무리예요. 더 늦기 전에 드미트리에게도 말해야겠어요." 더 이상 집중하는 흉내도 내지 않고, 털썩 주저 앉아 힘이 빠진 두 다리를 넓은 V 자로 뻗는다.

"나타샤, 너 지금 아주 잘하고 있어. 크톤 네 리스쿠옛, 토트 네

피요트 샴판시카바Ктон не рискует, тот не пьёт шампанськава. 위험을 무릅쓰지 않는 자에게는 샴페인도 없는 법." 내가 의기소침하게 쉬는 동안, 스베타 이모는 바에 두 손을 얹고서 상체를 반달 모양으로 우아하게 구부리며 스트레칭한다.

"제가 그 샴페인을 마시고 싶지 않다면요?" 나는 깍지 낀 손으로 뒤통수를 받치고 바닥에 드러눕는다. "그냥 여기서 그만두는 게 낫지 않을까요? 이런다고 뭐가 달라지겠어요? 서서히 죽음을 향해 가는 건 누구나 마찬가진데."

"너 어렸을 때 기억하니? 침모의 딸, 맹랑한 꼬맹이였던 때 말이야. 아무도 너한테 춤추라고 안 했어. 오히려 어떻게든 못 하게 말리려고 했지." 스베타 이모가 웅크려 앉으며 내 눈을 마주본다.

"그때는 너밖에 너를 믿어주는 사람이 없었잖아. 근데 지금은 정반대야. 모두가 너를 믿고 있는데, 너만 차갑게 그 신념을 거절하고 있어."

나는 엎드려 팔꿈치로 바닥을 짚으며 상체를 일으킨다. "아니죠, 이모. 그때 이모가 절 믿어줬잖아요. 저한테 '점퍼'라고 하면서. 그게 제가 간직하는 생애 첫 기억이에요. 이모 덕분에 제가 무용수가 된 거예요."

이모가 싱긋 웃는다. "나타샤, 솔직히 그때 그건 그냥 하는 말이었어. 네가 그렇게 진지하게 받아들일 줄은 몰랐어. 내가 그때 아무 말도 안 했더라도 너는 어떻게든 발레를 시작했을 거야. 그리고 어떻게든 위대한 무용수가 됐을 거고."

이모가 팔을 뻗어 내 손을 잡아당기더니 일으켜 세운다. 나머지 연습을 끝마친 뒤, 나는 니나에게 엄마를 보러 갈 준비가 되었다고 문자를 보낸다. 한 시간 뒤, 종이로 만든 컵케이크 틀처럼 생긴 연습용 튀튀를 어깨에 걸친 니나가 출입문 밖에서 나를 기다린다.

"정말 괜찮겠어?" 택시를 타면서 묻는 니나에게 나는 고개를 끄덕인다.

"몹쓸 소리로 들릴 거 아는데, 엄마가 이렇게 보고 싶은 건 오늘이 처음이야."

우리는 남동부 교외로 향한다. 호밀밭과 버려진 수도원을 지나치자마자 나온 아담한 성 조지 성당 앞에서 택시를 멈춰 세운다. 자작나무로 둘러싸인 성당의 자갈길을 걸어가니 뒤뜰이 나온다. 자박자박 한 발자국씩 걸을 때마다 이끼와 지의류의 서늘한 냄새가 촉촉하게 퍼진다. 이곳에서 엄마를 찾기란 그리 오래 걸리는 일이 아니다. 곧 어느 수수한 비석 앞에 발을 멈춘다. 여기에 단순한 단어 몇 개로 요약된 엄마의 삶이 새겨져 있다. 안나 이바노브나 레오노바, 1961-2019. 우리가 고개를 숙이고 손을 모아 묵념하는 동안 하늘이 어둑해지며 가을의 첫 쌀쌀한 바람이 불어온다.

"꽃 사 오는 것도 깜빡했네." 니나에게 고개를 돌리지 않은 채 내가 마침내 입을 연다. 그가 내 어깨에 손을 올리고 부드럽게 움켜쥔다. 아무 말도, 아니 눈물조차 나오지 않는다. 엄마의 무덤에 처음 가볼 때에는, 제대로 된 게 아무것도 없는 느낌이다.

4장

마린스키 발레단 첫 시즌을 앞두고 나는 다시 집으로 들어갔다. 엄마는 안뜰을 마주하고 있는 그 우울한 아파트에 여전히 살고 있었다. 바가노바에 입학하기 전에는 엄마의 침실을 같이 썼지만, 이제는 거실 소파에서 따로 자기로 마음먹었다. 열려 있는 내 여행 가방을 발로 차거나 이불을 개켜 소파 뒤로 치우는 나를 볼 때마다 엄마는 미안해했다. "엄마 방에서 자는 게 낫지 않겠니? 소파에서 자면 허리에 안 좋을 텐데."

"시즌 시작하고 월급 받으면 나갈 건데, 뭘." 나는 내 허리를 걱정하는 엄마를 안심시키려는 의도보다는 내가 조만간 집을 떠날 계획임을 암시하며 대꾸했다. 그런 내 마음을 엄마는 빤히 꿰뚫어 보았다. 엄마의 눈은 커졌고, 윗입술의 오른쪽만 아랫입술에서 떨어져 들썩거려서 마치 양쪽으로 편을 나눈 얼굴이 어떤 감정을 느껴야 할지를 두고 다투는 것 같았다.

"나는 최대한 돈을 모을 거야. 월세하고 식비로 나갈 돈만 빼고 나머지는 다 엄마 줄게." 언제나처럼 나는 이런 식으로 엄마에게 사랑한다는 말을 대신했다.

"코르 드 발레 월급으로? 참 많이도 남겠다." 말은 이렇게 하면서도 엄마의 입꼬리가 잔뜩 올라가 있었다.

"공연 출연 수당도 나올 테니까. 그리고 엄마! 장담하는데, 난 코르 드 발레에 그렇게 오래 있지 않을 거야." 나는 어디 한번 내가 틀렸다고 말해보란 듯이 주먹 쥔 두 손을 허리에 얹었지만, 엄마는 아무 소리도 하지 않았다. 바가노바 오디션 후 8년이 흐른 그때에는, 내가 달에 가서 춤추는 최초의 무용수가 될 거라고 하더라도 엄마는 믿을 것이었다.

"엄마는 네 돈 필요 없어, 나타샤. 내가 그 돈으로 뭘 하겠니?" 엄마는 두 손을 허공에 던지며 황당하다는 시늉을 했다.

"하고 싶은 거 뭐든 하면 되지. 좋은 신발도 한 켤레 사고. 외식도 하고. 푸들도 한 마리 키우지." 내 대답에 엄마는 쉰 목소리로 피식 웃음을 터뜨렸지만, 엄마 생각이 일리가 없지는 않았다. 내가 받게 될 월급은 만 루블이었다. 이 돈으로는 한동안 아파트를 구해 나갈 수도, 엄마에게 용돈을 줄 수도 없었다. 생계를 이으려면, 심지어 음식이나 연습복이라도 살 수 있으려면 서둘러 승급해야 했다. 발레단에서 가장 밑인 코르 드 발레 단원 대부분이 포기하지 않고 무용을 계속할 수 있는 건 가족의 지원 덕분이었다. 니나는 부모님이 마련해 준 언니의 아파트로 들어갔고, 세료자도 다시 부모님 댁으로 돌아갈 예정이었다.

그렇게, 뜨겁고 달뜬 7월이 밝았다. 언제나처럼 페테르부르크의 여름 공기에는 누그러뜨릴 수 없는 무언가가 있었다. 민소매 밖으로 드러난 창백한 팔. 부둣가에 앉아서, 천천히 위로 올라가 뱃길을 열어주는 부잔교의 모습을 안주 삼아 술을 마시는 사람들. 연보랏빛으로 물든 자정의 밤하늘. 네바강을 가로질러 파도처럼 울려 퍼지는 음악 소리. 아무도 집에 들어가지 않는다. 그 누구도 잠을 청하며 푹 쉬기 전에 다시 하늘을 가득 채우는 태양의 빛. 피아노 건반처럼 밝음은 길고 어둠은 짧은, 타원형의 나날들.

여름의 가운데인 7월, 그리고 그 가운데인 중순, 친구들과 나는 내 열여덟 번째 생일을 맞아 마르스 광장으로 소풍을 갔다. 니나가 피로시키[1]와 오이와 딜을 넣은 샐러드를 만들어 왔다. 안드레이는 보드카 한 병을, 세료자는 샴페인 한 병과 생일 케이크를 가져왔다. 우리는 작은 담요 두 장을 나란히 깔고 뗏목에 표류한 선원들처럼 서로 꼭 달라붙어 누웠다. 잔디가 초록 물결처럼 일렁이며 빛났다. 개구쟁이 바람이 우리 머리카락을 헝클어뜨리고 빈 종이컵을 넘어뜨렸다.

잠시 뒤, 안드류샤와 세료자가 원반을 들고 일어났다. 니나와 나는 팔꿈치를 대고 엎드린 채 원반던지기를 하는 두 사람을 구경했다. 평상시의 연습복 대신 청바지에 티셔츠를 입은 둘은 더 평범해 보였고, 동시에 더 잘생겨 보였다. 지나가는 사람들 눈에 우리는 발

1 밀가루 피에 다진 감자 등을 채워 기름에 튀기거나 오븐에 구워 만드는 러시아식 파이.

레 무용수가 아니라 휴식을 즐기고 있는 대학생 넷으로 보일 것이었다. 그러고 있자니 덜 고된 삶의 환상에 젖어들었다. 고통도, 규율도, 실망도, 압박도, 경쟁도 덜한 삶. 그러나 그건 다른 것들도 부족한 삶이었다.

니나의 마음은 전혀 다른 방향으로 흘러가고 있었다. "우리가 전부 마린스키에 입단하게 돼서 정말 기뻐." 니나가 칠흑 같은 머리카락을 만지작거리며 말했다. "이제 안드류샤하고 더 많은 시간을 보낼 수도 있고." 작년에 졸업한 안드류샤는 이미 코리페[1]가 되어 있었고, 니나는 그런 그가 자기 곁을 떠나 발레단의 다른 여자를 만날까 봐 내심 걱정하고 있었다. 내 생각에 왕자님 같은 안드류샤는 애인을 배신할 위인이 아니었는데, 거짓말에 전혀 재능이 없었기 때문이었다.

"둘이 지나치게 붙어 다닐 거라는 생각은 안 들어?" 내가 니나에게 묻는 그 순간, 안드류샤가 던진 원반이 세료자 머리 위로 높이 날았다. 세료자는 한 마리의 송어처럼 폴짝 뛰어올라 한 손으로 그것을 낚아챘다.

"전혀. 당연히 아니지. 매일매일 같이 있어도 안 질릴 것 같아." 니나가 공단처럼 매끄러운 잔디 한 줄기를 손가락에 빙빙 감으며 말했다. 안드류샤와 세료자가 무슨 이야기를 나누는지 깔깔 웃고 고개를 가로저으며 우리 쪽으로 다가오고 있었고, 그걸 본 니나가 손가락에 감긴 풀잎을 풀었다.

1 군무의 리더로 코르 드 발레 바로 위의 등급.

"얘들아! 아직 케이크 먹을 때 안 됐어?" 안드류샤가 니나 옆에 자리를 잡고 앉아 모두의 컵에 샴페인을 조금 더 따르며 물었다.

세료자가 초 열여덟 개를 묘목 심듯 케이크에 꽂은 뒤 성냥으로 하나씩 불을 붙였다. 그러고는 친구들이 내게 생일 축하 노래를 불러주었다. 누구 하나 빛나지 않는 얼굴이 없었고, 누구 하나 정확한 음을 내는 목소리가 없었다. 내가 후, 하고 입김을 불어 촛불을 끄자 세료자가 내 손을 잡고 나를 잡아끌어 입을 맞추었다. 우리 둘의 몸이 떨어졌을 때 내 손에는 금속 물체가 하나 쥐여 있었다. 열쇠였다.

"이게 뭐야?" 열쇠를 위로 들자 세료자가 싱긋 웃었다.

"우리 새 아파트 열쇠." 세료자의 수줍은 대답에, 니나와 안드류샤가 손뼉을 쳤다. "방 하나짜리 아파트야. 그렇게 넓진 않지만, 극장에서 가까워."

"무슨 돈으로? 어떻게 된 거야, 이게?"

"암브로시 시모노비치가 저렴하게 임대할 수 있게 도와주셨어. 선생님 사촌네 아파트래."

지난 몇 주간 세료자가 틈만 나면 암브로시 코발라제 교장을 만나고 때로는 몇 시간씩 사라지면서 바쁘게 돌아다닌 게 다 이것 때문이었다. 암브로시 시모노비치는 세료자를 유독 아꼈다. 그가 날 위해서 이렇게 나설 리는 없었다. 내가 살 곳을 내가 아니라 교장이 결정했다는 사실이 언짢았다. 이건 내 일이기도 한데, 세료자는 내게 먼저 물어봐야겠다는 생각을 못 했던 걸까? 그러나 세료자는 당연히 내가 좋아할 거라고만 생각하고 있었고, 그런 그의 앞에서 나도 기뻐하려고 애썼다.

다들 당장 아파트에 가보자고 성화였다. 우리는 거의 손도 대지 않은 케이크를 다시 포장하고, 돗자리를 둘둘 말아 챙긴 뒤 전철을 타고서 비텝스크 거리로 향했다. 길 거의 끝에 위치한 벽돌 건물 5층이 우리의 아파트였다. 우리는 알딸딸한 상태로 가쁜 숨을 씩씩 내쉬며 계단을 올랐다. 현관문 앞에 도착했을 때, 세료자가 바라는 대로 내가 열쇠로 문을 열었다.

찰칵. 낮고 긴 서향 볕이 아파트와 우리의 눈을 가득 채웠다. 첫인상이 소박하기만 하던 집은 조금씩 개성을 드러냈다. 물론 워낙 작아서 모든 비밀을 발견하는 데 그리 오래 걸리진 않았다. 문을 열고 한 발짝 들어가면 바로 아담한 부엌 안에 서게 되었고, 그 옆에 콘솔이나 신발장 따위를 놓을 만한 공간이 수줍은 듯 딸려 있었다. 욕실에는 책 한 권 크기의 작은 세면대와 샤워기, 그리고 의아할 정도로 낮은 변기가 있었다. 거실은 넉넉한 매트리스 정도의 넓이였고, 바닥은 심하게 기울어 있었다. 가파른 경사면은 걷기만 해도 넘어질 것 같았다.

"자, 아주 경사진 우리의 무대입니다." 세료자가 피루엣을 하면서 농담을 던지는 바람에 웃음이 터져 나왔다. 그는 내 손을 잡고 이 방 저 방으로 안내했고 찬장이며 서랍장을 열어가며 보여주었으며, 폼롤러와 요가 매트를 어디에 놓을지, 어디에 앉아서 함께 아침을 먹을지 손가락으로 가리켜 보였다. 하나뿐인 침실 벽에 매달린 붙박이 선반처럼, 작고 매력적인 특징들이 점점 눈에 들어오기 시작했다. 이 아파트의 최고 장점인 이 방의 자랑거리는 놀라울 만큼 높은 층고와 서향을 바라보는 큼직한 창 두 개였다. 창밖으로 고개를 쭉 내밀면, 줄지은 빌딩 꼭대기 너머로 네바강이 신기루처럼 아주 살짝 보였다.

"저기 네바강 아니야?" 내가 수평선을 가리켰다.

"글쎄? 잘 모르겠는데." 니나가 목을 길게 뺐다.

"아주아주 조금 보이네." 안드류샤가 고개를 옆으로 기울였다.

"그럼. 맞고말고. 강이 내려다보이는 아파트랍니다, 여러분!" 세료자가 남은 보드카를 네 개의 컵에 공평하게 따르며 큰소리쳤다.

"나타샤의 생일을 축하하며!" 니나가 말했다.

"세 사람의 발레단 입단을 축하하며!" 안드류샤가 말했다.

"우리의 우정을 위하여!" 내가 말했다.

"우리의 첫 번째 집을 위하여!" 세료자가 말했다. 단순하고 원초적인 기쁨이 가슴에 벅차올라 나는 친구들을 끌어안았다. 남들은 당연하게 여기며 살았을 것들이 내게는 너무 새로워서 눈물이 날 것 같았다.

시즌 첫 주, 세료자와 내가 스튜디오에 막 도착해 몸을 풀기 시작했을 때 안드류샤가 바닥에 미끄러지듯 앉으며 우리 옆으로 다가왔다. "축하해, 나타샤." 그가 나직이 속삭였다. "〈라 바야데르〉 캐스팅 나왔던데, 아직 못 봤어?"

우린 아직 확인하기 전이었다. 게시판으로 달려가는 우리 둘에게 그가 목소리를 낮춰 주의를 주었다. "다른 사람들 앞에서는 별 내색하지 않는 게 좋아." 내게 주어진 배역은 '2번 셰이드'로, 분량은 짧으나 각광받는, 주로 솔리스트가 추는 베리에이션이었다. 세료자가 군무 파트에만 들어가 있는 게 아쉬웠지만, 니나가 '3번 셰이드'에 뽑힌 걸 보니 몹시 기뻤다. 그러나 게시판 주변에 모여든 여러 등급의 단원들은 신중하게 무표정을 유지했다. 그건 끊임없는 경쟁 속에서 품위 있게 살아남는 유일한 방법이었고, 나아가 자기 역할을 빼앗겼다고 생각하는 사람의 분노를 피하는 길이기도 했다. 바가노바에서부터 이러한 상황에 이미 단련되어 있던 나는 어떻게 행동해야 할지 잘 알고 있었다. 무심한 태도를 유지하며 태연히 할 일에만 집중할 것. 칭찬에 우쭐해하지도, 모욕에 무너지지도 말 것. 그러나 내가 예상하지 못했던 건, 발레단원들의 자존심은 스승의 그늘에서 기를 못 펴던 학생들의 그것과는 비교가 안 된다는 사실이었다. 단원들은 하나같이 학교에서 최고의 자리를 놓고 다투던 이들이었고, 상당수가 한두 개의 메달 정도는 소유하고 있었다. 직급에 따른 차이는 물론이고 배역에 따른 급여 차이도 아주 컸다. 정상급 무용수들이 자기들이 하던 역할을 따 간 후배들의 연습을 돕고 싶어 하지 않는 건 어찌 보면 당연했다. 그런데 얼마 지나지 않아서 이반 스타니슬라비치가 위엄 있는 은빛 머리를 기울이며 나를 옆으로 불러내더니, 베리에이션 연습할 때 카티야 레즈니코바의 도움을 받으라고 지시했다. 감독은 어쩌다 생각난 듯한 어투로 가볍게 얘기했지만, 그가 확고한 의도 없이는 한마디도 하지 않는다는 건 모두가 잘 아는 사실이었다.

"그래도 카티야는 꽤 너그러운 편이라던데." 안드류샤가 점심을 먹으며 안심시키듯 말했다. "이반 스타니슬라비치가 제일 아끼는 무용수인 데다가 아직 스물다섯 살밖에 안 됐으니, 하나도 겁날 게 없지."

카티야가 '감자티' 리허설 중이라 나는 쉬는 시간이 될 때까지 밖에서 기다리기로 했다. 음악 소리를 듣고 있으니 안을 살짝 들여다보고 싶은 마음이 들었지만, 내 호기심을 채우자고 그의 연습을 방해할 순 없었다. 피아노 반주자가 화장실에 가는 걸 본 뒤에야 안으로 들어간 나는 스튜디오라는 특수한 현실에서 비로소 드러난 카티야의 실체를 마주했다. 그는 다른 솔리스트들과 함께 발레단 수업을 들었고, 나는 나머지 군무 단원들과 함께 수업을 들었기 때문에 보통은 그의 태양 같은 광채와 중력을 신경 쓰지 않고 지나갈 수 있었다. 그러나 조금만 카티야를 관찰하면, 주변의 다른 수석 무용수들조차 별 주위를 도는 행성처럼 빛을 잃기 일쑤라는 사실을 깨달을 수 있었다. 그런 카티야가 지금 내 눈앞에서 중심을 한쪽 옆구리로 기울인 콘트라포스토 자세로 물을 들이켜고 있었다. 단지 서 있을 뿐인 그의 정적인 자태는 무대 위에서 공연하는 무용수들의 생동감을 압도했다. 그는 아무리 인간으로 변장해도 그 빛 때문에 신성을 숨길 수 없다는 고대의 신과 같았다.

"카티야, 방해해서 미안해요." 나는 웃는 얼굴로 그에게 다가갔다. 그러나 내가 그를 애칭으로 부르자마자 그의 표정이 굳었고, 어떻게 된 일인지 눈동자는 더욱 선명한 초록빛을 띠었다. 카티야가 아니라 예카테리나라고, 그의 정식 이름으로 불러야 했던 것이다. 나이 차이가 크게 나는 건 아니었지만, 우리가 어느 정도의 격식을 차릴 것인지는 발레단 신규 단원인 내가 결정할 일이 아니었다.

"나타샤, 맞지?" 카티야가 물병 뚜껑을 천천히 돌려 닫으며 묻기에 나는 고개를 끄덕였다.

"〈백조의 호수〉 데뷔 무대를 보고 그 뒤로 아주 오랫동안 존경해 왔어요. 기억할지 모르겠지만, 몇 년 전 부모님 댁에서 열렸던 신년 파티 때 뵌 적이 있어요. 그때 세료자 코스튜크하고 같이 갔거든요."

"아, 세료자는 기억하지." 카티야가 반짝이는 초록 눈망울을 내게 고정한 채 대답했다. "이번에 코르 드 발레로 입단했더라."

"네, 저희 둘 다 입단했어요." 카티야가 알아주는 것 같아서 씩씩하게 말했다. "이반 스타니슬라비치께서 '2번 셰이드' 베리에이션 연습을 어떻게 하면 좋을지 선배님에게 조언을 구하라고 말씀하셔서요. 혹시 시간을 좀 내주시면 무척 감사하겠습니다."

"아, 그건 안 되겠는데." 카티야가 말했다. "내가 이반 스타니슬라비치께 말씀드릴게. 이해하실 거야." 그는 미안한 시늉도 하지 않았다. 변명, 사과, 예의 같은 사회적 윤활제 따위는 아무짝에도 쓸모없다고 생각하는 듯했다. 카티야가 물병 뚜껑을 열고 천천히 한 모금을 들이켰다. 그때 반주자가 돌아와 피아노 의자에 앉았다. 하릴없이 스튜디오를 나서는 나의 얼굴은 탈 듯이 화끈거리고 심장은 마구 뛰었다.

그날 밤 침대에 누워 있을 때 세료자가 말했다. "어쩌면 정말 시간이 없거나 힘들어서 그랬을지도 몰라, 나타샤." 그가 걸친 티셔츠는 형태를 알아볼 수 없게 늘어져 있었고, 한때 얼음 결정처럼 반짝이던 맑은 눈빛은 피로에 절어 온데간데없었다.

"그게 다가 아니었어. 물론 너는 이해가 안 되겠지. 누구에게 미움이라는 걸 받아본 적이 없으니까." 내 어깨를 감싼 그의 손을 거칠게 떼어냈다. 세료자가 입을 떡 벌리고 나를 돌아봤다. 아무 잘못도 없는 그에게 차갑게 구는 사람이 있다는 가정에 어리둥절해하는 표정이었다. 세료자의 주변 사람들은 그를 적어도 공정하게, 그리고 대부분은 관대하게 대해주었는데, 이것은 그가 평생 자연스럽게 누린 특혜였다. 나는 정반대였다. 지금의 친구 무리가 생기기 전까지 날 특별히 따뜻하게 대해준 사람이 없었던 건 물론이고 최소한의 예의조차 지키지 않는 사람이 태반이었다. 세료자가 남자인 것도 한몫했을 터였다. 남자든 여자든 사람들은 보통 여자애들보다 남자애들에게 훨씬 너그러우니까. 그러나 그게 다는 아니었다. 니나만 봐도 그랬다. 사람들은 세료자를 좋아하는 것만큼이나 니나에게 호의적이었다. 언젠가 니나에게 왜 사람들이 나보다 너를 더 좋아하냐고 물었을 때, 그는 진지하게 이렇게 말했다. "아, 근데 사실 나는 사람들이 나를 좋아하는지에 엄청나게 신경 써." 내가 사람들의 호감을 사지 못하는 이유를 어렴풋이 파악했던 유일한 순간이었다.

세료자가 내 몸 가까이 바짝 다가왔다. 내가 피하지 않자 그가 내게 키스했다. 내 입술을 훑던 그의 혀가 내 입을 파고들며 벌렸다. 우리가 프렌치 키스를 하는 건 섹스할 때, 더 정확히 말하자면 세료자가 섹스를 원할 때뿐이었다. 우리는 분명 젊었고 서로 사랑했기에, 이러면 안 된다는 생각이 나를 사로잡았다. 그러나 세료자는 신경 쓰지 않는 것 같았다. 내가 아랫도리만 벗은 채 지친 상태로 그의 밑에 누워 있는 동안 그는 내 티셔츠 안에 손을 집어넣어 늘 하던 순서대로 내 몸을 만졌다.

다음 날 아침, 나는 이반 막시모프 감독이 나를 불러 카티야가 돕기를 거절한 일에 대해 무슨 말이라도 해주길 기다렸지만 그는 나란 존재를 아예 잊은 사람처럼 그냥 지나쳐 갔다. 이반 스타니슬라비치는 바가노바의 교장과는 전혀 다른 사람이었다. 그는 당대 전설적인 프리미에였으며, 위대한 갈리나 울라노바에게 직접 지도받은 사람이었고, 뛰어난 당쇠르 노블의 표본이라고 할 만한 키와 분위기로 모두를 압도했다. 숱이 많고 갈매기의 날개처럼 은회색인 머리카락과 두드러진 눈썹 아래에 위치한 그의 예리한 눈은 무용수의 춤은 물론 본성까지 분석하는 듯했다. 그런 그의 냉정한 태도는 인간적 연민도, 흔들림도 없는 엑스레이 같았다. 암브로시 코발라제 교장은 어려운 얘기를 해야 할 때면 최대한 완곡하게 에둘러 말하곤 했는데, 시간이 흐르고 보니 그건 무용수를 자식처럼 생각하는 마음에서 비롯된 습관이었다. 그와 달리 마린스키의 감독은 어린 학생들이나 불안정한 무용수들 따위를 위하지 않았다. 그에게 중요한 건 발레, 즉 예술 그 자체와 그 기관이었고 그게 전부였다. 그런 이반 스타니슬라비치에게 내가 먼저 다가가 카티야 얘기를 꺼내며 조언을 구한다면, 내게 귀찮고 모자란 사람이라는 낙인을 찍을 게 분명했다.

나는 혼자서 영상을 찾아보며 '2번 셰이드' 리허설을 시작했다. CD를 틀어놓고 연습하는 동안 문 앞에서 이반 스타니슬라비치가 얼음 같은 눈으로 잠시 날 지켜본 적이 몇 번 있다. 나에게 아무 말도 하지 않고 그가 다시 떠날 때, 차디찬 석조 통로를 오가는 성주의 발자국처럼 뚜벅뚜벅 소리가 극장 안에 울려 퍼졌다. 처음에는 이런 일이 있을 때마다 무척 긴장했지만, 차차 이반 스타니슬라비치의 본심을 파악하면서 그런 불안감은 사라졌다. 베라 이고레브나는 혹독함과 때로는 잔인함을 우리에게 보였지만, 궁극적으로 선생님을 위해 춤을 더 잘 추고 싶도록 만드는 면도 있었다. 아무리 감추려고 애를 써도, 선생님의 깊숙한 곳에는 우리를 향한 믿음이 있었기 때문이었다. 반면 이반 스타니슬라비치는 무용수를 '믿지' 않았다. 자기가 바라는 모습을 보지 못하면, 그는 가차 없이 다음 무용수로 넘어갔다. 그렇게 따지면 일종의 거래와 같은 관계이니 내가 그에게 실망을 줄까 봐 염려할 필요도 없었다. 나는 그에게 진 빚이 없음은 물론, 그 누구에게도 진 빚은 없다고 느꼈다. 마치 줄 끊긴 연이 자신의 절망적인 처지를 깨닫지 못하고 한동안 홀가분하게 훨훨 날아오르는 것처럼 일종의 안도감마저 들었다.

전에는 선생님들, 특히 베라 이고레브나께 기쁨과 영광을 선사하는 것이 발레에서 느끼는 보람 중 큰 부분을 차지했다. 그러나 타인의 기대가 사라진 지금, 대가 같은 걸 찾으려면 심해 속 호수처럼 음악과 움직임이 만나 어우러지는 신비한 곳으로 더 깊이 들어가야 했다. 그리고 그런 곳은 평화롭고 아름다운 동시에 끔찍했다. 〈라 바야데르〉의 안무와 그 신성한 음악이 특히 그랬다. 나는 리허설을 할 때마다 나를 형성하는 경계가 흐려 없어질 때까지 이 비밀스러운 공간으로 빠져들었다. 그렇게 음악과 춤 사이로 사라지고 싶었다. 춤을 잘 추느냐 마느냐는 더 이상 본질적인 문제가 아니었다.

개막 공연을 앞두고, 니나와 나는 코르 드 발레 여자 분장실에서 열 살 때부터 해왔던 것처럼 서로 머리에 장신구를 꽂아주며 공연 준비를 했다. 그런 다음 총총거리며 백스테이지로 가서 몸을 숨기고 1막과 2막을 관람했다. 이번 공연에서는 고양이처럼 사뿐하고 명확한 스타일로 유명한 프리마 발레리나 다리야가 평생을 약속한 연인 '솔로르'에게 배신당한 사원의 무희 '니키야'를 추고 있었다. 소문이 사실이라면, 다리야는 마린스키 발레단에서 파트너 거부권을 행사할 수 있는 유일한 무용수였다. 이반 스타니슬라비치는 자신의 권위가 이런 식으로 침해당하는 걸 전혀 달가워하지 않았으나 다리야는 언제나 자기가 의도한 바를 정확하게 달성했고, 우리 세계에서 이건 대단히 귀중한 자질이었다. 무대 위 다리야는 언제나처럼 굉장했지만 내 시선은 결국 '솔로르'를 차지하는 데 성공한 공주 '감자티' 역의 카티야에게 고정되어 있었다. 얼마 전 카티야와 대화를 나눠본 이후로 나는 어째서 그가 '감자티' 역할에 제격인지를 깨달았다. 그는 적대감을 다분히 지니고 있으며 그것을 표출할 수 있기 때문이었다. 발레단 최고의 디바 두 사람이 무대 위에서 맞붙는 모습은 곁무대에서 구경하는 단원들이 팝콘 생각을 할 정도로 볼만했다.

"이반 스타니슬라비치가 안목은 있어. 저 두 사람을 붙여놓은 것 좀 봐." 니나가 포인트 슈즈 뒤축 안감에 송진을 문지르며 속삭였다. "정말 막상막하다."

"인정하고 싶진 않지만, 이번 라운드는 카티야가 이긴 듯." 나는 내 의상의 흰색 시폰 소매를 매만지며 말했다. 2막의 막이 내려가자, 스태프들이 우리 주변에서 배경막을 돌리기 시작했다. 무용수들은 젖은 의상을 허리춤까지 내린 채 절뚝거리며 분장실로 들어갔다. 무대 위 공기가 땀과 아드레날린으로 묵직했다. 3막, '망령들의 왕국'이 오르기 전에 나는 바닥으로 손을 뻗어 얼마나 미끄러운지 확인해 보았다.

다음 날, 일간지《콤메르산트》에 다음과 같은 평론이 실렸다.

현재 마린스키 발레단에서 가장 뛰어난 테크닉을 보유한 무용수로 평가받는 다리야 루보바는 '오로라', 또는 발란친의 〈다이아몬드〉와 같은 순수 고전주의적 양식에 이상적인 발레리나다. 그러나 심미적 완벽주의보다는 몸을 맡기고 인물에 흡수되어야 하는, 몰입이 더 중요한 '니키야'를 추는 루보바의 설득력은 아쉬운 면이 있다. 언제나 매혹적인 예카테리나 레즈니코바는 상대역인 '감자티'로서 당당하게 무대를 장악하며 또 한 명의 붉은 머리 무용수, 전설적인 프리마 발레리나 아솔루타,[1] 마야 플리세츠카야를 연상시켰다. 이외에 이번 공연에서는 코르 드 발레 무용수 두 명의 솔로 데뷔가 눈에 띄었다. '2번 셰이드' 역할의 나탈리아 레오노바는 무대에 등장하자마자 숨이 멎을 정도로 높은 카브리올[2]을 선보였으며, 놀라움으로 휩싸인 관객들은 일제히 박수갈채를 보냈다. 1분이 조금 넘는 동안 모든 동작을 정해진 안무가 아니라 즉흥적이고 자연스러운 영혼의

1 시대를 대표하는 최고의 프리마 발레리나.

2 뛰어오른 후 공중에서 양발과 무릎을 가위처럼 부딪친 다음 한쪽 다리로 착지하는 동작.

형상화처럼 보이게 하는, 발레에서 가장 희귀한 현상을 레오노바는 선보였다. 그를 이어 등장한 니나 베레지나는 탁월한 우아함과 섬세함을 지닌 '3번 셰이드'였다. 바가노바를 갓 졸업한 두 명의 무용수 모두 영감으로 가득하고 신선한 공연을 선보이며 그들이 코르드 발레에 그리 오래 머무르지 않을 운명임을 암시했다.

5장

첫 시즌에 나는 〈르 코르세르〉의 '굴나레', 〈호두까기 인형〉의 '마샤', 〈돈키호테〉의 '꽃 파는 소녀', 〈잠자는 숲속의 미녀〉의 '다이아몬드 요정' 역할을 맡았다. 솔리스트 외에 군무 파트도 소화해야 했기에 리허설 횟수는 두 배로 늘어났고, 책장을 넘기는 족족 등장인물이 죽어나가는 소설처럼 신경이 마비될 정도로 강렬하고 무자비한 날들이 이어졌다. 아침에 잠에서 깨면 아파트 안은 뽀얀 입김이 눈에 보일 만큼 추웠다. 그러면 세료자가 벌떡 일어나 차를 끓이고 김이 모락모락 나는 카샤[1]를 그릇에 담아 침대로 가져왔다. 나는 이불 속에서 꿈틀거리며 옷을 챙겨 입었고, 더는 늑장 부릴 여유가 없을 때 11시 수업에 맞춰 세료자와 함께 전철을 타러 나갔다. 스

1 메밀 등의 곡물에 물이나 우유를 부어 익힌 음식.

튜디오에 도착한 우리는, 말할 힘조차 없을 만큼 피로에 절어 어둠 속에서 조용히 스트레칭과 맨몸운동을 하고 있는 무용수들과 합류했다. 그러다 어느 시점이 되면 누군가가 스위치를 누르는 딸깍 소리와 함께 실내가 밝아졌다. 하루도 거르지 않고 반복되는 그 순간은 연습실에 모인 모두에게 깊고 고요한 고통을 안겨주었다. 다음은 균형이 잡히고 몸이 풀릴 때까지 서서히 웜업. 클래스와 리허설 사이 15분 동안 바나나 한 개나 샐러드로 점심. 몇 시간 내리 리허설을 하고, 잠깐의 쉬는 시간에 낮잠을 자거나 요기를 하고, 공연하고. 밤 11시, 비틀거리며 공연자 출입구를 빠져나와 퇴근하고. 집으로 돌아가 (이 아파트의 유일한 장점인) 끓는 듯한 더운물로 샤워한 뒤 세료자 옆자리에 쓰러지듯 눕고. 다음 날, 그다음 날도 이 일과는 계속되었다. 씻고, 반복하고. 씻고, 반복하고. 바가노바도 우리에게 많은 것을 요구했지만, 마린스키 발레단은 나에게 전혀 다른 차원의 피로를 가르쳐주었다. 정말 눈알이 빠질 것만 같은 피로도 있었으며, 특히 더 고된 〈백조의 호수〉를 공연한 어느 밤에는 다리에 아무 힘도 남아 있지 않아 (장갑이라도 있었기에 망정이지) 아파트 계단을 네발로 기어 올라가야 했다. 열여덟에서 열아홉으로 넘어가는 어린 나이에 이렇게까지 아프리라고 나는 꿈에도 예상하지 못했다. 아무리 심한 육체적 충격을 감수해도, 내가 얼마나 쇠약한 상태인지 아는 사람은 세료자, 니나, 그리고 안드류샤밖에 없었다. 첫 시즌부터 솔리스트 배역을 맡고 두 번째 시즌에 더 많은 데뷔 공연을 한 나를 동정하는 이는 아무도 없었다. 카티야 같은 스타 무용수들은 대놓고 나를 거부했고, 그 아래 베테랑들도 마찬가지로 나를 경계했으며, 코르 드 발레 단원들마저 나를 '우리들 중 하나'로 친근히 대하지 않았다. 그럼에도 여전히 군무단의 월급을 받고 있어서 장을 볼 때마다 1루블이라도 아껴 써야 했다. 사회적 고립에 대한 유일한 보상은 공연 출연 수당뿐이었다. 나는 그 돈을 차곡차곡 모아서 옷을 맞추러 의상실에 갈 때마다 엄마에게 드렸다. 초대권을 매번 얻지는 못했지만, 발레가 하나 끝날 때마다 보너스를 들고 나타나는 것은 우리 모녀의 공연 후 의식이 되었다. "이 1000루블은 무슨 역할로 받았니?" 입 한쪽에 진주 핀을 물고 엄마는 이렇게 물었다. "〈파라오의 딸〉의 '랑제'요." 내가 이렇게 대답하면, 어떤 작품인지 알아들은 엄마의 얼굴이 환해졌다. 엄마가 떠올리는 건 안무나 음악이 아니라 청록색으로 수놓은 보디스와 튀튀였다. 웅장한 스핑크스와 색색으로 칠한 이집트 기둥, 황금 전차를 끌고 무대를 가로지르는 진짜 백마의 다가닥다가닥 말발굽 소리가 얼마나 굉장한지 얘기하면, 엄마는 잇몸을 훤히 드러내며 칼칼한 목소리로 웃었다.

엄마가 내 춤을 보러 오는 밤이면, 나는 베리에이션이 끝나고 무릎을 굽혀 인사하며 '공작의 박스석'에 시선을 돌렸다. 그러면 객석의 누구보다도 더 강하게, 더 오랫동안 박수 치는 엄마가 보였다. 공연 마지막에 커튼콜을 할 때에도 오로지 엄마를 향해 고개를 숙였다. 이렇게 엄마와 함께하는 순간을 만들어주는 솔로 배역을 나는 소중히 여기게 되었다. 엄마에게 상처받을 거라는 두려움 없이 그저 친밀감만을 느낀 건 그때가 생애 처음이었다.

발레단 생활의 모든 것이 그렇듯 커튼콜도 전통과 위계질서로 이루어졌다. 처음은 언제나 코르 드 발레 단원들이었고, 역할의 비중에 따라 솔리스트들이 차례차례 나온 다음 마지막으로 주역들이 나와서 인사했다. 사실 이 규칙은 아주 쉽고 간단한 축에 속했는데, 무대 매니저가 순서를 불러줬기에 실수로라도 무례를 범할 일은 없었다. 그러나 미묘한 무언의 규칙도 많았고, 공공연히 가르쳐 주는 이가 없더라도 다들 알아서 적절하게 행동하라는 기대가 있었던 것은 물론이다. 어느 날 밤, 〈레이몬다〉 커튼콜을 하던 중, ('헨리에타' 역할을 맡았던) 내가 '레이몬다의 친구들' 옆에 서 있을 때 '클레망스' 역을 맡았던 코리페가 난데없이 바닥에 한쪽 무릎을 꿇고 깊이 고개를 숙였다. 옆에 서 있던 우리는 깜짝 놀라 굳은 얼굴로 무릎을 살짝 구부린 하프 커트시 절을 했다. 이건 단지 들쭉날쭉해지는 키의 문제가 아니라 명예가 걸린 문제였다. 잠시 후, 우리는 타이틀 롤인 '레이몬다'를 맡았던 카티야에게 시선을 돌렸다. 그는 스포트라이트 속으로 걸어 나가 무릎을 바닥에 대고 객석을 향해 정중히 인사했다. 이렇게 깊게 구부리는 풀 커트시는 프리마 발레리나에게 주어진 무언의 특권이었다.

카티야는 '클레망스'의 무분별한 행동을 못 본 체하고 여왕다운 미소를 지으며 자리에서 일어났다. 그런 다음 곁무대로 걸어가서 지휘자의 손을 잡고 다시 무대 중앙으로 나왔다. 마침내 카티야의 손을 놓은 지휘자가 관객을 향해 허리를 깊이 숙여 인사했다. 검은 머리에 구릿빛 피부, 세련된 외모의 그는 많아야 서른다섯쯤으로, 지휘자라기에는 놀랍도록 젊어 보였다. 그는 다시 카티야에게 다가가 그의 손에 정중하게 입을 맞추었다. 손 키스는 매번 공연이 끝나고 지휘자가 프리마 발레리나에게 경의를 표하는 전통이었지만, 그날은 어딘가 달랐다. 키스를 하고 바로 다음 찰나, 그가 카티야의 손을 바로 놓지 않고 두 사람의 눈이 마주쳤을 때, 나는 그들이 서로 좋아하고 있으며 1600명의 관객 앞에서 그 마음을 숨기기 위해 최선을 다하고 있다는 걸 알아차렸다.

수차례 열리고 닫히던 커튼이 마지막 인사와 함께 완전히 내려간 뒤 나는 코르 드 발레 분장실로 돌아가 니나 옆에서 포인트 슈즈를 벗었다. 레이몬다의 성에 사는 귀부인 역할을 맡았던 니나는 머리 장식부터 가슴까지 세팅 스프레이로 뒤덮여 있었다. 메이크업 리무버가 얼굴을 훑고 지나갈 때마다 니나의 깨끗한 피부가 한 줄 한 줄 거울에 드러났다. 나는 튀튀를 밑으로 잡아당겨 바닥에 벗어버리고 보디스의 촘촘히 줄지은 고리를 열어젖혀 타이츠만 신은 상태가 되었다. 이런 공연 후 의식을 니나와 함께할 때마다 느껴지는 친밀감이 나는 참 좋았다. 모든 가면을 벗고 서로의 존재를 있는 그대로 받아들이는 그 시간은 마치 온종일 포격을 견디고 조금 잠잠해진 참호에서 지친 전우 둘이 한 개비의 담배를 나누어 피우는 휴식처럼 소중했다. 피곤하지만 공연의 여운에 젖은 우리 둘은 '클레망스'의 주제넘은 행동에 대해, 또 그에게 카티야가 어떤 대가를 치르게 할 것 같은지에 대해 속닥거리며 수다를 떨었다. 우리 둘 다 평상복으로 갈아입고 난 뒤 내가 카티야와 지휘자 사이에 오간 눈빛에 대해 얘기를 꺼냈다.

"훤칠한 외모에, 엄청난 재능의 소유자잖아. 둘이 참 잘 어울리겠다." 니나가 말했다. 그러더니 너무 칭찬만 늘어놓으면 날 배신하는 것처럼 보일까 봐 걱정했는지 한마디 덧붙였다. "아. 물론 카티야의 진짜 모습을 알게 되는 건 시간문제겠지만."

"카티야가 그 사람한테 못되게 굴 것 같지는 않은데." 내가 플리스 재킷의 지퍼를 올리며 대꾸했다. "솔직히 내가 주목한 건 카티야가 그를 쳐다보는 눈빛이었어. 그게…… 아무한테도 말하면 안 돼, 알겠지?"

니나의 눈이 커졌다. 비밀 얘기를 좋아하는 그는 열렬히 고개를 끄덕였다.

"내가 그런 눈으로 세료자를 바라본 게 언제였는지 기억이 안 나더라고." 나는 내 몸을 끌어안으며 말했다. "원래 이런 게 맞는 거야?"

니나가 한숨을 푹 내쉬며 장갑을 꼈다. "너희 둘 3년 만났잖아. 더 이상 불꽃이 튀지 않아도 괜찮아. 아니, 그게 더 이상적이지. 안정적인 관계를 쌓아나가는 단계라는 뜻이니까." 니나가 거울 속에 비친 나를 보며 씽긋 웃었다. 니나와 안드류샤는 얼마 전 새해에 약혼을 한 참이었다. 니나를 아는 사람들은 이 소식을 듣고도 전혀 놀라지 않았다. 그는 같은 학년인 나와 세료자보다 생일이 빨라 한 살이 많았는데, 나이 차이 이상으로 우리보다 훨씬 더 성숙했다. 사춘기와 이십 대 초반에 너나 할 것 없이 연애라는 룰렛 도박을 할 때 니나는 안드류샤라는 평생 예금 계좌에 전 재산을 넣은 셈이었다.

"그럼 사귀다가 더 이상 두근두근하지 않으면 그때 결혼하는 거야?" 내가 농담 반 진담 반으로 말했다. 그러자 내게 좋은 친구가 되어주겠다는 결심이 한계에 다다랐다는 듯 니나가 인내심을 잃고 날카롭게 콧숨을 내쉬었다. 시간이 늦어지고 있었다.

“내가 너무 피곤한가 보다. 그럴 때면 이런 생각이 들어.” 내가 말했다. 우리 둘은 외투의 지퍼를 올려 잠그고 엘리베이터를 타러 나갔다.

“나타샤, 잘 들어. 내가 안드류샤를 보고 더는 설레지 않는다는 게 아니야. 이제는 다른 것들이 기대되고 설레는 거야. 같이 살고, 모든 면에서 서로를 돌봐주고. 우리 가족을 꾸리는 삶.” 니나가 말하는 동안 층을 표시하는 패널의 숫자가 하나씩 바뀌면서 반짝거렸다. 띵, 하는 소리와 함께 엘리베이터가 도착했고 우리는 열린 문 안으로 들어갔다.

“니나, 뭐 하나 물어봐도 돼? 평생 오로지 안드류샤하고만 춤을 춰야 한다면 어떨 것 같아?”

“더할 나위 없이 좋지. 너도 그렇지 않겠어? 세료자하고?” 니나가 공연자 출입문을 밀어서 열었고, 우리는 자정에 가까운 한겨울 밤 속으로 걸어 나갔다. 니나에게 대답할 겨를도 없이 어두운 그림자 하나가 우리에게 다가오며 크게 외쳤다. “나탈리아 레오노바 씨, 맞죠?”

“네, 그런데요.” 니나에게 도움의 눈길을 보내며 떨리는 목소리로 대답했다. “무슨 일이세요?”

“만나 뵙게 되어 아주아주 영광입니다.” 낯선 사람이 그렇게 말하며 가로등 밑으로 다가오자, 파카에 달린 모자 아래로 불그스름한 뺨이 보였다. “애들아, 어서 와봐!” 여자가 뒤편을 향해 손을 흔들자, 꼬마아이 둘이 토끼처럼 깡충깡충 뛰어와 그의 옆구리에 붙어 서서 큼지막한 눈으로 나를 올려다봤다.

"딸들이 최근에 발레를 시작했어요. 레오노바 씨가 저희 딸들 우상이랍니다. 언제나 그렇지만 오늘 밤 공연은 정말 잊지 못할 거예요. 괜찮으시면, 저희와 같이 사진 한 장 찍어주실 수 있을까요?" 여자가 핸드백에서 카메라를 꺼내 앞으로 내밀며 초롱초롱한 눈빛으로 니나를 바라보았다.

"그럼요, 물론이죠." 내가 대꾸하자 니나가 카메라를 받았고, 두 딸과 어머니는 나를 둘러싸고 모여들었다. 그러자 나이 든 신사 한 명, 이십 대로 보이는 젊은 여자 한 명이 수줍게 줄을 서더니 내게 공연 프로그램북에 사인을 해달라고 부탁했다. 그런 다음 그들은 어둠 속으로 사라졌다.

나는 추위도 잊고 잠시 멍하니 서 있었다. 니나가 나를 불렀다. 지쳐서인지 아까보다 조금 더 날카로워진 목소리였다. 우리는 걷기 시작했다. 함박눈 송이가 털모자에 두껍게 달라붙었고, 바닥에 찍히는 발자국을 순식간에 하얗게 지웠다. 그제야 팬들이 다가오기 직전에 내가 무엇 때문에 절망하고 있었는지 떠올랐다. 니나에게조차 털어놓을 수 없을 정도로 너무 이상하고 부끄러운 비밀이었다. 내가 평생의 발레 파트너로 상상했던 대상은 세료자가 아니라 멀리서 단 한 번 본 게 전부인 남자, 내가 좋아할지 어떨지도 모르는 낯선 남자였다.

보주 광장 옆 술집에서 레옹은 사람들이 늘 자신에게 비밀 얘기를 털어놓는다고 말했다. 레옹은 바텐더였고, 사람들은 바텐더라면 남들의 잘잘못을 따지는 단계를 초월했을 거라고 느끼기 때문이었다. 어떤 말을 들어도 놀라지 않는 레옹을 보면서 사람들은 해방감을 느꼈다. 어느 손님은 일요일마다 도서관에 가서 책들의 맨 마지막 장을 찢어버린다고 했다. "그는 책의 연쇄살인범이었지." 레옹이 내게 보르도 와인을 한 잔 따라주며 말했다.

"압솔루망 푸(완전히 미쳤군)." 내가 말했다.

"그렇지. 근데 정말로, 있잖아, 어떤 식으로든 사람들은 다들 미쳐 있어." 그가 관자놀이께에 손가락을 갖다 대고는 퓨- 하는 소리를 내며 터뜨리는 시늉을 했다.

"더 얘기해 봐."

레옹의 말에 따르면, 세상에서 가장 흔한 비밀은 사랑해야 할 사람을 사랑하지 않는다는 것이었다. 바에 오는 커플들은 많은 경우 서로 사랑하지 않는 사이였다. 상대가 화장실에 간 사이에 레옹에게 그런 비밀을 털어놓는 이들도 있었는데, 굳이 말하지 않아도 레옹은 알아챌 수 있었다.

한번은 혼자 와서 바에 앉아 마티니를 주문한 남자가 있었다고 했다. 제1구 주변에서 흔히 보이는 부유하고 고상한 미국인 유형이었다. 그는 파리에서 20년을 살았는데, 그동안 늘 가보고 싶었던 빅토르 위고 박물관에 그날 오후 처음으로 다녀왔다고 했다. 관람을 하고 바로 근처인 레옹의 바에 들른 것이다. 그는 누이의 혼사를 깨뜨리고 고향을 떠났다고 했다. 약혼자는 그의 대학 동기였고 흠잡을 데 없이 멋진 사람이었는데, 그 친구가 사실 결혼할 만한 남자가 아니라는 거짓말로 누이를 설득해 결국 파혼에 이르게 만들었다는 것이었다. 시간이 흐르고 사람들은 그가 누이의 약혼자를 사랑했을 거라고 추측했고, 그는 마음대로 생각하게 내버려두었다. 그러나 사실 그가 사랑했던 사람은 그의 누이였다. "이 얘기를 듣고 놀랐나요?" 남자의 질문에 레옹은 아니라고 대답하며, 이제 와 자기에게 그 얘기를 털어놓는 이유가 무엇이냐고 물었다. 그러자 남자는 당연히 두 번 볼 일 없는 사이니까 그렇다고 대답했다. 레옹은 다음 주쯤 그와 우연히 마주치겠지, 아마 아내와 함께 샤넬에서 나오는 길에, 라고 생각했다. 사람들이 그에게 비밀을 털어놓은 후 종종 그런 일이 있었던 것이다. 그러나 그다음 날, 레옹은 뉴스에서 그를 보았다. 센강에서 익사한 어느 미국인.

모든 것은 입 밖에 내지 않을 때 더욱 강해진다. 두려움도, 슬픔도, 욕망도, 꿈도.

마린스키의 비밀을 나도 하나 간직하고 있다. 그 누구에게도 말한 적 없는 나만의 기억이다. 어느 날, 거대한 샹들리에와 그 주변을 맴돌며 춤추는 신들의 모습에 매료되어 꼭대기 좌석까지 올라간 적이 있다. 좌석 맨 윗줄 끝에 아무것도 쓰여 있지 않은 문이 하나 있어서 열어보니, 컴컴한 통로로 좁고 가파른 계단이 이어졌다. 그 꼭대기에는 "출입 금지" 푯말이 붙은 묵직한 철문이 있었다. 당연히 잠겨 있을 줄 알았지만 그래도 혹시나 해서 살짝 밀어봤다. 그러자 문이 열리면서, 어둑어둑한 극장에서 갑자기 다른 세계로 넘어간 것처럼 따뜻한 3월 오후의 맑은 공기와 빛이 쏟아져 들어왔다. 얼굴을 어루만지는 서늘하고 깨끗한 흙냄새에 현기증이 일었다. 뜻밖의 아름다움이었다. 페테르부르크의 전경이 내 발아래 펼쳐져 있었다.

전망을 구경하라는 의도는 아니었으나, 수리 등 필요 시 올라오는 사람들을 위하여 지붕 가장자리를 나지막한 난간이 지키고 있었다. 나는 거기에 기대고 서서 도시를 내려다봤다. 줄지은 가로수 우듬지가 연둣빛 새순으로 반짝거렸고, 그 사이사이로는 황금빛 큐폴라[1]가 광채를 냈다. 수평선을 따라 넓게 펼쳐진 잿빛 슬레이트 지붕들은 운하에 의해 질서 정연하게 조각나 있었다. 강풍이 뭉게구름을 달래며 연푸른 하늘로 떠밀어 보내는 모습은 마치 초원의 양치기와 양 떼 같았다. 태어난 날부터 지금까지의 내 삶과는 정반대로 태양 빛 아래 모든 것이 느긋하고 편안하게 움직이고 있었다. 문득 나에게도 이런 여유로운 날이 올까 싶었다. 나는 지난 네 시즌 연속 거의 매일 밤 공연을 하고 있었고, 여전히 군무와 솔리스트 배역을 동시에 맡고 있었다. 체력도 정신력도 이미 한계에 다다른 상태였다. 왈칵 쏟아지는 눈물을 애써 삼키려고 몸을 바들바들 떨며 숨을 몰아쉬었다. 맡은 역할이 작을 뿐 나만큼 열심히 일하는 세료자에게 불평할 수도 없었다. 니나는 그나마 조금 있는 여유 시간에 6월에 예정된 결혼식 준비를 틈틈이 하고 있었기에 나보다도 바쁜 일상을 보내고 있었다.

다음 리허설에 들어가기 5분 전, 나는 옥상에서 내려왔다. 스튜디오로 돌아왔을 때 사무실장이 고개를 쑥 들이밀고 말했다. “나타

1 돔 형식의 둥근 지붕.

샤, 금요일 공연에 막판 변경 사항이 생겼어요. 다리야가 독감에 걸렸대요."

"저는 다리야의 언더스터디[1]를 해본 적이 없는데요."

"아, 그게, '니키야' 역할엔 카티야가 들어갈 거예요. 그러니까 카티야 대신 '감자티' 역을 해주시면 됩니다." 사무실장이 클립보드의 종이를 넘기며 말했다.

"이반 스타니슬라비치는 어디 계시죠?" 내가 물었다.

"무대 리허설 중이에요. 끝나려면 몇 시간 있어야 할 텐……"

사무실장이 말을 끝내기도 전에 나는 자리를 박차고 나갔다. 내가 공연장 문을 밀어 활짝 열자, 무대에 있던 무용수들이 순간 멈칫하다가 이내 하던 일을 이어갔다. 이반 막시모프 감독은 오케스트라 층 중앙에 앉아서 마이크에 대고 지시를 내리고 있었다. 그가 어깨 너머로 나를 슬쩍 보고 얼굴을 찌푸리더니 다시 무대 위를 주시했다. 무용수들을 향한 그의 지적은 끊이지 않았다. 그런 감독에게 나는 성큼성큼 다가가 말을 걸었다. "드릴 말씀이 있습니다."

이반 스타니슬라비치가 마이크에 대고 퉁명스럽게 말했다. "콜랴, 그렇게 두려워만 하는 몸부림은 그만둬. 이 작품 제목이 뭐야? 〈젊은이와 죽음〉이잖아, 죽음! 그리고 죽음은 여자라고. 죽음의 유혹을 당하란 말야!" 내가 계속 서서 그를 빤히 쳐다보자, 감독이 마이크를 옆으로 치우고 물었다. "뭐야?"

"〈라 바야데르〉 때문에 드릴 말씀이 있어요."

1 주역 무용수가 무대에 오를 수 없을 때를 대비하여 해당 배역을 미리 연습하는 예비 무용수.

이반 스타니슬라비치가 두툼한 회색 눈썹을 가운데로 모으며 목을 가다듬었다. "캐스팅 얘기라면 리허설 끝날 때까지 기다려."

"아뇨. 지금 당장이어야 해요. 감독님도 저한테 10분은 주실 수 있어요."

무대 위 무용수들이 조용해졌다. 노란 원피스를 입은 여자와 추던 '죽음의 무도'를 중단하게 된 콜랴가 대놓고 나를 노려보았다. 이반 스타니슬라비치는 무용수들을 향해 "5분 휴식"이라고 내뱉은 뒤 나를 향해 고개를 돌렸다. 그는 전에 본 적 없는 생기 넘치는 표정을 짓고 있었다. 늘 냉철하고 가늠할 수 없는, 마치 강둑에 엎드려 꼼짝하지 않는 악어 같은 그를 내가 놀라게 만든 것이었다. 그리고 이제 권위 있고 위험한 인물을 당황케 한 결과가 나를 기다리고 있었다. 내 심장소리가 어찌나 큰지 그에게 들릴까 봐 두려웠다. 그러나 두려움보다 더 큰 분노가 나를 사로잡았고, 나는 두 손을 꼭 쥔 채 박스석으로 들어갔다.

나는 이반 스타니슬라비치가 무용수들의 눈에 보이지 않는 가림막 뒤로 가자마자 내게 무례하다며 욕을 퍼부을 거라고 생각했다. 그러나 그는 내게 의자를 가리키고는 자기도 자리를 잡고 앉았다. 그런 위치에 있는 많은 사람이 그렇듯 정중함이나 기사도에 관한 진심은 없다 하더라도 형식이 몸에 배어 있던 것이었다. 그는 민첩하게 다리를 꼬고 앉아서 가슴 앞에 팔짱을 낀 후 턱을 치켜들며 말했다. "얘기해."

"사전 통보도 없이 공연 이틀 전에 저한테 '감자티' 역을 던지시면 어떡하자는 겁니까? 제가 이 역할을 제대로 준비할 수 있을 거라고 생각하시는 거예요?"

"그랑 파드되[1]는 이미 습득했으니 연습하는 데 시간이 많이 필요하지 않아. 바르나에서도 잘했고."

"다른 신은 어쩌고요. 이건 정말 불공평합니다. 그동안 감독님이 시키는 대로 군무와 솔로를 다 맡았습니다. 일은 두 배로 하는데 똑같은 배역을 맡는 솔리스트들에 비해 돈은 절반도 못 받는다고요."

"하고 싶은 말이 뭐야, 나타샤?" 감독이 눈을 가늘게 뜨고 코로 날카롭게 숨을 내쉬었다.

"승급시켜 주세요. 코리페 말고, 제2솔리스트 말고. 제1솔리스트로요." 나는 목소리를 일정하게 내려고 노력했고, 그것을 해낸 내가 대견했다. 이반 스타니슬라비치는 믿기지 않는다는 듯 눈썹을 위로 치켜들고 고개를 가로저었다. 이번에는 정말로 그의 신경을 건드린 것이었다.

"그래, 지난 1~2년 동안 고생했지. 그건 나도 인정하네만—"

"벌써 네 번째 시즌입니다. 여름이면 저도 스물두 살이에요. 카티야는 스물한 살 때 수석 무용수로 승급시켜 주셨잖아요." 나한테 유리한 말이 아니라는 걸 알면서도 참지 못하고 뱉고 말았다.

"나타샤, 다른 사람과 비교하지는 말도록." 그는 이제 그만하라는 듯 손바닥을 위로 들며 능글맞게 웃었다. "어린애도 아니고." 우리의 면담은 이걸로 끝이라는 듯 그가 자리에서 일어났다.

"카티야나 다른 수석 무용수들이 맡았던 역할들을 저도 다 하고

1 고전 발레의 클라이막스에서 프리마 발레리나와 남성 수석 무용수가 함께 추는 춤.

있잖아요." 뒤따라 일어난 나는 박스석을 나가려는 그의 길을 가로 막았다. 내 무례한 행동에 이반 스타니슬라비치의 얼굴이 우아하지 못하게 붉으락푸르락 달아올랐다. 이번엔 정말 나 때문에 머리 끝까지 화가 난 것 같았다. 그러나 그의 얼굴에 분노의 기색만 스친 건 아니었다. 엑스레이 같은 시선으로 단원들을 분석할 때는 보이지 않던 어떤 생동감이 눈동자에 번쩍였다. 그 순간 나는 다리야와 카티야가 그의 총애를 받는 게 우연이 아니라는 사실을 깨달았다. 그는 복종이 지루했던 거였다.

"좋아." 그의 낯빛이 서서히 돌아왔다. 의자 등받이를 부여잡은 그가 몸을 지탱하며 말을 뱉었다. "한 가지 조건이 있어."

"말씀하세요." 나는 한 발도 물러서지 않고 차가운 목소리로 대답했다.

"이건 내가 혼자 결정할 수 있는 사안이 아니야. 총감독도 있고, 정권의 승인도 받아야 하고. 그래, 정권. 사실을 말하자면, 향후 몇 년간 여자 무용수를 승급시킬 계획은 없다고—" 공포에 질린 내 표정을 본 감독이 황급히 말을 마무리했다. "위에서는 굳이 승급시킬 필요가 없다고 생각할 거야. 그 수준을 증명해 보이지 않는다면 말이지."

"어떻게요?"

"올해 모스크바 국제 콩쿠르가 있어. 나가서 메달을 따 오면 승급 문제를 해결해 주지. 큰 건이야. 여성 부문 일등 상금이 3만 달러니까. 그럼 아마…… 90만 루블쯤 되겠군."

충격에 몸이 비틀거리는 바람에 체중을 한쪽 다리로 옮기며 속

마음을 숨기려고 애썼다. 그 상금은 내 연봉의 다섯 배가 넘는 금액이었고, 이를 모를 리 없는 이반 스타니슬라비치는 오만으로 일그러진 미소를 지었다. 정말 역겨운 표정이었다.

"그럼 그랑프리는요?" 그의 눈을 똑바로 쳐다보며 물었다.

"현실적으로 생각하자고. 그랑프리를 받아 오라고 기대하는 사람은 없어. 뭐, 내 기억이 맞다면 상금은 10만 달러."

심장박동이 온몸으로 퍼져나갔다. 알렉산드르 니쿨린은 마치 춤을 위해 만들어진 원자로처럼 독보적으로 폭발적인 존재였다. 폭력적으로 느껴질 정도의 아름다움이었다. 모스크바 국제 발레 콩쿠르는 볼쇼이에서 주최하는 대회였고, 4년에 한 번씩 개최되기 때문에 전성기의 젊은 솔리스트가 참가할 수 있는 기회는 단 한 번뿐이었다. 니쿨린이 나오지 않을 리 없었다.

"그랑프리까지는 욕심낼 것 없고. 여자 솔로에게 주는 상 셋 중에 뭐든 괜찮아." 이반 스타니슬라비치가 고갯짓으로 이제 풀려날 준비가 되었다는 표시를 했다. 내가 옆으로 길을 비키자, 그는 눈에 띄게 안도하는 표정을 지으며 원래 앉아 있던 오케스트라 층의 그 자리로 돌아갔다. 이반 스타니슬라비치는 한 걸음씩 내디딜 때마다 자신의 냉정함을 되찾는 듯 보였고, 마이크를 잡았을 때는 이미 이전처럼 모든 게 통제된 침착한 상태였다.

"담배 피우는 장면부터. 상대 얼굴에 연기를 내뿜으면서 죽도록 유혹." 그가 명령하자 무대 위 무용수들은 각자 포지션으로 빠르게 돌아갔다. 노란 원피스를 입은 '죽음'은 담배를 끄고서 젊은이의 몸통을 끌어안고 다리를 양쪽으로 넓게 벌리며 미끄러지듯 내려가 거꾸로 된 T 자 모양이 되어 그의 허리에 매달렸다. 그렇게 사타구니에 얼굴을 파묻은 '죽음'은 바닥에 닿을 듯 말 듯 시계추처럼 흔들렸다.

금요일 저녁, '감자티' 데뷔 무대에 오를 준비를 하고 있을 때 누군가 분장실 문을 노크했다. 열어보니 몇 년 동안 오며 가며 얼굴만 아는 극장 직원이 서 있었다. 그는 무척 창백한 얼굴에 주황색으로 염색한 머리를 말아 올린 사십 대 여자였다. 그와 마주칠 때면 그의 칼날처럼 반듯하게 잘라놓은 앞머리가 왠지 이유 없이 귀찮게 굴지 말라고 무언의 경고를 던지는 것 같다고 나는 생각했다.

"나타샤 맞지? 내 이름은 타냐야." 그가 도도한 목소리로 말하면서 안으로 들어왔다. "오늘 네 머리와 분장 담당은 나야."

"항상 제가 알아서 했는데—" 타냐의 눈빛에 나는 말을 하다 말고 입을 다물었다.

"오늘 '감자티' 데뷔 무대 아냐? 첫 주역, 맞지?"

타냐가 권총처럼 그러쥔 머리빗을 나에게 겨냥하며 위협적으로 바짝 다가왔다.

"오늘은 내가 어떻게 하는지 잘 보고, 원한다면 다음부터 스스로 해." 타냐가 멈춰 서서 뭔가를 생각하는 듯 빗을 입술에 갖다 댔다. "안나 레오노바 씨의 딸, 맞지?"

내가 고개를 끄덕이자, 타냐의 미간에 패인 세로줄이 조금 부드러워졌다.

"어머니한테 극장 일자리를 소개한 게 바로 나야. 나타샤 어머니는 참 좋은 분이지. 자, 이제 앉아봐."

중요한 역할을 맡은 적은 여러 번 있었지만, '감자티'만큼 큰 배역은 처음이었다. 이반 스타니슬라비치는 크고 작은 무대의 모든 일을 줄 달린 꼭두각시처럼 움직이는 사람이었으니 아마 이것도 직접 지시했을 거라고 나는 짐작했다. 박스석에서 충돌한 뒤로 내 마음을 달래주려고 했거나, 아니면 순수하게 내가 데뷔 공연을 성공적으로 치르길 바랐을 수도 있다. 그것도 아니면 무대 위에서 실감 나는 적대감을 연출하려고 일부러 카티야의 분장사를 내게 보낸 걸지도 몰랐다. 이반 스타니슬라비치는 자기가 원하는 특정 효과를 정확하게 내기 위해서라면 누구라도 조종하는 사람이었다.

나는 의자에 앉아서 거울 속 니나의 눈을 맞추려고 했지만, 그는 머리 장식을 고치느라 여념이 없었다. 열 살 이후로 공연 전 서로의 머리에 장신구를 꽂아주지 않은 건 그날이 처음이었다. 며칠 전, 이반 스타니슬라비치에게 저항한 일과 그가 어떤 대안을 제시했는지 털어놓았을 때 니나는 놀란 듯 두 손을 입 앞에 모으고 목소리를 낮췄다. "나타샤, 너 그게 무슨 뜻인지 알지?"

"죽는 한이 있더라도 내가 거기서 상을 받겠다는 의미지. 그리고 이반 스타니슬라비치가 나를 제1솔리스트로 승급시켜 줄 거라는 의미고." 나는 뭐가 그리 걱정되는지 의아해져서 니나를 동그란 눈으로 쳐다보았다.

"그렇지만 혹시라도 네가 메달을 못 따면 감독한텐 앞으로 몇 년간, 어쩌면 널 영영 승급시키지 않을 완벽한 구실이 생기는 거잖아." 마치 어른이 아이에게 세상이 어떻게 돌아가는지 가르치는 듯

한 어투로 니나는 말했다. 그의 오만한 말투와 해봤자 안 될 거라는 나에 대한 의구심이 거슬렸다. 내가 언짢아하는 걸 니나도 눈치챈 듯했고, 그날 이후로 우리는 꼭 필요한 상황이 아니면 한마디도 나누지 않았다.

나보다 먼저 무대에 등장하는 니나가 일찍 자리를 떴기 때문에, 타냐가 ("직접 할 때보다 훨씬 낫네, 안 그래?"라며) 내 머리 손질을 끝냈을 때 니나에게 어색하게 '토이, 토이, 토이' 하고 행운을 빌어 주지 않아도 됐다. 곧 나는 대기 중인 무용수와 직원 들로 붐비는 좁은 복도를 따라 백스테이지로 올라갔다. 관객과 무대 사이에 내려진 장막 뒤에는 무대감독들이 2막을 위해 야자수와 햇볕이 따사로운 인도 라자[1]의 궁전을 굴려 이동시키고 있었다. 금잔화색 의상을 입은 코르 드 발레 단원들이 거대한 부처 동상 주변에서 수다를 떨며 몸을 풀고 있었다. 내가 가까이 지나가자 그들은 속삭임을 멈추었다. 거대한 호랑이 소품 뒤, 다시 배경 무사를 맡아 터번 차림에 창을 손에 쥔 세료자가 보였다. 세료자는 '황금 신상'의 대역으로 연습실 가장자리에서 연습해 왔지만, 이번에도 공연할 기회가 오진 않았다. 날 발견하고서 성큼성큼 걸어온 세료자가 나를 팔로 감싸안고 꽉 껴안았다.

"컨디션 괜찮아?" 그가 내 안색을 살피려고 몸에서 날 살짝 떼어 내며 물었다. 나는 고개를 끄덕였다. 공연 직전엔 담소를 나누는 것에도 너무 많은 에너지가 든다는 사실을 그도 잘 알고 있었다.

1 옛 인도 왕의 호칭.

"메르드."[1] 그가 싱긋 웃으며 말했다.

"고마워. 너도." 그에게 감긴 내 팔을 풀었는데, 세료자가 나를 잠시 붙잡고는 귀 가까이에 입술을 가져다 댔다.

"넌 처음부터 내 프리마 발레리나였어. 네가 정말 자랑스러워."

갑작스러운 충동이 일어 그의 팔뚝을 움켜쥐었다. "키스해 줘" 라고 말하고 싶었다. 우리의 부드러운 분홍 입술이 벌어지고 서로를 갈망하는 모습을, 그의 허리를 단단히 감싸는 내 팔과 내 등 가운데를 위아래로 쓰다듬는 그의 손을 상상했다. 그도 잠시, 키스해 달라는 말을 듣는 것만으로도 부끄러워 어쩔 줄 몰라 할 세료자의 모습이 떠올랐다. "여기서? 이 많은 사람들 앞에서?" 이렇게 말하겠지. 착하고 다정하고 인내심 많은 세료자. 나는 그를 사랑했지만, 그를 원하는 것보다 '원하기'를 더 원했다. 키스 대신 그를 한 번 더 껴안고 자리를 떠났다.

센터의 센터를 향해 천천히 걸었다. 무대의 정중앙이자 우리 세계의 중심인 그곳. 코르 드 발레부터 수석 무용수에 이르기까지 모든 무용수와 지휘자, 오케스트라, 조명 디자이너, 무대 스태프, 그리고 감독까지, 모두를 불가피하게 끌어당기는 그곳으로. 거기 누워 팔다리를 활짝 벌렸다. 그들을 덮은 어둠 가운데에서 스포트라이트가 넓고 흰 빛의 통로를 만들며 내 시야를 가로질렀다. 눈을 감으니, 눈꺼풀 안쪽에 반짝이는 길잡이 별이 그대로 남아 있었다. 공연장을 가득 메운 현악기의 따뜻한 진동, 플루트와 오보에의 지저

1 Merde, 프랑스어로 '배설물' 또는 '제기랄'을 의미하는 단어로, 아티스트들이 공연 전 서로 행운을 빌 때 쓰는 관용적 표현이다.

귐, 중력과 똑같은 척력으로 내 몸을 너그럽게 받쳐주는 바닥까지 모든 게 평화로웠다.

물론 이렇게 센터의 센터를 차지하고 있으면, 카티야와 그 친구들과 팬들이 나를 오만하고 재수 없다고 생각할 게 뻔했다. 이반 스타니슬라비치는 나를 맹랑한 고집불통이라고 생각할 것이었다. 세료자는 나를 멋지다고 생각할 것이었다. 니나는 내가 변했다고 생각할 것이었다. 그러나 진짜 내 모습을 아는 사람은 아무도 없었다. 때로는 나조차 내가 어떤 사람인지 알 수 없었으니까. 그러나 이곳, 우주의 중심에 있으니 그제야 내가 누구인지 정확히 알게 되었다. 내 기억이 존재할 때부터 항상 억눌러 왔던, 암석도 녹이는 뜨거움이 피부 아래서 온몸을 약동하고 있었다. 이제 댐의 수문을 열어 모두에게 나를 보여주고 싶었다.

커튼 너머, 오케스트라가 잔잔해지며 집중이 깃든 침묵이 퍼졌다. 마에스트로[2]가 지휘봉을 올리자, 바이올린과 첼로가 감미로운 간주곡으로 공연장을 가득 메웠다. 제자리를 찾아 발걸음을 옮기는 무용수들의 의상이 서로 스치며 내는 사그락사그락 소리가 내 살갗을 간질였다. 막이 오르기 1분 전. 깊은 물속에서 수면 위로 헤엄쳐 올라오는 사람처럼 나는 눈을 번쩍 떴다. 몸을 일으켜 세우자, 귤빛 조명 너머로 세료자가 보였다. 날 향한 그의 시선에는 경외와 약간의 공포 같은 게 함께 묻어 있었다.

2 거장, 관현악단 지휘자의 존칭.

긴 팔다리와 타고난 위풍을 갖춘 예카테리나 레즈니코바의 '감자티'는 오랫동안 마린스키 〈라 바야데르〉의 압권으로 평가받았다. 지난 토요일 밤, 상트페테르부르크는 성숙함이 정점에 이른 어느 예술가가 여태 그에게 허락되지 않았던 새로운 배역 '니키야'에서 모든 이의 예상을 뒤엎는 광경을 목격했다. 특히 1막의 파드되에서 그는 그동안 보여준 적 없었던 애틋함과 사랑스러움을 유감없이 드러냈다. 레즈니코바는 현려하고 유연한 등을 통해, 아름다운 발을 통해, 심지어 길게 땋아 늘어뜨린 적갈색 머리카락 끝으로도 감정을 전달했다. 궁전 광장[1]에서 술렁이는 비둘기 떼처럼 발레 관객 사이를 떠도는 소문대로, 어느 부지휘자와의 로맨스 덕분에 이런 변신이 가능한 걸까? 비밀스럽기로 유명한 이 프리마 발레리나는 오로지 춤으로만 이야기할 의향이 있는 것 같다.

그러나 이날 밤 최고의 놀라움을 선사한 건 '니키야'가 아니었다. 2막에서 '감자티'를 맡은 나탈리아 레오노바가 또 한 번의 현신으로 나타난 것이다. 마린스키 발레단 입단 후 첫 시즌에 어둡고 신비로운 '2번 셰이드'로 데뷔한 레오노바는 얼어붙은 시냇물에서 춤추는 월광 같은 모습으로 화제를 모은 바 있다. 이번에 레오노바는 천장에 닿도록 높은 호를 그리는 소드샤[2]를 찬란하게 선보이며 절정을 향해 떠오르는 태양처럼 '감자티'를 연기했다. 그러나 경악할 정도로 빠른 턴과 숨 막히는 점프만으로 레오노바의 매력을 설명할 수는 없다. 그의 최고 장점은 하나하나의 몸짓, 눈빛, 춤을 결합시키

1 상트페테르부르크 겨울 황궁 남쪽에 위치한 도보 광장.
2 도움닫기 후 무릎을 구부렸다 펴며 두 다리를 180도로 뻗어 높이 점프하는 동작.

는 모든 요소로 삶의 충만함 그 자체를 전달한다는 데에 있다. 그가 새로운 승리를 거둘 때마다 발레계는 묻는다. 레오노바가 과연 승급할 수 있을 것인가? 아니면 주역으로 몇 번 데뷔했던 이전의 수많은 발레리나처럼 차차 단역으로 내려앉아 영원히 코르 드 발레에서 시들어버릴 것인가? 유독 발레리나 승급에 소극적이라고 알려진 마린스키에서는 익숙한 패턴이다. 레오노바 외에도 마린스키에서 10년 이상 승급하지 못한 여성 제1솔리스트가 열두 명이라, 그들의 충성스러운 지지자들의 원성을 자아내고 있다. 내년 봄에도 승급 소식이 없다고 하더라도 놀랄 일이 아니다. 대중의 압박에도 불구하고 이반 막시모프 감독은 발레단의 최상위 그룹을 소수로 유지하겠다는 선택을 이미 여러 차례 고수한 바 있다. 그런 그에게 누가 돌을 던질 수 있겠는가? 마린스키가 젊고 유망한 무용수들을 실패의 나락으로 떨어뜨리는 게 하루이틀 일이 아니지만, 마린스키가 실패하는 일은 없다.

벨보이가 빨간색 양털로 짠 모자를 살짝 들어서 건네는 인사를 받으며 나는 총총걸음으로 그랜드 코르사코프 호텔에 도착했다. 현관과 로비 사이에 색유리로 된 중문 한 쌍이 보이지 않는 문지기들에 의해 안쪽으로 열렸다. 마침내 호텔 내부에 들어서자, 자주색 화성암 바닥 위에 펼쳐진 두터운 페르시아 양탄자에 구두 굽이 푹푹 파묻혔다. 로비는 화려한 아르누보의 세상이었다. 윤기 나는 암갈색 청동 동상들, 미니어처 오렌지 나무가 심긴 높다란 항아리. 금박으로 장식된 원형 천장 아래 얼어붙은 폭포수처럼 생긴 샹들리에

가 시선을 위로 끌어당겼다. 덕분에 로비를 걷는 사람들의 키는 더 커 보였으며 그들의 몸가짐은 더 우아해 보였다. 지배인이 보이기에 그에게 물었다. "베레지나 씨의 결혼식장을 찾고 있는데요."

"위층으로 올라가서 왼편에 나오는 연회장입니다." 지배인이 대답했다. 나는 그에게 "스파시바"를 중얼거리고 서둘러 계단을 올라갔다. 웃음소리, 웅성거리는 소리, 그릇과 유리잔이 짤랑거리는 소리가 들리고 나서야 나는 속도를 늦췄다. 연미복 차림의 서버가 문을 열어주어 안으로 들어갔다.

니진스키의 〈장미의 정령〉이 떠오르는 배경이었다. 높이 솟은 원통형 궁륭 천장의 하늘색 색유리 채광창으로 백야의 청회색 황혼이 부드럽게 쏟아지고 있었다. 입구 맞은편 둥근 벽감에는, 아폴로 신이 그려진 또 다른 색유리 창이 초록빛을 내고 있었다. 성당의 제단 뒤 공간인 후진을 연상케 하는 광경이었다. 무릎에 머문 뒤 발목까지 흘러내리는 깨끗한 식탁보를 앞에 둔 하객들은 기다란 양초와 눈송이 같은 수국 다발 사이로 담소를 나누고 있었다. 수국은 흰색이었지만, 어스름에 물들어 엷은 보랏빛으로 보였다.

신랑의 아버지가 상석에서 건배사를 마무리 짓고 있었다. 그는 아들만큼이나 잘생긴 얼굴이었고, 그의 부인은 기품 있고 매력적이었다. 두 사람 옆에 앉은 새신랑 새신부는 같이 웃고 얼굴을 붉히며 밥보다는 술로 배를 채우고 있었다. 니나는 몸에 딱 붙는 심플한 실크 드레스를 입고 있었는데, 구슬이나 주름 장식이 달린 옷은 무대의상이 떠오른다며 기어코 사양한 것이다. 그의 낮게 말아 묶은 머리에서 골반까지 얇은 면사포가 차르르 내려왔다. 니나는 언제

봐도 아름다웠지만, 이날 그는 진심으로 눈부셨다. 내가 온 걸 본 니나가 손을 흔들며 가까이 오라고 나를 불렀다.

"황홀할 정도야." 니나를 끌어안으며 내가 말했다. 다음으로 안드류샤를 안아주고, 다시 니나를 포옹했다. "너 이러고 있는 거 보니까 내가 다 눈물이 날 것 같다. 축하해, 니나. 예식 못 봐서 미안."

우리는 서로의 품에 안긴 채 한참 동안 훌쩍이다가 키득키득 웃기를 번갈아 했다. 모스크바 국제 콩쿠르 얘기로 감정이 상한 이후로, 우리 둘 다 일정이 빽빽하다는 핑계 뒤에 숨어서 대화다운 대화를 나누지 않고 있었다. 몇 달 동안 어색하게 예의만 차리게 만들었던 마음속의 앙금이 봄 날씨에 눈 녹듯 순식간에 녹아내렸다. 니나는 나를 한 번 더 꽉 안아준 뒤 테이블을 가리키며 말했다. "네 자리는 세료자 옆으로 해놨어. 우선 가서 뭐 좀 먹고 있어. 내가 이따 그리로 갈게."

세료자는 서글서글한 편안함을 발산하며 웃는 얼굴로 다른 하객들과 대화하고 있었다. 다가오는 나를 본 그는 자리에서 일어나 내게 입을 맞추고 의자를 빼주었다. 세련된 정장 차림의 세료자도 아주 근사했다. 예기치 않은 보너스를 받아 새로 산 옷이었다. 얼마 전 〈잠자는 숲속의 미녀〉에서 '파랑새' 역을 맡았던 세료자는 공연이 끝나고 이반 스타니슬라비치의 칭찬까지 자아낼 만큼 훌륭한 무대를 선보였다. 지금까지 그의 커리어에서 가장 큰 성취였다. 세료자가 내 어깨를 어루만지며 말했다. "이 옷 입고 있는 네 모습, 사진 한 장 찍어놓자."

리허설과 공연 사이 짧은 휴식 시간에 밖으로 나가 할인 진열대에서 얼른 집어 온 붉은색 실크 시폰 드레스였다. 옷 한 벌에 이렇게 큰돈을 쓴 건 처음이었지만, 내게 이 정도는 살 자격이 있다는 생각이 들었다. 봄여름 내내, 원체 빠듯한 여유 시간마저 1분도 낭비하지 않고 모스크바 콩쿠르 준비에 매진한 것이다. 그날도 마티네 공연을 하고 다시 스튜디오로 돌아가 베라 이고레브나와 함께 연습한 다음에야 피로연에 올 수 있었다. 땀이 찬 로우 번을 그대로 풀어 헤친 탓에 머리카락도 구불구불한 상태였다.

"리허설 끝나고 바로 오는 길이야. 샤워도 못 했어." 내가 샴페인을 한 모금 들이켜며 한숨을 내쉬었다. "결혼식은 어땠어?"

"아름다웠어. 그런 두 사람을 보니까……." 세료자가 말을 멈췄다. 갑자기 자라서 껑충 길어진 가느다란 다리에, 벌어진 앞니를 훤히 드러내며 환하게 웃던 우리의 바가노바 시절을 떠올리는 게 틀림없었다. 그리고 세료자와 나는 그보다 더 오래전, 땅에는 썩은 사과와 축축한 낙엽이 널려 있고 하늘엔 까마귀가 울어대던, 그 침울한 안뜰을 사이에 두고 마주 보던 아파트의 유년기까지 거슬러 올라갔다. 이렇게 우아하고 말쑥하고 지적인 사람들과 같은 행색으로, 같은 어투로 대화하며 이런 곳에 와 있다는 생각을 하니 현기증이 날 것 같았다.

서버가 카나페 접시를 내 앞에 놔주었다. 아침부터 굶은 상태였던 나는 조용히 음식을 먹기 시작했다. 어느 정도 허기를 채웠을 때 니나가 내 쪽으로 걸어오는 모습이 보였다. 늘어뜨린 면사포 때문에 니나는 마치 안개를 끌고 오는 것 같았다. 그가 내 어깨에 손을 올리며 말했다. "우리 화장실 가자."

연회장에서 나가 복도를 거니는 내내 니나와 나는 아무 말도 하지 않았다. 마침내 우리가 몸을 숨긴 화장실 안의 벽은 금색으로 도배되어 있었고, 카운터는 매끈한 아연 재질이었다. 그 앞에 선 니나는 허리를 앞으로 숙이고 양 손바닥으로 화장대를 꾹 짚으며 기대더니, 강의를 시작하기 전 학생들에 대한 불만에 애끓는 교수처럼 깊은 한숨을 내쉬었다. 코를 훌쩍이며 흐느끼던 니나가 부끄러운 듯 붉어진 얼굴에 손부채질하며 웃었다.

"몇 달 동안 하나부터 열까지 혼자 준비하고, 또 혹시라도 진행에 차질이 생기진 않을까 걱정하느라 너무 힘들었어. 안드류샤는 거들지도 않고. 근데 정말 다 아름답게 잘돼서 얼마나 다행인지 몰라."

"여기도 니나, 저기도 니나, 곳곳에 너의 천재성이 깃든 작품이었다니까." 나는 화장대에 걸터앉아 니나의 팔을 토닥였다.

"글쎄, 내가 안드류샤한테 청첩장 겉봉에 주소만 적어서 부쳐달라고 부탁했거든? 그런데 청첩장이 전부 우리 집으로 반송된 거야. 무슨 일인가 알고 봤더니, 보내는 사람과 받는 사람 주소를 반대로 적은 거 있지? 내가 안드류샤한테 부탁한 일이 그거 딱 하나였는데. 그이는 정말……." 니나의 목이 메어왔다. "어쩜 이렇게 둔한지 모르겠어."

"그래도 사랑하지?" 내 질문에 니나의 좌절감이 순식간에 녹아 사라졌다.

"아, 당연하지. 정말정말 사랑하지." 니나의 목소리가 이제 전혀 다른 이유로 떨렸다. 억누를 수 없는 애정이 그녀의 눈시울을 붉혔다. “미안해! 오늘 감정이 너무 격해져서. 마음대로 안 되네.”

“결혼식 날 남편을 사랑한다고 말한 걸 사과할 필요는 없지. 네가 그렇게 행복해하는 걸 보니까 나도 행복해.”

“나도야. 우리가 드디어 결혼하고 또 곧 새로운 가정을 꾸린다니 정말 기뻐.”

“그런 계획을 하기엔 좀 너무 이른 거 아니야?” 나는 화장대에서 내려와 똑바로 서서 드레스 자락을 털었다. “그러니까 내 말은, 아직 스물세 살밖에 안 됐고, 코르 드 발레에 있으니까. 제1솔리스트가 되기 전에 아기를 낳는다는 건, 커리어를 포기하는 거나 마찬가지잖아.”

태양이 갑자기 사라지고 도시 전체가 잿빛이 된 하늘을 쳐다보며 피할 길 없는 폭우를 기다리는 7월의 어느 날처럼, 니나의 눈동자가 순식간에 흑요석처럼 어두워졌다. 나는 서둘러 화제를 돌렸다. “바가노바 첫 해에 식당에서 같이 점심 먹었던 날, 네가 ‘꼭 해낼 거야’라고 계속 말했던 거 기억나? 우리 둘은 꼭 경마장에서 나란히 달리는 경주마처럼 같은 목적을 향해 달리면서도 경쟁자였던 적이 없었잖아. 늘 단짝이었지.”

“이건 내 인생이야. 이래라저래라 하지 마, 나타샤.” 훈훈하게 따뜻한 방 안에 갑자기 찬 바람이 불어 들기라도 한 것처럼 니나가 가슴 앞에 팔짱을 끼고서 몸을 부르르 떨었다. 니나의 입에서 이런 말이 나오는 걸 상상조차 해본 적이 없었다. 그의 제스처가 너무 낯설어서 아예 다른 사람처럼 보일 정도였다. 그제야 깨달았다.

“너 임신했구나. 정말 미안해. 몰랐어.” 그리고 나는 무심결에 기름을 붓고 말았다. "그러니까 이미 결정을……."

"당연하지!" 니나가 소리쳤다. "당연히 낳아야지. 나는 인생에서 가장 사랑하는 사람과 결혼했고, 우리 둘 다 가정을 꾸리고 싶어 해. 그리고 나는 누구처럼 나만 아는 사람이 아니니까."

"그건 아니지." 상황을 더 악화하지 않으려고 조금 작게 말했다. 그러나 니나는 이미 시작한 이상 끊을 수 없다는 듯 말을 이었다.

"내가 너한테 그렇게 살지 말라고 경고하고 싶었던 게 어디 한두 번인 줄 알아? 말을 안 했을 뿐이지. 내가 어떻게 생각하는지 솔직히 말해줘? 너 세료자한테 그러면 안 돼. 사랑하지도 않으면서 옭아매잖아. 세료자가 아까워."

"그래, 무슨 말인지 충분히 알아들었으니 그만해." 심장이 몸 밖으로 튀어나올 듯 두근거리고 뺨에 열이 올라 퉁퉁 부어오르는 것 같았지만 간신히 대꾸했다.

"그리고 단짝 이야기가 나와서 말인데, 소피야가 퇴학당하자마자 네가 세료자랑 사귀기 시작한 건 기억 안 나? 너는 네가 갖고 싶은 건 어떻게든 갖는 애야. 그게 진짜 너라고."

무슨 말인가를 하려고 했는데, 목구멍에 걸려 밖으로 나오질 않았다. 니나가 언제부터 이런 생각을 하고 있었던 걸까? 니나가 소피야의 편을 들거나 나를 비난한 적은 없었지만, 수년간 참아왔던 불만인 게 틀림없었다. 니나는 원래 교과서대로 행동하는 착한 애였으니 내 행동을 못마땅해하는 게 당연했다. 어쩌면 안드류샤에게는 내 뒷담화를 수도 없이 했을지도 몰랐다. 우리의 오랜 우정이 진짜이긴 한 것인가? 숨이 막혀왔다. 화장실의 벽들이 사방에서 나를 조여와 금색 관으로 변하는 듯했다. "그렇게 느꼈다니 미안해." 나는 중얼거렸다. 어쩌면 입 밖으로 말이 나오지 않았을지도 모른다. 나는 황급히 그곳을 빠져나왔다. 로비, 자동차들, 투광등 빛으로 휘영청 밝혀진 아름다운 건물들이 내 눈 앞에서 희미하게 지나갔고, 나의 피곤한 발이 허락하는 한 최대한 빠르게 절뚝거리며 걸음을 옮겼다.

정신을 차리고 보니 어느덧 지하철역 옆에 서 있었다. 십 대 아이들 한 무리가 부모의 감시를 피해 스케이트보드를 타고 있었다. 이들이 뿜어내는 담배 연기가 여름밤의 서서히 사그라지는 황혼 속에서 유령처럼 빛났다.

어깨 너머 어딘가에서 갈매기와 까마귀의 카랑카랑한 울음소리가 들려왔다. 고개를 돌려보니, 잔뜩 모인 새 떼 가운데에서 휠체어를 탄 남자가 빵을 뜯어 던져주고 있었다. 남자를 둘러싼 새들은 마치 깡패처럼 불량한 기세로 그에게 점점 더 가까이 다가갔다. 그러나 남자의 얼굴에는 전혀 당황한 기색이 없었다. 그저 뭐라고 혼잣말을 중얼거리며 계속 빵 조각을 던져줄 뿐이었다. 늦은 밤, 사나운 범죄자 새들에게 먹이를 주는 실성한 노인. 갈 곳도 없고, 새들 말고는 딱히 돌볼 존재조차 없는 사람. 그의 행동은—아마 그의 존재조차도—세상에 아무런 흔적을 남기지 못했으며, 심지어 갈매기들에게조차도 별 의미가 없었다. 그럼에도. 이 세상 모두가 이런 식의 광기를 발휘하며 살아가고 있는 게 아닐까? 사랑을 주든 받든, 모든 이들은 자격이 부족하다. 그걸 알면서도 우리는 닻을 잃고 표류하는 대신 존재라는 사슬의 일부가 되어 사랑을 지속한다. 사랑이라는 헛된 시도는, 진공의 어둠 속에 둥둥 떠서 자신의 숨소리만 들으며 지구상의 인류를 바라보는 동안에도 우주비행사를 우주선에 묶어주고 있는 끈이다. 그 끈이 없으면, 남는 건 오직 죽음뿐이다.

지하철을 타고 아파트로 돌아와 샤워를 한 후 침대에 누워 천장을 바라봤다. 하늘이 분홍으로 물들 무렵, 세료자가 문을 열고 비틀거리며 들어왔다. 그가 옷을 벗고 침대로 들어올 때까지 나는 눈을 감고 있었다. 그의 몸은 보드카의 찝찔한 냄새에 절어 있었다. 술에 취한 상태였지만, 세료자는 내가 자는 줄 알고 내 입술에 살짝 입을 맞추었다. 그런 그는 언제나처럼 내 가슴 한편을 아리게 했다.

"왔어?" 꿀 같은 햇살이 방 안으로 스며들었다. 어느 새의 그림자가 세료자 뒤편의 벽을 가로질러 푸드덕 날았다.

"나 때문에 깼어? 미안해." 그가 싱긋 웃으며 내 허리를 감았다. "어디로 도망간 거야? 간다고 나한테 말도 안 하고?"

"바로 집으로 왔어." 나는 그의 손을 맞잡고 꽉 쥐었다. 나의 안전과 생명을 지탱해 주는 끈을 끊어버리는 건 한 번도 해본 적 없는 일이었다. 작별 인사를 건네고 무無를 향해 시속 2000킬로미터의 속도로 추락하기 전에 마지막으로 깊게 숨을 들이켰다. "할 얘기가 있어."

제2막

무대 위 모든 것은 복잡하면서도 단순해야 한다.

인생처럼.

안톤 체호프

1장

시내로 돌아오는 택시 안에서 니나가 내게 저녁 먹으러 올 생각이 없느냐고 묻는다. 이럴 때 혼자 있으면 안 좋다고. 내가 아무 말 하지 않자, 니나가 자기 스카프를 내 무릎에 덮어준다. 그 손길에 택시 안까지 우리를 따라 들어왔던 묘지의 한기가 사라진다. 니나의 주변엔 언제나 사람들이 있었다. 그들은 니나의 영혼을 채워줬고, 니나도 마찬가지로 그들을 보살폈다. 사시나무가 그렇다. 같은 숲에서 자라는 모든 개체가 실제로는 동일한 뿌리를 공유하는, 하나의 거대한 유기체인 것이다. 지상의 나무들은 수만 년 전에 싹튼 단 하나의 가냘픈 실생에서 꾸준히 복제되며 군락을 이룬다. 한 그루의 사시나무가 인간이 아는 한 죽음도 한계도 없는 불멸의 뿌리로부터 받는 보호와 안정감이 얼마나 깊을지 나는 헤아릴 수 없다. 니나의 혈관을 타고 흐르는 사랑은 첫 번째 사시나무만큼이나 오래

되었다. 니나는 부모님에게 물려받은 사랑을 이제 자녀들에게도 전해준다. 그리고 그 사랑을 내게도 조금 나누어 주고 있지만, 안타깝게도 나는 니나와 같은 나무가 아니다. 니나에게 초대해 줘 고맙다고 인사한 뒤 호텔 앞에 멈춰 선 택시에서 내린다.

객실 청소원이 널려 있던 빈 잔들을 치우고 이불을 정돈한 단정한 방이 나를 맞이한다. 침대 옆 탁자로 눈을 돌리자 거기 두었던 약통이 보이지 않는다. 공황이 와르르 넘친다. 멍청하게 약을 아무 데나 두고 나오다니. 깔끔하게 정리된 침구를 흐트러뜨리고 베개를 바닥에 내던진다. 그때 욕실 세면대 한쪽 구석에 립스틱과 로션 뒤에 숨어 있는 약통이 보인다. 얼른 집어 들고 흔들어본다. 약이 줄었는지 아닌지 확실하지는 않지만, 언뜻 느끼기에는 지난밤에 본 것만큼 가득 차 있는 듯하다. 나는 불새를 낚아채는 차르[1]처럼 약병을 움켜쥐고서 발코니로 향한다.

여닫이문을 양쪽으로 열고는 타일이 깔린 좁은 발코니에 발을 내디딘다. 사실 발코니라고 부르기 무색하게 뒤집어져 밖으로 나온 바지 주머니처럼 건물 외부에 매달린 좁다란 공간일 뿐이다. 알록달록 번쩍이고 빙글빙글 회전하며 날아오르는 장난감을 파는 행상인. 앞을 보지 않고 사방팔방을 두리번거리며 걸어가는 관광객. 서로 엉킨 듯한 팔다리로 산책하는 십 대 커플들. "행운을 빌어, 마시카!" 한 소녀가 소리치자, 마시카라는 친구가 거기에 맞는 대답을 던진다. "크 체르투!"[2] 지옥에나 가라! 누군가가 행운을 빌어줄

1 제정러시아 때 황제의 칭호.

때뿐만 아니라 인생의 어느 상황에서도 적절하게 쓸 수 있는 표현이다. 경우에 따라 뭔가를 하겠다는 뜻도 되고, 하지 않겠다는 뜻도 되니까. 어느 차양 아래 한 노숙자가 하룻밤을 지내려고 누워 있다. 그의 머리맡에는 보드카와 구강청결제가 한 병씩 놓여 있다.

분홍색 불빛을 내며 반짝이는 장난감이 내 앞까지 날아오더니, 벌새처럼 허공에 떠 있다가 어둠 속으로 툭 떨어진다. 인간이 만든 물건 대부분이 그렇듯 이것 역시 시끄럽고, 추하고, 가짜이며, 무의미하다. 십 대들이 환호하며 행상인에게 다가가 그 장난감을 산다. 나는 약통을 열고 손바닥에다가 약을 한 알, 두 알, 세 알, 네 알, 다섯 알 털어낸다. 이 정도면 충분하겠다. 아니, 혹시 모르니 여섯, 일곱, 여덟, 아홉, 열. 전에 파리의 같은 지구에 살던 패션 디자이너가 있었다. 자신보다 수십 년 연상의 유명 록스타를 애인으로 둔 여자였는데, 어느 날 저녁 갑작스레 목숨을 끊었다. 사업 실패로 상당한 빚을 졌다는 식으로 기사가 나긴 했지만, 정말로 왜 그런 선택을 했는지 아는 사람은 없었다. 그의 남자친구가 최소 5억 유로의 재산을 가진 부호였으니 돈 문제라고 설명이 되지 않았다. 그런데 이제 이해가 된다. 어쩌면 그도 발코니에 나와서 거리를 내려다보다가 문득 아무 차이가 없다는 걸 깨달았을지 모른다. 세상에 니나 같은 사람, 사시나무는 중요한 존재다. 그러나 나처럼 완벽하게 혼자인 사람은 그 누구에게도 상처를 주지 않은 채 사라질 수 있다. 십 대 커플들이 누구의 장난감이 더 높이 나는지 겨루고 있다. 분홍색

2 누가 행운을 빌어줄 때 "지옥으로 가라"라고 답하면 액을 막아준다는 미신에서 비롯한 러시아 풍습.

장난감과 보라색 장난감이 엎치락뒤치락 팔랑이며 발코니 안으로 들어오려 한다. 나는 뒷걸음질 치고 문을 닫으며 목청껏 소리친다.
"지옥에나 가라!"

약을 한 움큼 쥔 상태로 욕실로 가서 변기 안에 버린다. 내가 무슨 짓을 하고 있는지 정신이 돌아오기도 전에 약통에 든 나머지 알약도 쏟아붓고 물을 내린다. 한 번에 다 내려가지 않아서 한 번 더 물을 내리자, 마지막 한 알이 필사적으로 소용돌이를 그리다가 결국 자기 친구들이 있는 저승길로 합류한다. 크기만큼이나 작은 목소리로 '안녀어어엉……'이라고 비명을 지르는 알약을 상상한다. 그러자 웃음이 터져 나온다. 스스로도 너무 어이가 없어서 깜짝 놀라지만, 멎지 않는다. 눈에서 눈물이 새어 나오는데도 폭소가 여울처럼 쏟아져 나온다. 그 마지막 여운이 온몸을 흔들며 나를 빠져나간 찰나, 이렇게 웃어본 지 2년이 넘었다는 사실이 떠오른다. 미소를 지은 적은 있었겠지만, 무엇이 우습다고 생각한 적은 기억에 없다. 마치 그동안 잃고 살았던 웃음이 한 번에 폭발하여 타버린 듯하다. 그리 불쾌하지 않은 공허함이 몸에 남는다. 단정하게 정돈돼 있던 침대 모서리를 미친 듯이 풀어 헤친 걸 후회하며 나는 침대에 누워서 잠을 청한다.

잠이 오질 않는다.

눈을 뜰 때마다 시곗바늘이 한 시간씩 지나가 있다. 시한폭탄처럼 똑딱거리는 심장을 떨리는 손으로 부여잡는다. 금단증상이 벌써 나타나는 걸까? 아니면 그냥 심리적인 걸까? 욕실로 들어가 억지로 물을 몇 컵 마신다. 어둠 속에서 거울을 바라봤다가 어떤 끔찍한 게 보일지도 모른다는 두려움에 사로잡혀 푹 숙인 고개를 차마 들지 못하고 세면대에 뚝뚝 떨어지는 눈물방울을 지켜본다 두렵다 두렵다 두렵다

또다시 모든 이의 삶에 참견하는 태양. 어젯밤에 닫은 줄 알았던 발코니 문이 활짝 열려 있고, 그 사이로 불어 드는 아침 바람에 커튼이 날갯짓한다. 나는 침대 시트 위에 웅크리고 있다. 언제 어떻게 잠이 들었는지 기억나지 않는다. 우선 샤워를 하고 스베타 이모의 수업에 가야 한다. 겨우 일어나 절뚝이며 욕실로 들어간다. 이런 상황에서도 뜨거운 물 덕분에 다시금 희망이 솟는다. 무너지지 않고 오늘을 버텨내면 앞으로도 괜찮을 것이라고 스스로 다독인다. 거울을 외면하고 싶은 충동을 꾹 참고 마음을 다잡으려 로션을 바르고 립스틱으로 마무리한다. 거울에 반사된 나의 오른쪽 눈에 석류씨처럼 혈관이 터져 있다.

아래층으로 내려가서 잼을 바른 토스트와 갓 짜낸 오렌지주스 한 잔으로 아침 식사를 한다. 심장이 다시 두근거려서 숫자를 세며 호흡하는 연습을 한다. 열을 세며 숨을 들이마시고. 열을 세면서 숨을 참고. 다시 열까지 숨을 내쉬고. 수년간 공연을 하며 무대에 오를 때마다 나의 심장은 터질 것 같았다. 그러나 솟구치는 아드레날린을 어떻게 활용해야 하는지 나는 잘 알고 있었고 그게 반갑기까지 했다. 하늘을 날게 했으니까. 그런 극한 상황에 셀 수 없이 빠뜨린 나를 지금 벌주기라도 하듯 심장이 걷잡을 수 없이 뛰어댄다. 알레그로(빠르게). 프레스토(아주 빠르게). 프레스티시모(가장 빠

르게).

호텔에서 나와 택시를 잡으러 길모퉁이로 걸어간다. 도로 건너편에 까마귀 떼가 모여 있다. 햇빛을 받은 그들의 깃털이 검은 오팔처럼 반짝인다. 지난밤에 봤던 노숙자, 보드카와 구강청결제를 머리맡에 두고 바닥에 누워 있던 남자가 까마귀 떼에게 모이를 주고 있다. 순간 내 몸이 얼어붙는다. 오래전에 본 적 있는 사람이다. 등줄기가 싸늘해지며 깨닫는다. 누군가가 나를 가지고 게임을 하고 있는 것이다. 나보다 훨씬 더 강하고, 불순한 의도를 품은 누군가가. 방금 저 노숙자가 나를 보고 윙크를 했나? 나는 뒤돌아 호텔 로비로 뛰어 들어가서 의자 등받이를 붙잡고 숨을 몰아쉰다. 누군가의 손이 내 팔을 붙잡는다. 나는 비명을 지른다.

"나탈리아 니콜라예브나! 죄송합니다, 놀라게 하려던 건 아니었는데." 어리둥절한 호텔 지배인이 눈썹을 거꾸로 된 V 자로 만들며 미안해한다. "괜찮으십니까? 혹시 무슨 일이 있으신지 확인하러 왔습니다."

"이고르 블라디미로비치." 그를 보고 안도감이 몰려와서 간신히 소리를 낸다. "제가 지금 극장에 가야 하는데, 택시를 좀 불러주시겠어요? 그리고 혹시 차가 올 때까지 같이 기다려주실 수 있을까요?"

"물론입니다. 나탈리아 니콜라예브나. 걱정 마십시오." 그가 내 팔꿈치를 토닥이고는 도롯가로 나간다. 몇 분 뒤, 그가 종이컵을 들고 나타난다. "라즈베리 잼을 넣은 차입니다. 진정하는 데 도움이 될 거예요."

택시가 도착하자 우리는 함께 호텔 밖으로 나간다. 노숙자는 온데간데없다. 까마귀도 없다.

"이고르 블라디미로비치, 혹시 길 건너편에 있던 노숙자를 보셨나요? 조금 전까지 있었는데."

"그런 사람은 못 봤는데……. 귀찮게 굴던가요?" 이고르 페트렌코 씨가 택시 문을 열어주며 묻는다. 내가 아니라고 고개를 가로젓자, 그가 방긋 웃는다. 지배인은 내가 진실을 말하고 있다고, 동시에 그런 노숙자는 전에도 없고 지금도 없다고 믿고 있다. 그의 머릿속에는 상반된 사실이 혼란 없이 공존하고, 그런 그의 무난하고 실용적인 현실 해석에 나도 매달린다.

"나탈리아 니콜라예브나, 제가 입에 달고 살고, 또 모두에게 하는 말처럼 들릴 수 있지만…… 제가 도울 일이 있거든 꼭 말씀해 주세요. 진심입니다." 그가 꿋꿋하게 말한다.

"고마워요. 이고르 블라디미로비치." 택시를 타며 그에게 답한다. "저도 진심이에요."

수업 시작 10분 뒤, 극장에 도착하자 스베타 이모가 입술을 꽉 다물고 팔짱을 낀 채 나를 기다리고 있다. 그러나 나를 본 순간, 이모의 짜증이 걱정으로 변한다.

"나타샤, 눈이 왜 그래?"

"아무것도 아녜요. 잠을 좀 설쳐서 그런가 봐요. 어제 니나하고 같이 엄마 보러 다녀왔어요. 그러고 나서…… 좀 힘들었어요."

스베타 이모가 미간을 찌푸리며 고개를 젓는데, 표정만 봐서는 화가 풀렸는지 아닌지 알 수가 없다. 그러다 갑자기 이모가 두 팔로 날 꼭 안아주며 마침내 입을 연다. "나타샤. 네가 그래주길 이모가 얼마나 기다렸는지 몰라." 잠시 후 한 걸음 물러나자 이모의 고개가 닿았던 내 어깻죽지가 약간 축축하다.

"이모, 저 칭찬받을 일 하나 했으니, 부탁도 하나 들어줄 수 있어요?" 내 말에 이모가 눈썹을 치켜올린다.

"음악이요. 음악이 필요해요, 이모. 그게 있어야만 다음 단계로 나아갈 수 있어요."

스베타 이모는 별로 고민하지 않고 내 요청을 받아들인다. 휴대폰을 꺼내 〈라 바야데르〉를 틀자마자 심장박동이 정상으로 돌아온다. 모데라토(보통 속도로). 안단티노(조금 느리게). 스베타 이모의 지도에 따라 바닥에 누워 재활 동작을 연습하고 발레 바로 넘어간다. 음악이 없던 때보다 연습이 두 배는 더 쉽게 느껴진다. 스베타 이모에게도 그렇게 보였는지 이렇게 말한다. "며칠 뒤에 센터 연습 들어가도 되겠다."

"아뇨. 내일부터 시작해요." 내 대답에 스베타 이모가 난색을 하는 척 눈을 흘기지만, 그의 입술은 기쁨을 숨기지 못하고 비죽거린다.

레슨이 끝날 무렵, 같이 저녁을 먹자고 하는 이모에게 나는 고개를 젓는다. "확인할 게 있어서요." 엘리베이터를 타러 나가는데 다시 심장박동이 빨라지기 시작한다. 음악이 주었던 마취 효과가 사라지면서 발과 발목이 시뻘겋게 부어올랐다는 사실을 그제야 깨닫는다. 약을 그렇게 꼿꼿하게 다 버리지 말았어야 했다는 후회가 처음으로 밀려든다.

띵, 하는 소리와 함께 엘리베이터 문이 열리면서 어둡고 고요한 복도가 모습을 드러낸다. 백스테이지로 가는 길 내내 다른 누구도 지나다니지 않는다. 이상한 일이다. 밤 공연을 준비하는 사람들로 늘 북적이는 곳인데. 샹들리에와 우단 휘장이 그려진 무대막이 새벽 2시를 넘긴 시간, 지친 미녀처럼 빛바랜 채 서 있다. 커튼이 올라가 있어 무대에 서니 반쯤 불 켜진 객석에 가득 깔린 담청색 벨벳 의자가 한눈에 보인다. 바닥에 등을 대고 누워 눈을 감는다. 팔의 맨살에 닿는 까만 리놀륨의 감촉이 분처럼 부드럽다.

발소리가 들리더니 내 옆에서 약 1미터 정도 떨어진 데서 멈춘다. "바닥에 그렇게 누워 있으면 편한가?" 분명 놀리는 어투인데 거슬리지 않는다. 오히려 달콤하게 느껴질 정도다. 눈을 뜬 순간 마음에 잔물결이 번지며 목소리의 주인을 알아본다. 알렉산드르 니쿨린이다. 그는 자신의 능력을 알지만 예의상 숨기는 사람처럼 여유롭게 미소 짓는다. 그의 몸 위로 쏟아지는 조명이 날카로운 윤곽을 드러내면서 이 세상을 그와 그 이외의 것으로 양분한다.

볼쇼이 무대는 거대하고 위대하다. 그와 단둘이 있다는 들뜬 마음을 숨기려고 미간을 찌푸리며 몸을 일으켜 세워 앉는다. 그가 무대 앞쪽으로 가서 그랑 피루엣을 하기 시작하는데, 너무 태연하고 자연스러워서 방금까지 내게 말을 건넨 것이 맞는지 헷갈릴 정도다. 어쩌면 내가 잘못 들었을지도, 그는 아무 말도 하지 않았을지도 모른다. 그러나 그때 그가 다시 말한다.

"태양계 전체에, 우주 전체에, 볼쇼이만큼 편안하고 안락한 무대는 없다네!" 붉은 벨벳으로 덮인 빈 좌석을 향해 니쿨린이 노래하는 듯한 목소리로 말한다.

"마야 플리세츠카야." 내 말에 그가 나를 향해 고개를 휙 돌린다. 아니, 더 정확히 설명하자면, 몸은 여전히 객석을 향한 상태에서 그가 목만 살짝 뒤로 틀자, 스포트라이트의 금빛 안감이 그의 옆모습을 각인한다. 꾸미지 않아도 완벽한 그의 옆에서 내 목소리는 거칠고 내 몸은 평범하다. 어쩌면 그래서 그가 아무런 대꾸도 하지 않고 그냥 무대를 내려갔는지도 모른다.

그가 자리를 떠나자마자 다른 경쟁자들이 소곤거리며 들어온다. 대다수는 볼쇼이 발레학교 또는 발레단 동문이라 서로 아는 사이다. 우크라이나, 독일, 미국, 일본에서 온 무용수들도 있다. 백스테이지에서 카메라들이 박쥐처럼 우리를 따라다닌다. 이 영상은 극적인 배경음악, 쌍두독수리 표상과 겹쳐져 국영 텔레비전 채널을 통해 생중계된다. 특파원들이 목소리를 낮추고 말한다. "모스크바 국제 콩쿠르는 전설적인 볼쇼이 무대 위에서 펼쳐지기도 하지만, 무엇보다 엄격한 심사로 유명하죠. 지난 대회에서 여성 솔로 1위, 여성 파드되 3위, 남성 파드되 1위 및 2위는 심사 위원단 재량으로 선정되지 않았습니다. 1969년부터 이어진 대회 역사에서 그랑프리가 선정된 건 네 번뿐입니다……."

이러한 소음과 산만함 속에서도 다른 생각이 들지 않는다. 대회 내내 내 정신은 오로지 니쿨린에게 쏠려 있다. 내가 이기고 싶은 단 한 사람을 위하여 춤을 춘다. 그를 본 내가 그랬듯, 나를 본 그도 무릎을 꿇고 정복당했다는 느낌을 받길 원한다. 두려움과 질투와 황홀경으로 그가 떨기를 원한다. 이렇게 비열한 의도를 품고 있는 동안에도 신성한 일이 일어나고 있다. 완벽이 불가능하다고 말하는 세상의 모든 것을 잊어라. 완벽은 존재한다. 나는 안다. 바로 내가 완벽이므로. 관객석, 곁무대, 텔레비전 카메라까지 모두가 나를 지켜본다. 그들의 두려움과 질투와 황홀경이 불붙은 마른 잎처럼 내 춤을 돋운다. 아, 그러나 그들 가운데 니쿨린은 없다. 다른 무용수들을 지켜보는 대신 그는 자신의 솔로를 끝내고 사라진 다음 시상식을 할 때가 되어서야 돌아온다. 그랑프리를 발표하는 시상자가 "나탈리아 레오노바"를 외치는 순간, 세상을 가득 채우는 박수와 꽃다발, 심지어 상금도 니쿨린의 철저히 태연한 표정에 비하면 아무것도 아닌 것처럼 느껴진다. 그가 그렇게 헤아릴 수 없게 구는 것이야말로 내가 그를 놀라게 했다는 증거다. 내가 그에게 상처를 주었으니, 그는 더 이상 나를 무시할 수 없다.

시상식이 끝나는 대로 페테르부르크로 돌아가는 야간 기차를 타려고 여행 가방을 극장에 가지고 왔었다. 화장을 지우고 청바지로 갈아입은 뒤 택시를 잡으러 페트롭카 거리로 나섰다. 줄 이은 자동차들을 마주하고 도롯가에 자리를 잡고 섰다. 온몸을 차례로 훑으며 뜨겁게 달아올랐던 희열은 어느새 낯설고 우울한 저릿함으로 가라앉고 있었다. 내 인생 최고의 행복을 경험했는데, 전화할 사람이 아무도 없었다. 텔레비전으로 대회를 지켜봤을 엄마의 모습을 상상하니 뿌듯했지만, 같이 얘기할 기분은 아니었다. 발레를 시작한 이후 내게 사랑을 가르쳐주었던 세료자와 니나에게도 전화할 수 없었다. 심지어 춤을 향한 나의 집착, 니쿨린을 향한 동경조차 사그라들고 있었다. 그 자리에 피어난 공허함이 너무나 완벽하여 내 이름도, 교통체증의 빨간 불빛 속에 서 있는 이유도 잊히고 있었다.

온몸을 다 바쳐 목표를 이루어낼 때 치러야 하는 진정한 대가는, 그토록 원하던 걸 손에 넣자마자 그것만으로는 부족하다는 사실을 깨닫는 것이다.

내 속에는 차갑고 푸른 별빛 아래 끝없이 굽이치는 사하라사막처럼 황량하고 공허한 풍경이 펼쳐졌다. 또는 폭풍우에 조난되어 며칠 동안 나무판자에 의지해 표류하다가 무인도에 떠밀려 온 사람의 모습이 보였다. 그가 소금기로 하얗게 말라붙은 입술을 벌려 그에게 남아 있는 단 한 마디를 뱉는다. "이제 어쩌지?" 휘청이지 않으려 두 발을 땅에 심고 까만 광택이 나는 차창을 바라보았다. 산호색 가로등과 춤TSUM 백화점의 네온 광고판 불빛 아래 내 얼굴은 몹시 피곤해 보였지만, 그 순간 나는 처음으로 내가 아름답다고 생각했다.

"축하합니다, 나탈리아 씨."

나는 니쿨린을 기대하며 흠칫 놀랐지만 내 앞에 있는 사람은 배가 불뚝한 볼쇼이 극장의 총감독, 미하일 알리포프였다. 경연 중간에 간략히 소개받고 처음 인사를 나누었지만, 오래전부터 그의 평판은 익히 알고 있었다. 그는 1970년대에 연극학 학위를 취득하자마자 지방 극단에서 예술 행정 업무를 맡고 승승장구하여 결국 볼쇼이 극장의 최고직까지 올랐다. 그래서 그가 관리하는 극장의 오페라 가수, 무용수, 연주자를 비롯해 각 극단의 스태프까지 누구도 그를 진정으로 존경하지 않았다. 귀가 툭 튀어나온 데다가 더 나은 기회를 찾아 나무덩굴을 옮겨 타는 데 능숙하다며 뒤에서 그를 '원숭이'라고 부르는 사람들도 있었다. 물론 러시아 공연예술계에서 가장 세력가인 그의 면전에서는 하나같이 굽신거리느라 바빴다.

"미하일 미하일로비치, 안녕하세요." 여행 가방의 바퀴를 굴려 내 옆에 바짝 붙이며 그에게 인사했다. 마치 불쾌하지만 피할 수 없는 운동이라도 하는 양 그는 자신의 두툼한 뺨을 큼직한 귀 쪽으로 들어 올려서 미소 비슷한 표정을 지었다.

"지금 가십니까? 하룻밤 묵고, 피로를 푼 다음 내일 아침에 돌아가시지 않고요?"

"야간열차 표를 이미 예약해 둬서요." 내가 대꾸했다. 그러자 미하일 마하일로비치는 부자연스러운 태도를 풀고 진심에서 우러나오는 너털웃음을 터뜨렸다.

"나탈리아, 방금 하룻밤 사이에 300만 루블을 벌었잖습니까. 이제부터 기차 놓칠 걱정 따위는 할 필요가 없어요. 그리고 기차푯값은 제가 보상해 드리겠습니다. 메트로폴로 가시죠. 그곳도 방문하지 않고 모스크바를 떠날 수는 없지요."

그의 제안을 받아들이지 않을 수 없었다. 우리는 페트롭카를 건너 혁명 이전에 지어졌다는 메트로폴 호텔에 도착했다. 블록 하나를 다 차지하는 큰 건물이었다. 그랜드 코르사코프를 연상시켰는데, 다만 모스크바의 모든 게 그렇듯 규모가 엄청나게 컸다. 미하일 미하일로비치를 알아본 바의 지배인이 곧장 우리를 코너 테이블로 안내했다.

"저는 항상 여기 앉습니다. 프로코피예프[1]가 이 호텔에 살았을 때 늘 고수하던 자리죠." 미하일 미하일로비치는 이렇게 말하고서 지배인에게 돔 페리뇽 한 병을 주문했다. 문서에 찍히는 공무원의 도장처럼 의례적인 펑 소리와 함께 샴페인의 코르크 마개가 열렸지만, 감독도 나도 환호하지 않았다. 우리 앞에 놓인 둥글고 나지막한 쿠프 잔에 지배인이 돔 페리뇽을 따르는 동안 다른 웨이터가 블리니,[2] 훈제된 비트, 크림이 담긴 접시를 차려놓았다. 미하일 미하일로비치와 나는 각자의 잔을 들고 낮게 건배를 중얼거렸다.

"아, 프로코피예프가 이 호텔에 살았는지 몰랐어요." 나는 이렇게 말하고 서둘러 덧붙였다. "그래도 그를 정말 좋아합니다."

"그래요? 그의 음악의 어떤 점이 마음에 듭니까, 나탈리아 니콜라예브나?" 감독이 냅킨으로 입가를 훔치며 느긋하게 물었다.

"그에게는 아이러니가 있어요." 내가 말하자, 미하일 미하일로비치는 묵직한 눈꺼풀을 들어 눈을 조금 더 크게 떴다. "그가 하는 말과 그가 뜻하는 의미가 다르죠. 갈등하는 마음처럼 그의 음악에는 양면성이 있습니다. 인생과 참 비슷하지 않나요?"

미하일 미하일로비치는 곰곰이 생각에 빠졌다. "어쩌면, 어쩌면 그렇겠네요. 저는 예술을 만드는 사람이 아니라서 뭐라고 말하기 어렵지만요. 제 일은 예술가를 만드는 거라서." 미하일 미하일로비치가 자족적인 미소를 띠며 덧붙였다. "그리고 예술가를 무너뜨리

1 Sergei Prokofiev, 20세기 소련을 대표하는 작곡가.

2 동유럽 등지에서 흔히 먹는 작고 도톰한 팬케이크로, 각종 진귀한 재료나 잼, 크림 등을 얹어서 먹는 음식.

는 일도 하지요. 어쩔 수 없을 때가 종종 있어요."

나는 그가 나를 어떻게 하기로 결정했을지 궁금해하며 조용히 앉아 있었다. 별안간, 마린스키의 이반 막시모프 감독과 차 한잔 나눈 적 없는 내가 볼쇼이 극장의 총감독과 함께 메트로폴 호텔에서 샴페인을 마시고 있다는 걸 자각하고 뺨이 화끈 달아올랐다.

미하일 미하일로비치는 내 혼란을 못 본 척하며 말을 이었다. "내가 프로코피예프를 좋아하는 건 그가 천재이기 때문입니다. 그는 외교적인 유형이 아니었죠. 스트라빈스키, 쇼스타코비치, 다들 그를 증오했지만, 근본적으로는 존경했죠. 제 경험상 최고 위치에 오른 사람들에게는 이런 일이 흔히 일어나곤 합니다."

내 머릿속에 스치는 생각을 차마 입 밖으로 꺼낼 수가 없었다. 그러나 돔 페리뇽의 취기가 기분 좋게 오른 감독에게 부추김은 필요 없어 보였다.

"아, 물론 사람들이 내 뒤에서 뭐라고 하는지 나도 잘 압니다. 그러니까, 프로코피예프도 그렇고 그를 싫어했던 사람들도 그렇고, 다들 예술가 중에서도 가장 이성적인 부류라고 하는 작곡가, 피아니스트였잖습니까. 그런 사람들도 치고받기 직전까지 갔습니다. 발레하는 사람들이 아주 감정적이라고 생각하시죠? 150명이나 되는 오페라 가수들에게 경멸의 대상이 되었다고 상상해 봐요. 그 사람들은 장난이 아닙니다."

우리는 둘 다 절레절레 고개를 흔들며 웃었다. "그들을 화나게 하지 마세요, 미하일 미하일로비치. 그러다 그 사람들 노래 불러요!" 내가 이렇게 말하자 감독은 손바닥으로 테이블을 탁 내리치며 껄껄거렸다.

"우리가 통할 줄 알았습니다, 나탈리아. 우리 둘은 그렇게 다른 사람이 아니에요." 긴 웃음 끝에 미약한 경련이 한숨과 함께 그의 몸을 빠져나가며 미하일 미하일로비치는 말했다.

"나는 모스크바 토박이가 아닙니다. 리투아니아 출신 농부의 아들이죠. 나를 거둬 이끌어주는 사람은 아무도 없었어요. 그렇지만 주변의 누구보다도 영리했고, 집중했으며, 희생할 각오가 되어 있었습니다." 그가 말을 잠시 멈추고 샴페인을 한 모금 마시는 동안 나는 가만히 고개를 끄덕였다.

"그래서 결국 제가 이겼다고 볼 수 있죠." 감독이 싱긋 웃었다. "나탈리아, 오늘 밤에 직접 느꼈겠지만, 성공은 바로 그렇게 이루어집니다. 이런 엄청난 순간은 우연이 아니라 의지와 노력으로 만들어내는 거지요. 그러나 심신을 바쳐도 인생에서 이런 날이 절대로 여러 번 오지는 않아요. 그러니 지금부터 진지하게 들어보세요.

볼쇼이 발레단에 프리마 발레리나로 오십시오. 그래야 당신에게 걸맞은 진정한 춤을 출 수 있어요. 당신은 바가노바 스타일이 아닙니다. 점프가 너무 높고, 너무 여러 번 회전하며, 결론적으로 너무 독특합니다. 마린스키에는 적합하지 않지만, 볼쇼이에는 그야말로 완벽하게 어울리는 스타일이에요. 그리고 이건 저 혼자만의 생각이 아니라는 말을 덧붙이는 게 좋을 것 같군요."

"그럼 누구 생각이죠?" 내 질문에 미하일 마하일로비치가 손가락으로 천장을 가리켰다. "당신의 공연을 본 최고위층 인사들이 큰 관심을 보였어요. 저기 위의 위의 위."

어떻게 받아들여야 할지 몰랐다. 잔을 들고서 거의 꼭대기까지 찬 술을 한번에 들이켰다. 사막에 내리는 단비처럼 샴페인이 내 빈 속을 촉촉하게 적셔주었다.

"저를 예술가로 만들어주겠다는 말씀인가요?" 무슨 대답이라도 듣길 기다리는 감독에게 이렇게 말했다. 그가 테이블 위로 내민 손을 맞잡으며.

"예술가는 만들어지지만, 천재는 태어납니다. 당신은 아직 예술가가 아닙니다. 그리고 늘 천재였죠." 미하일 미하일로비치가 내 손을 위아래로 흔들며 말했다.

볼쇼이 감독의 호의로 메트로폴 호텔에서 하룻밤을 묵었다. 그 이후로 수년간 세계 곳곳으로 투어를 다녔지만, 그 첫날만큼 감미로운 침대에서 잠든 적은 없었다. 대리석 욕조에 뜨거운 물을 받아 몸을 푹 담그고 목욕한 뒤, 비할 데 없이 보드라운 시트와 베개가 밀푀유처럼 차곡차곡 겹친 침상에 몸을 파묻었다. 어찌나 행복하던지 잠드는 순간까지도 내 입가에는 미소가 남아 있었다. 이런 일이 영화에나 나오는 상투적 상황이 아니라 실제로 존재한다는 걸 나는 그날 처음 깨달았다.

다음 날 아침, 나는 미하일 미하일로비치 덕분에 비행기를 타고 집으로 돌아온 다음 마린스키 극장으로 향했다. 이반 스타니슬라비치는 그의 사무실에서 실시간 카메라를 통해 여러 개의 리허설을 동시에 살펴보고 있었다. 내가 안으로 들어가자, 그가 의자를 화면에서 돌리고는 부드럽게 말했다. "브라바, 나타샤. 아주 잘했어."

"이반 스타니슬라비치. 저는 볼쇼이로 갈 겁니다. 미하일 알리포프 감독이 볼쇼이의 수석 무용수 계약을 제안했어요." 인사치레로 시간을 낭비하지 않고 바로 말했다. 순간 이반 스타니슬라비치의 철갑 같은 얼굴이 일그러졌지만, 금세 그는 평정심을 되찾은 듯했다.

"이게 자네의 협상 방식인가? 좋아. 여기서도 수석 무용수로 승급해 주겠네."

"아뇨, 뭐라고 하셔도 저는 마음을 바꾸지 않을 거예요." 내가 말했다. "그리고 이건 이미 위에서 결정된 사항이래요. 아시잖아요."

이 말은 이반 스타니슬라비치의 인내심을 마침내 바닥나게 했다. 그는 이따금 일어나는 반발을 즐기긴 했지만, 어디까지나 적정선을 넘어가지 않을 때의 이야기였다. 무용수가 자신에게 버림받는 대신 자발적으로 자기 곁을 떠나는 걸 그는 순순히 받아들이지 못했다. 또한 볼쇼이 극장의 총감독 알리포프가 자신의 뒤에서 음모를 꾸몄으며 영향력 싸움에서 그에게 졌다는 사실에 이반 스타니슬라비치는 결정타를 맞았다. 이제 그에게 남은 것은 으름장뿐이었다. "오늘 여기서 나가면, 두 번 다시 마린스키 극장에 못 돌아올 줄 알아. 자네가 이 건물에 출입도 못 하도록 내가 직접 나설 거야."

그를 향한 아무런 애정이 없는데도, 이런 말을 들으니 가슴이 먹먹해지며 눈물이 차올라 애써 삼켜야 했다. 지난 4년간 내 젊음과 수백 번의 공연을 바쳤지만, 결국 그와 마린스키 발레단에게 나는 아무것도 아니었다. 대답을 할 수 있을 정도로 다시 침착해졌을 때, 내 목소리는 상처받은 흔적을 찾아볼 수 없을 정도로 차가웠다.

"저한테 그런 결정을 내릴 날이 있을지 모르겠지만, 있다면 두 번 다시 이곳에 발을 들이지 않을 겁니다."

"나타샤, 여기서 뭐 하고 있어?" 니나의 목소리에 감고 있던 눈을 뜬다. 스포트라이트가 내 옆에 서 있는 그의 머리 주변에 후광을 만든다. 니나 뒤로 무대막을 굴려 움직이는 장치 스태프들과 저녁 공연을 위해 테스트하는 조명 팀이 보인다.

"방금 막 리허설 마치고 너 찾으러 다녔어. 스베타 선생님이 무대로 가보라고 하시더라고." 니나가 손으로 날 잡아끌어 일으켜 세운다. "이제 집에 가야 하는데. 와서 같이 저녁 먹지 않을래? 너도 그럼 기분이 좀 나아질 거야."

핑곗거리가 단 하나도 떠오르지 않아 하릴없이 고개를 끄덕인다. 니나가 나를 데리고 공연자 출입구를 지나 밖으로 나가자, 은색 라다[1]를 몰고 온 안드류샤가 이미 우리를 기다리고 있다. 그가 운전석 문을 열고 나오며 소리친다. "나타샤! 여러 여름, 여러 겨울이 지났네!"[2] 그가 너무나 반갑게 나를 얼싸안아서 깜짝 놀란다. 그가 나를 이렇게 좋아했는지 미처 몰랐다.

"그러게, 이게 얼마 만이야." 내 대답에 그가 나를 한 번 더 꽉 안고 놓아준다. "안드류샤, 너는 전보다도 더 멋있어졌는데."

1 러시아를 대표하는 자동차 브랜드.

2 여러 계절이 지나도록 못 만났다는 의미로, 러시아에서 오랜만에 만난 지인에게 건네는 인사말.

십 대에서 이십 대까지의 아름다움은 남에게서 받은 것이다. 그러다 서른을 넘어가면서부터 그 반대로 남에게 무엇을 주느냐에 따라 외모가 달라진다. 생김새만으로도 자기 자신에게, 세상에 뭘 베푸는지 알 수 있다. 학창 시절과 발레단 초창기 때 안드류샤는 불공평할 만큼 잘생긴 미남이었다. 한층 더 깊어진 눈매와 여유로운 미소, 단단한 몸매까지 모든 면에서 그의 외모는 이전보다 더 느긋하고 안정적이다. 이는 그동안 그가 자신과 타인에게 아낌없이 베풀었음을 말해준다. 다정하고 충실하게 행동하고 열심히 일하면서도 즐거움을 잃지 않은 것에 대한 보상인 셈이다. 내 칭찬에 그가 씽긋 웃지만, 그의 얼굴에는 내 관심을 의식하는 여느 남자들의 얼굴에 비치던 자만의 기색이 조금도 스치지 않는다.

"고마워. 그리고 물론 너도 아주 아름다워, 나타샤." 안드류샤가 아내에게 짧게 입을 맞추고 차 문을 연다. "페탸, 뒷좌석으로 가. 라라, 오빠 앉을 수 있게 가운데로 가고. 루다는 엄마 무릎에 앉자. 나타샤, 조수석에 타."

안드류샤가 자기 자식 대하듯 말해서 미안하다는 표정으로 나를 쳐다본다. 아이들을 보고 가장 먼저 눈에 들어온 건, 숲속의 동물 발자국 외에는 아무 흔적도 없는, 밤새 내려 아침 햇살에 반짝이는 눈 '포로샤' 같은 순백의 매끄러운 피부다. 니나도 어릴 때 저런 초현실적인 분위기가 있었는데, 세월이 흐르면서 이제 속삭임처럼 희미해졌다. 이 집 식구들이 벌집 속 벌들처럼 투덜투덜 자리를 바꿔 앉고, 그렇게 출발한 자동차는 밤의 자줏빛 천을 통과하며 앞으로 나아간다. 나는 어둠이 내린 시내를 드라이브하는 걸 참 좋아했다. 추함은 가려지고 아름다움은 강렬해지며, 모든 것은 기대감을 띠고 빠르게 지나간다. 그러나 이런 평화로움은 그리 오래가지 않는다. 안드류샤는 페탸와 라라에게 나타샤 이모에게 인사를 했느냐고 거듭 묻고, 아이들은 했다고 계속 우기고(하지 않았는데), 체조학원을 다녀온 루다는 너무 배가 고파 훌쩍거리고 있다. 누구 하나 행복한 사람이 없던 차 안은 니나가 아이들에게 엄마 아빠의 휴대폰을 가지고 놀아도 좋다고 허락한 뒤에야 분위기가 풀린다. 그렇게 내려앉은 평화로운 침묵은 아파트에 도착해 아이들이 각자의 방으로 뛰어갈 때까지 지속된다.

"아까 피자 반죽을 만들어놨어. 오븐에 넣고 구우려면 몇 분 걸릴 거야. 그동안 요깃거리 좀 줄까?" 안드류샤가 바닥에서 루다의 재킷을 주워 옷장에 넣으며 말한다.

"차 한 잔이면 돼. 내가 할게." 니나가 부엌으로 가자, 루다가 무릎이 아프다고 칭얼거리며 그의 뒤를 따라간다. 첫째와 둘째가 각자 방에서 나오더니 이제 리모컨을 두고 싸우기 시작한다. 페탸는 제니트 상트페테르부르크가 숙적 PFC CSKA 모스크바를 상대로 뛰는 경기를 보겠다고 하고, 라라는 오늘은 자기가 리모컨을 차지할 차례라며 지금 방송 중인 〈겨울왕국〉을 틀어야 한다고 대든다.

"그치만 아빠. 중요한 경기란 말이에요. 〈겨울왕국〉은 전에도 봤잖아요!" 열한 살 페탸가 부엌을 향해 소리친다. 그는 옛날 바가노바에서 처음 봤던 그 나이 때 안드류샤와 똑같이 생겼다. 여덟 살 라라는 눈물을 터뜨리기 일보 직전이다. "오. 늘. 내. 차. 례. 라. 고!" 한 음절씩 힘주어 내뱉을 때마다 라라는 페탸의 어깨를 주먹으로 쾅쾅 때린다.

"좋아. 그럼 10분은 축구 경기, 그다음 10분은 〈겨울왕국〉. 저녁을 먹을 때까지 번갈아 가면서 보는 거야." 안드류샤가 판결을 내리는 사이, 니나가 우려낸 차를 쟁반에 받쳐 들고 부엌에서 나온다. 두 아이 다 반항심이 가득한 얼굴로 축구와 마법을 부리는 북유럽 공주님을 10분씩 보는 동안 니나와 나는 말없이 차를 홀짝인다. 올리브유에 토마토가 익어가는 반가운 냄새가 아파트를 가득 메운다. 피자가 완성되자, 아이들 모두 거실에서 먹게 해달라고 조른다. 안드류샤는 이런 일이 매일 있다는 듯 능숙한 태도로 식탁에서 식사를 하도록 협상하는 데 성공한다. 결국 채널이 〈겨울왕국〉에 머물러 있는 채로 모두 테이블에 둘러앉아 저녁을 먹기 시작한다. 한동안 평화가 찾아오나 싶더니, 페탸가 저녁을 먹다 말고 거실로 달려가서 채널을 돌리고는 지난 10분 사이에 제니트가 득점한 걸 알게 된다. 골인 장면을 놓친 그는 잔뜩 화가 나 소리를 지르고, 뒤미처 경기 종료 10분 전에 CSKA가 두 골을 더 넣으며 페테르부르크를 이기자 진한 눈물을 뚝뚝 떨어뜨리며 바닥에 자국을 남기고서 자기 방으로 뛰어 들어간다. 안드류샤는 한숨을 쉬며 아들을 따라가고, 니나는 식탁을 치운다. 내게 그냥 앉아 있으라고 손짓하지만, 나는 빈 접시를 싱크대로 옮기는 걸 거든다.

"저녁 준비는 안드류샤가 했으니, 설거지는 내가 해야 하는데 말야. 도저히 안 되겠다." 더러운 냄비와 프라이팬들이 잔뜩 쌓인 주방에서 나를 데리고 나가며 니나가 말한다. "방에 가서 얘기나 하자."

니나는 방문을 닫자마자 불도 켜지 않고 침대에 쓰러져 눕는다. "미안해. 정신이 하나도 없지?"

"활기차고 좋은데, 뭘." 내가 바닥에 앉자 니나가 자기 옆에 와 앉으라며 침대를 톡톡 두드린다. "아냐, 괜찮아. 카펫에 앉는 게 편해." 니나를 안심시킨다.

"이리 와. 이제 이 침대에서 하는 것도 아니고."

나는 흠칫 놀란다. 우리가 십 대였을 때도 니나는 섹스 얘기를 아주 가끔, 그것도 매우 조심스럽게 꺼냈기 때문이다. 침대로 올라가 니나 옆에 눕는다.

"마지막으로 잠자리한 게 언제였는지 기억도 안 나. 아예 안 하고 싶은 건 아닌데. 가끔 하고 싶은 상황을 상상해 보기도 하고. 물론 그런 경우가 현실에서 일어나지는 않지만. 이게 말이 되니?"

"물론이지." 내가 말한다. "어떤 상황인데?"

니나가 방문을 슬쩍 보더니 내게 조금 더 가까이 다가온다.

"그게, 내가 가는 빵집이 있어. 거기 제빵사가 젊은 남자야. 갈 때마다 깨끗한 흰색 유니폼을 입고 있는데 나한테 시식용이라면서 빵을 줘. 그럴 필요 없는데 말이지. 갓 구운 빵 냄새 때문인지, 그 사람이 내 가방에 넣어준 공짜 롤 때문인지, 아니면 내가 무용수도 엄마도 아내도 아닌, 그냥 니나일 수 있는 유일한 곳이라서 그런지 모르겠는데, 그 남자가 꽤 매력적이야." 우리는 킥킥 웃고, 니나가 서둘러 덧붙인다. "물론, 내가 뭘 어쩌겠다는 건 아니고."

"안드류샤가 오늘 피자 만들었잖아. 섹시한 제빵사 역할극을 하자고 하면 아주 잘할 것 같은데."

"안드류샤는 참 좋은 아빠야." 니나의 입가에 피어 있던 웃음기가 흐려진다. "근데 그걸로 날 압박하기도 해. 부상 때문에 이번 시즌에서 빠지게 된 이후로 자기가 무슨 이타적인 영웅인 양, 가족을 위해 모든 걸 희생하는 사람처럼 군다니까. 나는 임신 때문에 세 시즌이나 결장했는데?" 니나가 천장을 올려다본다. "아, 그리고 '내가 뭐랬어'라는 말은 하지 말아줘."

"그럴 생각은 없었어."

"너처럼 이십 대에 수석 무용수가 되기를 예상한 건 아니지만, 그래도 제1솔리스트로 은퇴한다고 생각하니 너무 속상해. 어쨌든 나도 재능이 있었으니까. 이렇게 흘러가지 않았을 수도 있었는데." 니나가 두 손으로 얼굴을 가린다. "애들이 날 닮지도 않은 것 같아. 아빠는 이래서 최고, 저래서 최고. 맨날 아빠만 찾고. 페탸는 축구 선수 되고 싶대. 라라는 가수들한테 푹 빠져 살고. 루다가 춤에 흥미를 보이긴 하는데, 아직은 이르니까 앞으로 두고 봐야지."

"니나. 내가 이렇게 말해서 미안한데, 애들 네 판박이야." 나는 웃지만, 니나는 꿈쩍도 하지 않는다.

"그러니까 내 말은, 가족이 다는 아니라는 거야." 니나가 말한다.

그 순간 벌컥 열리는 문소리에 깜짝 놀란 우리는 몸을 일으켜 세운다. 땋은 머리를 둥글게 말아 올리고 타이츠를 신은 꼬마 발레리나, 루다다. 아이가 침대로 기어 올라와 우리 둘 사이로 파고든다. 니나는 그런 딸을 꼭 안아준다. 전 세계 미술관 기념품 가게에서 파는, 포옹하는 소금과 후추통 세트처럼 두 사람은 서로 완벽하게 어울린다.

"이제 가야겠다. 벌써 시간이 이렇게 됐네." 자리에서 일어나며 내가 말한다.

"안드류샤가 데려다줄 거야."

"아냐, 안 그래도 돼. 택시 타고 갈게." 몸을 앞으로 숙여서 니나와 루다를 한꺼번에 끌어안자, 루다가 고양이처럼 꿈틀거린다. 내가 니나에게 입 모양으로 '역할극'이라고 뻥긋거리자, 그가 키득거리며 손바닥으로 딸의 귀를 막는다.

아파트에서 나와 보도에 선다. 늦은 시간이고 주택가라 거리는 한적하다. 때 이른 찬 바람이 내 몸을 휘감고 지나가더니 나뭇가지에 달린, 아직 푸르른 이파리를 뜯어낸다. 니나의 집에서 느꼈던 안정감은 온데간데없이 사라지고 일순간에 길을 잃은 듯한 느낌이 든다. 이 구역에는 한 번도 와본 적이 없다. 아침에는 적당히 따뜻해 보였던 면 티셔츠 속에서 가슴이 걷잡을 수 없이 두근거린다. 머릿속은 뒤죽박죽이고 온몸은 바들바들 떨린다. 가방에 든 웜업 스웨터를 걸쳐야겠다는 생각뿐이다. 옷을 꺼내 입은 뒤, 쪼그려 앉아 공처럼 웅크린다. 부상, 실패, 중독에 대한 두려움에 더해, 이제 절대적인 피로가 나를 압도한다. 그것은 맨손으로 등반해야 하는, 하늘만큼 높은 빙벽이다. 마치 마라톤을 완주하자마자 "자, 처음부터 다시 시작"이라는 말을 듣고 또 듣는 선수처럼 나는 너무나 지쳤다.

휴대폰이 진동한다. 주머니 밖으로 꺼내 밝은 화면을 보자 휴대폰이 마치 살아 있는 생명체이자 진짜 친구처럼 느껴진다. 드미트리가 보낸 문자메시지를 읽는다.

만나서 한잔할래?

그제야 내가 48시간 동안 술을 한 방울도 입에 대지 않았다는 사실을 깨닫는다. 곧 마실 거라는 기대감이 뱃속에 불씨처럼 달아오른다.

답장을 보낸다. *좋아, 지금 어디야?*

볼쇼이 발레단에서의 첫 주, 미하일 미하일로비치는 환영의 의미로 나를 저녁 식사에 초대했다. 우리는 탑처럼 쌓아놓은 프티 푸르[1] 앞에 앉아서 예술을 주제로 이야기를 나누었다. 이런 부류의 남자들이 대체로 그렇듯 미하일 미하일로비치도 자신이 어떤 작품을 좋아하는지, 어떤 작품을 보고 감동했는지를 나누기보다는 가진 지식을 과시하고 싶어 했다.

"발란친은 발레에서 서사를 없앤 최초의 안무가라는 점에서 아주 독보적이지 않습니까? 그의 작품에는 순수한 움직임만이 존재하죠." 그가 이탈리아산 트러플을 곁들인 쿨레뱌카[2]를 한 입 베어 물며 말했다.

"저는 어떤 춤도 단지 움직임이라고 생각하지 않아요. 완벽히 추상적인 예술은 없습니다. 모든 예술의 이면에는 의미가 있으니까요." 내가 반박했지만, 미하일 미하일로비치는 개의치 않는 눈치였다.

"그럼, 음악은 어떤가요? 이를테면 모차르트."

1 전채 요리나 디저트로 작게 구운 프랑스식 파이나 케이크류.

2 페이스트리 반죽 안에 갖은 소를 채워 구운 러시아 전통 음식.

"모차르트는 특히 그렇죠! 그의 음악은 상징으로 가득하니까요. 예를 들어, A 장조로 곡을 쓸 때마다 모차르트는 사랑을 묘사했어요." 나는 이렇게 말하고 식용 금박을 입힌 케이크를 한 입 먹었다. 실망스럽게도 평범한 초콜릿케이크와 별반 다르지 않은 맛이었다. "발레의 모든 동작과 움직임도 내재한 감정을 불러일으킵니다. 모차르트의 A 장조처럼요."

"그럼, 발레에서 사랑을 상징하는 건 뭐죠?" 미하일 미하일로비치는 의구심을 감추려는 기색도 없이 나에게 질문했다.

"너무나도 많지만, 가장 쉬운 건……." 내가 자리에서 일어나 시범을 보였다. 오른발 끝을 세워 앞으로 뻗고 왼팔을 머리 위로, 오른팔을 옆으로 들고서 머리를 살짝 뒤로 젖혔다. "에파세 드방. 애틋합니다. 그렇죠?"

내가 자리에 앉았다. 미하일 미하일로비치는 등받이에 등을 기대고 씩 웃으며 동의한다는 듯 흠, 하는 소리를 냈다.

"저는 '순수성'에 집착하면서 형식과 의미를 분리하려고 하는 사람들을 도저히 이해 못 하겠어요. 마치 예술이 눈에 보이는 것과 관련이라도 있다는 듯! 액면 그대로 받아들일 수 있는 것이야말로 예술의 정반대입니다. 예술은 바로 겉으로 보이지 않는 것이에요." 내가 말했다.

미하일 미하일로비치가 팔꿈치를 테이블 위에 올리고 몸을 앞으로 기대며 말했다. "나탈리아 씨를 보고 있으면 생각나는 사람이 있는데, 그게 누군지 아십니까?"

"누군데요?"

"드미트리 오스트롭스키. 만나본 적 있어요? 우리 발레단을 이끄는 남자 수석 무용수입니다."

발레단 수업 때 꽤 가까이서 그를 봤지만, 나는 그냥 어깨만 으쓱하고 말았다.

"드미트리도 무용만이 아니라 모든 예술에 열정이 있어요. 그런 다재다능함은 누가 진정 위대해질지 알아볼 수 있는 척도이기도 하죠. 드미트리만큼 음악, 미술, 역사를 아울러 잘 아는 사람을 나는 본 적이 없어요. 나탈리아처럼 드미트리도 저기 위에 팬들이 있는데 그래서 그런지 최근 몇 년 사이에 통제 불능이 되었어요. 심지어 나도 두 손 두 발 다 들었습니다. 조언을 하나 하자면, 드미트리와 친구가 되는 편이 좋을 거예요, 가능하다면 말입니다." 감독의 말에 나는 고개를 끄덕였다.

"그게 어렵겠다면, 최소한 그를 적으로 만들지는 말아요. 그의 보복심은 가히 살인적이니까." 미하일 미하일로비치는 디저트 탑에서 딸기 한 알을 포크로 찍어 통째로 입에 넣어 삼켰다. "그에게 바시키르인[1]의 피가 흘러서 그런 겁니다."

며칠 전 입단 후 첫 수업에서 일어난 일 이야기를 생략하고서 나는 그냥 말없이 미소 지었다. 모든 발레단에는 저마다의 규칙이 있다. 마린스키는 솔리스트와 코르 드 발레, 남자와 여자로 나누어 수업을 진행했다. 볼쇼이는 남녀를 통합해 수업한다는 걸 알았을 때 나는 분별력 있는 무용수라면 누구라도 따를 처세를 택했다. 모든

1 남서 우랄 지역의 튀르크계 토착 민족으로, 여러 민족의 지배를 받는 동안 강하게 저항한 것으로 유명하다.

무용수가 평소 자기가 애용하는 자리에 설 때까지 기다린 다음 발레 마스터[2]가 플리에 콤비네이션을 지시하기 바로 직전에 서둘러 빈자리에 간 것이다. 예상대로 그곳은 거울에서 멀리 떨어진 구석이었다. 그리고 피아니스트의 연주가 시작되었는데, 갑자기 발레 마스터가 자동차를 멈춰 세우는 교통경찰처럼 한 손을 들고 스튜디오 한가운데로 가로질러 걸어왔다. "나타샤!" 그가 나를 가리키며 불렀고, 그의 손가락을 따라 모두의 시선이 내 얼굴로 향했다. "거기서 뭐 하는 겁니까? 프리미에르는 센터 바를 써요."

어디로 가라는 의미인지 나는 대번에 이해했다. 그 자리는 스타 무용수들이 차지하고 있던 바였다. 그들 중 하나인 알렉산드르 니쿨린이 앞으로 몇 걸음 이동해 내게 자리를 만들어주었다. 니쿨린 뒤에 서 있던 무용수, 검은 머리카락에 아름다운 발, 유독 긴 팔다리를 지닌 남자가 바로 드미트리였다. 내가 그의 앞으로 합류할 때 드미트리는 얼굴을 찌푸렸고 다른 수석 무용수들은 나와 눈을 맞추지 않았기에 나는 아주 오랫동안 혼자서 밥을 먹게 되리라는 걸 알아챘다. 사실 모스크바에 온 뒤로 누군가와 같이 식사를 한 건 미하일 미하일로비치와의 저녁이 처음이었다.

그렇지만 나는 큰 상실감을 느끼지는 않았다. 하루 종일 일에만 전념하다가 리허설이 끝날 때가 되어서야 차 한 잔, 또는 시간이 좀 더 있을 때는 과일 몇 조각으로 요기했다는 사실을 깨닫는 날이 대부분이었다. 춤 외에는 잠도 친구도 신경 쓰지 않았던 나는 당연히

2 발레단의 클래스와 리허설 등을 담당하는 지도자.

음식에도 전혀 신경 쓰지 않았다. 엄마와 전화 통화도 거의 하지 않았다. 내가 볼쇼이의 제안을 받았을 때 엄마는 썩 반기지 않는 눈치였고, 그런 시큰둥한 반응 때문에 나는 기분이 상해 있었다. 엄마는 말로는 승급을 축하한다고 했지만, 내가 마린스키를 왜 떠나려고 하는지 이해하지 못했다. 우리 모녀가 마린스키 극장에 큰 덕을 봤다고 믿었기 때문이었다. 모스크바로 이사한 뒤 한동안은 통화할 때마다 엄마가 같이 기뻐해 주기를 바랐다.

"엄마, 언제든 놀러 오세요. 제가 비행기표도 끊어드리고 메트로폴도 모시고 갈게요. 아주 유명한 호텔이에요." 엄마에게 특별한 경험을 선물할 수 있다는 생각에 들떠 말했다. "볼쇼이 극장 박스석에서 공연도 보고, 메트로폴에 가서 저녁 먹어요. 모스크바에서도 가장 세련된 사람들만 즐기는 것들을 엄마가 다 해보는 거예요!"

오랜 침묵이 흘렀다. 잔뜩 긴장해서 어깨가 귀까지 말려 올라간 엄마의 모습이 내 눈앞에 보이는 것 같았다.

"그래." 힘겨운 목소리였다. "엄마가 여행을 썩 좋아하진 않아서……. 어디 한번 보자, 갈 수 있을지. 시간 내보도록 노력할게."

그날 이후로도 엄마에게 몇 번 더 비행기표며 기차표 얘기를 꺼냈다. 그럴 때마다 엄마의 목소리에서는 너무 억지로 대꾸하는 티가 났고, 그 뒤로 더 이상 모스크바에 오라는 말을 꺼내지 않았다. 내 평생 또래 친구들의 가족생활을 관찰해 오면서 깨달은 게 있다면 우리 엄마가 다른 부모들과 다르다는 사실이었다. 엄마가 나를 사랑하지 않았다거나 좋은 어머니가 아니었다는 의미는 아니다. 서툴고 소심하고 피로하고 변덕스러운 엄마는 오로지 본인이 아는 방식으로 좋은 어머니였다. 다른 부모는 정도의 차이만 있지 다들 세속적이고, 지적이고, 여유롭고, 다정다감했으며, 자녀를 감싸준다는 특징이 있었다. 그러나 우리 엄마를 표현하려면 그런 단어들의 반대말이 필요했다. 처음 엄마가 되면서 겪었던 힘든 시기가 우리 둘 사이를 평생 암울하게 만든 것 같았다. 기차로 몇 시간 거리를 떨어져 있게 된 상황에 엄마가 한편으로는 안도하고 있을 거라고 나는 짐작했다.

엄마와의 관계가 소원해진 건 진심으로 후회됐지만, 친구들과 멀어지는 건 죄책감이 훨씬 덜했다. 그들 중 세료자에 대한 기억이 가장 먼저 깊은 곳으로 사라졌다. 내가 떠나기 전 그는 다시 한번 노력해 보자고 애원했지만, 나의 고독 속에 안도감이 피어오르는 걸 보니 어차피 안 될 사이였다는 사실이 더욱 뚜렷해졌다. 이미 세료자는 우리가 함께한 어느 시기보다도, 심지어 우리가 아주 어렸을 때보다도 더 남동생처럼 느껴졌다. 물론 이런 감정을 나는 철저히 숨겼다. 세료자처럼 겸손하고 착한 사람도 이런 말을 들으면 결코 나를 용서할 수 없을 테니까.

한편 재밌는 일, 화나는 일, 아름다운 일이 생기면 여전히 나는 니나가 떠올랐다. 쉬는 날에는 침대에 누워 휴대폰을 만지작거리면서 그에게 전화를 걸어볼까, 고민하기도 여러 번이었다. 그러나 니나는 결혼식 이후 모스크바 콩쿠르를 앞둔 짧은 기간 동안 아주 결연한 태도로 나를 피했다. 어쩌다 한 번씩 발레단 수업과 리허설 중간에 니나와 마주칠 때마다 그와 안드류샤는 서로에게 눈을 고정한 채 목소리를 낮춰 대화를 주고받았다. 두 사람이 그냥 사귀는 사이였을 때는 쉽게 대화에 끼어들었지만, 이제 그들은 다른 사람이 접근할 수 없는 신성한 친밀함에 접어든 것처럼 보였다. 이는 단순히 니나와 나의 다툼 때문만이 아니었다. 결혼을 기점으로 니나의 가치관과 우선순위는 빠르고 심오하게 달라졌다. 그는 마음속에 보이지 않는 선을 긋고서 한편에는 가족, 즉 안드류샤를, 반대편에는 나를 포함한 다른 모두를 세웠다. 이를 미안해하는 것 같진 않았고, 오히려 인생의 큰 목표 하나를 이뤄낸 자의 득의양양함으로 얼굴이 빛났다. 내가 떠나기 직전, 니나는 잠시 부부만의 세계에서 한 걸음 빠져나와 내게 '토이, 토이, 토이'를 빌어주었는데, 이 평화협정도 안드류샤의 로비로 이뤄졌다는 느낌을 떨칠 수 없었다. 어쨌든 그 딱딱하고 부자연스러운 작별 인사는 우리가 잃어버린 것을 재차 상기시킬 뿐이었다. 결국 나는 니나에게 연락할지 말지 고민하는 걸 그만두었고, 세료자, 니나, 그리고 내가 서로에게 의존하지 않고 홀로 자라날 방법을 배울 시기가 온 것이라고 받아들였다.

슬픔 없이, 나는 친구들이 있던 마음의 공간을 춤으로 채웠다. 아침에 일어나 세수하고, 물을 끓이고, 스트레칭하고, 포인트 슈즈를 꿰매고 길들이고, 수업을 듣고, 리허설에 들어가고, 엡섬 솔트를 푼 목욕물에 몸을 담그고, 발에 연고를 바르고 반창고를 붙인 다음 잠자리에 드는 일과는 사랑에 빠진 연인이 열정의 순간에 느끼는 황홀경과 같았고, 무대 위 무아경의 시간을 위한 일종의 구애였다.

그러한 헌신은 헛되지 않았다. 그 어느 때보다도 나의 춤은 나아갔다. 〈돈키호테〉의 '키트리' 데뷔를 앞두고 같이 리허설을 시작한 니쿨린도 그걸 알아차릴 정도였다. 그즈음 그는 나를 따뜻하고 다정하게 대해주지는 않았지만, 적어도 마지못해 나를 존중해 주기 시작한 것 같았다. 아침마다 그는 아무 말 없이 바에서 자신의 뒷자리를 내 자리로 맡아주었고, 복도에서 마주칠 때면 내 쪽으로 고개를 까딱였다. 그런 그의 옆에는 어김없이, 그리고 매번 바뀌는 코르 드 발레의 여자 단원이 있었다. 경연 이후로 (파트너 간의 예절에 따라 어느새 사샤라고 부르게 된) 그를 향한 나의 집착은 상당히 사그라들었지만, 그의 주변을 맴도는 여자애들의 이름과 얼굴이 자동적으로 인식되는 건 어쩔 수 없었다. 그들도 내 시선을 알아차리고는 회한인지 자랑인지, 아니면 둘 다인지의 감정을 말없이 내게 전했다. 아마 내가 자신들을 부러워한다고 생각하는 것 같았다. 그러나 그런 마음은 전혀 들지 않았다. 사샤가 나보다 더 나은 여자와 함께 다니는 걸 본 적은 한번도 없었기에. 사실 그들 중에는 사샤만큼 아름다운 여자애도 없었다. 군무 단원 옆에서 걷는 사샤는 마치 폴짝거리는 하얀 소형견을 데리고 산책하는 한 마리의 늑대 같았다.

〈돈키호테〉 개막 공연을 불과 몇 주 앞둔 9월의 어느 날, 리허설에 들어갔더니 사샤가 그를 행성처럼 맴도는 여자 단원들 대신 드미트리와 대화를 나누고 있었다. 두 사람은 소리 내어 웃고 있었는데, 내가 들어오는 걸 본 드미트리가 눈썹을 치켜들고는 말 한마디 없이 자리를 떠났다. 나는 마루에 앉아 포인트 슈즈를 신기 시작했다. 사샤가 미안해하는 듯한 미소를 띠며 내게 다가왔다.

"잘돼가?" 위압적인 몸매와 대비되는 그의 편안한 목소리는 사람을 한번에 무장해제시키는 힘이 있었다. 그의 목소리를 들으니 모스크바 콩쿠르에서 내가 무대에 누워 있을 때 그가 마야 플리세츠카야의 명언을 크게 읊었던 순간이 떠올랐다. 그게 실제로 있었던 일인지, 아니면 내 환상이었는지는 여전히 아리송했다. 나는 다시 발목에 매듭을 단단하게 조이는 데 집중했다.

"그냥 뭐. 좀 더 보완해야 할 부분이 있긴 한데, 몇 주 남았으니까 괜찮을 것 같아."

사샤가 무릎을 구부리고 쪼그려 앉아서 팔꿈치를 허벅지에 얹었다. "아니, 모스크바 생활이 어떻게 되어가느냐고 물어본 건데. 잘 적응하고 있어?"

미하일 미하일로비치가 극장 근처에 구해준 아파트의 텅 비다시피 한 내부가 떠올랐다. 부엌에는 주전자 하나 말고는 냄비나 프라이팬도 없었다. 침대를 사러 갈 시간도 없어서 매트리스는 여전히 바닥에 놓여 있었다.

"난 그런 건 신경 쓰지 않아." 사샤에게 대답했다. 그가 한숨을 내쉬며 내 옆에 다리를 쭉 뻗고 앉더니 양손으로 바닥을 짚고 몸을 살짝 뒤쪽으로 젖혔다. 그러고는 나와 눈을 맞추며 씩 웃었다. 몇 주간 함께 리허설을 하는 동안 동료로서 예의만 갖췄을 뿐 이렇게 마음을 열고 친근하게 다가오는 일은 없었다. 사샤의 외모에 익숙해져 있었는데도 다시금 의식되었다. 마치 남들이 아기로 태어날 때 혼자 신의 허벅지 뼈에서 온전한 모습으로 창조된 것 같은 육체였다.

"집에 가구도 없고, 냉장고에 먹을 것도 없고, 주변에 친구도 없잖아." 그가 말했다. "나도 그랬거든. 모스크바에 처음 왔을 때."

"볼쇼이 발레학교 다닌 거 아냐?"

"아, 편입했어. 원래는 돈바스 출신. 할아버지, 할머니하고 농장에서 자랐어. 우리가 키우고 농사지은 걸로 먹고 살았지. 그때 우리 학교에 무용 선생님이 한 분 계셨는데, 여자애들한테 파트너가 필요하다면서 억지로 나를 발레 수업에 넣으셨어. 그렇게 5년이 지나고 어쩌다 여기까지 오게 됐는데 여기 사람들은 날 받아주지 않더라고. 선생님들은 나를 그냥 '우크라이나에서 온 애'라고 불렀어." 니콜린은 생각보다 더 많은 얘기를 털어놨다는 듯 멈칫하며 목을 가다듬었다.

"그렇구나. 그래도 다 이겨내고 스타가 됐잖아." 나는 신발을 고쳐신는 척하며 말했다. "다들 너하고 친해지고 싶어서 안달이던데."

사샤가 씩 웃으면서 드러낸 앞니는 완벽하다고 하기엔 약간 뾰족했다. 그도 인간이긴 했다. "발레단에 처음 들어왔을 땐 외로웠는데 드미트리가 잘 챙겨줬어. 발레단은 거의 그의 손바닥 안에 있는 거나 마찬가지니까, 덕분에 여기 적응하는 게 훨씬 수월해졌지."

"친절한 사람인가 봐?" 나는 스튜디오를 나서던 드미트리가 굳이 감추려고 들지도 않았던 그 멸시의 눈초리를 떠올리며 물었다. 순간 사샤가 당황하여 할 말을 잃은 것 같았다. 내가 순진하다 못해 어리숙한 질문을 했다는 듯. 이내 평정을 찾은 그는 고개를 가로저었다.

"디마는 정말로 여러 면을 지녔지만, 친절하다고 말은 못 하겠어. 물론 그도 관대할 때가 있긴 한데, 그건 우정이나 의리 때문이 아니라 그냥 변덕이거든. 어느 날 농부에게 재화를 베풀고 다음 날 그의 목을 베어버리는 차르처럼 말이야. 그러니까 진짜 친구는 없고, 다들 태양을 따르는 해바라기처럼 디마를 향해 몸을 굽히지."

클래스에서 봤던 드미트리의 춤을 떠올렸다. 놀랍도록 긴 팔다리와 유연한 등, 단순한 콤비네이션에서도 최면에 빠지게 만드는 유려한 몸짓. 모두 그를 쳐다봤지만 그는 누구도 쳐다보지 않았다. 내 쪽으로는 눈길조차 주지 않았다.

"그를 싫어하는 것처럼 들려."

"아, 그건 아냐. 드미트리 좋아하지. 매사에 극적이기도 하고, 기분이 내킬 때는 멋진 면도 있어. 그리고 드미트리가 나를 좋아하기도 하고. 그는 남자애들을 선호하니까."

그 말을 듣고 나는 깜짝 놀랐다. 여태 주변에 게이 무용수가 있었다면, 다들 비밀에 부쳤다. 기억을 더듬어보니 딱 한 명이 생각났다. 바가노바에 같이 다녔던 그 친구는 여성스러웠고 그걸 굳이 숨기려고 노력하지도 않았다. 그러다 다른 남자애들에게 너무 심하게 괴롭힘을 당해 명성이 덜한 학교로 전학을 갔다. 나이가 더 들고 발레단에 입단하면서 우리는 서로 불편한 질문을 하지 않는 게 예의라는 사실을 알게 되었다. 그런 불문율을 드미트리 혼자 거스르면서도 여전히, 그것도 스타로서 춤을 춘다니 경외심이 들 정도였다. 나는 믿지 못하겠다는 듯 사샤의 말을 반복했다. "남자를 좋아하는구나."

사샤가 서둘러 말을 덧붙였다. "나는 여자 좋아하고."

바로 그때 사샤를 담당하는 코치가 문을 열고 들어왔다. 우리는 재빨리 일어나 옷매무새를 다듬었다. 유수포프 코치는 우리에게 아무 말도 건네지 않은 채 곧게 뻗은 다리로 성큼성큼 연습실을 가로질러 걸어가서 스테레오에 CD를 넣었고, 우리의 파드되 연습이 시작되었다.

다른 발레단에서도 그렇지만 코치와 무용수가 특별히, 거의 신성시할 정도로 가까운 관계를 유지하는 볼쇼이였다. 이런 곳에서 아직 담당 코치가 없었던 내게 그나마 멘토라고 할 만한 사람은 유수포프였다. 사십 대 중반밖에 안 된 유수포프는 볼쇼이에서 가장 존경받는 대다수의 레페티퇴르처럼 '러시아의 명예로운 예술가' 훈장 수훈자가 아니었다. 그의 한쪽으로 휜 코와 밀 빛깔을 띠는 바가지 머리를 보고 있으면 왠지 대흉년도 묵묵히 참아내는 중세인이 떠올랐다. 다른 코치들에 비해 젊고 외모도 독특했지만, 그의 행동은 극도로 엄숙했고 눈빛은 슬퍼 보일 정도로 진지했다.

처음에는 어째서 사샤가 더 유명한 코치와 배치되려고 하지 않은 건지 선뜻 이해할 수 없었다. 코치들은 무용수에게 안무만 가르칠 뿐만 아니라 그들의 앞길을 정해주기까지 하는 존재였다. 제자에게 언제 자야 할지, 몇 시에 무엇을 먹을지, 어떻게 입고 꾸밀지, 심지어 누구와 데이트할지까지 정해주는 코치도 있었다. 아끼는 제자를 위해서 경영진에게 로비를 하는 코치도 한둘이 아니었다. 그러나 사샤는 상대방이 뭘 해줘서가 아니라 그들 자체를 보고 대한다는 걸 나는 얼마 지나지 않아 깨닫게 되었다. 그런 면에서 사샤는 유수포프처럼 품위 있었고, 그래서인지 두 사람은 함께 있는 시간을 편안해했다. 사샤가 새로운 묘기 점프와 턴을 만들어내면서 놀고 있을 때면(마린스키와 달리 볼쇼이에서는 이걸 특히 즐겼다), 유수포프는 아들의 졸업식을 지켜보는 홀아비처럼 슬픈 미소를 머금기도 했다. 그러나 그런 그도 나에게는 마음을 열지 않았다. 극단 사람들 모두가 내게 냉정했다. 오로지 미하일 미하일로비치, 그리고 조금씩 곁을 내주기 시작한 사샤만 제외하고.

데뷔 무대에 오르기 이틀 전이었다. 무대 위 런스루 리허설을 하기 전에 마지막으로 진행한 오후 리허설을 갓 마친 뒤였다. 유수포프가 CD를 꺼내고는 우리를 향해 고개를 까딱해 인사한 뒤 문을 향해 걸어갔다. 스튜디오를 나가려던 찰나 그가 갑자기 뒤돌아 내 이름을 불렀다.

"나타샤, 반드시 쉬도록. 챙겨 먹는 것도 잊지 말고."

나는 고개를 끄덕였고, 코치는 밖으로 나갔다. 그가 떠난 걸 확인한 뒤 나는 연습용 튀튀를 벗어 던지고 바닥에 주저앉았다. 포인트 슈즈를 벗긴 발은 빨갛게 부어 있었다. 나는 발가락과 바닥 사이에 쿠션 역할을 하도록 감쌌던, 눅눅해진 종이 타월을 돌돌 말아서 버렸다. 마치 양방향으로 끝없이 뻗쳐나가는 좌우향 화살표처럼 나는 얼얼하고 공허했다. 그때 내 시야에 발 한 쌍이 들어왔고, 이내 사샤의 목소리가 들렸다.

"코치님 말이 맞아. 마지막으로 뭘 먹은 게 언제야?"

밥을 언제 먹었는지 되짚어 봤다. "바나나랑 땅콩버터 먹었는데."

"오늘 아침에?"

실은 전날 밤 리허설을 마치고 먹은 음식이었다. 그러나 사샤가 뭐라고 할까 봐 나는 그냥 고개를 끄덕였다.

"그러면 몸에 안 좋은데." 사샤가 말했다. "우리 저녁 먹으러 가자."

거절하려는데 그가 내 말을 끊었다. "너도 나도 뻔히 다 알잖아. 너 지금 달리 할 일도 없다는 거. 약속도 없고 친구도 없으면서."

"나 친구들 있어. 페테르부르크에 있어서 그렇지." 말을 뱉자마자 내가 지난 몇 주간 그들 생각을 전혀 하지 않았다는 사실이 떠올랐다. 따뜻한 9월 날씨였는데도 갑자기 싸늘하게 느껴졌다.

"그리고 모스크바에는 내가 있잖아." 사샤가 내게 손을 내밀었고, 나는 그를 붙잡고 자리에서 일어났다. 공연자 출입구를 나서는 순간, 습한 바람 한 줄기가 몸을 감쌌다. 광장에 핀 희고 빨간 피튜니아가 작은 깃발처럼 나부끼고 있었다. 도로에는 차들이 넘쳐났다. 우리는 오호트니 랴트에서 오른쪽으로 꺾어 마네즈나야 광장으로 접어들었다. 마네즈나야는 오후의 황금빛 연무가 담긴 거대한 그릇 같았다. 우리 앞쪽으로는 붉은 광장이 남쪽으로 뻗어 있었는데, 양파 모양의 다채로운 돔[1]이 마치 칸딘스키의 유화처럼 몽환적이고 화려했다. 멀찍이서 한 남자가 통기타를 연주하며 빅토르 초이[2]의 노래를 부르고 있었다. *나의 햇살, 이제 나를 바라봐. 주먹으로 변하는 내 손바닥을 바라봐. 화약이 있다면 내게 불꽃을 건네줘. 그래, 그렇게.*

사샤가 아주 낮게 그 멜로디를 흥얼거렸다. 그러다가 내가 자기를 쳐다보는 걸 눈치채고서 씩 웃었다. 그의 눈빛은 따뜻한 꿀 색깔

1 붉은 광장(Red Square) 남쪽에 있는 성 바실리 대성당의 지붕을 묘사한 것이다.

2 1980년대 소련에서 가장 유명한 록 그룹이었던 키노를 이끌었던 보컬.

이었다. 별안간, 서늘하고 그늘진 방으로 들어가 그와 함께 긴 낮잠을 자고 싶다는 열망이 일었다. 반쯤 내려앉은 어둠 속에서 열린 창틈으로 들어오는 산들바람을 맞으며 침대에 가만히 누워 있고 싶었다. 고요함에 만족하며 춤도 추지 않고서. 그렇게 그냥 가만히 있는 것이다. 이런 속마음을 들킬까 봐 그에게서 얼른 시선을 거두었다. 그러나 이런 갈망은 사샤를 따라 올드 아르바트에 있는 조지아 레스토랑으로 가는 길 내내 내 머릿속을 떠나지 않았다.

2장

"그래서, 사람들이 내 뒤에서 뭐라고 수군거려?" '힌칼리'라고 부르는 조지아식 만두, 붉은 파프리카와 호두를 갈아 만든 딥핑 소스, 비트 프할리,[1] 속을 채운 가지 롤을 같이 주문한 뒤 내가 사샤에게 물었다.

"뭐라고 하긴, '페테르부르크에서 온 애'라고 하지."

내가 웃었다. "그건 당연하고. 그리고 또?"

"정말로 말해줘?" 사샤의 낯빛이 어두워졌고, 나는 고개를 끄덕였다.

"나 마린스키에서 살아 나왔어. 극장 사람들이 어떤지 잘 안다고. 네가 뭐라고 해도 난 끄떡도 안 해."

1 잘게 썬 채소에 다진 호두, 마늘, 허브, 향신료를 섞어 만드는 조지아 전통 요리.

"그렇지만 넌 볼쇼이 사람들이 어떤지는 몰라." 사샤가 말했다. "내가 학생이었을 때 일인데, 그땐 무용수들이 박수 치는 사람들을 고용하기도……"

"아, 난 또 뭐라고. 모스크바에 클라큐어가 있다는 건 누구나 다 아는 사실인걸." 내가 말했다. 클라큐어는 수석 무용수들이 스튜디오 중앙의 바를 차지하는 것처럼 페테르부르크에는 없는 볼쇼이만의 특징이었다. "특정 솔리스트가 나올 때마다 환호하는 박수꾼을 경영진이 고용한다며."

"그게 다가 아니야. 어떤 무용수들은 라이벌이 어려운 베리에이션을 하고 있을 때 클라큐어를 시켜 박수를 치도록 했지. 집중을 깨서 실수하게 만들려고." 종업원이 우리 쪽으로 돌아오자 사샤가 말을 멈추었다. 종업원은 시종일관 생글거리며 사샤에게 고정된 시선을 잠시도 떼지 않고 테이블에 접시를 하나하나 내려놓았다. "최근 몇 년 동안에는 이런 일을 못 보긴 했지만. 어쨌든 볼쇼이 사람들은 차원이 다르다는 걸 알겠지? 아무것도 못 본 척, 못 들은 척하는 게 상책이야. 뭐라고 생각하든 신경 쓸 필요 없어. 안 그래?"

"그렇게까지 네가 말리니 그냥 넘어갈 정도가 아닌가 봐. 사람들이 내 뒤에서 도대체 뭐라고 하는데?" 종업원이 사샤 쪽으로 한숨을 내쉬며 자리를 떴을 때 내가 말했다. 사샤는 무슨 말을 하려다 말기를 몇 번이나 거듭하며 입술을 비틀었다.

"사람들이 너더러 자존심이 세대. 오만하고 야망이 넘친다고." 그가 마침내 말했다.

"내가 이곳에 아주 잘 어울린다는 의미군." 내가 프할리를 한 입

먹으며 미소를 지었다. "줏대 있는 사람은 늘 그런 말을 듣지. 여자라면 특히 더."

"음, 그리고 네가 능력으로 승급한 게 아니라는 소문도 있어." 가지 롤을 칼로 조그맣게 자르며 깨작거리던 사샤가 접시에서 눈을 떼지 않고 말했다. "네가 미하일 알리포프 감독이랑, 아니면 더 높은 사람이랑 잤다고 하는 사람들도 있고." 내 온몸의 피가 순식간에 거꾸로 솟는 걸 느꼈다. 사샤가 놀란 표정으로 나를 쳐다보았다.

"나 모스크바 콩쿠르에서 우승했잖아. 그래서 여기에 온 거고." 내가 더듬거리며 말하자 그의 얼굴이 난감함으로 어두워졌다. "아, 그 결과도 조작이라고 생각하는 건가?" 이렇게 묻는데 메스꺼움이 밀려왔다.

"네가 최고의 무용수라서 우승했다는 걸 나는 알지." 사샤가 말했다.

"어떻게 알아? 내 공연 보지도 않았잖아."

"그래, 맞아. 네 춤을 보면 내 집중력이 무너졌을 테니까. 물론 안 봤다고 달라진 건 없었지만." 사샤가 접시에 고정하던 시선을 살짝 들어 잠시 나와 눈을 맞추었다. 나는 목을 가다듬었다.

"그래서 이런 말을 하고 다니는 사람이 누구야, 대체?"

"그게 중요한가? 내가 괜한 소리를 했어, 나타샤. 그냥 잡음이야. 넌 춤에만 매진해서 네가 될 수 있는 최고의 예술가가 되면 돼. 그게 다야. 볼쇼이는 너를 신경 쓰지 않는다는 걸, 우리 누구도 신경 쓰지 않는다는 걸 이제 알겠지? 너도 볼쇼이에 마음 쓰지 마. 그게 상처를 덜 받는 방법이야."

나는 금속처럼 차갑게 대답하려고 노력했지만, 눈물이 차오르는 게 느껴져서 서둘러 손으로 가려야 했다. "아예 나답게 살지 말라고 충고를 하지 그래."

사샤가 자리에서 일어나기에 나는 그가 화장실에 가려는 줄 알았다. 그러나 그는 옆자리로 옮겨 오더니 내 어깨에 손을 얹었다. 타인의 손길이 내 몸에 닿은 건 지난 몇 주를 통틀어 처음이었다. 그러니까 이번에는 '바실리오'가 '키트리'를 만지는 게 아니라, 사샤가 나를 만지는 손길이었다. 나도 그를 어루만지고 싶은 열망으로 가득 찼지만, 그의 오른손이 닿은 내 오른쪽 어깨에 온몸의 신경을 집중한 채 가만히 있었다.

"계속해서 너답게 살아, 나타샤 레오노바." 사샤가 엄지손가락을 자동차 앞 유리창의 와이퍼처럼 양옆으로 가볍게 문질렀다. 이 행동이 무엇을 의미하는 걸까. 나는 언제나처럼 그의 마음을 읽고 싶었다. 여태 우리 사이에 오간 모든 것을 샅샅이 분석하고 고민해 왔듯이. 그러나 나는 그가 좋은 짝이 될 거라고 착각할 만큼 순진하지는 않았다. 우리는 한 우리에 갇힌 야수 두 마리처럼 서로를 갈기갈기 찢어버릴 게 뻔했고, 그건 눈이 있다면 누구라도 알 수 있는 사실이었다.

"절대 변하지 말고."

공연 당일 아침, 나는 발레단 클래스보다 몇 시간 일찍 극장으로 향했다. 공연자 출입구 쪽으로 모퉁이를 돌자, 건물을 에워싸고 길게 줄 서 있는 인파가 보였다. 매표소 주변에는 아예 침낭을 펼치고 누워서 자는 사람들도 있었다. 그들이 입고 있는 빨갛고 파란 나일론 누비 재킷은 거의 수평으로 뻗은 빛의 기둥에 반사되어 더욱 밝아 보였다. 이렇게 여름과 가을 사이, 은은한 금빛이 감돌면서도 바람이 선선한 날에는 사람, 나무, 건물같이 평범한 것들이 햇빛에 서서 긴 그림자를 드리우고 있는 모습만 봐도 가슴이 뭉클해진다. 꼭 누군가가 만물을 영원히 이어지는 하나의 붓놀림으로 쓱 그려놓은 것처럼 모든 것이 닮아 있고 연결된 느낌이 든다.

스튜디오로 올라가 클래스 전에 혼자 한 시간 정도 몸을 풀었다. 이윽고 무용수들이 하나둘 들어오기 시작했다. 그리고 수업 5분 전, 사샤가 보온병을 홀짝이며 나타났다. 마시던 걸 내 옆에 내려놓은 그는 목을 시계 방향으로 한 번, 반대로 한 번 돌렸다.

"밖에 사람들 모여 있는 거 봤어?" 사샤가 바를 양손으로 잡은 상태에서 몇 걸음 뒤로 물러나 척추를 바닥과 평행하게 만들면서 내게 물었다. 발레 마스터와 피아노 연주자가 대화를 마치자 무용수들은 타이츠를 끌어올리며 자리에서 일어섰다.

"응, 오늘 무슨 일 있대?" 내가 물었다.

사샤가 몸을 반듯하게 펴며 웃었다. "오늘 밤 우리 공연 티켓을 사려고 기다리는 사람들이야. 그치만 나는 이미 잘 알고 있으니……. 너를 보려고 밤새 줄 선 거야, 페테르부르크에서 온 새로운 스타. 모스크바 전체가 너를 지켜볼 거야."

나는 얼굴에 무심의 장막을 드리우고서 아무런 대꾸를 하지 않았다. 내 침착함에 실망한 표정을 한 사샤는 한 손으로 바를 잡고 서서 무게중심을 양쪽 옆구리에 번갈아 실었다. 내가 어떤 반응을 보이길 바란 걸까? 들떠 하기를? 아니면 위축돼서 긴장하기를?

"있지, 무용수는 두 부류야." 내가 낮은 목소리로 말했다. "하나, 리허설 땐 잘하지만 무대에 올라가면 주눅이 들어서 연습 때보다 실력 발휘를 못 하는 부류. 둘, 리허설 때보다 압박감을 느끼는 상황에서 항상 더 잘하는 부류. 나는 어느 쪽일 것 같아?" 나는 사샤의 대답을 기다리지도 않고 그의 보온병을 들어 한 모금 마셨다. 홍차 아니면 커피라고 예상한 사샤의 아침 음료는 의외로 핫초코였다.

"내가 단 걸 좋아하거든. 밤 늦게 먹는 것보다 낫잖아." 사샤가 속삭이며 하지도 않은 놀림에 항변하자, 나는 터져 나오려는 웃음을 참았다. 동시에 다른 무용수들이 우리 쪽을 힐끗거렸다. 플리에 콤비네이션을 설명하던 발레 마스터조차 말을 멈추고 매서운 표정으로 우리를 쏘아보았다.

나는 그때 처음으로 우리가 가장 바깥에 둘렀던 갑옷을 한 겹 벗었다는 사실을 알았다. 조심스러움과 필연성을 동시에 느끼며. 이제 사샤와 나 사이에는 엎질러진 수은처럼 생생하고 매혹적이며 위험한 무언가가 흘렀다. 이를 감지한 건 비단 우리만이 아니었다. 다른 모든 이들도 마치 습한 여름 공기 속에서 번개 냄새를 맡으면 우산을 챙겨 집을 나서는 것처럼 우리의 변화를 읽고 대응했다. 나와 함께 있을 때 사샤는 특유의 '천재적 반항아' 같은 태도를 버렸고, 경연 때 쓰고 있었던 꿰뚫어 볼 수 없는 가면도 벗었다. 사샤는 나처럼 재수 없는 완벽주의자가 아니었다. 놀라울 정도로 잘생겼으면서도 거만하거나 배타적이지 않고 모든 학우들과 친구로 지내는, 그런 서글서글한 남자애가 바로 사샤였던 것이다. 최종 리허설을 할 때조차 그는 다른 무용수들을 기가 막히게 흉내 내고 장난치면서 끝내 유수포프 코치까지 씁쓸한 미소를 짓게 했다.

각자 분장실로 갈 시간이 되었을 때 그가 내 볼에 입을 맞추었다. 그의 입술은 예의상 건네는 건조하고 짧은 키스보다 한 숨 더 길게 닿아 있었다. 마음 한편으로는 그가 사랑에 빠진 스페인 청년 '바실리오' 역할에 몰입하고 있을 뿐이라고 생각했다. 그러나 또 한편으로는 이게 그의 진짜 모습일 거라는 생각이 들었다. 발레에서는 스스로도 진짜와 가짜를 분간하지 못할 정도로 자신과 인물 사이의 경계가 모호해진다. 무용이든 문학이든 미술이든, 창조자가 자신의 예술이 현실보다 더 진실하다고 믿어야만 예술이 되는 것이다. 이는 단순한 아름다움과 예술의 차이이기도 하다.

그래서 곁무대에 숨어 입장 음악을 기다리고 있던 나를 그가 끌어안고 귀에다 "메르드"라고 속삭였을 때, 나라면 절대 하지 않을, 그러나 '키트리'라면 충분히 할 법한 행동을 했다. 그의 입술에 키스하고 도망치듯 무대 위로 올라간 것이다. '키트리'로 변신하기 직전 내가 마지막으로 기억하는 건, 그의 입에서 느껴진 바다 소금 맛이었다.

최근 마린스키에서 스카우트되어 프리마 발레리나로 승급한 나탈리아 레오노바가 볼쇼이 무대에서 그의 재량을 입증할 수 있을지 모스크바 전역이 주목하고 있었다. 상트페테르부르크 출신인 레오노바가 발레 중에서도 가장 모스크바적인 〈돈키호테〉에서 과연 성공할 수 있을 것인가? 그를 본 모두의 결론은 다음과 같다. 스물두 살 레오노바는 시즌 개막 공연 〈돈키호테〉 무대에서 '키트리'를 맡아 슈퍼스타 알렉산드르 니쿨린을 상대하며 자신의 승급을 능히 정당화했다. 중력을 거스르는 듯한 그랑 제테로 처음 등장한 순간부터 레오노바는 불꽃 같은 테크닉과 억누를 수 없는 브리오[1]로 무장하고 볼쇼이를 정복하러 왔음을 명백히 드러냈다.

레오노바는 발레단 동료 사이에서도 내성적이고 신비로운 인물로 알려져 있다. 높은 광대뼈, 아치형의 짙은 눈썹, 어깨까지 내려오는 중단발머리, 조가비 빛깔 입술. 무대 밖 그녀의 모습은 동화 속 공주 같은 전형적인 아름다움보다 도도한 현대성을 지니고 있다. 그러나 무대 위에서는 같은 사람이라고 할 수 없을 만큼 누구보다 열정적이고 발랄하며 사랑스러운 '키트리'로 변신했다. 이렇게 당당한 '키트리'에게 큐피드의 화살을 건넨다면, 그는 "활은 겁쟁이들이나 쓰는 거니, 내게 칼을 줘요"라고 말하며 당장에라도 칼을 휘둘러 세상이라는 굴을 까려고 들 것이다.[2] 레오노바의 근성을 시험한 것은 3막 코다였는데, 현기증 날 정도로 빠른 그의 32회 푸에테에 만원을 이룬 관객들은 열광의 도가니에 빠져들었다. '브라바'를 외치는 환호와 날카로운 휘파람 소리가 극장의 허공을 가르며 울려 퍼졌다. 열렬한 갈채를 받은 레오노바는 신성한 볼쇼이의 전통에 응했다. 지휘자를 향해 고개를 살짝 끄덕여서 앙코르 코다를 요청한

1 'brio'는 이탈리아어로 '생기'를 뜻하는 단어. 음악과 무용에서 'con brio'는 기운차고 활발하게 표현하라는 의미다.
2 셰익스피어의 〈윈저의 즐거운 아낙네들〉 2장 2막의 유명한 대사 "Why, then the world's mine oyster, Which I with sword will open"을 인용한 말이다.

레오노바는 32회 푸에테를 다시 한번 완벽하게 선보였다. 그 순간, 귀를 찢을 듯한 객석의 함성에 거의 두 세기를 버틴 극장 지붕이 기둥에서 살짝 들썩이는 듯했다. 이렇듯 모스크바인이 가장 좋아하는 건 무대에서 죽을 위험을 무릅쓰고 살아서 나가는 무용수다. 영웅적이기 때문이다. 그리고 우리가 발레를 사랑하는 이유도 바로 이 때문이다. 경지에 이른 발레는 기적이므로.

레오노바가 외신에서 '알렉산드르 대왕'이라고 불리는 니쿨린과 파트너를 맺게 된 것은 예견치 못한 행운으로 보인다. 전형적인 숲 속의 왕자 혹은 게르만 기사와는 달리, 니쿨린의 황금빛 야성미는 스칸디나비아 군주를 연상시킨다. 레오노바는 어둡고 감각적이며 여왕처럼 우아하다. 두 사람 다 옛 볼쇼이 스타일의 브라뷰라 무용수로, 감정적으로나 육체적으로나 서로를 한계까지 밀어붙인다. 니쿨린은 고도의 기술을 가진 대부분의 남성 솔리스트와 달리 파트너를 따뜻하게, 심지어 경건하게 받쳐준다. 그의 태도는 레오노바의 너무 빠른 승급으로 발레단에 분열이 생겼다는 소문과 상반된다. 얼마 전, 《르 피가로》와 진행한 인터뷰에서 수년간 볼쇼이의 남성 수석 중 으뜸으로 활약하고 있는 드미트리 오스트롭스키는 해당 임명을 가리켜 졸렬한 억지라고 비난했다. 그는 특정 인물의 이름을 직접 거론하지는 않았으나 "최근 들어 일부 무용수가 고위층 인사와 잠자리를 통해 출세길에 오르고 있다"고 말했다. 인터뷰 진행자가 레오노바 씨를 말하는 것이냐고 묻자, 그는 특유의 논 세퀴투르[3]

3 라틴어로 '따르지 않는다', 즉 무관한 이야기라는 뜻이다.

로 대꾸했다. "하늘을 나는 돼지가 있으면 사람들은 돈을 내고 그걸 보러 오지만, 그 돼지가 휴식하러 땅으로 내려가면 어떻게 됩니까? 바로 그 사람들한테 잡아먹히지요."

드미트리가 고른 바는 인도에서 이어져 내려가는 긴 계단 끝에 위치한, 간판도 없는 곳이다. 문을 열자 붉은 머리에 매우 키가 큰 여자가 벨벳 통굽 샌들을 신고 걸어 나온다. "좀 지나갈게요." 수영선수처럼 근육으로 다부지지만 부드럽고 촉촉한 살결로 감싸인 어깨로 나를 스치며 여자가 말한다.

실내에는 한밤중에 흐르는 용암처럼 구릿빛 인광이 가득해, 눈이 적응하는 데 잠시 시간이 걸린다. 어두운 재즈가 물결치고 있다. 젊고 세련된 손님들을 쭉 훑어보다가 흑마노색의 바 테이블에서 술을 마시고 있는 드미트리를 발견한다. 마침 나를 본 그가 바텐더에게 손짓한다.

"뭐로 할래?" 그가 나에게 묻는다. 나는 벽에 나란히 진열된 양주들을 바라본다. 역광을 받아 반질반질하게 반짝이는 술병들이 하나같이 유혹적이다. 잠시 후 나는 애써 고개를 절레절레 흔든다.

"술 끊었어."

"나타샤." 그가 느릿느릿 말한다. "이곳은 러시아야. 여기서는 죽을 때나 술을 끊는 거라고."

나는 아무 말도 하지 않고, 그는 바텐더에게 손가락 두 개를 들어 보인다. 곧 보드카 스트레이트 두 잔이 우리 앞에 놓인다.

"부뎀." 그가 자기 잔을 들며 말한다. 내가 가만히 그를 노려보고 있으니, 그가 웃으며 한 모금 들이켠다.

"그런 증오의 시선을 받으며 술을 마시는 걸 난 아주 즐기거든. 술맛이 훨씬 좋아진다는 말이야." 그가 입맛을 다신다. "왜 그렇게 화가 났어?"

"나한테 무슨 짓을 했는지 기억 안 나? 그래, 그런 일을 겪고 화내는 내가 잘못인가?" 내가 코웃음을 친다. "솔직히 말해줘, 드미트리. 내가 당신한테 뭘 어쨌기에 그런 거지?"

드미트리가 한숨을 내쉰다. "이래서 여자는 안 되는 거야. 여자들은 앙심을 품고 항상 왜냐고 질문을 하니까." 그가 먼 곳을 바라본다. 평소에는 초록빛을 띠는 그의 눈동자가 조명을 받아 루비처럼 반짝인다. "그 두 가지 성향이 없는 사랑이 어떨지 생각해 본 적 있어? 바로 그런 게 남자들의 사랑이지. 알몸으로 절벽에서 바다로 풍덩, 뛰어드는 것같이." 그가 손가락을 들어서 말없이 술을 한 잔 더 시킨다. "두 어절로 말하자면, '후회는 없다'."

"'분별없고 파멸적인'이겠지." 내 말에 그가 씩 웃는다.

"제대로 된 사랑이라면 당연히 분별없고 파멸적이어야지!" 그가 보드카를 한 모금 마신다. "난 정말 절벽에서 뛰어내린 적이 있어. 옛날에 니스에서, 아주 잘생긴 미셸이란 사람과 함께. 다음 날 아침에 눈을 떠보니까 침대에 '제 파세 운 뉘 델리시유즈j'ai passé une nuit delicieuse.'[1]라고 적힌 메모가 한 장 있었어. 다른 설명은 일절 없이 딱 그렇게만. 그런데 지금까지도 내 인생 최고의 러브 스토리야."

1 '달콤한 밤이었어.'

"참 좋았겠네." 내 빈정거림에 드미트리가 또 한 번 웃음을 터뜨린다.

"그래, 넌 아주 강철 같은 면이 있어. 좋아. 왜 그랬는지 말해주지." 그가 말을 멈추고 내 눈을 빤히 쳐다본다. "내가 볼쇼이에 간 지 얼마 안 됐을 때 미하일 알리포프 감독에게 클라큐어 얘기를 물은 적이 있어." 나는 저렴한 좌석에 앉은 박수꾼들의 모습을 머릿속에 그렸다. 그들 중엔 수십 년간 공연을 관람하여 거의 직원 같은 분위기가 나는 이들도 있었다.

"감독한테 물었어. 그런 민달팽이들에게 돈 주고 박수를 치게 하는 이유가 뭐냐고. 우리 발레만으로도 이미 충분한 거 아닌가? 그랬더니 감독이 뭐라고 대답했는지 알아?" 그가 말을 멈추고 까만 눈썹을 치켜올린다.

"아주 진지하게 이러더군. '드미트리, 이건 전통입니다. 발레리나가 푸에테를 하면, 목청이 터질 듯 외치는 브라바가 최소 세 번은 나와야 한다고요!'" '신들' 좌석에 앉아 충실히 환호하고 찬사를 외치는 박수꾼들을 회상하는 듯 드미트리의 입가에 미소가 번진다.

"그게 우리랑 무슨 상관인데?" 도대체 무슨 말을 하는 건지 갈피를 잡지 못하고 묻는다. 드미트리와 함께 있으면 언제나 혼란스럽지만, 특히 약과 술을 끊은 지 이만큼 지나니 더욱 그렇다. 목이 마르고, 눈알은 심장처럼 박동한다.

"나타샤, 바로 그게 너의 질문에 대한 내 대답이라고." 드미트리가 말한다. "전통. 내가 너한테 했던 건 전통일 뿐이야. 정상에 오르면 모두 네가 실패하기를 바라고, 너의 자리를 유지할 방법은 공격

밖에 없다는 걸 잘 알잖아. 오히려 나 정도 수준의 예술가에게 모욕을 당한다는 건 최고의 칭찬인 셈이지."

"머리 아파." 내가 말한다.

"네가 과거에서 벗어나지 못해서 그런 거야."

구릿빛 조명 속으로 울려 퍼진 드미트리의 목소리가 흐려진다. 고개를 털고서 물을 한 잔 부탁하려고 돌아보지만, 바텐더는 사라지고 없다. 아무도 없고 음악도 나오지 않는다. 우리만 남았다. 다시 심장이 쿵쿵거리기 시작한다. 드미트리가 날 보며 씩 웃는다.

"나타샤." 그의 목소리가 우리 둘 사이의 공간에서 까맣고 부드러운 무언가로 변한다. 그리고 다른 부드럽고 까만 것들이 천장에서 눈처럼 내린다. 깃털이다.

"이건 꿈이야." 내가 말한다. "당신은 진짜가 아니야."

"내가 진짜가 아니면, 이렇게 해도 상관없겠네." 드미트리가 손을 뻗더니 내 뺨을 어루만진다. 그런 그를 나는 품 안으로 끌어당긴다. 입술이 맞닿자 까만 깃털 수천 개가 비처럼 쏟아져 우리를 어둠으로 뒤덮는다.

나는 수면과 기상 사이의 회색 지대를 좋아한다. 모서리 없이 부드러워서다. 사람들이 뭐라고 말하든 나는 딱딱한 사람이 아니다. 나는 아틸라[1]가 아니다. 흔히들 내가 매일 아침 침대에서 벌떡 일어나서 곧바로 자기 훈련의 루틴을 시작할 거라고 생각하는데, 사실

1 침략을 통해 대제국을 건설한 훈족 최후의 왕. '아틸라'라는 이름은 고대 노르드어로 끔찍한 자를 의미하는 '아틀리'에서 유래했으며, 성격이 포악한 사람을 '아틸라'에 비유한다.

나는 이렇게 안개 자욱한 호수에서 뗏목을 타고 최대한 오랫동안 떠 있는 걸 무엇보다 좋아한다. 노를 저어서 꿈과 생각의 조각들을 건져 올리고, 그것들을 추억과 환상으로, 중요한 것과 사소한 것으로 분류한다. 산더미처럼 쌓인 포인트 슈즈에 바느질을 하는 일(사소한 것, 기억). 나를 조수석에 태우고 어딘가로 운전해 가는 엄마(중요한 것, 환상: 엄마는 평생 운전을 배우지 않았고, 우리 모녀는 어느 곳도 함께 가본 적이 없다). 전혀 일어난 적 없고, 앞으로도 일어나지 않을 완벽한 상상이 우리의 삶과 정체성에 얼마나 큰 부분을 차지하고 있는지 생각해 보면 참 놀랍다. 그러나 머릿속의 모든 건 실재하며, 그 자체의 질량과 중력을 가지고 있다. 물질보다 더 많은 암흑물질로 가득 차 있다고 말하는 우주처럼.

가끔 복잡한 수학 문제를 풀거나 리브레토[1] 전체를 프랑스어로 쓰는 꿈을 꿀 때가 있다. 내 두뇌가 뭔가 문제를 해결하고 싶어 한다는 뜻인데, 물론 그 결과를 현실에 적용할 수는 없다. 그러나 안개 낀 호수에서 자유롭게 유영하는 무의식이 때로는 의식적 삶에 새로운 가능성을 열어준다. 인터뷰할 때 자주 듣는 질문이 있다. 점프와 턴의 비결이 무엇입니까? 그럼 나는 그냥 타고난 것이라고 대답하는데, 거의 사실이다. 하지만 회전을 더 많이 할 수 있는 등과 어깨의 돌림힘이나, 한 발 더 높이 날 수 있는 최고의 발롱을 위한 정확한 팔의 위치를 알아낸 곳은 바로 꿈속이다. 그러고 나면 새롭게 찾아낸 이 방법을 돌처럼 손에 쥐고 호수 위에 떠 있다가, 점점

1 발레나 오페라의 줄거리 또는 대본.

안개가 걷히고 현실이라는 단단한 모서리에 부딪히며 깨어난다.

여전히 눈을 감은 채 지난밤에 있었던 일을 떠올린다. 니나의 집에 가서 저녁을 먹은 건 분명히 기억하는데, 그다음에 무슨 일이 있었는지가 미스터리하다. 떠오르진 않지만 구역질 나는 미스터리인 건 틀림없다. 심호흡을 한차례 하고 눈을 뜬다. 다행히 나는 호텔방 침대에 홀로 누워 있다. 벌거벗은 상태라는 게 조금 이상하지만, 패닉에 빠질 만한 문제는 아니다. 두리번거리며 휴대폰을 찾는데, 방 안 어디에서도 보이질 않는다. 어제 입었던 옷도 사라지고 없다. 마침내 발코니 바닥에서, 마치 주인처럼 후회스러운 밤을 보낸 듯 엎어져 널브러진 휴대폰을 발견한다. 창밖 출근하는 사람들 눈에 띄지 않도록 몸을 낮춰 웅크리고 앉아 휴대폰을 집는다. 다시 이불 속으로 들어와 드미트리에게서 온 문자메시지를 확인하던 나는, 밤 9시 40분에 그가 마지막으로 보낸 문자, 구릿빛 조명이 깔린 술집 주소에 심장이 쿵 내려앉는다. 그 바가 꿈이었다고 반쯤 짐작하고 있었기 때문이다.

밤새 얼마나 뒤척였는지 달팽이 껍데기처럼 돌돌 말린 이불 속에다 휴대폰을 휙 던진다. 일단 세면대에서 물을 따라 마시고 샤워기를 최대로 튼다. 콸콸 쏟아지는 뜨거운 물은 순식간에 마음을 진정시킨다. 의아하게도, 머릿속은 원래 상태로 돌아가지 못할 정도로 풀려버린 실타래 같은데, 몸은 어제보다 더 강해지고 살이 빠졌으며 건강해졌다. 발과 발목이 안정적이고 염증도 덜하다. 모든 걸 끊어낸 결정이 옳았다는 긍정과 희미한 희망이 내 안을 채운다. 비록 그것이 내 정신의 낡은 벽들을 무너뜨리고 있지만.

로비로 내려가니, 이고르 페트렌코 씨가 한 손에 쇼핑백을 들고 다른 손을 내게 흔들며 다가온다.

"안녕하세요, 이고르 블라디미로비치." 약간 도도한 말투로 그에게 인사를 건넨다. 모든 망상이 다시 갑옷을 입고 마지막 남은 한 조각의 이성을 놓치지 않으려는 본능을 되살린다.

"나탈리아 니콜라예브나, 좋은 아침입니다." 지배인이 친근하게 웃으며 내게 쇼핑백을 건넨다. "드릴 게 있습니다."

쇼핑백을 건네받은 나는 드미트리가 연습복을 또 보냈겠거니 생각하며 내용물을 꺼내본다. 그러나 내 손에 잡혀 나온 건 내가 어제 입고 있었던 옷이다. 면 니트 상의, 레오타드, 웜업팬츠.

"묵고 계신 객실 밑 보도에서 찾았습니다. 보니까 나탈리아 씨 것 같기에 챙겨두었습니다." 거의 미안해하는 듯한 목소리다. 기억은 안 나지만, 한밤중에 발코니로 나가 옷을 벗어 던졌을 거라는 사실을 받아들일 수밖에 없다. 당황한 기색을 감추고 최대한 품위 있게 그에게 고맙다고 인사한다. 그리고 속으로 아무것도 아니라고 나 자신을 다독인다. 어쨌든 중요한 건 이 모든 혼돈 속에서도 오늘 나는 정말 오랜만에 강해진 느낌이 든다는 것이다. 발의 통증은 거의 느껴지지 않고 팔과 등에 에너지가 돌아오고 있다. 니나의 집에서 저녁을 함께하거나, 약물 의존도를 낮춘 덕분인가 보다.

스베타 이모도 내 몸의 변화를 알아차린다. 바 연습 내내 이모는 만족스러운 표정으로 날 지켜본다. 별다른 말 없이 우리는 희망의 눈빛을 주고받는다. 센터로 이동하기에 앞서 2년 만에 처음으로 포인트 슈즈를 신는다. 발에 꼭 끼는 안감, 딱딱한 밑창을 바닥에 누르고 서는 감각이 너무나 빨리 되살아나서 흠칫 놀란다. 물론 포인트로 춤을 추는 느낌이 돌아온 건 아니지만. 스베타 이모가 내게 탕뒤 콤비네이션을 지시하면서 한마디를 덧붙인다. "싱글 피루엣, 딱 한 번 회전이야. 잘 알지? 완벽한 싱글 피루엣은 트리플보다 더 어렵다는 거."

난 평생 피루엣이 세상에서 가장 자연스러운 동작이라고 생각했다. 보통 사람이 피루엣을 할 때 어떤 느낌을 받는지를 부상당한 뒤에야 알게 된 것이다. 그러나 오늘은 두렵지 않다. 맑고 바람 좋은 날 돛단배가 미끄러져 바다로 나아가듯 수월하게 콤비네이션을 해낸다. 스베타 이모와 나는 쓸데없이 입을 놀렸다가 괜히 부정을 탈까 봐 아무 말 없이 서로 마주 보며 씩 웃기만 한다. 프티 알레그로[1]까지 진도를 나간 우리는 더 무리했다가 실망하는 대신 거기서 그날 클래스를 마무리한다. 바가노바를 갓 들어갔을 때도 지루해했을 만큼 쉬운 콤비네이션이지만, 상관없다. 2년 만에 처음으로 나는 떠 있다.

"두어 주 뒤부터는 베리에이션 연습을 시작해도 될 것 같은데. 오늘은 싱글 피루엣을 했지만, 다음 달이면 무대에 올라도 될 거야." 스베타 이모가 스테레오의 전원과 조명을 차례로 끄며 말한다.

"정말 그럴 수 있을까요?" 나는 허리를 굽히고 허벅지에 양손을 얹어 상체를 지탱하며 묻는다.

"물론이지. 나는 출산하고 한 달 만에 무대에 올랐는걸. 나만 특

1 작고 빠른 점프.

별히 그랬던 것도 아니고." 그가 엄격한 얼굴로 말한다. "지금 이게 힘들면, 아기를 낳고 나서는 어떨지 한번 상상해 봐." 출산이 무엇인지 몸으로 설명하듯 스베타 이모가 한 손으로 허리에서 골반까지 쓸어내린다. 그러나 이모는 열여섯부터 예순까지 체형이 바뀌지 않는, 아담하지만 강하며, 유기농 당근처럼 평생 가늘고 단단한 유형의 여자다. 지금과 다른 몸매의 이모가 도무지 머릿속에 그려지지 않는다.

우리가 스튜디오를 나설 때 스베타 이모가 손바닥으로 이마를 가볍게 치며 중얼거린다. "아이쿠, 하마터면 깜빡할 뻔했다." 이모가 더플백을 뒤적거리다가 갈색 종이봉투로 싼 무언가를 꺼낸다. "자, 받아."

직접 끓인 수프가 담긴 유리 단지 두 개, 빵, 아보카도 하나, 차 몇 봉지가 담겨 있다.

"안 그래도 되는데." 내가 중얼거리자 이모는 성급히 손을 흔들어 말을 막는다.

"이렇게라도 해야 네가 먹고는 다니는지 알 수가 있지. 먹지 않으면 몸도 강해지지 않는다는 걸 명심해."

나는 고개를 끄덕이고 잘 가라고 이모를 껴안는다. 수프를 보니 배가 꼬르륵거린다. 어제 니나의 집에서 저녁 식사를 한 뒤로 여태 아무것도 먹지 않았다는 사실이 그제야 떠오른다. 극장 앞에서 잡아탄 택시는 모든 차선을 빽빽하게 채우며 뱀처럼 도시를 휘감는 퇴근 시간의 차량 행렬에 합류한다. 마치 어느 지휘자가 밤의 교향곡으로 들어가는 신호를 주는 것처럼 네온사인이 하나둘 켜진다.

내 뇌가 젤리처럼 말랑해진다. 내 등은 좌석으로 녹아내리고 눈꺼풀이 내려간다.

"발레리나세요?" 택시 운전사의 질문에 다시 눈을 뜬다.

"네." 간신히 예의만 갖추는 상냥함으로 나는 대답한다.

"저도 어릴 땐 춤을 추고 싶었는데." 택시 기사는 아랑곳하지 않고 백미러로 나를 힐끗 쳐다본다. 가로등 불빛이 반사되어 여자의 눈망울이 빛난다. 대화를 원치 않는다는 내 신호를 알아차리길 바라며 나는 침묵한다.

"그렇지만 저는 발레를 할 몸이 아니었어요." 그러거나 말거나 기사는 계속 말을 잇는다. "저는 평생 크고 어색한 껍데기 안에 든 자그마한 여자애 같은 기분이었죠. 손님은 한 번도 느껴보지 못했겠지만. 꼭 내 몸이 내 것 같지 않은 느낌." 그가 거울로 한 번 더 내 눈을 힐끗 보는데, 그 얼굴이 왜 이렇게 낯익은지 모르겠다.

"저도 항상 그런 기분이에요." 내가 대답하자, 그는 허스키한 웃음을 터뜨리고는 말을 이어간다.

"가끔은 분리되다 못해 영혼이 빠져나와 내 몸 밖에서 나를 바라볼 때가 있어요. 무슨 말인지 아시죠?" 그가 긴 엄지손가락으로 무심코 핸들을 쓰다듬으며 말한다. 나는 고개를 가로젓는다.

"한번은, 일어나서 아침 먹고 출근하고 퇴근하고 잠들 때까지 종일 제 모습을 지켜본 적도 있어요. 유령처럼." 그가 또 한 번 웃자 머리 받침대 뒤로 넘어온 그의 긴 생머리가 붉게 반짝거린다. 어디서 본 여자인지 생각이 나면서 등골이 오싹해진다. 어젯밤, 벨벳 샌들을 신고 지하 술집에서 비틀거리며 걸어 나오던 여자다. 나를 일부러 따라온 걸까? 아니면 내가 환각을 보는 걸까?

아드미랄테이스키 대로를 지나고 있다. 불이 환히 켜진, 분주한 대로. "저, 목적지가 바뀌었어요. 여기 모퉁이에서 세워주시겠어요?" 내가 더듬거린다.

기사가 아무 말 없이 운전을 계속하자, 또 한 번 한기가 등줄기를 쓸고 지나간다. "차 세워요." 백미러로 보이는 여자의 눈을 쳐다보지 않은 채 더 큰 목소리로 말한다. "차 세우라고요!"

더 이상 참지 못하고 비명을 지르기 직전, 교통체증에 차들이 기어가다시피 속도를 늦추고, 그사이 나는 여전히 움직이고 있는 택시에서 뛰어내려 달아난다. 한참 전력을 다해 달리던 나는 마침내 그랜드 코르사코프 호텔의 객실 문 뒤에 무사히 도착한다. 그러나 방 안에는 침대도 소파도 발코니도 사라지고 없다. 내가 있는 곳은 오후의 채광이 눈부신, 볼쇼이 극장의 어느 스튜디오 안이다.

검은 티셔츠에 웜업팬츠 차림의 사샤가 희고 날카로운 햇살 한 조각을 밟고 서 있다. 그가 나를 쳐다보며 말한다. "오, 드디어 나타났네. 어디 있다 왔어?"

3장

사샤가 엄지손가락을 허리 벨트에 걸고 다른 한 손으로 바를 잡는다. 내 대답을 기다리지도 않고 그가 말한다. "큰일이야. 완전 낭패라고. 들었어?"

이날을 기억한다. 인생의 모든 순간은 어찌 보면 종말의 시작이다. 우리가 내리는 모든 결정은 다른 가능성의 죽음을 의미하므로. 그러나 이날의 선택은 내 삶을 이전과 이후로 나누는 지점이었다. 다이아몬드도 쉽게 반으로 쪼개지게 하는 절단선처럼. 내 인생의 모든 도미노 패가 마침내 일렬로 서서 쓰러질 준비가 되어 있었다.

사샤가 목소리를 낮추어 말을 잇는다. "올가가 흔적도 없이 사라졌대."

올가 젤렌코는 발레의 여왕이자 '러시아의 인민 예술가' 수훈자, 볼쇼이를 대표하는 프리마 발레리나, 그리고 드미트리가 가장 선호하는 파트너다. 지난 일곱 시즌 내내 올가와 드미트리가 맡았던 〈백조의 호수〉 개막 공연에 둘 대신 나와 사샤가 캐스팅되었다는 발표가 있고 난 이후, 올가가 돌연 자취를 감추었다. 난리를 친 사람이 드미트리였더라면 누구라도 그러려니 했을 텐데, 도도하고 점잖은 편인 올가가 이런 식으로 사람들을 놀라게 할 줄은 아무도 몰랐다.

"응, 들었어." 사샤에게 내가 대답한다.

그가 눈썹을 치켜올린다. "누구한테? 나도 방금 알았는데?"

내가 이 삶을 이미 살아봤다는 걸, 그리고 그는 내 기억 속 유령일 뿐이라는 걸 설명하기 어려워 그저 어깨를 으쓱인다.

"나 말고도 친구가 있나 보네?" 그가 씩 웃는다.

"우리 둘이 친구라고 누가 그래?" 나는 거의 보이지 않을 정도로 희미한 웃음기를 머금고 말한다. 우리는 겉옷을 벗고 리허설을 시작한다.

사샤와 춤추는 시간은 서로에게 진정한 모습을 드러내는 과정이다. 춤추는 동안에는 자기가 어떤 사람인지 숨기거나 거짓말할 수 없다. 그렇게 우리는 말보다 훨씬 더 많은 걸 나누며 소통하고 있었다. 〈돈키호테〉 이후 〈차이콥스키 파드되〉 〈호두까기 인형〉 〈코펠리아〉 〈에스메랄다〉 〈르 코르세르〉에서 우리는 호흡을 맞췄다. 그러나 처음 한 번 이후로는 단둘이 저녁을 먹은 적이 없었다. 사샤는 여전히 코르 드 발레의 여자애들과 내키는 대로 하고 다닌다. 나는 묻지 않고, 그렇게 신경 쓰지도 않는다.

그러나 매 공연 전, 어둠이 내려앉은 (그러나 다른 사람들도 있는) 곁무대에서 우리는 입을 맞춘다. 두 손으로 서로의 얼굴을 감싸

꽃받침을 만들고서. 뜨겁고 굶주린 두 입술이, 무대 분장이 번지지 않게끔 조심스럽게 포개어진다. 그리고 공연이 끝나면 완전히 기억상실증에 걸린 듯 둘 다 철저하게 선을 지키며 대화를 주고받는 사이로 돌아간다.

백스테이지에는 우리 말고 다른 사람들도 있다. 자연히 그들은 우리의 기이한 행동에 수군거린다. 그들이 묻는 말에 사샤가 뭐라고 대답하는지 나는 모르지만, 내게 그 이야기를 꺼낼 만큼 용기 있는 사람은 없다. 사실 내게 묻는다고 한들 딱히 해줄 말도 없다. 뭐가 뭔지 나도 모르니까. 처음에는 이 짧은 광란의 간주곡만으로 충분하다. 적당한 거리를 유지하면 사샤는 다정하지만, 내가 의지할 만한 사람은 아니기 때문이다. 그렇다고 일부 위대한 무용수들처럼 사샤가 얄팍한 바람둥이라는 건 아니다. 사샤는 남을 진심으로 위할 수 있는 사람이다. 다만 그게 언제일지, 대상이 누구일지 알 수 없을 뿐이다. 그의 편안함과 매력 이면에는 누구도 닿을 수 없는 칠흑 같은 심연이 있다. 그런 사샤를 보면서 나는 그가 드미트리보다 더 무서운 본성을 지녔다고 생각한다. 덜 야비하고, 더 위험하다. 복숭아 하나가 있다고 치자. 엄지손가락이 쑥 들어갈 만큼 잘 익었다. 과육은 불멸의 신들이 즐긴 암브로시아지만, 씨를 먹으면 목숨을 잃는다.

그걸 알면서도 시간이 지날수록 그 이상을 상상한다. 그의 손을 붙잡고 그의 엄지를 빨고 싶다. 그가 내 맨살을 온통 만져주기를 원한다. 백스테이지에서. 스튜디오에서. 그리고 여전히 침대 프레임 없이 바닥에 놓인 내 매트리스 위에서.

사샤가 내 허리를 팔로 감싸 받치고 같이 발란스를 하며 거울 속 나와 눈을 맞춘다. 그 자세를 유지한 상태에서 음악이 계속 흐른다. 우리가 이렇게 포옹하고 있는 것은 안무일까, 욕망일까? 그의 팔은 축축하고 무겁다. 그의 따뜻한 숨결이 내 귓불을 간질인다.

"나타샤." 그가 말한다. 평소처럼 느긋한 목소리가 아니라 조심스럽고 신중한 목소리다.

"사샤." 내 목소리가 아닌 다른 목소리가 답한다.

사샤의 팔이 느슨하게 떨어지자마자 우리 둘은 열린 문 앞에 드미트리의 기다란 실루엣을 알아본다. 그의 뒤에는 그가 아끼는 남자 후배 몇 명도 서 있다. 드미트리는 갓 졸업한 신인들을 직접 고른다고 전에 사샤가 말해준 적 있었다. 틈틈이 그들을 지도해 주고, 베리에이션 준비를 도와주고, 더 나은 배역이나 급여를 받을 수 있도록 영향력을 행사한다고 했다. 그들 중에 가장 잘된 사례가 바로 사샤인데, 둘의 관계는 〈돈키호테〉 이후 소원해졌다. 그러니까, 사샤가 나와 파트너를 하기 시작하면서부터. 《르 피가로》 인터뷰에서 드미트리가 나를 거의 노골적으로 공격한 뒤로 사샤는 눈에 띨 정도로 그와 거리를 두고 있다. 벌써 몇 달째 두 사람이 대화하거나 농담을 주고받거나 나란히 서서 두블르 투르를 연습하는 모습을 보지 못했다. 가슴 앞에 팔짱을 끼고 문틀에 기대어 서 있는 드미트리가 내 쪽으론 눈길조차 주지 않은 채 딱딱한 목소리로 사샤를 부른다.

"사샤, 얘기 좀 해." 드미트리가 말하자 그의 일행이 조용히 한 걸음 물러난다. "올가 어디에 있는지 내가 알아."

"어디?" 사샤는 나를 스튜디오 한복판에 남겨둔 채 드미트리에게 걸어간다.

"올가네 다차.[1] 전에 몇 번 가봤어." 쌀쌀맞은 표정을 지으려고 하지만 드미트리의 입꼬리가 살짝 올라간다. 올가가 가장 좋아하는 파트너이자 신뢰하는 친구가 바로 본인이라는 사실을 이런 식으로 뽐내는 게 즐거운 것이다.

"연락해 봤어?" 사샤가 팔짱을 끼며 다행이라기보다 조심스러워하는 기색을 띠고 묻는다. 자주는 아니어도 그와 올가는 몇 번 파트너로 춤춘 적이 있다. 그리고 사샤 수준의 발레리나들이 으레 그렇듯, 올가도 꽤 자기주장이 강하고 도도하다고 그는 생각한다.

"휴대폰 꺼놨어. 근데 올가의 천성을 난 잘 알지. 같이 가서 데려오자."

"나랑? 나랑 같이 가자고?" 경주 전에 불안해하며 제자리에서 서성거리는 말처럼, 무게중심을 바꾸며 사샤가 묻는다.

"응. 같이 가. 네가 필요하니까 가자고 하지. 안 그랬으면 애초에 물어봤겠어? 거절하면, 어디서 가재가 겨울을 나는지 보여주지."[2] 드미트리가 위협한다. 순간 드미트리는 초록빛 눈동자를 나에게 고정하고, 처음으로 내게 직접 말을 건넨다. "너도 필요해, 나타샤."

사샤는 나를 향해 얼굴을 찌푸리고 고개를 가로젓는다. 우리가 아무 말 없이 고민하는 사이 드미트리의 측근 중 하나가 목을 가다

1 시골의 가족 별장으로, 이곳에서 휴일을 보내는 것이 러시아의 오랜 풍습이다.

2 협박의 의미가 담긴 러시아 관용구다. 과거에 영주가 농노를 시켜 언 강과 호수에서 가재를 잡아 오게 했던 일에서 생긴 말이다.

듬는다.

“나도 가도 돼, 디마?” 남자 후배는 오 대 오로 탄 가르마에서 이마로 흘러내린 머리칼을 쓸어 넘기며 씩 웃는다. 리허설에서 본 적 있는 듯한 얼굴이다. 눈꼬리가 아래로 처진 큼직한 잿빛 눈 한 쌍에 피부는 순무처럼 모공 하나 없이 매끈하고 창백하며 건조하다. 화살표처럼 생긴 큼지막한 코가 피카레스크[1]한 입술을 가리키고 있어서, 전체적으로 익살맞은 인상을 풍기는 얼굴이다.

“너도 가겠다고, 페댜? 리허설 있지 않아?” 드미트리가 까만 눈썹을 헤어라인까지 올리며 그를 돌아본다. “네 주제를 훨씬 넘는 일에 뛰어들지 마. 그러기 전에 너는 춤부터 더 잘 춰야 하니까. 지금 네 상태로는 널 올가에게 데려가서 네 이름을 소개하고, 네 존재를 인정하게 강요할 수는 없으니까. 마치 네가 중요한 인물이라도 되는 것처럼.”

페댜가 입을 다물고 다른 후배들 곁으로 물러난다. 드미트리가 다시 날 향해 고개를 돌리고는 비난하는 투로 말을 잇는다. “이 문제는 나나 너보다 더 큰 일이야. 너 이외에 다른 것도 위한다는 사실을 이참에 증명해 봐. 볼쇼이를 위하는 모습을 보여줘. 밖에서 기다리겠어.” 드미트리가 등을 돌리고 발걸음을 떼자, 그의 일행과 망신당한 페댜가 그 뒤를 따른다.

“이 일이 나랑 무슨 상관인지 모르겠어.” 어디 한번 반박해 보라는 듯 나는 팔짱을 끼고 사샤에게 말한다.

1 장난스럽고 익살맞은 느낌을 풍기는 문학적 표현.

"전혀 상관없지. 경영진이 해결해야 할 문제고……." 그가 고개를 끄덕인다. "볼쇼이의 문제니까."

"지금 네가 무슨 수를 쓰는지 알아. 그래도 '신성한 볼쇼이가 우리보다 먼저다' 따위의 말은 나한테 안 먹힐 거야." 나는 다리를 넓게 벌리고 바닥에 앉아 상체를 앞으로 숙이며 스트레칭을 한다.

"일단 들어봐. 어쩌면 이번이 드미트리와 관계를 회복할 단 한 번의 기회일지도 모르잖아." 사샤가 내 옆에 앉는다. "드미트리와 올가와 평화롭게 지낼 수 있는 기횐데, 한번 잡아볼 만하지 않아? 그리고 또……" 그가 한쪽 입꼬리만 올려 미소를 짓는다. "올가네 다차 어떻게 생겼는지 조금도 안 궁금해?"

"어떤데?"

"오, 나도 가본 적 없어. 올가는…… 사람들하고 잘 안 어울리니까. 그렇지만 아마 궁궐 같은 다차일 거야. 모스크바에 있는 아파트도 굉장한 거물이 후원해 준다고 들었어. 드미트리네 아파트처럼. 거긴 가봤는데." 사샤가 웃는다. "드미트리의 후원자는 억만장자 과부인데, 불가리 에메랄드로 장식하고 차르의 박스석에서 관람하지. 그리고 드미트리한테 자동차에 운전기사까지 붙여줬어. 춤출 때 외에는 다리를 쓰지 말라고 하면서. 그러니까 내 말은, 디마랑 올가 둘 다 차원이 다르다는 거야."

사샤가 자리에서 일어나 내게 손을 내민다. 내가 그 손을 잡자, 그가 나를 가뿐히 끌어 올린다.

"가자, 모두에게 좋은 일이 될 거야."

극장에서 몇 블록 떨어진 약속 장소에 도착해 보니, 예상과 달리

운전기사는 없고 드미트리만 홀로 검은 스포츠카에 기대어 서 있다. 범퍼 위를 장식한 로고는 노란 방패 안에 뒷다리로 서 있는 검은 말인데, 드미트리를 완벽하게 구현한 상징물이다. 그는 검은 폴로셔츠, 날렵한 흰색 면바지에 로퍼를 신고 있다. 그런 옷차림이 그의 올리브 빛깔 피부와 물결치는 검은 머리칼과 잘 어울려서 사유지 포도밭으로 향하는 로마의 부유한 젊은이를 연상시킨다. 드미트리가 웃음기도 없이 페라리의 열쇠를 사샤에게 던지고, 사샤는 그것을 한 손으로 낚아챈다. "운전은 네가 해." 드미트리가 말한다.

"나 운전 안 한 지 한참 됐는데. 기사는 어디 가고?" 사샤가 떨떠름히 묻는다.

"오지 말랬어. 돌아올 때 뒤에 세 명 앉기에는 좁아." 드미트리는 이미 뒷좌석에 타고 있다. 사샤가 한숨을 푹 쉬고는, 자기 가방을 트렁크에 넣으면서 내게도 따라 하라고 신호를 보낸다. 그가 운전대를 잡고 나는 조수석에 앉는다. 마치 마트료시카 인형처럼 모스크바를 겹겹이 둘러싼 동심원을 빠져나가는 동안, 드미트리가 이따금 꽥꽥 소리치며 길을 알려줄 때를 제외하면 차 안이 조용하다. 드미트리는 운전도 하지 않고, 가는 길을 유심히 보는 것 같지도 않은데 도심을 빠져나가는 길을 정확하게 꿰고 있다. 그의 입에서 "왼쪽" "직진" "오른쪽"을 제외한 말이 나온 건 플립플롭 슬리퍼를 신은 관광객 무리 곁을 지나갈 때 한 번뿐이다. 그들을 보며 드미트리는 "끔찍한 질병 같군. 너무 추해"라고 말한다. 그리고 페라리가 순환도로를 빠져나가자 그가 중얼거린다. "밤새와 몽상가의 도시여, 다시 만날 때까지 안녕." 그는 선글라스를 쓰고 아이팟의 이어폰을 꽂고는 곧바로 잠든다.

"더워? 더우면 에어컨 틀어줄게." 사샤가 나를 힐긋 쳐다보며 말한다.

"아냐, 괜찮아. 바람이나 좀 쐬어야겠다."

차창을 내리자 태양과 축축한 풀밭, 그리고 산딸기 향기가 흠씬 들어온다. 녹색이 지평선까지 퍼진다. 보라색과 흰색 제비꽃이 도로 양쪽에서 우리에게 손을 흔든다. 빵처럼 짙고 새하얀 뭉게구름이 푸른 하늘을 더 푸르게 보이도록 만든다.

"여기 오니 어릴 때가 생각난다." 사샤가 낮게 말한다. "우리 집에는 작은 과수원도 있었고, 벌도 키웠는데. 소박한 삶이었지. 나는 장난감도 없었고 책도 없었어. 여름에는 강에서 수영을 하고 개똥벌레를 잡고 놀았지."

"내 어린 시절보다 훨씬 나은 것 같은데." 나는 말을 멈추고, 그가 어땠냐고 되묻길 기다린다. 내 기억에 남아 있는 거라고는 빛바랜 가구와 뻣뻣한 커튼, 눅눅한 안뜰이 내려다보이는 북향 창문이 전부이긴 하다. 그러나 사샤는 자기 얘기를 이어간다.

"그땐 아무것도 없다고 정말 싫어했는데. 이제 와 돌이켜 보면 참 많은 걸 가지고 있었어."

"그래도 그때로 돌아가서 다시 그렇게 살아야 한다고 하면, 못 살걸." 뒷좌석에서 들려오는 드미트리의 목소리에 사샤와 내가 눈썹을 치켜올린다. 우리 둘 다 드미트리가 곤히 자고 있는 줄 알았다. "헛된 향수에 빠져서는 안 돼, 사샤. 과거는 지금 생각하는 것만큼 좋았던 적이 없는 법이야."

"조언해 달라고 한 적 없어, 디마."

"그냥 내 생각은 그렇다고 말하는 거야. 네가 어디 깡촌 오두막 같은 데서 자랐다고 해서, 그게 뭐? 우리 셋 중 누구도 과거로 돌아가고 싶어 하지 않아. 그런 사람은 결국 아무것도 이뤄내지 못하니까." 드미트리가 선글라스 너머로 어깨를 으쓱인다.

"그거 알아, 디마? 어떨 때 넌 정말 개 같은 년이야." 사샤가 말한다. 나직하지만, 한 번도 들어본 적 없는 날카로운 목소리로. 여태 내가 봐온 사샤는 원만하기만 했다. 모든 걸 가진 자는 남에게 쉽게 너그러울 수 있기 마련이지만, 일부분은 사샤에게 타고난 다정함도 있기 때문이다. 대부분은 그의 비위를 맞추려고 노력하지만, 드물게 누가 자기 흉을 보거나 무시하더라도 사샤는 그냥 어깨 한번 으쓱이고는 그러려니 넘어간다. 그에게서 배울 점이 있다면 남의 뒤에서 악담하는 법이 없다는 것이다. 그러니 사샤가 지금 단단히 화가 났다는 건 내게나 드미트리에게나 아주 명백한 사실이다. 그리고 아무도 그의 노여움의 한계를 본 적이 없다.

"너 방금 뭐라고 했어?" 드미트리가 선글라스를 벗는다. 늘 냉소로 일관하던 그의 얼굴이 지금은 분노에 차 있다.

"개 같은 년이라고." 사샤가 조금의 망설임도 없이 욕의 첫음절을 강조해 내뱉는 동시에 가속 페달을 세게 밟는다. 페라리가 적대감에 흥분한 듯 굉음을 내며 한 마리의 검은 야생마처럼 앞으로 쏠려 나간다. 단숨에 속도계의 흰 바늘이 시속 150킬로미터까지 치솟는다.

"당장 내 차에서 꺼져." 드미트리가 말한다. 사샤가 계속해서 차를 몰자, 그는 충격적인 힘으로 사샤의 머리 받침대를 꽝 때린다. 사샤가 핸들을 돌리고, 나는 비명을 지르고, 자동차는 끽 소리를 내고 미끄러지며 도랑 바로 옆에서 멈춘다. 드미트리의 머리가 내가 앉은 조수석 뒷부분에 부딪힌다. 사샤가 왼손으로 운전대를 잡고 오른팔을 뻗어 내 몸을 막아준다. 마치 쇠붙이로 만들어진 심장처럼 차 안은 우리의 아드레날린으로 박동하며 울린다. 사방을 둘러본 사샤는 한숨을 내쉬며 시동을 끈다.

"둘 다 내리지 말고 가만히 앉아 있어." 내가 말한다. "완전히 미쳤어, 너희 둘 다. 드미트리, 네가 어떤 사람인지 너도 알지? 너 자신 말고는 다 증오하잖아. 너에 비교하면 독도 꿀처럼 달콤하지. 그런데 사샤, 너도 어떤지 좀 말해볼까? 너는 네가 얼마나 잘못된 인간인지 알지도 못해. 늘 착한 척, '아, 나는 농장을 운영하는 할머니, 할아버지 밑에서 자랐어'라고 말하면서 그런 간단한 꾐에 넘어올 정도로 멍청한 군무단 여자애들을 건들고 다니는 거 아냐!"

둘 다 아무 대답이 없다. 이렇게 많은 말을 하는 나를 그들은 한 번도 본 적이 없다. 사샤가 긴장한 듯 눈알을 양옆으로 굴리고, 심지어 드미트리도 나의 폭발에 놀라 얼어붙는다. 1분 전만 해도 거의 목숨을 잃을 상황이었는데, 강하고 오만한 두 남자를 제압했다는 쾌감이 머리카락 끝까지 온몸을 밝힌다. 죽음의 고비가 관능적인 쾌락을 증폭시킨다는 사실을 나는 이렇게 알게 된다.

사샤가 다시 시동을 걸고, 우리는 침묵한 채 남은 거리를 드라이브한다.

여름 오후의 마지막 찬란함 속에서 우리는 잘생긴 미루나무가 줄지어 서 있는 긴 진입로로 들어선다. 가로수들의 뾰족한 꼭대기가 하늘을 떠받치고 있다. 그 위풍당당한 파수꾼들 사이로 이층집이 모습을 드러낸다. 측면은 진청색으로, 외부 몰딩은 흰색으로 칠해져 있다. 건물 정면은 라일락 덤불로 촘촘히 둘러싸여 있어서, 마치 풀을 먹여 빳빳이 세운 레이스 칼라를 두른 여왕처럼 새침하게 화사한 인상이다. 멀리 보이는 잔디밭에는 노란색, 살구색, 다홍색, 분홍색, 흰색, 연보라색 장미가 심겨 있고, 예순쯤 되어 보이는 노인이 전정가위를 들고 그 사이사이를 거닐고 있다. 우리 자동차를 본 그가 눈을 몇 차례 깜빡이고는 이내 누구인지 알아본 듯 온화하게 웃는다.

"드미트리, 올가한테 뭐라고 할지 얘기도 안 했잖아." 사샤가 차를 세울 때 내가 나직이 속삭이지만, 드미트리는 내 말을 무시하고 차에서 내리더니 노인의 뺨에 키스를 퍼붓기 시작한다.

"알렉세이 아르카디예비치, 볼 때마다 더 멋져지시네요." 드미트리가 말한다. "우리 여왕 중의 여왕님은 어떠신가요?"

"기분이 많이 상했지. 풀어줄 수 있는 사람은 자네밖에 없을 걸세." 알렉세이가 드미트리에게 대답하고 나서 사샤와 내가 있는 방향으로 고개를 돌린다. "친구들을 데려왔군."

"'동료들'이에요, 알렉세이. 사샤 니쿨린의 공연은 아마 본 적이 있으실 것 같네요. 그리고 이쪽은 나탈리아 레오노바입니다."

"반갑습니다, 나탈리아." 알렉세이가 웃으며 내게 손을 내민다. 생각보다 단단한 그의 악력에 나는 내심 놀란다. 그는 평균 키에서 낮은 쪽에 속하고, 마른 체형에다가, 춤은커녕 운동과 관련 없이 평생 책만 읽고 살아온 사람의 구부정한 어깨를 하고 있다. 그러나 걷어 올린 리넨 셔츠의 소매 밑으로 보이는 팔뚝은 구릿빛 근육으로 건장하다. 나와 인사를 마친 그는 이제 사샤의 손을 잡고 위아래로 몇 차례 힘차게 흔들며 예기치 않게 다시 만난 반가움을 표현한다.

"올가는 어디 있죠?" 늦은 오후의 햇살에 드미트리가 이마를 찡그리며 묻는다. 알렉세이는 무언의 눈짓으로 올가가 집의 2층에 있음을 알려준다.

"테라스에서 기다려볼까? 올가는 꼭 고양이 같지." 드미트리가 말한다. "누가 깜짝 놀라게 하는 걸 끔찍이 싫어해. 제 발로 오게 해야지."

알렉세이가 껄껄 웃는다. "틀린 말이 아니야, 디마. 테라스로 가 있게. 그늘져서 앉아 있기에 괜찮을 게야. 시원하게 마실 걸 갖고 오겠네." 집을 향해 힘차게 걸어가는 그의 하얀 리넨 바지가 마치 배에 달린 돛처럼 햇빛을 반사한다.

우리 셋은 집 반대편에 있는 테라스로 천천히 걸어간다. 차양과 마가목이 그늘을 드리운 큼직한 나무 테이블에 드미트리가 아주 편안하고 익숙하게 자리를 잡는다. 사샤와 나는 어린아이처럼 약간 소심하게 다가가 그의 옆에 앉는다.

"알렉세이는 그럼……." 내가 속삭인다.

"응, 올가 남편." 드미트리가 내 말을 잘라먹고 대꾸한다. 그의 손은 무심코 선글라스 다리를 접었다 펴길 반복하고 있다. "알렉세이 벨로셀스키벨로제르스키. 세계에서 가장 저명한 톨스토이 권위자. 9세기까지 거슬러 올라가는, 제일 오래된 루스 왕자 가문의 후 손. 아주 훌륭한 수제 크바스[1] 제조자. 나는 수많은 사람을 싫어하지만, 알렉세이는 예외."

올가가 이렇게 나이 많은 상대와 결혼했을 줄은 전혀 예상하지 못했다. 아직 당황한 표정을 수습하고 있는데 알렉세이가 음료 쟁반을 들고 나타나고 뒤미처 버드나무처럼 가녀린 그의 아내가 따라 나온다. 올가의 검은 선글라스와 챙이 넓은 모자는 그의 하트 모양 얼굴을 절반가량 감추고 있다. 넓은 어깨끈이 목선에 단추로 고정된 풍성한 면 시프트 드레스가 비현실적으로 길고 마른 그의 몸을 가리고 있다. 클래스에서도 무대에서도 올가의 육체성은 가히 압도적이다. 카티야처럼 보는 사람을 끌어당기는 관능미가 있다는 뜻이 아니라 인간이라고 믿기지 않을 정도로 길고 유연하고 뻗어지며 휘어지는 몸이라는 뜻이다. 이집트의 스핑크스 같은 눈, 날카로운 코, 차갑게 오므린 입술을 지닌 그의 초현실적 신체는 꼭 다른 행성에서 온 생명체 같은 느낌을 준다. 그러나 지금, 이런 옷차림에 맨발로 테라스에 서 있는 올가는 해변의 파라솔 아래 앉아 물에 들어가지 않겠다고 하는 할머니처럼 연약하고 창백하다. 올가가 드미트리에게 인사하러 다가가자 어느 누구에게도 깍듯하지 않은 그가 곧바로 자리에서 일어나 예의를 차린다. 서로 뺨에 키스하며 무어라 속삭이는 두 사람을 보자 그동안 올가와 내가 한 번도 제대로 대화한 적이 없다는 생각이 든다. 카티야와 겪었던 그런 갈등은 없지만, 그렇다고 올가가 내게 상냥하게 대한 것은 아니다.

1 보리, 호밀 등으로 빚어 발효한 러시아 맥주.

"나타샤와 사샤, 내 유명한 체리 크바스를 맛보시게." 알렉세이가 우리 앞에 차가운 잔을 하나씩 내려놓으며 말한다. 순간 올가의 표정에 상반된 욕구가 스친다. 우리를 계속 무시하고 싶지만, 동시에 완전히 몰상식한 행동은 피하고 싶은. 올가에게 무례한 집주인이 된다는 건 장미 정원을 정돈하지 않는 것만큼이나 불가능한 일이다. 결국 올가는 입술을 일자로 꽉 다문 채 사샤와 나를 향해 살짝 고개를 끄덕이는 것으로 타협한다. 그런 올가를 향해 사샤는 손을 흔들고 나는 '안녕'이라고 소리 없이 입만 뻥긋한다.

"알렉세이, 이거 정말 맛있군요. 비결이 뭐예요?" 사샤가 한 모금 마신 뒤 묻는다. 나도 그를 따라 한다. 크바스의 차갑고 톡 쏘는 단맛이 입안을 가득 채운다.

"그냥 우리 텃밭에서 딴 체리라네, 사샤. 궁금하면 이따 보여주지." 알렉세이의 목소리는 평화로운 중저음에, 상록수가 아니라 낙엽수다.[2] "그런 데 별로 흥미가 있지는 않겠지만." 그가 무관심한 학생들 앞에서 체념한 선생님처럼 깍지 낀 두 손을 테이블 위에 올려놓는다.

"아니, 정말 보고 싶은걸요." 사샤가 대답한다. 마가목 이파리의 초록 그림자가 그의 얼굴 위에서 빙글거리며 산들바람의 리듬을 맞춘다.

"그렇다면 산책하러 갑시다. 사샤와 나타샤는 우리 '사유지'를 본 적이 없으니." 알렉세이가 말한다. 중세 군주라도 되는 양 그런

2 일종의 말장난이다. 음색을 뜻하는 'timber'의 다른 의미는 목재다.

단어로 자신의 집을 일컫는 사람은 처음 보는데, 알렉세이는 완벽하게 적절하고 자연스러운 표현이라고 생각하는 눈치다.

"알렉세이, 저는 여기 모든 나무와 구면이니 올가와 같이 남아 있을게요." 테이블에 팔꿈치를 댄 드미트리가 주먹으로 턱을 괴고 눈을 가늘게 뜨며 미소라고 여길 수 있는 표정을 짓는다. 결국 (타고난 것이 분명한) 놀라운 섬세함을 발휘하며 알렉세이는 그렇게 우리를 두 그룹으로 나누고 올가를 친구와 남겨둔다. 자리에서 일어난 알렉세이가 긴 다리로 성큼성큼 아래층으로 내려간다. 학자 스타일치고는 눈에 띄게 활기찬 걸음으로 앞장선 그가 장미 정원을 한 바퀴 돈다. 사샤와 내가 그를 뒤따른다. 곧 우리는 반쯤 야생 상태인 들판을 가로지른다. 작은 메뚜기들은 알렉세이가 발을 디딜 때마다 화들짝 놀라 무성한 풀 위로 팽팽한 호를 그리며 도망을 친다. 들판 가운데 흐르는 개울은 폭이 좁고 깊이는 손가락 몇 마디밖에 안 되지만 샌들을 신은 발에 닿는 물이 맑고 차갑다. 그 건너편에는 과실수 여남은 그루가 옹이투성이 몸뚱이에 먼지 쌓인 잎사귀를 얹고서 별 아름다움 없이 우두커니 서 있다. 우리 세 사람이 착륙하는 비행기처럼 속도를 늦추며 나무 가까이 다가간다. 점점 더 고요해지는 가운데 잘 익은 체리의 달콤한 향기가 갑자기 활짝 피어난다. 알렉세이가 뒤돌아 미소 지으며 말한다. "맞네, 나무들이 우리에게 말을 걸고 있는 것이!"

나무 그늘에 우리 셋이 옹기종기 모여 선다. 알렉세이가 한 손을 나무줄기에 짚고 서서 과수원 관리 원칙에 대한 간략한 강연을 한다. 그러는 내내 사샤는 조급하게 고개를 끄덕이고 그렇다는 추임

새를 넣는 등, 전부는 아니더라도 대부분은 이미 아는 내용이라는 사실을 티 내지 못해서 안달이다. 알렉세이는 개의치 않는 것 같지만, 결국 사샤에게 체리나무를 키워본 적 있느냐고 콕 집어 묻는다. ("우리는 살구나무가 있어요. 돈바스 살구가 유명한 거 아시죠." 사샤가 실토한다. "체리라면 남부 멜리토폴에 가야 하지요.") 알렉세이가 나무의 삶을 설명할 때 가장 즐겨 쓰는 표현은 '말'이다. 다른 과일나무와 마찬가지로, 체리나무도 열매를 맺으려면 다른 품종의 체리나무(이를테면 블랙체리와 레드체리)끼리 '말'해야 한다. 동시에 서로 '말'하기를 완강히 거부하는 품종도 있으므로 그들은 함께 심어서는 안 된다.

"그럼 말을 잘하면 훌륭한 관리인이 될 수 있나요?" 내가 약간 장난스럽게 묻는다. 알렉세이는 위엄 있게 고개를 가로젓는다.

"아닙니다. 중요한 건 바로 잘 듣는 것이죠." 그가 차분하게 대답하자, 사샤가 또 고개를 끄덕이며 "암, 그렇고말고"라고 중얼거린다.

집으로 돌아가는 길, 알렉세이가 사샤와 나를 양옆에 두고 걷는다.

"나무를 보고 있으면 사람하고 참 비슷한 것 같더군요. 자기 자신과 똑 닮은 짝을 만나서 성장하는 경우는 거의 없답니다. 인생에서도 무용에서도 최고의 짝은 서로 다른 둘이 합쳐질 때 탄생하지요." 알렉세이가 말한다.

"맞는 말씀이긴 한데, 두 사람이 너무 지나치게 다른지, 아니면 딱 알맞게 다른지 그걸 어떻게 알 수 있어요?" 나는 사샤를 피하고 앞만 쳐다보며 최대한 중립적인 어조로 묻는다. 알렉세이가 빠른 발걸음을 잠시 늦추며 풀숲으로 시선을 던진다. 들판에는 새하얀 꽃이 쌀알처럼 흩뿌려져 있다.

"친구, 가족, 애인. 누구나 살면서 아주 많은 사람을 만나죠." 알렉세이가 말한다. "그런데 돌이켜 보면, 내가 가장 사랑했던 사람들은 내 약점을 강점으로 바꿔준 이들이었어요."

테라스가 보이기 시작한다. 올가와 드미트리는 자리를 뜨고 없다. 집주인이 우리를 안으로 안내한다. 옆문을 열고 들어선 부엌은 물건들로 가득 차 있지만, 모든 게 제자리에 있어서 어수선해 보인다기보다는 조화롭고 풍요롭게 느껴진다. 분처럼 부드러운 촉감의 원목 조리대에는 폴란드산 도자기 수저받침과 밀가루, 설탕, 천일염이 담긴 단지들이 곳곳에 놓여 있다. 우리 머리 위로는 그윽하게 그을린 구리 냄비며 각종 프라이팬이 걸려 있다. 창가에 앉아 있는 회색 장모종 고양이 한 마리가 물망초처럼 파란 눈으로 사샤와 나를 못마땅하게 쳐다본다. 아치형 통로를 지나니 큼직한 원목 식탁이 가운데 놓인 식당이 나온다. 모서리가 둥글고 윤택이 흐르는 식탁 주변으로는 도서관에 주로 있는, 나지막한 등받이에 가죽 덮개를 씌운 널찍한 의자들이 놓여 있다. 거실에서 드문드문 흘러나오는 대화 소리에 알렉세이가 걸음을 재촉한다. 넓고 편안한 응접실은 그 크기와 고급 가구 때문에 기품 있고 의례적인 분위기를 풍기고 있지만, 알록달록한 색깔과 여기저기 무심하게 뜯기고 마모된 모습이 스스럼없이 쓰는 공간임을 알려준다. 차가운 백포도주 한 병을 챙겨 소파로 자리를 옮긴 올가와 드미트리는 이제, 한여름 해질 녘에 느껴지는, 가장 차가운 영혼도 사로잡힐 수밖에 없는 즐거움에 젖어 있다.

"우리 빼고 둘이 먼저 시작했군." 알렉세이가 미소 짓는다. "앉아들 있어요. 내가 잔을 갖다줄 테니." 부엌으로 사라진 그가 잠시 후 새 와인 한 병과 와인 잔, 올리브와 토마토 절임과 빵이 담긴 접시를 들고 돌아온다. 코르 드 발레 단원이 마을 주민 역할을 연기하듯이, 알렉세이는 한창 재미있는 이야기 중인 드미트리에게 집중된 관심을 빼앗지 않으면서 신중하게 모두의 잔을 채운다.

"내가 본 남자 중에 제일 아름다운 사람이 누구였는지 말해줄까?" 드미트리의 말에 올가는 나긋하게 눈웃음치며 가르릉거리는 목소리로 찬성하고, 그 옆에서 사샤는 어깨를 으쓱인다.

"얼씨구, 꿈 깨, 사샤. 너 아니거든!" 드미트리가 그의 와인 잔 위로 빙긋 웃는다. 이에 모두 웃음을 터뜨린다. 알렉세이가 윙크와 함께 "그래도 내가 본 남자 중에 가장 아름다운 사람은 자네야, 사샤"라고 말하고는 저녁 식사를 준비하겠다며 자리를 뜬다.

"바로 이브 생로랑." 드미트리가 말을 잇는다. "13년 전 파리에서 그의 쇼에 섰었지. 그때 백스테이지에서 그를 만났어. 아마 오십대였을 텐데 그의 아름다움은 조금도 변함이 없었어. '어린 왕자' 같은 머리, 뿔테 안경 너머로 보이는 청회색 눈동자, 구릿빛 피부에 짧게 다듬은 연갈색 수염까지. 학회 때문에 어쩔 수 없이 파리에 온, 모래사막에 지친 이집트 학자처럼 슬퍼 보였어. 그런데 그가 자신과 피에르의 집에 같이 오겠냐고 나에게 물어보는 거야."

"그래서? 갔어?" 올가는 자신이 시위 중이라는 사실과 집 안을 가득 메운 불청객들마저 까맣게 잊은 채 눈을 동그랗게 뜨고 묻는다.

"리무진에 타려고 했는데, 모델 여남은 명이 서성이고 있더라고. 여자고 남자고 머리에 든 거라고는 코카인밖에 없는 애들. 그 꼴을 보니까 구미가 확 떨어졌어. 인사도 안 하고 가버렸지. 이브 같은 사교계 인사를 상대할 때 빠져나갈 방법은 그거 하나야. 파티에서 그런 사람을 만나면, '안녕하세요' '이만 가보겠습니다' 따위의 인사를 하면 안 돼. 그냥 중간에 할 말만 하고 조용히 사라지는 거지."

"근데 디마, 파티 좋아하잖아." 사샤는 마치 드미트리가 아주 중대한 사실을 깜빡하기라도 했다는 듯 말한다.

"얼간이들 잔뜩 모여 있는 건 질색이야. 알잖아? 그래서 내가 코르 드 발레도 건너뛴 거 아냐."

"그래서 패션쇼 옷은 챙겼고?" 올가가 모두의 잔에 와인을 따르며 묻는다.

"그럼. 옷장 속 내 첫 정장 옆에 고이 걸려 있어. 첫 볼쇼이 공연을 앞두고 우리 어머니가 사주셨던 옷, 그 끔찍하게 따가운 폴리에스테르 흉물 옆에. 내가 열다섯 살 때였는데, 어머니가 공연 끝나면 환불해야 한다면서 가격표를 안 뗐거든. 〈로미오와 줄리엣〉 공연이었는데, 그렇게 환상적인 로미오는 처음이었어. 나한테 최면을 걸기라도 한 것처럼, 그가 나를 손으로 쥐고 있는 느낌이었지. 무슨 일이 벌어지고 있는지도 몰랐는데…… 어느 순간 보니까……."

"이런, 세상에!" 올가가 한 손으로 입을 막았다.

"바지가 엉망이 돼 있는 거야. 공연이 끝나자마자 화장실로 달려

갔지. 바지를 벗어서 세면대에 넣어 빨고 있는데, 징그러운 노인네들이 나를 자꾸 힐끔거리더라고. 게다가 환불이 안 된다는 사실을 알게 된 엄마한테 죽도록 두들겨 맞았고."

"근데 왜 안 버렸어?" 내가 묻는다. 드미트리에게 그에 관한 질문을 던진 것은 처음 있는 일이다. "그런 아픈 기억이 담긴 물건을 굳이 가지고 있는 이유가 뭐야?"

드미트리가 어깨를 으쓱이고는 자기 잔에 와인을 채운다. "내가 얼마나 성공했는지 그 정장보다 더 잘 보여주는 물건이 없다고 해야 할까?" 그가 잔을 입에 갖다 대며 말한다. "자, 불명예스러운 내 과거 얘기는 여기서 그만하자고. 알렉세이가 이제 식당으로 오라고 하시니까."

나는 알렉세이 혼자 저녁을 만들고 있는 줄 알았는데, 가서 보니 그는 요리사에게 이런저런 지시를 내리고 있을 뿐이었다. 요리사는 헴스티치로 테두리가 장식된 리넨 냅킨과 반짝이는 은식기를 식탁에 차린 뒤 자리를 뜬다. 둘러앉은 우리는 빈 접시에 비트 즙과 올리브유의 자주색, 황록색이 번지고, 식탁보에 초승달 모양으로 베어 먹은 빵 조각들이 남을 때까지, 이야기하고, 먹고, 마신다. 저녁 공기가 부드럽고 둥글다. 열린 창문 너머 떠오르는, 잘 닦아낸 순금 달처럼. 하룻밤 자고 가라는 알렉세이의 제안을 누구도 마다하지 않는다. 드미트리는 전에 묵었다는 아래층 방으로 들어간다. 집주인이 사샤와 나를 위층의 손님방으로 각각 안내한다.

칫솔과 수건 한 장을 손에 들고 방을 나섰을 때 나와 똑같은 물건을 들고 자기 방에서 나온 사샤와 마주친다. 화장실로 달려가는 척하는 그의 장난에 웃음이 터져 나온다. 그러더니 사샤가 내 몸 가까이 다가와 한 뼘 거리에서 멈춘다. 본능은 내게 눈을 감으라고 하지만, 나는 억지로 눈을 뜨고 그의 눈을 바라본다. 내 뺨에 그의 숨결이 닿을 만큼 가까이 그가 고개를 들이민다. 그리고 허스키한 목소리로 하는 말. "샤워를 네가 먼저 하긴 해야겠다."

"거짓말." 나는 웃음을 터뜨리며 그를 밀어낸다. 오래전부터 내게는 땀 냄새가 심하지 않다는 이상한 자부심이 있었다. 왜인지 모르지만 별 체취가 나지 않는다. 그럼에도 그가 내 손목을 잡고 번쩍 들어 올리며 겨드랑이에 코를 묻자 나는 몸을 비틀며 쉿 소리를 낸다. "하지 마!"

"아니, 네 말이 맞아." 그가 내 팔을 놓아주지는 않고 손아귀의 힘만 푼다. 이제 그의 손은 따뜻한 팔찌처럼 내 손목을 감싸고 있다. "땀 냄새가 달콤해. 마치…… 삼나무와 청포도 같아."

"그래, 오버하지는 말고." 그에게 몸을 포개고 싶은 마음을 억누르며 미소를 짓는다. "너 먼저 샤워해."

"같이할까?" 사샤의 손이 내 팔을 타고 올라오더니 어깨 뒤로 넘어가 내 몸을 자기 품으로 끌어당긴다. 나는 그의 몸을 잘 알고 있다. 점프나 회전할 때 그의 몸이 만드는 모양, 상체의 뚜렷한 윤곽, 엉덩이의 곡선, 아몬드처럼 단단한 질감의 살. 무용수의 몸은 공개된 것이고, 그의 춤을 보는 사람이라면 누구라도 이런 특징을 알 수 있다. 그러나 사적인 사샤의 몸은 나에게도 새롭기에, 그의 가슴이 내 가슴에 닿는 순간 부드러운 신음이 내 목구멍을 타고 올라온다. 그가 내게 키스한다. 그의 손이 내 티셔츠 아래로 미끄러지듯 들어와 쉴 새 없이 내 등을, 그리고 가슴을 어루만진다. 그의 손길에 내 피부가 녹아내리고 다시 태어난다. 그도 나와 같은 느낌인지 보고 싶어 고개를 든다. 그러나 침착함을 잃지 않은, 도리어 자의식이 역력한 그의 표정은 이런 게 그에게 얼마나 쉬운 일인지, 그동안 얼마나 많은 여자가 손쉽게 넘어갔을지 상기시킨다. 드미트리의 말처럼 나는 구미가 확 떨어진다. 그에게서 몸을 떼어낸다.

"너 너무 취했어." 이미 몸을 돌린 채 방으로 걸어가며 말한다. 매달리든, 달래든, 반박하든 내게 무슨 말이라도 할 줄 알았으나 그러기에 그는 너무 거만하다. 그런 면에서 우리 둘은 비슷하다. 방으로 돌아온 나는 욕실에서 들려오는 물소리를 들으며 내 몸을 만진다. 10분 뒤, 샤워기 소리가 멈추고 복도를 걸어가는 그의 맨발이 내는 소리, 뒤미처 찰칵 문 닫히는 소리가 들린다. 내 방으로 다가와 방문을 열고 침대로 미끄러져 들어오는 사샤를 나는 반쯤 희망하고 반쯤 꿈꾸며 잠에 빠져든다. 그 바람이 너무 간절해 현실처럼 느껴진다.

다음 날 아침, 식당에 모인 사람들의 목소리가 들릴 때까지 늑장을 부리다가 아래층으로 내려간다. 드미트리는 식탁에 앉아 있고, 올가는 그 앞에 서서 차를 따라 주고 있다. 부엌에서 사샤와 알렉세이의 목소리가 흘러나온다.

"나타샤, 차 마실래?" 올가가 묻기에 나는 고개를 끄덕이고 드미트리 옆의 의자를 빼서 앉는다. 올가가 내 머그에 차를 따르고 있을 때 알렉세이와 사샤가 부엌에서 나온다. 그들 손에는 신선한 베리와 카샤가 파란 꽃이 그려진 흰 그릇에 소복이 담겨 있다.

"선생님은 제가 만나본 다른 어떤 사람보다 너그러우십니다, 알렉세이 아르카디예비치." 드미트리가 날숨을 크게 쉬며 두 손으로 자기 그릇을 감싸 쥔다. "저희는 이거 먹고 출발할게요."

"조금 더 있다 가지 않고 왜?" 알렉세이는 우리가 더 머물지 않을 걸 알면서도 묻는다.

"리허설에 늦지 않으려면 서둘러 가야 해서요." 드미트리가 숟가락으로 베리를 한 알씩 카샤에 깊숙이 빠뜨린다. "올가도 그렇고요."

그의 말에 올가가 얼어붙지만, 무어라 대꾸하기도 전에 드미트리는 말을 잇는다. "올가, 소란깨나 피워놨는데 돌아가서 경영진의 결정을 받아들이겠다고 하는 건 너무 굴욕적이잖아. 그렇다고 계속 이렇게 회피하고 있을 순 없어. 정말로 은퇴하고 싶은 게 아니라면 말이야. 내가 많이 생각해 봤는데, 이렇게 곤란한 상황에서 벗어나는 방법은 딱 하나야. 개막 공연 무대에 올가와 사샤가 파트너로 오르는 것이지. 다음 날 공연에는 나타샤와 내가 오르고. 이 조건을 경영진이 받아들이지 않으면, 우리 넷 다 〈백조의 호수〉 출연을 거부하겠다고 하는 거야."

드미트리의 눈부신 영리함에 나는 그에게 또 다른 면이 있다는 걸 깨닫는다. 그의 춤을 한 번이라도 본 사람이라면 그가 매우 지적이라는 사실을 인정하게 된다. 드미트리의 지성은 우주를 이해하는 물리학자, 체스를 이해하는 그랜드 마스터의 그것과도 같다. 남들은 그 존재를 가늠조차 못 하는 신비에 관해 질문하고 답하며, 결국 완전히 자기 자신의 것으로 만드는 폭발적인 사고력이다. 더구나 그는 발레의 세계에 국한하지 않고 역사, 문화, 음악, 문학에도 해박하다. 그뿐만 아니라 드미트리는 다른 사람을 자신의 목적에 맞게 조종하는 능력이 탁월하다. 겉으로는 올가에게 유리해 보이는 이 계획도 실제로는 드미트리 자신에게 가장 이득이다. 발레단에서 자기 영향력을 극대화해 주기 때문이다. 이것만으로도 그는 재미를 느끼지만, 남들이 이를 눈치채더라도 아무것도 할 수 없다는 현실은 그에게 더 큰 즐거움을 준다. 드미트리가 지금 찻잔을 들어 올려 숨기는 것은 잘생긴 얼굴을 일그러뜨린, 하이에나처럼 번뜩이는 미소다.

"나는 괜찮은데, 나만 동의한다고 될 일이 아닌 것 같아." 사샤가 자기 앞에 놓인 카샤에 시선을 고정한 채 조용히 말한다. "올가는? 나타샤는?"

"내 생각에 이건 나타샤가 찬성해야 할 문제 같아." 올가가 눈꺼풀을 내리며 말한다. 올가의 이목구비는 볼쇼이 극장 1700명의 관객에게 잘 보일 만큼 선명하다. 그러나 이렇게 식탁에 같이 앉았을 때, 아침 햇살에 드러난 그의 각진 얼굴은 화려하기보다는 피곤해 보인다. 올가는 올해 서른일곱 살이 되었고, 지난 20년간 스타로 활약해 왔다. 앞으로 춤출 날은 지금껏 춤춰온 날보다 더 적으며, 당연하게 누렸던 영예는 이제 어린 발레리나에게로 향하고 있다. 그리고 내게도 이런 날이 닥칠 것이다. 모두 언젠가는 느려진다. 날면서 죽는 새는 없다. 그때가 왔을 때 의지할 수 있는 것은 최악의 굴욕에서 나를 구해줄 동료 무용수들뿐이다.

"좋아." 내가 대답한다. "마음 바뀌기 전에 어서 출발하자." 모두가 눈에 보일 정도로 안도한다. 올가가 고개를 끄덕이고, 알렉세이는 허벅지를 털며 의자에서 일어나 가면서 먹을 주전부리를 챙겨주겠다고 말하고, 사샤는 어젯밤 이후 처음으로 나와 눈을 맞춘다.

아직 이른 시간이지만 어제보다 날이 더 덥다. 태양이 페라리에 미끄러운 백광을 더하고, 차에 탄 네 사람이 저마다 선글라스를 찾는다. 모두 알렉세이에게 손을 흔들어 인사한다. 사샤가 운전대를 잡고, 올가는 조수석에, 드미트리와 나는 뒷좌석에 앉는다. 온화하게 손을 흔들던 알렉세이는 우리가 진입로를 빠져나가기도 전에 장미 덤불을 손질하기 시작한다.

"이성적인 사람이지." 올가와 사샤가 차의 지붕을 내리는 방법을 찾고 있을 때 드미트리가 내게 말한다. "예술가가 아닌 학자니까."

마침내 지붕이 열리자 갑자기 불어온 미풍에 모두의 머리카락이 뒤로 물결친다. 휘몰아치는 바람 소리 덕분에 우리는 기분 좋은 정적 속에 길을 떠난다. 한 시간쯤 달렸을 때 올가가 경치 좋은 샛길을 타고 빠져나가 그가 즐겨 찾는 강가에서 쉬어가자고 말한다.

"여긴 주차할 곳이 없는데." 속도를 늦춰 강변을 따라 운전하던 사샤가 투덜거린다. "강도 안 보이고. 이 근처인 게 확실해?"

"당연하지. 그냥 저쪽 갓길에 주차해. 강은 반대편에 있어."

좁은 갓길에 차를 대고 내린 우리는 (올가만 제외하고) 하나같이 의심에 차서 텅 빈 도로를 조심스레 건넌다. 바위투성이의 가파른 비탈길이 아래로 이어진다. 경사를 내려가자, 어찌 된 일인지 차도에서는 전혀 보이지 않았던 널찍한 강이 탁 트인 하늘 아래 대담할 정도로 푸르게 흐르고 있다. 작은 마카로니를 닮은 알록달록한 조약돌로 뒤덮인 강둑, 바닷가의 파라솔처럼 곳곳에 그늘을 드리우다가 이내 짙은 숲을 이루는 나무들. 발길로 돌멩이들을 흩뿌리며 비탈길을 미끄러지듯 내려가 강가로 향한다. 앞장서서 걷던 드미트리가 물가에 이르기도 전에 셔츠를 벗기 시작한다. 로퍼를 걷어차듯 떨치고 바지와 속옷을 벗어 공처럼 돌돌 말아 옆에 던진다. 우리를 등진 채로 드미트리는 잠시 멈춰 서더니 태양을 향해 두 팔을 활짝 벌린다. 그러고는 우리를 돌아보며 어서 자기를 따라오라고 손짓한다. 보기 드물게 매끄러운 그의 피부에는 흉터 하나 없고, 무릎과 팔꿈치까지 고르게 황금빛을 띤다. 마치 오늘 아침에 완벽한 성인의 모습으로 태어난 것처럼. 말없이 다시 강을 마주한 그는 골반이 잠길 때까지 천천히 물속으로 걸어 들어간다. 올가도 망설이지 않고 옷을 벗는다. 무용수들이 흔히 그렇듯이 올가도 자기 몸이 드러나는 것을 수줍어하지 않는다. 현대 무용에서 상의를 입지 않고 공연한 적도 두 번이나 있었다. 강물이 얼음처럼 차가워 보이지만, 올가는 나일강에 몸을 씻는 네페르티티처럼 침착하게 물속으로 걸어간다. 가슴까지 잠기자 그가 뒤돌아 사샤와 나를 바라보며 방긋 웃는다. 사샤가 선수를 치기 전에 내가 먼저 옷을 벗고 물속으로 뛰어든다. 살갗에 닿는 태양의 열기가 차가운 청색으로 순식간에 대체된다.

"뭐 해, 사샤." 내가 사샤를 부르자, 드미트리와 올가도 즐겁게 목소리를 더한다. "뭐야, 무서워?"

사샤가 씩 웃으며 제일 먼저 셔츠와 신발을, 그다음 바지를 벗는다. 그러고는 약간 시선을 의식하면서 속옷을 떨친다. 여태까지 나는 사람들 대부분이 옷을 입고 있을 때 더 나아 보인다는 사실을 틈틈이 목격했지만, 사샤는 벗은 몸이 너무도 아름다워 옷을 입지 않았을 때 더 완벽해 보이는 몇 안 되는 사람이다. 그가 물속으로 걸어 들어가자, 햇빛이 수면에 반사되면서 그의 상체에 일렁이는 빛의 무늬를 입힌다. 사샤가 몇 차례 숨을 깊이 들이쉬고 머리부터 풍덩 물속으로 뛰어들더니, 6미터쯤 떨어진 곳에서 다시 수면 위로 올라온다. 이 과정을 몇 번 반복하면서 그는 파도 위의 점이 될 때까지 멀어진다. 사샤가 반대편 강둑으로 헤엄쳐 가고 있는 걸 확인한 나는 실망과 안도를 동시에 느끼며 혼자서 헤엄친다.

올가와 드미트리가 수영을 마치고 옷가지로 몸의 물기를 닦는다. 드미트리와 근처 숲에 가서 버섯을 따 오겠다고 올가가 소리친다. 그렇게 강물엔 나 홀로 남는다. 나는 평영으로 헤엄치며 몇 번 더 원을 그리다가 이내 지쳐서 강변으로 걸어 나간다. 조약돌 위에 옷을 펼쳐놓고 누운 다음 무릎을 구부려 세우고 팔뚝으로 눈을 가린다. 찬물에 담갔다가 뜨거운 햇볕을 받을 때 일어나는 박하 같은 화함으로 살갗이 상큼하게 얼얼하다.

"어이." 사샤의 목소리다. 그가 내 옆에 쪼그리고 앉느라 부스럭거리는 소리가 들린다. 그가 가까이에서 알몸으로 숨을 쉬고 있다고 생각하니 살갗이 더 찌릿찌릿하다. 팔을 내리자, 옷을 깔고 무릎을 세워 앉아 있는 사샤가 보인다. 젖은 황금빛 머리카락이 어깨 쪽으로 물결치며 떨어진다.

"어젯밤 일은 미안해." 그가 중얼거린다. "네 말대로 내가 너무 취했었나 봐."

"대체 나한테 왜 이래?" 몸을 뒤집은 나는 배를 깔고 엎드려서 팔꿈치로 몸을 지탱한다.

"무슨 뜻인지 잘 모르겠어." 사샤가 말한다.

"무대에 오르기 전에 나한테 키스하잖아. 술에 취해도 그러고. 평소에는 안 그러면서."

"네가 그 이상을 원하는지 난 몰랐어."

"당연히 원하지. 백스테이지나 남의 집 복도에서 몰래 그러고 다니는 걸 좋아할 여자가 어디 있어? 아무리 너라고 해도 그럴 가치는 없어." 깊은 한숨을 내쉰다. "대체 나한테 왜 그러는 건데?"

"정말 이유를 알고 싶어?"

"제발 나를 이해시켜 봐. 너의 그 압도적인 논리로." 내가 그를 쏘아보자, 그가 웃음을 터뜨린다.

"난 널 감당 못 하겠어, 나타샤. 넌 내가 만나본 사람 중에 가장 재능 있고, 지적이고, 아름답거든. 내가 너한테 부족한 사람이라는 걸 언젠가 네가 깨닫게 될까 봐 두려워. 그러면 네가 내게 상처를 주고, 내가 너한테 상처를 줄 테니까."

"해보지 않으면 모를 일이지." 내가 손을 뻗어 그의 팔을 스친다. 그가 내 어깨를 밀어 바닥에 눕힌다. 그가 손가락 두 개를 권총처럼 들고서 내 입술에 갖다 대고는, 밀어 넣는다. 나는 혀로 그를 애무한다. 그가 손가락을 꺼내어 내 살을 위아래로 어루만지기에 나는 숨을 멈추고 그의 아랫도리를 향해 손을 뻗는다. 하지만 그가 다른 손으로 내 손목을 그러쥐더니 내 머리 옆 바닥에 대고 누른다.

"내 허락 없이 움직이지 마." 그가 자기 손가락을 내 안에 넣었다 뺐다 하며 말한다.

"알겠나?"

"응." 내가 말한다. 그가 이마를 찌푸리며 내 팔을 더욱 세게 누른다.

"알았어, 사샤, 라고 해."

"알았어, 사샤."

그가 손을 빼고 내 몸을 덮으며 내 안으로 자신을 밀어 넣는다. 이 순간을 너무 기대하고 있었던 터라 곧바로 절정으로 이어지지 않는다는 게 실망스럽다. 그가 천천히 숨을 내쉬는 동안 내가 느끼는 감각은 그저 불편함이다. 곧 그가 몸을 움직이기 시작하고, 속도를 올린다. 나는 감각의 파도가 날 장악하도록 허락한다. 파란 하늘과 하얀 햇살에 둘러싸인 그를 보고 싶어서 눈을 감지 않는다. 순간, 한 가지 생각에 사로잡힌다. 이 공간에 용해되어 공기와 빛이 되고, 투명하지만 어디에나 존재하며 영원하고 강력해지는 상상. 완전히 이완된 순간, 따뜻한 진동이 내 몸을 관통한다. 그가 빼내고 큰 신음을 내며 자기 손아귀에 마무리한다. 그게 끝난 뒤, 그가 내게 키스하며 내 몸 위로 쓰러진다.

"네가 얼마나 날 흥분시켰는지 보고 싶어?" 그가 가쁜 숨을 몰아쉬며 말하고, 나는 고개를 끄덕인다. 손바닥을 펼친 사샤가 놀랍도록 많은 양의 반투명 액체를 보여준 뒤 옆에 있는 바위 조각에 문질러 닦는다. 그러고는 나와 1미터쯤 떨어진 곳에 등을 대고 누워서 배에 손을 얹고 하늘을 쳐다본다. 그의 냉담함에 마음이 상하려던 찰나, 그가 내 쪽으로 살짝 고개를 돌린다.

"네 거기에 골이 져 있어." 그가 음흉하게 웃으며 말한다.

"뭐가 있다고?"

"주름이 져 있어. 그런 사람은 별로 없는데, 그 느낌이 그러니까…… 몰랐어?"

"알고 있었어." 내가 대답한다. 그러나 몰랐었다. 사샤 말고 같이 자본 사람은 한 명뿐이다.

"이제 그만 가야겠다." 갑자기 생각났다는 듯 그가 말한다. "디마랑 올가가 우릴 찾고 있겠어." 부드러움도, 장난기도 없는 말투다. 그가 자리에서 벌떡 일어나더니 내게 눈길조차 주지 않은 채 바지에 발을 집어넣고, 위에는 셔츠를 걸친다. 나도 그를 따라 일어나 옷을 입으며 아찔한 수치심을 억누른다. 속은 것이다. 사샤가 아닌 나 자신의 판단에. 어쩌면 그렇게 어리석게도 진짜라고 생각한 걸까? 자동차를 향해 앞장서서 걸어가던 사샤가 소리친다. "디마! 올가!" 우리 둘 사이에 무슨 일이 있었다는 티를 조금도 내지 않은 채. 그런데 드미트리와 올가가 우리 쪽으로 무어라 소리치자 사샤가 나를 힐끗 돌아보며 "빨리"라고 말하더니, 여태 아무에게도 하지 않은 행동을 내게 한다. 우리 일행 쪽으로 서두르던 그가 손을 뻗어 내 손을 잡은 것이다. 갑자기 모든 것이 열기, 물, 돌만큼이나 명확하게 이해가 된다. 마치 내 인생의 지난 모든 일이 지금 이 순간을 위해 일어난 것처럼.

4장

전화벨이 울린다. 잠시 후, 소리가 멈춘다.

다시 휴대폰이 울리고, 이번에는 한참 동안 그치지 않아 팔을 뻗어야 한다는 생각이 든다. 눈꺼풀이며 머리, 팔, 온몸 구석구석이 납덩이처럼 무겁다. 어느 한 부위도 움직이지 못하겠는데, 휴대폰은 경유 엔진을 장착한 낙엽 청소기같이 우렁찬 소음을 끊임없이 내고 있다. 이 지옥 같은 현실을 받아들이려고 체념한 순간, 내 팔은 보이지 않는 무게를 떨쳐내고 소리가 나는 방향으로 뻗친다.

"여보세요?" 전화를 받는다. "니나니?"

"나다." 스베타 이모의 저음이 들린다. "10분째 다들 널 기다리고 있는데. 어디에 있니?"

눈을 떠보니, 낯익은 물건이 하나둘 시야에 들어온다. 하얀 시트가 덮인 침대, 의자 등받이에 걸린 목욕 가운, 그리고 협탁에서 오전 11시 10분을 알리는 디지털시계.

"호텔이에요." 목소리가 떨린다. "저 못 갈 것 같아요. 정신이 하나도 없어요."

"우리도 너 때문에 정신이 하나도 없다, 얘야. 도대체 뭐가 문제야?" 스베타 이모는 여태 내게 한 번도 모진 말을 한 적이 없다. 두 눈에 굵은 눈물방울이 차오른다.

"모르겠어요. 자꾸 현실이 아닌 게 눈에 보이는데, 너무나도 진짜 같아요." 시트 위로 떨어져 연회색 자국을 만드는 내 눈물을 쳐다본다. 수화기 반대편에는 침묵이 흐른다. 스베타 이모가 잠시 할 말을 잃었거나, 아니면 옆에 있는 사람들과 속삭이며 협의하고 있을 것이다. 마침내 다시 입을 뗀 이모의 목소리엔 따뜻함이 어렴풋이 느껴진다.

"나타샤, 누군가를 떠나보내면 그런 법이야. 나도 몇 년 전에 어머니가 돌아가셨을 때 밤마다 컵이며 물이 짤랑거리는 소리를 들었어. 물론 부엌엔 아무도 없었지. 근데 맹세코 어머니가 차를 끓이고 계시는 소리였어. 내가 정신이 나갔던 걸까? 아니면 배관에 물이 샜던 걸까? 아니면 정말로 우리 엄마였을까? 그게 뭐였든 간에 내가 자기 회의에 빠져서 울고 앉아 있지는 않잖니. 진정 살아볼 만한 인생이라면, 아니 평범하기 짝이 없는 인생이어도, 적어도 한 번 미치지 않고 사는 이는 없어."

이번에는 내가 깊은 한숨을 내쉴 차례다. "이모, 거기 또 누가 있어요?"

“네 파트너 김태형은 당연히 있고. 베라 사벤코바 선생도 있어. 너한테 가장 필요한 코치라고 드미트리 아나톨리예비치가 생각했고, 베라 이고레브나도 동의하셨지.” 스베타 이모의 목소리가 살짝 굳는다. 스베타 이모는 베라 이고레브나가 내 스승이라는 타이틀로 얻은 명성이 자신의 존재를 오랫동안 가렸다고 여겼다. 애초에 내 재능을 발견하고 바가노바 발레학교에 입학하게 한 사람이 이모였으니 더욱 그랬다. 그리고 베라 이고레브나에게는 존경할 만한 점이 많이 있지만, 자신의 천재성을 다른 사람의 공으로 돌리는 희생정신은 추호도 없다. 이런저런 생각이 머릿속을 떠다니는데, 부스럭거리며 휴대폰을 건네는 소리가 들리더니 옛 스승의 거친 목소리가 이어진다.

“나타샤, 그만큼 애처럼 굴었으면 됐어. 너한테는 부족한 점도 많았지만 한 가지 괜찮은 면이 있었다면 늘 열심히 한다는 것이었지. 아니, 그게 네 유일한 강점이었어.” 베라 이고레브나가 잠시 말을 멈추고 내 반응을 살핀다. 그리고 내가 아무 대꾸도 하지 않자, 내 속을 더 깊이 들쑤신다. “노력하기 싫으면 내 시간 그만 낭비시키고 발레를 떠나. 그리고 두 번 다시 돌아오지 말거라. 지금 관두고 싶은 게 아니라면 최대한 빨리 여기로 오고.”

지금 이 순간 나는 평생 춤출 기회를 잃든 말든 조금도 신경 쓰이지 않는다. 그러나 베라 이고레브나는 개중에도 비장의 카드를 꺼내어 나를 을러멨고 이제 내 대답을 기다린다. 여기서 내가 굽히고 들어가지 않는다면 선생님에게는 더 이상 날 통제할 수단이 없다. 더는 나에게 영향력을 행사할 수 없다는, 어쩌면 내가 정말로 그만둘지 모른다는 두려움이 선생님의 호령에 희미하게 묻어난다. 선생님과 같은 사람의 자존심을 짓밟는 건, 마치 어머니의 수프를 싫어한다고 말하는 것처럼 몰상식한 짓이다.

“10분 안에 갈게요.” 수화기에 대고 말한다.

스튜디오에 도착하자, 베라 이고레브나가 가장 먼저 나를 맞는다. 한눈에 봐도 바가노바 오디션에서 처음 봤던 그때와 전혀 다르지 않다. 중장년까지 서서히 무르익다가 특정 나이에 이르렀을 때 무척 편안한 듯 그 나이에 정착하여 그 후로는 하루도 더 늙지 않는 사람들이 있다. 이유는 모르겠으나 특히 교사 중에 그런 사람이 많다. 유행이 수없이 바뀌는 동안에도 한결같이 고수해 온 베라 이고레브나의 섀기커트는 이제 파격적인 세련미, 또는 엄숙한 고귀함마저 느껴진다. 언제나처럼 올 블랙 상하의에 댄스 운동화를 신은 선생님은 분노가 솟구쳐서 거의 몸이 들린 듯, 무릎을 거의 구부리지도 않고 내게 성큼성큼 다가온다.

“실망이구나.” 선생님이 인사치레로 으르렁거린다. 선생님을 마지막으로 만난 건 10년도 지난 일이다. “리허설에 늦으라고 가르친 적이 없다만.”

“죄송해요, 베라 이고레브나.” 이렇게 말하면서도 오랜만에 재회라 뭔가 덧붙여야 할 것 같다. “건강해 보이셔서 좋아요.”

선생님이 못마땅한 눈으로 나를 노려보고는 몸을 홱 튼다. 동시에 스베타 이모가 내 이름을 부르고, 태형이 다소곳이 그 뒤를 따라온다.

“나타샤, 이쪽은 태형.” 선생님의 소개에 그가 싱긋 웃으며 오른

손으로 왼쪽 팔꿈치를 비빈다.

"네, 알아요. 몇 년 전에 도쿄에서 만난 적 있어요." 내가 손을 뻗어 악수를 청하며 대답한다. 그는 서둘러 팔을 내밀어 내 손을 붙잡더니, 악수와 동시에 고개를 숙여 인사한다.

"그럼, 더는 시간 낭비 하지 맙시다. 나타샤, 바로 가서 간단하게 몸 풀어. 그동안 태형은 베라 이고레브나와 이어서 연습하고." 스베타 이모는 마치 베라 이고레브나가 혼자서 쩌렁쩌렁 우리를 제압하는 걸 가만히 두고 볼 수 없다는 듯 날카롭게 말한다.

20분 뒤, 스베타 이모가 휴대폰을 스테레오에 연결하고 재생 버튼을 누른다. 모퉁이에서 흘러나오는 음악이 안개처럼 퍼지며 다른 세상의 에너지로 스튜디오를 감싼다. 이제 이곳은 마린스키의 스튜디오가 아닌, 시간과 공간 밖의 어느 마을이다. 나는 이제 나타샤가 아니다. 평민으로 가장한 귀족과 순진한 사랑에 빠진 시골 소녀 '지젤'이다.

이 남자는 사실 '알브레히트 백작'으로, 이미 귀족 여인과 약혼한 사이라는 게 뒤늦게 밝혀진다. 그에게 속았다는 사실을 알게 된 나는 미쳐버리고, 결국 그 상심을 이기지 못해 죽는다. 그날 밤 '알브레히트'는 숲속의 내 무덤을 찾아온다. 연인에게 배신당해 죽은 처녀 '윌리'들이 그곳에 나타나 그를 둘러싸고 죽을 때까지 춤추라고 명령한다. 그러나 그때 내 영혼이 무덤에서 일어날 것이고, 일출을 알리는 교회 종소리가 울릴 때까지 '알브레히트'를 지켜준다. 이것이 내 세상이고, 내 운명이다. 이를 온 마음으로 믿는 나는 태형의 체격이나 테크닉, 해석 따위를 분석하지 않는다. 그저 그의 에너지와 사랑을 받아들일 뿐이다.

첫 번째 파드되를 연습하는 내내 베라 이고레브나는 고집 센 당나귀를 꾸짖는 농부처럼 고함치며 나만 집중적으로 지적한다. "나타샤, 팔꿈치를 둥글게. 파리에 가더니 포르 드 브라가 지저분해졌어." "나타샤, 지탱하는 다리 더 턴아웃 해야지!" 그러나 연습을 마치자, 선생님은 이렇게 말한다. "걱정했던 것만큼 나쁘지 않아. 스베타 선생 말로는 아직 점프는 안 된다더니." 그제야 나도 의식하지 못한 사이에 태형과 함께 파트너 그랑 제테를 했다는 사실을 깨닫는다.

"안 됐어요. 어제는." 내가 말한다. 적어도 내가 기억하기로는 마지막으로 이곳에 온 게 어제였다. 베라 이고레브나는 중요하지 않다는 듯 어깨를 으쓱한다.

태형과 나 둘 다 무릎에 손을 얹고 상체를 숙인 채 숨을 몰아쉬고 있는데 베라 이고레브나가 리허설을 마무리 짓는다. 나는 쭉 폈던 어깨를 웅크리고 골반에 체중을 실은 상태로 뒤뚱거리며 베라 이고레브나와 스베타 이모에게 다가간다. 꼿꼿이 서지 않고 중력에 몸을 맡긴 채 걸으니 깊은 안도감이 흐른다.

"발은 좀 어때?" 베라 이고레브나가 양손을 허리춤에 얹고 서서 내게 묻는다.

"지금은 그럭저럭 괜찮아요."

"내 보기에 큰 문제 같진 않구나. 무대에 안 선 지 얼마나 됐지?"

"2년이요, 베라 이고레브나." 내 말에 선생님이 흥, 하고 코웃음 친다.

"저기 태형 보이지? 18개월 전에 무대에서 아킬레스건이 뚝 하고 끊어졌어. 지금 어떤지 한번 봐라." 베라 이고레브나가 턱으로 그를 가리키고는 짐을 챙겨 자리를 뜬다. 음악도 없이 '알브레히트' 솔로를 연습 중인 태형을 향해 고개를 돌린다. 남자 무용수에게 이 32회 앙트르샤 시스[1]는 여자 무용수에게 '오딜'과 '키트리'의 32회 푸에테가 그렇듯 상징적이면서 악명 높은 관문이다. '알브레히트'는 사샤의 시그니처 역할이었다. 그리고 '지젤'은 모든 클래식 레퍼토리 중 나의 시그니처 역할이었고.

회상에 잠기자, 사샤와 함께했던 과거가 내 눈에만 보이는 짙은 쪽빛이 되어 방 안을 온통 물들인다. 그러다 순식간에 그것은 사라지고 스튜디오 한가운데에는 여러 회의 앙트르샤 시스 점프를 매번, 단 한 번도 지친 기색 없이 선명하고 또렷하게 반복하는 태형만 남는다. 그가 한 손을 가슴에, 다른 한 손을 '지젤'을 향해 뻗으며 뛰어오를 때 나는 머릿속으로 '알브레히트'의 푸가[2]를 듣는다. 아, 그는 32회 이후에도 계속 이어 점프한다. 33회. 34회. 35회. 36회. 37회. 38회. 39회의 앙트르샤 시스를 한 후에야 바닥에 주저앉아 '윌리'의 여왕 '미르타'에게 자비를 구한다. 처음 태형을 봤을 때 나는 그의 가장 큰 특징이 고귀함이라 생각했는데, 내 예상이 옳았다. 고귀함은 부나 학력, 심지어 아름다움과도 무관한 자질이며 예술에서나 인생에서나 자신이 책임져야 할 모든 일, 그리고 그 이상을 해내는 것을 의미한다. 태형의 모든 동작과 손짓, 눈빛에 이런 인성

1 공중으로 뛰어올라 있는 동안 두 발을 여섯 번 교차하는 동작.
2 하나의 성부가 주제를 나타내면 다른 성부가 그것을 모방하면서 대위법에 따라 좇아가는 악곡 형식.

이 나타난다. 그러나 그의 고귀함은 진정한 어두움을 표현할 수 없게 하고, 그의 '알브레히트'는 밑칠을 하지 않아 너무 밝고 가벼운 유화를 연상시킨다. 태형은 아직 순수한 누군가, 혹은 무언가에게 상처 준 적이 없다. 돌이킬 수 없는 잘못을 저지른 적이 없으며 헤어날 수 없는 수치심도 모른다. 이것이 그의 큰 장점이자 유일한 약점이다. 나는, 그와 정반대다.

언젠가 알렉세이 아르카디예비치가 말했다. 살다 보면 내 약점을 강점으로 바꿔주는 사람들을 만나게 된다고. 그는 이런 사람들을 가장 사랑했다고 말했었다. 이제 와 내 삶을 돌아보니 그의 말이 옳았다.

"태형은 보기 드문 재능을 가졌어. 그렇지?" 스베타 이모가 가방의 어깨끈을 고쳐 매며 말한다. "휴가 기간인데 일주일 더 여기에 머물면서 리허설하기로 했어. 그러고 나면 멕시코시티, 마드리드, 베르겐, 서울로 공연하러 갔다가 9월에 돌아올 거야."

"괜히 저 때문에 태형이 발목 잡혀서 영 미안하네요." 내가 말한다. 무용수들은 시즌 중에 자유 시간이 전혀 없는데, 마린스키와 볼쇼이의 시즌은 11개월로 전 세계 발레단을 통틀어도 가장 혹독한 일정이다. 8월이 다가오면 무용수들은 그저 어디로든 떠나 신발을 신지 않아도 되는 일을 하고 싶을 뿐이다.

"유럽으로 가기 전에 멕시코에서 일주일 쉬겠대." 스베타 이모가 말한다. "말인즉슨, 우리끼리 네 솔로 연습을 할 시간이 충분하다는 얘기지. 너, 나, 그리고 베라 이고레브나."

"저 때문에 다들 이렇게 고생해서 어떡해요." 나는 손을 뻗어서 스베타 이모의 어깨를 살포시 잡는다. "실망시키고 싶지 않은데……. 솔직히 아직도 많이 오락가락해요. 춤출 때만 빼면. 혼자 있을 때 꼭 이상한 상태에 빠져요. 정신을 차리고 나면 시간이 얼마나 지났는지 기억도 안 나고요." 사실 나는 스튜디오 밖으로 나가는 것조차 두렵다. 스베타 이모에게 작별 인사를 건네자마자 다시 머릿속 미로를 헤매게 될까 봐 두렵다.

"그래. 널 그렇게 혼자 두는 게 아니었는데. 다들 얼마나 후회했는지 몰라." 스베타 이모가 잠시 말을 멈추고 문가를 향해 손을 흔든다. "우리 아직 여기에 있어." 이모가 크게 외친다. 그러자 티셔츠에 청바지 차림을 하고 운동화를 신은 니나가 길게 늘어뜨린 검은 머리카락을 어깨 뒤로 넘기며 안으로 걸어 들어온다.

"자, 나랑 같이 가자." 니나가 내게 말한다. "우선 호텔로 가서 짐을 챙기고 우리 집으로 가는 거야." 그러자 모두가 한꺼번에 입을 열기 시작한다.

"안드류샤랑 애들은 어쩌고? 너 휴가 중 아니야?" 내가 묻는다.

"나타샤가 잘 먹고 잘 자는지 좀 봐줘, 니나. 어렸을 때부터 넌 참 착한 애였단다. 그럼, 나는 이만 가보마." 스베타 이모가 고개를 까딱하고 스튜디오를 나선다.

"안녕히 가세요, 스베틀라나 티무로브나. 다음에 또 봐요, 태형. 나타샤, 가방 먼저 챙겨. 차에서 다 얘기해 줄게." 우리 둘이 태형에게 손을 흔들자, 혼자 하는 리허설 중간에 잠시 쉬며 물을 마시던 그가 우리에게 활짝 웃어 보인다.

이윽고 은색 라다의 운전석에 앉은 니나는 안드류샤와 아이들이 이미 불가리아로 휴가를 떠났고 자신은 내 회복을 돕기 위해 페테르부르크에 남았다는 설명을 해준다. 이곳을 벗어날 기회를 나 때문에 이렇게 포기해도 되느냐고 묻자 니나가 웃음을 터뜨린다.

"남편도 애 셋도 없이 혼자서 아파트 전체를 차지하는 게 도대체 얼마나 편안한 일인지 알아? 지금 속이 다 후련해."

그랜드 코르사코프에서 체크아웃한 뒤 우리는 장을 보기 위해 슈퍼마켓에 들른다. 통로를 유유히 돌아다니며 너무나 많은 식료품을 아무렇지 않게 쇼핑 카트에 담아대는 니나의 모습에 내가 깜짝 놀란다. 당근, 비트, 시금치, 딜, 반질반질한 토마토, 레몬, 양배추, 버섯, 감자, 고구마, 복숭아, 냉동 베리, 콩 통조림, 크래커, 파스타, "심심할 때 먹으면 재밌으니까"라고 말하며 넣는 밤 잼까지. 너무 많이 사는 거 아니냐는 내 말에 니나가 어깨를 으쓱인다.

"난 5인분을 장보는 게 익숙하니까 그렇지. 이거, 평소보다 적어." 니나가 손뼉 치듯 손을 모은다. "아침에 주로 뭐 먹니?"

"카샤든 뭐든, 집에 있는 거 아무거나 좋아." 내가 말한다. 그런 대답이 성에 안 찬다는 듯 니나는 자기가 알아서 하겠다고 말한다.

장을 본 뒤, 우리는 빵집에 잠시 들른다.

"차에서 잠깐만 기다릴래? 주차를 얼마나 오래 해도 되는지 잘 모르겠네." 니나가 이미 운전석에서 내리면서 말한다. 빵집 유리 벽 너머로 니나가 줄을 서서 주문하는 모습이 보인다. 진열대 뒤에 흰색 유니폼을 입은 젊은 남자가 있다. 나는 그가 과연 매력적인지 확인차 눈에 힘을 주고 열심히 쳐다보지만, 생각했던 것과 전혀 다른 외모다. 나는 이 남자도 안드류샤처럼 각진 턱에 짙은 갈색 머리일

줄 알았다. 그러나 그는 창백한 얼굴에 몸은 마른 데다 적갈색 머리고, 걷어 올린 셔츠 소매 밑으로 문신이 살짝 보이는 것이 꼭 취미로 스케이트보드와 기타 연주를 할 것처럼 생겼다. 남자가 환하게 웃으며 니나에게 하얀 종이봉투를 건네자 니나의 볼이 불그스레해지는 모습이 뒤통수 너머로 훤히 보인다.

"제발 아무 소리도 하지 마." 니나가 차에 올라타며 말한다.

"그럴 생각 없었는데." 내가 말한다. "그러니까, 여기 빵이 그렇게 맛있다 이거지. 아주 탐스럽고."

니나의 입술이 잠시 뒤틀리는가 싶더니, 결국 킥킥 웃음을 터뜨린다. "놀리지 마."

"내가 뭘 놀렸다고 그래. 나는 빵 얘기하고 있었는데." 피어나는 미소를 꾹 참고 말한다. "넌 무슨 얘기를 하는 거야?"

"나타샤, 정말이지…… 너도 이해했을 거야. 만약에 네가……." 어휴, 신음 같은 걸 내며 내 기분을 상하게 하지 않을 만한 표현을 찾은 니나가 다시 말을 잇는다. "결혼 생활을 하다 보면 숨통을 열어줘야 할 때가 있어. 배우자가 완벽하기를, 스스로 완벽한 배우자이기를 기대하면 진짜로 비참해지거든."

결혼을 해본 건 아니지만 사샤가 떠오른다. 갑자기 온몸에 힘이 빠진다.

"나도 무슨 말인지 알아." 내가 힘 빠진 목소리로 대꾸하고, 니나는 집에 도착할 때까지 조용히 운전에만 집중한다.

아이들의 옷가지와 장난감이 없어진 아파트는 한층 넓고 깨끗해 보인다. 우리는 마트에서 사 온 식재료를 냉장고 안에 차곡차곡 정리한다. 그런 후 니나가 요리하는 동안 나는 샤워를 한다. 욕실에서 나왔을 때 니나는 토마토를 썰어서 병아리콩 스튜 안에 넣고 있다. 나는 식탁 의자를 빼고 앉아 그의 말동무가 되어준다.

"〈지젤〉 준비는 잘돼가?" 니나가 딱딱딱 도마질을 하면서 묻는다.

"이제 춤추고 있을 때만큼은 나로 돌아온 것 같아. 근데 리허설이 끝나면 혼란스러워. 자꾸 이상한 꿈을 꿔. 백일몽 같은."

니나가 칼질을 멈추고 나를 돌아본다. "'백일몽' 같다니, 그게 무슨 말이야?" 그는 염려스럽고 조금 언짢지만 애써 침착한 말투로 나를 안심시키려 한다. 마치 아이가 시험에서 기대에 못 미치는 성적을 받아오기라도 한 것처럼.

그렇게 나는 모든 걸 털어놓는다. 사고 이후 진통제와 항우울제를 먹기 시작했고, 그 약들을 끊지 못하는 지경에 이르렀으며, 페테르부르크로 돌아오기 전까지 지난 2년간 오로지 술만이 조금이나마 감각을 느끼게 했다는 걸. 어느 날 밤 전부 변기에 쏟아버린 약. 현실인지 환영인지 자꾸 나를 쫓아오는 사람들. 드미트리가 나오는 악몽. 얘기를 다 마쳤을 때, 니나는 어느새 모든 재료를 냄비에 넣고 뚜껑을 덮은 뒤 내 옆으로 와서 앉아 있다.

"나타샤, 필요하면 병원에 가보자." 니나가 내 손에 자기 손을 얹으며 말한다. "부끄러워할 거 없어. 너 같은 일을 겪은 사람이라면 누구라도 이럴 수 있어."

"못 가. 〈지젤〉은 어쩌고? 그리고 파리에서 무슨 일이 있었는지 다 알지도 못하잖아." 나도 모르게 신음이 나온다. "아무도 몰라. 내가 뭘 견뎌냈는지……."

"날 믿어도 돼, 나타샤." 니나가 내 손을 꽉 잡는다. "나는 네 가장 오래된, 그리고 가장 친한 친구잖아."

그러나 '병원'이라는 단어를 듣자마자 내 마음속에 의심이 차오른다. 내가 솔직하게 털어놓으면 혹시 그걸 빌미로 니나가 나를 정신병동에 집어넣는 건 아닐까? 나는 슬며시 손을 빼낸다. 니나도 다시 잡지 않는다.

"좋아. 날 못 믿겠다 이거지? 그럼 내 비밀을 말해줄 테니 서로 배신하지 않기야." 눈을 살포시 내리뜬 니나가 머리카락을 귀 뒤로 넘기고는 식탁 위에 팔뚝을 포갠다. "나 그 사람이랑 잤어. 빵집 남자." 니나의 양 볼 가운데에서 두 개의 붉은 원이 넓게 퍼진다.

"뭐라고? 언제?" 나도 모르게 목소리가 들뜬다. 그러나 책장 위, 니나와 안드류샤의 결혼식 사진이 끼워진 액자에 시선이 닿자 나의 철딱서니 없는 반응을 후회한다. "어쩌다 그렇게 됐어? 그 사람 이름은 뭐야?" 이번에는 조금 더 침착하게 묻는다.

"맘먹고 계획을 세운 건 전혀 아니었어. 어제 발레단 클래스 끝나고 나오는데, 이번 시즌 리허설도 다 끝났겠다, 애들도 이미 갔겠다, 자축하려고 혼자 점심 먹으러 식당에 갔다가 우연히 마주친 거야. 어쩌다 보니 자연스럽게……."

"집으로 데려온 거야?" 내 질문에 니나가 고개를 주억주억 까닥인다. "그 남자 이름이 뭐라고?"

"그냥 빵집 남자라고 부르자. 아무 사이도 아닌데 괜히 너한테 이름까지 알려주면서 유난 떨고 싶지 않아." 니나가 말한다. "딱 한

번, 그냥 사고 같은 거였어."

"그런 식으로 생각하면 모든 일이 사고 아니야?" 내 질문에 상처를 입은 듯 니나의 얼굴이 구겨진다. "아니, 그게 아니라 나한테는 많은 일이 사고처럼 일어났다는 의미였어. 내 희망 사항이나 노력과는 전혀 상관없이."

"술도 없이 이런 얘기를 하려니까 너무 힘들다." 니나가 코를 살짝 훌쩍이며 말한다. "그치만 너 못 마시니까 나도 안 마실 거야."

"우리 열 살 때, 네가 나한테 보드카 갖다줬던 거 기억해? 나 거기에 발 담갔잖아." 내가 웃는 사이 니나가 자리에서 일어나 스튜를 뜨러 간다. "무슨 이유로든 간에 라라가 그 앙증맞은 발을 보드카에 담근다고 상상해 봐."

"대체 무슨 생각이었는지." 니나가 싱긋 웃는 얼굴로 고개를 가로저으며 스튜 두 그릇과 파슬리를 넣어 지은 밥, 샐러드, 갓 짜낸 오렌지주스를 차례차례 식탁에 내려놓는다. 하나같이 순하고 맛있고 영양가 넘치는 음식이다. 내 생애 최고의 저녁 식사라고 니나에게 고마움을 전한다. 우리는 모든 걸 남김없이 먹고 함께 설거지한 뒤 초콜릿케이크를 한 조각 나누며 저녁을 마무리한다.

"어쩌지, 나 때문에 너 휴가도 못 가고……." 한 입 남은 케이크를 포크로 떠서 입으로 싹싹 긁어내며 말한다.

"친구는 원래 다 그런 거야." 니나가 말한다. "그래서, 무슨 일이 있었는지 이제 얘기해 줄 수 있겠어?"

나는 잠시 천장을 쳐다보다가 니나의 살갑고 솔직한 얼굴로 다시 눈을 돌린다.

"파리에 가기 전에 있었던 일부터 얘기해야 해. 드미트리와 파트너가 되어 〈백조의 호수〉 주연으로 데뷔했을 때." 내가 말한다. 니나가 소파의 등 쿠션에 머리를 기대며 자리를 잡는다.

"볼쇼이에 가고 두 번째 시즌이었어. 난 사샤와 함께 〈백조의 호수〉 개막 공연에 캐스팅이 됐지. 그런데 그전까지 여러 시즌 동안 드미트리와 같이 시즌의 첫 공연을 하는 영예를 입었던 올가가 휴대폰도 꺼놓고 자기 다차로 도망가 버린 거야. 그래서 드미트리가 나랑 사샤를 대동하고 올가네 다차로 갔고, 거기서 우리한테 개막 공연 때 올가와 사샤가 파트너로, 그다음 날 밤 공연에는 드미트리와 내가 파트너로 무대에 오르는 게 유일한 해결 방법이라고 설득했어. 드미트리와 안 좋은 사이였지만, 그래도 나는 그 계획에 동의했지. 뭐랄까, 시골에서는 평소와 다른 느낌이었어. 드미트리와 올가에게도 경계가 풀렸지. 거기선 우리 모두 꼭 친구처럼 지냈거든. 그리고 거기서 사샤와 나는 애인이 되었어……."

우리는 모스크바로 돌아오자마자 곧장 미하일 알리포프 감독의 사무실로 찾아갔다. 발레단뿐만 아니라 오페라와 교향악단까지 총괄하는 볼쇼이 극장의 총감독이 말 안 듣는 수석 무용수 네 명을 마주하고 앉아 있는 모습은 가히 볼만한 광경이었다. 드미트리가 우리의 조건을 설명하기 시작했고, 내가 자기 편이라고 생각했던 미하일 미하일로비치는 듣는 내내 후회막심한 표정으로 나를 쳐다보았다. 그러나 그는 이내 체념하고 조건을 받아들였다. 어쨌든 그는 노련한 예술 행정가였기에 예술가, 그중에도 가장 재능이 뛰어난 예술가를 다룰 때는 델리카테스가 필수라는 철학을 갖고 있었다. "르 탈랑, 사 넥지스트 파Le talent, ça n'existe pas—sans égo."[1] 한숨을 푹 내쉬며 중얼거린 그는 곧 수화기를 들더니 고위 매니저부터 조수까지 층층이 이어진 예술 스태프에게 캐스팅 변경을 알렸다.

이후 몇 주 동안 드미트리와 함께 나는 오데트-오딜 역할을 리허설했다. 그를 보고 있으면, 하나부터 열까지 놀라웠다. 우선 드미트리는 예상보다 훨씬 적게 노력했다. 처음 발레를 시작했을 때부터 나는 스튜디오에 가장 먼저 도착하고, 가장 늦게까지 남는 사람이었다. 드미트리는 시간에 딱 맞춰 오거나 몇 분 늦게 도착해서 혼자 따로 몸을 푼 다음 연습을 시작했다. 그러나 춤출 준비를 마치고 나면 그는 깊이 집중했다. 대부분의 동작을 단번에 완벽하게 해냈지만, 간혹 어느 부분을 지적받으면 바로 개선했다. 그는 어떤 동작도 두 번이면 완전히 소화해 냈다. 이것은 드미트리를 만나기 전까지, 그리고 그 이후로도 본 적이 없는 그만의 특질이다. 난해한 책을 무작위로 펼쳐서 읽어도 무슨 내용인지 대번에 이해하는 석학처럼 드미트리는 춤에 접근했다. 반면에 나는, 타고난 강점과는 별개로 어떤 책이든 첫 장부터 마지막 장까지 일일이 공부해야 하는 사람이었다.

나를 대하는 그의 태도가 달라진 것도 그 무렵부터였다. 그때까

1 "자존심 없는 재능은 없느니라."

지 내가 알던 악랄하고, 꼴사납고, 거만하기 짝이 없던 드미트리는 어느새 차분하고 이지적이고 내관적인 드미트리로 바뀌어 있었다. 어리석은 사람을 용납 못 하는 올가가 어째서 드미트리와 친하게 지내는지 그제야 알 것 같았다. 드미트리는 이따금 정말로 지적인 말을 했다. 사실, 내가 〈백조의 호수〉에 관해 아는 것 대부분이 드미트리에게 들은 내용이다. 파드되를 처음부터 끝까지 쉬지 않고 연습하는 런스루 사이사이, 우리가 물을 홀짝이며 숨을 고르고 있을 때마다 드미트리는 차이콥스키, 프티파, 이바노프 이야기는 물론이고, 〈백조의 호수〉 역사상 가장 유명한 솔리스트들의 내력이며, 플리세츠카야가 1940년대부터 1970년대까지 '오데트-오딜'을 어떤 식으로 춤췄는지도 자세히 설명해 주었다.

드미트리는 하나하나의 제스처, 포즈, 동작을 통해 감정적으로 그리고 은유적으로 전달해야 하는 바가 무엇인지까지 꿰뚫고 있었다. 1990년대 어느 시점에 그가 유리 니콜라예비치 그리고로비치에게 〈백조의 호수〉 안무를 직접 지도받은 적이 있어서 가능한 일이었다. 내가 셀 수 없이 춤췄던 버전이고, 현재까지 볼쇼이에서 공연되는 버전이기도 하다. 전 세계의 다른 〈백조의 호수〉들과 비교해 봐도 특출한 그리고로비치 연출의 가장 큰 특징은 '본 로트바르트'를 '악한 천재'로 대체했다는 점이다. 다른 프로덕션에서는 바닥까지 내려오는 망토를 두른 마법사가 악역으로 등장하는데, 타고난 사악함 외에는 뚜렷한 이유 없이 '오데트'와 '지그프리트'를 파멸에 이르게 한다. 볼쇼이 프로덕션의 '악한 천재'는 검은색 보디스, 보석이 박힌 황금 사슬, 군청색 바지 차림에다 머리에는 기이하게 뒤틀린 왕관을 쓰고 나온다. 1막 1장 마지막에서 '악한 천재'는 '지그프리트 왕자' 뒤에 붙어서 왕자의 춤을 그림자처럼 흉내 낸다. 그러나 똑같이 움직이는 게 아니라, 몸을 기괴한 각도로 꺾어서 왕자를 조롱하듯이 따라 한다. 그렇게 그는 왕자를 저주받은 호수로 몰고 간다.

"리브레토를 보면 '악한 천재'는 운명을 상징하지." 언젠가 드미트리가 이렇게 말했다.

"음, 왕자 내면에 존재하는 어둠을 상징하는 게 아닐까?" 내가 그의 말을 끊었다. "왕관도 그렇고, 황금 사슬, 모방까지."

드미트리가 씩 웃었다. "유리 니콜라예비치는 널 맘에 들어 했을 거야." 그가 내게 건넨 처음이자 유일한 칭찬이었다.

이런 해석은 나를 매료했고, 내게 신선한 동기를 부여했다. 이 작품은 선악이 선천적이고 절대적이라고 가정하는 동화가 아니라 인간 본성의 양면성에 관한 우화였다. 인간은 사랑하는 것을 기꺼이 파괴할 수 있으며, 이를 욕망하기까지 한다. 이러한 의미를 나는 영혼의 차원에서 이해하고 받아들였다. 나의 깨달음은 순수하고 저주받은 백조의 여왕 '오데트', 그리고 매혹적인 사칭자 '오딜' 역할을 리허설하는 내 춤에 새로운 깊이를 더했다. 모든 몸짓, 동작, 선이 절정에 달하는 것이나, 심지어 어느 배역에 완전히 몰입하는 것도 더 이상 나를 만족시킬 수 없었다. 나의 목표는 이제 내 춤으로 유리 그리고로비치의 안무가 인간에 대해 말하고자 하는 바를 드러내는 것이었다.

마침내 공연의 밤이 왔을 때, 나는 내 모든 것을 바쳐 춤췄다. 예술가의 인생에는 선택의 순간이 온다. 뭔가를 남겨둘 것인지, 아니면 자신의 모든 것과 자신 그 자체를 예술에 바칠 것인지 예술이 묻는다. 그 질문이 나에게 던져졌을 때 나는 '내 전부를 갖고 가라'고 말했다. 광활한 우주에서 파열하는 별처럼 경이롭고 파괴적이며 어둠 속에서 빛을 발하는 순간이었다. 나는 무대에서 눈물을 흘렸고, 메저닌[1]에서 꽃다발이 비처럼 쏟아졌으며, "브라바!"를 외치는 소리가 그치지 않고 울려 퍼졌다.

그랬기에 다음 날 사샤에게 소식을 전해 들었을 때 당황하지 않을 수 없었다. "나타샤, 이걸 어떻게 말해야 할지 모르겠는데……." 손에 신문을 그러쥔 그가 말했다. "네가 이걸 보는 건 시간문제인데…… 그래도 내가 갖다주는 편이 나을 것 같아서."

신문을 움켜쥐고서 한 줄 한 줄 읽어 내려가는 내내 심장이 터질 것 같았다. 평론가는 내 춤에서 그 어떤 장점도 찾을 수 없다고 했다. 모든 게 끔찍하고 저속하며, 러시아 발레에 대한 모욕이라고 썼다. 내 신체 비율은 우아하지 않았고, 내 발은 괴물 같았다고 했다. 그러고는 이렇게 평론을 마무리했다. "소식통에 따르면, 레오노바가 과분한 캐스팅을 따낸 것이 발레단 최고 스타인 알렉산드르 니쿨린과의 로맨틱한 관계 덕분이라고 한다. 재능은 없고 야망만 가득한 이 젊은 프리마 발레리나가 어떻게 이 위치에 올랐는지 고개를 끄덕이게 하는 대목이다."

다리에 힘이 풀려서 바닥에 주저앉고 말았다. 사샤가 내 옆에 웅

1 중이층 앞부분 좌석.

크리고 앉아 이렇게 말했다. "이런 건 신경 쓸 필요도 없어. 프로티브나야는 젊었을 때에도 무대에 서지 못한 사기꾼에다 고약한 노인일 따름이야. 평론가가 다들 그렇듯이." 그는 기사 옆에 실린 작은 사진을 가리켰다. 그 속엔 문어 다리처럼 머리카락이 두피에서 사방팔방으로 뻗어 나온 데다가 주먹코인 노파가 사악하게 웃고 있었다.

"내가 짐작건대, 이렇게까지 어처구니없는 소리를 써놓은 걸 보면 누군가가 돈을 주고 사주했을 가능성이 있어. 종종 벌어지는 일이니까." 사샤가 말했다.

"누가 그랬을까? 대체 이 '소식통'이란 사람은 누구야?" 내가 물었다. "우리가 사귀는 걸 아는 사람은 두 명밖에 없잖아."

사샤가 조용해졌다. 시골에서 돌아온 뒤로 우리는 우리 사이를 비밀로 했다. 가볍고 시시하게 생각해서가 아니라, 오히려 진지했기 때문에 보호하는 편이 옳았다. 우리는 우리 관계가 온갖 소문과 참견, 질투로부터 안전하기를 진심으로 바랐다. 눈치챌 만한 사람은 모스크바로 돌아오는 길에 우리가 손잡고 있는 모습을 본 드미트리와 올가뿐이었다.

오래 의심할 필요도 없었다. 얼마 뒤 바로 그 프로티브나야가 맡은《프라브다》와의 인터뷰에서 드미트리는 나에 관한 생각을 아주 분명하게 밝혔다. "나탈리아 레오노바는 송로버섯 사냥에 재능 있는 돼지처럼 춤에 재능 있는 무용수입니다. 보고 있으면 눈앞에서 기적이 펼쳐지는 듯해요. 무척 대단하죠. 후천적으로 습득한 것도 있겠지만, 타고난 게 더 큽니다. 그렇다고 이게 예술일까요?"

그 이후로 나는 심각한 우울증에 빠졌다. 그러잖아도 지난 몇 년간 충분하지 않았던 먹고 자는 일이 더욱 힘들어졌다. 클래스나 리허설을 할 때 나는 다른 사람들과 이야기를 하지도, 눈을 마주치지도 않았다. 특히 드미트리와 그의 무리는 철저히 무시했다. 아무런 이유도, 사전 경고도 없이 그는 나를 발레단의 조롱거리로 만든 것이다. 나는 직급상으로는 프리마 발레리나였지만 드미트리에게 속고 짓밟혔으며, 본래 수석들을 어려워해야 할 단원들은 뒤에서 나를 비웃었다. 결국 여태 나의 신神이었던 발레 자체에까지 의구심이 들기 시작했고, 더는 그것을 맹목적으로 숭배하고 싶지 않았다.

그 후 몇 시즌 동안 내게 위안이 되어준 유일한 존재는 흔들림 없이 나를 지지해 준 사샤였다. 발레단 클래스에 들어갈 때면 사샤는 모두에게 우리 사이를 알리는 동시에 나를 공격하면 가만 있지 않겠다는 표시로 내 손을 꽉 잡았다. 다들 사샤를 좋아했고 포용했기에 나를 향한 비웃음은 서서히 사그라들었다. 물론 내가 아니라 사샤의 심기를 건드리고 싶지 않아서였다. 게다가 사샤는 사회적으로, 직업적으로, 그리고 예술적으로까지 대가를 치르게 될 일을 단행했다. 바로 드미트리와의 관계를 완전히 끊어낸 것이었다. 나를 위해서 누군가와 절교하는 일도 그는 개의치 않는 듯했다. 내 춤에는 다른 누구에게서도 본 적 없는 신성함이 있다고, 남은 평생 오로지 나하고만 춤출 수 있으면 좋겠다고 그는 말했다.

우리는 리허설이나 공연이 없을 때면 내 집이나 사샤의 집에 틀어박혀 같이 밥을 먹고, 목욕을 했다. 욕조 안에서 그의 품에 안겨 있던 기억이, 그의 발이 괄호처럼 내 발을 품고 타일 벽에 대고 있던 모습이 여전히 선명하다. 쉬는 날에는 한참 동안 산책한 다음 장을 봐 와서 정찬을 차려 먹었다. 음식을 즐거움, 휴식, 그리고 사랑과 연관 짓게 된 건 이때가 생애 처음이었다. 식사 담당은 주로 사샤였는데, 그가 요리하는 동안 나는 디저트를 오븐에 넣어놓고 포인트 슈즈를 꿰맸다. 그러고는 남은 음식을 냉동실에 얼려두고 일주일 동안 꺼내어 먹었다. 그런 뒤에 우리는 영화를 한 편 보거나 침대에서 낮잠을 잤다(사샤와 나는 마침내 침대 프레임을 사서 직접 운반했는데, 엘리베이터 안에 세워 싣고 문이 겨우 닫힐 때까지 배가 홀쭉해지도록 숨을 들이마셔야 했다). 이런 오후면, 따뜻함 속에서 아기 새로 변신하기를 기다리는 알 속의 노른자처럼 온전하고 기적 같은 금빛 행복이 나를 채웠다.

사샤 덕분에 나는 분노도 절망도 내려놓고 냉철한 거리를 두며 춤에 집중할 수 있었다. 이를 냉소주의라고 말하긴 무엇하지만, 어쨌든 나는 계산적으로 변했다. 더는 이상주의적이거나 순진하지 않았다. 예전에 나는 내 할 일이 예술에 대한 내 의무를 다하는 것뿐이라고, 그렇게 하면 보호받을 수 있을 거라고 믿었다. 무용이라는 공간 안에서는 맞는 말이었다. 그러나 예술 너머의 현실 세계에서는 그렇지 않았다.

노력하는 태도는 바뀌지 않았지만 그보다 더 깊은 면에서 기민하고 조심스럽고 자기보존적인 사람이 되었고, 심지어 발레를 할 때도 그렇게 변했다. 나 스스로는 이런 변화가 불명예스럽다고 느꼈으나, 감독이나 평론가들은 내가 몸과 영혼을, 내 전부를 온전히 바칠 때보다 더 큰 보상을 해주었다. 이제 나는 그들이 원하는 모습에 맞춰 춤을 췄다. 그들은 내가 자신감 없이 온순하게, 여리고 순정적으로, 감사한 마음으로, 그리고 약간 우울하게 춤추기를 바랐고, 그런 연기를 하는 건 조금도 어려운 일이 아니었다. 사샤는 아무리 오만하게 굴어도 용인되었을 뿐만 아니라 오히려 기백이 넘치고 카리스마 있다고 호평받았다. 그러나 나는 철분 부족인 양 무기력한 모습을 보여야만 야망으로 가득 찼다는 비난을 피할 수 있었다.

이러한 기대를 나는 점점 더 완벽하게 구현하여, 결국 러시아의 혼을 보여주는 새로운 갈리나 울라노바라는 찬사를 받기에 이르렀다. 내 점프는 천사의 날아오름에 비유되었다. 과거와 현재를 통틀어 나만큼 가뿐하게, 높이 점프하는 발레리나는 아무도 없었기에. 그리스인의 발은 내 춤이 숭고한 이유이자 비극적 결점을 극복하고 얻어낸 고결한 승리의 상징이 되었다. 나는 매 시즌 새로운 주역으로 데뷔했다. 〈잠자는 숲속의 미녀〉의 '오로라 공주', 〈호두까기 인형〉의 '마리', 〈레이몬다〉의 '레이몬다', 〈로미오와 줄리엣〉의 '줄리엣', 그리고 내가 가장 좋아하는 〈라 바야데르〉의 '니키야' 역까지. 라이벌 극단들에게 돌진해서 처부수는 옛 볼쇼이의 거대한 군마들, 〈스파르타쿠스〉의 '에이기나'와 〈파리의 불꽃〉의 '잔느'도 내 차지였다. 소비에트 발레의 노골적인 애국주의에 감동하지는 않았지만 이 작품들의 열광적인 분위기만큼은 좋았다. 여기서는 대부분의 작품처럼 유유한 고명함이 아니라 고된 희생을 나타내야 했는데, 그런 면이 무대 위 내 현실과 더욱 가깝게 느껴졌다. 이런 공연이 있는 밤이면 관객의 환호가 전장의 함성처럼 메아리쳤다.

공연이 끝날 때마다 나는 팬들에게 둘러싸여 사진 촬영과 사인을 요청받았다. 아무리 드미트리라도 그들까지 내게 등 돌리게 할 순 없었다. 솔직하지 않은 상태의 나는 관객에게만큼은 진심을 다했고, 관객은 그걸 알아보고 나를 사랑해 주었다. 세계적인 스타가 차고 넘치는 이 극단에 나만큼 매표력이 있는 사람은 없었다. 알리포프 감독도 기꺼이 이 사실을 공표했다. 내 성공은 곧 나를 데리고 온 알리포프의 성공이라고 문화부가 해석했기 때문이다. 자연히 내 가치는 상승했고, 네 번째 시즌이 되면서 나는 평생 상상조차 하지 못했던 만큼의 돈을 벌게 되었다. 올가보다 더. 드미트리보다 더. 사샤보다 더 많은 돈을.

〈사랑의 전설〉 공연을 마치고 집으로 돌아온 밤이었다. 사샤는 곧장 부엌으로 가서 남은 음식을 데우며 늦은 저녁을 준비했다. 욕실로 간 나는 공연 후의 몽롱한 상태로 서서 욕조에 뜨거운 물이 차길 기다리고 있었다. 목욕을 하려던 찰나, 휴대폰이 울렸다. +336 xxx으로 시작하는 번호였다. 산 지 얼마 되지 않은 나의 첫 스마트폰은 프랑스 파리의 번호라고 친절하게 알려주었다.

"나탈리아, 안녕하십니까." 프랑스어 억양의 영어로 남자가 말했다. 그는 내 이름의 마지막 음절이 바림 염색을 한 옷감처럼 부드럽게 사라지도록 '나탈리아아'라고 발음했다. "저는 로랑 드 발랑쿠르라고 합니다."

그의 이름을 듣고 나는 몸을 바로 세웠다. 몇 년 전까지 발랑쿠르는 실비 길렘이 가장 선호하는 두 명의 파트너 중 하나로 제일 잘 알려져 있었다. 그러나 최근 파리 오페라 발레단 감독으로 임명되면서, 발레계에서 그의 위상도 달라져 있었다. 그를 뭐라고 불러야 할지 판단이 서지 않았다. 감독님? 로랑?

결국 나는 인사말만 건네기로 했다. "봉수아르."

"오, 프랑스어 하시는 줄 몰랐네요. 발음이 아주 좋군요." 발랑쿠르 감독이 자신의 원어로 바꾸어 말했다. 발레뿐만 아니라 일반 과목, 그중에서 프랑스어도 완벽하게 배우도록 강철 같은 의지로 압박한 베라 이고레브나를 향해서 마음속으로 감사기도를 외웠다.

"모스크바는 지금 자정쯤 되었겠군요. 공연 끝나고 피곤할 텐데, 쓸데없는 수다로 휴식을 방해하지 않겠습니다. 당신의 춤에 대한 제 감탄을 전하고 싶어서 전화드렸죠. 유 아 수블림You are sublime.[1] 부 제트 트랑썽당트Vous êtes transcendante."[2] 단어의 마지막 e 음절을 호화롭게 늘이며 그는 말했다. 수-블리-므, 트랑-썽-당트으. "파리로 오세요, 나탈리아."

"게스트로 초청하시는 건가요?"

"농Non. 파리 오페라 발레단의 당수스 에투알[3] 자리를 제안하는 겁니다."

이 순간 나는 욕조 끄트머리에 걸터앉을 수밖에 없었다. 20만 유로의 연봉, 다른 발레단 또는 갈라 공연 게스트로 무제한 출연할 수 있는 자유, 가장 주목받는 신예 안무가들과 함께 일할 수 있는 기회까지. 나는 발랑쿠르 감독이 제시하는 화려한 조건에 조용히 귀 기울였다. 그러나 내 머릿속에 어른거리는 건 폐쇄적이기로 악

1 "당신은 경이롭습니다."
2 "당신은 초월적인 존재예요."
3 파리 오페라 발레단의 최상위 계급의 수석 무용수.

명 높은 파리 오페라 발레단의 세계였다. 처음부터 자체 시스템을 거쳐 발레를 배워온 무용수들의 집합소였고, 볼쇼이가 러시아적인 것보다도 훨씬 더 프랑스적인 곳이었다. 게다가 나는 볼쇼이에서 일하는 방법을 이제야 조금씩 터득해 나가고 있었다. 언어도 전통도 낯선 나라에서 처음부터 다시 시작하는 것만큼 유별난 자기 학대도 없겠다는 생각이 들었다. 발랑쿠르 감독에게 그렇게 말하자, 그는 소리 내어 웃었다.

"생각하는 것만큼 나쁘지 않아요. 그리고 제가 당신 편에 있으니까요. 그것만으로도 틀림없이 상황이 크게 달라질 겁니다. 실비가 저하고 일하는 걸 좋아했던 이유가 뭔지 아십니까?"

"뭔데요?"

"저는 저보다 재능이 더 많은 여성을 두려워하지 않는다는 겁니다. 나중에 보니, 세상에서 극히 드문 일이더라고요. 아마 이게 제 최고 장점일 겁니다." 발랑쿠르 감독이 잠시 말을 멈추었고, 그가 차를 타는 소리가 들렸다.

"플라스 데 보주, 실 부 플레Place des Vosges, s'il vous plaît."[4] 수화기에서 멀어진 듯 그의 목소리가 흐릿하게 들려왔다. 공연을 마치고 오페라 가르니에에서 나와 택시를 잡아타고 창밖으로 센강을 바라보며 집에 돌아가는 기분이 어떨지 나는 벌써부터 상상하고 있었다.

"여보세요." 발랑쿠르 감독이 수화기에 대고 말했다. "무엇보다

4 "보주 광장으로 갑시다."

당신 본연의 모습대로, 당신답게 살 수 있게 해드리겠습니다. 이런 약속을 할 수 있는 남자가 얼마나 되겠습니까? 남자가 여자에게 제안할 수 있는 최고의 관계죠, 그렇지 않나요?" 발랑쿠르 감독이 뒷좌석에 몸을 편히 기댄 듯 만족스러운 한숨을 내쉬었다. 시간이 지나며 차차 더 익숙해질 갈리아인 특유의 사치스러움을 풍기며 그가 덧붙였다. "누군가를 사랑한다는 건 상대방을 있는 그대로 내버려두는 것이라고 사람들은 생각합니다. 그런 거짓말을 다들 믿다니! 사랑은 누구도 자유롭게 하지 못해요. 자유롭게 하는 것은 예술뿐입니다." 그는 마지막 발언의 여운을 즐기며 숙고하는 듯 조용해졌다.

"실비는 파트너를 직접 선택했잖아요." 내가 말했다. "제게도 똑같은 특권을 주신다면, 파리로 갈게요."

침묵이 흘렀다. 곧 그가 날카롭게 숨을 들이마시고 입으로 천천히 숨을 내뱉는 소리가 들렸다. 어두운 차 안에서 하얀 깃털 같은 연기가 퍼져 나가는 게 보였다.

"당신은…… 뭐라고 해야 하나……. 까다로우시군요. 알아두셔야 할 게 있는데, 실비는 정말 특별했어요. 세기에 한 번 나오는 무용수였죠." 발랑쿠르 감독이 말했다. "하지만 당신도 마찬가지입니다."

한 달 뒤, 나는 파리행 비행기에 올랐다. 내가 선택한 파트너 사샤와 함께.

제3막

사랑은 고집스러운 새
누구도 길들일 수 없지
아무리 불러도 소용없어
한번 싫다면 싫은 거야 (……)

사랑은 집시 어린아이
법이라고는 알지도 지키지도 않네
네가 날 사랑하지 않는다면, 난 널 사랑하겠어
내가 널 사랑하면, 조심해야 할걸!

앙리 메이야크, 뤼도비크 알레비, 〈카르멘〉

1장

1961년 파리, 누레예프가 망명한 후 처음 공연한 날, 관객들은 수천 프랑을 꽁꽁 묶은 돈다발부터 방금 벗은 속옷, 코카인이 담긴 작은 봉지에 이르기까지 온갖 종류의 헌사를 무대에 던졌다고 한다. 그리고 물론 쌓이고 쌓이고 쌓인 꽃다발은 매일 밤, 무대 위에 향긋한 기념비를 만들었다.

정확히 50년 후, 사샤와 내가 샤를 드골 공항에 도착했을 때 나는 당연히 여느 때와 똑같은 대우를 받으리라 예상했다. 우리는 무대 위에서만 유명하고 중요한 사람이었다. 늘 일만 하며 살았고, 퇴근하면 나는 포인트 슈즈를 꿰매고, 스트레칭하고, 식사 준비를 하는 게 전부였다. 그래서 세관과 도착 터미널을 가르는 유리문 너머로 꽃다발과 포인트 슈즈를 들고서 누군가를 초조하게 기다리는 수백 명의 인파, 그리고 목에 언론사 배지를 두른 사진 기자들을 마주했을 때 나는 어떤 유명인과 같은 비행기를 타고 왔나 보다 생각했다. 그리고 우리가 그 경계선을 통과한 순간, 열광하는 그들의 함성이 폭포수처럼 내 귀를 채웠다. 나탈리-아! 나탈리-아! 사샤! 이것이 무언가의 시작이자 다른 무언가의 끝이라는, 설명할 수 없는 예감에 우리는 서로를 바라보며 말없이 맞잡은 손을 더 세게 쥐었다.

계약 조건의 일환으로 파리 오페라 발레단은 마레 지구의 2층 아파트를 제공했다. 19세기에 지어진 상아색 고급 주택은 버터크림 아이싱처럼 단단하지만 사분사분 가벼운 모습을 하고 있었다. 파란색으로 칠해진 예쁜 문을 열고 들어가 층계를 오르면 우리 아파트였다. 내부에는 벽난로가 침실과 거실에 하나씩 있었다. 사샤가 짐을 풀자마자 제일 먼저 두 벽난로 선반에 우리 사진을 진열했고, 예상치 못한 그의 행동에 나는 무척 감동했다. 거실과 연결된 넉넉한 테라스는 담쟁이덩굴이 치렁치렁 늘어져 있었다. 너무 매혹적인 정경이었던지라 분명 에펠탑이 보일 것이라 믿었는데, 막상 나가보니 그렇지 않아 크게 실망했다. 그 외에는 모든 게 완벽한 아파트였다. 모퉁이를 돌면 7세기에 지어진 성당이 있었는데, 여전히 하루에 세 번씩 종을 울렸다. 그 외에 거리에는 카페, (나와 사샤를 크루아상 중독에 빠뜨린) 빵집, 현대미술 화랑, 형형색색의 고급스러운 물건들로 잘 꾸며진 부티크가 늘어서 있었다.

이사한 지 일주일도 안 됐을 때 나는 그 부티크로 들어가 러시아에서 받던 월급보다 더 큰 돈을 주고서 녹색 핸드백을 하나 샀다. 점원이 내 취향을 칭찬하며 가방을 더스트백 안에 넣었고, 향수를 뿌린 얇은 종이에 한 번 더 싼 다음 큼직한 쇼핑백에 담았다. 계산대에서 그것을 받아 든 순간부터 아파트까지 걸어가는 그 짧은 시간 동안 종이의 바스락거림, 은은한 향기, 그리고 돌길에 부딪혀 또각또각 울리는 하이힐 소리가 주는 우아한 설렘으로 내 가슴이 뛰었다. 부자가 된다는 건 아주 멋진 일이었다. 살면서 처음으로 나의 즐거움을 위해 쓸 돈과 시간이 생긴 것이다. 파리 오페라 발레단에 단원들의 리본을 달아주는 포인트 슈즈 재봉사가 상주하는 덕분에 이제 더 이상 일주일에 세 켤레씩 포인트 슈즈를 꿰매지 않아도 되었다. 이건 내 평생 최고의 선물이었다.

그의 바람에 따라 '로랑'이라고 부르게 된 발랑쿠르 감독은 내가 '춤에만 집중할 수 있도록' 전용 차와 기사를 제공하는 것은 물론 일주일에 두 번씩 가사도우미를 보내주겠다고 강력하게 말했다. 그런 그에게 나는 그런 편의가 없던 때에도, 바닥에 매트리스를 깔고 잠을 자던 때에도, 여행 가방 두 개에 내 모든 소유물이 들어가던 때에도 완벽하게 춤에 집중했다는 말을 하진 않았다. 가난했던 시절이 부끄러워서가 아니라, 로랑이 나를 세련되지 않다고 생각하며 차갑게 웃는 걸 피하고 싶었기 때문이다. 그는 아름다운 것들을 즐기지 못하는 사람들, 고급 레스토랑보다 편한 식당을 선호하는 사람들, 빈자의 자존심 때문에 무료로 제공되는 가사도우미 서비스를 거부하는 사람들을 멸시했다. 사샤도 브라스리[1]에서 모든 코스를 마음껏 주문하고 충동적으로 우리의 새 옷을 사는 등 달라

1 프랑스의 전통적인 레스토랑을 가리킨다.

진 생활 수준을 저항 없이 받아들였다. 그렇게 편안함을 향해 내 삶이 순항하는 걸 나는 지켜보았다.

이 새로운 풍요로움 속에 불안이 싹텄다. 수난은 피할 수 없기도 했지만, 예술의 필수 조건이라고 믿었기에 기꺼이 그동안 감내해 온 것이었다. 창작 본능을 가장 위협하는 건 안락함이다. 호화로운 저녁 식사를 마치고서 붓을 드는 화가는 없다. 높은 수입을 안정적으로 벌어들이면서 좋은 작품을 쓰는 작가도 없다. 결국 예술을 탄생시키는 건 배고픔, 불안, 슬픔, 가난, 질병, 외로움이다. 창작의 충동은 긴장 상태에서 출발한다. 이는 발레의 모든 동작, 심지어 무대 입장을 하는 걸음걸이나 서서 음악을 기다리는 자세에 깔린 근본 조건이기도 하다. 나는 이 사실을 어린 나이에 배웠고, 필사적 각오는 내 평생의 항상성이었다. 장애물 없는 삶에서 이제 어떻게 고군분투할 수 있을까? 순간, 드미트리를 그리워하는 상상을 해보았다. 그가 아니었더라면 내 실력이 이렇게 향상되지 못했으리라는 사실을 인정할 수밖에 없었다. 그러나 목이 간질간질할 때 꾹 참고 삼키면 멎는 기침처럼, 그런 마음은 금세 사라졌다. 그렇게 나의 냉정한 감정 조절을 여전히 무너뜨리는 건, 드미트리가 나를 망가뜨리려고 했던 이유를 모른다는 사실이었다.

바가노바에 입학하기 전에 다닌 초등학교에 아버지가 감옥에 있다고 소문 난 남자애가 있었다. 아무도 그 애를 좋아하거나 그 애 옆자리에 앉으려고 하지 않았다. 여자애들이나 고양이처럼 자기보다 덩치가 작거나 약한 존재를 쳐다보던 그 남자애의 눈빛이 바로 드미트리가 나를 보던 눈빛이었다. 그러나 드미트리는 누구를 미워하거나 부러워할 이유가 없는 사람이었다. 게다가 나는 그와 함께 춤을 추었고 그의 예술에 감탄했다. 가끔 잠 못 드는 밤이면, 나는 창문으로 들어오는 차디찬 빛 아래 오르락내리락하는 사샤의 가슴을 지켜보며 다른 사람의 마음속에는 무엇이 들어 있을까 궁금해했다.

파리에서의 첫 시즌이 끝나갈 무렵에 우리의 〈지젤〉 공연이 예정되어 있었다. 이는 로랑이 의도적으로 내린 결정이었다. 볼쇼이에서 여러 해를 지내는 동안 사샤가 '알브레히트' 역할을 맡은 적은 단 두 번밖에 없었다. 발레에서 가장 미묘한 남성 배역으로 손꼽히는 '알브레히트'를 소화하기에 그가 너무 야성적이다는 평가 때문이었다. 사샤가 주로 맡았던 '알리' '바실리오' '솔로르'는 러시아 특유의 폭발적인 비르투오소[1] 남자 배역으로, 하나 같이 성적 매력과 이국성을 강조한 캐릭터였다. 그러나 사샤는 늘 비슷한 역할을 맡는 것에 한 번도 불만을 제기하지 않았다. 그저 캐스팅 명단을 힐긋 보고 히죽거리며 리허설 스튜디오로 걸어갈 뿐이었다. 상처받는 일이 내게 지극히 자연스러운 만큼 그에겐 낯설었다.

그런 사샤와 달리 '지젤'을 한 번도 맡지 못했다는 사실은 나에게 가슴을 찌르는 듯한 육체적인 고통마저 안겼다. 곧 스물여덟 살인데, 클래식 레퍼토리의 모든 주역을 섭렵하는 영예를 얻고도 '지젤'은 아직 춰본 적이 없었다. 그만큼 '지젤'은 캐스팅 예측이 힘든

1 virtuoso, 최고 수준의 기술적 완성도를 요구하는 역할이나 연기.

배역이었다. 열여덟 살 코르 드 발레 단원이 캐스팅될 때도 있었고, 프리마 발레리나로 20년을 활동하고도 '지젤'을 연기해 보지 못한 채 은퇴하는 무용수도 있었다. 카티야 레즈니코바도 그런 프리마였다. '오데트-오딜' 역할로 정평이 난 무용수였지만, 〈지젤〉에서는 늘 '미르타' 역할만 맡았다. 그의 비교 대상으로 자주 언급되는 붉은 머리 마야 플리세츠카야도 마찬가지였다. 이건 기술이나 예술성의 문제가 아니라 무용수의 몸과 영혼이 배역과 어울리는지를 따지는, 앙플루아emploi의 문제였다.

'지젤' 옆에 이름이 적히지 못한 채 볼쇼이의 시즌이 거듭될수록 점점 더 많은 사람이 나는 영영 이 배역을 못 맡을 거라고 믿었다. 실연하여 죽는 여자를 연기하기에 나는 너무 강인했던 것이다. 내가 아무리 더 작아지고 더 고분고분해져도 '나탈리아 레오노바는 남자 때문에 이성을 잃을 여자가 아니다'라고 모스크바는 생각했다.

그렇게 오랜 시간이 흐른 뒤, 마침내 로랑은 내게 '지젤' 역할을 맡기며 발레 세계에 어떤 도전장 같은 걸 선포했다. 그 외에도 감독은 내가 파리에 성공적으로 자리 잡을 수 있도록 여러 방면에서 애써주었다. 가까운 사람이 스무 명쯤 모이는 오붓한 만찬회부터 팔레 루아얄이나 뤽상부르 공원에서 열리는 패션쇼, 프랑탕 백화점 옥상에서 열리는 영화 시사회, 그 후 이어지는 밤하늘 아래 칵테일 파티 등 이런저런 모임에 나를 초대했다.

〈지젤〉 공연을 일주일 앞두었을 때 사샤와 나는 루이비통 재단 미술관에서 열리는 특별 전시회에 초청받았다. 그날 오후, 우리가 입을 옷이 아파트로 배송되었다. 내 의상은 목이 깊게 파인 드레스였는데, 검은색 바탕에 금색 문양이 짜여진 브로케이드[1] 보디스에 풍성하게 겹친 망사천으로 이루어진 치마가 달려 있었다. 그 옷을 입자, 리허설 사이 휴식 시간에 급히 사서 니나의 결혼식에 입고 갔던 빨간 드레스가 아련하게 생각났다. 너무나 오래된 일처럼 느껴졌다. 사샤가 협찬받은 옷은 짙은 꽃무늬가 박힌 검은 턱시도였다. 우리 둘은 준비를 마치고 전신 거울 앞에 나란히 섰다. 5월 저녁의 분홍색 잔양이 방 안으로 쏟아져 들어와 서랍장, 협탁, 침대, 정교하게 새긴 조형과 다른 모든 것들이 한 폭의 유화처럼 진해졌다.

"어때?" 사샤가 재킷 단추를 채우며 묻고는, 손바닥에 젤을 짜더니 머리카락을 뒤로 넘겼다. 그러고는 만족스러운 듯한 표정으로 거울 속 내 눈을 쳐다보았다.

"조금 화려하긴 한데, 매일 밤 무대에 오를 때만큼은 아니네." 내가 웃었다. 사실 그 턱시도는 사샤에게 정말 잘 어울렸다. 옷을 걸친 순간 사샤는 무용수, 즉 일해서 먹고사는 사람에서 세상 물정에 밝은 사교계 인사로 변신한 듯했다. 부유해 보였다는 의미이기도 하지만, 그게 다는 아니었다. 무엇을 '하는지'가 아닌 무엇을 '가졌는지'로 정의되는 부류의 사람이 된 것 같았다. 그 무렵 내게는 그런 이들을 관찰할 기회가 많았다. 소유물이 곧 정체성인 걸 자랑스럽게 여길 뿐만 아니라, 노력하지 않더라도 계속해서 더 많은 것을 가지게 되리라고 진심으로 믿는 사람들.

1 공단과 같이 두툼한 원단에 다채로운 색실로 무늬를 넣어 짠 견직물.

"꽤 마음에 드는데." 사샤가 몸을 뒤로 틀어 등을 거울에 비쳐 보며 말했다. "타이츠 입고 발레 벨트만 차다가 이런 옷을 입으니 아주 괜찮네!" 그가 웃으면서 내게 더 가까이 다가왔다. "그리고 이렇게 입고 있으니 정말 예쁘다, 나타샤. 색다르고. 보기 좋아." 그가 내 허리에 손을 얹으며 말했다. 그의 입술이 내 입술에 닿기 직전, 그의 눈동자에서 비잔틴 동전에 새겨진 초상처럼 자그마한 내 눈부처를 보았다. 익숙하면서도 낯선 그 모습을 보자 고요한 불안감이 내 안에 스며들었다. 한때 그에게 나는 넘어야 할 산이자 신비로운 존재였다. 그는 내가 다른 사람이 되길 바랐을까? 사샤의 어깨에 턱을 괴고 싱긋 웃었다. 한 박자 늦게 거울 속 그림자가 날 향해 미소 지었다.

어느새 땅거미가 내렸지만, 우리 차가 부아 드 불로뉴[1]를 지나가는 내내 대기에 갇힌 태양의 열기가 가시질 않았다. 나무의 크기부터 시냇물 소리까지 숲의 모든 게 빈약하게 느껴졌다. 수천 년 동안 완전히 벌목된 적 없는 원시림의 잔해라고는 믿기지 않았다. 자동차가 급커브를 돌자, 보랏빛 하늘을 배경으로 마치 거대한 곤충이 탈피해 놓은 허물 같은 루이비통 재단 미술관이 떠오르기 시작했다. 어스름이 깔리는 풀밭 위에 유리와 강철로 이루어진 건물 외관이 구겨진 듯 서 있었다. 가까이 다가가니 바로 앞에 반사 연못이 보였다. 연못의 물은 건물의 입구 쪽으로 잔잔히 흐르고 있었다. 우리는 활주로처럼 흰 조명이 줄지어 깔려 있는 길로 걸어 내려갔다.

1 Bois de Boulogne, 파리 서쪽에 위치한 대형 공원.

정문 옆에는 삼삼오오 무리 지어 서 있는 손님들이 담배를 태우는 척하며 다른 이들을 관찰하고 있었다. 전체적인 장면은 잔혹하게 추하면서도 부인할 수 없이 매혹적이었다. 물론 그게 이곳의 핵심이었다.

입구 앞에서 사샤가 발길을 멈추고 히샴이라는 영화 제작자 지인과 인사를 나누었다. 루이비통 모자 아래로 보이는 그의 눈은 크게 뜨고 있는데도 온전히 깨어 있지 않은 듯 보였다. 그가 신고 있는 흰색 루이비통 운동화는 래퍼들이 신는 것만큼이나 깨끗했다. 히샴 옆에는 짙은 눈썹에 긴 머리카락을 완벽하게 세팅하고 어깨끈 없는 야회복을 입은, 잘생긴 아랍 여성이 서 있었다. 그의 이름은 베나즈였다. 내가 상상했던 것과 달리 베나즈는 사교계 인사가 아니라 작가이면서 인권 운동가라고 했다. 히샴과 베나즈는 다른 수아레[2]에서 만난 적 있는 사샤를 따뜻하게 반겨주었다. 두 사람은 나를 보면서도 활짝 웃었지만, 대화는 어색하게 흘러갔다. 저마다 자기 분야에서 유명한 사람들인데, 상대방이 무엇으로 유명한지는 잘 몰랐기 때문이었다.

베나즈가 간신히 말을 할 수 있을 정도로 담배를 입술에서 살짝 들어 올렸다. "이름이 어떻게 된다고 했죠? 나탈리아? 파리 오페라 발레단의 에투알 무용수라고요? 굉장하네요." 담배 개비가 자석에 이끌리듯 입술 사이로 돌아갔다. 그는 후~ 하고 즐겁게 연기 구름을 내쉬었다. "나도 어릴 때 춤을 췄어요. 잘한다는 소리를 꽤 들었

2 격식을 갖춘 저녁 파티.

죠. 물론 당신만큼은 아니지만. 그리고 지금은 그냥, 보다시피 작가예요."

"어떤 책을 쓰셨어요?" 나는 어쩔 수 없이 물었다. 그리고 예상했던 대로, 베나즈는 내가 자기 책을 모른다는 사실에 불쾌함을 숨기려고 애썼다.

"고국의 독재정권에서 도망쳐 나온 내가 어떻게 난민으로 영국에 정착하고 옥스퍼드에 들어가서 국제 인권 변호사가 됐는지에 대한 회고록이에요." 베나즈는 속사포처럼 빠르게 말을 쏟아내고는 화제를 히샴으로 돌렸다. "히샴은 이주자 권리를 여러 번 주제로 다루었죠. 그가 제작한 영화들은 정말……" 베나즈가 길고 흰 연기를 내뿜고는 조급하게 손부채질을 했다. "지금 가장 유명한 배우들이 다 거쳐갔어요. 그렇지, 히쉬? 누구누구 있는지 이름 좀 얘기해 봐."

히샴이 사샤와 하던 대화를 멈추고 몇 사람의 이름을 댔다. 그중 한 사람도 몰랐던 나는 결국 "나중에 찾아볼게요"라고 말했고, 완전히 바보가 된 것 같은 기분이 들었다. 그건 마치 누군가 내게 "오, 〈지젤〉이라고요? 대단하군요. 나중에 찾아봐야겠어요"라고 말하는 것만큼이나 쓸데없고 피상적인 반응이었다. 그들과 차례차례 의미 없는 말을 더 주고받기 전에 양해를 구하고 먼저 안으로 향했다. 사샤가 히샴과 악수하고 베나즈의 양 볼에 입을 맞춰 인사한 뒤 내 뒤를 따랐다.

파리 사교계에서도 가장 멋쟁이들이 파티에 합류하는 시점에 맞춰 안으로 들어갔다. 연회는 이미 한창이었다. 호화롭게 차려입은 손님들이 손에 술잔을 들고 거대한 공간을 거닐고 있었다. 칵테일 아워[1]였다. 모든 전시 홀이 특별 개방된 상태였으나, 미술 작품에 관심을 보이는 사람은 없었다. 사샤가 술을 가지러 간 사이, 나는 플라스틱병과 헌 옷, 잡동사니로 만든 매트리스 모양의 거대한 조형물 앞에 서 있었다. 쓰레기차 안에 있어도 어색하지 않을 듯한 작품이었다. 그러나 전시홀의 세련되고 어둑한 조명 밑에서는 억만장자가 곧 사들일 작품으로 보였다.

"정말 '생생'하죠. 아주 '강렬'해요. 그렇지 않아요?" 누군가의 목소리가 들려 돌아보니 베나즈였다. 나는 이렇게 현대미술을 앞둔 상황에서 보편적으로 써먹을 수 있는 세 번째 형용사를 사용해 대답했다.

"네, 아주 '기념비적'이에요."

"바로 그겁니다." 베나즈가 고개를 끄덕였다. "지중해에서 수거한 해양 쓰레기로 만든 구명보트예요. 여기 있는 옷들은 안타깝게 익사한 난민들이 입고 있다가 떠밀려 온 것들이죠." 베나즈는 고개를 가로젓더니 이내 얼굴을 환히 밝혔다. "아, 저기 로라가 오네요. 로라 켄트. 물어볼 필요도 없겠네요, 당연히 알죠?"

몰랐다. 로라가 우리에게 다가오기 전 짧은 순간에 베나즈는 로라가 매우 저명한 미국 소설가라고 설명했다. 두 친구는 서로의 뺨 위 허공에 대고 과장된 쪽쪽 소리를 내며 키스하였다.

"오늘 아주 달라 보이네. 못 알아볼 뻔했어." 베나즈가 친구를 위

1 정식 만찬이나 파티에서 식사 전에 가볍게 칵테일을 즐기는 시간.

아래로 훑어보며 말했다. 작은 체구에 회색빛 도는 금발을 풀어 내리고 르스모킹[1]을 입은 로라가 두꺼운 뿔테 안경을 톡톡 두드렸다.

"오늘은 시크릿 모드." 미국인 작가가 말했다. "이러면 돌아다니기 수월하거든. 제프리는? 애들이랑 집에 있어?"

베나즈가 한숨을 쉬었다. "아니, 뉴욕에. 애들은 우리 부모님하고 런던에 있고. 맡겨놓고 와서 얼마나 다행인지 몰라. 키키가 한창 떼쓰는 시기라."

"이런, 계속 얘기해 봐. 시험관 시술을 그만둘 이유가 필요해." 로라가 웃음을 터뜨렸다.

"첫째, 임신하면 술을 못 마신다는 것. 둘째, 속은 더부룩하고, 잠은 안 오고, 임신에 따라오는 모든 증상이 아주 끔찍하다는 것. 내가 성공해서 행복한 이유가 뭔지 알아? 나중에 키키가 엄마가 되고 싶다고 할 때 대리모를 구해줄 만큼의 돈이 있다는 거야." 베나즈가 샴페인 잔을 위로 올리며 말했다. "키키는 몸매를 망치지 않고도 커리어와 가정 두 가지 다 가질 수 있어야 해."

로라가 눈썹을 치켜올리며 잔을 들었다. "옳소, 옳소!"

"그건 그렇고, 인사해. 이쪽은 나탈리아 레오노바. 파리 오페라 발레단의 신예이자 최고 스타." 베나즈가 나를 가리키며 말했다. "〈지젤〉에 나온다니, 정말 기대돼요."

"대단하군요. 나중에 찾아봐야겠어요." 로라가 재잘거리고는 다

1 19세기에 휴식을 취하고 흡연할 때 입는 남성용 벨벳 재킷에서 유래한 이름. 그 뒤 이브 생로랑이 여성용 정장으로 재구성해 유행시켰는데 고급스럽고 감미로운 재질과 둥근 칼라가 특징이다.

시 친구에게 고개를 돌렸다. "저녁 먹으면서 제대로 얘기 좀 하자. 예약 시간 다 돼간다."

"아베크 플레지르Avec plaisir.[2] 근데 가기 전에 나탈리아하고 같이 셀카 한 장 찍자." 베나즈가 내 쪽으로 몸을 기울이고 한쪽 어깨 앞으로 머리카락을 늘어뜨리며 말했다. "로라, 찍어줄래?"

로라가 팔을 길게 뻗었고, 그렇게 우리 셋은 사진을 찍었다. 로라가 베나즈에게 메시지로 사진을 보냈다.

"저한테도 보내주시겠어요?" 내가 로라에게 부탁하며 내 전화번호를 말하자, 로라가 곤란하다는 듯한 표정을 지으며 멈칫했다.

"음, 에어드롭으로 보낼 수 있는지 한번 볼게요." 로라가 이마를 찌푸리고 붉은 입술을 오므리며 휴대폰을 이리저리 만지작거렸다.

"아, 이거. 안 되네." 잠시 뒤 로라가 짜증 난 듯 중얼거렸다. "그럼 그냥 문자로 보낼게요."

나는 다시 한번 내 전화번호를 알려주었고, 내게 사진을 보내자마자 두 친구는 여기보다도 더 아름답고 고급스러운 곳으로 걸음을 옮겼다. 전시관을 훑어보니 넋을 잃고 경청하는 사람들에게 둘러싸인 사샤가 호쾌하게 이야기를 늘어놓고 있었다. 내가 손을 흔들자 그가 사람들에게 양해를 구하고 내게 걸어왔다. 그에게 건네받은 샴페인을 깊이 들이켜고는 방금 있었던 일을 털어놓았다.

"내가 자기 전화번호를 받아서 뭐라도 할 것처럼 말이야. 내가 무시당하고도 모를 만큼 바보 같아 보였나?"

2 "물론이지."

"너무 안 좋게 생각하지 마." 사샤는 나를 타일렀다.

"내가 어떤 기분인지 넌 몰라. 넌 사람들이 얕잡아 보지 않으니까. 아니면 네가 눈치 없는 걸 수도 있고."

"이 사람은 이렇다 저 사람은 저렇다, 왜 이렇게 불만이 많아? 네 마음에 차는 사람이 있긴 해? 넌 세상에서 네가 제일 잘났다고 생각하지." 그가 눈을 굴리고 술을 한 모금 마셨다. 대꾸하려는 찰나, 우리 쪽으로 걸어오는 어느 눈부신 여자를 보았다. 내 기억보다 키가 더 컸지만, 상긋 웃으며 가까이 다가올수록 담홍색과 노란색이 어우러진 월계화 같은 모습에 확신이 갔다. 소피야였다.

"나타샤, 여러 여름, 여러 겨울이 지났네!" 소피야가 내 팔꿈치를 감싸 잡고 양쪽 뺨에 키스했다. 그가 한 걸음 뒤로 물러나자 그제야 그의 아름다움이 시야에 온전히 담겼다. 어릴 적부터 소피야는 예뻤고 스스로도 그 사실을 알고 있었지만 이제는 그 가능성을 모두 실현하여 만개한 사람의 찬란함마저 느껴졌다. 소피야는 조각상 같은 담청색 칼럼 드레스[1]를 입고 있었다. 그가 온몸을 금색 종처럼 흔들며 까르르 웃자, 귓불에 달린 큼지막한 눈물방울 모양 사파이어가 달랑거렸다. 그렇게 웃는 건 바가노바를 떠난 이후에 의식적으로 익힌 습관 같았다. 따스함과 동시에 어떤 불안감이 내 속을 파고들었다.

"너 좀 봐, 소피야. 정말 근사해." 내가 러시아어로 말했다. 익숙한 얼굴을 마주한 채 익숙한 언어로 말하니 혼란스러운 중에도 더

1 기둥처럼 일자로 자연스럽게 떨어지는 형태의 드레스.

할 나위 없이 행복했다. "파리에는 무슨 일로 왔어?"

"파리 오페라 발레단에 에투알로 입단했다는 소식은 들었어. 그럴 만해. 넌 언제나 최고였으니까." 소피야가 나와 거의 동시에 말했다. "나랑은 다르게." 그가 생글 웃었다.

"발레는 그만둔 거야?" 나는 이렇게 물으면서도 그동안 소피야에게 연락 한번 안 했다는 사실이 부끄럽고 미안했다. 그는 이런 내 창피함을 모르는 체해 주었다.

"응, 안 춰. 대신 패션학교에 들어갔어. 지금은 여기 파리에서 일하고."

"디자이너로?" 내 질문에 소피야가 고개를 가로저었다.

"아니, 그랬으면 좋았을 텐데. 모델이야. 그건 그렇고, 이쪽은 그 유명한 알렉산드르 니쿨린이겠네?" 그녀가 인내심 있게 기다리고 있던 사샤를 향해 고개를 돌렸다. 내가 두 사람을 소개하자마자 그들은 마치 테니스 친선 경기를 치르는 선수들처럼 칭찬과 질문, 공감을 주거니 받거니 하며 서로를 매료시켰다. 두 사람은 참 잘 어울렸다. 오랜 친구, 아니면 새로운 연인처럼.

"갑자기 많이 피곤한데." 내가 두 사람에게 말했다. "사샤, 저녁 먹고 천천히 와. 나 먼저 집에 가서 쉬고 있을게."

"그래도 괜찮겠어? 나도 같이 갈게." 사샤가 눈썹을 찡그리며 말했다. "공연이 얼마 안 남아서 스트레스를 받는가 본데." 사샤가 소피야에게 미안해하는 표정을 지었다.

나는 사샤에게 더 있다 오라고 했고, 그도 더는 말씨름하지 않고 수긍했다. 소피야와 나는 전화번호를 주고받으며 언제 한번 만나

자고 약속했다.

밖으로 나오니 문 앞엔 아무도 없었다. 개구리 울음소리가 서늘한 밤공기를 가르고 맑게 울려 퍼지고 있었다. 나는 다시 숨을 쉴 수 있을 것 같았다. 운전기사 가브리엘이 차 옆에서 기다리고 있었다. 그의 보글보글한 곱슬머리는 멀리서도 한눈에 알아볼 수 있었다. 가브리엘은 나를 보자마자 재빨리 휴대폰 게임을 저장하고 차 문을 열어주었다. 몸이 안 좋은 건 사실이었지만, 집에 가고 싶진 않았다. 그렇게 외출을 많이 했는데도 여전히 파리에 아는 곳이 별로 없었다. 별안간 로랑이 처음 내게 전화를 걸었던 때가 생각났다. 운전기사에게 어딘가로 가달라고 하던 감독의 목소리가 수화기 너머로 들렸고, 왠지 모르지만 그 장소가 계속 머릿속을 맴돌았다. 그러나 거기가 어떤 곳인지는 여태 모르고 있었다.

"가브리엘, 보주 광장이 어디인지 알아요?" 내가 물었다.

"물론이죠. 아파트에서 멀지 않아요." 그가 대답했다. "그리로 모실까요?"

"네, 거기로 가죠."

상트페테르부르크에는 우아함이, 모스크바에는 감동이 있다. 그러나 유혹을 하는 도시는 오로지 파리뿐이다. 파리에 살다 보면 도시의 구석구석이 언젠가 내 눈에 발견될 순간을 기다리고 있었다고 믿게 된다. 이를테면 구불구불해진 벽으로 몇 세기나 더 늦게 지어진 이웃 건물에 기대어 세월의 무게를 버티고 있는 중세 건물, 부르주아지들이 모인 몽마르트 한가운데 숨겨진 비밀 돌길 옆으로 나란히 들어선 작은 집들.

17세기 초에 지어진 보주 광장은 파리에서 가장 오래된 광장이다. 1년 가까이 살고 있는 우리 아파트에서 도보로 10분도 안 걸리는 곳인데, 어쩌다 한번 지나쳐 간 적도 없었다. 광장 네 면을 둘러싼 붉은 벽돌 저택들에는 한때 귀족들이, 지금은 상류층 부르주아지들이 살았다. 이 타운하우스들의 1층은 아케이드 상가여서 누구나 통과해 중앙 광장으로 들어갈 수 있었다. 여기에는 파릇파릇한 잔디밭이 4등분 되어 있었고, 각각 그 중심에 똑같은 분수가 있었다. 신선하고 향긋한 어둠 가운데 돌사자의 입에서 분수의 물이 흘러나와 음표 모양으로 떨어졌다. 달빛을 받아 긴 그림자를 드리우는 피나무 울타리가 잔디밭을 둘러쌌다. 그 촉촉한 풀 위에 친구들이 삼삼오오 무리 지어 앉아 있었다. 아케이드에도 사람들이 있었다. 멋스럽게 나이 든 중후한 남자들과 에르메스 스카프를 두른 여자들이 연기하듯 과장된 손짓을 하며 먹고 마시는 광경이 제등 불빛 밑에서 바로크시대 화폭처럼 아롱다롱했다.

앉을 곳을 찾아 광장을 돌아보았다. 1층 상가의 레스토랑들은 그 위 저택에 사는 사람들, 즉 로랑 같은 사람들이 즐겨 갈 법한 곳으로 보였다. 광장 밖으로 나가서 조금 더 조용한 데를 찾아보기로 했다. 남쪽 출구 바로 앞에 적당히 분위기 있는 바가 하나 보였다. 첫 데이트를 하는 사람들에게도 권태기를 겪는 커플에게도 적합하지 않지만, 여전히 다정하게 서로의 빨래를 해주고 때때로 서로를 '연인'이라고 부르는 이들이 가기에는 완벽한 장소였다. 나는 안으로 들어가 흰색 대리석 바 테이블에 앉아 파스티스[1] 한 잔을 주문했다. 몇 분 후, 바텐더가 내 앞에 술잔을 내려놓으며 물었다. "사랑 싸움?"

"어떻게 알았어요?" 내가 말했다.

"근사한 쿠튀르 야회복을 입고서 이 밤에 혼자 술을 마시러 왔으니까요." 그가 말했다. "프랑스어 발음이 아주 좋지만, 여기 사람은 아니군요."

나는 그에게 러시아의 발레학교에서 프랑스어를 배웠으며, 지금은 파리 오페라단 소속 발레리나라고 설명했다.

"언제 한번 발레하는 걸 보고 싶네요. 저는 사진작가예요. 인물사진을 특히 좋아하는데, 무용수는 훌륭한 피사체가 되죠." 바텐더가 말했다. "그래서, 애인과 무슨 일이 있었나요?"

바텐더를 찬찬히 살펴보았다. 잘생긴 건 아니지만 강한 인상을 남기는 부류의 남자였다. 마치 빨간 손수건을 목에 두른 보르조이[2] 처럼. 검은 머리는 한 줄기만 은빛으로 탈색되어 있었고, 두 팔에는 문신이 가득했다. 나와 내가 사는 세계와는 너무도 동떨어진 외계인 같았다. 그래서 모든 걸 털어놓기로 했다. 이런저런 파티에서 만나고 또 만나는 차갑고 위선적인 사람들. 같이 있는 게 즐거운 척 연기해야 하는 나. 뭐가 문제냐는 듯 잘만 어울릴뿐더러 오히려 거부감을 드러내는 내게 까다롭고 거만하다고 다그치는 사샤. 그리고 몇 년간 일부러 피했었는데, 우연히 마주쳐서 보니 전보다 더 아름답고 매력적인 여자가 되어 있는 옛 친구.

1 아니스 향을 가미한 리큐어.

2 과거 차르와 귀족들이 주로 길렀고, 긴 털과 가늘고 큼직한 몸집이 특징인 러시아의 국견.

"그래서, 그 모든 일을 겪고 나니 기분이 어떤데요?" 바텐더가 물었다.

"몰라요. 어떻게 설명해야 할지 모르겠어요." 내가 말했다. "프랑스어 실력이 부족해서."

"춤으로 표현해 봐요. 저라면 그렇게 하겠어요." 그가 칵테일을 한 잔 더 만들며 말했다. 완성된 술을 따르고 잔을 내 앞에 내려놓으며 그는 덧붙였다. "서비스입니다."

"제 이름은 나탈리아예요. 친구들은 나타샤라고 부르고요." 내가 말했다. 그에게 추파를 던지는 건 아니었지만, 그가 나를 좋아해 주길 바랐다. 누군가가 나를 좋아해 주길 바라는 일이 너무 오랜만이라서 그런 마음이 드는 것만으로도 기분 전환이 되었다. 내가 느끼는 이 묘한 감정을 바텐더도 똑같이 느끼는 듯했다. 나를 유혹하는 건 아니었지만, 그의 행동에서 어떤 욕망이 느껴졌다.

"레옹입니다. 앙샹테Enchanté.[3] 수요일부터 토요일까지 저녁에 오면 날 만날 수 있어요." 그는 이렇게 말하고 냅킨에 전화번호를 적었다. "말동무라도 필요하면 언제든 전화하시고."

다음 날 아침, 클래스 내내 전혀 집중할 수 없었다. 지난 몇 년간 악화한 오른발 엄지의 무지외반증으로 인한 통증이 결국 무시할 수 없는 수준에 다다른 탓이었다. 공연 중에는 솟구치는 아드레날린과 커튼콜을 마치고 분장실에 달려가 얼음통에 발을 담글 수 있다

3 "만나서 반가워요."

는 생각에 통증을 잊을 수 있었다. 그러나 수업 시간에는 저녁 일정을 위해서 이런저런 방법을 써가면서 발을 사리게 됐다. 더는 열일곱, 열여덟, 열아홉 살 때처럼 몸을 던질 수 없다는 사실에 나는 소스라치게 놀랐다. 바르나에서 '감자티' 역할로 무대에 올랐던 날이 떠올랐다. 그때는 마음만 먹으면 하늘까지 날아오를 수 있을 것 같았는데. 그 시절 내게는 물리법칙이 아예 존재하지 않거나 남들과 다른 법칙이 적용되는 듯했다. 어떤 느낌이었는지 굳이 말로 설명하자면, 그건 순수한 자유였다. 볼쇼이에서도 처음 몇 시즌 동안에는 거침없이 날뛰었다. 사샤가 새로운 묘기를 만들어내면 나는 곧장 그걸 따라 해야 했고, 그보다 더 잘해야지만 만족했다. 이제는 회전 사이사이 점프를 하는 묘기 푸에테를 하는 생각만으로도 발이 부어오르는 것 같았다. 여전히 다른 발레리나들보다 더 높이 그랑 제테를 할 수 있었지만, 모든 에너지와 통증 내성을 한꺼번에 소모해서는 안 된다는 사실을 알고 있었다. 무모하게 행동했다가 무슨 일이 생길지는 뻔했다. 무대에서 넘어지거나 2막 공연을 이어서 할 수 없게 되거나, 심지어 아킬레스건이 너무 팽팽하게 조인 첼로 현처럼 딱! 하고 끊어질 수도 있었다.

클래스가 끝난 뒤에는 혼자서 '지젤'의 2막 입장을 리허설했다. 발레에서 가장 유명한 장면 중 하나다. 자정이 넘은 시간, '지젤'이 묻힌 숲속 빈터. '윌리'들의 여왕 '미르타'가 무덤 속 '지젤'을 마법으로 불러낸다. 그렇게 '지젤'은, 연인에게 배신당한 처녀들의 영혼인 '윌리'의 일원이 된다. '미르타'가 마법의 아스포델 꽃가지를 휘둘러 '지젤'에게 춤을 추라고 명령하자, '지젤'은 이에 복종해 여덟 박자 동안 아티튀드 데리에르[1] 자세로 발뒤꿈치를 들고 폴짝이며 제자리에서 빙글빙글 돈다. 그런 다음 대개 드미 푸앵트[2]에서 부레 또는 셰네[3] 로 회전해서 빠져나온다.

바로 이 부분에서 난 어떤 도전을 해보기로 결정했다. 최고의 발레리나들이 이 장면을 춤추는 영상을 빠짐없이 공부했다. 실비 길렘은 누구보다도 더 높이 다리를 든 아름다운 아티튀드 데리에르 자세로 여덟 카운트 동안 회전했다. 그런 다음 앙 푸앵트 부레로 전환하며 속도를 늦췄다. 그렇게 프랑스 전형이자 파리 오페라 특유의 무척 차분하고 세련된 느낌이 연출되었지만, 민감하고 투명하며 순수한 소녀 유령의 모습과는 어울리지 않았다. 아홉 카운트 또는 열 카운트 동안 회전한 뒤 드미 푸앵트 셰네로 빠져나오는 무용수들도 있었다. 위험 부담도, 광적인 효과도 훨씬 덜한 전환이었다. 나는 아티튀드 데리에르에서 열두 카운트 동안 회전하고 속도를 늦추지 않은 채 바로 풀 푸앵트 셰네로 전환하기로 마음먹었다. 달빛 아래서 마법에 걸린 채 무아경에 빠져 정신없이 발을 놀리는 정령의 모습이라면 이래야 한다고 믿었다. 또한 내 도전은 브라뮤라 그 자체였는데, 여태 이 배역은 브라뮤라보다 서정성으로 알려져 있었다. 이건 지금껏 누구도 시도한 적 없는 테크닉의 극치였다. 마음속엔 나를 향한 사람들의 기대를 넘어서고 싶다는 익숙하고

1 attitude derrière, 한쪽 다리를 120도 각도로 굽혀서 뒤로 높이 들어 올리는 자세.

2 demi pointe, 하이힐을 신을 때처럼 발뒤꿈치를 들고 전족부로 무게를 지탱하는 자세. 반면 포인트 슈즈를 신고 발가락 끝으로 무게를 지탱하는 것은 '풀(full) 푸앵트'라고 한다.

3 chaînés, '사슬'이라는 뜻으로, 양발을 사슬처럼 연속으로 디디며 정한 방향으로 빠르게 회전하는 동작.

도 저항할 수 없는 충동이 거세게 일었다. 그러나 충분히 할 수 있을 거라고 기대했던 것과 다르게 공연 엿새 전까지도 성공하지 못하고 있었다. 회전할 때의 어지러움, 발의 통증까지 모든 것이 나를 화나게 했다. 한 시간 동안 홀로 힘겹게 연습한 끝에 나는 지쳐서 바닥에 쓰러지듯 드러누웠다.

피곤하고 지친 얼굴을 한 사샤가 스튜디오로 들어왔다. 지난밤 그가 파티에서 돌아왔을 때 나는 이미 자고 있었고, 내가 아침 일찍 집을 나설 땐 그가 아직 자고 있었다. 물병을 꺼내 목을 축이지도, 웜업팬츠를 고쳐 입지도, 스테레오로 걸어가지도 않고 그는 곧장 내게 와서 옆에 앉았다.

"나 이거 못 할 것 같아." 나는 팔뚝으로 두 눈을 덮으며 사샤에게 말했다. "내 마음대로 춤이 안 춰져. 이런 적은 처음이야. 필요한 걸 다 갖게 되자마자 늘 가지고 있었던 하나를 잃어버렸어."

"어디가 제일 아파?" 사샤가 물었다. 내가 오른발을 가리키자, 그가 내 발을 자기 무릎 위에 올리고 부드럽게 주무르기 시작했다. 우리는 한동안 말없이 그렇게 있었다. 복도 끝의 스튜디오에서 리허설을 마치고 나오는 코르 드 발레 단원들의 끼룩끼룩 하는 웃음소리가 정적을 깼다. 문이 열린 우리 스튜디오 앞을 지나갈 때 그들은 두려움과 경외감으로 갑자기 조용해졌다. 그들이 속삭이는 소리가 내 귀에 들릴 정도였다. "사샤랑 나타샤다." 잠시 후 수다 소리는 다시 시끌벅적해지더니 이내 완전히 사라졌다.

"카티야 레즈니코바가 있으면 숨죽이고 지나가던 게 엊그제 같은데. 리허설 중인 발레리나가 아니라 잠자는 사자라도 되는 것처럼." 내가 피식 웃으며 말했다. "나는 이제 정점을 지나 내리막길에 있어. 몸이 예전 같지 않아. 어제 했던 동작을 오늘은 못 할까 봐 늘 두려워."

"넌 그걸 이제 느꼈구나. 내가 너보다 한 살 많은 거 알지? 나는 지난 1년 내내 그렇게 느끼고 있었어. 아니, 솔직히 말하면 그 전부터." 사샤가 계속 내 발을 주물러 근육을 풀어주면서 말했다. "난 이미 오래전부터 몸을 사리기 시작했어. 열아홉 살 때하고는 확실히 다르지. 전에 우리가 함께했던 동작 중에도 안 되는 게 있고. 관객에게 보여주기 위해서도 아니고 그냥 우리 기량을 시험해 보며, 장난치고 웃으며 볼쇼이 첫 시즌 때 시도했던 것들 말이야."

"아니야. 난 그렇게 생각하지 않아." 나는 이렇게 말했지만 사실 사샤를 이해했다. 그는 여전히 눈부신 무용수였고 웬만한 열아홉 살 솔리스트는 감히 사샤를 넘어서겠다는 꿈도 꾸지 못했다. 그러나 나는 사샤가 자신의 한계까지 밀어붙이다가 목표에 도달하기 직전, 큰 재앙을 피하려고 멈추고 물러서는 모습을 본 적이 있었다. 어느새 그는 현실적인 무용수가 된 것이다.

"그래도 나이 드는 게 꼭 나쁘지만은 않아." 사샤가 말을 이었다. "어떤 면에서는 나를 되밀어 주는 게 있다는 게 도움이 돼. 점프하려면 딱딱한 바닥이 필요한 것처럼. 나이가 들면서 내 한계가 어디까지인지, 그 한계를 넘어선다는 게 어떤 느낌인지 알게 됐어. 네가 꿈꾸는 무용수가 되지 못할 것 같은 두려움, 바로 그게 네 춤을 더 살아 있게 만드는 거야. 이제는 한 바퀴를 더 돈다거나 두블르 투르를 추가로 하려면 전보다 훨씬 더 큰 용기가 필요한데, 그렇기 때문에 뜻대로 잘 되면 더 만족스러워. 그리고 이렇다는 사실이 난 전혀 부끄럽지 않아."

그가 마사지를 멈추고 내 발을 느슨하게 감쌌다. "나 좀 봐봐, 나타샤."

나는 고개를 들지 않았다. 내 발을 자기 무릎에서 내려놓고 내 팔뚝을 들어 올리는 그의 손길이 느껴졌다. 나는 계속 눈을 감고 있었다.

"사람들이 생각하는 것보다 넌 눈물이 많아." 그가 나직이 말했다. "그리고 나는 너를 사랑해. 너의 모든 걸 사랑해."

그제야 나는 눈을 뜨고 그를 쳐다보았다. 아침에 면도를 하지 않아서 양 볼이 이끼같이 보송보송한 수염으로 뒤덮여 있었다. 사샤는 무릎에 구멍이 난 검은색 나일론 트레이닝 바지를 입고 있었는데, 내가 버리라고 해도 말을 안 듣고 제일 자주 꺼내 입는 옷이었다. 그 순간, 난 그 어느 때보다 그를 사랑했다. 그가 불멸의 존재처럼 춤추고 있던 때보다, 우리가 처음으로 집에서 함께 요리하고 식사했던 때보다, 긴 여름날 뜨거운 자갈 위에 누워 소나무로 둘러싸인 하늘을 바라보며 우리의 살갗이 맞닿았던 그때보다 그를 사랑했다.

"내가 나이가 들어서 춤을 못 추게 돼도 내 곁에 있을 거야?" 그에게 물었다.

"약속할게. 항상 있을 거야. 영원히." 그가 말했다.

리허설, 차 한잔, 집에서 차린 식사로 니나네 집에서 보내는 날들이 하루하루 평화롭게 이어진다. 큼직한 초콜릿케이크 하나를 다 먹고 나니 니나가 사과 케이크, 호두 케이크, 프라하 케이크를 차례차례 내어 주기에 더는 참지 못하고 그에게 한마디 한다.

"집에 케이크 좀 그만 가져와. 이러다 무대의상이 안 맞겠어."

"내가 사 오는 게 아니라," 니나가 손바닥으로 관자놀이를 누른다. "그 사람이 자꾸 현관 앞에 두고 가."

"너 결혼했다고 얘기했지? 그래도 그래?"

"당연히 했지. 상관없대. 내가 받아야 하는 사랑을 안드류샤는 못 준대. 안드류샤에게 난 인생의 여러 요소 중 하나지만, 그에겐 내가 전부래. 그는 내 행복 말고는 아무것도 필요없대."

"너를 사랑하는 것 외에 인생에 아무것도 없는 사람과 함께하는 게 좋다고 생각해?"

비꼬지 말라고 나무라는 듯 니나가 나를 어두운 눈초리로 쏘아본다. 그 표정이 니나가 스스로 생각하는 것보다 그 남자에게 더 깊이 빠져 있다는 사실을 말해준다. 이내 니나가 찡그리던 눈썹을 풀고 한숨을 푹 내쉰다.

"정답이 '아니오'라는 건 알겠어. 근데 왜 안 되는지도 모르겠단 말이야."

"정답은 없지. 내가 너한테 뭐라고 하려는 게 아니야. 네가 어떤 선택을 하든 난 괜찮아." 내가 니나에게 몸을 기대자, 우리 몸무게를 떠받친 소파에서 끼익 소리가 난다. "네가 선택하고, 느낄 수 있는 걸 느끼고, 네가 할 수 있는 방식대로 사랑하고, 그 결과를 받아들이면 돼. 그게 인생의 전부니까."

"나는 그를 사랑하지 않아." 니나가 침착하게 말한다. "다 끝났어."

"정말 끝난 거야?" 내가 묻는다. "잠깐, 누굴 말하는 거야?"

니나가 고통에 젖은 얼굴로 대답 없이 방으로 도망쳐 들어간다. 다음 날 아침, 부엌 쓰레기통 안에 통째로 처박힌 모스크바 케이크를 발견하고 나서야 니나의 대답이 뭐였는지 알게 된다. 그날 이후로 집 안에서 케이크며 비엔나식 빵, 롤이 전부 사라진다. 밤늦도록 나와 함께 디저트를 먹으며 수다를 떨던 니나는 이제 일찍 잠자리에 들고 느지막이 일어난다. 어떨 땐 내가 리허설하러 집을 나설 때까지 침대에서 나오지 않는 날도 있다.

어느 날, 조용히 저녁을 먹고 있는데 식탁 위에 둔 니나의 휴대폰이 진동한다. 니나가 급히 휴대폰을 집어 든다.

"잘 지내고들 있어? 응, 나도 너무 보고 싶어. 빨리 집에 오면 좋겠다. 루다는 어딨어? 목소리 듣고 싶어." 니나가 반쯤 먹은 접시를 앞에 두고 자리에서 일어난다. 침실 문이 닫히기 전, "사랑해"라고 말하는 니나의 목소리가 들린다.

〈지젤〉 첫 공연을 성공적으로 마친 뒤, 로랑 감독은 내게 부상 휴직을 하라고 했다. 그는 내가 충분히 그럴 자격이 있다고 말했다. 내 공연은 세계를, 감독을, 사샤를, 그리고 솔직히 나 자신까지도 놀라게 했다. 그날 밤 내 춤을 주도한 건 내가 아니라 나보다 훨씬 더 절대적인 존재였다. 아티튀드 부분에서 몇 박자를 돌았는지 세지도 않았지만, 동작을 끝내기도 전에 쏟아진 박수와 극장을 휩싼 "브라바!" 덕분에 내 의도대로 됐다는 사실을 알 수 있었다. 몸은 무게가 없는 듯했고, 그래서 발에 통증도 느껴지지 않았다. 나는 살과 피가 아니라 오로지 음악으로 이루어져 있었다. 다음 날 병원에 갔을 때 의사는 내게 피로 골절이 오른발에 다섯 군데, 왼발에 두 군데 있는 상태이며, 하루만 더 무대에 올랐더라면 평생 공연을 못 하게 됐을 수도 있다고 말했다.

그렇게 나는 생전 처음으로 복귀 날짜를 정하지 않은 채 춤을 완전히 중단했다. 무용수들이며 스태프, 로랑, 물론 사샤까지 모두가 내게 다정하게 대해주었다. 이런 벽에 부딪히게 될 날을 평생 두려워하며 살았는데, 막상 부딪히자 나도 모르게 은밀한 안도감이 들었다. 주당 40시간씩, 1년에 50주 동안 춤추는 대신 드디어 나에게도 휴식이 온 것이다. 그리고 나는 육체적으로만 지친 상태가 아니었다. 나를 놀라게 한 건 〈지젤〉이 나를 변화시켰다는 사실이었다. 여태 나는 내 인간성을 예술에 쏟아붓는 일에 익숙했다. 그래야만 예술이 진정으로 존재하게 되기 때문이다. 그동안 내가 해왔던 모든 일은 나 자신을 갈가리 찢어서 춤에 녹여내는 것뿐이었다. 그러나 그 반대의 상황도 가능하다는 걸 몰랐다. 진정한 예술이라면 그 예술이 내 안에 들어와 영원히 내 일부가 될 수도 있었다. 그리고 〈지젤〉을 통해 내 안에 새로이 자리한 이 부분은 나를 매우 불편하게 만들었다. 더 이상 나 자신을 그저 나타샤로서 인식할 수 없었다. 거울에 비친 나는 이전과 똑같은 모습을 하고 있었지만, 더 이상 온전한 내가 아니었다. 인간이라고 하기엔 어딘가 부족한 모습이었다. 결국 나는—'원래의 나'는—내가 다시 온전해질 때까지 무엇이든, 춤 외에 다른 무언가를 하는 것이 최선이라는 결론을 내렸다.

처음 두세 달은 사샤가 나갈 준비를 하고 아침을 먹을 때까지 가만히 침대에 누워 있었다. 사샤가 발레단 클래스에 가고 나면 그제야 커피를 내려서 침대로 가져왔다. 여전히 파자마 차림으로 책을 읽고 음악을 들었다. 모차르트 피아노 협주곡이나 차이콥스키 교향곡을 두 번 연속으로 듣고 나면 아침을 잘 보냈다고 만족했다. 그러고 나면 오후 2~3시쯤 되어 있었다. 그제야 나는 샤워를 했고, 점심을 먹으러 의무적으로 집을 나섰다. 내면에 새롭게 자리 잡은 예술적인 '내'가 인간적인 '나', 그중에서도 식욕을 대체한 것이 가장 눈에 띄는 변화였고, 더 이상 나는 배가 고프지 않았다. 사람들이 이상하게 여기지 않게 매 끼니를 기억하는 데에도 큰 노력이 필요했다. 점심을 먹고 나면 공원에 앉아서 이런저런 사물들을 바라보았다. 예를 들면 회전목마 지붕 너머로 보이는 사각형의 파란 하늘, 그런 것들이 형태와 색채만 남을 때까지 한참을 쳐다보았다. 이 과정을 반복하면 어느새 더없이 아름다운 조각들로 온 세상이 가득 찼다. 그렇게 몇 시간이 흘러 새들이 떼지어 날아들고 사람들이 바삐 퇴근해 친구들과 술 한잔 하러 만날 즈음 나는 집으로 돌아왔다. 혼자서 촛불을 켜고 또 음악을 들으며 욕조에 몸을 담갔다.

소나타를 두어 곡 듣고 나면 사샤가 리허설이나 화보 촬영을 마치고 집에 돌아왔다. 어떻게 된 일이냐면, 소피야가 파리에서 가장 유망한 젊은 패션 디자이너 친구에게 사샤를 소개했는데 그 친구가 새 캠페인의 간판 모델로 사샤를 기용한 것이었다. 실물은 매력적인데 사진으로 보면 평범한 사람이 있는가 하면, 사진으로 보면 멋진데 실물이 실망스러운 사람이 있다. 그러나 사샤는 어느 쪽도 아니었다. 그는 사진이든 실물로든 언제나 똑같이, 환히 빛나는 사람이었다. 모델 제의가 잇달았고, 사샤는 퇴근하고 집에 들어오기가 무섭게 라이브 공연장이나 파티장으로 이미 향하고 있었다. 그렇게 점점 우리는 이런 틀에 익숙해졌다. 나는 잠옷 차림으로 침대에 누워 있다. 욕실에서 나갈 준비를 하는 사샤의 그림자가 침실 벽면을 가로질러 바삐 움직인다. 그리고 그가 묻는다. "정말 같이 안 갈래?" 그럼 나는 이렇게 대답한다. "응, 안 갈래." 그가 내게 키스하고 문을 닫으면, 밤새 어둠이 나를 감싼다.

2월의 어느 날 밤, 나는 침대에 누워 책을 읽고 있었다. 사샤는 친구들과 저녁을 먹으러 나가고 없었다. 밖은 너무나 추워서 마레 지구마저도 걷는 이가 없을 정도였다. 옆 건물 카페의 네온 불빛이 젖은 도로에 연홍색과 노란색을 퍼뜨리고 있었다. 그걸 보니 옛 친구들이 생각났다. 이제는 연락을 하지 않지만, 문득문득 간절히 그리워지는 옛 친구들. 그 순간 갑자기 혼자 있는 게 싫어졌다. 느닷없이 누군가와 이야기를 나누면서 김이 모락모락 나는 음식을 먹고 싶었다. 저 깊은 곳에서 인간인 내가 다시 깨어나고 있었다.

나는 외투를 걸치고 장화를 신고서 보주 광장 쪽으로 걸었다. 바에 들어서는 나를 본 레옹은 마치 어제저녁에 만난 사람을 대하듯 말했다. "봉수아르, 나탈리아. 엉 파스티스?"

2장

"색다른 거 하나 만들어주세요……." 내가 말했다. "레옹, 맞죠?"

"부 자베즈 앙비 드 쿠아Vous avez envie de quoi?" 그가 물었다. 뭘 원해요?

"제 앙비 드…… 데트르 아무르즈J'ai envie de—d'être amoureuse."[1]

그가 고개를 끄덕이며 싱긋 웃었다. "즈 피지Je pige.[2] 금방 만들어드리죠."

레옹이 선반에서 술병 서넛을 꺼내 금속 깔때기에 조금씩 붓기 시작했다. 그런 다음 셰이커를 어깨 위에 들어 올려 흔들었다. 차분하게 집중한 표정만 아니었더라면 과시적이라고 생각이 될 정도로 능숙하고 힘찬 몸짓으로. 그는 여과기를 기울여 거른 술을 차갑게

1 "사랑을 하고 싶어요."

2 "잘 알겠습니다."

식힌 쿠프 잔에 따른 뒤 내 앞으로 밀어주었다.

"장미수, 샴페인, 쿠앵트로,[3] 황홀한 고통[4]을 위해 초콜릿 비터스까지." 그의 설명을 들으며 술을 한 모금 마셨다.

"맛있네요. 리큐어는요?"

"당연히 보드카죠! 당신은 러시아 사람이니까." 레옹이 말했다. "맛으로 못 알아챘어요?"

"미각이 형편없어서요. 솔직히 말하자면 난 미식가는 아니에요."

레옹이 한숨을 내쉬고는 행주에 손을 닦았다. 술집에 나 말고 다른 손님은 한 명뿐이었고, 그 손님은 다른 바텐더와 대화를 나누고 있었다. 레옹이 그 바텐더 뒤로 걸어가서는 나직이 뭐라고 말한 뒤 바 테이블 옆에 달린 작은 문을 열고 나와 내 옆자리에 앉았다.

"오늘 근무 끝. 앙리가 마감을 맡아줄 거예요. 이런 날씨엔 손님도 없으니까." 레옹이 동료를 쳐다보고는 보드카 소다와 페르넷[5]을 한 잔씩 주문했다. "우리가 친구가 된다면 음과 식을 즐기는 방법을 알려주고 싶은데. 난 프랑스, 이탈리아 혼혈이라 먹고 마시는 법을 배우면서 자랐다고 해도 과언이 아니거든. 그리고 내 파트너 카밀라도 이탈리아 사람이죠."

레옹과 뭘 어떻게 해 볼 마음이 있었던 것도 아닌데, 우리 사이의 가능성을 좁히는 이 말에 왠지 나는 상처받았다. 레옹은 카밀

3 오렌지 향이 감도는 리큐어의 상품명이다.

4 원서의 "exquisite pain"은 프랑스어로 "La douleur exquise"이고, 이는 이룰 수 없는 사랑이나 실연 때문에 겪는 고통을 의미한다.

5 이탈리아산 비터 리큐르의 일종. '바텐더의 술'로 유명하다.

라와 함께 자신이 사랑해 마지않는 '영원의 도시' 로마에 갔던 이야기를 들려주기 시작했다. 한여름이었고, 높고 검은 소나무 위로 태양은 피 흘리듯 타올랐다. 유적들은 고요하게 포효했다. 폐허가 된 신전들과 쿠리아 폼페이가 있는 라르고 디 토레 아르젠티나[1]까지 그는 걸었다. 한때 율리우스 카이사르가 암살당한 곳은 이제 동물 보호소가 되어 있었고, 잘려 나간 기둥 사이로 길고양이들이 어슬렁거리고 있었다.

"이탈리아 사람들이 삶을 바라보는 방식이죠. 율리우스 카이사르나 길고양이나 마찬가지. 대단히 신성한 것도, 또 신성하지 않은 것도 없어요." 그는 이렇게 말하고 술을 한 잔 더 달라는 손짓을 보냈다. "거기서 다섯 블록만 가면 판테온이에요. 그 안에는 라파엘로의 무덤이 있고, 그 석관에 이렇게 쓰여 있죠. 일레 힉 에스트 라파일. 티무잇 쿠오 소스피테 빈치 레룸 마그나 파렌스 엣 모리엔테 모리Ille hic est Raphael. Timuit quo sospite vinci rerum magna parens et moriente mori. 여기 라파엘로가 잠들어 있다. 그가 살아 있는 동안 그에게 정복당할까 봐 두려워했던 대자연은 그가 죽자, 그와 함께 죽을 것을 두려워했노라." 가톨릭 학교에서 암기한 기도문을 읊듯 그는 라틴어를 술술 말했다.

"젊어서 죽은 이를 위한 추도사치고 굉장한데." 내가 말했다.

"라파엘로는 숭고한 예술 작품을 탄생시켰으니까. 그리고 그들은 유산을 소중히 여기기 때문이기도 하고. 수백 년, 수천 년 뒤에

1 Largo di Torre Argentina, 폼페이우스 극장 근처에 위치한 광장.

내가 무엇을 남길 것인지 생각해 보면 시간의 흐름이 다르게 느껴지지. 과거도 미래도 현재로 다가와서 결국 하나가 되는 거예요. 그리고 여기, 우리 술이 나왔네요." 레옹이 자기 술잔을 들며 말했다. "아르스 롱가, 비타 브레비스Ars longa, vita brevis."

"예술은 길고 인생은 짧다." 나도 내 잔을 들며 말했다.

다음 날 아침, 나는 그림과 조각을 보고 싶다는 열망에 사로잡혔다. 사샤가 집을 나서자마자 옷을 챙겨 입고 루브르 박물관으로 걸어갔다. 그러고는 갤러리에서 온종일 시간을 보냈다. 빛이 환하게 드는 마를리 안뜰에서는 대리석 조각상과 화분에 심긴 나무들, 맑은 눈빛으로 스케치북에 그림을 그리는 미술 학도들 사이에서 한참을 즐겁게 쉴 수 있었다. 박물관에서 나온 뒤에는 크루아상을 하나 사서 강변으로 향했다. 와인 한 병과 음식을 사이에 두고 앉아 있는 젊은 커플들처럼 나도 제방에 걸터앉아 다리를 아래로 늘어뜨렸다. 사샤와 마지막으로 제대로 된 외출이라도 한 게 언제였는지 기억나지 않았다. 내가 다치면서 우리가 함께 춤추던 시간이 한순간에 중단된 탓이었다. 사샤는 구태여 자기 공연을 보러 오라고 고집하지는 않았다. 객석에 앉아 남을 지켜보기만 하는 게 얼마나 큰 고통일지 그도 너무 잘 이해했기 때문이다.

리허설이나 공연이 없는 날이면 사샤는 화보 촬영, 파티, 끊임없는 게스트 초청에 응해 세계 곳곳으로 쉴 새 없이 날아다녔다. 그는 잠시도 가만히 있지 않았다. 문득, 수년 전 우리가 처음 만났던 그 시절의 본모습으로 각자 돌아갔다는 생각이 들었다. 나는 혼자 있거나 내가 신뢰하는 한두 명과 함께 있을 때 편안함을 느꼈지만 그는 여러 사람, 끝없는 자극이 필요했다. 그는 가는 곳마다 새 친구를 만들었으나 그들이 어떤 동물을 키우는지, 그들 자녀의 이름은 무엇인지, 형제가 몇 명인지는 알지 못했다. 그의 아이폰에는 공항 가는 길에 발을 까딱거리며 딱 한 번 듣고 다시는 찾지 않는 노래가 수천 곡쯤 들어 있었다. 나는 좋아하는 노래가 있으면 몇 번이고 반복해서 들었다. 그리고 난 그런 내가 좋았다. 사샤가 새로운 무언가를 '발견'하는 자신을 좋아하는 것처럼. 연인들이 보통 그렇듯 우리도 처음 만났을 때는 서로의 다른 점에 끌렸다. 그래서 새로운 유행을 따라 하듯 한동안 서로를 흉내 내보다가 결국 이전보다 더 큰 확신과 함께 각자의 본모습으로 돌아가게 되었다. 단 하나 정말 달라진 건 이제 내가 춤추지 않는다는 것, 그래서 아무 힘이 없어졌다는 것이었다.

"저기, 실례합니다." 먼발치에서 어느 여자가 손모아장갑을 낀 손을 흔들었다. "혹시 저희 사진 한 장 찍어주실 수 있을까요?"

"그럼요." 내가 말했다. 여자는 새된 소리로 "메르시(감사합니다)"라고 말하며 내게 자기 휴대폰을 건넨 뒤 남자친구와 팔짱을 꼈다. 그들 뒤에서 잿빛 센강이 차가운 용암처럼 느리게 흐르고 있었지만, 그들은 그 찰나의 아름다움만 기억할 것이었다. 생루이섬의 흰색과 회색이 섞인 우아한 저택들, 노트르담 근처에서 바람을 무릅쓰고 희미하게 흘러오는 누군가의 기타 연주, 얼어붙은 배경에서 더 또렷해 보이는 새빨간 손모아장갑. 나는 커플에게 작별 인사를 건네고 사샤에게 전화를 걸었다. 그가 바로 받자, 기분이 한결 나아졌다.

"리허설 중인 거 아니야?" 내가 말했다. 그는 〈메이얼링〉에서 주연으로 서게 되었고, 나 없이 초연 무대에 오르는 건 몇 년 만에 처음이었다. 〈메이얼링〉은 케네스 맥밀런이 안무한 순수 영국 발레의 전형이었으며, 따라서 볼쇼이나 마린스키의 레퍼토리에 없는 작품이었다.

"맞아. 잠깐 쉬는 중이야." 사샤가 말했다.

"어때? 잘돼가?"

사샤가 웃었다. "무엇 하나 제대로 되지 않는 느낌. 알지? 악몽 같은 리프트에, 턴도 다른 동작도 다 왼쪽으로 해야 되고. 그러다가 공연할 때쯤 모두 잘 풀리는 경우. 이번에도 그럴 것 같아."

"저녁 먹으면서 자세히 얘기해 줘." 내가 말했다. "근사한 데 가서 외식하자."

"아, 일찍 얘기했으면 좋았을걸." 사샤가 말했다. "조금 전에 친구가 피갈에 새로 생긴 곳에서 저녁 같이 먹자고 초대했는데."

"나도 가도 돼? 이제 다시 사람들 만나고 싶어."

사샤의 한숨 소리가 들렸다. "흠, 예약을 여섯 명 했는데, 테이블 잡는 게 여간 힘든 곳이 아니라서…… 인원 추가를 받아줄지 모르겠네." 해결책을 찾으며 머리카락을 흩뜨리는 소리가 수화기 너머로 들렸다. "그냥 내가 안 가면 돼. 약속 취소할게."

"아니, 그럴 필요 없어. 간다고 했으면 가야지." 나는 센강을 바라보며 말했다. "오늘 가보고 괜찮으면 나중에 나랑 같이 가자." 사샤는 안도한 것 같았다. 그는 리허설하러 돌아가야 했고 그는 나를 사랑했다.

전화를 끊은 뒤에도 나는 휴대폰 화면을 쳐다보며 어떤 선택을 할지 생각해 보았다. 연락처 목록에서 소피야의 이름이 보였다. 정말로 만날 계획은 없이 그냥 저장해 둔 번호였다. 소피야에게 저녁을 같이 먹겠냐고 문자메시지를 보냈다. 답장이 없기에 이번에는 레옹에게 문자를 보냈다. 센강 위에 나지막하게 걸린 겨울 태양이 오르세 미술관의 유리 외벽과 돌로 쌓은 강둑에 열기 없이 반사되는 찰나였다. 그 모습을 보니 모든 게, 저녁 약속뿐만 아니라 그저 모든 게 너무 늦었다는 느낌이 들었다. 돌이킬 수 있다면 어느 시점으로 돌아가야 할지조차 알 수 없었다. 분명한 건 뭔가 달라져야 한다는 것뿐이었다. 계단을 오르기 시작하는데, 휴대폰의 진동이 울렸다. 레옹이었다.

"알고 있어, 레옹? 아주 우아하게 움직이는 거." 언젠가 그에게 이렇게 말한 적이 있다. "그렇게 우아하게 움직이는 남자는 별로 없는데."

"주위에 남자 무용수가 그렇게 많은데도? 파트너도 포함해서." 그가 말했다. 그 무렵 우리는 2~3주에 한 번씩 레옹의 출근 시간 전에 마레 지구를 걸었고, 그날도 그렇게 산책하는 중이었다. 유아차를 끌고 가는 여자가 지나갈 수 있도록 그가 잠시 걸음을 멈추었다가 이내 말을 이었다. "알렉산드르 니쿨린. 검색해 봤어."

"사샤를 검색해 봤다고?"

"응, 궁금했어. 그 사람 얘기를 통 안 하니까."

"그래서, 어떻게 생각해?"

"잘생겼어. 아주 매력적이야." 레옹이 말했다. 나는 피식 웃다가 그가 나를 옆으로 힐끗 쳐다보는 눈결에 걸음을 멈추었다. 한 노부인이 내 등에 거의 부딪힐 뻔하더니 못마땅하다는 듯 티를 내며 길을 건넜다.

"카밀라는?"

"카밀라? 그도 내가 남자 좋아하는 걸 알고 있어. 어떨 때는 우리 둘이 같이 좋아하는 남자랑 만나기도 하지." 그가 내게 윙크했다. "놀랐나 본데. 여기, 이 가게로 들어가자." 우리는 진회색 벽에 몽환적인 음악이 나직이 흐르는 부티크 안으로 들어갔다. 바닥면이 거울로 이루어진 쟁반에 향수, 향초, 그리고 탐스런 작약 몇 송이를 꽂은 꽃병이 놓여 있었고, 나는 그것들을 구경하는 시늉을 했다.

"그래서 여자를 더 좋아해, 남자를 더 좋아해? 아니면 똑같이?" 내가 백단향 향초를 들고 냄새를 맡으며 물었다.

"예전에는 여자들한테 주로 끌렸는데, 요즘엔 남자한테 더 자주 끌리는 것 같아." 그가 가슴 앞에 팔짱을 끼고 벽에 기대며 말했다. 나는 놀란 걸 감추려고 애썼다. 여태까지 그가 여성스럽다는 인상을 준 적은 단 한 번도 없었다.

"그러면…… 파드트와[1]를 할 때." 내가 웃었다. "질투하는 사람은 없어요?"

"음, 무척 조심스러워야 하지. 굉장히 감정적인 일이니. 그래도

1 pas de trois, 세 사람이 함께 추는 춤.

그럴 만한 가치가 있어. 아름다우니까." 레옹이 팔을 뻗어 내 어깨에 손을 얹었다. 그러자 내 몸이 마치 위협을 느낀 무척추동물처럼 굳어버렸다.

"몸이 악기인 무용수치고는 이런 것과 아주 거리가 멀어 보여. 마지막으로 사랑을 나눈 게 언제야?"

그의 눈동자는 솔직했지만, 통 읽히진 않았다. 마치 반투명거울을 통해 보는 것처럼. 그는 그렇게 자기 모습을 있는 그대로 드러냈고, 그걸 남이 이해하든 말든 신경 쓰지 않았다. 경계를 늦추지 않으면서도 남이 이해해 주길 바라는 내 본능과 정반대였다. 레옹이 두 손을 내 어깨에 얹고 가볍게 주무르는 동안 나는 숨을 쉴 수 없었다. 그의 손길이 익숙해지려는 찰나, 그가 진열대로 걸어갔다. 레옹은 향수 한 병을 들고 돌아와서는 이렇게 말했다.

"자, 이거 한번 뿌려봐."

양쪽 손목과 목에 그가 건네는 향수를 뿌렸다. 밤에 피어나는 흰 꽃처럼 따뜻하고 깊고 크림 같은 향이었다. 레옹이 내 귀 뒤에 코를 대고 향을 들이마셨다.

"여신을 연상시키는데. 값비싼 느낌이고." 그가 짓궂은 미소를 지으며 말했다. "값비싼 여신 같아."

부티크에서 나갈 때 나는 레옹에게 내가 객석에 앉아 드미트리를 봤던 딱 한 번의 공연에 대해 얘기했다. 볼쇼이에서 보낸 마지막 시즌, 드미트리의 입단 20주년을 기념해 그에게 헌정하는 예술의 밤이었다. 그는 자신이 직접 선택한 작품들을 솔로로 추거나, 아니면 가장 좋아하는 파트너들과 호흡을 맞췄다. 공연에 갈 생각이 없던 나를 붙잡고 미하일 알리포프 감독은 크렘린의 고위 관리들이 참석할 거라고 압박했다. 그들은 인터미션 때 볼쇼이 최고 스타들과 함께 샴페인과 캐비어를 즐길 시간을 기대하고 있었다. "드레스를 입고 와서 잘 웃고, 묻는 말에 잘 대답하는 것도 일입니다. 그 사람들을 만족시키는 게 좋을 거요." 알리포프 감독은 여태 듣지 못한 차가운 어투로 내게 말했다. 그런데 나는 그런 알리포프보다도 더 고집스러웠던 것이다. 결국 나를 설득한 이는 알리포프도, 그의 상관도 아니었다. 사샤였다. 그는 내게 공연에 가지 않으면 엄청난 걸 놓치게 된다며 나를 설득했다.

그날 첫 작품은 〈카르멘〉이었다. 오랫동안 볼쇼이 레퍼토리에 있었던 알베르토 알론소의 작품이 아니라 드미트리를 위해 새롭게 안무한 솔로 작품이었다. 아무리 생각해도 진홍빛 배경막 앞에 선 단 한 명의 무용수가 오페라 전체의 극적인 웅장함을 표현한다는 건 불가능해 보였다. 그러나 드미트리가 하바네라[1]에 맞춰 춤추기 시작하자…… 이걸 어떻게 표현해야 할까? 만약 그의 '돈 호세' 솔로가 1년 내내 본 유일한 발레였다면, 그 3분으로 모든 갈망은 충족되었을 것이다. 발레에서 추구하는 모든 요소가 그의 춤에 녹아들어 있었다. 마치 폭풍우 속에서 칠흑 같은 어둠을 순식간에 밝히는 벼락이 영혼에 떨어진 듯했다. 흥분한 관객들을 향해 검투사처럼 손을 들어 올린 드미트리의 상체가 가쁘게 오르내리는 걸 보고 나서야, 그도 고통과 연약함을 느낄 수 있는 인간이라는 사실을 나

1 habanera, 쿠바에서 유래한 춤과 음악. 비제의 〈카르멘〉의 아리아가 대표적 예다.

는 새삼 기억했다. 관객들의 환호성이 가라앉자 그는 바지와 볼레로 재킷을 벗고 망사로 된 상의와 타이츠 차림으로 돌아왔다. 다홍색 부채 뒤에 얼굴을 숨기고 있었다. 그리고 그는 세게디예[1]를 추기 시작했는데, '돈 호세'가 아닌 '카르멘'으로서였다. 진정한 예술을 마주할 때면 종종 그렇듯이 속이 메스꺼웠다. 드미트리는 내가 본 어떤 여자보다도 관능적이고 매혹적이었다. 그는 완벽한 '돈 호세'였고, 완벽한 '카르멘'이었다. 그리고 나는 절대 그렇게 할 수 없었다. 드미트리는 나를 이겼고, 그날 저녁 공연은 논쟁의 여지없는 성공이었다.

그런데 로비에서 우리 코트를 가지러 간 사샤를 기다리고 있을 때, 누군가가 나지막하지만 다 들리도록 "피도라스 새끼"라고 중얼거리는 소리가 들렸다. 고개를 돌려 보니 엘프처럼 생긴 코르 드 발레 단원 페댜가 '카르멘'의 동작을 흉측하게 흉내 내며 저속한 손짓을 하고 있었다. 그러자 드미트리의 도움으로 이런저런 배역을 맡으며 경력을 쌓은 다른 후배들이 웃음을 터뜨렸다. "완전 피도라스 새끼네."

내가 무대로 돌아갈 준비가 되었을 때, 레옹은 리허설하는 내 모습을 사진으로 남기고 싶다고 했다. 그가 사샤를 만난다는 게 불안했다. 그들이 서로 잘 어울릴 거라는 가능성과 싫어할 거라는 가능성 둘 다 나를 불편하게 했다. 그러나 사샤는 레옹과 악수만 나눈 뒤

1 Séguedille, 스페인 남부 안달루시아 지방의 3박자 춤곡. 〈카르멘〉 1막에 등장하는 세게디예가 유명하다.

아무 신경도 쓰지 않고 하던 일을 계속했다. 이것도 사샤의 달라진 점이었다. 그는 더 이상 모든 사람의 비위를 맞추려고 노력하지 않았다. 이제 그는 경우에 따라 친근하기도, 정중하기도, 냉정하게 거리를 두기도 했다. 그리고 레옹을 자신의 모습을 담고 싶어 하는 수많은 패션 사진작가 지망생 중 하나로 간주하는 것 같았다.

레옹도 조용히 사진을 찍을 뿐 향수 부티크에서 했던 것 같은 말은 전혀 꺼내지 않았다. 그 결과물은 매우 고혹적이었다. 그의 흑백 필름 사진에는 거친 촉감과 오래가는 여운이 있었다. 위대한 무용수의 모든 자세나 동작 이후 허공에 엷게 남는 실루엣, 스웨터 소맷단에 배어서 몇 주 뒤에 다시 입었을 때 아른거리는 향수를 떠오르게 했다. 나는 그의 사진을 더 보고 싶었기에 마침내 무대로 돌아와 〈백조의 호수〉에 출연하게 되었을 때 그를 백스테이지로 들였다.

나는 여전히 레옹에 대해 아는 것이 별로 없었다. 아는 거라고는 그의 어머니가 알제리-프랑스계 언어학 교수이고, 아버지는 어머니가 휴가지에서 만난 이탈리아인이라는 것 정도였다. 두 사람은 애초에 지속적인 관계를 계획하지 않은 데다가 그의 아버지는 이미 유부남이었다. 아버지보다 연상이었던 어머니는 프랑스 지성인들이 흔히 그러하듯 세련되게 결혼제도에 반대했다. 임신 사실을 알게 된 그의 어머니는 혼자 아이를 키우기로 결정했다. 레옹은 4~5년마다 한 번씩 아버지가 그르노블(어머니가 그 도시의 대학교에서 가르치고 있었다)을 방문할 때에만 그를 만날 수 있었다. 레옹의 열네 살 생일에 아버지는 캐논 카메라를 선물로 보내주었다. 그것이 아버지에게 온 마지막 소식이었다. 로마에 갔을 때 카밀라가 레옹의 아버지를 찾는 걸 도왔지만, 두 사람은 그의 흔적도 발견하지 못했다.

"온라인에서 사람들의 정보를 다 찾을 수 있게 되기 전의 일이야. 그때는 정말로 감쪽같이 사라져 버리는 게 가능했지." 그가 내게 보드카 마티니를 따라 주며 말했다.

"버림받는 것도 그 시절이 훨씬 더 시적이었어." 내가 말했다. 이미 술을 몇 잔 마신 상태이긴 했다. 내 아버지에 대해 모르는 레옹은 불쾌한 듯 눈을 내리깔았다.

"어떤 경우든 그 정도로 뒤도 안 돌아보고 확고하게 행동하려면 엄청난 의지와 결단력이 필요하지." 내가 말했다. "흔적 없이 완전히 사라지려면 인간의 가장 절실한 욕망을 이겨내야 하니까. 기억하고 싶고, 기억되고 싶어 하는 열망."

나는 앞에 놓인 반 무광 사진을 집어 들었다. 2막에서 내가 무대 위로 뛰어오르는 순간을 커튼 사이에서 측면으로 포착한 사진이었다. 내 몸은 뒤에 서 있는 군무 백조들의 머리를 가뿐히 넘는 듯했다. 물리적으로 불가능한 일이었지만 춤출 때 나는 그렇게 느꼈고, 사진에도 그렇게 보였다.

"이거 크게 인화해서 팔아도 되겠어."

"네 사진을 내가 팔았으면 좋겠어?" 레옹이 팔짱을 끼고서 재밌다는 표정으로 나를 쳐다보았다.

"더 전문적으로 사진에 도전해도 될 만큼 재능이 있다는 뜻이야. 시리즈로 만들어서 전시회를 열어본다거나. 생각해 본 적 없어?"

"나는 그냥 취미로 하는 게 좋아." 레옹이 행주로 바 테이블을 닦으며 말했다. "지금 여기서 하는 일이 있잖아. 그리 스트레스받지 않고 생활비도 되고. 집에 가서 카밀라와 보낼 시간도 있고. 그냥 남는 시간에 카메라 들고 파리 이곳저곳을 다니면서 찍고 싶은 거 찍는 거지. 지금도 만족해." 그가 행주를 걸고는 잠시 자리를 비우겠다며 부엌으로 사라졌다. 내가 계산을 마치고 바를 나설 때까지 레옹은 나오지 않았다.

그날 이후 한동안 레옹을 볼 수 없었다. 우리 둘 누구도 먼저 문자를 보내지 않았고, 삶은 바쁘게 흘러갔다. 한 시즌을 통째로 놓친 나는 더 이상 아무것도 포기하고 싶지 않았다. 게스트 공연 초청도 세계 곳곳에서 물밀듯 쏟아져 들어왔다. 어떨 때는 사샤와 함께 부에노스아이레스, 뉴욕, 런던, 시드니, 스톡홀름에 갔다. 그러나 나 혼자 베일, LA, 상파울루, 홍콩, 포지타노, 베를린 등지로 가서 현지 발레단의 수석 무용수나 다른 게스트들과 파트너로 무대에 오를 때가 더 많았다. 사샤와 나는 언제라도 곧장 출장을 떠날 수 있도록 가득 채운 여행 가방을 늘 복도에 두고 지냈고, 거기 놓인 그의 가방을 보고서야 사샤가 파리에 있다는 걸 알게 되는 날도 있었다.

한번은 오슬로에서 사샤와 함께 〈지젤〉 공연을 해달라는 초청을 받았다. 아주 오래전부터 북극 스발바르 제도에 꼭 가보고 싶었는데, 도저히 갈 수 없는 일정이었다. 파리로 돌아가기 전 우리에게 주어진 자유시간이 하루밖에 없기도 했고, 시기상으로도 적절하지 않았다. 침울해진 나에게 사샤가 외투를 걸치고 시내라도 산책하자고 설득했다.

2월 초의 무척 추운 날이었다. 미약한 햇빛은 두텁고 푸르스름한 구름을 뚫고 내려오려고 애를 쓰다 그만 단념한 듯했다. 사샤는 바람을 막으려고 옷깃을 세우고 주머니에 손을 깊이 찔러 넣은 채 내 앞에서 걸었다. 내가 자꾸 뒤처지는 걸 눈치챈 사샤가 돌아서서 내게 손을 내밀었다.

"얼른 와. 거의 다 왔어."

그렇게 우리는 손잡고 걸어서 선착장에 도착했다. 전날 밤에 우리가 공연했던 오페라하우스 건물이 물가에 떨어진 파릇한 별처럼 반짝이고 있었다. 우리는 오래된 요새를 향해 우측으로 방향을 틀어 바이킹 성벽 주위로 나무가 늘어선 공원을 가로질렀다. 그러자 다시 부두가 나왔다. 우리는 여러 대의 돛단배가 정박해 있는 잔교 끝까지 걸었다. 돛대에서 검은 밧줄이 팽팽하게 뻗어 있었다. 하늘은 청회색, 바다는 회청색이었으며, 마치 얼어붙은 하늘이 조각조각 부서져 바다로 무너져 내린 것 같았다. 사샤의 금발조차 푸르스름한 물이 들었다. 그는 거기서 내 손을 놓고, 바다에 떠 있는 배들을 말없이 바라보았다.

"우리, 변화가 필요한 것 같지 않아?" 그때 내가 말했다. 그가 미간을 찌푸리며 고개를 돌려 날 쳐다보았다.

"무슨 뜻이야?"

"연습이나 공연을 같이할 때 아니면 얼굴 볼 새도 없잖아. 함께 집에 있는 날도 없고."

"나타샤, 우리가 하는 일은 시기가 한정되어 있어. 전성기가 지나고 나면 종일 집에 앉아서 서로 얼굴만 쳐다보고 있자." 그가 웃었다.

"내가 왜 늘 스발바르에 가보고 싶어 했는지 알아? 거기는 '자정의 태양'이 뜨거든."

"페테르부르크처럼?"

"아니, 태양이 아예 지평선 아래로 떨어지질 않는다는 거야. 스발바르에서는 1년에 넉 달 동안 태양이 하늘에 떠 있어. 그거 알아? 북극에서는 1년에 한 번씩 태양이 뜨고 지는 거. 하룻낮이 6개월이고, 하룻밤이 6개월이지." 나는 손을 모으고 그 안에 따뜻한 입김을 불었다.

"북극여우가 됐다고 상상해 봐. 끝없는 밤 속에서 사는 거야. 잠자고, 일어나고, 사냥하고, 북극곰을 피해 숨고, 짝을 찾지. 완전한 어둠 속에서. 그러다 갑자기 해가 뜨고 온 세상이 새하얘지지. 길고 긴 한 번의 낮 동안 인생에서 해야 할 모든 일을 해야 해. 다시 모든 것이 사라지기 전에……." 머리부터 발끝까지 온몸이 오들오들 떨렸다. 사샤가 내 손을 감싸고 손을 비벼주었다.

"꼭 우리 같지 않아?" 내가 말했다.

"이렇게 하자. 너가 서른다섯, 내가 서른여섯이 되면 둘 다 여유롭게 살고 싶어질 거야. 그때가 되면, 정말 좋은 기회만 골라서 공연하는 거야. 그리고 결혼하자."

"결혼?" 그의 말에 놀라서 내가 물었다. "한 번도 이런 말 한 적 없잖아."

"평생 함께할 거라고 늘 말했잖아. 그게 결혼이라고 구체적으로 생각해 본 적은 없지만, 그게 너를 행복하게 만들 것 같아. 우리 둘

다를 행복하게 만들겠지." 그가 나를 품 안으로 잡아당겼지만, 나는 그를 밀어냈다.

"다시, 정식으로." 내가 말했다. 사샤가 한숨을 쉬고는 한쪽 무릎을 꿇었다.

"나타샤, 나와 결혼해 줄래?" 그가 말했다. 내가 고개를 끄덕이자마자 그는 자리에서 일어나 나를 꽉 끌어안고 빙글빙글 돌았다. 주위에 있던 갈매기들이 깜짝 놀라 일제히 날아오르자, 사샤가 특유의 소년 같은 웃음을 터뜨렸다. 우리는 눈송이 대신 회색과 흰색이 섞인 새들이 흩날려 내리는, 우리만의 스노글로브 안에 있었다.

파리로 돌아온 뒤, 사샤가 방돔 광장에 있는 부쉐론 본점으로 나를 데리고 갔다. 우리를 쳐다보는 직원들의 얼굴에는 미심쩍은 시선을 숨기려는 기색도 없었다. 어깨까지 내려오는 금발에 (유행 때문이 아니라 낡고 해져서) 찢어진 청바지를 입은 사샤, 검은 비니를 쓰고 파카와 낡은 부츠 차림의 나. 정장을 차려입은 남녀 직원들은 러시아어로 속닥거리는 우리에게 무얼 찾느냐고 묻는 대신 뒤를 졸졸 쫓아다니며 눈을 떼지 않았다. 뒤통수에 꽂히는 그들의 시선이 따가워 다가가지 못하는 유리 진열장에는 보석으로 이루어진 에덴동산처럼 꽃, 벌새, 뱀, 표범들이 반짝이고 있었다. 마침내 사샤가 검은색 모직 드레스 차림의 여자에게 말했다. "반지 좀 보여주세요."

"저희 오트 조아에리는 4만 유로부터 시작합니다." 여자는 웃음기 없이 말했다. "좀 더 저렴한 라인을 보여드릴까요?"

나는 사샤의 소매를 잡아당겼다. 기분이 상해서 이 가게에서는 아무것도 사고 싶지 않았다. "그냥 나가자." 사샤에게 말했다. 그러나 그는 아랑곳하지 않고 휴대폰을 꺼내더니 어딘가로 전화를 걸었다.

"봉수아르, 세 사샤. 저녁 시간에 전화 드려서 죄송합니다. 추천해 주신 보석상에 와 있는데요. 부쉐론이요. 네네, 맞아요." 사샤가 날 향해 눈을 찡긋하고는 그 점원에게 전화기를 건네며 말했다. "절친한 지인인데, 아주 오랫동안 이곳 단골이셔서요. 직접 통화하고 싶다고 하시는데."

점원이 눈살을 찌푸리며 전화기를 귀에 갖다 댔다. 그리고 얼굴에 묻어 있던 짜증이 짧은 시간 안에 충격과 굴복을 거쳐 아양으로 바뀌었다. "네, 무슈 발랑쿠르. 물론입니다. 잘 알겠습니다. 몰라봬서 정말 죄송합니다." 로랑 감독의 도도하게 격분한 목소리가 들리는 것 같았다. 반항하는 무용수들에게는 대체로 관대했으나, 파리의 지배계층인 자신의 권위를 거역하는 이들에게 로랑은 이런 어투를 즐겨 사용했다. 점원이 사샤에게 휴대폰을 돌려주기도 전부터 그의 동료들은 서둘러 플루트 잔에 샴페인을 따르고 소파 앞에 보석을 진열하기 시작했다. 15분 뒤, 가게를 나서는 내 손가락에는 엄지손톱만 한 에메랄드가 반짝이고 있었다.

우리는 추위와 흥분으로 몸을 떨며 차에 탔다. 가브리엘이 뒤돌아서 반지를 보더니 손뼉을 치며 환호했다. 라디오에서는 키이우에서 선출된 대통령을 반대하는 시위가 있었다는 뉴스가 차분한 어조로 흘러나오고 있었다.

"가브리엘, 히터 좀 올려주세요." 사샤가 말했다.

"물론이죠." 가브리엘이 히터의 온도를 조절했다. "사샤 씨, 우크라이나 출신 아니십니까?"

"돈바스 출신이긴 한데, 가족들도 러시아어를 쓰고 저는 모스크바에서 학교를 다녀서요." 사샤가 외투의 윗단추를 풀고 좌석에 등을 기대고 앉았다. "프랑스든 우크라이나든 사람들은 항상 어디서든 시위를 해요. 파업 때문에 교통체증 생기는 거 짜증 나지 않아요, 가브리엘? 우리 음악이나 듣죠. 오늘 같은 날은 축하해야 하니까요."

다음 날 아침, 우리는 그날 밤에 약혼 파티를 열기로 했다. 사샤는 시내 곳곳에 사는 수많은 친구와 무용수들에게 문자로 연락했고, 나는 레옹과 소피야에게 초대 문자를 보낸 뒤 엄마에게 소식을 전하려고 전화를 걸었다. 연결음만 한참 울렸다. 나는 음성 메시지를 남기지 않고 전화를 끊었다. 엄마와 내 관계는 늘 이런 식이었다. 내가 준비되면 엄마는 그렇지 않았고, 엄마가 준비되어 있을 땐 내가 그렇지 않았다. 우리는 늘 서로를 밀어내며 주변을 맴돌았다. 수평선 밑에서 휴식처를 찾지 못해 상공을 헤매는 큰곰자리와, 바다의 관계처럼. 다른 사람에게 연락할지 말지 고민하는 내 손은 계속해서 휴대폰 화면을 잠갔다 풀기를 반복했다. 니나 생각이 났지만, 그는 아이들을 낳을 때조차 내게 연락하지 않았다. 어쩌면 그 당시 먼저 축하를 건네야 했던 사람은 나였는지도 몰랐다. 여기까지 생각이 이르자, 나는 휴대폰을 열고 니나에게 보내는 문자를 간단히 입력한 뒤 마음이 변하기 전에 전송 버튼을 눌렀다. 곧장 니나의 편에서 말줄임표가 적힌 말풍선이 나타났고, 그걸 보자 안절부절못해 속이 울렁거렸다. 그러나 그 말풍선은 실질적인 글자가 되지 못한 채 사라져 버렸다. 잠시 후, 타원형의 말풍선이 다시 한번 내 애를 태우며 나타나더니 또다시 사라졌다.

속이 메스꺼워서 바람도 쐬고 바게트와 꽃도 사 올 겸 밖으로 나갔다. 돌아와서 보니 니나에게 답장이 와 있었다. *축하해.* 이모티콘도 느낌표도 없이 이 한마디가 전부였다. 여자들은 친구들끼리 이런 식으로 문자를 보내지 않는다. 차갑고 잔인하기까지 한 답장이었다. 그러나 어쩌면 수년간 침묵을 지킨 후 이제 와서 무언가를 기대하는 내가 도리어 잘못된 것일 수도 있었다. 어쩌면 니나 입장에서는 진심이 담긴, 차분한 축하 인사였는지도 몰랐다. 아니면 하필 니나가 안 좋은 일을 겪고 있을 때 내가 연락했을 가능성도 있었다. 물론 내가 기억하는 니나는 냉정하거나 무심한 적 없었고, 우리는 한때 하나의 심장이 뛰는 것처럼 기쁨과 슬픔을 같이 나누던 사이였다.

폐에 잔뜩 공기를 채우고 크게 후 소리를 내며 입으로 숨을 내쉬었다. 지금 중요한 건 내가 약혼했고, 파티 준비를 해야 한다는 사실이었다. 사샤가 고급 샴페인 한 상자, 그리고 백포도주와 적포도주 여러 상자를 구해왔다. 가사 도우미가 얇고 고상한 토스트를 만들고, 번들거리는 스페인산 올리브를 작은 그릇 몇 개에 담아 내왔다. 처음에는 기름기를 손에 묻히지 않으려고 얌전을 떨겠지만 파티가 무르익으면 아무렇지도 않게 손님들이 올리브를 집어먹을 것이다. 나는 발코니 둘레에 장식 조명을 달고, 식탁 위에는 향기가 달콤한 영국식 장미를 꽃병 몇 개에 꽂아 놓았다.

준비를 마치고 방으로 들어간 나는 과연 누가 올지 초조한 마음으로 옷을 갈아입었다. 창턱에 걸터앉아 거리를 내려다보았다. 보라색 하늘 아래 수천 개의 가로등이 동시에 켜지면서 파리는 온통 주황빛으로 가득 찼다. 우리 건물과 옆 건물 사이 담쟁이덩굴로 뒤덮인 골목에 고양이 한 마리가 걸어가고 있었다. 여름이면 빗줄기를 막아줄 정도로 무성한 이파리가 우리 테라스에서부터 1층까지 치렁치렁 늘어지는데, 지금 덩굴줄기에는 불그죽죽한 잎 몇 장만 달려 있었다. 그 성긴 이파리 사이로 우리 집을 찾아 올라오는 첫 번째 손님들이 보였다. 발레단 무용수들이었다. (우리는 그날 밤 공연 일정이 없는 단원을 거의 전부 초대했다.) 다음에는 가브리엘이 내게 줄 꽃다발을 들고 도착했고, 그 뒤로 최고급 정장을 갖춰 입은 로랑 감독이 들어왔다. 또 다른 무용수 한 무리가 낙타를 이끌고 사막을 여행하는 대상 행렬처럼 떠들썩하게 웃고 떠들며 계단을 올라왔다. 그때 레옹이 일 때문에 못 오겠다는 답장을 보내왔다. 그래도 소피아는 와주었다. 멋지게 꾸며진 마카롱 세트를 품에 안은 그는 떨어뜨리지 않으려고 균형을 잡으며 걸어 들어와서 내게 새 애인을 소개했다. 영화감독이라는 소피아의 애인은 프랑스에서 가장 영향력 있는 정치인의 아들이라고 했다.

형형색색의 옷을 입고 우아한 향수를 뿌린 사샤의 사교계 친구들이 떼 지어 들어왔다. 다음 날 아침 클래스에 가려면 일찍 일어나야 했지만, 다들 걱정 없는 얼굴로 샴페인을 여러 잔 들이켰다. 손님들이 벌게진 얼굴로 춤추며 땀을 흘려서 아파트 전체가 뜨거워졌고, 창문을 열어 시원한 바람을 들여야 했다. 손님들이 잔에 든 술을 쏟고 서로 호감이 있는 이들은 슬그머니 자리를 빠져나가기 시작할 때 즈음, 세련된 인권 변호사 베나즈가 느지막이 도착해 내게 포장된 선물을 건넸다.

“『루미 시집』이에요. 세상에서 가장 아름다운 사랑의 시가 담겨 있죠.” 베나즈는 따뜻하게 내 양 볼에 입을 맞추었다. 진심 같아 보였다.

“고마워요. 정말 마음에 드는 선물이에요! 잠시만요, 저 잠깐만 실례할게요.” 나는 베나즈의 품에서 빠져나왔다. 휴대폰이 울리고 있었다. 엄마였다. 나는 방 안으로 숨어 들어가 전화를 받았다.

“여보세요?” 내가 말했다. “거기 자정이겠네요. 피곤하시겠어요.”

“엄만 괜찮아, 나타샤. 잘 지내니?”

나는 깊이 심호흡을 한 차례 했다. “엄마, 저 약혼했어요! 사샤랑 곧 결혼할 거예요.” 웃음과 눈물이 동시에 터져 나와 말끝이 흐려졌다. 다른 사람에게 약혼 소식을 전하면서 이렇게 북받친 적은 없었다. 수화기 반대편의 엄마는 조용했다. “사샤 니쿨린?” 엄마가 마침내 대답했다.

“네, 엄마. 사샤 말고 누구겠어요. 만난 지 한참 됐잖아요.” 웃으면서 대답했지만, 엄마는 여전히 조용했다. 유선 전화기에 달린 수화기 선을 손가락으로 배배 꼬는 엄마의 모습이 머릿속에 그려졌다.

“엄만 네가 세료자하고 다시 만났으면 했는데.” 엄마가 힘겹게 말했다.

“엄마, 세료자하고 끝난 지가 벌써 몇 년인데 그러세요. 물론 그는 좋은 남자긴 하지만, 저하고는 전혀 안 맞는—” 솟구쳐 올라오는 짜증을 억누르며 말했다. “그냥 좀 축하해 주시면 안 돼요?”

“사샤가 네 짝이 아닌 것 같아서 그래.”

나는 머리를 젖히고 천장을 쳐다보며 크게 숨을 들이켰다. "왜 말을 그렇게 하세요? 사샤가 어떤 사람인지 엄마가 뭘 안다고."

이번엔 엄마가 한숨을 쉬었다. 엄마는 띄엄띄엄 천천히 말을 이었다. "사샤는 네 아버지를 많이 연상시킨단다."

"뭐가요? 세상에, 엄마. 대체 무슨 말씀을 하시는 거예요." 나는 집 안에 손님들이 있다는 사실도 잊고 소리쳤다. "그동안 한 번도 이런 얘기 한 적 없으면서. 이제 와서 내 행복을 망치려고 하시잖아요."

"너를 위해서 엄마가 생각하는 그대로 이야기해 주는 거야. 사샤는 네 곁에 끝까지 남아 있지 않을 거야."

"사샤는 제 아버지가 아니에요. 저도 엄마랑 다르고요." 내가 말했다. 숨 돌릴 틈도 없이 말이 쏟아져 나왔다. "엄마는 평생 저한테서 아버지를 떼어놓더니, 이제는 사샤도 떼어놓으려고 하시네요."

엄마는 침묵했다. 숨소리조차 들리지 않았다. 눈물이 맺혀 눈앞이 뿌옜다. 나는 엄마에게 가장 상처를 줄 만한 말을 찾았다. "안타까운 일이지만, 아무리 노력해도 같이 잘 지낼 수 없는 가족이 있어요. 우리는 서로 인생에 관여하지 않는 편이 더 나아요. 제발 부탁인데, 저한테 두 번 다시 전화하지 마세요."

수화기는 조용했다. 반대편에서 나오는 미세한 숨소리를 놓치지 않으려 휴대폰을 귀에 바싹 갖다 댔는데, 이러고 있는 것 또한 나를 화나게 했다. 통화 종료 버튼을 누르는 순간 내 이름을 말하는 엄마의 목소리가 들렸다. 그러나 이미 너무 늦었고, 전화는 끊겼다. 그게 우리의 마지막 대화였다. 엄마는 내가 한 부탁을 들어줬다.

3장

약혼식 다음 날, 나는 메트로폴리탄 오페라하우스에서 예정된 리허설과 공연을 위해 뉴욕행 비행기에 올랐다. 1970년대에 망명한 소련 출신 프리마 발레리나가 무대 연출을 하는 〈라 바야데르〉에서 '니키야'를 추게 된 것이다. 처음 만나는 사이였지만, 즉시 우리 둘은 러시아 사제지간 특유의 무뚝뚝하면서도 서로를 완벽히 이해하는 관계가 되었다. 발레 미스트리스[1]는 가냘프고 섬세하며 귀족적인 엄격함을 지닌 사람이었다. 반쯤 감긴 듯한 눈꺼풀로 모두를 내려다보는 선생님은 어떻게 된 일인지 밀라노에서 온 남자에게는 완벽한 이탈리아어로, 프랑스에서 온 여자에게는 프랑스어로, 또 쿠바에서 온 여자에게는 스페인어로 지시 사항을 전달했다. 그러

1 발레단에서 무용수들을 지도하는 여성 교사.

나 어디서 왔는진 몰라도 러시아인이 아닌 것만큼은 틀림없는 반주자 죠에게는 "포이잘루이스타"라고, 수 세기 동안 끊임없이 이어진 마리우스 프티파의 계보를 물려받은 교육자의 권위 있는 목소리로 음악을 청했다. 베리에이션을 마친 내게는 가만히 앉아 쉬지 말고 나머지 무대 연출을 외우라고 강요했다. "나중에 몸이 다 닳아서 머리에 의존해야 할 때가 되면 나한테 고마워할 거야." 선생님은 매니큐어를 칠한 긴 손톱으로 자신의 옆통수를 톡톡 치며 말했다.

다른 무용수들의 리허설을 지켜보고 있는데, 그중에서 러시아어를 구사하는 사람이 한 명 더 눈에 띄었다. '황금 신상' 춤을 추는 솔리스트였는데, 까무잡잡한 피부와 유라시아계 이목구비가 왠지 전에 본 것 같은 얼굴이었다. 발레 미스트리스가 그의 이름을 부르는 걸 듣고서야 어디에서 만났는지 기억났다. 리허설이 끝난 뒤 나는 그에게 다가갔다. 인사도 없이 지나치기엔 아쉬웠다.

"파르하드, 안녕하세요." 내가 러시아어로 인사를 건넸다.

"안녕하세요, 나탈리아." 그가 공손하게 대답했다. "당신의 춤을 볼 수 있어서 영광입니다. 저희 게스트로 와주셔서 감사합니다."

"기억할지 모르겠는데, 우리 예전에 만난 적 있어요. 만났다고 하긴 좀 그런가? 어쨌든." 내 말에 파르하드가 눈썹을 치켜올렸다. "바가노바 발레학교 오디션 보셨죠? 그날 아버님과 함께 밖에 줄을 서서 기다렸죠."

파르하드는 약간 민망해하는 눈치였다. 나를 기억하지 못해서인지 아니면 그날 오디션에 통과하지 못해서인지는 알 수 없었다.

"네. 바가노바에 떨어져서 결국 트빌리시에 있는 학교에 들어갔어요. 조지아 국립 발레단이요."

"그렇지만 결국엔 이렇게 잘됐네요. 그렇죠?" 내가 거대한 창문 밖으로 펼쳐진 뉴욕의 스카이라인을 손으로 가리키며 말하자 그제야 그가 마음에서 우러나오는 미소를 지었다. 우리가 친구 사이는 아니었지만, 친구나 마찬가지로, 아니 그보다도 더 서로가 지나온 고난과 승리의 길을 잘 이해하고 있었다. 그가 여기까지 오기 위해 거쳐야 했을 험난하고 예측불허한 과정, 건너야 했을 드넓은 바다가 머릿속에 그려졌다. 나도 그랬으니까. 그날 이후 일주일 내내 파르하드는 내게 커피를 챙겨 주고 스튜디오 곳곳을 안내해 주었다. 공연을 마치고 헤어질 때 파르하드가 연락처를 교환하자며 번호를 물었다. "이래야 또 19년 동안 못 보는 일이 없을 테니까요." 그가 씩 웃으며 말했다.

공연은 잘 진행되었다. 예술 감독도, 발레 미스트리스도, 내 파트너도 모두 만족해하는 듯했다. 나는 호텔로 돌아가 목욕을 한 뒤 곧장 잠들었다. 다음 날 아침, 발레 미스트리스가 내게 전화해 신문을 읽었냐고 물었다.

"제가 평론을 안 읽어서요." 나는 한 손으로 옷가지를 집어서 여행 가방 안에 던져 넣으며 말했다. "무슨 내용인지 제게 말씀해 주시면……"

"지금 평론 얘기하는 게 아니야, 나타샤. 사샤가 스캔들에 휘말린 것 같아요."

급하게 짐을 싼 뒤 택시를 타고 공항으로 향했다. 터미널에 들어가자마자 문제의 신문을 사서 페이지를 넘겼다. 예술 섹션 1면에 실린 사진 속 사샤는 베이지색 레깅스만 입은 채로 카메라를 노려보고 있었다. 그의 사진 위에 다음과 같은 헤드라인이 적혀 있었다. "발레계의 반항아, 러시아의 크림반도 침공 지지."

파리에 비가 내리던 어느 날, 마레 지구에 있는 알렉산드르 니쿨린의 아파트에서 그를 만났다. 그는 셔츠 없이 물 빠진 청바지만 입은 채 매력적인 미소로 맞이했고, 곧 라즈베리 잼을 넣은 차를 우려 왔다. "러시아에서는 이렇게 마십니다. 할머니가 자주 만들어주셨죠. 언제든 이걸 마시면 마음이 안정돼요." 그는 혀를 말아 R 발음을 화려하게 굴리며 억양이 강한 영어로 말했다.

할머니의 차를 마시며 마음을 진정시키는 니쿨린의 모습은 상상하기 어렵다. 긴 금발, 190센티미터의 훤칠한 키, 타고난 쇼맨십과 가히 충격적인 브라뷰라까지 겸비한 니쿨린은 전형적인 당쇠르 노블이라기보다는 반항아나 록스타로 발레계에 알려졌다. 모델과 연기에 진출한 그의 행보만 보더라도 그가 클래식 발레의 틀에 갇히기를 거부하는 변화무쌍한 퍼포머라는 걸 알 수 있다. 발레와 패션 중 어느 쪽을 더 선호하냐는 질문에 그는 이렇게 대답했다. "모델 일은 예술이 아니라서 재밌어요. 그리고 가끔은 재미있는 것이 좋죠."

"예술은 재미없나요?"라고 묻는 내 질문에 그는 웃음을 터뜨렸다.

"예술을 재미있다고 말하는 건 '사랑'이 재미있다고, 아니면 '인생'이 재미있다고 말하는 것과 같죠." 그가 담배에 불을 붙이고 의자에 등을 기대며 말했다. "터무니없는 말입니다. 예술은 세상에서 가장 진지하니까요. 이를테면, 〈돈키호테〉를 춘다고 칩시다. 겉으로는 즐거워하는 것처럼 보일지 몰라도 내면에서는 칼날 위에 서 있어요. 예술은 절대적인 것입니다. 죽음처럼. '예술이 재미있다'—그건 순 바보들이나 할 수 있는 생각이죠." 이 말이 누군가의 기분을 상하게 할지도 모른다는 두려움도 없이 그는 태연하게 말했다.

한 걸음 더 나아가 그의 과거 및 현재 발레단에 관해서("스타들은 볼쇼이에 더 많지만, 코르 드 발레를 포함해서 전반적인 발레단은 파리 오페라가 더 낫습니다. 둘 다 전설적이고, 둘 다 문제가 심각하죠. 아주 잘 익어서 맛있는, 썩기 직전의 과일처럼."), 감독과 안무가, 파트너에 관해 그는 계속 대담하게 답변했다.

대화가 그와 무대를 함께한 파트너들로 흘렀을 때 그는 지금까지와 달리 신비롭고 경건한 모습을 보였다. "저는 세계에서 가장 재능 있는 발레리나들과 파트너가 되는 특권을 누렸습니다. 그들과 함께한 경험을 하나하나, 모두 소중하게 여깁니다. 그러나 내 삶을 바꾼 단 한 명의 무용수를 위해서라면 다른 모든 발레리나를 포기할 수 있습니다. 그는 제 영혼을 바꾸었으니까요."

그 사람은 바로 니쿨린과 함께 러시아를 떠나온 무용수 나탈리아 레오노바다. 두 사람은 최근 약혼한 것으로 알려졌다. 레오노바는 공연 일정으로 해외 출장 중이라 집에 없었지만, 마치 습자지를 포개놓은 듯 그의 흔적은 아파트 곳곳에 아른거렸다. 협탁 위에는 레오타드 다발 옆에 바늘 꽂힌 핀쿠션이 놓여 있고, 벽난로 선반 위에는 〈백조의 호수〉를 추는 레오노바의 흑백 사진 몇 장이 나란히 진열돼 있었다. 그중 하나를 가리키며 "정말 아름답네요"라고 말하는 내게 니쿨린은 "나타샤의 아름다움은 그의 제일 작고 사소한 디테일에 지나지 않죠"라고 대답했다.

레오노바에게 반응하는 니쿨린의 모습에서는 초월적인 무언가가 느껴지는데, 이는 무대 위에서 더욱 명확해진다. 이들이 처음 합을 맞춘 〈지젤〉은 현실에서는 찾아볼 수 없는, 그러나 현실보다 더 진정하게 느껴지는 이 특질로 가득했다. 그때까지는 두 사람 다 발레 블랑으로 유명하지 않았지만, '알브레히트'와 '지젤'이 되기 위해 자신을 탈피한 이들의 모습은 잊을 수 없게 숭고했다. 특히 니쿨린은 완전히 달라진 모습이었다. 무대 밖에서 니쿨린은 허점을 보이거나 자신을 낮추지 않는다. 그러나 '지젤'의 죽음을 통탄하며 무릎을 꿇고 얼굴을 가리는 '알브레히트'는 후회와 가련함으로 온통 얼룩져 있다.

그토록 성스러운 겸손함을 구현해 내는 예술가 니쿨린과 남은 인터뷰 시간 내내 우크라이나 상황을 논평한 니쿨린이 동일 인물이라고 믿기는 어렵다. 해당 인터뷰를 진행한 시기는 몇 주 동안 친러시아 정부 타도 시위가 키이우를 뒤흔들고 나서 러시아군이 크림반도를 침공한 직후였다. 이러한 상황을 어떻게 보냐는 질문에 우크라이나 태생의 니쿨린은 이렇게 대답했다. "크림반도에는 많은 러시아인이 살고 있습니다. 그들에게는 러시아어로 된 이름이 있고, 러시아어를 사용하고, 가족도 러시아인이며, 스스로 러시아인이라고 느낍니다. 제가 그렇듯이요."

크림반도에 러시아인이 많다는 사실이 인명을 빼앗고 크림 타타르인 및 우크라이나인을 억압하는 것을 정당화한다는 의미인지 명확히 해달라고 재차 물었다. 그는 생각에 잠긴 채 담배를 길게 빨아들였다. "당신도 알다시피 저는 그런 말을 전혀 하지 않았습니다. 당신네 기자들은 항상 듣고 싶은 대로 답을 만들어내는군요." 슬라브인 특유의 굴곡 없이 평탄한 억양으로 그는 느릿느릿 말했다. "저는 전쟁을 싫어합니다. 그렇지만 폭동도 싫어하고 경찰과 시위대 양쪽에서 사람들이 죽는 것도 싫습니다. 우크라이나에 사는 러시아인 중에는 더 이상 우크라이나의 일부이길 바라지 않는 이들이 있습니다. 그냥 독립국으로 인정하거나 러시아에 편입하도록 내버려두는 게 낫지 않겠습니까?"

크림반도에 러시아인 인구가 많은 것은 1783년(예카테리나 대제의 총애를 받은 것으로 유명한 그리고리 포톰킨 왕자의 주도하에) 러시아제국이 크림 칸국을 합병했기 때문이라는 역사적 사실을 지적했다. 이로 인해 토지 몰수와 종교 및 문화 억압 등 타타르인을 노예화하는 시대가 이어졌고, 그래서 타타르인들은 이 시기를 '검은 세기'라고 부른다. 1917년 러시아혁명으로 크림 타타르인은 독립 정부를 수립할 기회를 얻었다. 이에 볼셰비키는 그들의 지도자를 처형하는 것으로 대응했고, 결국 크림반도는 처음에는 자치 소비에트 공화국으로, 그다음에는 오블라스트[1]로, 최종적으로 우크라이나 소비에트 연방의 일부로 흡수되었다. 나아가 이때 소련이 조작한, (현대적 정의에서 대량 학살과 다름없는) 기근은 수십만 주민의 강제 추방을 통해 크림에 거주하던 타타르인 대다수를 제거했다. 그들이

1 구 소련의 자치구에 해당하는 행정구.

살던 자리에는 러시아인(그리고 일부 우크라이나인들)이 이주했다. 그 결과, 오늘날 크림반도에서는 전체 인구 중 크림 타타르인이 약 10퍼센트를 차지하는 반면, 러시아인이 전체의 3분의 2를 차지하게 되었다.

이러한 사실을 열거하자, 니쿨린의 낯빛이 어두워졌다. "나한테 역사를 가르치려 들지 마시오. 당신네 나라에서 아메리카 원주민이 차지하는 인구 비율은 얼마나 됩니까? 러시아 정부에 크림반도를 타타르인이나 우크라이나인에게 돌려주라고 요구하기 전에 미국은 원주민에게 땅을 돌려줘야 합니다." 그는 이렇게 말하고는 인터뷰를 갑작스럽게 끝내버렸다.

이후 그의 발언을 다시금 명확하게 해달라고 이메일과 전화로 요청했으나 응답을 받지 못했다. 그사이 니쿨린은 친러시아 성향의 게시물을 트위터에 올리고, 얼마 뒤 삭제했다. "나는 러시아인이다. 나의 예술은 러시아의 예술이다. 나는 러시아를 지지한다"라는 그 메시지는 러시아 대통령의 우크라이나 침공을 지지한다는 의미로 보였다. 관련 요청에 파리 오페라 발레단은 국제 평화를 중요한 가치로 여기고 있으며, 소속 예술가의 선동적인 발언에 대해 신속히 조사할 것이라고 응답했다.

게이트 앞에서 사샤에게 전화를 걸었지만 그는 받지 않았다. 새벽 2시쯤 집에 도착했을 때도 사샤는 없었다. 샤워를 마치고 침대에 누웠다. 너무 피곤했지만, 내 머리는 쉴 새 없이 질주하고 있었다. 휴대폰은 내가 비행 중일 때 들어온 문자들로 터질 지경이었다.

분노한 동료 무용수들이 해명을 요구하는 메시지들이었다. 그중에 우크라이나 태생 여자 무용수 한 사람은 사샤의 말에 물리적으로 폭행당한 기분이라고 했다. 로랑 감독은 확인하는 대로 전화를 달라고 음성 메시지를 남겨두었다. 어떤 감정인지 읽을 수 없는 묘한 목소리였다. 사샤에게 전화를 거는 족족 곧장 음성사서함으로 넘어갔다.

그 무렵 기억에서 두 번째로 다시 니나 생각이 났다. 그와 얘기하고 싶은 마음이 간절했다. 새 신부가 된 니나의 독선과 따라잡힐 수 없는 위치까지 올라간 내 냉정함으로 일그러진 우리 우정의 마지막이 아니라, 누구보다 서로를 신뢰하던 어린 시절이 그려졌다. 그때는 수화기 건너편에서 니나가 내 얘기를 들어주는 것만으로도 큰 위로가 되었다. 그러나 그 시절 어린 니나가 여전히 존재하고 있다고 나 자신을 속이지는 않았다. 내가 그리워하는 사람은 가족과의 삶을 효율적으로 꾸리며 살아가는 어른 니나가 아니라 이미 오래전 사라진 어린 니나였다.

쓰레기차 지나가는 소리가 고요를 깨뜨렸다. 한 시간쯤 지나면 아래 길가는 갓 구운 빵 냄새와 아침 조깅을 하는 사람들의 발소리로 가득 찰 것이다. 그때 자물쇠 열리는 소리와 함께 사샤가 비틀거리며 들어오는 소리가 들렸다. 현관에서 잠시 멈추기에, 내 여행 가방을 보고서 내가 집에 온 걸 눈치채는 사샤의 모습을 상상했다. 그는 부엌으로 가서 물을 한 잔 마시고는 소파에 몸을 던졌다.

"여태 어디 있었어?" 내가 거실로 나가며 물었다. 그는 비스듬히 엎드려 있었고, 쏟아진 머리카락이 얼굴을 가렸다. 그가 내 쪽으로 팔을 뻗으며 말했다. "이리 와."

"사샤, 무슨 생각으로 그런 거야?" 내가 가슴 앞에 팔짱을 끼고 서서 말했다.

그가 다시금 말했다. "이리 와, 나타샤." 내가 꼼짝도 하지 않자 그는 한숨을 쉬며 몸을 돌려 등을 대고 누웠다. "그래, 넌 언제나 그렇게 차가운 여자였지."

"지금 나 때문에 이렇게 된 게 아니잖아! 네가 쓸데없는 소리를 해서 이렇게 된 거 아냐. 도대체 왜 그랬어? 남들과 반대편에 서는 게 멋지게 느껴져? 너는 다르다는 걸 보여주고 싶었어?"

"내가 다르다는 건 말이 필요 없잖아, 안 그래?" 사샤는 꼬인 발음으로 말하며 팔을 휘저었다. "수천 명의 사람들이 나와 동의하지. 다들 좋은 사람들이고. 너는 잘 몰라. 이제 이리 와. 지금 난 너가 필요해. 와서 나를 안아줘."

"싫어! 지금 동료들이 우리한테 뭐라고 하는지 알기나 해? 나한테 뭐라고 하는지? 비행 중일 때 로랑 감독이 나한테 음성 메시지를 남겼어. 너한테는 뭐라고 했어?"

로랑 감독의 이름에 사샤가 조금 정신을 차린 것 같았다. "당분간 휴직하는 게 좋겠다고. 내가 스스로 내린 결정이라고 발표할 거래. 한 넉 달 정도, 아니면 언론이 잠잠해질 때까지."

"브라보! 원하던 대로 해냈네. 전쟁 지지에, 제 발로 무대에서 내려오고, 거기에 술독에 빠져서." 내가 소리쳤다.

"누가 할 소릴. 술 많이 마시잖아, 나의 작은 새. 내가 모를 줄 알았어? 너야말로 술 때문에 무대 못 서게 되는 수가 있어. 조심해.

자, 이제 이리 와. 마지막이야." 내가 아무 말도 하지 않고 움직이지 도 않자, 그가 팔을 떨어뜨리고 말했다. "아, 냉정한 년."

사샤가 누군가를 '년'이라고 부르는 걸 들은 건 그때가 두 번째 였다. 올가의 다차에 갔던 여름, 차에서 드미트리와 싸울 때가 처음 이었다. 드미트리의 일그러진 얼굴이 눈앞에 섬광처럼 번쩍였다. 그의 충격과 고통. 나는 생각할 겨를도 없이 사샤에게 달려가 머리를 힘껏 때렸다.

순간, 내가 한 짓을 믿을 수 없어서 우리 둘 다 숨을 멈췄다. 그 다음 일은 분간하기 힘들게 빠르고 흐릿하게 일어났다. 사샤가 일어나 내 손목을 붙잡았고, 나는 그를 밀치며 끔찍한 욕설을 내뱉었다. 그가 내 뺨을 때렸고, 나는 닥치는 대로 주먹질과 발길질을 했다. 그가 나를 바닥에 찍어 눕히고 바지를 찢어발길 듯 내린 뒤 내 입을 틀어막았다. 어떤 보복심에 가득 찬 상태로 내 다리 사이로 얼굴을 묻었다. 내게 쾌락을 주는 것도 그가 나를 다루고 지배하는 일종의 무기라는 듯이. 위로 올라온 사샤가 내 안에 밀고 들어왔다. 그러다 무의식적으로 나는 나를 놓아버렸다. 동시에 사샤도 눈을 질끈 감으며 몸을 부르르 떨었다. 그는 곧바로 몸을 떼고 일어나더니 나를 바닥에 내버려둔 채 비틀거리며 소파로 갔다. 얼마 뒤 나는 자리에서 일어나 혼자 침실로 들어갔다.

눈을 떠 보니 이미 오후였다. 사샤의 기척을 확인하려고 귀를 기울였지만 그는 나가고 없었다. 침대에 누워 있는데, 그해 처음으로 맑은 하늘이 보였다. 황금빛 바탕칠 위에 새파란 덧칠을 한, 바로 봄의 색깔이었다. 그러나 그 광경은 내게 위로가 되어주기는커녕 오히려 내 상처를 더 아리게 할 뿐이었다. 나는 절뚝이며 욕실로 걸어가 겨우 내 몸을 살폈다. 날개뼈에 큼지막한 보랏빛 멍이 들어 있었다. 사샤가 나를 바닥에 밀치면서 생긴 모양이었다. 일주일이면 멍은 사라질 것이고 그때까지 가리고 다니는 것도 어렵지 않겠지만, 그는 내 다른 한 부분을 회복할 길 없이 부러뜨렸다. 그러나 엄밀히 말해서 내가 피해자이기만 한 건 아니었다. 사샤 역시 나를 만난 뒤로 온전함 같은 뭔가를 잃었다. 그게 정확히 어떤 변화인지 알 순 없었지만, 그를 달라지게 만든 촉매가 나라는 사실만큼은 분명했다. 나는 나 자신을 몰아붙이는 것만큼 강하게 그를 몰아붙였다. 그게 얼마나 우리를 추악하게 만드는지 잘 알면서도. 우리는 서로에게서 최고의 장점을 끌어냈던 것처럼 서로의 최악도 끌어냈고, 결국 서로를 괴물로 만들어버렸다.

뜨거운 물에 몸을 담그고, 온통 욱신거리는 통증이 사그라들 때까지 욕조 밖으로 나오지 않았다. 아픔이 있던 자리에 사샤와 헤어져야겠다는 차분한 확신이 대신 들어섰다. 제일 먼저 사샤에게 반지를 돌려줘야 했다. 그리고 내가 이 아파트에 남을 것이었다. 사샤가 살 집을 찾는 일은 로랑 감독이 도와줄 수 있었다. 직장에서 마주치는 게 처음엔 어색하겠지만, 같은 발레단에서 사귀던 커플이 이별하는 게 드문 일도 아니었다. 마침 사샤가 휴직 중인 게 다행이었다. 그가 복직할 무렵이면 우리의 변화가 크게 눈에 띄지 않을 테니까. 물론 우리가 약혼을 발표하고 친구들을 초대해 축하까지 받았으니 부끄럽긴 했지만, 나이가 들면서 어떤 실수를 하든 예전만큼 창피함을 느끼지는 않게 되었다. 결국 인생이란 모든 게 실수다. 그렇지만 동시에, 그 어느 것도 실수가 아니다.

청바지를 입고 외투를 걸친 후 보주 광장으로 걸어갔다. 맑은 날씨였으나, 그늘은 여전히 쌀쌀하고 축축했다. 분수대 옆에 한참 멍하니 앉아 있었다. 그러고는 일어나 어슬렁거리다 바를 향해 걸음을 돌렸다. 나를 본 레옹의 눈이 반짝였다.

"봉수아르, 나타샤. 오늘은 무얼 원해?" 그가 행주로 손을 닦으며 말했다.

"내가 원하는 건 사샤랑 헤어지는 것. 그러니까……" 나는 걸상에 앉아 두 손으로 얼굴을 감싸안았다. 뺨이 따끔거렸고, 혀는 무겁고 뜨거웠다. 머릿속으로 결정을 내리는 것과 그 결정을 입 밖으로 꺼내는 건 완전히 다른 일이었다.

바를 돌아 나온 레옹이 옆자리에 앉아서 나를 안아주었다. 그에게서 비 갠 후의 숲속 같은 향기가 났다. 나무에 붙어 자라는 이끼와 버섯, 모닥불 연기.

"무슨 일인데? 지금 얘기할 수 있는 기분이야?" 그가 물었다. 나는 그의 품에 파고들며 고개를 가로저었다.

"아직 사샤를 사랑해?"

"모르겠어." 바르나에서 사샤를 처음 봤던 때를 떠올렸다. 십 대의 에너지를 우리 피부가 간신히 담고 있던 그 시절. 그리고 볼쇼이에서 함께했던 초반 몇 년의 강렬한 도취가 파도처럼 눈앞에 펼쳐졌다. 그가 어떻게 변했는지, 내가 어떻게 변했는지 생각해 보았다.

"처음 사랑에 빠졌을 때 느꼈던 그 감정은 이제 없어. 너무 오랫동안 함께해서 지루하다는 게 아니라, 우리가 서로를 망가뜨린 것 같아." 내가 말했다. "물론 그를 사랑하긴 하지만, 사랑이 이렇게 저속한 것인 줄은 몰랐어."

레옹이 몸을 살짝 떼어내고 내 눈을 쳐다보았다. "가자. 보여줄 게 있어." 이렇게 말하면서 그는 바의 반대쪽 끄트머리에 있는 앙리에게 손을 흔들었다. 흰 셔츠에 검은 테 안경을 즐겨 착용하는 앙리는 세네갈 출신 대학원생이었다. 최근 그는 매니저로 승진했지만, 그래도 레옹을 통제하지는 못하는지 둘은 여전히 동등한 관계처럼 보였다. "오늘 일찍 퇴근해야겠다. 대신 좀 부탁해." 레옹이 허리에 두른 앞치마를 풀며 말했다. 매니저는 포기와 짜증이 반반 섞인 모습으로 양손을 공중에 들어 올렸다.

"어디 가는 거야?" 내 등을 가볍게 밀며 나를 바 밖으로 데리고 나가는 레옹에게 물었다.

"파리 구경시켜 줄게."

"이미 구경은 다 했는데. 여기서 3년째 살고 있는걸."

"내가 보는 파리를 본 적은 없잖아. 망원경의 반대쪽으로 들여다보는 도시." 그가 빙그레 웃으며 인도 가장자리로 내 팔을 잡아끌었고, 거기엔 연갈색 베스파가 한 대 세워져 있었다.

"스쿠터잖아?" 내가 물었다.

"오토바이야." 그가 대답했다.

"스쿠터가 맞는 것 같은데."

"이탈리아 오토바이야." 그가 안장에 올라타며 말했다. "그리고 나는 절반은 이탈리아인이고. 자, 어서 앉아. 그리고 꽉 잡아."

나는 다리 하나를 넘겨서 안장에 올라탄 뒤 그의 허리에 팔을 단단히 감았다. 우리는 곧 출발했고, 마레 지구를 빙글뱅글 돌아 유리와 강철로 만들어진 퐁피두 센터를 지나갔다. 노트르담 성당 앞의 다리를 건널 때쯤 해가 건물들 아래로 살짝 내려가 황혼이 피어났다. 그러자 도시 곳곳에 울려 퍼지는 종소리와 함께 비둘기 떼가 날아오르다가 대기 속에서 사르르 사라졌다. 온 세상이 마치 로제 와인에 잠긴 것 같았다. 수많은 자동차, 횡단보도를 건너는 보행자들을 요리조리 피해서 볼테르 부두에서 우회전했다. 레옹은 느리게 움직이는 차들을 비켜가며 속도를 높여 중고책을 파는 초록색 노점들을 쏜살같이 지나갔다. 라탱 지구에는 언제나처럼 젊은이들이 모여 있었다. 생제르맹데프레로 향한 우리는 말쑥한 출판사들, 상점들, 운치 있는 카페들을 지나 달렸다. 길을 몇 차례 꺾어 들고 나니, 갑자기 눈앞에 나타난 거대한 에펠탑이 어느새 어두워진 밤하늘을 배경으로 별무리처럼 반짝이고 있었다. 레옹이 빠르게 에펠탑으로 직진하여 그 주변을 크게 한 바퀴 돌자 빛이 번져 모든 걸 흐릿하게 감쌌다. 우안 지구Rive Droite로 다시 다리를 건너 로터리의 혼잡한 체증을 빙빙 돌아 빠져나와 개선문으로 향했다. 그리고 속도를 줄여서 조용한 공원 옆을 달렸다. 더러운 연못들 하며 어둠 속에서 옅게 빛나는 벚나무까지, 전형적인 프랑스 정원이라기보다 영국식 정원에 더 가까운 곳이었다. "여기는 몽소 공원이야. 처음 사귀었던 여자 친구가 이 근처에 살았지." 레옹이 얼굴을 살짝 돌리며 말했다. 거기서 우회전을 한 뒤 속도를 높여 가파른 경사를 오르며 몽마르트르에 진입했다. 거리엔 굉장히 긴 계단이 깔려 있었고, 중간 지점에는 뮤지션들이 연주하고 노래하고 있었다. 마치 숨차하는 등산객들을 격려하는 듯한 모습이었다. 돌이 깔린 작은 광장과 회전목마가 시야에 들어왔다. 레옹이 베스파를 천천히 멈추더니 한 비스트로 옆에 세웠다.

"다 왔어." 스쿠터에서 폴짝 내린 그가 내게 손을 내밀었다. 레옹의 손길이 내 손바닥에 작은 기억을 한 조각 새겨 넣었다. 언젠가 사샤의 손이 그랬던 것처럼 크거나 강렬하진 않았지만, 나름대로 의미 있게 느껴졌다. 나는 레옹이 내 손을 계속 잡고 있을 줄 알았으나, 밝은 조명이 비치는 술집과 레스토랑에서 멀어지며 그는 내 손을 놓았다.

"여기야." 울타리 안으로 들어가 나무가 심긴 곳으로 걸어가며 그가 말했다. 곳곳에 낡은 벤치와 운동복을 입고 개를 산책시키는 사람들이 보였다. 이 숨겨진 공원에는 아직 봄이 도달하지 않은 듯 관목은 여전히 축축한 갈색 이파리로 덮여 있었다.

"세 졸리C'est joli."[1] 내가 말했다.

"아직이야." 그가 발걸음을 재촉했다. "자, 내가 보여주고 싶었던 건 바로 이거야."

그가 가리킨 것은 손 글씨가 수백 개 적혀 있는 검은색 타일 벽이었다. 흰 글자들 사이에 붉은색 반점이 색종이 조각처럼 흩뿌려져 있었다.

"여기에 러시아어도 있어?" 그의 질문에 내가 한쪽 모서리를 가

1 "예뻐."

리켰다.

"'사랑해 벽'이야. '사랑해'라는 말이 세계 곳곳의 언어로 적혀 있는."

"저 빨간 조각들은 뭐야?"

"부서진 마음의 조각들이래. 저걸 다 모으면 하나의 온전한 하트가 된대."

"그럴듯하네."

"여기서 내가 아는 언어를 찾으면 좋더라. 꼭 누가 나한테 그 말을 건네는 것 같아서." 나와 눈을 맞추며 레옹이 말했다. "아버지한테 저 말을 들은 적이 단 한 번도 없어. 내가 아버지에게 말해본 적도 없고."

"나도." 나는 한숨을 깊이 내쉬었다. 내가 아기였을 때 니콜라이가 내게 이런 말을 한 적이 있을지, 여태 한 번도 궁금해하지 않았다. 나 자신 밖에 있는 무언가를 고민하고 되씹는 건 부질없는 일이라고 믿었다. 그리고 그 믿음이 나를 여기까지 오게 한 것이다. 사람들은 대부분 주어진 삶을 살았고, 그중 극소수가 자신의 삶을 직접 창조했다. 그러나 나는 나의 '세계'를 창조했다.

"사실, 남자가 여자를 속이려고 '사랑해'라고 말한다는 건 오해야. 대다수의 사람은 그 부분에 있어서 완전히 거짓말을 하진 못하거든." 나는 말을 이었다. "사랑하지 않는 사람에게 '사랑해'라고 하는 건 여간 어려운 일이 아니야. 반대로 사랑하는 사람 앞에서 침묵을 지키는 것도 그만큼 고통스럽지. 사랑을 참으면, 정말 못 빠져나가게 한다면 마음이 산산조각 날 테니까."

"가만히 있어봐." 레옹이 말했다. 그는 손을 뻗어 손가락으로 내 고개를 자기 쪽으로 조심스레 돌렸다. "나 좀 봐봐."

나는 그를 보았다. 그가 메고 있던 메신저백에서 카메라를 꺼내 셔터를 한 번 눌렀다. "이 필름의 마지막 장." 그가 중얼거렸다.

"춤추는 모습만 찍겠다는 줄 알았는데." 당황한 내가 물었다. 사진 속 내 얼굴을 보는 건 언제나 조금 부끄러웠다. 나는 사샤와 달랐고, 내 모습을 볼 때마다 매번 아름답다고 느끼지는 않았다.

"방금 그 얘기 하고 있을 때, 춤출 때랑 똑같은 표정이었어." 그가 카메라를 도로 가방에 집어넣으며 말했다. "누굴 생각하고 있었어?"

"사샤. 당연히 사샤." 나는 이렇게 대답했고, 내가 그를 떠나지 않으리란 걸 알았다.

니나와 함께 지낸 지 한 달이 되어간다. 어느덧 그리움으로 순화되어 모든 것이 투명해지는 8월 말, 9월 초다. 여름휴가를 마친 니나의 가족이 돌아온다. 니나는 내게 원하는 만큼 더 머물다 가라고 하지만, 이 집에 내 자리가 없다는 건 우리 둘 다 아는 사실이다. 그랜드 코르사코프로 돌아가기 전에 마지막으로 다 함께 저녁을 먹자고 니나가 제안하기에 나는 좋다고 말한다. 평화로운 침묵 속에 나란히 서서, 뜨거운 김에 얼굴을 붉히며 우리는 같이 요리를 한다. 니나는 모든 음식에 평소보다 더 많이 신경 쓰고, 하나부터 열까지 직접 만든 사과 케이크를 굽는다.

"괜찮겠어?" 니나가 오븐에서 케이크를 꺼내며 묻는다.

"이제 훨씬 좋아졌어. 너는 괜찮겠어?"

니나가 앞치마에 손을 닦고는 나를 똑바로 쳐다본다. "괜찮아지려고 노력하는 게 인생의 95퍼센트야." 니나가 고개를 떨구고는 양푼에 담긴 설탕을 휘젓기 시작한다. "평생 호텔에서 살 순 없잖아. 아파트를 구해야지."

"어차피 〈지젤〉이 끝나면 프랑스로 돌아갈 건데. 이제 얼마 안 남았어." 신선한 딜을 잘게 다지며 말한다. "걱정 안 해도 돼."

저녁을 먹은 뒤, 니나는 아이들과 함께 집에 남고 안드류샤가 나를 호텔까지 데려다준다. 긴 여행을 막 마쳤으니 집에서 여독을 풀라고, 택시를 타고 가면 된다고 나는 극구 사양한다. 그러나 안드류샤는 그거라도 하게 해달라며 뜻을 굽히지 않는다. 운전하는 내내 그는 말이 없다. 그러다 그랜드 코르사코프 입구 앞에 차를 멈춰 세웠을 때 그가 목을 가다듬는다.

"나타샤, 네가 니나의 단짝 친구인 건 잘 알지만 내 친구이기도 하잖아. 그렇지?" 그가 말한다.

"당연하지, 안드류샤." 내가 말한다. "너도 나한테 가장 오래된, 소중한 친구야."

"그러면 제발 솔직히 말해줘!" 그가 소리를 꽥 지르더니 눈을 감고 날숨을 쉰다. "미안해. 네가 진실되게 말해주면 정말 고맙겠어." 내 침묵을 아랑곳하지 않고 그가 밀어붙인다. "니나한테 무슨 일 있지? 걔한테 무슨 얘기라도 들은 거 있어? 다른 사람 얘기라거나?"

"뭐? 아니, 당연히 그런 거 없어." 내 목소리가 덜덜 떨린다. 그걸 황당함으로, 아니면 죄책감으로 해석할지 모르겠다. "니나가? 절대 없지."

"나타샤, 있잖아. 요즘 뭔가 좋지 않다는 건 나도 알고 있어. 니나가 행복해 보이지도 않고. 근데 나는 여전히 니나를 죽도록 사랑해." 안드류샤의 목소리가 내 목소리만큼이나 떨린다.

"그리고 니나도 너를 사랑해—." 안드류샤의 눈망울이 내게 무슨 말이라도 더 해달라고 갈망하기에 나는 하릴없이 말을 잇는다. "—죽도록. 뭐, 니나가 정확히 그 표현을 쓴 건 아니지만, 내가 누구보다 걔를 잘 알잖아. 안 그래?"

"애 셋. 열여섯부터 함께했어. 그야말로 '한평생'이란 말이야."

"물론, 나도 다 알아! 근데 안드류샤, 내 말 잘 들어. 두 사람은 괜찮을 거야. 니나는 너를 정말 많이 사랑해. 원한다면 내일 내가 니나랑 애기해 볼게."

"그래줄 수 있겠어?" 안드류샤가 기대에 찬 초롱초롱한 눈매로 나를 올려다본다. 수석 무용수가 아니라 슬픈 곰에 가까운 모습이다.

"물론이지. 이제 어서 가봐. 엄청 피곤하겠다."

가을이 흐르며 나는 작은 희망을 품은 일상에 빠져든다. 호텔 1층에서 과일주스와 카샤로 아침을 먹고 일찌감치 스튜디오로 향한다. 오전 11시부터 선생님들과 연습을 시작한다. 그리고 이른 오후에 점심 휴식을 취하며 구내식당으로 가서 수프나 큼직한 샐러드를 먹는다. (니나가 집에서 요리를 해주며 내 식욕을 되살린 덕분이다.) 그런 다음, 오후 5시까지 리허설을 계속한다. 이제 잠도 그런대로 잘 자는 편이다. 더는 현실이 혼란하지도 않고, 시간 감각이 없어지거나 망상에 시달리지도 않는다. 발의 염증도 거의 느껴지지 않는다. 발목도 안정적이다. 점프와 턴을 연습할 때마다 최선을 다한다. 내 머리속에 거의 물리적으로 존재하는 두려움이라는 선을 넘고 있다. 내 손꼽히는 강점이었던 푸앵트 기술도 금세 돌아와 베라 이고레브나마저 감탄할 정도다. 태형과 나는 오랜 파트너처럼 유대감과 따뜻함을 느끼며 순조롭게 듀엣을 진행한다.

10월 중순 어느 날 아침, 나는 여행 가방에 외투를 한 벌도 챙겨오지 않았다는 사실을 깨닫는다. 아무래도 니나에게 하나 빌려야겠다. 하룻밤 사이에 약속이라도 한 듯 나뭇잎이 온통 금빛과 주황빛으로 변한다. 길거리도, 분장실도, 복도에도 갑자기 한기가 돈다. 그래도 스튜디오 내부는 아직 따뜻해서 다행이다. 혼자 한 시간 정도 스트레칭과 맨몸운동을 하고 나면, 스베타 이모가 오고 그때부터 바와 센터 연습을 시작한다. 얼마 뒤, 베라 이고레브나가 혼자서 들어온다. 태형은 감기에 걸려 아프다는 소식이다. 베라 이고레브나조차 내 점프 앙 푸앵트[1]에서 흠을 찾지 못할 때까지 1막 베리에이션을 다듬으며 나머지 오후를 보낸다. 우리가 연습하는 도중, 드미트리가 열린 문 앞에 멈춰 서서 15분쯤 가만히 쳐다본다. 그는 다른 사람이 지도하는 리허설에서도 소리 질러 지적하기로 유명하지만, 이번에는 나를 노려보기만 할 뿐 아무 말 하지 않고 그냥 지

1 한쪽 발끝으로 서서 점프하고 그 발끝으로 다시 착지하며 무대를 가로지르는 고난이도 동작.

나간다.

저녁 6시에 웜업팬츠와 재킷을 껴입고 스튜디오를 나선다. 해는 이미 건물들 실루엣 아래로 넘어갔다. 석 달 전만 해도 하늘은 자정까지 신비로운 보랏빛이었다. 이제 저녁 공기가 차갑고 건조하며 약간 매콤하다. 재킷의 지퍼를 턱끝까지 올려 잠그고 건물 밖으로 나간 뒤 택시를 잡으러 인도로 향한다. 그때 내 쪽으로 빠르게 걸어오는 남자의 모습에 순간 등골이 오싹해진다. 실존하는 사람인지, 내 망상 속의 위협인지 분간이 되질 않는다. 약간 떨어진 거리 때문에 그가 마른 체구에 긴 외투를 입은 남자라는 것 말고는 아무것도 확실하게 보이질 않는다. 나는 방향을 틀어 공연자 출입구로 황급히 돌아간다. 내 이름을 크게 부르는 목소리가 들린다. "나탈리아 씨!" 내가 걸음을 재촉하자 그 역시 속도를 낸다.

"나탈리아 니콜라예브나, 잠시만요!" 그가 내 등에 대고 소리친다. 그러자 현실이든 환상이든, 위협적인 존재라고 하기엔 그가 지나치게 예의가 바르다는 생각이 든다. 그의 목소리는 남자치고 가늘고 흐릿해서, 악기로 치면 마치 리코더 같다. 나는 걸음을 멈추고 몸을 돌려 그를 마주한다.

"누구세요?" 내가 묻는다. 한 손을 허리춤에 올리고 고개 숙여 숨을 고르는 남자는 희미해져 가는 정수리의 머리숱을 그대로 드러내고 있다. 그의 나이는 예순 살쯤 되어 보인다. 낡은 개버딘 코트가 몸집에 비해 좀 커 보이지만, 신발과 체크무늬 스카프는 질이 좋아 보인다. 한 손에 서류 가방을 들고 있는 그가 반대쪽 손을 내게 내민다.

"나탈리아 씨의 부모님과 친구 되는 사람입니다." 르네상스 시대 여인들의 높은 이마처럼 그의 두상의 북극을 가로지르는 헤어라인에 땀이 송글송글 맺혔다. 내가 악수를 받지 않자, 그의 손은 수줍게 내려가 차렷 자세를 취한다.

"저희 부모님은 친구가 없었는데요." 이렇게 말하는 순간에도 나는 그가 뭐라고 대답할지 알 것만 같다.

"저는 파벨 골루베프라고 합니다. 과거 사할린에서 나탈리아 씨 아버지하고 함께 일했죠. 휴가 때 우리 둘은 당신의 어머니를 만났습니다……. 돌아가셨다는 소식을 듣고 무척 슬펐습니다." 그가 제자리에서 약간 서성거리다가 두 손으로 서류 가방의 손잡이를 꽉 잡는다. "그리고 아버지에 관해 드릴 말씀이 있어요."

파벨은 무릎에 손을 얹고 자리에 앉아서 그랜드 코르사코프의 흰색 식탁보로 덮인 테이블을 훑어본다. 그의 넓은 이마에는 마른 핏빛의 큰 반점이 하나 있다. 그가 차를 홀짝일 때마다 울대뼈가 위아래로 움직인다. 그의 목은 너무 가늘어서 단추를 끝까지 채운 셔츠 깃이 목걸이처럼 헐렁하게 늘어져 있다.

내가 그를 샅샅이 살펴볼수록 그는 더 망설이는 것 같다. 두리번두리번 실내를 둘러보며 내 눈을 필사적으로 피하는 모습을 보니 내가 너무 강하게 나갔나, 하는 생각이 들기 시작한다. 전략을 바꾸어 나긋한 목소리로 그의 삶에 대해 묻는다. 효과가 있는 것 같다. 그는 한동안 아내 얘기를 한다. 골루베바 부인은 간호사이며, 처음 만났을 때에는 어린 아들을 둔 과부였다고 한다. 파벨과 부인 사이에는 자녀가 없지만, 의붓아들이 친아들과 다름없다고 말한다. 그 의붓아들이 최근에 딸을 낳아 파벨은 할아버지가 되었다. 이렇게 이야기하는 동안에도 여전히 그는 눈을 대굴대굴 굴리지만, 아까보다 한결 마음을 놓은 듯한 분위기다.

"그럼, 결혼식에 니콜라이도 참석했나요?" 내 질문에 파벨이 긴장한 듯 고개를 가로젓는다.

"아뇨. 그때는 더 이상 친구 사이가 아니었어요. 니콜라이가 안나를 대하는 모습을 보고 무척 화가 나서."

그렇게 파벨은 자기 이야기를 들려주기 시작한다. 그가 니콜라이를 만난 건 1970년대 사할린의 한 벌목장에서였다. 파벨은 나무를 묶고 톱질하고 베어내고 운반하는 유의 고되고 위험한 노동에 적합한 사람이 아니었다. 그러나 왜인지 니콜라이는 파벨에게 우호적이었고, 최대한 그를 보호해 주었다. 파벨이 서 있는 바로 그 자리에서 밧줄이 풀려 통나무가 굴러 떨어진 적이 한두 번이 아니었는데, 단번에 죽었어야 마땅한 그때마다 니콜라이가 목숨을 걸고 그를 안전한 곳으로 밀쳐주었다. 니콜라이는 모든 면에서 파벨과 반대였다. 파벨은 도시 출신으로 키가 작고 말씨는 살가우며 손은 부드러웠다. 또한 니콜라이가 능숙하게 처리하는 일들—이를테면 매듭을 절대 풀리지 않게 묶거나 전기톱으로 덤불을 제거하는 일—에 파벨은 서툴렀다. 외형으로 말하자면 니콜라이는 한 그루의 전나무 같았다. 바람이 불 때면 그의 금발과 턱수염은 마치 우듬지에 늘어진 하늘하늘한 지의류처럼 나부꼈다.

니콜라이는 다분히 다정했고 충분히 너그러웠으나, 감정 기복이 심하고 변덕스러운 면도 있었다. ("저는 기분대로 행동하거나 변덕을 부린 적이 전혀 없었죠. 나 같은 사람은 그럴 여유가 없으니까요." 파벨이 덧붙였다.) 니콜라이는 때로 자신이 아무것도 아닌 존재라고 낙담했고, 때로는 위대한 운명을 타고난 재능 있는 사람이라고 믿으며 오락가락했다. 두 상태의 간극이 (그리고 이 두 가지 모두를 열렬히 믿었던 역설적인 순간들이) 니콜라이를 한계로 몰았다. 그는 내면의 폭풍을 숨기면서 현실 속 자신의 위치를 받아들이는 척 하려고 노력했다. 벌목장의 다른 남자들은 바로 그런 식으로, 인생의 씁쓸함을 삭여주는 러시아인 특유의 남자다운 체념에 큰 자부심을 느끼며 살았다. 이렇게 가슴이 떡 벌어진 기품 있는 동료들과 함께 운명에 희생당하는 것은 썩 만족스러운 일이었다. 곧 벌목장 남자들은 니콜라이가 그들과 다르다는 사실을 감지하기 시작했다. 더 나아가서, 니콜라이는 속으로 자신이 남들보다 더 우월하다고 생각하는 것이었다! 이런 이유로 남자들은 니콜라이를 신뢰하지 않고 경멸했으며 뒤에서 그를 비웃었다. 어떤 연유에서든 세상 끝 이 섬을 제 발로 찾아온 벌목꾼들 중에서도 니콜라이는 고독한 사람이었다.

그런 곳에서 니콜라이를 멸시하지 않은 유일한 사람이 파벨이었다. 누군가 그들을 '친구'라고 표현했다면 둘 다 부끄러워하고 불편해했겠지만, 어쨌든 두 사람은 그렇게 친구가 되었다. 그들은 위험한 생태계에서 서로의 뒤를 봐주는 사이였고, 함께 사냥하는 늑대와 곰처럼 공생관계였다. 두 사람이 같이 밥 먹는 동안에는 보통 아늑한 침묵이 흘렀고, 그 평온은 둘 중 한 명이 유난히 기쁘거나 슬픈 날에만 깨졌다. 한 번인가 두 번인가, 니콜라이가 파벨에게 자신의 아버지 이야기를 한 적이 있었다. 니콜라이의 아버지는 아침에 눈을 뜨자마자 보드카로 하루를 시작했고, 아들을 두들겨 패는 것으로 하루를 끝마쳤다. 어느 날 밤, 아버지에게 너무 심하게 맞은 니콜라이가 기절했다. 정신을 차렸을 때 니콜라이는 오른쪽 귀의 청력이 영구 손상되었다는 걸 알게 되었다. 그의 새어머니는 이마와 입가에 깊은 주름이 진 불행한 여자였는데, 친자식을 보호하기 위해서는 갖은 애를 쓰면서도 니콜라이에게는 조금도 신경 쓰지 않았다.

열일곱 살쯤 된 청년으로 행세할 수 있을 정도로 크자마자 니콜라이는 동부로 가는 기차에 올랐다. 돈도 없고 가족도 없고 배운 것도 거의 없던 그가 구할 수 있는 직장이라고는 탄광, 도축장, 벌목장이 전부였다. 이 외지고 위험한 곳은 그래도 그가 굴러떨어질 수 있었던 다른 나락보다는 나았다. 벌목꾼들은 주변 광경을 언급하기는커녕 인식도 못 하는 것 같았으나, 바다 안개에 휩싸인 숲에는 아름다움이 있었다. 캠프장에서 해안은 보이지 않았지만, 내륙으로 밀려온 바다의 탁 트인 향내를 그들은 맡을 수 있었다. 저 너머에 더 나은 것이 있다는 걸 눈으로 확인할 수는 없어도 다들 미세하게 바다 입자의 영향을 받았다. 일이 순조롭게 진행되고 하늘이 청명한 날에는 니콜라이도 나무 그루터기에 앉아 이마의 땀을 훔치며 희미한 미소를 지었다. 그러나 폭우가 쏟아지거나, 트럭 바퀴가 진창에 빠지거나, 누군가 멀쩡한 나무를 산산이 부서뜨리는 큰 실수를 저지르는 날에는 영혼이 깊숙이 후퇴하는 것처럼 그의 눈은 빛을 잃고 초췌해졌다.

니콜라이를 그 심연에서 끌어낸 게 있다면, 음악이었다. 음악에 한해서 그는 고학력자나 부자들 못지않은 지식과 애정을 가지고 있었다. 파벨은 니콜라이가 어떻게 깊은 조예를 갖게 되었는지 끝내 알아내지 못했지만, 좋아하는 것들에 관해서는 그가 비상한 머리를 지니고 있다고 판단했다. 그중에서도 니콜라이는 특히 마리아 칼라스에 각별한 열정을 품었다. 칼라스가 쉰셋의 나이로 파리의 아파트에서 홀로 세상을 떠난 지 얼마 지나지 않은 때였다. 프리마 돈나의 사망 소식이 지구 반대편에 있는 니콜라이의 방에 닿았을 때 그는 자기가 가진 칼라스의 레코드를 몇 주 내내 쉬지 않고 들었다. 가진 레코드는 몇 장 안 되었지만, 니콜라이는 아쉬워하지 않았다. 오히려 집착의 맛을 즐기는 것 같았다. 음악을 듣지 않을 때 그는 책을 읽었고, 이 둘을 동시에 하는 일은 거의 없었다.

니콜라이와 파벨이 같은 벌목장에서 일한 지 수년이 지나고, 두 사람은 휴가를 맞아 비행기를 타고 상트페테르부르크로 갔다. 굳이 입 밖에 내지 않아도 그들의 최우선 사항은 여자를 만나는 것이라는 암묵적인 이해가 그들 사이에 돈독히 오가고 있었다. 그들에게 여자는 벌목장 매점에서는 결코 구할 수 없는 희귀한 자원이었다. 사할린에서 벗어나자마자 두 사람은 여성의 존재에 압도되고 취했다. 승무원의 보송보송한 분내뿐만 아니라 불쾌하지 않은 땀내와 머릿기름 냄새, 심지어 스타킹의 퀴퀴함마저 환상적으로 느껴졌다. 콧속을 찌르는 여자 냄새가 얼마나 강렬했는지, 외모로만 따지면 미인과 영 거리가 먼 승무원을 보면서 세상에서 가장 아름다운 여자가 눈앞에 있다는 인지 착각에 맞서 싸워야 할 정도였다. 상트페테르부르크에 도착한 두 사람은 싸구려 호텔에 체크인한 뒤 산책길에 나섰다. 도시 여자들 앞에서 면을 세우려면 말쑥한 새 옷이 필요하겠다고 판단한 둘은 한 상점으로 들어갔고, 거기서 안나를 만났다.

맨 언굴을 한 스무살짜리 빈털털이 여자들이 흔히 그렇듯 안나는 어떨 때에는 흑빵처럼 수수했고, 어떨 때에는 형언할 수 없게 아름다웠다. 널찍한 미간에 크고 순한 눈, 짧고 곧은 그리스인 코, 부드럽고 꽤 넉넉한 반원을 그리는 턱선이 안나의 얼굴을 이루고 있었다. 둥글게 떨어지는 성긴 앞머리 아래로 그는 투명한 우울함에 젖어 있었는데, 마치 이파리와 창유리에 매달린 빗방울을 연상시켰다. 어떤 각도에서 바라보면 순진하다 못해 어수룩한 사람 같았다. 달리 보면 제2차 세계대전에서 휴가 나온 러시아 군인의 이야기를 다룬 칸 영화제 수상작 〈병사의 발라드〉에 나오는 젊은 시절의 잔나 프로호렌코처럼 시적인 얼굴이었다. 그 영화 속 '슈라'처럼 안나도 운명의 가장 사소한 자극을 견디지 못하고 사랑에 빠지고 만 것이다. 안나는 순수하고 사랑스러우며 열정적인 여자였다. 그리고 이 진한 조합은 화살이 아니라 몽둥이처럼 강하게 니콜라이를 사로잡았다. ("그래서 니콜라이가 안나를 진심으로 사랑했나요?" 라고 내가 묻자, 파벨이 네 번째 차를 한 모금 들이켰다. "이렇게 말하는 게 좋겠네요." 그가 느리게 말을 이었다. "물을 포도주로 바꾸듯이 안나는 니콜라이를 바꿨어요. 그리고 그건 가짜로 꾸밀 수 있는 게 아니죠.")

자연스럽게, 남은 휴가 기간에 파벨은 두 사람 앞에 잘 나타나지 않게 되었다. 그는 다른 여자들을 만났고 효과적이지 못한 방식으로 그들에게 구애했다. 휴가가 끝날 무렵에는 어서 벌목장으로 돌아가고 싶다는 마음까지 들어서 그는 깜짝 놀랐다. 벌목장에서 썩 유능한 사람은 아니었지만, 그래도 그곳에서는 도시에 있을 때처럼 모자란 사람이라는 느낌이 들지는 않았다. 그에게 부족한 모든 것을 너무 적나라하게 드러내는 환경에 있으니 외로움이 더욱 쓰라리게 느껴졌다. 곧, 익숙한 상록수 향기와 바다 안개, 일상적인 위험이 도사리는 벌목장이 어서 오라며 그를 반겨주었고, 그제야 그는 고향에 도착한 듯 안도의 한숨을 내쉴 수 있었다. 18개월이 지나 다음 휴가가 왔을 땐 그의 이모가 사는 하바롭스크에 가기로 했다. 하바롭스크는 610킬로미터밖에 안 되는 거리였기에 이틀간 버스와 배, 기차를 갈아타고 갈 수 있었다. 이모 댁에 도착하자마자 장염에 걸려 고생하긴 했지만, 그래도 응급실에서 좋은 간호사를 만난 걸 생각하면 꽤 유익한 여행이었다. 니콜라이는 당연히 안나와 딸을 만나러 상트페테르부르크로 갔다. 즐겁게 옛 수도로 날아갔던 니콜라이는 상당히 어두운 모습으로 복귀했고, 그 우울은 몇 주 동안이나 지속되었다. 안나와 통화할 때조차 그는 과거의 익숙한 심연으로 빠져드는 것 같았다.

처음에 파벨은 그저 친구가 애인과 딸을 그리워하는 줄만 알았다. 그러나 시간이 지날수록 니콜라이는 눈에 띄게 불안해했다. 계속해서 안나의 전화를 피하는 바람에 결국 파벨이 받아 니콜라이를 대신해서 어색한 핑계를 대야 했다. 이런 일이 생길 때마다 안나는 점점 더 쓸쓸한 목소리로 전화를 끊었다. 안나의 고통은 파벨의 마음을 움직였다. 그는 니콜라이에게 자신은 더 이상 안나를 속이는 데 동참하지 않을 거라고 했다. 안나는 니콜라이의 딸을 낳아준 어머니였다. 니콜라이는 그런 안나를 존중하고, 진실하게 대해야만 했다. 파벨이 이렇게 말하는 동안 니콜라이는 자기 이층 침대에 길게 누워서 얄따란 밧줄 한 토막을 만지작거렸다. 줄을 높이 든 그가 옆눈으로 파벨을 쳐다봤다.

"파벨, 이게 뭔 줄 알아?" 니콜라이가 물었다. 줄 가운데에 매듭이 보였다. 언젠가 니콜라이가 파벨에게 묶는 법을 차근차근 가르쳐준 적 있는 그 매듭인가 싶었지만, 멀리서는 잘 분간되지 않았다.

"모르겠어, 니콜라이. 팔자 매듭인가? 그게 뭐가 됐든, 지금 딴소리할 때가 아니야." 파벨이 아무 칠도 하지 않은 나무 의자에 앉으며 재촉했다.

"한번 맞혀보게." 니콜라이가 말했다.

"나비매듭의 변형인가?" 파벨이 대답하자, 니콜라이는 고개를 가로젓고 다시 밧줄을 쳐다보았다.

"고르디아스의 매듭이라는 건데, 이게 뭔지 알아?"

파벨은 매듭 수업 따위 그만두라는 티를 내며 짜증 섞인 표정으로 고개를 가로저었다. 그러나 니콜라이는 그런 그를 못 본 척하고 말을 이었다.

"수천 년 전, 그리스에 고르디우스라는 가난한 농부가 살았어. 어느 날 그가 소달구지를 타고 도시로 여행을 떠났는데, 그 도시에 새로운 왕이 소달구지를 타고 나타날 거라는 예언이 있었던 거야.

물론 고르디우스는 그런 예언을 전혀 몰랐고. 고르디우스가 나타나자 그 도시 사람들은 그를 새로운 왕으로 추앙했어. 고르디우스는 감사하는 마음으로 자기 달구지를 제우스 신에게 바치면서 누구도 풀 수 없을 만큼 튼튼한 매듭으로 그걸 묶어놨지. 그렇게 그 매듭은 세상에서 가장 어려운 수학 문제가 됐어. 그러고 나서 다른 예언이 생겼다네. 그 매듭을 푸는 자가 아시아를 통치하게 되리라는 예언이었지. 수백 년이 흐르고, 그 도시를 지나가던 알렉산더 대왕이 그 예언을 듣고 매듭을 푸는 대신 칼로 그냥 잘라버렸어. 그렇게 알렉산더 대왕이 아시아를 통치하게 됐다네." 니콜라이가 말했다. "고르디우스의 매듭은 풀 수 없는 것이야. 아무리 노력해도 돌이킬 수 없는 것이지."

"그래. 듣고 보니 그것도 방법은 방법이군." 파벨이 고개를 가로젓고 가슴 앞에 팔짱을 끼며 말했다. "그래서, 문제를 풀지 말고 그냥 잘라버려라? 그게 교훈인가?"

"아니. 정말 중요한 교훈은 뭐냐 하면." 니콜라이가 침대에서 일어났다. "모든 매듭은 결국 고르디우스의 매듭이 된다, 이거야. 언젠가는 풀 수 없는 때가 와서 결국 끊어버려야 할 순간이 온다고." 그는 줄을 침대에 던지고 방을 나가버렸다.

그날 이후, 니콜라이는 안나를 떠날 거라는 마음을 더는 숨기지 않았다. 어떠한 해명도 듣지 못한 파벨은 자기 친구가 '아버지'라는 책임을 질 의사도, 그럴 수 있는 선천적 가능성도 없는 자라는 걸 알아챘다. 니콜라이는 가족에게 사랑이나 온정을 배운 적이 없었다. 그가 생애 경험한 다정함이라고는 안나에게 느낀 본능적 감정이 전부였다. 그러나 새끼가 태어날 때까지만 짝과 사이좋게 지내는 수컷처럼 니콜라이에게 깊은 동요가 일었던 것이다. 그런 동물 중엔 자기 새끼를 물어 죽이는 수컷들도 있었다. 자신도 그런 아비가 될까 봐 두려웠던 니콜라이는 그렇게 도망가는 길을 선택했다.

두어 달 뒤 어느 날 아침, 일터에 나간 파벨은 니콜라이가 그만두었다는 사실을 알게 되었다. 그는 아무 것도 남기지 않았다. 쪽지도, 작은 정표도, 새 주소나 연락처도. 한동안 둘의 관계가 소원해진 건 사실이었지만, 니콜라이가 이런 식으로 떠나버리자 파벨은 마음의 상처를 입었다. 서로의 뒤를 봐주고, 나무 밑동에 마주 앉아 점심을 먹고, 레코드를 듣고, 장비와 담배 그리고 적막한 그들의 삶을 조금이나마 안락하게 해주는 소소한 잡동사니를 주고받으며 함께한 세월이 있는데. 적어도 간다는 말 한마디, 잘 지내라는 인사 정도는 받을 권한이 파벨에게 있잖은가? 그러다 다음 순간 안나가 느낀 배신감은 훨씬 더 크리라는 걸 깨달았다. 의무감 없는 부모 밑에서 자란 니콜라이는 그 누구에게도 어떤 의무도 없다고 생각했다. 나중에야 파벨은 반장을 통해 니콜라이가 본토 블라디보스토크 근처에 있는 벌목장으로 옮겨 갔다는 소식을 전해 들었다.

니콜라이는 둘의 우정을 유지하려는 일말의 노력도 없이 떠나버렸지만, 그런 그와 달리 파벨은 니콜라이의 빈자리를 크게 느꼈다. 벌목장의 일상에 공허함이 감돌았다. 비 내린 뒤 진흙탕을 걷는 것처럼 자꾸만 미끄러지는 듯한 느낌이었다. 그러다 하바롭스크에 갔을 때 몇 차례 데이트했던 과부 간호사가 생각났다. 또래 중에서 파벨을 매력적인 상대로 보는 여자는 없었다. 그러나 파벨보다 나이는 조금 많지만 통통하니 맵시 있는 몸매를 지닌 그 간호사는 그를 무시하지 않았다. 그가 파벨을 객관적으로 보지 못해서, 또는 자신의 전성기가 지났다고 생각해서가 아니었다. 남편을 떠나보내는 아픔을 겪으면서 더 너그러운 사람이 된 것뿐이었다. 마침내 파벨은 간호사에게 전화를 걸어 하바롭스크로 이사를 고민 중이라고 얘기했다. 그러나 간호사는 곧 상트페테르부르크에 있는 병원으로 이직할 거라는 소식을 전했다.

파벨은 대답했다. "아." 그의 의지와 상관없이 눈가가 촉촉해졌다. "모든 일이 잘되기를 바랍니다."

"고마워요." 간호사가 나직하게 대답했다. 침묵이 이어졌다. 파벨은 수화기를 귀에 바짝 갖다 대고 반대편에서 들려오는 그녀의 차분한 숨소리에 귀 기울였다. 이제 이것도 끝이었고, 파벨은 홀로 계속 나아갈 것이었다. 이전보다 아주 조금 더 외로워질 뿐이었다. 그때 간호사가 다시 입을 뗐다.

"당신도 상트페테르부르크로 오는 건 어때요?"

그렇게 파벨은 믿음의 결단을 내리고 계약이 끝날 무렵 피터 황제의 옛 도시로 이주했다. 수년간 벌목일을 했고 사할린에서 돈 쓸 기회가 워낙 희귀했던 덕에 적잖은 목돈을 모아둔 터였다. 그는 막 결혼한 아내, 의붓아들과 함께 살 작은 아파트를 샀고, 아내 덕분에 병원의 시설 관리자로 취직하게 되었다. 말이 좋아 관리자지 하는 일을 들여다보면 잡역부와 다름없었지만, 결국 중요한 것은 그로부터 10년도 채 되지 않아 파벨이 한 국립병원의 모든 유지보수를 감독하게 되었다는 사실이다. 파도에 맞서 아련한 동쪽 섬의 외톨이 벌목꾼이었던 파벨은 꽤 짧은 시간 안에 많은 사람이 부러워하는 안정적인 직업을 가진 남편이자 아버지가 되었다. 이따금 밤에 잠자리에 누우면 감은 그의 눈 앞으로 나무와 바다 안개가 아스라이 지나갔고, 그럴 때면 모든 게 긴 꿈처럼 느껴졌다.

이 먼 기억이 갑작스럽게 현실과 부딪힌 날이 딱 한 번 있었다. 신혼 초, 밖에서 점심을 먹고 직장으로 걸어 돌아가는 길이었다. 텅 비다시피한 광장을 가로질러 걷는데 왠지 익숙한 사람의 윤곽이 보였다. 그때까지도 상트페테르부르크에 아는 사람이 거의 없었으므로 희한한 일이었다. 점점 초점이 맞춰지자, 그 여자가 평범하지만 천상의 아름다움이 느껴지기도 하는 안나 레오노바라는 걸 파벨은 알아보았다. 깊고 끝없는 슬픔 때문에 영혼이 사라지고 공허함만 남은 얼굴로 안나는 유아차를 밀고 있었다. 이 모든 게 파벨의 잘못은 아니었지만, 고통스러워하는 안나를 보니 그는 책임감을 느꼈다. 니콜라이와 안나가 처음 만났던 그 자리에 파벨도 있었다. 그리고 때때로 파벨은 니콜라이의 회피와 약점을 덮어주기도 했다.

마침 파벨의 아내는 마린스키 극장의 분장사로 일하는, 타냐라는 젊은 여자와 친구 사이였다. 어느 날, 타냐가 골루베바 부인과 대화하던 중, 한 재봉사가 갑자기 그만두는 바람에 극장 의상실이 바빠 난리라는 이야기를 하게 되었다. 저녁을 먹다가 이 소식을 전해 들은 파벨은 '재능 있는 재봉사이자 도움이 필요한 젊은 아기 엄마'를 안다며 안나를 소개하여 일자리를 알선해 주었다. 안나는 진심으로 고마워했고, 곧 일과 육아의 세계로 점점 사라져 들어갔다.

그 이후 파벨은 오랫동안 안나나 니콜라이의 소식을 듣지 못했다. 누군가는 일부러 피한 것이 아니냐고 물을 수 있겠지만, 적어도 파벨 입장에서는 그렇지 않았다. 그는 전 친구의 전 연인을 돕기 위해 할 만큼 했다고 느꼈고, 이들의 인생은 계속해서 각각 다른 방향으로 속도를 내었다. 마치 시골 역에서 아주 잠깐 나란히 깔린 선로를 달리고 금세 헤어진 두 대의 기차처럼.

30년이 흘렀다. 이제 파벨에게는 출근 전 아침을 먹고 차를 마시면서 책을 읽을 여유가 있었다. 신문을 썩 좋아하지 않는 파벨은 보통 소설이나 시집을 읽었다. 병원에 출근하면 동료들은 마치 그가 의사라도 되는 양 그를 파벨 이바노비치라고 정중하게 불러주었다. 퇴근하면 그의 아내가 따끈한 저녁 식사를 차려 주었고, 소화불량이 잦은 남편을 위해 뜨겁게 끓인 물도 한 병 내어주었다. 어느 날 저녁, 식사를 마친 식탁에 호젓이 남아 있는데(심각한 수준의 위산 역류로 고생했던 파벨은 식사한 뒤 두 시간 동안은 아무것도 하지 말고 똑바로 앉아 있으라는 아내의 명령을 따랐다) 골루베바 부인이 말했다. "오늘 이상한 환자가 왔어요. 미친 사람 같은."

파벨의 아내는 물론이고 파벨도 제정신이 아닌 환자들을 수년간 셀 수 없이 봐왔다. 그래서 그는 제정신과 광기는 한 끗 차이며 그 경계를 나누기 어렵다는 사실도 알게 되었다. 세상을 설명하는 데 도움이 되는 건 분명하지만, 실존하지는 않는 수학 공식 속의 선들처럼. 그래서 파벨은 그런 불쌍한 영혼들을 보면 안쓰러웠다. 게다가 그들은 안전한 집, 비교적 건강한 몸, 사랑하는 아내 등 지금은 그가 당연하게 누리고 있는 것들이 얼마나 귀한지 상기시켰다.

때로는 그들이 파벨에게 재미를 주기도 했다. 정말 웃기는 농담 같다는 뜻이 아니라, 유명인들이 체면도 다 버리고 공개적으로 서로 싸우는 광경을 지켜보는 것 같은 그런 쏠쏠함이 있었다. 파벨이 차를 홀짝이며 물었다. "그래? 이번에는 어떤 사람이었어요?"

"뭐라고 중얼거리면서 말도 안 되는 소리만 늘어놓는 남자였어요. 글쎄 여기가 어느 도시인지, 지금 대통령이 누구인지 아무것도 모르는……." 아내는 어쩐지 불안한 목소리로 말했다. "퇴원 서류에 이름을 서명해 달라고 했는데, 이렇게 끄적이는 거예요. '파벨 이바노비치 골루베프'."

4장

마지막 남은 손님들의 발걸음을 재촉하기 위해 갖은 티를 내며 그릇을 치우는 웨이터처럼 우리 사이에 내려앉은 침묵이 파벨의 이야기를 방해한다. 테이블에 놓인 촛불이 꺼진 지 이미 한참 지났다. 주변을 훑어보니 남은 손님은 우리뿐이다. 바 테이블 근처에는 흰색 셔츠에 검은 나비넥타이를 맨 종업원들이 찌무룩한 표정으로 속삭이고 있다. 폐점 시간인 자정까지 몇 분 남지 않았다. 아무래도 이고르 페트렌코 씨가 무슨 일이 있어도 나를 방해하지 말라고 직원들에게 단단히 일러둔 것 같다. 지배인에게 고마워 잠시 마음이 따뜻해진다.

"제가 말을 너무 많이 해서 피곤하게 한 것 같군요." 파벨이 말한다. 누가 봐도 휴식이 필요한 사람은 내가 아니라 파벨이다.

"이런, 너무 죄송해요." 나는 입 앞에 두 손을 갖다 댄다. "식사

주문도 깜빡하고 시간 가는 줄 몰랐네요."

"별말씀을요. 아내가 저녁 식사를 남겨뒀을 겁니다." 파벨이 힘없는 목소리로 말한다. "갑자기 한꺼번에 이런 이야기를 받아들이기 힘들겠지요."

"나머지 이야기를 더 듣고 싶어요. 그렇지만 말씀하신 대로……." 내가 바를 향해 손을 들자, 웨이터 한 사람이 서둘러 다가온다. 나는 계산서에 방 호수를 적고, 그는 드디어 퇴근할 수 있어서 고맙다는 듯 고개 숙여 인사한다.

"오늘은 여기까지가 충분한 것 같아요. 많이 어지러워요, 파벨 이바노비치."

"내일 저녁 6시에 다시 올 수 있습니다."

"그래주시겠어요? 그럼 정말 감사하겠어요." 내가 소지품을 챙기며 자리에서 일어나고, 파벨도 서류 가방과 코트를 챙겨 든다. 우리는 다시 한번 악수하고, 회전문 속으로 사라져 들어가는 그의 뒷모습을 지켜본 뒤 나는 내 방으로 올라간다.

몰려드는 피로를 참으며 억지로 뜨거운 물에 몸을 담그고 난 다음에 침대에 쓰러지듯 눕는다. 의식을 잃은 사람처럼 깊은 잠에 빠져들고, 검은 새들이 보랏빛 하늘을 빙빙 도는 꿈을 꾼다. 그러다 회오리를 이룬 그 새 떼가 일제히 추락하면서 어두운 폭포로 변한다. 내가 딛고 서 있는 땅도 아래로 푹 꺼지면서 나도 깊은 땅속으로 한없이 떨어진다.

창문으로 스며드는 아침 햇살에 깜짝 놀라며 잠에서 깬다. 몸이 움직여지지 않아서 20분 더 가만히 누워 있는다. 먼저 손가락을 하나 까딱 움직여 본다. 그런 다음, 눈꺼풀이 들리는지 시험해 본다. 하나하나 몸이 말을 듣는 걸 확인하고 게걸음으로 엉금엉금 욕실에 기어 들어간다. 쏟아져 나오는 뜨거운 물이 다시 한번 작은 기적을 일으킨다. 전보다 힘이 생긴 나는 수건으로 물기를 닦아내고, 로션을 바르고, 깨끗한 레오타드와 웜업 운동복을 입은 뒤 아침을 조금 먹고서 극장으로 향한다. 무용수들은 공과 사, 이성과 감정을 분리하는 방법을 일찌감치 배운다. 다른 사람들 앞에서 선생님이 심하게 야단치며 평소처럼 틀리지 말고 완벽하게 하라는 지시를 내릴 때, 드레스 리허설 도중 넘어졌는데 곧바로 공연 무대에 올라야 할 때, 끔찍하게 싫은 파트너와 춤춰야 할 때도 마찬가지다. 신경이 약한 사람, 춤보다 감정을 우선시하는 사람은 이 세계에서 절대 성공할 수 없다. 나는 언제나 내 감정보다 춤을 우선시했다. 춤이 없으면 내 인생의 어느 감정도 의미 없을 테니까. 적어도 나는 여태 그렇게 믿었다.

그런데 스베타 이모와 바 연습, 센터 연습을 하는 내내 기운이 빠지는 게 느껴진다. 지난밤에 들은 파벨의 이야기를 생각하지 않으려고 정신적으로 애를 쓰려니 몸에서도 힘이 빠져나가는 것 같다. 프티 알레그로를 마치고 난 뒤 잠시 물을 마시며 쉬겠다고 요청하고 바닥에 주저앉자, 스베타 이모가 걱정스러운 눈으로 나를 내려다본다. 그때 베라 이고레브나가 무서울 정도로 복잡다단한 표정으로 들어온다. 바르나 경연 2차전에서 니나가 떨어졌던 그날 이후로 처음 보는 안색이다. 꼭 스무 살 된 고양이를 안락사하고 왔는데, 자녀들이 농장이나 고양이 리조트 같은 곳에 데려다줬다고 믿고 있어서 차마 울지 못하는 부모를 연상시킨다.

"태형이 리허설에 못 온대." 선생님이 날카로운 목소리로 알린다. "방금 전화가 왔는데, 글쎄 '폐렴'이래." 선생님은 태형이 흔한 호흡기질환에 걸린 게 아니라 반려 보아뱀이나 발 페티시 같이 좀 괴상하고 수치스러운 무언가를 가지고 있다는 듯 마지막 말을 유별나게 강조했다.

스베타 이모의 입이 떡 벌어진다. 우리 둘의 머릿속에 있는 말을 꺼내는 건 나다. "리허설은 두번째 문제잖아요. 진짜 중요한 건, 첫 공연까지 이제 겨우 엿새 남았다는 거예요. 적어도 2주 동안은 병상에 있어야 할 테고, 현실적으로 한 달은 집에서 쉬어야 할 텐데."

내 지적에 베라 이고레브나가 한숨을 내쉰다. 나는 여태 이렇게 크게 한숨 쉬는 사람을 본 적이 없다. 선생님이 대답한다. "맞는 말이야. 드미트리 아나톨리예비치도 상황을 알고 있고, 우리가 지금 이렇게 얘기하는 중에도 대역을 찾고 있어."

응급 상황이 이 정도의 차질을 주는 경우는 별로 없다. 스튜디오 한쪽에서 조용히 마임하듯 그 역할을 연습하는 언더스터디가 있기도 하고, 발레단 소속 무용수 대부분은 여러 시즌 동안 서로 호흡을 맞춘 경험이 있어서 파트너가 바뀐다고 크게 충격받을 일도 없다. 그러나 나는 2년 동안 발레를 떠나 있었고, 이 공연은 컴백 무대로 성대하게 열릴 예정이었다. 시내 곳곳에 걸린 포스터를 애써 외면하고 있었지만, "'지젤'로 돌아온 나탈리나 레오노바"라는 문장으로 내 복귀를 홍보하고 있다는 사실을 내가 모를 리 없다. 이런 압력에 압력, 지구 표면 100킬로미터 아래에서 가해지는 중압감이 지금 태형의 빈자리가 더욱 곤란한 이유이다.

단순한 당황스러움을 넘어서서 애초에 나와 태형이 파트너가 된 실질적인 이유를 생각하지 않을 수 없다. 기존의 테크닉과 체력을 상당 부분 회복하긴 했으나, 아직 내 최고치에는 한참 못 미치는 게 사실이다. 스베타 이모는 나의 기준 미달이 대다수 무용수의 절대적인 최고치보다 견줄 수 없이 높다며 나를 위로했지만, 그 말조차 내가 얼마나 부족한지 현저히 드러낸다. 팬들을 실망시키지 않으려면, 파드되에서 안정적으로 나를 들어 올리고 턴을 받쳐주면서 약점을 보완해 주며, 동시에 압도적으로 멋진 솔로로 내 중압감을 덜어줄 수 있는, 뛰어나게 강한 파트너가 필요하다. 그리고 헌신적인 파트너면서 나와 배치할 만한 스타성을 겸비한 남자 무용수는 마린스키를 통틀어 태형밖에 없다. 이제 와서 조금이라도 기교가 부족하거나 체력이 달리는 다른 파트너를 내게 붙이면 100가지의 다른 문제가 생길 터다.

혼자 리허설을 하는 대신 이만 가보겠다고 양해를 구하자, 베라 이고레브나가 무뚝뚝하게 고개를 끄덕인다. 호텔로 돌아온 나는 몇 시간 동안 가만히 침대에 누워 있는다. 결국, 이 모든 노력에도 나는 다시 춤출 수 없게 된 거다. 눈물이 고이기 시작한다. 그러면서 깨닫는 건 몸과 마음이 회복되기 전부터도 이 일이 잘될 거라고 내가 믿고 있었다는 사실이다. 드미트리가 여름정원에서 내 옆에 앉아 '지젤'을 제안했던 그 순간부터 나는 마음속으로 이 역할을 준비하고 있었던 것이다.

6시 15분 전, 나는 엘리베이터를 타고 호텔 레스토랑으로 내려간다. 벌써 와서 나를 기다리고 있는 파벨의 모습이 조금 놀랍기도, 감동스럽기도 하다. 파벨의 옆자리에는 코트와 서류 가방이 가지런히 놓여 있다. 이번에는 자리에 앉자마자 잊지 않고 음식과 음료를 주문한다.

"오늘은 좀 어떠십니까?" 파벨이 수줍게 묻는다.

"괜찮아요." 나는 대답하자마자 고개를 가로젓는다. "아니, 사실 너무 힘들었어요. 그래도 어제 하시던 얘기를 이어서 해주시면 감사하겠어요. '파벨 이바노비치 골루베프'라고 서명했다는 환자 이야기요."

그가 고개를 끄덕이고는 어제 멈췄던 데에서부터 이야기를 다시 시작한다.

아내에게 이 이상한 환자, 사칭자 얘기를 들은 파벨은 깜짝 놀랐다. 그 환자에게 다른 특징이 있었냐고 물었지만 아내는 잘 모르겠다고 대답했다. 너무도 바쁜 하루였고 생사의 위기를 넘나드는 환자가 곳곳에 널려 있었다. 또 아내는 그 환자의 퇴원만 담당한 터라 서류만 잠깐 본 게 다였다. 제정신이 아닌 듯한 그 환자가 자신의 남편과 똑같은 이름을 가진 것은 (그리 상쾌하진 않지만) 우연일 뿐이라고 아내는 생각했다.

다음 날, 출근한 파벨은 인맥을 써서 (병원의 시스템 엔지니어가 파벨에게 신세를 진 적이 있었는데, 그게 뭐였는지는 두 사람 다 잊었다.) '파벨 이바노비치 골루베프'라는 이름의 환자가 다녀갔었는지 확인해 보았다. 검색 결과는 0건이었다. 그는 자신의 생일을 넣어

봤으나 이번에도 그런 환자는 없었다. 마지막으로 파벨은 전날 퇴원한 남성 환자의 이름을 모두 살폈고, 거기서 니콜라이 콘스탄티노프라는 이름을 발견했다. 귀에 들릴 정도로 크게 두근거리는 심장을 부여잡고 파벨은 그 이름을 클릭해 기록을 열었다. 사진은 없었다. 생년월일은 있었으나, 니콜라이의 생일이 언제였는지 기억나지 않았다. 치료 기록은 20여 년간 이어져 길고 길었다. 다음 페이지로 넘겨 첫 내원 기록을 보고서야 이 남자가 누구인지 확실하게 알 수 있었다. 31세 환자, 직장에서 굴러떨어지는 통나무에 깔릴 뻔한 동료를 구하려다 사고를 당해 오른쪽 하퇴부를 절단함(블라디보스토크 해군 병원의 전원 기록 참고). 절단 부위의 극심한 통증을 호소하는 것으로 보아 중추신경 감각 및 몸감각 피질의 손상이 추정됨. 상세 불명의 정동장애 및 편집증 증상을 보임. 가족관계 불명. 주소지 불명.

전원 기록을 클릭해 파일을 열어본 파벨은 니콜라이가 블라디보스토크 근처의 벌목장으로 옮기고 겨우 1년쯤 지났을 무렵에 사고를 당했다는 사실을 알게 되었다. 그는 기록 창을 닫고 시스템 엔지니어에게 고맙다고 인사했다. 충격을 받아 머리가 어지럽고 속이 메스꺼운 걸 들키지 않으려고 애를 쓰면서. 니콜라이는 노숙 생활을 하다가 상태가 아주 심할 때만 입원하는 게 틀림없었다. 그가 다시 아프기 전까지 그의 행방을 찾을 방법이 없었다. 아니, 방법이 있다고 하더라도 파벨이 무엇을 할 수 있단 말인가? 그럼에도 그는 밖에 나갈 때마다 이제는 희끗하게 셌을 수염과 거친 눈빛을 찾으며 지나가는 노인들을 유심히 쳐다보게 되었다.

어느 날 저녁, 전철에서 내린 파벨은 보스타니아 광장 앞의 출구로 나왔다. 병원의 환기 시설 수리를 맡기기 위해 업자를 만나러 가는 길이었다. 온종일 도시를 짓눌렀던 가맣고 두꺼운 구름이 지평선에서 돌돌 말리듯이 걷히며, 그 밑으로 펴져 나온 연홍색 낙조를 배경으로 전철역의 2층짜리 로톤다[1]가 윤곽을 드러냈다. 그 광경에 파벨은 평소에 늘 인도 쪽으로 축 처지는 고개를 살짝 들었다. 동쪽으로는 넵스키 거리가 점점 싸구려 분위기로 변하지만, 서쪽으로는 옛길의 가장 고급스러운 부분이 펼쳐져 있었다. 이 도시에 30년 넘게 살고 있으면서도 가본 적은 손에 꼽을 만큼밖에 없는 곳으로, 아름다운 카페와 레스토랑들은 딱 달라붙는 옷에 명품 벨트를 두른 외국인이나 부유한 젊은이들로 넘쳐났다. 아르누보 양식이 웅장한 그랜드 코르사코프 호텔 앞에는 빳빳한 붉은색 제복을 입은 벨보이들이 서 있었다. 몇 블록 떨어진 곳에는 혁명 이전부터 유명한 쇼핑몰인 파사주가 셔벗같이 산뜻한 색조명으로 반짝이고 있을 것이었다. 그 안의 유리 천장이 덮인 갤러리에서 친구와 함께 월급의 절반을 들여서 겨울 외투를 산 적이 있었다. 그때는 내심 코트가 너무 비싼 게 아닌가 싶었다. 이제 와 돌이켜 보니 그 코트는 인생의 다른 어떤 것보다도 더 비싼 값을 치르게 했다. 그리고 그건 돈의 문제가 아니었다.

역전의 혼잡한 공간에서 서둘러 빠져나가려고 파벨이 고개를 푹 숙이고 속도를 내기 시작할 찰나, 휠체어에 앉아 있는 잿빛의 덩

1 벽이 원형이나 타원형으로 만들어져 있는 건물. 보통 상부는 돔 형태로 되어 있다.

치 큰 남자가 그의 눈에 들어왔다. 다른 날 같았으면 파벨은 그를 알아보지 못했을 터였다. 그러나 마침 이 도시에 처음 왔던 그날과 젊은 시절을 회상하고 있었던 덕분에 파벨은 이 부랑자가 바로 옛 친구 니콜라이라는 걸 알아볼 수 있었다.

파벨은 곧장 그에게 달려갔다. "니콜라이! 날세!" 그가 소리쳤다. 파벨이 바로 앞에 서 있지 않은 듯 니콜라이의 눈은 초점 없이 멍했다. "나야." 파벨이 다시 한번 말했다. 그의 목소리는 나직하게 떨리고 있었다. 종아리가 있어야 할 곳이 비어서 헐렁한 니콜라이의 오른쪽 바짓단이며 그의 어마어마한 냄새를 마주하니, 파벨의 마음속에 두려움이 일었던 것이다. 그러나 파벨은 그 두려움을 이겨내고 친구의 팔꿈치에 손을 얹었다. 니콜라이가 몸서리를 쳤다. 그의 눈동자가 열리더니 카메라 렌즈의 구경처럼 점점 좁아져 파벨에게 초점을 맞추었다.

"파벨 이바노비치 골루베프." 니콜라이가 입속에 녹슨 쇠구슬을 잔뜩 머금은 듯한 말투로 느릿느릿 말했다. "사할린."

파벨이 고개를 끄덕이며 니콜라이의 손을 그러쥐었다. "그래, 그렇지. 맞아, 니콜라이. 자네가 페테르부르크에 있는 줄 몰랐네. 내 친구……." 두 사람 사이에는 할 말이 너무나 많아서 할 수 있는 말이 없었다. 게다가 그 순간 파벨은 업자와의 약속 시간에 이미 늦었다는 걸 기억해 냈다.

"니콜라이, 내가 지금 서둘러서 회의에 가야 해. 자네, 한 시간 뒤에도 이곳에 있을 겐가? 나를 좀 기다려줘. 같이 저녁을 먹으면서 얘기하세." 그가 말했다.

니콜라이는 고개를 가로저었다. 눈의 초점은 이미 흐려져 있었다. 마치 파벨을 알아보는 노력으로 모든 기력을 다했다는 듯.

"아, 친구. 제발 여기 있어주게. 내가 금방 오겠네. 병원의 환기 시설을 고쳐야 해서 말야. 상당히 급한 일이라……."

니콜라이가 알아듣지 못할 이상한 말을 뱉었다. "빌어먹을 새들"이라고 하는 것 같았다. 한때 명석했던 이 친구의 머리가 이제는 병원 천장의 뿌연 유리 케이스 안에서 살찐 파리 몇 마리와 함께 깜빡거리는 형광등과 같은 상태가 되었다는 사실을 파벨은 깨달았다. 그는 손목시계를 힐끗 쳐다보았다. 아내가 25주년 결혼기념일에 선물해 준 시계였다.

"니콜라이, 미안해. 제발, 제발, 여기서 기다려줘. 알겠지?" 파벨이 넵스키 거리 방향으로 뒷걸음질하며 말했다. 역 주변을 서성거리던 십 대 불량배들, 로마니인 점술가들과 부딪치기 직전까지 그는 최대한 오랫동안 니콜라이에게서 눈을 떼지 않고 걸었다. 그렇게 파벨이 넵스키로 길을 건넜을 때 니콜라이가 그가 있는 방향으로 크게 고함쳤다. "안나!" 잠시 뒤, 이런 외침이 소음 사이로 얼핏 들려오는 듯했다. "나타샤!" 파벨이 돌아가기도 전에 퇴근 시간의 인파는 바위를 집어삼키는 높은 파도처럼 휠체어 탄 남자의 모습을 감추었다.

"그럼, 그때 니콜라이를 마지막으로 본 건가요?" 내 질문에 파벨이 눈을 내리깔고 고개를 끄덕인다. "다시 전철역으로 뛰어갔을 땐 사라지고 없더군요. 병원에 들어오는 환자들을 유심히 살펴보았고 그 주변 친구들에게도 부탁했는데, 아무도 그 친구를 보지 못했어요." 그가 말한다. "어머니에게 연락해 보려고 마음을 먹었지요. 연락을 안 한 지 한참 되긴 했지만 그래도 그 친구 소식을 알려줘야 할 것 같아서. 아내가 오랜 친구 타냐에게 연락했는데, 슬프게도 며칠 전에 세상을 떠났다는 비보를 듣게 되었습니다."

나는 아무 말도 하지 않고 파벨 아저씨는 조금 훌쩍인다. 밤 9시가 지난 시간이다. 나는 어서 방으로 들어가 이 모든 상황을 혼자 정리하고 싶다. 무리 지어 서 있는 종업원들에게 손짓하자, 그들 가운데 한 사람이 서둘러 계산서를 테이블에 놓는다. 내가 방 호수를 적는 동안 파벨 아저씨가 소지품을 챙겨 자리에서 일어난다.

"뭐라고 감사 인사를 드려야 할지 모르겠어요, 파벨 이바노비치." 나도 자리에서 일어나 밖으로 나가면서 조용히 말한다.

"마지막으로 한 가지만 더 여쭈어도 될까요?" 내가 묻자 그가 고개를 끄덕인다.

"입고 계신 코트 말인데요. 휴가 때 니콜라이와 같이 사셨다던 그 옷인가요? 저희 엄마가 수선해 준?"

파벨이 살짝 붉어진 얼굴로 고개를 끄덕이며 옷깃을 잡아당긴다. 그렇게 나는 그가 슬퍼하는 이유가 그의 친구 니콜라이 때문만이 아니라는 걸 알게 된다. 파벨은 그가 사랑했던 안나를, 그리고 안나와 함께했을지 모를 그의 인생을 애도하고 있다.

그와 작별 인사를 하고 나서 방으로 올라온 나는 침대에 누워 휠체어를 탄 남자를 떠올린다. 니나의 결혼식을 마친 뒤에 보스타니야 광장 전철역 앞에서 그런 사람을 본 적이 있다. 그러나 그게 니콜라이일 리는 없을 것이다. 그 남자의 다리가 온전치 않았더라면 내가 그걸 기억하지 못했을 리가 없다. 이 문제가 이렇게까지 불가사의한 이유는 내가 아버지란 사람의 사진을 한 장도 본 적이 없기 때문이다.

파벨은 니콜라이가 '빌어먹을 새들' 같은 이상한 말을 중얼거렸다고 했다. '코리티 프티츠корить птиц.' 그 말을 들으니, 새들이 하늘을 빙빙 돌며 원형 탑을 이루는 꿈을 꿨던 게 생각난다. 니콜라이도 그 새들을 봤던 걸까? 그렇다면 그 새들 때문에 미쳐버린 걸까?

한 시간도 내리 잠들지 못한 사이에 새벽이 밝아오지만 피곤하지 않다. 오늘 하루만큼은 나를 저버리면 안 된다는 걸 내 몸이 고분고분 받아들이는 것처럼. 사실, 부상당하기 전까지 이건 나의 가장 희귀하고 비밀스러운 재능이었다. 정신이 들자마자 나는 스베타 이모에게 전화를 건다. 이모도 나처럼 밤새 못 잔 듯이 금세 전화를 받는다.

"이모, 오늘 오전 클래스 취소해요." 내가 말한다. 기다렸다는 듯 스베타 이모는 공연을 반드시 해야 한다고 맞선다. 드미트리가 다른 파트너를 찾아올 것이며, 이제 와 포기하기에는 지금까지 해온 게 너무 아깝지 않은가? 나는 그것보다 더 중요한 일을 오늘 꼭 해야 한다고, 이모도 같이 가달라고 말한다.

"요 며칠 힘들었잖아. 정말 오늘 해도 괜찮겠어?" 터틀넥 스웨터에 달라붙는 바지, 엉덩이까지 내려오는 망토를 모두 검은색으로 단정하게 맞춰 입고 선 스베타 이모가 묻는다. 팔꿈치까지 올라오는 장갑을 낀 손으로 핸드백의 손잡이를 든 모습이 마치 갑옷을 입은 채 말의 고삐를 잡은 기사 같다.

"옛날에 이모가 여기에 들어올 때 저는 위층에서 몰래 내려다보곤 했지요." 오래된 안뜰을 가로지르며 내가 말한다. "정말 아름답고 우아하다고 생각했어요. 저한테 그 세계를 처음 보여준 사람이 이모였는데."

바닥 통로에 깔린 콘크리트 석판은 곳곳이 깨져 있고, 양쪽으로 줄지어 심겨 있던 사과나무는 잘려 그루터기만 남았다. 추운 날씨가 아닌데도 나는 반사적으로 팔꿈치를 감싼다.

"예나 지금이나 번번한 구석이 없는 건물이긴 하지만, 어쩜 관리를 하나도 안 했네요." 출입구로 들어가면서 지적하지만, 동시에 10년 만에 찾아온 나 자신이 위선적으로 느껴진다.

"음, 봄에 헐어버린다더라. 흐루쇼프카[1] 대부분이 이미 철거됐어. 이 도시에도 몇 안 남았지."

우리는 별말 없이 5층을 향해 올라간다. 현관 앞에 서자, 스베타 이모가 핸드백에서 열쇠를 하나 꺼내 문을 연다. 우리 둘은 아무 말도 하지 않고 신선한 공기가 실내에 먼저 들어가도록 몇 분을 서서 기다린다. "무서워요"라고 이모에게 말하고 싶은 충동을 꾹 억누른다. 그런 내 마음을 알아챈 듯 이모가 열린 문으로 앞장서서 들어간다. 이제 내가 해야 할 일은 이모를 뒤따르는 것뿐이다.

집 안의 모든 것이 더 낡고 해졌을 뿐 내 기억 속 그대로다. 부엌

1 1960년대 초 소련의 지도자였던 니키타 흐루쇼프가 주도적으로 보급한 아파트 양식으로, 저렴한 건설자재로 만든 조립식 건물이다.

에 달린 레이스 커튼이 마치 치석처럼 누르스름하고 빳빳해졌다. 커튼과 세트인 텔레비전과 찬장 덮개들도 나는 암울하게 알아본다. 해묵은 고물들이 리본 달린 모자를 뒤집어쓴 것처럼 수줍어 보인다. 내가 기억을 할 수 있을 때부터 거실 한편을 차지하던 소파가 여전히 그 자리에 있는 걸 보고 사뭇 놀란다. 마린스키의 코르 드 발레 단원으로 입단했을 때 처음 몇 달 동안 내가 잠 잤던 바로 그 소파이다. 처음엔 당구대처럼 선명하고 생기 없는 녹색이었던 소파가 이제는 썩은 배처럼 갈색으로 바래 있다. 변한 것 없이 똑같은 실내에 익숙해지자 그제야 집 안에 널려 있었을 시시콜콜한 물건들을 누군가가 치웠다는 사실을 깨닫는다. 차가 반쯤 남은 컵들, 낮에 벗어두었을 스웨터, 엄마의 반짇고리 같은 것들을.

"정리해 줘서 고마워요, 이모." 내가 말하자 이모가 고개를 끄덕인다.

"제가 보낸 돈을 왜 안 쓰셨는지 모르겠어요. 항상 보내드렸는데." 내가 소파에 앉아 팔짱을 끼며 말한다. "연락 끊고 난 이후로도요. 부족하지 않게 신경 썼거든요."

"너희 어머니도 꼭 너 같으셨어." 스베타 이모가 마른 목소리로 말한다. "자존심이 아주 셌지." 이모가 창가로 걸어가 창문을 열자, 가을바람이 실내로 확 들이친다. 이모는 다시 돌아와 내 옆에 자리를 잡고 앉는다.

"무슨 일이 있었는지 엄마한테 들었어요?" 내가 묻는다.

스베타 이모가 고개를 끄덕인다. 그러고는 말을 잇는다. "아, 너 때문에 담배 피우고 싶어진다. 끊은 지 40년이나 됐는데."

몇 분 더 말없이 앉아 있다가 마침내 이모가 다시 입을 연다. "너는 네 엄마가 너나 사샤한테 부당했다고 생각할 거야. 근데 너도 이제 알겠지만, 네 엄마가 옳았지. 사샤가 나쁜 남자였으니. 사실 놀랄 것도 없지. 자기 인생이든 남의 인생이든 꼭 망쳐버리는 남자들 특유의 인상을 나는 처음부터 느꼈으니까. 이건 스타의 자의식이나 재능의 문제가 아니야. 니나 남편을 봐. 안드레이한테는 전혀 그런 게 없잖니."

"이모, 제발 좀." 내 한숨에 이모가 한 발 물러선다.

"알았어, 그만할게." 이모가 갑자기 힘차게 일어나 부엌을 이리저리 뒤적이기 시작한다. "차 좀 주랴?"

"이모." 찬장 문을 획획 열어 젖히는 이모 옆으로 가서 선다. "지금 안드레이가 중요한 게 아니잖아요. 아, 물론 그도 소중한 친구이긴 하지만……. 아무튼 지금 제가 알고 싶은 건……. 니콜라이는 어떤 사람이었어요?"

이모가 잠시 멈칫한 뒤에야 내가 누구 얘기를 하는 건지 깨닫는다. 이모는 한숨을 내쉬고 찬장 문을 살살 닫는다. "너도 알겠지만, 만난 적은 없어. 그 사람이 이미 떠난 뒤에 네 엄마하고 내가 친해졌으니. 내가 아는 건 아누시카한테 들은 게 다야."

"사진도 본 적 없어요?"

이모가 고개를 가로젓는다. "너도 본 적 없는 사진을 네 엄마가 나한테 보여줄 이유가 있겠니? 별 도움이 안 되어서 미안해. 근데 왜 느닷없이 아버지를 궁금해하는 거야?"

그래서 나는 며칠 전에 파벨 아저씨가 나를 찾아와 내 생부에 관한 이야기를 해주었다고, 그 얘기를 듣고 나니 그를 찾고 싶어졌다고 대답한다. 그러려면 우선 어떻게 생겼는지를 알아야 하고, 그의 사진 같은 거라도 남아 있을 만한 곳은 세상에 이 집 하나뿐이라고. 내가 겪었던 충격, 흥미, 의심, 결단의 모든 단계가 며칠이 아닌 단 몇 분 사이에 이모의 얼굴에 스친다. 이모가 거실과 (기념물을 보관하기에는 이상한 장소 같지만 엄마의 사무실이나 다름없었던) 부엌을 맡겠다고 나선다.

나는 무거운 장롱과 서랍장을 뒤지러 침실로 향한다. 이 두 군데 속에서 뭔가를 찾을 수 있을 거라는 생각이 든다. 장롱 안에는 낡고 해진 티셔츠와 하도 많이 빨아서 형태를 잃어버린 바지들이 잔뜩 들어 있다. 거의 다 내가 알아보지 못하는 것들이다. 집을 떠난 이후로 엄마를 본 적이 별로 없으니까. 나에게 익숙한 건 옷에 밴 냄새다. 눈을 감고 옷감을 어루만지니, 침대에 나란히 누워 엄마가 내 머리카락을 쓰다듬어주는 것 같다. 엄마를 향한 깊은 두려움, 그리고 똑같이 깊은, 엄마를 기쁘게 하려는 결의가 나를 채운다. 별들 사이를 오가는 빛처럼 엄마에게서 내게로 또 내게서 엄마에게로 흐르는, 너무 절대적이라 숨 막히는 우리의 사랑이. 엄마의 좀먹은 스웨터에 얼굴을 파묻고 눈물로 적신다. 수년간 기억조차 나지 않던 숱한 추억이 순식간에 생생히 아른거린다. 바가노바 오디션을 봤던 날, 스베타 이모가 합격 소식을 발표하자마자 나는 건물 밖으로 뛰어나갔다. 쨍쨍 내리쬐는 햇볕 아래 키 작고 통통한 엄마가 서 있었다. 그날 엄마는 하늘색 옷을 입고 있었는데도 왠지 흑곰처럼 어두워 보였고, 벌겋고 땀에 젖은 얼굴이었다. 어린 나이였는데도 그 더

위 아래 한참을 서서 나를 기다렸을 엄마를 생각하니 마음이 아팠다. 나는 엄마의 허리를 꽉 끌어안고 소리쳤다. "제가 해냈어요, 엄마를 위해서!" 그런 다음, 학교에서 조금 떨어진 곳으로 걸어간 우리 모녀는 가판대 앞에 서서 스타칸치크 아이스크림을 먹었다. 그때 우리는 그런 군것질을 할 돈이 없었고, 풍미 진하고 농염한, 햇빛에 살짝 녹아 더 부드러운 아이스크림은 내게 기적의 선물이나 다름없었다. 내 평생 가장 순수한 행복을 바로 그때 누렸다. 과거와 미래를 통틀어서 내 인생의 가장 순수한 사랑을 느꼈기 때문이다.

죄책감이 해일처럼 나를 뒤덮으며 숨을 조른다. 어떻게 내가 엄마를 비난할 자격이 있다고 믿었는지 어처구니가 없다. 입을 채 틀어막기도 전에 짐승의 울음소리가 내 목구멍을 타고 나온다. 나는 스웨터를 비틀어 잡고서 엄마를 부르며 흐느끼고, 급히 들어온 스베타 이모가 나를 두 팔로 안아준다. 이모는 오늘은 그만 가고 나중에 다시 오자고 하지만, 나는 마음을 가라앉히고 계속 찾겠다고 고집을 부린다. 내가 배운 게 있다면, 그건 인생은 아주 짧고 죽음은 아주 영원하다는 것이다. 그리고 나는 니콜라이에 관해 가능한 한 모든 걸 알아내고 싶다.

우리는 다시 엄마의 유품을 하나씩 모두 꺼내 샅샅이 뒤지기 시작한다. 그러나 그의 흔적은 어디에도 남아 있지 않고, 사진은커녕 케케묵은 남자 셔츠나 구소련 여권조차 나오질 않는다. 엄마가 감성적인 사람은 아니었으니 엄청나게 놀랄 일은 아니건만, 그래도 조금 서운한 건 어쩔 수 없다. 마지막으로 침대 밑을 살펴보지만, 거기서 나온 거라고는 새끼 고양이만 한 먼지 뭉치뿐이다.

"아무것도 못 찾았어요. 이모는요?" 혹시 모를 기대를 품고 이모가 있는 거실로 나간다. 스베타 이모는 찬장 앞 바닥에 앉아 산더미처럼 쌓인 물건을 도로 하나씩 집어넣고 있다.

"나도. 그 사람 물건은 아무것도 못 찾았는데, 그래도 네가 바가노바에서 처음 〈호두까기 인형〉 공연했을 때 찍은 귀여운 사진을 한 장 찾았지." 이모가 에휴, 한숨을 내쉬면서 내게 액자 하나를 건넨다. 나는 엄마가 이런 사진을 찍은 줄도 몰랐다. 열 살이 된 나는 '어린 마샤' 의상을 입고 '호두까기 왕자' 역을 맡았던 남자애의 손을 붙잡은 채 아라베스크 자세로 서 있다.

"니나가 A 캐스팅, 제가 B 캐스팅이라서 그때 얼마나 화가 났었는지 몰라요." 이모 옆에 앉으며 말한다. "참 웃기죠."

"여기, 내가 또 뭘 찾았는지 봐." 스베타 이모가 내게 두껍고 까만, 한 10년 치 세금 문서를 모아둔 것 같은 서류철을 하나 건넨다. 오래된 은행 명세서거나 의료 기록, 엄마의 가족이나 니콜라이에게 받은 편지 아닐까, 생각하며 서류철을 열어본다. 내 예상과 달리, 그 안에는 내가 마린스키에 처음 입단했을 때부터 지금까지 내가 했던 모든 인터뷰, 나에 관한 평론, 내 프로필을 오려 붙인 종이가 차곡차곡 정리되어 있다. 맨 마지막 기사는 파리 오페라단 은퇴에 관한 내용으로, 엄마가 세상을 떠나기 불과 일주일 전에 게재된 것이다. 기사의 헤드라인 옆에 파란색 잉크로 '☹'이 낙서처럼 그려져 있다. 엄마가 흔적을 남긴 기사는 오로지 이것 하나다. 모스크바 그랑프리 우승이나 프리마 발레리나 승급처럼 좋은 소식을 알리는 기사 옆에도 웃는 얼굴이 그려져 있지는 않다. 게재된 사진—부상당하기 전 마지막 공연에서의 한 장면—을 빤히 쳐다보고, 기사를 오리고, 거기에 찡그린 얼굴을 그려 넣는 엄마의 모습을 나는 상상한다.

"저도 치우는 거 도울게요." 내가 눈물을 훔치며 말한다. 스베타 이모는 낡은 레코드를 치우느라 바쁜 척한다. 그리 많지 않은 앨범들 중 하나가 내 눈길을 끈다. 그것은 과연 사진인데, 니콜라이 것은 아니다. 지문을 알아보는 탐정처럼 나는 그의 존재를 느낀다. 내가 집어 든 1964년도 파리 오페라단의 〈카르멘〉 음반에서 마리아 칼라스가 단호한 표정으로 커버 너머를 응시하고 있다.

하나뿐인 '여신'이자 프리마 돈나 아솔루타,[1] 마리아 칼라스. 1958년, 칼라스는 붉은 벨벳 드레스와 100만 달러 가치의 보석으로 치장하고 파리 오페라 데뷔 무대에 올랐다. 파리의 모든 유명인과 사교계 인사들, 그리고 그의 친구이자 숭배자인 이브 생로랑 앞에서 칼라스는 벨리니의 〈노르마〉 중 대표곡인 '정결한 여신'을 불렀다. 특정 고음역대에서 칼라스의 목소리는 지진이라도 난 듯 청중들의 셔츠를 파르르 떨게 만들었다. 그러나 그 비범한 목소리는 너무나 일찍, 겨우 서른을 넘겼을 때부터 내리막길을 걸었다. 마흔이 될 무렵 이미 칼라스의 커리어는 끝난 것이나 마찬가지였다. 왜 그렇게 칼라스가 일찍 쇠퇴했는지 아무도 정확한 이유를 몰랐다.

1 '아솔루타(assoluta)'는 이탈리아어로 '절대적인'이라는 뜻이며, '프리마 돈나 아솔루타(prima donna assoluta)'는 오페라 역사상 특별히 탁월한 기량과 영향력을 인정받은 극소수의 오페라 가수를 지칭하는 표현이다. 이 영예를 누린 인물은 세계적으로 몇 명 되지 않는다.

극단적인 체중 감량 때문이라는 둥, 초창기에 성대를 과도하게 쓴 탓이라는 둥, 부적절한 테크닉을 사용해서라는 둥 추측만 난무했다. 얼마 뒤 그의 연인이었던 아리스토텔레스 오나시스는 그를 떠났고, 세상 사람들 보란 듯이 재클린 케네디와 결혼했다. 가족과도 연을 끊고 살았던 칼라스는 인생의 가장 큰 사랑이었던 노래마저 잃은 채 혼자가 되었다. 칼라스가 죽었을 때 사인은 심장마비라고 보도되었다. 그가 결합조직, 근육, 인대, 심장, 그리고 성대까지 공격하는 희귀질환을 앓았다는 사실이 밝혀진 건 수십 년이 흐른 뒤였다.

1964년, 마흔 살에 스튜디오에서 녹음한 〈카르멘〉 앨범은 칼라스가 전곡을 부른 유일한 음반이다. 끝내 그는 무대에서 '카르멘'을 연기하지 못했다.

언젠가 몇 주 동안 강박적으로 〈카르멘〉만 들었던 시기가 있다. 드미트리가 '카르멘' '돈 호세' 등 모든 역할을 혼자 소화했던 그의 원맨쇼를 보고 난 이후였다. 내게 선택의 여지가 있었더라면 드미트리에게 그토록 도취하지 않도록 버텼을 테지만, 나도 어쩔 수 없었다. 그날 저녁은 음악과 춤과 무대 조명과 어둠 속에 앉은 관객을 비롯한 모든 것이 그저 완벽했다. 인생의 수십만 시간을 의미 있게 만드는 한두 시간이 바로 그때였다. 정말 어이없는 건 그 무대에서 춤춘 사람이 나 자신도 아니었다는 사실이다.

그 일이 있고 얼마 뒤, 로랑 감독이 내게 전화를 걸어 파리행을 제안했고, 그렇게 나는 드미트리를 잊어갔다. 그의 손이 닿지 못할 만큼 내 세상은 넓어졌고, 내 일에만 신경 쓰기에도 벅차게 삶은 이어졌다. '지젤'로 데뷔한 후 나는 골절로 인해 파리에서 두 번째 시즌 대부분을 쉬어야 했다. 정신적으로, 신체적으로 나를 한 조각씩 제자리로 돌리는 과정은 길고 예측할 수 없었다. 마침내 복귀했을 때 나는 더 이상 예전의 내가 아니었다. 내 춤은 이전보다 더 나아졌고, 동시에 더 못해졌다. 전보다 나아진 부분은 명확했다. 나는 더 이상 다른 사람을 기쁘게 하려는 마음이 없었고, 그러자 내 존재감은 나만의 것이 되어 더욱 자유로워졌다. 정식 교육이 다듬고 망쳐놓기 전의 어린아이들이 이렇다. 전문 무용수 중에 그 정도로 자신의 내면에 충실한 사람은 극히 드물다. 실비 길렘이 그랬고, 남자 무용수 중에는 블라디미르 바실리예프가 떠오른다. 이런 태도를 허영이라고 볼 수도 있지만, 극도의 예술적 진정성이라고 볼 수도 있다. 어쩌면 둘 다일 수도 있다. 그게 무엇이든 간에 이런 자질은 무용수에게 독특하고 대체 불가능한 특수성을 부여한다. 내가 무대에 복귀한 뒤로 눈코 뜰 새 없이 바쁜 세월을 보내면서 얻은 게 바로 이것이었다.

그러나 내 춤 실력은 예전 같지 않기도 했다. 거기에는 자유로운 존재감 따위의 신비와는 거리가 먼, 아주 간단하고 물리적인 이유가 있었다. 끊어진 백금 반지를 다시 용접해 놓은 듯, 금이 갔던 내 뼈도 겉으로는 멀쩡히 붙은 것처럼 보였지만 사실 이전과는 비교도 안 되게 약해져 있었다. 내 점프는 이제 믿기지 않게 가볍지도, 경이롭지도 않았다. 테크닉 면에서 나를 돋보이게 했던 폭발적인 기교도 이미 잿빛으로 바래버린 뒤였다. 나는 이런 얘기를 하고 싶지 않았고, 로랑 감독도 내가 이미 아는 걸 굳이 논의하려 들지 않았다. 그럼에도 여전히 나는 어느 누구보다 많은 관객을 끌어왔다. 특히 사샤의 스캔들 이후로는 더더욱 나와 견줄 사람이 없었다.

파멸적인 인터뷰로 언론이 등을 돌린 이후 사샤는 총 7개월을 휴직했다. 처음에 로랑 감독이 제시한 기간은 4개월이었다. 사샤가 가만히 입만 다물고 있었더라면 계획대로 복귀할 수 있었을 것이었다. 문제의 인터뷰를 하고 겨우 2~3주 만에 그를 향한 관심은 사그라들었다. 미국인들은 크림반도에 대해 잘 알지도 못했고, 별로 관심도 없었기 때문이다. 그러나 4월, 도네츠크주와 루한스크주의 친러시아 분리주의자들이 공화국으로 독립을 선포했을 때 사샤가 또 다른 인터뷰에서 '돈바스 형제들을 지지한다'라는 식의 발언을 했다. 8월, 수만 명의 러시아군이 돈바스 지역에 진입하면서 실질적인 전쟁이 시작되었다. 서유럽인, 특히 미국인은 세계 지도에서 크림반도의 위치를 집어내지 못하는 이가 열에 아홉일 터였지만, 우크라이나 본토의 상황은 전혀 다른 차원의 경보를 울렸다. 주변에 있는 러시아와 우크라이나 출신 무용수들의 반응도 마찬가지였다. 너무 큰 충격을 받아서 뭐라고 할 말을 잃은 듯했다. 이런 상황이 길게 갈 거라고 예상하는 사람은 없었다. 너무 비합리적이고 기괴한 일이었으니까. 우리는 항상 친구였고, 친척이었고, 국경을 건너 서로의 학교에 다니고, 양쪽 발레단에서 일하며 살아온 사이였다. 그러나 몇 주가 지나도록 분쟁이 해결될 기미가 보이지 않자, 예술가들 사이에도 전선이 그어졌다.

러시아 측에서는 볼쇼이의 총감독인 미하일 알리포프가 전적인

지지를 표명했는데, 아무도 놀라지 않았다. 더 파장을 일으킨 소식은, 올가 젤렌코가 크림반도의 러시아 합병을 지지하는 공개서한에 서명했다는 것이었다. 올가는 볼쇼이의 프리마 발레리나이기도 했지만, 우크라이나 혈통에 우크라이나 이름을 가진 키이우 안무학교 출신이기 때문이었다. 이를 전해 들은 순간 나는 어느 여름 주말에 사샤와 드미트리와 함께 올가의 다차에 갔던 기억이 났다. 나무로 지은 테라스에 앉아 마셨던 크바스, 거만한 회색 고양이, 알렉세이 아르카디예비치와 그의 장미 덤불, 파란 문양의 폴란드 그릇에 담아 내어주었던 아침 식사까지. 물론 그 여행 이후로 올가와 나 사이에 감돌았던 약간의 온기는 금세 식었다. 우리는 원체 친구가 될 운명이 아니었다. 그래도 그날 이후로 올가를 싫어하는 마음은 사라지고 없었다. 직접 키운 채소로 만든 요리를 대접해 주고 하룻밤 묵어갈 잠자리를 마련해 준 사람을 미워하는 건 여간 힘든 일이 아니다. 상대방의 약한 모습을 보고 난 이후로도 마찬가지고. 알렉세이 아르카디예비치도 아내와 같은 의견일지 궁금했다. 톨스토이를 연구하는 학자가 그렇게 쉽게 정치적 슬로건에 현혹된다고는 상상할 수 없었다. 그러나 권력자들에게 후원을 받는 올가는 정상의 위치에서 내려오고 싶지 않았던 게 아닐까 싶었다.

내 인생 또 한 명의 중요한 우크라이나인, 세료자가 생각났다. 오랫동안 세료자 생각을 하지 않았고 그를 찾아본 적도 없었다. 그가 내게 상처를 줘서가 아니라 내가 그에게 상처를 줬기 때문이었다. 그리고 나이가 들수록 나는 그 사실이 부끄러웠다. 그에게 전화를 걸거나 문자를 보내 안부를 나누고, 이 모든 상황을 어떻게 생각하느냐고 물을 자신이 없었다. 니나와도 연락이 끊긴 지 오래였다. 그와 말을 나눈 건 약혼식 때 주고받은 문자가 마지막이었다. 딱 한 번, 큰마음을 먹고 니나의 인스타그램 계정에 들어가 봤다. 누가 봐도 나무랄 데 없는 무대 위 장면과 귀여운 아이들의 사진 몇 장만 있을 뿐 전쟁에 관한 게시물은 하나도 없었다. 이 역시 나는 담담히 받아들였다. 조금이라도 전쟁을 암시하는 듯한 내용을 올렸다가는 큰 대가를 치를 테니까. 더군다나 니나는 완벽하게 이성적이고 평화를 사랑하지만, 권력에 맞서는 성격은 전혀 아니었다. 그렇게 해야 한다는 생각 자체가 머릿속에 들어갈 틈이 없었을 터였다. 나도 마찬가지였으니까.

학창 시절에도, 입단하고 나서도 우리는 정치 얘기를 한 적이 없었다. 우리를 포함해 무용수 대부분이 그런 일에 관여하지 않는 것으로 만족했고, 선거철이 되면 일부 최정상 솔리스트가 텔레비전 카메라 앞에서 '안정을 추구하는' 모호한 발언을 하는 정도였다. 아주 옳은 상황이라고 볼 수는 없었지만 그렇다고 완전히 잘못된 것 같지도 않았다. 러시아의 정치가 아니라 러시아의 언어, 숲과 초원, 강과 호수, 수백 년 된 수도들, 그의 시, 그의 기도, 톨스토이, 고골, 불가코프, 차이콥스키, 프로코피예프, 아흐마토바, 마야콥스키, 파스테르나크, 백야, 여름과 겨울, 가족, 다차, 그리고 무엇보다 발레가 우리에게 생명과 살아갈 이유를 주었다. 나는 이 땅을 사랑했고, 이 땅에서 내가 있을 곳은 극장이었다. 물론 제자리를 잃고 삐걱거리는 문제들이 있었지만 그건 다른 나라도 마찬가지였다. 굳이 내가 정치에 관여할 필요는 전혀 없어 보였다. 지금까지는.

우크라이나인과 친러 분리주의자 양측 모두에서 사상자가 급증하면서 사샤를 향한 증오와 살해 위협이 본격적으로 시작되었다. 평생 한 번도 공개적으로 미움받아 본 적이 없었던 사샤는 처음엔 당황하는 듯했다. 그리고 자신이 도덕적으로 조금도 잘못했다고 믿지 않았기에 그는 더욱 혼란에 빠졌다.

"내가 뭐라고 했는지 사람들이 정말 제대로 읽었거나, 어머니 쪽으로 우크라이나의 피가 4분의 1이 섞여 있다는 사실을 알면 나를 무슨 살인자 취급하진 않을 텐데 말이야." 그가 말했다. "언론의 자유가 중요하다고 그렇게 외치는 건 서양 아니야?"

"러시아에는 유죄인지 무죄인지 심판하는 사람이 딱 한 명이지만, 서구에는 수백만 명이지. 인터넷을 쓰는 사람은 누구나 다 심판을 하니까." 내가 대답했다.

나 역시 사람들의 비난으로부터 자유롭지 않았다. 사샤와 마찬가지로 나도 아파트를 나갈 때면 선글라스와 모자로 얼굴을 가렸고, 모든 우편물은 파리 오페라 사무실로 가도록 해두었다. 내가 늘 좋아하고 존중했던 동료 무용수들은 날 보면 경직된 억지 미소를 짓거나, 하던 말을 멈추고 조용해졌다. 인정 많은 파르하드는 내게 장문의 메시지를 통해 사샤의 발언에 너무나 깊은 상처를 받았다고 말했다. 타타르 혈통의 파르하드는 저항 세력으로 의심되는 크림 타타르인들을 납치하는 러시아 점령군에 경악했다. 잡혀간 사람 중 상당수는 영영 집에 돌아오지 못했다. 자루 속 시체로 돌아오는 이들도 있었다. 사샤가 러시아군의 점령을 지지한다는 건 반인륜적인 범죄를 지지한다는 의미였다. 그의 약혼자인 나는 파르하드의 존중과 우정을 영원히 잃게 되었다. 이렇게 쓴 파르하드에게 구구절절한 문자메시지를 보냈지만, 답장은 오지 않았다. 이미 내 번호를 차단한 모양이었다. 파르하드와의 이 일은 신문 기사를 읽는 것보다 훨씬 더 현실적으로 내게 다가왔고, 큰 영향을 미쳤다. 내가 달리 행동할 방법이 있었는지는 모르겠지만, 그럼에도 죄책감이 들었다.

"네가 무슨 짓을 했는지 봐." 내가 사샤의 얼굴 앞에 휴대폰을 흔들며 말했다. 그는 내 '타타르계 미국인 친구'가 무슨 도덕적 기준으로 자신을 비난하든 알 바 아니라고 했다. 그는 완전히 구제 불능이었고, 그의 뻔뻔함에 나는 황당하다 못해 깊이 뒤흔들렸다. 그러나 얼마 지나지 않아 전화 한 통이 이런 상황을 모두 바꿔버렸다. 어느 날 사샤가 고향에서 걸려온 전화를 받고 있는 걸 내가 목격하게 된 것이다.

"마을에 남아 있는 사람이 이제 거의 없어." 사샤의 할아버지가 하는 말이 수화기 너머로 희미하게 들렸다. "젊은 남자들은 분리주의자 세력에 동참했고, 애들하고 여자들은 안전한 곳으로 피난했다."

"한 민족을 공격할 린 없잖아요. 안 그래요?" 사샤가 걱정스럽게 물었다.

"우체국을 포격한 걸 보면 모르겠냐. 전력망도 파괴됐다." 그의 할아버지가 말했다. "바딤이라고 그 인색한 노인네 기억하냐? 그가 여길 지나가는 우크라이나 군인들하고 거래를 몇 번 했어. 우정이나 그런 게 아니고 별생각 없이 그냥 상식적으로. 바딤은 발전기를 돌릴 휘발유가 필요했고, 군인들은 신선한 음식을 원했고. 그리고 평소 하던 대로 턱없이 큰 대가를 요구했지. 일주일 뒤에 바딤이 트랙터에 올라탔는데, 그게 폭발했다. 지뢰가 터진 거야."

"분리주의자들 짓이에요?"

"글쎄, 그럴 가능성이 있지. 어쩌면 러시아군이 그랬을 수도 있고. 여기 사는 사람들은 그들 안중에도 없다. 지금 상황을 봐라."

"데두시카(할아버지), 거기서 나오셔야 해요." 사샤가 애원했다. "돈이 필요하시면 제가 보내드릴게요."

"내가 떠나면 밭일은 누가 하리? 과수원은? 마샤가 벌써 열다섯 살이야. 살날이 얼마 안 남았어. 수의사가 피난하기 전에 마지막으로 마샤를 검진했는데, 움직이게 하지 말라고 하더구나. 벌들도 돌봐야 하고……. 애들을 버리고 갈 순 없다." 그의 할아버지가 말했다. "지금은 기름이 충분히 있어, 그러니까 휴대폰 충전도 할 수 있고. 정말 필요하면 차를 타고 나가면 돼. 하지만 살던 집을 떠나기엔 우린 너무 늙었어."

할아버지와 통화한 이후로 사샤는 더 이상 자신이 옳다고 우기지 않았다. 내가 집에 오면 그는 침실로 들어갔다. 내가 저녁을 먹자고 하면 이미 먹었다고 말했다. 우리 둘 누구도 이별을 얘기하지 않았다. 나는 우리의 관계가 나아지길 바랐지만 가끔은 내 입에서 먼저 헤어지자는 말이 나오게 사샤가 일부러 저러는 건가 하는 생각이 들기도 했다. 내가 무슨 얘기를 하면 그는 들은 척도 안 하는 때가 절반이었다. 나머지 절반의 경우, 그는 냉담하게 또는 날카롭게 반응했다. 심지어 내가 극 중 역할에 너무 몰입하거나 집착한다며 비아냥거리기도 했다. 나더러 너무 '격하고' '감정적이고' '매사에 지나치다고' 하면서. 우리 둘이 처음으로 함께 조지아 레스토랑에 갔던 때, 모든 사람이 내 뒤에서 바로 이런 트집을 잡고 수군거린다고 사샤가 귀띔해 준 게 생각났다. 그리고 당시 그는 내게 "절대 변하지 마"라고 말했다. 한때 내 모습 그대로를 사랑했던 사샤는 이제 같은 이유로 나를 싫어하고 있었다.

그가 복직하고서 우리는 더 이상 서로만의 파트너로서 무대에 오르지 않으리란 걸 암묵적으로 이해했다. 그동안 우리는 누레예프와 폰테인처럼, 둘 중 한 사람이 다치거나 아프지 않은 한 대부분의 중요한 작품에 함께 출연했다. 이처럼 합의된 불문율은 공연자들에게 자율성이 거의 주어지지 않는 예술 형식에서 가장 고귀하게 손꼽히는 영예였다. 이 두 무용수는 각각 개인을 합한 것보다 더 큰 결정체이자 관료 체제도 뛰어넘는 존재라는 의미였고, 이 세상에서 더없이 특별하고 소중하게 다뤄야 하는, 멸종 위기에 처한 마지막 한 쌍과 같다는 뜻이었다. 그러나 이번에 로랑 감독은 사샤의 복귀 공연 〈백조의 호수〉에서 테아라는 이름의 스무 살 수제[1]를 그의 파트너로 지정했다. 사샤가 조용히 돌아와야 하니, 현재의 긴장 상황을 고려했을 때 두 명의 러시아인을 주역으로 세우지 않는 편이 더 바람직하다고, 로랑은 굳이 부언했다.

어느 날 오후, 〈돈키호테〉 리허설을 앞두고 혼자 연습하고 있는데 갑자기 몸이 움직여지지 않았다. 무용수들에게 종종 일어나는

1 파리 오페라 발레단에서 무용수를 나누는 다섯 직급 중 가운데에 해당하는 등급으로, 제2솔리스트 정도의 위치에 해당한다.

일이었다. 나는 예전에 어느 유명한 미국 발레리나가 아침에 아주 건강한 상태로 일어났는데, 딱 한 군데, 목이 굳어 옆으로 돌아가지 않았다는 소문을 들은 적이 있다. 목이 중요하다는 건 말할 필요도 없는 사실이다. 특히 회전을 주로 하는 터너라면 더욱 그렇다. 고개를 조심스레 돌려보니 다행히 내 뜻대로 움직일 수 있었다. 그러나 밍쿠스의 음악이 계속 흐르는 동안 내 발은 바닥에서 떨어지지 않겠다고 버텼다. 흐린 날이었고, 창문으로는 구름의 잔재만이 부옇게 들어오고 있었다. 음악을 끄자 형광등에서 나는 지지직 소리만 귀에 울렸다. 거울은 얼룩투성이였고 닳고 해진 바닥은 끈적거렸다. 한때 낭만과 역사를 간직했던 모든 것이 너무도 평범해 보였다.

결국 일어나길 포기하고 바닥에 드러누워 발가락에 감각이 돌아올 때까지 깊이 심호흡했다. 돔 천장을 가만히 쳐다보며 생각했다. 사람들 눈에는 내가 사샤만큼이나 괘씸해 보이리라는. 나조차도 그들에게 동의했다. 내가 러시아인이라서, 또는 그의 약혼자라서가 아니라, 나는 정말로 공범이었다. 이건 우크라이나의 문제일 뿐만 아니라 인류 전체의 문제였고, 모든 대륙의 기근, 폭력, 억압, 그리고 극심한 빈곤이었다. 예술이 이 세상에서 무슨 역할을 하는지 처음으로 의문이 들기 시작했다. 내가 이룬 최고의 업적은 우스울 정도로 대수롭지 않은 일이었다. 내가 춤을 어떻게 추든 간에 세상은 계속 화염에 휩싸일 것이다. 재가 날리고 불이 타오르는 동안에도 나는 아무 문제 없다는 듯 클래스를 듣고 리허설을 하고 무대에 오르고 있었다. 이런 시대에 진정한 예술을 실천한다는 건 불가능했다. 예술의 정점은 이타심에 있기 때문이다. 자아는 예술을 만드는 데 꼭 필요하지만, 자아를 잃는 것이야말로 곧 예술의 정점이라는 깨우침이 내가 가장 확신하는 진실이다. 그러나 이런 예술의 본질을 인식조차 못했을 때와 마찬가지로 나는 거기에 전혀 도달할 수 없었다. 그렇다고 과연 내게 다른 선택지가 있었을까?

내가 이런 생각을 하고 있다는 사실을 누구에게도 털어놓지 못했다. 특히 사샤와는 이런 대화를 전혀 하지 않았다. 그가 징계받은 원인은 둘째치고, 말 자체를 서로 안 했으니까. 그러나 계속되는 폭력 사태는 이런 사샤도 각성하게 만들었다. 양쪽에서 수천 명의 사상자가 생기는 광경을 보며 그는 환멸과 절망에 빠졌다. 말로 표현하진 않았지만 그가 끊임없이 할아버지와 할머니를 걱정하고 있다는 걸, 그리고 엄청난 돈을 써서 두 분을 우크라이나 서부로 빼냈다는 걸 나는 알고 있었다. 이제 그는 사석에서든 공석에서든 더 이상 전쟁에 관한 선동적인 발언을 하지 않았다. 그 대신 마음의 문을 닫고 깊숙한 내면으로 후퇴했다. 그에게서 처음 보는 모습이었다. 바라던 대로 복귀 공연을 성공적으로 마치고 난 이후에도 사샤는 차갑고 퉁명해 보였다. 그제야 나는 그가 단순히 악한 인간은 아니라는 걸 깨달았다. 그는 우울증에 빠져 있던 것이었다.

12월. 그의 생일이 돌아왔고 나는 정성스럽게 음식을 만들었다. 자연산 버섯을 와인에 졸이고 밀가루 반죽을 썰어서 생파스타를 만들었다. 그날 밤 사샤는 〈호두까기 인형〉 공연을 했는데, 시곗바늘이 하염없이 재깍거리는 내내 그가 집에 오지 않으면 어떡하나 걱정했다. 나는 오븐을 가장 낮은 온도에 맞춰놓고 음식을 넣었다 꺼내길 반복했다. 얼마 뒤, 초가 다 타버리지 않도록 촛불도 껐다.

자정이 다 되었을 때 나는 눈물을 참으며 원피스를 벗고 파자마로 갈아입었다. 그때 현관문이 찰칵 열리며 사샤가 들어왔다. 와인 잔이며 식기류며 두 사람을 위해 차려져 있는 식탁을 그가 쳐다봤다.

"이게 다 뭐야?" 마치 내가 난장판을 만들어놓았다는 듯 그가 물었다.

"네 생일이라 저녁 만들었어. 오븐 안에 있으니까 먹으려면 먹어." 나는 그를 지나쳐 가서 침대에 누웠다. 그가 부스럭거리는 소리가 들리기에 곧 옷을 벗고 샤워를 할 거라 생각했다. 그러나 그는 방문을 열고 들어와 내 옆에 앉았다. 그의 손에는 파스타 한 그릇이 들려 있었다.

"맛있다." 그가 한 입 먹으며 말했다.

"다 식었어."

"아냐, 아직 따뜻해." 그가 포크로 파스타를 둘둘 말았다. "자, 먹어봐."

나는 한참을 가만히 누워 있었다. 그가 이렇게 다정하게 행동하는 건 몇 달 만에 처음이었고, 그건 모처럼 저녁 요리를 한 나도 마찬가지였다. 모든 관계가 언젠가는 이르게 되는, 서로 붙잡느냐, 영영 멀어질 것이냐의 갈림길에 우리는 도달해 있었다. 우리는 오랫동안, 어쩌면 너무 오랫동안 만나고 있었고 서로에게 지쳐 있었다. 그러나 그런 피로감 밑에는 지진의 잔해 속에서 발견된 금고처럼 파괴할 수 없는 것이 있었다. 다만 그 안에 무엇이 들어 있는지 우리 둘 다 모를 뿐이었다.

나는 몸을 일으켜서 그가 내민 포크를 입에 물었다.

"맛있네." 내가 말했다. 그가 눈가에 주름을 만들며 미소를 지었다. 옥수수수염처럼 부드러운 사샤의 금발이 그의 얼굴에 드리워졌다. 나는 그의 가슴에 얼굴을 묻었고 그는 아무 말 없이 나를 꼭 안아주었다. 언젠가 마드리드에서 갈라 공연을 마치고 호텔 방에서 밤늦게 보았던 영화가 생각났다. 주인공이 수백 미터 높이의 협곡을 건너야 하는 장면이었다. 그러나 반대편으로 가는 방법은 다리가 나타날 거라고 믿으면서 허공에 발을 내딛는 것뿐이었다. 결국 남자는 보이지 않는 다리를 건넜다. 그 순간 나는 그 남자가 된 듯한 기분이 들었다. 차이가 있다면, 반대편에서 사샤도 나를 만나기 위해 공중에 발을 내디뎌야 했다는 사실이다. 사랑은 대부분 환상이지만, 두 사람이 그 환상을 믿고 위험을 무릅쓸 때 현실이 되었다.

어느 가을날 아침. 잠에서 깨니 사샤가 집에 없었다. 샤워를 마치고 창가에 서서 밖을 내다보았다. 아파트 출입구 아래로 늘어진 담쟁이덩굴 속으로 사라지는 그의 훤칠한 뒷모습이 눈에 들어왔다. 몇 분 뒤, 문을 활짝 연 그가 크루아상이 담긴 흰 봉지와 카푸치노 두 잔을 들고서 내게 다가왔다. 맑고 활기찬 바람이 그를 따라 들어왔다.

"이게 다 뭐야? 무슨 선물이야?" 나는 식탁에 앉았다. 사샤가 카푸치노를 내려놓고서 완벽한 구릿빛으로 구워진 크루아상 두 개를 꺼내 종이봉투 위에 올려놓았다. 그 모습이 꼭 비치 타월 위에 누워 일광욕을 즐기는 한 쌍의 피서객 같았다.

"나한테 할 말이라도 있는 거야?" 나는 크루아상을 베어 물고, 입에 묻은 부스러기를 털며 사샤를 놀렸다. 사샤가 약간 긴장한 듯 웃었다.

"응. 네가 별로 안 좋아할 만한 얘기야."

나는 빵을 씹다 말고 그를 쳐다보았다. "음, 얘기해 봐."

"내년 봄에 〈로미오와 줄리엣〉 공연 있잖아."

"아, 그거……." 나는 손사래를 치며 한숨을 내쉬었다. "로랑과 이미 얘기했어. '줄리엣' 안 하는 거 알아. 〈로미오와 줄리엣〉 직전에 내가 〈오네긴〉에서 '타티아나'로 데뷔하니까, 동시에 두 작품에 에너지를 쏟는 게 좋은 생각 같지 않았어."

"그게 아니라." 사샤가 앞에 놓인 크루아상을 잘게 찢으며 말했다. "로랑이 '머큐시오' 역할에 게스트 아티스트를 초청했어."

"'로미오'가 아니라 '머큐시오' 역에? 아." 내 입이 떡 벌어졌고, 사샤가 카푸치노를 한 모금 홀짝였다.

"응, 드미트리야. 너도 알잖아, 드미트리는 한번도 '로미오'를 춘 적이 없으니까. 그렇지만 세계 최고의 '머큐시오'지."

"가봐야겠다." 카푸치노가 든 컵을 들고 발레 가방을 챙겼다. "미안, 아직 준비 안 됐지? 가브리엘한테 30분 뒤에 너 데리러 다시 와 달라고 부탁할게."

로랑 감독을 사무실에서 찾아냈다. 그는 책상에 앉아서 어느 멕시코 작곡가와의 저녁 식사에 관해 비서와 대화 중이었다. 상기된 내 얼굴을 본 감독은 비서를 내보내더니 일어나서 의자 반대편으로 나왔다. 그리고는 말 머리 모양의 에르메스 문진이 놓인 책상 모서리에 걸터앉았다. 그가 사무실 가운데에 놓인 소파를 손으로 가리키기에 나는 그곳에 앉았다.

"드미트리 오스트롭스키를 초청하셨다고요?" 예의도 격식도 갖추지 않고 곧장 용건을 말했다. 로랑이 눈을 가늘게 떴다.

"그걸 어떻게……? 아직 발표도 안 했는데." 그가 손바닥으로 자기 얼굴을 쓸어내리며 목을 가다듬었다. "뭐, 어디서 들었든 간에 사실입니다."

"드미트리하고 저 사이에 무슨 일이 있었는지 아시잖아요. 그는 악랄하고 믿을 수 없으며 비윤리적이에요. 감독님도 그렇게 생각하신다고 몇 번이나 제게 동의하셨잖아요?"

"나탈리아." 감독은 마치 되바라진 아이를 대하듯 느리게 말했다. "물론 나도 드미트리가 뱀 같은 인간이라고 생각합니다. 아마 그는 춤출 때도 땀 대신 독을 흘릴 거예요. 그러나 그건 사적인 감정이고, 이건 공적인 일 아닙니까."

"드미트리가 파리에 오지 않기를 원해요. 제 본성대로, 자유롭게 일하게 해주겠다고 약속하셨잖아요."

"같이 춤출 파트너를 고를 수 있게 해주겠다고 약속했지요. 파리 오페라 무대에서 누가 춤출지 결정권을 주겠다고 약속하진 않았습니다." 로랑 감독이 인상을 쓰며 자리에서 일어났다. 나도 그를 따라 일어났다. 양 볼이 불타는 것 같았다.

"드미트리가 당신 얼굴에 침을 뱉었든 당신 어머니를 모욕했든 그건 내 알 바 아닙니다. 그만 잊어버려요." 그의 평소 취향에 비해서 어딘가 지나치게 극적인 반응이었다. 감독도 그렇게 생각했는지 이내 고개를 가로저었다. "당신이 이번에 〈로미오와 줄리엣〉을 추는 것도 아니지 않습니까? 또 정치질과 배신을 너무도 당연하게 받아들이는 볼쇼이를 떠나온 지도 몇 년이 지났잖아요? 드미트리가 파리에 와 있는 건 겨우 일주일입니다. 그 이후로는 두 번 다시 그를 만날 필요 없어요. 그는 벌써 마흔둘이에요. 솔직히, 이건 정말 비밀인데…… 드미트리가 내게 말했어요. 내년 여름에 은퇴할 생각이라고."

불가피한 일을 그저 기다리는 것 외에 내가 할 수 있는 일은 없었다. 그동안 잊고 살았던 사람인데, 드미트리를 한번 떠올리자마자 그를 향한 내 증오가 지난 5년간 조금도 줄어들지 않았다는 걸 깨닫고 흠칫 놀랐다. 상대가 죽어버리기를 바랄 만큼 내가 누군가를 미워할 수 있을 줄은 몰랐다. 그러나 솔직한 심정으로는 그가 죽으면 내 기분이 좀 나아질 것 같다는 생각까지 들었다. 가장 깊은 내면에서 이토록 거칠고 짐승 같은 면을 발견하다니. 소름이 끼쳤다. 더 끔찍한 건, 나의 춤에 들어가는 모든 혼이 바로 같은 곳에서 샘솟는다는 사실이었다. 살다 보면 다른 누구보다 나 자신이 무서워질 때가 있었는데, 이 순간이 바로 그랬다. 나는 내 증오를 사슬로 꽁꽁 묶어두고 결코 밖으로 꺼내지도, 마주하지도 않겠노라고 다짐했다.

오전 클래스와 오후 리허설 내내 집중하지 못한 그날, 일과를 마치고 생각나는 곳은 한 군데뿐이었다. 보주 광장에 있는 바였다. 안으로 들어가자 혼자 일하고 있는 앙리가 보였다. 레옹은 어디에 있냐는 내 질문에 그가 행주로 손을 닦았다.

"그만두라고 할 수밖에 없었어요. 결근도 너무 잦고, 근무 중간에 이탈하는 경우도 너무 많아서." 앙리가 내 탓을 하는 듯한 표정으로 쳐다보기에 순간 바에서 나가야겠다는 생각이 들었다. 그러나 나는 그러는 대신 자리를 잡고 앉아 네그로니 한 잔을 주문했다. 앙리는 조금의 정성도 들이지 않고 술을 만들었다. 마치 나와 친해졌다가 레옹처럼 나태함에 감염될까 봐 두렵다는 듯이.

"지금 그가 어디서 일하는지 혹시 알아요?" 내가 물었다. 앙리는 어깨를 들썩였다.

"아시다시피 레옹이 워낙 집중력이 없잖아요. 늘 이거 했다가 저거 했다가." 그가 말했다. "아, 피갈에서 '무료! 학생 시술사 타투'라고 광고하는 어느 타투숍에서 레옹이 일하는 모습을 누가 봤다고 하던데." 그가 키득거렸다. 그러고는 무슨 중요한 약속이라도 생각났다는 듯 양해를 구하더니, 모든 술병의 상표가 정면을 향하도록 진열하는 데에 골몰했다.

바를 나서면서 아무 기대 없이 레옹에게 문자를 보냈다. 답장은 오지 않았지만 그러려니 했다. 그러니까 그가 내게 그날 곧장 대답하지 않았다는 게 아니라, 영영 소식이 없었다는 말이다. 나를 진심으로 위하는 듯 얘기를 들어주고, 나와 함께 시간을 보내고도 레옹은 그렇게 몇 달씩 사라져 버렸다. 그래놓고 훗날 다시 만났을 때 그는 내 문자를 무시한 적 없다는 듯 태연하게 행동했다. 평소 나는 이런 사람을 절대 용납하지 않았다. 그러나 레옹에게만큼은 똑같이 엄격한 잣대를 들이대지 않았는데, 그가 자신의 본성 그대로 산다고 여겼기 때문이다. 그는 지금 그 순간만을 위해 사는 사람이었다. 커리어적으로만 그런 게 아니라 (애초에 '커리어'라는 단어 자체가 레옹에게 어울리지 않았다.) 인생의 모든 면에서 그랬다. 나도 레옹의 눈앞에 있을 때만큼은 그에게 중요한 사람이었다. 그러나 내가 눈앞에서 사라지는 순간, 그는 내 존재를 잊었다. 이런 비일관성이 그의 일관성이었다. 그러나 인간관계란 상호의 기대를 충족할 때 깊어질 수 있는 법이기에, 우리의 관계는 수년이 흐른 뒤에도 그저 얕은 상태로 유지되었다.

이후 몇 달간, 나는 새로운 캐릭터들을 해석하는 데 집중했다. 이전보다 네오클래식, 모던, 컨템포러리 작품의 비중을 높이고 있었고, 그 덕분에 클래식 위주로 구성된 내 레퍼토리에 신선함이 더해졌을 뿐만 아니라 때로는 몸에 가는 부담도 줄었다. 그렇게 내 레퍼토리에는 발란친, 로빈스, 프티, 알론소, 포사이스, 커닝햄, 프렐조카주, 라트만스키, 더슨의 작품들이 더해졌다. 그러다 얼마 뒤, 불만이 생겼다. 여자들은 다 어디 있는가? 나는 로랑 감독의 사무실에 쳐들어갔고, 전화를 몇 통 돌렸으며, 다른 발레단과 계약 협상을 진행했다. 그렇게 나는 그레이엄, 타프, 데밀, 차일즈의 작품과 이사도라 덩컨 스타일의 새로운 작품을 추게 되었다. 내 에너지를 발산할 곳을 찾은 걸 로랑은 흡족하게 받아들였고, 여성 안무가의 작품 비중을 높이자는 내 의견을 흔쾌히 수용했다. 그렇게 말한 건 아니었지만 드미트리를 초청하기로 한 대가로 이 정도 요청은 들어줘야 마땅하다고 생각한 것이었다.

〈로미오와 줄리엣〉 공연을 몇 주 앞두었을 때부터 나는 길거리에서, 오페라 가르니에의 복도에서, 로랑 감독의 사무실에서 드미트리와 마주치는 상상을 하며 불안에 떨었다. 그러나 걱정했던 상황이 현실로 펼쳐졌을 때 우리는 서로를 향해 으르렁거리지도, 모욕적인 말을 주고받지도 못했다. 클래스 시간에 바 여러 개와 무용수 수십 명을 사이에 두고 떨어져 있었기 때문이다. 멀리서 관찰한 드미트리는 마지막으로 봤던 날로부터 조금도 늙지 않은 것 같았다. 그의 머리카락은 여전히 윤기 흐르는 흑발이었고, 높고 좁은 골반이 돋보이는 그의 몸매는 여전히 망아지처럼 매끈했다. 피아노 반주자가 손 풀기를 마치고 무용수들의 수다 소리가 잦아들자, 사샤가 내 뒤로 다가와 바에 자리를 잡고 섰다. 드미트리가 우리 쪽으로 눈길을 던지더니 눈썹을 치켜올리며 인사했다. 나는 그에게서 고개를 돌렸다. 클래스 중에 드미트리는 빠르고 연이은 프랑스식 프티 알레그로를 유려하게 해냈고, 점프가 끝나자마자 우리에게 다가왔다.

"사샤. 나타샤." 그가 숨을 조금 헐떡이며 말했다. "여러 여름, 여러 겨울이 지났네!"

"디마, 그동안 잘 지냈기를 바라." 사샤가 조심스럽게 말했다. "여기서 춤춘 적 있지? 다시 돌아오니 어때?"

"음, 늘 하는 말이지만, 이 세상에 발레단은 셋뿐이지. 모스크바, 상트페테르부르크, 그리고 파리." 드미트리가 축축하게 젖은 티셔츠의 가장자리를 잡아당겨서 배의 맨살을 드러내며 이마를 닦았다. "그중 여기가 내 맘에 드는 점도 있지. 음식은 파리가 훨씬 낫기도 하고."

"맞아. 정말 그렇지." 사샤가 씩 웃었다. "그럼, 리허설 때 보자."

드미트리는 내 쪽으로 턱을 살짝 들어 올려 인사를 대신했고, 사샤에게는 웃는 건지 아닌지 아리송한 미소를 보내고서 자리를 떴다.

다음 날, 〈오네긴〉 리허설을 마치고 나갈 때 문이 열려 있는 스튜디오를 지나갔다. 그 입구에 서 있던 몇몇 솔리스트는 손을 허리춤이나 가슴 앞에 경건하게 모으고 시선을 스튜디오 한가운데에 고정한 채 웅성거리고 있었다. 내가 가까이 다가가자, 몇 사람이 옆으로 비켜서서 내게 자리를 마련해 주었다. 스튜디오 안에는 역시 넋이 빠진 코르 드 발레 무용수들이 빙 둘러서 있었고, 그 중심에서 드미트리가 '머큐시오' 베리에이션을 추는 중이었다. 〈로미오와 줄리엣〉은 남자 무용수들에게 가장 어려운 발레로 인정받는 작품이고, '머큐시오'는 타이틀 롤에 비해 무대에 오르는 시간은 짧지만 까다롭기로는 조금도 뒤지지 않는 역할이다. 앙 드오르[1] 턴에서 바로 이어지는 앙 드당[2] 턴, 셀 수 없이 많은 제스처에 연기까지 모든 걸 해내야 한다. 이 안무는 자칫하면 고장난 로봇처럼 보이기 십상이다. 능숙한 테크닉을 발휘하는 이들도 '머큐시오'는 대체로 무척 힘겨워하는 티가 난다. 그러나 딱 맞는 무용수가 이 역할을 해석하면, 최면에 걸린 듯 아주 매끄럽게 동작이 이어진다. '머큐시오'는 이온을 닮아서 짜릿하고, 예측 불가하며, 악마 같으면서도 유쾌한 인물이다. 게다가 최고의 무용수라면 '머큐시오'의 즐거운 춤을 통해 곧 닥칠 그의 죽음까지 예고한다. 과연, 프로코피예프만의 아

1 en dehor, 바깥쪽으로.
2 en dedans, 안쪽으로.

이러니 아닌가! 드미트리의 연기가 바로 이랬다. 발롱에 스피드까지 더해진 이탈리아 특유의 감미로운 레제레차[1]를 그는 회오리처럼 구현했다. 그가 트리플 피루엣을 하고 손 키스를 날리며 무릎으로 착지해 솔로를 끝내자, 유머와 섹스와 죽음과 인생의 진실이 단 1분 20초의 춤에 불과하다고 사람들은 믿게 되었다.

그를 지켜보던 모두가 저도 모르게 함성을 지르고 환호했다. 곁눈질을 하니, 사샤가 박수를 치면서 '줄리엣' 역할을 맡은 수제 테아의 귓가에 무어라 속삭이고 있었다. 그가 거의 모든 파트너와 친밀하게 군다는 걸 알고 있었다. 아무리 본인도 어쩔 수 없는, 타고난 성격이라고 해도 내 앞에서는 좀 자제해야 하지 않나 싶었다. 그런데도 화가 나지 않았는데, 그건 순전히 드미트리에게 또 한 번 감동한 덕분이었다.

나는 혼자서 집으로 돌아왔다. 한 시간쯤 지나서 사샤가 기분 좋게 지친 상태로 돌아왔다. 리허설이 잘 끝난 모양이었다. 사샤의 행복을 위한 필요조건은 그뿐이었다. 우리는 각자 자기 생각에 너무 몰두한 나머지 거의 말 한마디 없이 저녁을 먹었다. 샤워를 마친 뒤 침대에 누웠다. 벽에 드리워지는 사샤의 그림자는 세수를 마치고 양치질을 하고 있었다.

"테아 말이야, 스물두 살밖에 안 됐지만 똑똑하고 예리한 직관이 있어." 그가 입안을 헹구고 거품을 뱉으며 말했다. 테아의 큼직한 눈, 프로방스 조상에게 물려받은 올리브 빛깔 피부, 완벽하게 고르

1 leggerezza, 이탈리아어로 가볍다는 뜻으로, 발레에서는 빠르면서도 쉬워 보이는 특질을 말한다. 일상적으로는 노력하지 않고도 우아함이 자연스럽게 묻어나온다는 의미로 쓰인다.

며 작고 하얀 치아를 머릿속에 떠올렸다. 테아는 어리고 열망이 넘쳤고, 그래서 모든 걸 '꼭대기에서' 춤췄다. 마치 위에서 당기는 줄에 의해 폴짝거리는 꼭두각시처럼. 그는 '공기'처럼 가벼워 보이는 걸 넘어서서 '공간감'을 살리는 방법을 몰랐는데, 중력과 자기 몸을 신뢰하지 못하기 때문이었다.

"재능 있더라." 내가 말했다.

"테아한테는 참 안됐어." 그가 침대로 기어 올라왔다. "'줄리엣' 데뷔 무대인데 드미트리의 그늘에 완전히 가려질 게 뻔하니까. 아, 미안. 드미트리 얘기 싫어하는 거 아는데."

"그렇기도 하고, 아니기도 하고. 신경 써줘서 고마워. 근데 드미트리는 정말……" 하던 말을 잠시 멈추고 적당한 표현을 찾았다. "독특하단 말이야. 너가 드미트리 얘기를 하고 싶어 하는 이유를 알 것 같아." 사샤가 씩 웃더니, 내 볼에 입을 맞추고 침대 옆에 놓인 등을 껐다.

물론 드미트리는 모스크바에서와 마찬가지로 여기서도 모두의 마음을 사로잡았다. 그러나 나는 내 〈오네긴〉 데뷔 무대에만 집중하기 위해 그를 머리에서 지웠다. 시간이 지날수록 내 경쟁심은 누그러졌고, 난 더 이상 남들을 이기는 것으로 성공을 측정하지 않았다. 드미트리의 득의만면한 파리 귀환을 가리고 내 자신이 그 주의 화젯거리가 되어야 한다고 더는 생각하지 않았다. 그러나 나 자신에게만큼은 늘 내 능력을 증명해야 했고, 그건 죽는 날까지 변하지 않을 것이었다. 무대에 서는 일은 늘 엄청난 희생을, 또 그런 희생에 대한 두려움을 극복하기를 요구했다. 완벽한 몇 시간이라는 희박한 가능성을 위해 전부를 거는 사람처럼 나는 나 자신을 내던졌다. 그렇다고 모두의 마음을 얻을 수 있는 건 아니었지만, 내 노력을 알아보는 사람들은 바로 그런 점 때문에 나를 사랑했다. 이런 식으로 춤추며 치르는 진정한 대가는 공연 후 며칠 동안 꼼짝도 못한다는 사실이었다. 갈수록 닳고 닳는 내 몸을 더는 모른 척할 수 없었고, 회복하는 데는 점점 더 오랜 시간이 걸렸다. 언젠가는 영영 회복되지 않을 것이고, 그렇게 나는 무대로 복귀하지 못하게 되리라는 사실을 알고 있었다.

사샤의 공연 전날, 아침 클래스에 가지 않고 종일 집에 있었다. 불길한 꿈을 꿨기 때문이었다. 잠에서 완전히 깼을 때 나는 수업에 갈 수 있을 만큼 몸이 멀쩡했지만, 정신은 여전히 뒤숭숭했다. 이것이 그 꿈이었다……. 나는 아버지의 집이라는 거대한 저택 안에 있었다. 거기서 나는 레코드 한 무더기를 포함한 그의 물건을 살피며 보관할 것과 팔 것, 기부할 것들을 정리하는 중이었다. 거기서 그 꿈이 끝나더니 다른 꿈으로 이어졌는데, 이번에는 내가 사샤와 함께 우리 아파트 안에 있었다. 사샤가 나를 무척 차갑게 대했고, 나는 분노로 그에게 맞섰다. 별안간 사샤가 옷장에서 내 옷을 꺼내 집어 던지기 시작하며, 싹 다 버려야 한다고 말했다. 내가 뒤돌아서자 사샤가 그를 닮은 누군가를 현관 밖으로 밀어내고 있었다. 아니, 비슷한 정도가 아니라 그와 똑같이 생긴 도플갱어였다. 그리고 이 두 번째 사샤의 얼굴은 현실에서 본 적 없이 슬프고 창백하고 연약했다. 누가 진짜 사샤고 누가 가짜인지 나는 가늠할 수 없었다. 그리고 그 순간, 소스라치게 놀라며 잠에서 깼다.

천천히 내 몸으로 돌아온 나는 바깥에서 들려오는 소리에 귀를 기울였다. 새들이 지저귀고 차들이 좁다란 길을 부르릉 지나며 더없이 화창한 아침임을 알렸다. 그 온화함 밑에는 몇 시간 뒤 나타날 7월의 충동적인 한낮이 느껴졌다. 오늘 하루 푹 쉬면 나아지겠거니, 생각하면서 조심스레 몸을 일으켰다. 가벼운 스트레칭도 하지 않고 완전히 휴식하기로 마음먹었다. 나는 1년에 한두 번, 마치 아픈 사람처럼 스물네 시간 내내 침대에 누워 보내는 궁극의 사치를 즐기곤 했다. 한결 편해진 마음으로 다시 누운 나는 찻물을 끓이러 부엌에 잠시 다녀온 일을 제외하면 이불 밖으로 나가지도 않았다. 이렇게 더운 날씨에도 따뜻한 게 마시고 싶었다.

정오쯤 나는 가브리엘에게 수프를 사다 달라고 부탁해 이불 속에서 수프를 먹었다. 몇 달 동안 여행 가방에 가지고 다니기만 했던 책을 꺼내 드디어 몇 장을 읽었다.

해가 기울고 안개 같은 아지랑이가 모락모락 피어오를 무렵, 저녁 먹으러 나갈 만큼 몸이 괜찮아졌다고 판단했다. 사샤가 최종 리허설을 마치고 나올 시간에 맞춰 마중을 나가 그를 놀래켜 줄 생각이었다. 다음 날에는 그의 몸과 마음이 파트너와 2000명의 관중에게 가 있을 터였다. 그날 밤만큼은 그가 온전히 내 것이길 바랐다.

오페라 가르니에 앞에 나를 내려준 가브리엘은 내가 사샤를 데리러 가는 동안 차에서 기다렸다. 내가 공연자 출입구로 들어갈 때 한 무리의 코르 드 발레 단원들이 조만간 스페인이며 이탈리아로 떠날 휴가 계획을 얘기하며 쏟아져 나왔다. 검은색 운동화를 신고 걸어 나오는 발레 미스트리스들, 헤드폰을 쓰고 고개를 까딱이며 나오는 견습생들과 마주칠 때까지도 사샤의 모습이 보이지 않았다. 텅 빈 복도는 땀과 노스탤지어의 냄새로 가득해 학기 마지막 날의 학교 같았다. 엘리베이터를 타고 로톤다가 있는 층으로 올라갔다. 문이 열려 있는 곳은 누레예프 스튜디오뿐이었고, 그 안에서 모차르트 피아노 협주곡 23번이 황혼처럼 흘러나오고 있었다. 리허설 중일 때는 아무도 바깥 풍경을 신경 쓸 여유가 없었는데, 바이요 로톤다의 둥근 창문 너머로 파리의 탁 트인 전경이 펼쳐져 있었다. 때 묻은 유리창 너머로 7월의 빠른 맥박에 맞춰 도시가 반짝였다. 나는 그리로 올라간 이유조차 잊고서 바깥 풍경을 더 가까이서 보려고 스튜디오 안으로 들어갔다.

거친 숨소리가 들렸다. 피아노 소리에 가려졌던 인기척이 이제는 또렷하게 들렸다. 서로를 찾다가 만나는 입술, 피부에 맞닿는 피부. 어릴 때의 날카롭고 인위적인 신음이 아니라 깊고 안정적이고 절묘한, 즐거움의 신음. 물론 바닥에 엉켜 있는 한 쌍의 몸을 보기 전에 이미 나는 그들이 누군지 알았다. 황금빛은 사샤. 그의 몸에 얽혀 있는, 땀에 젖어 윤이 나는 올리브 빛은 드미트리였다.

크게 틀어놓은 음악 때문에 두 사람은 내가 와 있는지도 몰랐다. 그들이 날 보기 전에 슬그머니 빠져나왔다. 그제야 아무것도 이해가 되지 않는 동시에, 모든 게 이해가 되었다.

5장

건물 밖으로 나오자마자 도롯가로 달려가 토했다. 입술에서 흘러나와 배수구 덮개까지 길게 늘어진 내 침 줄기를 가만히 쳐다봤다. 땅에서 15센티미터쯤 떨어져 바닥에 널브러진 담배꽁초들 옆에 웅크리고 있으니, 마치 내 정신 상태를 보고 있는 것 같아 차라리 마음이 편안해졌다.

"나탈리아! 괜찮습니까?" 소리치며 내게 달려온 가브리엘이 날 부축해 일으켜 주었다.

"몸이 안 좋아요. 저 집에 좀 데려다주세요." 그날 아침 아프다는 얘기를 들었던 가브리엘은 당장 병원으로 가자고 했다. 그러나 결국 내 뜻대로 그는 집으로 차를 몰았고, 나를 부축해 계단을 함께 올라가 주었다. 그러는 동안 가브리엘은 내가 사샤와 저녁을 먹기로 한 계획을 까맣게 잊었다.

어둠 속에서 침대에 눕자, 배신당한 파트너의 온갖 역겨운 집착이 나를 괴롭혔다. 내가 가장 집중한 건 우리가 사귀기 시작한 때부터 현저했으나 내가 알아채지 못한 단서들이었다. 그때부터 이미 사샤와 드미트리는 절친한 사이였다. 심지어 '나를 좋아한다'라고 말한 적도 있지 않았던가. 다른 남자 후배들을 선별해 도왔던 것처럼 드미트리는 사샤의 앞길을 닦아주었다. 사샤는 나와 가까워질수록 드미트리와 멀어졌다. 이제 와 생각해 보니, 올가의 다차에 갔던 여행이 아마도 둘 관계의 전환점이 되었을 것이다. 차 안에서 끊임없이 부아를 돋우던 드미트리에게 사샤가 '개 같은 년'이라고 욕했던 그날의 장면을 회상했다. 드미트리가 왜 그렇게 격렬하게 분노했는지 드디어 그 이유를 가늠할 수 있었다. 그러나 그가 사샤의 비밀을 폭로하지 않은 까닭만큼은 여전히 이해되지 않았다. 어째서 내게 말하지 않았던 걸까? 어쩌면 그때까지는 두 사람의 관계가 육체적이지 않았을지도 모른다. 아니, 사샤는 드미트리네에 가본 적이 있다고 했다. 그는 몇 명 안 되는 아주 친한 친구들만 집에 초대하지 않는가. 심지어 드미트리가 자신의 페라리 키를 아무렇지도 않게 사샤에게 건네던 행동도 둘의 친밀감을 말해주었다. 그렇게 수많은 세월이 흐르고 나서야 드미트리가 나를 미워했던 이유가 내가 자신에게서 사샤를 빼앗아 갔기 때문이라는 사실을 알게 되었다. 그리고 이제 드미트리는 사샤를 다시 빼앗아 가려는 것 같았다.

스튜디오 바닥에 포개진 두 사람의 형상이 일으키는 현기증을 이겨내고 내가 이성적으로 추론할 수 있는 건 이 정도였다. 사샤의 상대가 다른 여자가 아닌 남자라는 사실까지 받아들이기엔 너무

벅찼다. 차라리 내가 실은 아나스타시야 로마노바[1]라거나, 어느 혜성이 곧 지구와 충돌 직전이라는 말이 더 믿을 만했다.

몇 시간 뒤, 사샤가 집에 돌아왔다. 그는 욕실에 가서 양치한 뒤 자기 휴대폰에 뭔가를 입력하며 내 옆에 앉았다.

"왔어?" 내가 사샤에게 말하자 그는 협탁 위에 휴대폰을 엎어놓았다.

"자는 줄 알았네. 몸은 좀 어때? 여전히 안 좋아?"

"응." 나는 떨리는 목소리로 말했다. "키스해 줄래?"

동정심, 그리고 어쩌면 죄책감 어린 표정으로 그는 나를 쳐다보았다. "물론이지, 나의 작은 새." 그가 고개를 숙여 내 입술에 부드럽게 키스를 하자, 낯선 샴푸 향이 내 몸을 휘감았다. 내 눈에서 새어나온 기다란 눈물방울이 뺨을 타고 내렸다.

"울어?" 사샤가 깜짝 놀라 물었다. "몸이 정말 안 좋은가 보다. 병원에 갈까?"

나는 고개를 가로저었다. 사샤가 내 이마에 손바닥을 얹어 열이 있는지 확인했다.

"아냐, 괜찮아. 근데 내일 밤 네 공연에는 못 갈 것 같아."

"어차피 나하고 〈로미오와 줄리엣〉을 한 100번쯤 췄잖아. 괜찮아. 내일 안 와도 특별히 놓치는 건 없을 거야." 사샤가 말했다. 그가 팔을 뻗어 나를 감싸안았고 나는 그의 어깨 위에 머리를 기댔다. "오늘 혼자 있게 해서 미안해. 곧 여름휴가가 시작되니까 아무것도

1 러시아 제국의 마지막 황제 니콜라이 2세의 딸로, 1918년 가족과 함께 처형되었다.

안 해도 되고, 아무 생각도 할 필요 없는 곳으로 떠나자."

나는 고개를 끄덕이고 잠든 척했다. 잠시 뒤, 사샤가 조심스럽게 팔을 풀고 옆으로 돌아누웠다.

아침에 일어나 보니 사샤는 거실에 있었다. 나는 곧장 샤워를 하러 들어갔다. 전날 밤에는 상처를 입은 직후라 사샤에게 화를 낼 수도 따질 수도 없었다. 그저 아무 생각 없이 위로받고 싶을 뿐이었다. 하지만 한숨 자고 일어나니, 마치 분노가 담긴 주사를 혈관에 직접 맞기라도 한 것처럼 감각이 빠르게 돌아오고 있었다. 그렇지만 아무 계획 없이 사샤를 마구 몰아세우고 싶진 않았다. 내가 샤워하는 동안 그가 적절하게 자리를 비우는 편이 좋을 것이었다.

그러나 내가 욕실에서 나왔을 때도 그는 여전히 집에 있었다. 나는 가운을 걸치고 다시 침대로 들어갔고, 사샤는 블루베리를 넣은 오트밀 한 그릇과 커피가 담긴 쟁반을 들고 방으로 들어왔다.

"입맛이 없어도 뭘 좀 먹어야 해." 그가 내 옆에 쟁반을 내려놓으며 말했다. "오늘은 어때?"

나는 대답하지 않고 가만히 앉아 그를 흘겨보았다. 진심으로 걱정하는 듯한, 예전과 변함없는 표정을 보니 화가 치밀었다. '이 거짓말쟁이. 나한테 보여준 모든 것, 나한테 했던 모든 말이 다 거짓이었어. 네가 내 인생을 망쳤어'라고 말하고 싶었다.

"좀 나아졌어." 나는 무미건조하게 중얼거렸다. 사샤가 가슴을 누르던 무거운 짐이 사라졌다는 듯 씩 웃었다.

"다행이다. 일어나지 말고 푹 쉬어. 오늘은 보나 마나 늦겠지만, 내일은 종일 너랑 같이 있을게." 그는 내 커피를 한 모금 홀짝이고 일어났다.

"집으로 출발할 때 전화할게."

사샤가 나가자마자 나는 곧장 부엌으로 가서 커피를 싱크대에 쏟아붓고 오트밀을 쓰레기통에 버렸다. 그러고는 침대에 널브러져 사샤에게 집착하고 싶은 욕망과 머릿속에서 그를 지워버리고 싶은 욕망 사이에서 갈피를 잡지 못하고 절망했다. 트라우마를 겪은 사람들이 완전기억상실을 경험하는 이유를 이제야 알 것 같았다. 그런 사건은 그들의 세상을 완전히 무너뜨리기 때문에, 아예 아무 일도 일어나지 않은 듯 모른 척하는 편이 훨씬 더 쉬운 거였다. 필름의 일부를 잘라내고 나머지를 테이프로 이어 붙이는 것처럼. 내가 목격한 그 장면을 잘라내고 계속 사샤를 간직하면 어떨지 상상해 보았다. 솔직히 마음속 깊은 곳에서는 우리 관계가 영원하지 않으리라는 걸 늘 알고 있었다. 그래도 숨 막히게 아름다운 노을을 바라볼 때처럼 최대한 오랫동안 붙잡을 가치는 있다고 믿었다. 나는 정말로 그렇게 감상적인 생각을 했던 거다! 이런 나 자신의 유치한 순진함이 너무 역겨웠다.

아니, 이 일이 일어나지 않은 척 연기할 순 없었다. 내게 다른 선택권이 있다면 그건 사샤에게 직접 사실을 듣는 것이었다. 그러나 오늘은 날이 아니었다. 아무리 상황이 이래도 공연 당일에 그를 방해할 순 없었다. 하지만 괜찮았다. 내게 가장 진실한 이야기를 전해줄 것은 어차피 그의 말이 아니었으니까.

그렇게 마음먹고 난 뒤 나는 침대에 누워 정신이 마비되도록 지루한 프로그램을 보면서 하루를 보냈다. 늦은 오후, 비척거리며 욕실로 가서 조심스레 머리를 만지고 화장을 했다. 쉬는 날 공연을 보러 갈 때 이브닝드레스를 입는 경우는 거의 없었는데, 오늘은 아주 심플하지만 소름 끼치게 비싼 샤넬의 블랙 튈[1] 가운을 입기로 했다. 완벽하게 갖춰 입은 거울 속 나는 얼어붙은 다이아몬드처럼 차갑게 내 눈을 맞추었다. 나를 아는 사람이라면, 내가 새로운 사랑에 빠졌다거나 (그보다 더 가능성이 높기로는) 평소보다 심하게 격노하고 있다고 생각할 것이었다.

여기서 잠시 명품 쇼핑에 별 관심 없이 살았던 그간의 세월을 후회했다. 내가 입은 샤넬 드레스는 발레단 의상 협찬과 함께 받은 선물이었다. 처음 파리에 왔던 그 주에 녹색 핸드백을 산 다음부터는 아름다운 물건으로 나를 입증하는 일에 흥미를 잃었다. 그러나 현실이 무너져 내리는 시기에는 사물이 나를 받치는 발판이 되어주기도 한다. 별것 아닌 머그잔이나 소파 같은 물건이 때로는 인간의 마음보다 훨씬 굳건하고 의리 있고 믿음직스럽다. 내가 조금 더 현명했더라면 칼라스처럼 내 상처를 휘황찬란한 보석으로 감추고 대중 앞에 나섰을 텐데. (메트로폴리탄 오페라 감독에게 계약 해지를 당했던 그날 밤, 칼라스는 자신이 소유한 모든 보석을 한꺼번에 휘감고 나타났던 것이다.) 그러나 내가 가진 값비싼 보석이라고는 달랑 약혼반지 하나뿐이었다. 나는 몇 분 동안 그 반지를 손가락에 끼웠다 빼기를 반복하다가 결국 끼고 가기로 했다.

가브리엘이 나를 오페라 가르니에 앞에 데려다주었고, 나는 로

1 아주 얇은 명주로 만들어진 망사.

랑 감독의 전용 박스석으로 향했다. 1900석 규모의 공연장에서 가장 좋은 위치에 있는 그 박스에서 로랑 감독은 모든 공연을 관람했다. 내가 들어가자 감독이 자리에서 일어나 의자를 빼주었다. 그의 예스러운 기사도 정신이 그날따라 특별히 고맙게 느껴졌다. 우리 둘 다 자리에 앉자 그가 말했다. "오늘 아주 아름답군요. 검은색이 참 잘 어울려요. 갈색 머리인데도." 나는 웃음기 없이 고맙다고 말했고, 그는 꼰 다리에 깍지 낀 손을 얹으며 다시 무대에 집중했다. 감독은 모든 역할을 꼼꼼하게 관찰하며 머릿속에 메모를 했고 커튼콜 직후에, 필요하다고 생각하면 인터미션 중에라도 무대 뒤로 가서 지시 사항을 전달했다.

그렇게 깐깐한 로랑 감독의 기준에서 봐도 1막은 아주 매끄러웠다. '로미오'는 사샤를 대표하는 역할이 아니었다. 사샤의 춤은 크고, 폭발적이고, 화려한 브라뷰라를 자랑하는 순수 볼쇼이 전형이었고, 민첩하고 감미로운 안무에는 덜 적합했다. 그러나 '로미오'를 어떻게 연기해야 한다는 고정관념을 버리면 사샤의 해석은 충분히 그럴듯해 보였다. 열세 살 여자애와 사랑에 빠져 정신 못 차리는, 감수성 예민한 청소년을 설득력 있게 표현하는 건 사샤에게 불가능했다. 그 대신 사샤는 '줄리엣'을 만나지 않았어도 어떤 계기로라도 결국 자신을 파괴했을 뜨거운 열망에 사로잡힌 젊은이를 연기하고 있었다. '로미엣'과 '줄리엣'의 첫 번째 파드되가 끝났을 때 로랑 감독의 입가에는 미소가 번지고 있었다.

"새로운 '줄리엣'이 어떤 것 같습니까?" 무대 위의 연홍색 시폰 드레스를 턱으로 가리키며 그가 내게 속삭였다. 오늘 밤은 테아의

‘꼭두각시’ 스타일이 고스란히 살아나서, 마치 두 시간 반 동안 무대 전체를 발끝으로 쑤시고 다니겠다고 작정한 것 같은 모습이었다.

“꼭 정신 산만한 홍학 같네요.” 나는 차갑게 대꾸했다. 평소에 나는 다른 무용수의 춤을 이런 식으로 잔인하게 평하지 않았다. 에투알 무용수인 내가 이런 말을 하는 건 무례하고 품위 없는 짓이었다. 그러나 지난 이틀을 버티는 동안 내 자제력과 예의는 바닥 난 상태였다. 내 대답에 로랑 감독이 능글맞게 웃었다.

“느 수아 파 잘루즈Ne sois pas jalouse.”[1] 그가 내 무릎을 톡톡 두드리며 말했다. 내가 테아를 질투한다고 생각하다니 너무 어이 없어서 나도 모르게 코웃음을 치고 말았다. 로랑 감독이 다시 한번 입을 연 찰나, 나는 드미트리의 솔로에 온전히 집중하기 위해 내 입술에 손가락을 세우며 그에게 조용히 하라고 신호를 보냈다. 까만 이목구비와 긴 다리로 무대에 오르는 그가 얼마나 멋있는지 나는 그동안 잊고 있었다. 가만히 서 있기만 해도 가슴을 설레게 하는 무용수들이 있다. 물론 드미트리는 조각상처럼 서 있지 않고 훨씬 더 많은 걸 해냈다. 중간에 간신히 눈을 돌려 사샤를 살폈을 때 그의 표정은 내가 알아야 했던 사실을, 내가 가장 두려워했던 진실을 재차 확인시켜 주었다.

공연이 끝났다. 커튼콜이 거듭되는 동안 드미트리, 사샤, 테아는 저마다 허공을 가르는 휘파람과 기립박수를 받았다. 로랑 감독은 내게 백스테이지로 함께 가자고 말했다. 우리가 그곳에 도착했을

1 “질투할 거 없어요.”

때는 커튼이 마지막으로 내려간 직후였다. 마침내 관중의 눈으로부터 자유로워진 사샤는 그의 파트너를 번쩍 안았다. 테아는 발끝으로 서서 사샤의 목에 두 팔을 둘렀다. 드미트리는 '티볼트'와 악수를 하며 보디스를 벗고 있었다. 나를 본 그가 고개를 까딱이며 말했다. "나타샤, 왔네." 그의 말에 고개를 돌린 사샤가 테아의 몸통을 감싸고 있던 팔을 거두었다. 로랑이 테아의 양 볼에 키스하며 나직이 축하 인사를 건넸고, 사샤도 내게 다가와 감독의 몸짓을 충실하게 따라 했다. 나는 항암 치료를 받는 암 환자처럼 눈을 질끈 감고 그의 키스를 받았다.

"아름다운 드레스네." 사샤가 말했다. "뒤풀이 가기로 했어. 너 친구 레오가 일하는 바. 너도 같이 가자."

"레옹이야. 그가 예전에 일했던 곳을 말하는 거야?" 내 말에 사샤가 고개를 끄덕였다.

"응. 내가 거기로 가자고 했어. 거기 좋더라고. 아늑하고 너무 붐비지도 않고. 단원들 거의 다 갈 거야. 디마랑 테아도 당연히 갈 거고. 감독님도 같이 가실 거죠?" 사샤가 고개를 돌려 로랑을 바라보자, 그가 호쾌한 미소를 보냈다. 나도 고개를 끄덕였다. 거기서 내가 아픈 척하며 자리를 뜨면 상황이 어색해질 게 뻔했고, 무엇보다 사샤를 계속 지켜보고 싶었다. 이제 그는 다른 무용수들과 스태프들에게 끌려가 축하 인사를 받고 있었다. 테아가 승자의 원 안에 들어가 사샤 옆에 섰을 때 나는 휴대폰의 잠금을 풀고 충동적으로 레옹에게 메시지를 보냈다. 우리 대화를 쭉 올라가 훑어보며, "잘 지냈어?" 하고 묻는 여러 통의 안부 문자에 그가 단 한 통의 답장도 하지 않은 걸 새삼 확인했다. 그러거나 말거나 나는 사샤와 무슨 일이 있었는지 간략히 설명하며 뒤풀이에 와줄 수 있느냐고 문자를 보냈다. 나를 중요하게 여기지 않는 사람에게 너무도 솔직하게 이런 일을 드러내고 위로를 기대하는 내가 수치스러웠다. 그러나 레옹에게 곧장 답이 왔을 때는 평생 손꼽을 정도로 큰 안도감을 느꼈다. *거기서 봐.*

20분 뒤, 무대에 올랐던 약 마흔 명의 무용수와 로랑 감독, 그리고 내가 다 함께 바에 들어갔다. 손님이 거의 없어 텅 비어 있었고, 앙리 혼자서 술집을 지키고 있었다. 주문이 쏟아지자마자 매니저의 관자놀이에 땀방울이 맺히고 셔츠의 등판이 땀으로 흥건해졌다. 그런 그를 불쌍히 여긴 사람들은 서빙하기에 가장 수월한 샴페인으로 주문을 변경했다.

"훌륭한 감독님, 로랑 드 발랑쿠르의 호의로!" 사샤가 줄지어 선 무용수에게 샴페인 잔을 건네며 외쳤다. 로랑이 가볍게 고개 숙여 답례하자 무용수들이 손뼉을 치며 환호했다. 모든 사람이 술잔을 건네받고 첫 번째 건배를 하기 직전, 레옹이 들어와 내가 앉아 있던 칸막이 좌석으로 왔다.

"나타샤, 오늘 눈부신데." 레옹은 며칠 전에 만난 사람을 보듯 인사를 건넸다. 그의 소식을 마지막으로 들은 건 1년도 더 지난 일이었다. 그러나 그건 중요하지 않았다. 지금 그는 여기에 있었고, 오늘 밤 내 친구가 되어줄 것이니까. 레옹 같은 사람과 관계를 유지한다는 건 이런 의미였다.

"자, 받아." 레옹에게 샴페인 잔을 건넸다. "이제 곧 수도 없이 건배할 거니까."

"그렇군. 저기 사샤가 있네. '줄리엣'은 누구지? 그리고 그의 비밀은 누구고?"

내가 샴페인을 길게 들이켜고 있을 때 로랑이 축사를 하기 위해 목을 가다듬었고, 무용수들의 수다가 잠잠해졌다. 감독은 모든 단원에게 축하를 건넸고, 특별히 함께해 준 게스트 아티스트 드미트리 오스트롭스키에게 '머큐시오' 역할에 담긴 진정한 의미를 유성처럼 명료하게 비추었다며 감사 인사를 건넸다. (드미트리는 가볍게 고개를 끄덕여 답례했고, 레옹은 나를 보며 눈썹을 치켜올렸다.) 로랑이 타이틀 롤을 승화시킨 사샤와 테아를 언급하자, 두 사람은 의미심장한 눈빛을 주고받았다.

이쯤 되었을 때 감독은 강렬하고도 시적인 자신의 연설에 점점 감동하고 있었다. 이제 그는 이 프로덕션에 관해 전해지는 발레계 전설들의 음탕한 일화를 늘어놓으며 여기저기서 튀어나오는 청중들의 탄성과 키득키득거리는 웃음을 즐겼다. 그러고는 발레라는 예술을 기리는, 그야말로 찬가를 낭송하기 시작했다. 천재성으로 탄생하여 마스터에게서 무용수로 전승되는, 창조와 전통의 신비이자 늘 새롭고, 신성하며, 영원한 발레를. 열정적으로 펼쳐지는 그의 연설에 무용수들은 감동했지만, 한편으로 타는 듯한 갈증에 시달리며 안절부절 못하고 있었다. 마침내 감독이 잔을 높이 들자 그들은 크게 안도했다. "우리 발레단의 경이로운 솔리스트들, 그리고 게스트 아티스트를 위하여, 〈로미오와 줄리엣〉, 그리고 이를 만든 발레의 위대한 전통을 위하여, 무엇보다 여러분 한 분 한 분을 위하여."

모두가 한마음으로 건배하고, 입을 맞추고, 희열에 젖어 각자의 잔을 비웠다. 격식을 차린 모습이 차츰 풀어지면서 유쾌하게 무질서한 분위기가 퍼졌다. 음악 소리가 커지자, 사람들은 허리께를 유연하게 흔들며 춤추기 시작했다. 바에서는 샴페인보다 더 독한 술이 주문되고 있었다. 사샤는 자기 친구들과 추종자들에게 둘러싸여 대화를 나누었다. 테아는 피곤한 기색도 없이 맘보를 추고 있었는데, 3막 발레 공연을 막 마치고 온 주연이 아니라 긴 낮잠을 자고 일어나 방금 도착한 사람 같았다. 레옹은 그의 무겁고 네모난 카메라를 들고 실내를 돌아다니며 사진을 찍었다. 플래시의 밝고 하얀 섬광이 그를 따라다녔다. 파티에서 생각에 잠긴 사람은 나, 그리고 저쪽 구석에 홀로 앉아 술잔을 기울이고 있는 드미트리밖에 없었다.

"한 잔 더 가져왔어." 레옹이 내게 클래식 다이키리[1]를 한 잔 건넸다. 그는 자기 술잔도 내려놓으며 내 옆에 앉았다. "우리도 건배하자. 러시아어로는 어떻게 해?"

"몇 가지 있는데. 우선, '바셰 즈도로비예'. 프랑스어 '상테'하고 같은 의미야. 건강을 위하여." 김이 서린 쿠프 잔을 살포시 잡으며 내가 말했다. "그렇지만 내가 제일 좋아하는 건 부뎀이야."

"그건 무슨 뜻인데?"

"그건 그냥. '가자'라는 의미. 계속 가보자."

"최고의 건배네." 레옹이 말했다. "부뎀!"

우리는 잔을 부딪치고 술을 마셨다. 레옹이 잠시 내 어깨를 두드

1 '쿠바의 광산'이라는 의미를 지닌, 럼으로 만든 칵테일.

렸다. "나탈리아. 오늘 아주 힘들 텐데 나도 마음이 안 좋네. 이것도 다 지나갈 거야."

"네가 와줘서 버틸 만해." 내가 반대쪽 구석을 쳐다보며 말했다. 어느새 사샤가 드미트리 옆에 앉아서 서로 나직이 속삭이고 있었다. "단순히 사샤가 바람을 피워서 속상한 게 아니라. 상대인 드미트리가……"

"남자라서?" 레옹이 말했다. "그게 너와 상관이 있다고 생각하지는 마. 남자든 여자든. 크게 달라질 거 있나? 사샤가 너한테 한 번도 진심으로 끌리지 않았다거나, 둘의 관계가 다 거짓이었다고 단정 지을 필요는 없어."

"그게 사실이야."

레옹이 이상한 표정으로 나를 쳐다보았다. "한 잔 더 해야겠어." 그는 주문을 하려고 잔뜩 취해 웅성이는 사람들을 뚫고 사라졌다. 그러더니 잠시 후, 어떻게 된 일인지 바 뒤편에 나타나 앙리 옆에 서서 술을 만들기 시작했다. 그동안 레옹이 얼마나 민폐를 끼치는 존재였는지 앙리는 까맣게 잊어버린 듯했다. 나도 자리에서 일어나는데, 머리가 핑 돌았다. 생각해 보니 하루 넘도록 먹은 게 없었는데 빈속에 술을 너무 많이 마시고 말았다. 당장이라도 쓰러질 것 같았다. 나는 안간힘을 써서 일어나 예전에 드미트리가 알려준 대로 사람들에게 간다는 인사를 하지 않고 파티를 빠져나왔다.

맑은 공기와 어둠이 오랜 친구들처럼 나를 반겨주었다. 늦은 밤 보주 광장은 텅 비어 있었다. 분수대, 그리고 노랗게 밝혀진 창문 중 어느 하나에서 들려오는 누군가의 기타 연주 말고는 주변이

고요했다.

〈지젤〉 공연을 나흘 앞둔 아침, 눈을 떠보니 스베타 이모, 베라 이고레브나, 니나에게 줄줄이 문자메시지가 와 있다. 니나에게서 온 메시지를 제일 먼저 확인한다. 오늘밤 그의 〈라 바야데르〉 공연에 내가 와주면 큰 의미가 있을 거라고, 하지만 태형이 아프다는 소식을 들었으며 이런 상황에서 극장에 오는 게 내키지 않으면 자신도 이해할 거라고 한다. 스베타 이모와 베라 이고레브나의 메시지는 둘 다 내게 일어나자마자 바로 전화해 달라는 내용이다. 리허설을 해야 한다고, 차선책을 찾았으니 내가 오는 대로 다 설명해 주겠다고. 샤워를 마치고 아래층으로 내려가 아침을 먹으면서 니나에게만 답장을 보낸다. *물론이지. 이따 갈게.*

죽을 마지막 한 술까지 다 먹고 나니 머릿속이 텅 비워진다. 아래층에 내려온 건 배가 너무 고파서였는데, 허기를 채우고 나니 이제 갈 곳이 없다. 어떻게든 날 도우려는 선생님들의 연락을 무시해서 마음이 안 좋긴 하지만, 리허설 스튜디오는 지금 세상 어디보다 가기 싫은 곳이다. 그렇다고 다시 방으로 올라가 종일 침대에 누워 있고 싶은 것도 아니다. 산책의 즐거움을 잊은 지도 이미 오래다. 그래도 나는 재킷의 지퍼를 올리고 출구로 나가며 문지기의 인사에 고개를 끄덕여 답례한다. 인도 끝 연석에 서서 택시를 잡는다. 어디로 모시냐는 택시 기사의 질문에 나는 가장 먼저 떠오른 주소지를 말한다. 니나의 아파트다. 그 집에서 신세 질 때 그에게 받았던 열쇠를 아직 가지고 있다. 가보면 안드류샤가 뭐가 됐든 병가 중일 때 하는 일을 하고 있을 것이다. 아니나 다를까, 초인종을 누르자 회색 티셔츠에 트레이닝 바지를 입은 안드류샤가 문을 연다.

"나타샤! 깜짝 방문?" 내가 분명 그를 당황하게 했을 텐데, 그는 아무 기색 없이 밝게 말한다.

"나 좀 들어가도 돼? 갈 데가 없어서."

"니나한테 들었어. 태형이 빠졌다며. 드미트리가 틀림없이 다른 무용수를 찾아올 거야. 어쩌면 이미 찾았을 수도 있지. 아, 어쨌든 여기 서 있지 말고 어서 들어와." 그가 문을 활짝 열고 옆으로 비켜서고, 나는 아이들의 신발과 옷이 널린 복도로 들어간다.

"미안, 아직 집 안 꼴이 엉망이야. 운동을 먼저 한 다음에 청소해 놓고 장 보러 가려고 했거든." 그가 내 뒤에서 널린 옷가지를 주워 들며 말한다. "집안일을 시작하기 전에 운동을 하지 않으면 시간이 안 나더라고."

"괜찮아. 아, 그리고 차는 정말 됐어." 안드류샤가 바삐 부엌 찬장 문을 여닫는 소리가 들리자마자 내가 사양한다. "이리 와서 내 얘기나 좀 들어줘."

안드류샤가 자박자박 거실로 돌아와 내 자리에서 대각선으로 놓인 의자에 앉는다. "자, 무슨 일인지 얘기해 봐. 리허설은 왜 안 갔어? 내 의견을 묻는다면, 지금 포기하는 건 시기상조야." 그가 몸을 앞으로 기울이고 마린스키에서 태형의 자리를 채울 만한 프리미에와 제1솔리스트를 하나하나 손으로 꼽는다.

"그게 문제가 아니야, 안드류샤." 내가 고개를 젓는다. 생각을 가다듬은 뒤 나는 그에게 파벨을 만난 이야기를 하기 시작한다. 최근

에야 아버지와 어머니에 관해 알게 된 사실들, 그리고 아버지가 어쩌면 상트페테르부르크의 어느 길바닥에서 살고 있을지도 모른다는 사실을 털어놓는다. 한 시간 동안 쉬지 않고 떠들어 마침내 모든 이야기를 마친 나는 안드류샤에게 말한다. "아까 됐다고 그랬는데, 차 한 잔 좀 마실게."

안드류샤는 입을 다물지도 못한 채 내 이야기를 계속 듣고만 있었다. "아, 그래. 차! 좋지!" 안드류샤가 머리통으로 천장에 펀치를 날리는 듯 벌떡 일어나더니 곧 뜨거운 머그잔 두 개와 케이크 한 접시를 가지고 돌아온다. 케이크를 보자 니나의 애인이 생각난다. 순간 달라진 내 표정을 안드류샤가 눈치채지 않기를 바란다.

"니나가 단것을 좋아해서 이런 디저트를 떨어지지 않게 꼭 사 둔단 말이지. 근데 워낙 조금 먹으니까 결국은 애들하고 내가 먹어 치우게 된다니까." 그가 껄껄 웃는다. "아무튼, 그래. 가족 일은 참 복잡해. 우리 집도 그렇고."

"너희 가족이 복잡할 게 뭐가 있어." 짜증과 부러움이 섞인 목소리로 나는 그를 안심시킨다. 이 기회를 놓치지 않고 안드류샤가 자기 넋두리를 늘어놓기 시작한다. 이런 얘기를 들어줄 사람이 그에게 필요했다는 게 느껴진다. 남자들은, 아무리 안드류샤처럼 '착한' 남자라도 남에게 쉽게 속내를 털어놓지 못하는 법이다. 굉장히 오랜 친구이거나 굉장히 간절한 상황이 아니고서야.

"우리 부모님이 니나를 무시하는 것 같다고, 들은 적 있겠지?"

"아니, 니나는 그런 말 한 적 없는데." 진실되게 답한다. 어떤 문제로든 불만이 쌓였을 때 니나는 나와 다르게 항상 품위 있는 절제심을 유지했다.

"음, 니나가 그렇게 생각해. 어머니 아버지가 우리를 오랫동안 도와주셨잖아. 특히 우리가 이십 대 초반에, 막 결혼해서 코르 드 발레에서 고생할 때는 더욱 그랬고. 물론 니나 부모님은 그렇게 해 주실 형편이 아니었어. 그래서 그런지 니나는 어머니랑 아버지가 자기를 부족한 며느리라고, 심지어 돈 때문에 결혼했다고 생각한다고 믿더라니까!"

안드류샤의 부모님을 뵌 건 두 사람이 결혼식을 올렸던 그랜드 코르사코프에서 딱 한 번이었고, 이십 대 초반이었던 우리 기준으로 이루 말할 수 없이 호화로운 결혼식이었다.

"얼토당토않은걸. 니나가 남자 돈을 보고 결혼할 사람은 절대 아니지. 상대가 아무리 너라도, 안드레이 공작." 나는 씩 웃으며 말한다. 안드류샤도 내게 웃어 보이려고 애쓰지만, 그 시도는 참혹한 실패로 돌아가고 만다.

"들어봐. 그게 다가 아니야. 세상에, 나도 자기를 무시한대. 내가 부모로서나 무용수로서나 니나보다 더 낫다고 생각한다는 거야."

"음, 정말 그래?" 내가 이렇게 묻자, 안드류샤가 볼에 잔뜩 넣은 바람을 신경질적으로 내뿜는다.

"당연히 아니지. 내가 그렇게 똑똑하지 않다는 건 다 아는 사실인데 뭘. 나도 알아, 사람들이 그렇게 생각하는 거 나도 안다고! 내가 왜 발레를 잘하는지 나도 모르겠어. 안무를 익히기까지는 시간이 좀 걸리지만, 몸의 선과 점프력을 갖고 있고, 남자치고는 턴아웃도 타고난 편이지. 다른 사람들보다 조금 더 잘하는 게 발레 하난

데. 어릴 때 이 재능을 발견하지 못했으면 지금 뭘 하면서 살고 있을지 누가 알겠어?"

"너희 아버지 회사에서 일하면서?" 내 대꾸에 그가 나를 쏘아본다.

"내가 하려는 말은, 니나야말로 어느 상황에서도 사리 분별에 밝은 아주 똑똑한 사람이라는 거야. 그리고 무용수로서도 나만큼이나 재능이 있고. 내가 니나보다 높은 지위에 있다는 건 아무도 신경 쓰지 않아. 물론 나까지 포함해서."

"방금 나한테 말한 내용을 그대로 니나한테 얘기해 봐."

"해봤지, 나타샤. 어쩌면 대화로는 풀 수 없는 상태까지 와버렸나 봐." 안드류샤가 중얼거린다. "니나가 이제 날 사랑하지 않는 것 같아."

나는 이 두 사람을 진심으로 아끼지만, 이제 내가 한쪽의 입장을 다른 쪽에 전달해 상황을 돕는 시점은 지났다. 나는 미지근한 차를 한참 꼴깍거리는 척하며 침묵을 지킨다.

"안드류샤, 부탁이 있는데, 들어줄 수 있을까?" 주제를 바꿔도 괜찮겠다 싶을 때까지 기다린 다음 내가 조심스레 말을 꺼낸다. "우리 어머니 아파트에 같이 가줄 수 있어? 유품을 정리해서 창고에 보관하든지 기부하든지 해야 하는데, 친구가 있으면 좀 나을 것 같아서."

"물론이지. 학교로 루다를 데리러 갈 때까지 세 시간쯤 남아 있어. 나가자."

안드류샤가 옆에 있으니 엄마의 아파트에 들어가는 일이 안전하다고 느낄 정도로 안심이 된다. 안드류샤는 아주 현실적이고, 몸과 마음이 건장하고, 실질적이며, 무엇보다 (자신은 아니라고 하지만) 고민이 없는 사람이다. 그를 깎아내리려고 하는 말은 아닌데 자동차로 치면 그는 독일제 고급 세단 같은 사람이라는 의미다. 그런 안드류샤가 나와 함께 방 안에 앉아 잔뜩 쌓인 상자를 채우고 테이프를 붙이면서, 내가 불편한 진실이나 유령과 마주하지 않도록 든든하게 지켜준다. 그는 추억을 위해 간직할 만한 것(일부 옷가지와 사진들), 버리거나 나누어줘도 될 만한 것(찬장에 있던 음식, 평범한 그릇들, 여기저기 흩어진 서류와 우편물, 낡은 가구 대부분)을 같이 분류해 준다. 그렇게 우리는 두어 시간 만에 상자 여러 개를 해치운다. 하나씩 정리를 마칠 때마다 나는 가슴 아프기보다 홀가분해진다. 이는 순전히 안드류샤가 나와 함께해 준 덕분이다. "자, 이 정도면 벌써 꽤 해결했는데. 그렇지 않아?" 그가 나를 한 번 쳐다보고는 손목시계로 눈을 돌린다. "음, 오늘은 이쯤에서 슬슬 정리하고 이제 루다 데리러 가야겠다."

"어서 가봐! 나는 한 시간 정도 더 하고 갈게. 얼마나 고마운지 몰라."

"나타샤, 우리가 하루이틀 친구니?" 안드류샤가 나를 안아준다. "그런 말 말라고."

"고마워. 나중에 봐."

안드류샤가 떠난 뒤, 나는 땅거미 질 무렵까지 엄마 집을 정리한다. 마침내 불을 끄고 나와 문을 잠근다. 안뜰로 나가자마자 이상하게 귀에 익은 목소리가 뒤에서 내 이름을 부른다.

"나타샤!"

다급하게 내 뒤를 총총 따라오는 목소리는 지난 수년간 보지 못하고 살았던 사람과의 추억을 순식간에 되살린다.

"세료자, 여긴 무슨 일이야?" 놀람과 반가움이 묻은 그의 인사에 내 목소리를 보탠다. 우리는 둘 다 웃음을 터뜨리고 잠시 어색하게 포옹한다.

"부모님 댁에 가져다 놓을 게 있어서. 너는? 여기서 뭐 하고 있어? 〈지젤〉 연습 하고 있어야 할 시간 아닌가? 시내에 붙은 포스터들 봤어. 그건 그렇고, 아주 좋아 보인다."

"두 분 여전히 여기 사셔? 아, 고마워. 너도 잘 지내고 있는 것 같네." 흥분 속에서 첫인사가 쏟아져 나온 다음, 우리는 말없이 서로를 쳐다본다. 그의 피부는 주름이 없고 젊어 보인다. 그러나 그는 예전보다 약간 헐거운 바지를 입고 있고, 완만해진 복부는 그를 조금 더 작고 통통해 보이도록 한다. 전체적으로 나이 든 분위기를 풍기는데, 포기했다기보다 자신을 더 받아들인 듯한 여유 있는 모습이다.

"어떻게 지내고 있는지 얘기 좀 하면 좋겠는데. 조금 있다가 니나 공연을 보러 가려면 호텔로 돌아가서 준비해야 해서."

"나 지금 할 거 없어. 음, 그러니까 오늘 저녁에 약속 없는데……."

"그래? 그럼 나랑 같이 갈래? 호텔에서 얘기도 좀 하고. 얼른 옷만 갈아입으면 되는데. 그리고 아마 우리 둘 다 백스테이지에서 공연을 볼 수 있을 거야. 시작 직전에 공작의 박스석 자리를 구하는 것보단 덜 복잡할 테니까."

세료자는 내 초대에 응했고, 우리는 택시를 타고 그랜드 코르사코프로 간다. 호텔에 도착했을 때 그는 내가 준비하는 동안 로비에서 기다리고 있겠다고 한다. 나는 혼자 위층으로 올라가 화장을 한 뒤, 여행 가방에 챙겨 온 단 한 벌의 드레스를 입고 지퍼를 올린다. 몸에 딱 붙는 검은색 정장으로, 엄마 장례식 때 입을 생각으로 가방에 챙겨 넣었던 옷이다. 세료자에게 잘 보이려는 건 아니지만, 이걸 입으면 위에 까만 카디건을 걸치거나 말거나 너무 우울해 보인다. 붉은 립스틱을 입술에 넉넉하게 바르면서 이게 내 안색을 좀 밝혀주고, 적어도 지금보다 더 드라큘라의 신부처럼 보이게 만들지는 않길 바란다.

"미안, 옷이 좀 그렇지?" 나는 머리카락을 귀 뒤로 넘기고, 로비 카페에 앉은 그의 맞은편에 놓인 의자를 끌어당기며 말한다. "어머니 장례식 때 입으려고 했던 건데……."

"부모님께 들었어. 뭐라고 위로해야 할지 모르겠다. 정말 좋은 분이셨는데." 세료자가 자기 무릎으로 시선을 떨구자, 그의 눈과 광대 사이 푹 꺼진 윤곽이 더욱 뚜렷해진다.

"그동안 잘 있었어? 요새는 어떻게 지내." 내가 화제를 바꾼다.

"니나한테 내 소식 안 물어봤어?" 그의 질문에 어색한 정적이 흐른다. 지난 몇 달간 세료자의 근황은 내게 우선순위가 아니었다. 곧 그가 나의 머뭇거림을 눈치채지 못한 척 말을 잇는다. "음, 요새 마린스키 클래스에 내가 없었으니 대충 짐작했겠지만…… 나는 5년 전에 그만뒀어. 코리페 이상으로는 날 승급시킬 생각이 없더라고. 솔직히 그게 전부는 아니야……. 무엇보다, 더 이상 즐겁지 않았어."

"그럼, 지금은 뭘 해?"

"암브로시 시모노비치 기억하지? 바가노바 교장." 세료자가 말하자, 학창 시절 키가 작고 자상하던 교장과 그의 얇은 목소리가 떠오른다. "선생님이 학생들을 가르쳐보라고 제안하셨어."

"너한테 늘 잘해주셨지. 학교 다니던 때도 말이야. 나한테는 한 번도 그런 적 없었는데 너는 참 예뻐하셨어." 세월이 충분히 지났는데도 내 목소리에 부러움이 얼핏 느껴진다.

"너는 어차피 세계적 스타가 될 운명이라 암브로시 시모노비치의 각별한 보살핌이 필요하지 않았던 거야. 날 보면 당신 생각이 나서 조금 더 신경 쓰셨대." 세료자가 씩 웃는다. "나한텐 당쇠르 노블이 될 만한 자질이 없었어. 그래도 '파랑새'는 여러 번 맡았어. 딱 암브로시 시모노비치처럼."

"가족은? 결혼은 했고?" 조금도 쑥스러움 없이 묻는다. 우리는 과거의 연인 사이이긴 하지만, 아주 오랜 친구 사이기도 하다.

"아니, 아직." 그가 수줍은 듯 대답한다. "만나는 사람은 있어. 6개월쯤 됐어. 여자친구도 선생님이야. 유치원 선생님. 있지, 무용수가 아닌 사람하고 사귀는 것은 아주…… 속이 후련해."

우리 둘 다 웃음을 터뜨린다. 처음엔 조금 눈치를 보면서, 그런 다음엔 우리 평생 가장 재미있는 이야기라는 듯이. "훨씬 건강하긴 하겠다." 내가 코웃음을 치며 말한다.

"어떻게 지내는지 얘기 좀 해봐. 파리 오페라 발레단에서 은퇴했다는 소식은 들었어. 네가 이렇게 일찍 무대를 떠나다니 나도 마음이 아팠지. 그러니까 나야 내 한계에 부딪힌 거지만. 너는 적어도 마흔두 살까지는 춤춰야 한다고 모두들 믿었지. 나도 그렇게 생각했거든.” 그가 이렇게 말하고는, 내 반응을 걱정하는 것처럼 조금 물러서며 의자 등받이에 몸을 기댄다. “내가 괜한 말을 한 거라면 미안해.”

“아냐, 나도 그럴 줄 알았는걸.”

세료자가 나를 조용히 쳐다본다. 내가 무슨 일을 겪었는지 털어놓길 기다리며. 국제적으로 쏟아져 나온 뉴스 보도는 숨 가쁘고 모호했으며, 명확한 소식이라고는 치명적인 부상 이후 나탈리아 레오노바가 발레에서 영원히 물러난다는 내용만 담겨 있었다. 무슨 일이 있었는지 아는 사람은 로랑과 사샤밖에 없었는데, 그들마저 처음부터 끝까지 모든 얘기를 알진 못한다. 누구에게도 더 자세히 설명해야 할 필요가 있다고 느끼지 않았다.

“지금 다 얘기하긴 너무 길어. 어서 극장에 가야지!” 내가 자리에서 일어나자, 세료자가 내 뒤를 따른다.

마린스키에 도착한 우리는 보안 검색을 수월하게 통과하고 안으로 들어간다. 칙칙하고 사무적인 형광등으로 밝혀진 복도에서 무용수들은 몸을 풀기도 하고, 의상을 갖추어 입은 채 서로서로 사진을 찍어주고 있다. 여자 무용수 하나가 친구에게 이렇게 말하고 있다. “접착제를 덩어리째 눈알에 떨어뜨렸지 뭐야. 한 열 번쯤 시도해서 겨우 속눈썹을 붙였다니까.”

“한 번에 속눈썹이 바로 안 붙으면 진짜 짜증나는데.” 친구가 공감한다.

“아니아니, 나한테 이건 오늘 밤 춤이 잘 춰질 거라는 징조야. 행운.” 처음 얘기를 꺼낸 여자애가 말한다. 둘은 키득거리며 팔짱을 끼고 백스테이지로 걸어간다. 이들 뒤를 따르는 코르 드 발레의 젊은 남자 무용수 두어 명은 서로 얼굴에 붙인 가짜 수염을 가리키며 놀린다. 세료자와 나는 눈빛을 교환하며 싱긋 웃는다.

"우리 진짜 늙었다." 둘의 입에서 동시에 말이 튀어나온다. 세료자가 고개를 가로젓는다. "여기가 참 그립다. 가끔 이렇게 향수를 느끼는 것도 괜찮네. 그렇다고 우리가 늙었다는 의미는 아니야."

백스테이지는 언제나처럼 순서를 기다리는 무용수들은 물론이고 선생님들, 은퇴한 무용수들과 지지자들, 당일 공연이 없는 단원들로 북적인다. 한쪽 구석에서 눈부시게 빛나는 니나가 구슬 장식이 달린 파란색 시폰 의상을 입고서 홀로 발목을 풀고 있다. 나를 발견한 그는 손을 흔든다. 그의 미소가 긴장한 얼굴을 밝힌다.

"토이, 토이, 토이." 내가 니나의 양 볼에 키스하며 행운을 빈다. 인사를 마친 뒤 고개를 돌린 니나가 세료자의 양쪽 어깨를 꼭 잡는다.

"세료자! 이렇게 만나니 너무 반갑다. 이게 얼마 만이야." 니나가 차례로 키스하며 인사를 건넨다. "두 사람 어떻게 만났어?"

"어릴 때 살던 아파트 앞에서 우연히 마주쳤어. 너 집중하게 우리는 저쪽으로 가 있을게. 차분히 몸 풀어." 세료자가 말한다.

니나가 생글 웃고, 세료자와 나는 방해가 안 되도록 구석으로 비킨다. 니나는 지난 네 시즌 동안 '니키야'를 딱 네 번 맡았다. 그러나 자신의 춤이 마음에 찬 적은 단 한 번도 없었다고 했다. 마린스키에서 가장 사랑받는 서정적 발레리나 중 한 명인 니나는 정서적으로 이 역할에 적합하다. 그는 질투심 많은 안티히로인antiheroine, 내가 처음 맡았던 주역 '감자티'가 아니라 비극의 여주인공이 딱이다. 다만 니나의 약점은 스태미너가 부족하다는 것이다. 여태까지 무용수로서의 커리어에 늘 걸림돌이었고 서른다섯인 지금 나이에는 더욱 극복하기 힘들다. 1막에서 니나는 말할 것도 없이 아름답다. 2막으로 넘어가며 그 유명한 애도의 독무를 훌륭하게 소화한 니나는, '스네이크 댄스'에서 기대 이상으로 매콤하게 변신한다.

니나의 춤을 내 춤처럼 꿰고 있는 나는 3막의 파드되가 그의 진짜 고비라는 걸 안다. 니나가 '스카프 댄스'를 추기 위해 하늘거리는 흰색 천을 들고 걸어 나오자, 내 심장이 목구멍으로 올라온 것처럼 긴장된다. 처음 관문은 푸에테-아라베스크를 하고 균형을 잡는 것이다. 그런데 지휘자가 템포를 너무 느리게 이끌어서 안 그래도 어려운 안무를 더욱 힘들게 만들고, 난 그에게 삿대질하며 따지고 싶은 충동을 꾹 참는다. 유령이 나오는 장면이라 무대를 파란 조명이 비추고 있는데도, 니나가 얼마나 애를 쓰고 있는지 벌게진 얼굴이 객석에서도 보일 정도다.

32회전 푸에테를 자면서도 하는 브라뷰라 무용수들도 당황하게 만드는 부분이 나올 차례다. 파트너와 양쪽 끝을 나눠 잡은 스카프를 배배 꼬면서 아라베스크 턴을 세 번 한 다음, 피루엣 앙 드당으로 이어지는 동작을 오른쪽, 왼쪽, 오른쪽으로 총 세 번 반복해야 한다. 음악은 여전히 제멋대로 느리다. 바이올리니스트가 무용수의 상황을 조금도 고려하지 않은 채 독주를 즐기는 동안 니나가 첫 번째 라운드의 피루엣에서 심하게 비틀거린다. 이제부터는 체력이 아닌 정신력의 문제다. 나는 니나가 있는 방향으로 집중과 힘의 광선을 쏘아 보낸다. 처음보다 조금 매끄러워진 두 번째 피루엣을 착지하는 순간, 어느 관객이 짤막하게 박수를 보낸다. 한두 번 짝짝 하고 금세 멎었지만, 효과가 있었던 것 같다. 지긋지긋한 턴 시퀀스의 마지막 라운드는 더 깔끔하게 마무리되고, 스카프는 둘둘 말리며 무대 밖으로 치워진다.

나는 한숨을 내쉰다. 최악의 상황이 이미 벌어졌기 때문에 남은 부분에서는 더 이상 큰 실수가 없을 것이다. 니나가 어디 숨어 있었는지 모를 신선한 에너지를 불러일으키며 코다를 끌고 간다. '니키야'의 부정한 연인 '솔로르'는 '망령들의 왕국'에서 '니키야'와 재회하고 구원을 받는다. 무용수들이 마지막 자세를 취하기도 전에 터져 나온 박수가 페르마타에서 더더욱 치솟는다. 커튼이 내려간다. 폭풍 같은 갈채가 쏟아진다. 솔리스트들은 곁무대로 달려가고, 배경막은 무대 위로 사라지며, 코르 드 발레 무용수들이 무대에 나란히 선다. 커튼이 다시 올라가자, 관객들이 공연자들에게 영예를 표한다. 무대 건너편, 그림자 속에 숨어서 니나는 입술을 깨물고 있다. 두 번의 실수에 화가 난 것이다. 오늘 했던 수백 번의 스텝 중에 단 두 번뿐이다.

세 명의 '셰이드' 다음으로 '니키야'가 인사할 차례가 되었다. '솔로르'가 니나의 등에 손을 가볍게 얹고 앞세우자, 따뜻하고 애정 넘치는 박수가 이어진다. 관객들은 항상 니나를 사랑하고 보호했다. 니나가 한쪽 무릎을 바닥으로 낮추어 깊게 절을 하고, 커다란 꽃다발을 받고 나서 다시 한번 무릎을 굽힌다. 그런 다음, 거만한 마에스트로가 관객에게 인사할 수 있도록 그의 손을 잡고 무대 가운데로 이끈다. (내가 마린스키를 떠나고 몇 년 뒤에 카티야 레즈니코바와 결혼한 그 지휘자가 아니고, 나이 들어 머리가 하얗게 센 남자이다.) 이제 시작이라는 걸 아는 관객들은 정중히 자리를 지키고 박수의 음량을 더 높인다. 세 명의 '셰이드'가 백장미 한 송이씩을 건네받고, '솔로르'는 니나의 손에 또다시 키스한다. 모든 게 끝난 뒤, 조금 이례적인 일이 벌어진다. 드미트리가 마이크를 들고서 무대에 오른 것이다.

"신사 숙녀 여러분." 넥타이 없이 세련된 검은 정장을 입은 드미트리가 스포트라이트 아래 서서 말한다. "1877년, 마리우스 프티파가 바로 이 극장을 위해 창작한 〈라 바야데르〉는 마린스키와 러시아 발레의 가장 귀중한 보석 중 하나입니다. 마린스키 무대에 이 작품이 오르는 밤마다, 시대를 초월한 고전이 전무후무한 방식으로 재탄생하며 수 세기의 역사 속에서 새로운 빛을 발하는 순간이 됩니다. 그중에도 오늘 밤은 더욱더 특별합니다. 니나 베레지나의 심오한 예술성을 입증한 공연이었기 때문입니다. 누구보다도 이 발레단을 위해 헌신하고 놀라운 아름다움과 겸손함을 지닌 이 발레리나를 저와 같은 극단원이자 동료 예술가이며, 지금 이 순간부터는 마린스키 발레단의 수석 무용수라고 부르는 것이 저에게 주어진 큰 영광입니다."

드미트리의 입술을 타고 나온 마지막 한마디의 여운이 채 잦아들기도 전에 박수갈채가 터져 나와 극장을 흔든다. 곁무대에 서 있던 나는 참지 못하고 눈물을 흘리는데, 니나는 침착하게 미소를 지으며 드미트리의 양 볼에 입을 맞춘다. 관중들은 자리에서 일어나 "브라바! 니나! 브라바! 니나!"를 외친다. 이건 무대에서 수석 무용수로 임명되는 일보다도 훨씬 더 이례적이다. 전설처럼 전해 내려오는 이야기로는 이 극장 역사를 통틀어서 개인의 이름으로 박수 세례를 받은 무용수는 여태 앙헬 코레야Angel Corella가 유일했다.

갑자기 크고 작은 사람들이 코르 드 발레 사이를 뚫고 무대 앞으로 서둘러 나간다. 안드류샤와 페탸, 라라, 그리고 자기 몸집만 한 꽃다발을 든 꼬마 루다. 니나가 한 명씩 안아준 뒤 루다를 번쩍 들어 올리며 뽀뽀해 준다. 커튼이 내려오고 난 뒤에도 관중들은 여전히 박수를 보낸다. 선하고 성실한 사람이 평생의 꿈을 이루는 매우 드문 순간을 한 번 더 엿볼 수 있길 희망하며 자리를 지킨다.

막이 완전히 내려가자, 니나가 그의 지도 선생님을 찾아가 무릎을 깊이 숙여 인사한다. 쪼글쪼글한 스승은 니나에게만 들리도록 무어라 속삭이는데, 아마 사랑이 담뿍 담긴 축하와 건설적인 비판을 섞어서 건네고 있을 것이다. 그사이 안드류샤가 옆걸음질로 내게 다가와 내 볼에 입을 맞추고 세료자의 등을 토닥인다. 아이들은 엄마 아빠에게 가서 딱 달라붙어 있다. 페탸와 라라는 안드류샤의 양쪽 옆에 서고, 루다는 그림자처럼 엄마를 따라다닌다.

"니나 정말 굉장하더라. 그 악마 같은 지휘자를 얼마나 우아하게 다루는지 너도 봤지?" 안드류샤가 말한다. '스카프 댄스' 도중에 객석에서 니나에게 응원의 박수를 보냈던 사람이 안드류샤였음을 나는 알아챘다.

"니나만큼 승급할 자격이 있는 사람이 또 누가 있겠어." 내가 말하고, 세료자도 표현만 조금 다를 뿐 내가 했던 것과 거의 비슷한 말을 앵무새처럼 반복한다.

니나가 몇몇 선생님들에게 경의를 표한 후, 홍조를 띠고 숨을 헐떡이며 우리에게 돌아온다. 나를 포옹하는 니나의 입에서 마침내 흐느끼는 신음이 터져 나오는데, 그의 눈가는 말라 있다. 눈물로 다 쏟아낼 수 없을 정도로 벅찬 감정이라는 듯.

"사랑해, 니나. 오늘의 주인공이 나였어도 이보다 더 기쁘고 자랑스러울 수는 없을 거야." 니나의 귀에 속삭이자 그가 고개를 끄덕인다.

모두들 한 명씩 돌아가며 니나와 따뜻한 포옹을 나누고 있을 때 드미트리가 우리 틈에 끼어든다.

"무슨 시골 결혼식 같군. 니나, 다시 한번 축하해. 나타샤, 얘기 좀 하자." 그가 내게 손가락을 튕기며 말한다. 드미트리를 사이에 두고 스베타 이모와 베라 이고레브나가 꼭 나를 체포하러 온 지원 경찰처럼 서 있다.

"친구들하고 함께하는 행복한 순간을 꼭 그렇게 방해해야 속이 시원해?" 그와 함께 한쪽으로 비켜 걸어가며 내가 말한다.

"행복? 자파드니키[1] 같은 소리를 하네." 그가 어이없다는 듯이 나를 비웃는다. "전화하니까 안 받던데. 태형을 대신할 사람을 찾았어. 근데 그 전에 네가 공연을 계속할 의향이 있는지 알아야 하니까."

드미트리의 의미심장하고 어두운 표정이 내게 그 사람이 누구인지 알려준다. "말도 안 돼." 내가 마침내 대답한다.

1 19세기 서유럽의 사상과 문화를 지지하며 러시아의 서구화를 주장했던 지식인의 한 유파.

"말이 되지. 너랑 가장 자주 함께한 파트너. 너희 둘은 폰테인과 누레예프 이래로 세상에서 제일 위대한 파트너 아닌가? 지금 활동하는 무용수 중에 두 사람만큼 〈지젤〉을 인상적으로 춘 사람도 없고."

"우리는 좋게 헤어지지 않았어."

"네 생각은 그런가 본데. 재밌군, 걔는 그렇게 얘기 안 하던데." 드미트리가 비죽비죽 웃는다.

"뭐라고 했는데?" 참지 못하고 그에게 묻자, 그가 과장하며 눈알을 굴린다.

"그는 너라면 언제 어디서든 함께 춤추겠다고 했어."

"생각 좀 해봐도 돼?"

"좋아. 내일 아침 9시까지 알려줘. 더 시간 끌지 말고 결정해야 해. 사샤하고 같이 공연을 진행하거나, 취소하는 걸로."

사샤를 마지막으로 본 건 드미트리가 파리를 떠나고 일주일이 지난 뒤였다. 마침내 발레단의 여름휴가가 시작됐다. 사샤는 코르시카든 어디로든 가서, 종일 얕은 물에서 스노클링이나 하며 어느 물고기처럼 배는 하얗고 등은 까맣게 태우자고 했다. 나는 모호한 핑계를 앞세워 거절했다. 사샤에게 드미트리 얘기를 꺼내지는 않았지만, 아무렇지 않게 행복한 연기까지 하는 건 무리였다. 처음에 사샤는 실망했지만, 시간이 지나자 더 크게 노력할 필요가 없다는 데에 안도하는 듯했다. 그렇게 우리는 파리에 남았고, 얼마 후 '루시퍼'라는 악명으로 후세에 알려질 폭염에 도시 전체와 함께 잠겨버렸다. 아파트 내부 표면에 손을 갖다 대면 하나같이 뜨끈했다. 찬장 안에 든 식기며 접시, 욕실에 깔린 타일 바닥도 마찬가지였다. 집 밖으로 한 발만 나가도 비행기의 제트엔진이 뿜어내는 것 같은 열기가 전신을 강타했다. 반쯤 증발한 센강은 걸쭉한 시럽처럼 강둑 사이로 느릿느릿 흘렀다. 루브르 박물관마저도 에어컨이 고장 나서 휴관했다. 뉴스를 보니, 코르시카는 산불에 휩싸였다고 했다.

열 하루째 되는 날 아침, 마침내 불볕더위가 한풀 꺾였다. 여름내 도시에 남아 있던 시민들은 마치 공격자로부터 무언가를 성공적으로 지켜낸 것 같은 기분을 느꼈다. 처음으로 상쾌함이 돌아온 그날, 베네치아산 유리처럼 황금빛을 띤 연무 사이로 희망차고 달콤한 파랑이 배어들었으나 분위기는 점점 더 어수선하고 정신없었다. 레스토랑의 웨이터들은 주문을 잘못 받았고, 운전자들은 주차 금지 구역에 주차했으며, 여자들은 원피스 안에 브래지어를 입지 않았다. 사람들은 음악을 크게 틀어놓았고, 낮 3시부터 술을 마시기 시작했다. 복직한 이후로 그 어느 때보다 더 철저하게 자리 관리를 해오던 사샤는 컨디셔닝 훈련을 하러 체육관에 갔다. 그는 곧 오만에서 갈라콘서트를 할 예정이었다. 그가 떠날 때 우리가 무슨 얘기를 했는지, 그가 어떤 모습이었는지 기억나지 않는다. 벌써 꽤 오래전에 우리는 최대한 서로 마주치지 않도록 일정을 조정하자는 암묵적 합의에 이른 것이었다. 마치 공통점 하나 없는 예의 바른 룸메이트들처럼.

나는 침대에 누워 지난 몇 주 동안 날 미치게 했던 그 문제에 대해 생각했다. 그러나 이 문제를 곱씹을 때마다 머릿속의 추측과 기억의 선이 흐릿해졌다. 더더욱 꼭꼭 씹어서 이 고통의 맛을 완전히 빨아 먹어야 할 것 같았다. 마침내 결론에 다다르고 있었다. 나는 최대한 현실로부터 멀리 떨어져야 했다. 그러니까, 상처받지 않도록 진짜 나를 숨겨놓는 것이다. 사람들은 내 영혼이 피부를 뚫고 나가 무대를 채우고, 극장 전체까지 가득 채운다고 말했다. 이제 나는 정반대의 일이 일어나기를, 내 영혼이 내 몸의 가장 깊숙한 곳으로 후퇴하여 무無로 사라지기를 간절히 바랐다.

휴대폰의 진동이 울리기에 옆으로 돌아누워 화면을 확인했다. *못 본 지 한참 됐네.* 레옹이 보낸 문자였다. *새로운 바에서 일하고 있는데, 여기로 와.* 수년째 알고 지내면서 여태 레옹이 먼저 문자를 보낸 적은 없었다. 나는 그가 보내준 바의 이름과 주소를 다시 한번 확인하고 외출 준비를 시작했다. 조금 고민한 끝에 청바지와 검은색 반투명 상의, 그리고 가벼운 블레이저 재킷을 걸쳤다. 늦은 오후에 입고 나가기엔 살짝 더울 것 같았지만, 저녁에 추워질 날씨를 생각하면 알맞은 복장이었다.

계단을 성큼성큼 내려가고 있는데, 마침 가브리엘도 오늘 휴가라는 사실이 생각났다. 도로에도 교외로 나가고 있는 듯한 자동차 몇 대밖에 보이질 않았다. 기록적 폭염에 깜짝 놀란 관광객들도 썰물처럼 도시를 빠져나갔다. 나는 택시가 잡히길 바라며 북쪽으로 걷기 시작했다.

두어 블록쯤 걸었을 때 활기 넘치는 와인 바 앞에서 벨리브[1] 자

1 파리의 시내형 자전거 공유 시스템.

전거를 거치대에 세우는 남녀 한 쌍이 보였다. 그들에게 자전거를 빌리는 방법을 물었다. 그들은 마지못해하며 무뚝뚝하게 대답하더니, 이내 여자가 새된 소리로 "나탈리아 레오노바 씨 아니세요?"라고 외쳤다. 우연히도 그는 발레 팬이었다. 이후 10분 동안 그는 파리에서 자전거 탈 때 알아야 할 모든 것을 내게 설명하는 동시에 온갖 질문을 퍼부었다. 사진 몇 장을 같이 찍은 다음 나는 자전거를 타고 몽마르트르로 향했다. 가는 길 내내 사크레쾨르 대성당의 하얀 돔이 어렴풋이 보이다 사라지길 반복하며 나와 숨바꼭질을 했다. 얼마 안 가서 나는 도착지까지의 거리가 아니라 경사에 문제가 있다는 사실을 깨달았다. 간단히 설명하자면 몽마르트르는 중절모처럼 생긴 지형에 있었고, 거길 올라가는 길은 레옹의 스쿠터 뒷자리에 타고 갔을 때만큼 상쾌하지 않았다. 자전거에서 폴짝 뛰어내리고 주차를 한 다음 물랑 드 라 갈레트를 지나 긴 계단을 올라갔다. 정상까지 가니 석회암 담벽에 담쟁이덩굴이 흐드러져 있는 작은 극장이 하나 나왔다. 내 오른편의 으슥한 광장에는 남녀가 섞인 친구들 다섯 명이 앉아 있었다. 늘 사크레쾨르 대성당 앞 계단을 가득 메우고 앉아 고개를 끄덕이고 거들먹거리는, 껄렁껄렁한 십 대들이 여기까지 흘러나온 모양이었다. 어디서나 어린애들은 겁 없이 목청을 높인다는 사실을 나는 다시금 확인했다. 이들의 웃음소리가 다소 스산한—가까운 거리에 묘지가 있었다—공기를 가르고 선명하게 들렸다.

극장의 모퉁이를 끼고 왼쪽으로 돌아 구불구불한 길의 꼭대기에 올랐다. 널찍하지만 어딘가 아늑한 가로수길에서 아르데코 양

식으로 지어진 창백한 맨션들이 나란히 늘어선 모습은 마치 우아하고 위엄 있는 백조가 줄지어 있는 것 같았다. 거기에 우두커니 서 있는데, 거리의 모든 가로등이 동시에 켜졌다. 그러자 아주 설레고 슬프고 외로웠다.

현무암이 깔린 길을 반쯤 내려왔을 때 레옹에게 받은 주소지를 찾았다. 목적지는 대로에서 안쪽으로 조금 들어가 검은 철문 뒤에 숨겨져 있었다. 비밀번호를 눌렀다. 삐- 소리와 함께 문이 열리더니, 윤기 나는 암녹색 이파리가 무성한 재스민 덤불 사이로 자갈길이 이어졌다. 그 향기로운 터널을 지나자, 손님들이 카페 테이블에 앉아 있는 정원이 나왔다. 도시 불빛으로 수놓인 양탄자가 그들의 발아래 펼쳐졌고, 그 위에는 높이 솟은 에펠탑이 붉은 밤하늘을 배경으로 반짝였다. 나는 경치를 물끄러미 바라본 뒤 건물 입구인 베란다의 문으로 발걸음을 돌렸다.

바는 부티크 호텔 지하층에 있었다. 주위를 둘러보다가 반소매 셔츠 차림으로 칵테일을 만들고 있는 레옹을 발견했다. 내 앞에 거나하게 취한 멋쟁이들이 먼저 주문한 술을 받아 가길 기다렸다. 그들은 칵테일을 받은 뒤에도 바를 떠나지 않고 레옹과 농담을 주고받았고, 레옹은 내게 손을 흔들기는커녕 눈길 한번 주지 않았다. 몸에 슬슬 열이 올라오면서 블레이저의 안감이 맨겨드랑이에 달라붙는 게 느껴졌다. 겨우 몇 미터 떨어져 서 있는 나를 못 봤을 리는 없었다. 그가 언제 돌아보려나 싶어서 나는 머리카락을 귀 뒤로 꽂아 넘기며 내가 원하는 모양으로 차르르 떨어지게 했다. 몇 번 그렇게 머리 매무새를 가다듬다 보니, 내가 그를 신경 써서 그러고 있다는 게 부끄러웠다. 마침내 그들 무리가 걷는 걸음마다 담배 연기처럼 웃음을 흩뜨리며 모퉁이에 있는 칸막이 좌석으로 돌아갔다. 나는 바 앞으로 다가갔고 레옹은 마치 방금 나를 알아본 사람처럼 내 눈을 마주쳤다.

"오랜만인데 반가워, 나타샤." 겨우 몇 시간 전에 나를 초대해 놓고서 그런 적 없는 사람처럼 레옹은 말했다. "뭘로 줄까?"

나는 메뉴판을 보고 하나를 골랐다. 그는 내게 등을 돌리고 서서 칵테일을 만들기 시작했다.

"얘기 좀 해." 그가 칵테일을 건넬 때 내가 말했다. 그는 왠지 당황한 것 같았다.

"아, 지금은 좀 바빠서." 레옹이 우리 쪽으로 다가오는 친구들 한 무리를 턱으로 가리키며 말했다. "테라스에 가서 앉아 있어. 내가 그리로 갈게."

나는 돈을 지불하고, 내 술잔을 들고서 순순히 테라스로 나갔다. 내가 파리에서 본 풍경 중에 진심으로 가장 매혹적이었다. 그러나 이걸 혼자 감상하고 있자니, 꼭 우주에서 지구를 바라보고 있는 느낌이었다. 너무 아름답지만, 덜 외로웠으면 좋겠다는 기분이 든 것이다. 칵테일 한 잔을 다 비웠지만, 다시 안으로 돌아가 한 잔 더 주문하기는 싫었다. 그래서 나는 녹슨 하늘이 자주색으로 더 진하게 물드는 동안 술도 친구도 없이 조용히 그곳에 앉아 있었다. 정각마다 점등되는 에펠탑이 바에 온 후 두 번째로 반짝이는 걸 보니 굳이 시계를 확인하지 않고도 그를 얼마나 기다렸는지 가늠할 수 있었다. 그 빛 공연이 끝났을 때 나는 자리에서 일어나 간다는 인사

없이 술집에서 나왔다.

언덕을 도로 걸어 내려온 뒤 벨리브 자전거에 올라탔다. 미끄러지듯 내리막길을 달리자, 부드러운 밤바람이 내 머리카락을 뒤로 흩날렸다. 날이 추워져서 재킷을 입고도 몸이 떨렸지만, 발로 페달을 아주 살짝만 밟아도 바퀴가 스스로 가속할 때마다 기묘하고 짜릿한 예감이 들었다. 살면서 황홀한 깨달음의 순간을 이미 몇 차례 경험한 적 있었다. 바르나에서 '감자티' 베리에이션으로 무대에 올랐던 밤에, 내가 사샤를 원한다는 사실을 발견했던 그때처럼. 내리막길 거리를 활주하면서 나는 이런 직감이 중력을 거스르는 무중력상태에서 비롯된다는 걸 알아챘다. 내가 점프를 사랑하는 것도 이 때문이었다. 그리고 이번에는 내가 자유롭다는 걸 깨달았다. 사샤로부터, 레옹으로부터, 내게 고통과 분노를 주었던 모든 것들로부터. 나는 마침내 내가 누구인지 알게 되었고, 나를 여기까지 이끌어준 모든 것에 대해 애정과 연민이 느껴졌다.

텅 빈 도로를 따라 속도를 올리면서 몽마르트르 묘지와 몽소 공원을 차례로 지났다. 바큇살처럼 개선문 로터리를 나누는 열두 개 도로 중 하나로 접어들었을 때, 무언가가 아스팔트에 미끄러지며 끽, 비명을 질렀다. 그리고 내가 마지막으로 기억하는 건 두 개의 헤드라이트가 하나의 둥근 빛으로 합쳐지면서 도시 전체를 지우고 나를 집어삼키는 순간이다. 그렇게 나는 날개를 얻은 이카루스처럼 환히 웃으며 태양을 향해 날아갔다.

코다

내가 춤추는 건 사람들이 나를 기다리고 있어서가 아니라
내가 춤추고 싶어서다.

나는 더 춤추고 싶었으나, 신은 내게 "이제 그만"이라고 말했다.
나는 그만두었다.

나는 삶이고, 삶은 사람들을 사랑하는 것이다.

아름다움은 상대적인 것이 아니다. 아름다움은 신이다.
신은 감정이 깃든 아름다움이다.

바츨라프 니진스키

내가 말했듯이, 아무리 멀리 날아가는 새도 결국엔 고향으로 돌아온다. 최대 수년간 땅에 발 한 번 딛지 않고 공중에서 잠자며, 같은 종을 한 번도 보지 않으면서 홀로 바다 위를 나는 앨버트로스도 결국은 영겁의 서식지, 이들 모두가 태어난 바로 그곳으로 돌아온다.

사고 이후 병원에 어떻게 갔는지 아무 기억이 없다. 뇌진탕 때문에 내 집 주소도, 날짜도 대답할 수 없었다. 간호사들은 내가 물을 마시고 대화를 나눴다고 하는데 그조차 전혀 떠오르지 않는다. 그들은 내가 여러 번 '엄마'를 불렀다고 했다.

검사 결과, 갈비뼈와 오른쪽 정강이가 부러졌고 양쪽 발 모두에 다발성골절이 있었다. 정형외과 수술을 받은 뒤, 마흔여덟 시간 동안 다시 혼수상태에 빠졌다. 마침내 정신이 들었을 때는 간호사가 한창 내 수치를 확인하는 중이었다.

“이런, 보호자 방금 가셨는데.” 그가 미소 지으며 말을 건넸다. “밤낮으로 지키고 계시다가 좀 쉬고 오겠다면서 조금 전에 가셨어요.”

“보고 싶지 않아요.” 내가 말했다. 간호사가 차트를 내리더니 두부 외상 때문에 여전히 오락가락하는지 의심하는 눈초리로 나를 쳐다보았다. 눈을 감자, 괜히 개인적인 이야기를 꺼낸 걸 후회하는 듯 간호사가 말없이 차트를 끄적거리는 소리가 들렸다. 사샤는 두 번 다시 내 병실에 들어오지 못했다.

우리가 마지막 대화를 나눈 건 전화를 통해서였다. 내가 무슨 말을 꺼내기도 전에 사샤는 내가 무얼 알고 있는지 이미 알고 있었다. 그는 아무것도 부정하려 하지 않았다. 내가 최대한 잔인한 말로 쏘아붙이는 동안 그는 가만히 듣고 있을 뿐이었다. 그러나 어차피 아무 소용 없었다. 재빠르게 도망치는 오디세우스의 배를 향해 바위를 던져대는 눈먼 키클롭스, 폴리페모스가 된 것 같았다. 나는 이미 패배했고 그는 이미 떠난 뒤였다.

나를 사랑한 적이 없던 거 아니냐고 몰아붙였을 때 처음으로 그의 감정이 격해졌다.

“그게 얼마나 얼토당토않은 질문인지 너도 나만큼 잘 알고 있어.” 지친 목소리였다. “아, 정말. 진심으로 사랑했어. 그리고 지금도 사랑해.” 숨을 헐떡거리며 코를 훌쩍이는 소리를 들으니, 그가 눈을 질끈 감고 손가락 두 개로 콧날을 꼬집는 모습이 머릿속에 그려졌다.

"사랑하는 사람을 이렇게 대하는 거야?" 내가 물었다.

"아니, 나도 그러면 안 된다는 걸 알아." 그가 약한 목소리로 말했다. "살다 보면, 생각하고, 말하고, 행동하는 걸 모두 일치하기가 불가능할 때가 있어. 그렇다고 노력을 안 했다는 게 아니야, 나타샤. 정말 노력했어. 맹세해."

"그럼 노력이 부족했나 보네." 그가 앞에 있기라도 한 것처럼 나는 고개를 저었다. "솔직히 말해줘. 드미트리를 사랑하니?"

사샤는 잠시 숨을 죽이다가 마침내 입을 열었다. "아니."

"단지 남자라서 아니라고 하지 마. 겁쟁이 같으니라고."

"그거랑 상관없어. 정말 그렇지 않을 뿐이야."

"같이 잤잖아."

"그에게 끌렸어."

나는 심호흡을 한 번 한 뒤, 더 이상 왜냐고 묻지 않았다. 어떤 이유가 있어서 누군가에게 매력이나 친밀감, 또는 사랑을 느끼는 게 아니었다. 누구에게나 단순하고 이유 없이 생길 수 있는 현상이 사샤에게도 똑같은 방식으로 일어난 것뿐이었다.

나는 그에게 내가 퇴원하기 전에 집에서 나가라고 일렀다. 일주일 뒤, 아파트에 돌아왔을 때 그의 물건은 말끔히 사라지고 없었다. 쾌유를 비는 화병도, 편지도 내 앞으로 아무것도 남기지 않은 걸 보니 실망스러웠다. 그가 두고 간 건 식탁 한가운데에 놓인 열쇠뿐이었다. 사샤는 낭만적인 사람이 아니었다. 그의 유일한 작별 인사는 내 병원비를 지불하는 것이었음을, 첫 번째 후속 검진을 받으러 병원에 갔을 때 알게 되었다.

의사는 내게 살아 있는 게 행운이라며 수술이 잘되었다고 확언했지만 그 어떤 말도 사실로 들리지 않았다. 하루에 몇 시간씩 물리치료를 했는데도 예전처럼 걷기까지 1년이 걸렸다. 이런 몸 상태가 수치스러워서 내게 연락해 오는 모든 이에게 침묵으로 일관했다. (무시할 필요가 없었던 사람은 안부 메시지 한 통조차 보내지 않은 레옹이다.) 그렇게 몇 주가 흐르자 친구들의 연락도 점점 뜸해졌고, 결국 나는 완전히 혼자가 되었다.

더 이상 춤을 추지 않는 나는 사샤의 근황을 누구보다 늦게 알게 되었다. 그가 이 사람 저 사람 난봉 피우듯 데이트를 하고 코르 드 발레 절반에 파괴의 흔적을 남기더니, 결국 테아의 집에 들어가 살고 있다는 소식을 전해준 건 언제나 사샤보다 나와 더 가까웠던 가브리엘이었다. 가브리엘은 사샤가 파티와 술에 절어 산다는 소식도 덧붙여 알려주었다. 눈 밑엔 다크서클이 생기고, 발레단 수업의 절반은 빠지고, 어느 밤 〈돈키호테〉 공연 중에 쏘 드 바스크[1]를 하다가 엉덩방아를 찧는 바람에 대체 무용수가 남은 시간 동안 그를 대신한 적도 있다고 했다. 가브리엘은 내가 이런 소식을 들으면 조금 기운을 차릴 거라고 생각했던 것 같다. 나는 그에게 고맙다고 인사하며 두 번 다시 사샤 얘기를 꺼내지 말아달라고 부탁했다.

태어나 처음으로, 여러 계절이 아무런 의미도 감흥도 없이 흘러지나갔다. 병원에 갔을 때 의사는 내게 우울증 증상이 있다고 했다. 나는 사람들을 전혀 만나지 않았고, 잠을 못 잘 만큼 속이 쓰려야만

1 한쪽 다리를 옆으로 뻗은 뒤 지지하는 발을 바꿔가며 점프하여 회전하는 동작.

밥을 먹었다. 진통제 처방전에 항우울제가 추가되었다. 평생 모범생이었던 나는 새 약도 꼬박꼬박 챙겨 먹었다. 비로소 감미로움 속에서 세상이 아스라이 멀어져 갔다. 날카로운 모서리와 윤곽선이 흐려졌고, 소음과 불빛이 포근하게 잦아들었으며, 공기는 따뜻한 목욕물처럼 나를 안아주었다. 물리치료를 빼먹기 시작했다. 조각조각 난 내 몸을 도로 붙이는 일은 이제 소용없다고 생각했다. 부서진 곳이 가장 아름답다고 말한 사람은 무용수가 아니었다.

내게 전화를 걸어 경과를 묻는 로랑 감독에게 은퇴 의사를 밝혔다. 로랑은 내가 서운해하지 않을 만큼만 나를 말렸고, 수화기 너머 들리는 그의 한숨에 안도가 묻어났다. 그가 나를 진심으로 위하기는 했으나, 로랑에게 있어 최우선은 언제나 발레단이었다. 정확히 말해서 그가 아낀 건 내가 아니라 내 춤이었고, 그가 아쉬워하는 건 무용수가 아니라 그 무용수의 춤을 잃었다는 사실이었다.

사고 후 거의 2년이 지났을 때 아주 엄숙하고 화려하게 내 은퇴가 발표됐다. 로랑 감독, 존경하는 선생님들, 그리고 세계 곳곳의 유명한 무용수들은 내가 죽기라도 한 것처럼 송사를 보내왔다. 언론은 눈물을 흘리며 애석해하는 일부 발레 팬들을 인터뷰하기도 했다. 파리 오페라 발레단 사무실에는 내 앞으로 온 꽃이며 선물이 산더미처럼 쌓였다.

그 꽃들이 다 시들 무렵엔 이미 모두가 날 잊은 것 같았다. 한밤중, 스베타 이모에게 전화가 걸려 온 게 이맘때였다. 몇 년간 이모와, 아니 페테르부르크에 사는 누구와도 연락하지 않았지만 이모는 형식적인 안부 인사는 건너뛰고 곧장 용건을 얘기했다. 엄마가 복통으로 병원에 갔다고 했다. 엄마는 아무래도 위궤양인 것 같다고 생각했고 의사도 그럴 가능성이 높다고 했다. 그래도 혹시 몰라 엑스레이를 찍어보니 궤양이 아니라 자궁내막암이 발견되었다. 의사는 엄마에게 즉시 입원하라고 권유했으나 엄마는 한사코 집으로 가겠다고 고집부렸다. 그리고 일주일 뒤, 엄마가 죽었다.

처음 들었던 생각은 믿을 수 없다는 것이었다. 그다음으로 들었던 생각은 이모의 말이 사실이겠지만, 내가 공황에 빠지거나 이성을 잃으면 안 된다는 것이었다. 나는 울지 않았고, 충격에 빠져 마비되지도 않았다. 전화를 받고 몇 시간 만에 나는 페테르부르크로 가는 비행기표를 사서 급히 공항으로 갔다. 항공사 카운터 앞으로 갔을 때 직원이 내게 체크인에 문제가 생겼다고 말했다. 처음엔 항공사에서 티켓을 좌석 숫자보다 많이 팔았다고 생각해 내게 일등석 구매나 다음 비행기 탑승 등 다른 방법을 권유할 줄 알았다. 조금 전에 어머니가 돌아가셨다고 직원에게 설명했다. 그 직원은 내게 유감을 표하고 상관을 불러왔다. 상관은 내 눈을 마주치지도 않은 채 시스템을 살폈다. 혼미한 상태인데도 점점 화가 나서 내 목소리가 커지고 있었다. 하늘색 제복을 입은 공항 경찰이 다가와 날 조용히 시켰다. 그러고는 내게 따라오라고 일렀다.

"큰소리 내서 죄송합니다만, 보시다시피 제가 비행기표를 샀는데요. 이륙이 한 시간도 채 안 남았는데 체크인을 안 해주고 있어서요." 나는 카운터에서 한 발도 떼지 않은 채 최대한 침착하게 상황을 설명했다. "저희 어머니가 돌아가셨습니다. 빨리 가봐야 해요."

"성함이 나탈리아 레오노바 맞습니까?" 경찰의 질문에 나는 고개를 끄덕였다. "DGSI[1] 탑승 금지 명단에 올라 있습니다. 이쪽으로 오시죠."

샤를 드골 공항 경찰서의 유치 시설 안에서 내가 알게 된 전말은 이랬다. 나는 국가 안보 위협으로 프랑스 출입국이 금지되었다. 전쟁에 관해 친러 성향을 공표한 사샤 때문이었다. 경관이 내게 물었다. 침공에 대한 사샤 씨의 의견을 알고 있습니까? 나는 손톱 끝을 잡아 뜯으면서 아주 오래전에 있었던 일이라고 설명했다. 사샤가 그 발언을 한 지도 이미 5년이나 흘렀고, 그는 마땅한 징계도 받았다. 돈바스 지역으로 전쟁이 퍼지고 사망자 수가 늘어나자, 사샤는 충동적으로 발언했던 걸 후회하고 자신의 평판을 회복하기 위해 열심히 노력했다. 무엇보다 우리는 파혼한 이후로 전혀 연락하지 않는 사이라 나는 사샤와 아무런 관련이 없는 사람이다. 나는 전쟁을 반대하고, 우크라이나인과 러시아인 모두와 친구이며, 이들은 각각 국적이나 출생지로 단정 지을 수 없는 자아를 갖고 있다.

경찰은 어떤 추임새도 없이 내 대답을 녹음하며 받아 적었다. 이미 비행기를 놓쳤지만, 이제 그건 누구의 안중에도 없었다. 그는 살짝 흥얼거리며 자리에서 일어나더니, 한 손으로 모자챙을 들어 올리고는 다른 손으로 빈약한 정수리를 쓸어 넘겼다. 조금 더 편안해진 얼굴로 그는 모자를 다시 바르게 썼다.

"금방 오겠습니다. 뭐 필요한 거 있으십니까? 물 좀 갖다드릴까요?" 그가 상냥하게 물었다.

1 프랑스 정보국. DGSI는 'Direction générale de la Sécurité intérieure'의 약어다.

"제 변호사에게 연락하고 싶어요." 내가 대답했다.

경찰은 눈썹을 위로 치켜올리고는 고개를 끄덕였다. 그가 나간 뒤, 나는 생각나는 단 한 사람에게 전화를 걸었다.

"여보세요? 나타샤?" 신호음이 몇 번 울리기도 전에 전화를 받아서 깜짝 놀랐다.

"베나즈, 아침 일찍 전화해서 미안해요. 내가 도움이 필요해서." 손톱 끝에서 스며 나오는 피를 바라보며 말했다. 이후 10분간 나는 무슨 일이 생겼는지 설명했고, 베나즈는 가만히 들었다.

"나타샤, 미안해서 어쩌죠?" 베나즈가 마침내 대답했다. "도울 수 있으면 좋을 텐데, 그건 내 분야가 아니라서. 무엇보다 프랑스에서는 변호사로 활동하지 않아요. 나는 잉글랜드하고 웨일스의 변호사 면허가 있으니까. 도울 수 있는 사람이 있는지 찾아볼게요."

"고마워요, 베나즈. 내가 큰 신세를 졌어." 내가 말했다.

베나즈는 전화를 끊었고, 내가 프랑스에 있는 동안 누구의 연락처도 보내지 않았다.

다음으로 나는 로랑 감독에게 전화를 걸었다. 그는 차를 타고 극장으로 이동하는 중이었는데, 내 설명을 경청한 다음 지인에게 연락해 보고 전화해 주겠다고 말했다. 두어 시간쯤 뒤, 다시 전화가 울렸다.

"문화부 장관과 통화했고, 지금 그가 공항 경찰하고 통화 중입니다. 금방 샤를 드골 공항에서 꺼내줄 거예요. 그건 어렵지 않은데……" 평소라면 자신의 권력과 영향력을 발휘하는 상황을 즐겼을 로랑이 이날은 그런 기색을 전혀 보이지 않고 말을 이었다. "문제는, 여전히 탑승 금지 목록에 올라 있어서 나타샤를 상트페테르부르크행 비행기에 태울 수가 없다는 겁니다."

"이게 다 사샤가 난리 친 것 때문이라고요? 터무니없어요." 그쯤 되자 제대로 말하는 것조차 힘들었다. 취조실 안에 갇히고 며칠은 지난 듯한 느낌이었다. 내가 마지막으로 잠자고, 물을 마시고, 음식을 먹은 게 언제였는지 기억도 안 났다.

"아니. 사샤 때문에 조사가 들어간 건 맞는데, 나탈리아가 러시아에 있던 때의 행적에서 뭘 좀 찾은 모양입니다. 볼쇼이 소속으로 있을 때 당신이 크렘린 고위층의 후원을 받았다는데." 로랑 감독은 발레계가 아니라 국제 분쟁 뉴스에서 더 자주 들리는 이름들을 줄줄 읊었다. "단순히 반항기 있는 남자 무용수의 전 약혼녀로 당신을 보는 것 같지 않아요. 러시아 정부와 연루되었다고 생각하고 있습니다."

나는 차가운 헛웃음을 터뜨렸다. 로랑 감독은 내 웃음소리가 사라질 때까지 기다렸다가 말을 이었다. "장관과 내가 나탈리아를 파리 오페라 발레단의 단원으로 보증하고 있으니, 곧 집으로 돌려보내 줄 겁니다. 그러나 탑승 금지 목록에서 이름을 지우는 건 내 능력 밖이에요." 그는 말을 멈추었다. 라이터의 딸깍거리는 소리와 길게 내뿜는 숨소리가 들렸다. "어머니 일은 정말 안됐습니다. 어서 빨리 어머니께 가고 싶을 텐데."

전화를 끊고 난 뒤, 경찰이 문을 열고서 내게 가도 된다고 말했다. 오늘이 며칠인지 지금이 몇 시인지도 모르는 섬망 상태에서 여행 가방을 끌고 터미널 밖으로 나갔다. 가브리엘이 나를 집으로 데려다주었고, 사 가지고 온 음식을 내밀며 억지로 먹게 했다. 그날 이후 나는 며칠 동안 꼼짝도 못 하고 침대에만 누워 있었다. 나는 엄마의 장례식조차 가지 못했지만, 너무 아파서 그 사실을 인지하지도 못했다. 밑바닥을 이미 경험했다고 생각했는데 그건 지금 떨어진 밑바닥에 비하면 아무것도 아니었다. 해저에는 산맥이 있고 협곡이 있다. 바다 속 절벽에서 떨어진 나는 바닥 중의 바닥으로 추락했다. 나는 정신을 잃을 때까지 약을 입에 털어 넣고 술로 삼켰다.

휴대폰이 울렸다. 받지 않으니 곧 다시 조용해졌다. 얼마나 지났을까, 문밖이 떠들썩했다. 휴대폰이 계속 울렸고, 더는 소음을 무시할 수 없었다. 이불 밖으로 나가려는데 다리가 움직이질 않았다. 침대에서 몸을 내던지다시피 해서 바닥에 쓰러진 다음 현관까지 기어갔다. 문을 열었다. 아파트로 들어와 날 부축한 건 전혀 예상치 못한 사람이었다.

"나타샤." 소피야가 나를 조심스레 붙잡고 소파로 데려다 앉혔다. 그는 전체적 어수선함 위에 켜켜이 쌓인 먼지를 둘러보고 충격을 받은 모습이었다. "베나즈한테 소식 들었어. 내가 도와줄게. 근데 그 전에 먼저 좀 씻자."

소피야는 욕조에 물을 받고, 내 옷을 벗긴 뒤 나를 봉제 인형처럼 욕조에 넣었다. 나는 저항하지도, 부끄러운 척을 하지도 않았다. 같은 파리에 살면서도 서로를 경계하며 겉도는 바람에 우리는 지난 몇 년 동안 대여섯 번밖에 만나지 않았다. 그러나 어릴 때는 무척 친한 사이였고, 소피야는 당연하다는 듯이 나를 돌봐주었다.

"기억나?" 뜨거운 물 속에 누워 있는 내게 소피야가 말했다. "세료자, 니나, 안드류샤하고 다 같이 〈백조의 호수〉 보러 갔던 날. 그때 내가 안 간다고 했는데 네가 설득해서 끌고 갔던 거. 그날도 보일러가 고장나서 30초 만에 샤워하고 나왔는데. 그때 네가 샤워실 바로 앞에서 털모자 들고 있었잖아. 내가 나오자마자 쓸 수 있게. 그리고 나도 너를 위해 똑같이 모자를 들고 기다렸고."

"말만 들어도 이가 덜덜 떨린다." 내가 말했다. "내가 매일 뜨거운 물로 목욕하니까 사샤가 나더러 찬물로는 양치도 못 한다고 놀렸어. 내가 그렇게 추운 걸 못 견디는 건, 우리가 어렸을 때 항상 너무 추웠던 게 싫었기 때문이야."

목욕을 마친 뒤, 소피야가 내게 가운을 입히고 소파에 앉혀 쉬게 하고는 침대 시트를 갈고 방 안을 정돈했다. 소피야의 비서가 우리를 위해 수프와 빵, 과일주스를 사다 주었다. 배를 채우고 나서 소피야는 남자친구의 아버지—그 힘 있는 정치인—이 탑승 제외 명단에서 내 이름을 내려줄 거라고 말했다. 그러고는 페테르부르크행 비행기표를 언제 살 수 있을지 알려주겠다고 했다.

"이렇게까지 신경 써주지 않아도 되는데." 그동안 소피야의 결점만 보려고 하고 좋은 점을 제대로 인정하지 않았던 내가 부끄러웠다. "있잖아. 나 너를 몹시 부러워했어."

"나도 네가 몹시 부러웠어, 나타샤. 네가 나한테 뭘 원하는지 다 알면서도 일부러 모른 척하며 주지 않았지." 소피야가 자신의 무릎을 껴안았다. "그리고 그게 너한테 어떤 영향을 주는지도 잘 봤어. 너는 격분했지. 그렇지만 동시에, 궁극적으로는 네가 날 아낀다고 생각했어. 왜냐면 나도 그랬으니까."

내가 출국할 수 있을 때까지 소피야는 매일 저녁 나를 찾아왔다. 그리고 일주일 뒤, 그는 나를 공항에 데려다주었다. 비행기는 공중에서 U 자를 크게 그리며 동쪽으로 향했다. 비행기 창 아래로, 폭우가 내린 뒤 빛의 웅덩이 같은 파리가 지나갔다.

니나가 승급한 다음 날 아침이다. 밤새 꿈속에 빠져들었다 나오기를 반복하며 밤잠을 설쳤다. 8시 45분. 여전히 침대에 누운 채 니나에게 전화를 건다.

"여보세요?" 니나가 작게 말한다.

"다시 한번 축하해. 기분이 어때?"

"꼭 꿈꾸는 것 같아." 니나가 소토 보체[1]로 속삭인다. "현실 같지 않아. 꼭 누가 이걸 다시 빼앗아 갈 것만 같아." 몸을 살살 움직이는 소리가 들린다. 침대 한 켠에서 잠자는 안드류샤에게 등을 돌리고 눕는 니나를 내 머릿속에 그린다. 옆에서 배우자가 자고 있는데도 내 전화를 받아줄 친구가 있다는 건 큰 축복이다.

"마음 편히 좀 즐겨, 니나."

"사샤하고는 어떻게 할지 결정했어?" 니나가 화제를 바꿔 묻는다.

"아니, 아직." 나는 협탁에 놓인 시계를 확인하며 말한다. 9시 12분 전이다. "이제 겨우 잊었는데. 다시 만나서 상처를 헤집고 싶지 않아."

1 악보에서 '부드럽고 조용하게'라는 의미를 지닌 지시어.

“그래, 나도 동의해.” 니나가 술술 대답한다.

“그런데?”

“네가 정말로 그만두고 싶었으면 나한테 전화를 하지 않았을 것 같아. 포기하지 말라고 널 설득해 주길 바라는 느낌이 들어.” 니나가 침대에서 일어나 부엌으로 가서 하루를 시작하는 소리가 들린다.

“어쩜 그렇게 나를 잘 알지?” 고개를 저으면서 나도 세면대에서 물을 한 잔 받아 마신다. “어젯밤에 네 공연을 안 봤으면 포기하기가 쉬웠을 텐데.”

“있지, 어젯밤에 제대로 실력 발휘를 못 했어.” 니나가 속내를 터놓는다. 그가 이런 의구심에 빠져 있는 건, 본인 스스로 만족했을 때가 아니라 삐끗했을 때 승급이라는 보상을 받아서다. “이 얘기는 나중에 하고. 드미트리한테 전화해. 사샤하고 공연하겠다고 얘기해.”

그제야 나는 이 모든 일에 정신이 팔리기 전, 페테르부르크에 오자마자 처음 며칠 동안 나를 괴롭혔던 그 수수께끼가 생각났다. “드미트리한테 내가 돌아왔다고 알려준 사람이 너였구나, 맞지?”

니나가 한숨을 쉰다. “나한테 화낼 거야? 그 전부터 드미트리가 내게 일렀어. 네가 돌아오는 건 시간문제라면서. 틀림없이 다시 무대에 오르고 싶어 할 거라고. 기분 풀어, 나타샤.”

니나가 너무 자책하는 것 같아서, 앞으로 내가 페테르부르크로 올 때마다 드미트리를 포함한 내 모든 원수에게 소식을 알리라고 농담을 건넨다. 마침내 니나와 전화를 끊고 드미트리의 번호를 누른다. 사샤와 파트너를 하겠다고 말하자 그가 껄껄 웃는다. "잘됐네. 어젯밤 그가 비행기 타고 왔거든."

〈지젤〉 시즌 개막 공연을 사흘, 그리고 첫 번째 런스루 리허설을 이틀 앞두고, 클래스 시작 시간보다 한 시간 일찍 스튜디오에 도착한다. 춤을 추지 않은 지 사흘째인데, 공연이 있는 주에 그런다는 건 무모한 짓이다. 일주일에 수업을 한 번 빠지면 몸이 달라진 걸 내가 안다. 두 번 빠지면 선생님이 알고, 세 번을 빠지면 관객이 알게 된다. 포인트 슈즈를 꿰매고, 스트레칭과 폼롤러로 몸을 풀고, 컨디셔닝 훈련을 하고, 복근운동을 하고 있을 때 스베타 이모와 베라 이고레브나가 사이좋은 모습으로 함께 들어온다. 지난 몇 달간 내 고집을 같이 상대하며 두 사람 사이에 유대감이라도 생긴 모양이다. 두 선생님은 거울 옆에 소지품을 내려놓고 마치 전우를 쳐다보듯 의미심장한 시선을 교환한다.

탕뒤로 웜업을 시작하려는데, 열린 문 사이로 사샤의 훤칠한 실루엣이 나타나서 순간 심장이 멎는다.

"늦어서 죄송합니다. 몇 시간 전에 막 도착해서요." 정확히 누구 한 사람이 아니라 스튜디오 안을 향해 그가 말한다. 사샤가 등장하자 여자들 사이에 활기가 돈다. 엄연히 기회균등을 고수하는 심술쟁이로서 젊고 매력적인 남자들에게도 똑같이 퉁명스럽게 대하는 베라 이고레브나도 마찬가지다. 지각한 사람이 나였으면 어린아이 혼내듯 나무랐을 선생님이 팔까지 뻗으며 그에게 다가간다.

"마침내 만나네요. 잘 왔어요, 알렉산드르." 베라 이고레브나가 사샤의 손을 맞잡고 위아래로 열렬히 흔들며 인사를 건넨다. "이쪽은 저랑 같이 일하는 동료, 스베틀라나 티무로브나입니다."

스베타 이모는 사샤가 했던 역할 중에 특별히 훌륭했던 것들을 줄줄이 읊고, 볼쇼이와 마린스키의 무용수들에 관한 가십을 늘어놓으며 한참을 사근거린다. 이모가 너무 오랫동안 사샤를 붙잡고 있자, 결국 베라 이고레브나가 위엄스레 으르렁거린다. "자, 오늘 해야 할 게 산더미예요. 어서 시작합시다." 몸풀기 탕뒤 음악이 다시 흘러나온다. 선생님들 덕분에 사샤와 나는 어색한 재회의 순간을 피해 간다. 이런 상황을 사전에 베라 이고레브나와 스베타 이모가 계획한 게 아닌가 싶은 생각이 들 정도라 나는 두 분의 무한한 지혜에 새삼 경외를 느낀다.

바 운동을 하는 동안 나는 말없이 사샤를 관찰한다. 첫인상은, 2년 전 마지막으로 봤을 때와 조금도 달라지지 않았다는 것이다. 여전히 어깨에 닿을락 말락 한 길이의 금발. 선명한 근육과 힘줄, 맵시 있는 굴곡, 군살 없이 탄탄한 몸매. 그러나 춤은 언제나 진실을 보여준다. 지금 내 앞에 선 그는 기본 스텝에도 세심하게 신경 쓰는데, 그건 나이가 들수록 이런 동작이 더 즐길 만하고 덜 고통스럽기 때문이다. 아다지오에서 그가 척추와 고관절을 사리느라 조심스럽게 자세를 잡는 걸 인지한다. 그리고 그랑 바트망에서는 힘의 전성기가 지났음에도 포기할 준비가 되지 않았다는 게 보인다. 서른다섯 살이 된 사샤는 남자 무용수의 황혼기 5년에 이제 막 접어들었다. 이것에 관해 우리는 자주 이야기를 나누곤 했었다. 사샤가 늘 대비하고 있었던 시점이지만, 실제로 닥치면 여전히 당황스럽고 슬프게 마련이다.

바를 한쪽으로 치우고 센터 연습을 몇 번 한 다음, 1막의 모든 솔로를 처음부터 끝까지 훑는다. 더는 서로를 피할 방법이 없다. 사샤와 나는 서로의 눈을 마주 보고, 서로의 손을 잡고, 함께 춤을 춰야 한다. 여전히 안녕이라는 인사조차 나누지 않았지만, 상관없다. 우리가 '안녕' '잘 지냈니' 하는 건 연기에 불과할 테니까. 필요도 없고 진실하지도 않은 겉치레에 지나지 않는다. 서로 해야 할 이야기가 있다면, 그게 무엇이든 춤으로 훨씬 더 잘 말할 수 있다.

베라 이고레브나가 우리에게 마린스키 연출의 차이점을 하나하나 설명한다. 그러고 나서 우리는 멈추지 않고 전반부를 처음부터 끝까지 쭉 연습한다. 1막에서 '지젤'은 '알브레히트'와 사랑에 빠진다. '지젤'은 '알브레히트'가 어떤 사람인지 안다고 생각하지만, 사실 그는 자신의 진짜 모습을 숨기고 있다. 정체가 밝혀지자 '지젤'은 실성해 죽고 만다. 괴로워하던 '알브레히트'는 하인의 권유로 도망친다. 마을 사람들은 '지젤'의 죽음을 슬퍼하고 커튼이 내려간다.

사샤가 두 손에 얼굴을 파묻는다. 스베타 이모가 사샤의 어깨에 그의 망토를 드리우며 먼 곳을 가리킨다. "주인님, 도망치십시오!" 사샤는 스튜디오 구석으로 달려가고, 거기에 서서 음악이 끝나도록 씩씩 숨을 몰아쉰다. 나는 여전히 스튜디오 한가운데에 누워서 눈을 감고 있다. 그러나 나를 향한 그의 시선이 느껴진다. 태양이 떠오르는 순간 수평선에 막 나타난 배를 바라보는 눈빛이다.

다음 날, 우리는 2막의 디테일을 가다듬은 다음 막 전체를 쉬지 않고 연습한다. 수다스러운 두 코치 덕분에 우리는 여전히 말 한마디 나누지 않고 있다.

숲에 어둠이 내린다. 사샤가 내 무덤을 찾아온다. 십자가 앞에 백합을 한 아름 내려놓는다. 슬픔과 죄책감에 휩싸인 그가 한쪽 무릎을 꿇고 한 손으로 얼굴을 감싼다. 내가 백합 두 송이를 들고 무덤 위로 나타난다. 그는 나를 붙잡으려 하지만, 나는 백합 송이만 남긴 채 연기처럼 그의 손가락 사이로 빠져나간다. 그는 절망하며 홀로 남는다. 나는 공중에 떠올라 백합을 그의 머리 위에 비처럼 흩뿌린다. *이제 나는 한낱 영혼이지만, 여전히 당신을 사랑한다는 증거예요.* 그는 꽃송이를 가슴 앞에 그러쥐고 희망으로 전율한다.

'윌리'들을 이끌고 복수의 여왕 '미르타'가 도착한다. '미르타'는 사샤를 죽이라고 명령한다. 나는 뛰어나가 둘 사이에 서서 사샤를 내 무덤 쪽으로 몬다. 그때 십자가의 힘이 사샤를 보호하고, '미르타'가 들고 있던 마법의 아스포델 가지가 동강 난다. 나는 '미르타'의 노여움을 달래기 위해 사샤 대신 춤을 추기 시작하고, 그 모습을 바라보던 사샤가 성역에서 벗어나 나와 함께 춤추기 시작한다. '윌리'들이 우리를 떼어놓는다. 그러나 우리는 그들의 손아귀에서 빠져나온 뒤 서로를 향해 다가가 포옹한다.

함께 파드되를 마친 후 나는 솔로 베리에이션을 춘다. 이미 수십 번을 공연했던 안무다. 그러나 내 안에서 새로운 무언가가 흘러나온다. 인생의 어느 순간에는 내가 예술을 장악하는 게 아니라 예술이 나를 장악한다. 그럴 때 나는 갑자기 수도꼭지가 열린 상황에서 그 물을 받아야 하는 컵이 되는데, 그 물은 그냥 물이 아닌 생명수

여서 한 방울 한 방울 소중하다. 그러나 그 물을 받기에 나만큼 완벽한 용기가 없다는 것을, 이 목적을 수행할 수 있는 다른 컵은 세상 어디에도 없다는 것을 안다. 그래서 나는 그저 차분하게, 내 능력을 최대한 발휘할 뿐이다. 더도 덜도 아니고, 바로 그것만이 필요하다.

내가 무대를 떠나자 다시 나타난 사샤가 그의 베리에이션을 시작한다. 이 춤을 추는 사샤를 그동안 수없이 봤지만, 분명 무언가 달라졌다. 이마를 향해 올라가는 한 손. 처음 보는 동작이다. 샤세 파 드 부레[1]를 할 때 포르 드 브라가 변했다. 사샤가 '알브레히트'를 이런 식으로 추는 것을 본 적이 없을 뿐만 아니라 다른 누구도 이렇게 춘 적이 없다. 그 이유를 깨달은 내 눈앞이 흐려진다.

그러나 '윌리'들은 여전히 무자비하다. '미르타'는 사샤에게 지쳐 쓰러질 때까지 춤추라고 명령한다. 그를 살려달라고 간청해도 소용없다. '미르타'가 그의 생명을 끝내는 순간이 온다.

그때, 멀리서 교회의 종소리가 울린다.

해가 떠오른다.

'윌리'들이 안개처럼 사라진다. 사샤가 일어나고, 우리는 새벽녘 장밋빛 속에서 마지막 파드되를 춘다. 이제 무덤으로 돌아갈 시간이다. 사샤가 앞으로 달려와 팔을 X 자로 교차하고 내 길을 가로막는다. *가지 마. 나와 함께 있어.* 그러나 나는 더 오래 남을 수 없다. 나는 내려가기 전에 그에게 마지막 백합을 한 송이 건넨다. *당신을*

1 한 발이 다른 발을 쫓아가며 빠르게 세 번의 스텝으로 발을 움직이며 교차시키는 동작.

용서해요. 햇빛이 비치는 빈터에 홀로 남은 자신을 발견한 알브레히트는 백합을 입술에 갖다 대고 흐느낀다.

음악이 멈추자 베라 이고레브나는 스튜디오 밖으로 나가고, 스베타 이모는 눈가를 훔치며 등을 돌린다. 사샤는 스튜디오 한가운데에 축 처져 있고, 나는 벽 앞에 웅크리고 있다. 둘 다 울면서도 서로를 위로하지 못한다.

베라 이고레브나와 스베타 이모가 짐을 챙기고 외투를 입고 있는데, 사샤가 우물쭈물하며 서성거린다. 그가 별수 없이 선생님들과 함께 나가게 하려고 나는 일부러 느릿느릿 포인트 슈즈를 벗는다. 그들의 발소리가 멀어지자, 나는 다리를 끌어안고 팔 사이에 얼굴을 파묻는다.

"나타샤." 어떤 남자가 나를 부른다.

사샤일 거라고 생각하며 고개를 드는데, 드미트리다.

"잠깐 얘기 좀 할까?" 그는 내 대답을 기다리지도 않고 안으로 들어온다. 그리고 의자를 하나 집어서 내 옆으로 끌고 오더니 평소대로 우아하게 앉는다. 은퇴한 뒤에도 그의 능력은 쇠하지 않았고, 웜업도 안 하고 스스럼없이 안무 시범을 보여주는 것으로 유명하다.

"사샤하고 리허설은 잘되어 가고 있군." 드미트리가 다리를 꼬고, 무릎 위에 깍지 낀 손을 올린다. "사무실에서 보고 있었어. 너희 두 사람은 서로를…… 달라지게 하니까."

반박도, 빈정댈 마음도 비운 나는 그저 어깨를 으쓱인다.

"내가 지금 진실을 말했다는 걸 너도 알지. 그러니까 잘 들어봐." 드미트리가 너무 가까이 다가와서 그의 길고 검은 속눈썹, 밝은 녹색을 띠는 홍채, 흰자 가장자리에 겨우살이처럼 섬세하게 엉킨 붉은 실핏줄이 보일 정도다. 나는 가만히 앉아 짙은 숲 같은 눈을 가진 이 남자가 하는 말을 듣는다.

"오늘 아주 잘했어. 하지만 네가 제일 춤을 잘 추는 시기는 끝났어, 나타샤. 그 사실을 받아들인 상태로 계속 춤을 춰야 하는 시점은 모든 무용수에게 찾아오는 법이지. 실력이 떨어지고 있다는 걸 알았다고 해서 당장 그만둘 수 있는 게 아니니까. 그래서 일단 견디게 돼. '내가 잘못 알았네. 그날은 그냥 컨디션이 안 좋았어. 다시 할 수 있겠어'라는 생각이 드는 날도 있을 거야. 그러나 결국엔 정말로 기량이 떨어지고 있다는 걸 깨닫게 돼. 그때부터 자기 자신, 그리고 세상으로부터 실력이 악화하고 있다는 사실을 숨기는 거야. 목숨 걸고 싸우는 거지.

솔직히 말하면 나도 너한테 시간이 더 남았다고 생각했어. 그래서 네가 은퇴하기 전까지 춤추게 하려고 데리고 온 건데, 내가 실수했네. 서른네 살의 나이에, 너는 네 비영속성을 몰랐던 지난날처럼 지젤을 잘 출 수는 없을 거야.

지금 이런 생각이 들어서 괴로울 거야. 그동안 너의 재능을 얼마나 아무렇지도 않게 소진했는지, 이렇게 금방 끝이 오는 걸 왜 몰랐는지! 몹시 고통스러울 거야. 나도 잘 알아. 아, 나도 안다는 말을 안 믿을 수도 있겠어. 내가 춤을 잘 춘 적, 아니 기상천외하게 춘 적도 셀 수 없이 많으니까……. 그렇지만 진실을 말하자면, 실패를 모르는 신이 된 듯 인간의 한계를 넘어서 춤을 춘 건 몇 번 안 돼. 그리고 마지막으로 그런 순간이 찾아왔을 때 진짜 미쳐버리는 줄 알았어. 그런 초월성을 딱 한 번만 더 느끼도록 집요하게 쫓는 동안 몇 날, 몇 달, 몇 년의 세월이 그저 모래알처럼 쌓이기만 했지.

아직도 책의 페이지를 계속해서 넘기고 싶을 수도 있어. 〈지젤〉도 앞두고 있고, 어쩌면 〈마르그리트와 아르망〉, 또는 몸에 무리가 덜 가는 현대 작품도 가능하지. 그런데 나는, 네가 여전히 앞서 있을 때 그만두는 게 낫다고 생각해. 그럼 너는 실패자가 아니라 전설로 남을 테니까. 내가 그랬던 것처럼."

나는 마른 입술을 핥으며 눈꺼풀을 반쯤 닫은 채로 그를 쳐다본다. "억지로 은퇴를 번복하게 할 땐 언제고 이제 와서 제발 은퇴하라고? 지금 제정신이야?"

드미트리가 키득거린다. "매사에 왜 그렇게 의심이 많아? 그리고 나는 제안도 하나 하는 거야. 마린스키 발레단의 부감독직을 주겠어. 누가 알아? 몇 년 뒤에 내가 다른 곳으로 가면 네가 내 자리를 차지할지. 그러면 너는 세계적인 발레단의 몇 안 되는 여성 예술감독이 되는 거야. 물론, 마린스키 역사상 최초로."

마린스키 발레단의 첫 번째 여성 감독. 정치적 파장이 있기 전에도 나는 마린스키는커녕 러시아로 영구 귀국할 생각을 해본 적도 없었다. 물론 드미트리가 내게 또다시 독이 든 성배를 건네는 게 아니라면 해봐야 할 만한 일로 느껴지는 것도 부정할 수 없다.

"내가 너를 어떻게 믿어? 우리가 소위 친한 사이는 아니잖아." 나는 고개를 가로젓는다. "나한테 왜 같이 일하자고 하는 건지 저의를 모르겠어."

"사실대로 말해?"

내가 고개를 끄덕인다.

"음. 첫째, 너를 보고 있으면 꼭 날 보는 것 같아. 두 번째 이유, 유감스럽게도 네가 세계에서 가장 존경받는 발레리나라서. 정당한 평판이지." 몸을 일으킨 그가 요새에 솟은 두 개의 탑처럼 길고 튼튼한 다리로 우뚝 선다.

"내가 이렇게 말했다고 아무에게도 절대 얘기하지 마. 나한테도 하지 말라고. 내일 런스루 리허설에서 보자." 이 말과 함께 드미트리는 홱 뒤돌아서 자리를 뜬다.

공연 하루 전, 처음이자 한 번뿐인 런스루 리허설이 있다. 시작부터 다른 무용수들에게 둘러싸여 있는 상황이 너무 어색하다. 첫날 이후 지금까지 발레단 클래스를 듣지 않았고, 그동안 모든 리허설을 다른 시선 없이 안전하게 진행한 터였다. 우리의 '미르타'는 내게 실수로도 상냥하게 군 적 없는 카티야 레즈니코바다. 엉겁결에 내게 '안녕'이라는 인사나 고맙다는 말을 중얼거릴 수도 있을 텐데, 여태 한번도 그의 경계는 흐트러지지 않았다. 나란히 서서 웜업을 하는 동안에도 초지일관 나를 없는 사람 취급한다. 이토록 철두철미하게 한결같은 성격에 나는 경의마저 느낀다.

오케스트라 층 중앙에서 아이스크림콘 모양의 마이크를 들고 앉아 있는 드미트리 때문에 내 막연한 불안이 더 심해진다. 마을 사람이나 '윌리'가 아주 사소한 실수라도 하는 순간, 그는 무용수의 이름을 외치며 매섭게 지적한다. "마샤, 1번 아라베스크에서 앞쪽 어깨를 더 높이 올려. 포이잘루이스타!" "블라다, 무릎을 펴야지. 하, 정말. 발을 끝까지 뻗으란 말야! 포이잘루이스타!" 지시하는 말끝마다 '부탁합니다'를 외치는 습관은 그의 말투를 부드럽게 하기는커녕 더욱 위협적으로 만들 뿐이다. 게다가 드미트리가 '머큐시오'를 공연했던 그날 밤 이후 그와 사샤, 내가 같은 공간에 있는 건 처음이다. 사샤가 이를 모를 리 없고, 아마 드미트리도 생각하고 있을 것이다. 나는 최선을 다해 내가 누구인지 잊고 '지젤'이 된다.

리허설을 마친 뒤, 나는 베라 이고레브나와 스베타 이모가 앉아 있는 관중석을 향해 고개를 돌린다. 두 분은 조심스런 낙관을 머금고 싱긋 웃으며 고개를 끄덕인다. 웃음거리가 될 정도로 못하지는 않았지만, 과거에 비할 만큼 잘 춘 건 아니라는 뜻이다. 차이가 너무나 많이 난다. 나는 눈물길에 달린 밸브를 잠그는 상상을 한다. 효과가 있는 것 같다. 발레단 단원들에 둘러싸여 서 있는 동안 눈가가 촉촉해지지 않는다.

솔리스트 전용 분장실로 대피한 나는 포인트 슈즈의 끈을 풀고, 의상을 벗고, 니나에게 빌린 외투를 걸친다. 극장을 나서니 까만 어둠이 내린 밤거리 곳곳에 가로등이 조명처럼 켜져 있어 마치 도시 자체가 거대한 공연장 같다. 가을치고는 유난히 추워서 코트 깃을 목에 단단히 붙여 여민다. 순간, 약간의 온기가 느껴진다. 점점 더 커진 따뜻함은 어느덧 내 옆으로 다가와 어깨를 감싼다.

"얘기 좀 할까?" 사샤가 말한다. 가로등 불빛이 그의 얼굴에 내린다. 그의 미간과 눈가, 입가에, 얼어붙은 호수 표면에 갈라진 금처럼 찬찬히 퍼져나간 잔주름이 보인다. 어쩌면 그의 금발 안에 은색도 상당히 섞여 있을지 모른다.

"난……. 우리가 할 얘기가 뭐가 있다고?" 나는 멈추지 않고 계속 걷는다.

"잠시만. 여전히 나한테 화나 있다는 거 알아. 그래도 부탁해, 응?" 그가 한 블록 떨어진 식당을 가리킨다. "딱 30분만 내줘."

나는 손바닥으로 관자놀이를 꾹 누른다. "알았어"라고 대답하자 사샤의 얼굴이 환해진다.

꼭 있어야 할 것만 갖춘 소박한 식당이다. 머리 위 형광등은 작게 웅웅거리고, 비닐 코팅이 된 의자에는 볶은 양파 냄새가 배어 있다. 우리는 구석에 위치한 부스 자리에 앉는다. 바레니키, 보르시,[1] 샐러드를 시키는 사샤를 나는 물끄러미 지켜본다. 종업원이 간 뒤, 사샤는 깍지 낀 손을 테이블 위에 올리고 제 엄지손가락을 유심히 쳐다본다.

"진심으로 미안해," 그가 말한다.

"이제 상관없어, 정말로. 난 신경 안 써."

"상관 있어. 그리고 너도 신경 쓰고 있고. 아직 날 용서하지 않았잖아."

"그 말 하려고 부른 거야? 널 용서해 달라고?" 나는 콧방귀를 뀐다. "너 정말 구제 불능이구나. 나는 너와 모든 걸 끝냈어. 그게 내가 너한테 할 수 있는 최선이야. 나도 나 자신을 위한 최소한의 배

1 고기와 채소 따위를 넣고 빽빽하게 끓인 러시아식 수프. 사워크림을 끼얹어 먹는다.

려는 해야 하니까."

"그런 말이 아니야! 날 용서하지 않아도 돼. 네가 아직도 괴로워한다는 뜻이었어. 그리고 나도 괴로워." 코가 붉어진 사샤가 창밖을 내다본다. "내 모든 걸 어떻게 너와 진실하게 나눌 수 있을지 나는 몰랐어. 그냥 나한테 이런 면이 존재하지 않는 척하는 게 더 편했지. 아무도 모르면 현실이 아니라고 느껴졌거든. 그리고 그때 걸리지 않았으면, 지금도 여전히 숨기고 있었을 거야."

종업원이 음식을 가지고 돌아오자 사샤가 목을 가다듬는다. 그가 내 접시에 먼저 음식을 덜어 주고서 자기 접시에도 던다. 그렇게 우리는 한동안 깨작거리며 몇 술 뜨는 척한다.

"내가 벌 얘기해 준 적 있던가?" 그가 포크를 내려놓으며 말한다. 나는 고개를 가로젓는다.

"돈바스에 살 때 할아버지가 과실수 수분이 잘되라고 메이슨 벌을 키우셨어. 꿀을 만드는 벌은 아니지만, 침도 없는 아주 순하고 귀여운 녀석들이지. 어릴 때 나는 자주 벌집 앞에 서서 벌이 드나드는 걸 지켜봤어. 그러면 대롱에 머리부터 들이밀 때도 있고, 꽁무니부터 들이밀 때도 있어. 꼭 주차 칸에 후면주차를 하는 자동차처럼. 해가 뉘엿뉘엿 질 무렵, 벌집에 눈을 바짝 대고서 잠자는 벌들의 머리통이나 꽁무니를 쳐다봤지. 벌들은 2~3주 동안 꽃가루를 모으고, 알을 낳고, 입구를 막고, 죽었어. 계절이 바뀔 즈음이면 할아버지가 벌집을 해체하고 그 안에 있던 수십 개의 나무 대롱을 빼내셨어. 그 안에는 알이 들어 있었지. 그러면 그것들을 유리 단지 안에 담아서 창고에 놓고 겨울을 보냈어.

봄이 돼서 할아버지가 그 대롱을 잘라서 열어보면, 그 안에 알이 네댓 개씩 들어 있었어. 크기도 모양도 꼭 검은콩 같은. 아무튼 그 알을 할아버지는 벌집 안에 도로 넣어서 텃밭 한쪽 볕이 잘 드는 데로 옮겼는데, 그렇게 해도 알이 전부 다 스스로 부화하지는 못했어. 며칠 지나면 부화하지 못한 알들을 그릇에 모아서 집으로 가져오셨지. 그러고는 식탁에 앉아서 작은 가위로 알껍데기의 한쪽 끝을 살짝 자른 다음에 손가락으로 알을 살살 굴려서 새끼 벌들을 밖으로 꺼내주셨어. 그럴 때마다 새끼 벌들은 어리둥절해하며 세상에 태어났지. 그 벌들을 할아버지는 다른 유리 단지에 넣었어. 그러면 벌들은 그 안에서 한참 기어다녔지. 마침내 할아버지가 텃밭으로 데리고 나갈 때까지.

언젠가 한번은 할아버지를 보고 있다가 나도 돕고 싶다고 말씀드렸어. 새끼 벌 한 마리가 내 손가락 사이로 기어 나올 때 정말 행복했어. 꼭 기적 같았거든. 그렇게 알을 하나 더 꺼내고, 또 하나 더 꺼내는데, 그다음에 나온 벌이 좀 이상해 보이는 거야. 꼭 허리 아래로 몸통이 없는 것 같고, 날개 크기도 다른 벌의 절반밖에 안 됐어. 내가 알껍데기에 구멍을 낼 때 실수로 벌을 잘라버렸다는 사실을 깨닫고 난 심한 충격을 받았어.

벌은 기어 다녔어. 아직 살아 있었던 거야. 벌을 텃밭으로 데리고 나가서 꽃 위에 올려줬어. 얼마 남지 않은 시간에 꽃꿀 맛이라도 볼 수 있기를 바라면서. 나는 펑펑 울었어. 어차피 메이슨 벌은 기껏해야 몇 주밖에 못 살지만. 또 크게 보면 개나 고양이, 심지어 송아지도 아니고 그냥 벌 한 마리일 뿐인데도. 왜냐면 나는 그 벌들을 정말 사랑했으니까. 사랑하면서 상처를 줬어. 계속 그때 생각을 하게 돼.” 사샤가 자기 눈머리를 손가락으로 꾹 누른다. “너를 사랑하면서 상처를 줬어. 정말, 진심으로 미안해.”

사샤가 오랫동안 내게 이 이야기를 들려주고 싶어 했다는 게 느껴진다. 내 머릿속에 사샤의 어린 시절 모습이, 그리고 그 이후의 사샤가 그려진다. 거칠 것 없이 폭발적인 청소년기를 거쳐 그의 영광스러운 이십 대, 열정적이고 쾌활하고 냉담하고 충격적이고 불안정하며 반항적인 사샤가 모두 겹쳐지며, 마침내 하나로 흐려져 맞은편에 앉은 사샤가 된다. 그는 내게 이 이야기를 하기 위해 2년을 기다린 후, 임박한 통지를 듣고도 이곳으로 날아온 것이다.

“괜찮아.” 내가 말한다. “이해해. 너를 용서해.”

사샤가 테이블 위로 손을 뻗어 내 손을 잡는다.

“내가 사랑한 사람은 너뿐이야.” 그가 말한다. 내가 아무 말 하지 않자, 그는 내 손을 자기 입술에 가져다 댄다. “여전히 너를 사랑해.”

“테아는?”

“몇 달 전에 헤어졌어. 원만하게. 근데 처음부터 오래갈 사이는 아니었어.”

그가 두 손으로 내 손을 감싸쥔다. “나타샤, 우리는 같이 있어야 할 운명이야. 쉽게 만나고 쉽게 헤어지며, 두 번 다시 서로를 생각하지 않을 수 있는 사이가 아니지. 나중에 지난 2년을 돌이켜 보면 아무것도 아닌 것처럼 느껴질 거야. 너 없이도 난 그럭저럭 살 수 있지만, 특별하고 진실한 삶은 절대 아닐 거야. 기적처럼, 경이로운, 꿈꾸고 있는 것 같은 현실. 무슨 말인지 너도 알지. 너도 동의하니까.”

내가 고개를 끄덕이자 사샤가 내 손을 더 꽉 잡는다.

“남은 평생을 너와 함께하고 싶어. 아이들도 낳고. 모든 걸 너와 함께.” 말을 잇는 그의 볼에 화색이 돈다.

“보고 싶었어.” 이 말을 하는데, 종일 참았던 눈물 때문에 눈앞이 흐려진다. 그가 말한 삶이 눈앞에서 피어난다. 예술, 가족, 책갈피처럼 가까운 우리 둘. 나는 고개를 떨구고 그의 손을 꽉 쥔다. 그는 손을 놓지 않은 채 몸을 반쯤 일으키며 내 옆자리로 오려고 한다. 지금, 그의 품에 안기는 일 말고 세상에 더 바라는 게 없다. 너무 간절해서 온몸이 아파온다.

바로 그때 종업원이 다시 와서 디저트를 주문하겠느냐고 묻는다. 살짝 일어났던 사샤가 다시 앉는다. 종업원은 테이블을 정리하고, 앞치마 주머니에서 계산서를 꺼내고, 사샤의 신용카드와 함께 자리를 뜬다. 그리고 그 1분—놓칠까 봐 두렵다는 듯 사샤가 한 손으로라도 내 손을 꽉 붙잡고 있던 단 1분—동안, 뭔가 달라진다. 그도 그걸 눈치채고, 그의 얼굴에 빛나던 생기가 사라진다.

“테아도 드미트리에 대해 알아?” 내가 묻자, 사샤가 눈을 떨군다. 드디어 뺨으로 흘러내린 눈물을 닦기 위해 나는 손을 빼고, 사샤는 다시 붙잡지 않는다.

“못 하겠어, 사샤. 너도 불쌍하고, 우리도 불쌍해. 네가 행복하기를 바라. 진심으로.” 다짐이 무너지기 전에 나는 자리에서 일어나 코트를 걸친다. 사샤의 눈이 벌겋고 축축하지만, 그는 더 이상 아무 말도 하지 않는다. 우리는 각자 가진 패를 모두 펼쳐 보였지만, 결국 아무도 이기지 못한 채로 게임은 끝났다.

공연 전날 밤, 나만의 의식과 같은 루틴을 따른다. 포인트 슈즈를 준비하고, 타이츠와 웜업 장비를 챙긴다. 헤어용품과 화장품까지 챙긴 뒤 스트레칭과 목욕을 하고 연고를 바른다. 모든 과정을 마친 다음, 헤드폰을 쓰고 침대에 누워 내일의 음악을 듣는다. 검은 새 떼가 회오리처럼 땅으로 소용돌이치는 꿈을 또 꾸지만, 이제는 무섭지 않다. 아침이 되어 눈을 뜬 나는 밤새 눈이 내린 바깥 풍경을 내다본다. 마치 꿈속의 새들이 눈송이로 변한 것 같다.

로비에 내려가 이고르 페트렌코 씨를 불러달라고 부탁한다. 곧 프론트 데스크에는 아침 8시에 재킷과 조끼까지 정장을 완벽하게 차려입은 지배인이 나타난다.

"나탈리아 니콜라예브나, 무엇을 도와드릴까요?" 프론트 데스크의 대리석 표면 위에 손을 포개어 놓으며 그가 묻는다. "그리고 오늘 저녁에 공연 있으시죠? 메르드!"

"오, 알고 계셨어요?"

"곳곳에 붙은 포스터를 봤습니다, 나탈리아 니콜라예브나. 그리고 사람들이 아주 기대하고 있어요. 10년 만의 페테르부르크 공연인데, 당신은 이 도시의 자랑이니까요." 지배인이 수줍게 웃는다. "울라노바, 마카로바, 누레예프, 바리시니코브, 로팟키나, 그리고 지금은…… 레오노바!"

"음, 그렇다면 저 춤추는 거 보러 꼭 오셔야겠네요, 이고르 블라디미로비치." 내가 티켓 두 장을 내밀며 말한다. "친구와 가족은 공작의 박스석에 앉습니다."

이고르 페트렌코 씨가 깜짝 놀라며 티켓을 쳐다본다. "여덟 살짜리 딸이 있는데, 몇 년 전부터 발레를 배우고 있습니다. 이걸 알면 좋아서 쓰러지겠네요."

"그렇다면 조심하세요. 따님 옆자리에 마린스키 수석 무용수인 니나 베레지나와 안드레이 바실리예프가 앉을 거니까요." 내가 씽긋 웃는다. 놀란 지배인이 입을 떡 벌리더니 내게 긴장이 풀리도록 잼을 넣은 차 한 잔과 아침 식사를 포장해서 갖다주겠다고 고집을 부린다.

저녁 6시 45분, 커튼처럼 보이게 칠한 나무 가림막과 여러 겹의 장막 뒤에, 무대는 저마다의 포인트 슈즈를 길들이는 무용수들로 웅웅거린다. 헤드셋을 착용한 스태프들이 왔다 갔다 하며 도르래를 시험하고 소품을 이리저리 옮긴다. 쨍하는 소리와 함께 스포트라이트가 켜지면서 셀룰로이드와 연기의 냄새가 퍼진다. 묵은 벨벳, 송진, 현악기, 그리고 분 냄새도 맡아진다.

나는 무대 한가운데로 걸어가 바로 눕는다. 여기에 있으면 커튼 반대편에서 손을 풀고 있는 음악가들, 부드럽게 악보를 넘기는 소리가 들린다. E, A, D, G, C 개방음과 함께 조율되는 현악기, 음계를 오르내리는 클라리넷과 플루트. 타악기 연주자가 음높이를 확인하며 팀파니를 살살 쳐본다. 자신의 자리를 찾는 관객들을 놀라게 하지 않기 위해서다. 이들의 설렘에 찬 속삭임과 수십 개의 크리스털 샹들리에에서 영롱하게 쏟아지는 황금빛이 관객석을 가득 메운다. 그들 틈에서 나를 보러 온 사람들의 목소리를 거의 알아들을 수 있을 것 같다. 니나와 안드류샤, 두 사람의 아이들, 세료자, 이고르 페트렌코 씨와 그의 딸.

무용수들은 한 명씩 무대를 떠나 측면의 대기 자리를 찾아간다. 나는 여전히 눈을 감은 채로 무대 정중앙에 누워 있다. 무대 매니저가 내 옆을 지나며 속삭인다. "5분 뒤에 커튼 올라갑니다."

다른 무용수들은 모두 이미 내려갔는데, 누군가 내 쪽으로 다가오더니 내 옆에 눕는다.

세상 어디에서나 그 특별한 따뜻함의 색조를 난 알아볼 수 있을 것이다. 눈을 뜨니, 그가 있다. 내가 사랑했던 소년과 내게서 점점 더 멀어져 자신의 길을 걸을 남자 사이 어디쯤에 있는 지금 이 사람.

지휘자가 연단 위에 올라서자, 관객석이 조용해진다. 그의 가슴이 오르고 내릴 때마다 숨소리가 들린다. 우리는 완벽한 고요 속에서 서로 마주 본다.

무대 매니저가 돌아와 우리에게 빨리 무대에서 내려가라고 애원한다. 마에스트로가 경례하자 관객석에서 터져 나오는 박수갈채가 저녁 공연의 시작을 알린다. 박수가 잦아들 무렵, 베라 이고레브나가 곁무대에서 쉭쉭거리는 소리가 들린다.

우리는 서로 손을 꽉 잡고, 씩 웃는다. 이 모든 것 때문에. 삶의 모든 아름다움과 비극은 '어떻게 될 수 있었는지'와 '결국 어떻게 되었는지'의 간극에서 일어난다. 그러나 내가 꼭 말하고 싶은 건, 그 간극이 대부분 아름답다는 사실이다.

지휘자가 서곡을 시작하기 위해 지휘봉을 들자, 허공에 사뿐히 뜬 활들이 악기 바로 위에서 신호를 기다리는 소리가 들린다. 커튼이 올라가기 직전, 우리 둘은 벌떡 일어나 곁무대로 뛰어간다. 어릴 때 그랬던 것처럼 해맑게 웃으면서.

커튼콜

플라우디테, 아미치, 코메디아 피니타 에스트.

박수쳐 다오, 친구들이여. 희극은 끝났네.

루트비히 판 베토벤

눈을 떠보니, 그의 자리가 이미 비어 있다. 아무렇게나 뻗어 더듬는 손에 우리 고양이 핀의 몸통이 닿는다. 엄밀히 말하면 핀은 매그너스의 고양이지만, 2년 전 매그너스와 함께 우리 집에 들어오면서부터 경계가 모호해졌다. 새끼 때부터 매그너스가 키운 고양이인데도 핀은 순식간에 충성의 대상을 나로 바꿨다. 내가 잠시라도 자리에 앉으면 고양이는 내 몸 어딘가로 폴짝 올라와 들러붙는다. 이제 내가 핀의 까만 털을 쓰다듬기 시작하자 기분이 좋아진 고양이는 도르르 굴러 등을 대고 뒹군다. 그러고는 침대에서 뛰어내리더니 머리로 부엌을 가리킨다.

"알았어, 알았어. 밥 줄게." 중얼거리며 침대에서 일어난다. 복도를 지나 거실로 가서 커튼을 활짝 연다. 포근한 아침이다. 안개 사이로 비치는 빛이 강의 수면에 반사되어 다시 하늘을 향해 비치는

데, 이 여운이 메아리치며 영원히 계속될 것만 같다. 폰탄카 강둑 주변에 있는 이 아파트를 고른 것도 바로 이 풍경 때문이다. 쪽마루 바닥도 혁명 전에 새겨진 본래의 벽 몰딩도 아주 마음에 든다. 그러나 뭐든 새롭고 현대적인 걸 좋아하는 매그너스는 우리만의 집을 직접 짓고 싶어 한다. '공기'와 '돌'이라는 주제로 이미 머릿속에 디자인이 다 있다고 한다. 지금은 의뢰받은 프로젝트를 먼저 하는 중이기도 하고, 또 페테르부르크 한복판에 적당한 땅이나 낡은 집을 찾는 것도 보통 일이 아니다. 기다릴 만한 가치가 있을 거라고, 매그너스가 내게 확신에 찬 목소리로 말한다.

핀에게 먹이를 주고, 나도 아침을 조금 먹은 뒤 집을 나서며 하루를 시작한다. 극장까지는 조금 빠른 걸음으로 10분쯤 걸린다. 사무실에 도착해 보니, 내 비서 비카가 책상 위에 녹즙을 갖다 놓았다. 발그레한 볼과 연갈색 머리카락을 가진 스물다섯 살 비카는 아주 예쁘고 무척 똑똑하다. 그는 내 휴대폰을 가지고 가능하다고 생각도 못 해본 일들을 척척 해낸다. 또는 기본 기능조차 잘 다루지 못해 곤경에 처한 나를 구출하기도 한다. 한번은 새로 산 아이폰을 껐다 켜는 방법을 모르겠는데, 인터넷에서 찾아보기에는 자존심이 너무 상했다. 나 대신 그걸 해주는 비카를 보면서 너는 나이도 어린데 아는 게 참 많다고 칭찬했다.

"그치만 나탈리아 니콜라예브나, 당신은 제 나이 때 볼쇼이 발레단의 프리마 발레리나셨잖아요." 그가 웃었다. "그리고 제가 없을 땐 어떻게 하세요?"

"매그너스한테 부탁하지."

"그럼 매그너스 씨도 없을 땐요?"

비카가 물었다. 아닌 게 아니라 매그너스도 나만큼이나 출장 때문에 집을 비울 때가 많다.

"휴대폰을 강물에 휙 던져버릴 거야." 내가 말했다.

녹즙을 마시고 있는데 비카가 클립보드를 들고 들어온다. 발레단 클래스 이후에는 어느 영국 예술 신탁과의 화상 회의, 발란친 트리플 빌[1] 리허설, 12월에 다가오는 투어 관련하여 케네디 센터와 전화 통화, 새로운 창작 작품의 무대 위 런스루 리허설이 줄줄이 예정되어 있다. 그리고 이 스케줄에 어떻게 해서든 틈을 내서 감정 기복이 심한 어느 제2솔리스트(재능은 많으나 개인적인 문제들에 시달리고 있음. 어떤 문제인지 정확히 파악하고 어떻게 조치할지 결정할 것)와 개인 상담을 해야 한다. 이 모든 일과를 다 마치면 밤이 되어 〈돈키호테〉 공연을 보러 갈 시간이다.

"네 마법의 힘으로 나 좀 살려줘, 비카." 반쯤 마신 녹즙을 앞에 두고 투덜거린다.

"죄송해요, 나탈리아 니콜라예브나. 아, 그리고 한 가지 더요." 비카가 클립보드를 내려놓고 소포를 하나 가져온다. "당신 앞으로 왔어요."

묵직한 갈색 판지 상자에 파리 직인이 찍혀 있다. 보낸 사람의 주소는 적혀 있는데, 이름은 없다. 칼을 집으려고 팔을 뻗다가 이내 마음을 바꾸고 상자를 도로 비카에게 건넨다.

1 세 가지 발레 작품을 연달아 하는 공연 방식.

"우리 집에 좀 갖다놔 줘요. 나중에 열어볼게."

내가 발레단 수업을 참관하는 일은 별로 없지만, 오늘은 코르 드 발레에 신규 단원 다섯 명이 들어오는 날이다. 호텔 지배인 이고르 페트렌코의 딸인 옐자 페트렌코도 그중 하나다. 오디션이 끝날 때까지도 나는 두 사람이 부녀 관계인지 몰랐다. 페트렌코가 흔한 성씨인 데다가 매사 거창함이 몸에 밴 아버지를 닮은 구석도 없어서다. 스튜디오를 훑어보다가 스베타 이모에게 손을 흔든다. 이모는 곧장 본론으로 들어가 탕뒤 콤비네이션으로 웜업을 지시한다. 떠들썩한 무용수들을 단번에 제압하는 확실한 파워 무브다. 내가 이모를 보고 밝게 웃자, 이모가 내게 윙크로 답한다. 옐자와 다른 신입 단원들이 바에 자리를 잡으려고 끼어들자, 기존 단원들이 짜증 난다는 티를 내며 몇 센티미터 움직인다. 전에 스베타 이모가 읊어대던 '전통의 결'은 이렇게 조금도 변하지 않은 채 이어지고 있다.

남은 하루는 너무도 빠르게 지나가 흐릿하다. 영국 예술 신탁은 러시아가 우크라이나를 전면 침공했던 2022년부터 마린스키와 관계를 끊었다. 오늘이 종전 이후 처음으로 같이하는 회의다. 우리 모두 다시 협력하길 무척 바라고 있다. 그들은 러시아의 화려함에 굶주려 있고, 우리는 영국의 자금 지원을 받을 준비가 되어 있으며, 양측 모두 뛰어난 안무가와 공연자를 더욱 활발히 교환하고 싶어 한다. 회의가 끝나고 리허설 장소로 총총 뛰어가는 나에게 비카가 순발력 있게 쿠키를 공급한다. 스튜디오의 분위기는 암울하다. 발란친 신탁에서 온 발레 마스터가 팔을 더 일직선으로 펴고, 더 높이

들라며 아주 끈질기게 지시한다. 발레 마스터가 "더 높이! 좋아! 그냥 천장을 찌르라니까!"라고 소리칠 때마다 둥그스름한 바가노바 스타일의 팔동작으로 다져진 우리 무용수들이 그를 뚱하니 쳐다본다. 이어지는 회의와 이어지는 리허설. 나는 그 까칠한 제2솔리스트에게 경고를 주는 일은 며칠 유예하기로 결정한다.

늦은 오후, 극장에서 살짝 빠져나와 산책한다. 비카가 한참 전에 사다 놓았다는 샌드위치를 들이밀며 밖에 나가 바람 좀 쐬면서 먹고 오라고 내 등을 떠민 덕분이다. 표트르 대제를 기념하는 청동 기마상이 있는 데까지 갔을 때 휴대폰의 진동이 울린다.

"잘 지냈어, 드미트리." 나는 전화를 받으며 어디 벤치가 있나 두리번거리지만, 끝내 못 찾고 그냥 잔디밭에 털썩 앉는다. 주변에는 다른 사람들이 햇볕 아래 누워 책을 읽고 있다.

"밖인가 보네? 한창 업무 볼 시간에 느긋하게 산책하고 있는 거야?" 그가 말한다. "거긴 한가한가 보네."

"진짜로 1분 전에 나왔어. 여기 지금 눈코 뜰 새도 없이 바쁘다고. 뉴욕은 어때?"

"아주 좋아. 세계에서 '가장 위대한 도시'잖아." 드미트리가 과장되게 즐거운 척하는 목소리로 말한다. "아니. 도시 전체는 쓰레기로 뒤덮여 있고 지하철도 끔찍하지. 며칠 전에는 고양이만 한 쥐 두 마리가 피자 끄트머리를 놓고 죽도록 싸우고 있는 것도 봤다니까. 가장 어처구니없는 것은 매트리스야. 아니, 얼룩진 채 버려진 매트리스가 인도에 왜 이렇게 많은 거야, 도대체? 일반적으로 쓰레기가 널렸다는 걸 감안해도 정상 비율을 넘게, 지나치게 많단 말이지. 도저히 설명이 안 돼."

"페테르부르크가 그리운 것 같네. 미안해. 나는 이 자리를 돌려줄 생각 없는데."

"바라지도 않아, 나타샤. 세상에는 돈으로 살 수 없는 것들이 있지. 그러나 돈으로 나는 살 수 있다니까."

"거기는 아주 적합한 예술 감독을 골랐네." 내가 샌드위치를 한 입 먹는다.

"그렇지! 의견이 아주 잘 맞아. 미국인들은 돈을 제일로 좋아하니까. 고정관념이 맞다는 게 입증되면 언제나 대단히 후련한 기분이 들지." 드미트리가 한숨을 쉰다. "그나저나 너가 안무한 베를린 슈타츠발레 영상 봤어. 잘했더군."

나는 샌드위치를 씹다가 멈추고 목을 가다듬는다. "고마워, 드미트리."

"파드트와. 남자 둘, 여자 하나." 그가 말한다.

"나도 알아, 드미트리. 내 작품이잖아." 내가 말한다.

"내년 여름 시즌에 메트로폴리탄 오페라하우스에서 우리 단원들이 그 작품을 공연했으면 하는데." 드미트리가 잠시 멈춘다. 그가 커피를 주문하는 소리가 어렴풋이 들린다. "와서 연출해. 너한테도 좋을 테니."

나는 깊은숨을 내쉰다. 이미 조금도 쉴 틈 없이 꽉꽉 들어찬 2030년도 일정이 머릿속에 펼쳐진다. 내년 봄, 우크라이나 국립발레단과 마린스키 발레단이 아시아에서 합동 순회 공연을 할 예정이다. 우리 극장에서의 프로그램 외에도 내 모든 에너지를 다 소진하고 있는 것이 바로 이 투어이다. 물론 이는 드미트리도 잘 아는 사실이다. 수십 년간 각국의 발레계 최고위층 인사들과 쌓아놓은 인맥을 총동원해 이 프로젝트를 기획한 장본인이기 때문이다. 나도 열심히 나섰다. 우리의 인류애를 드러내고 아픔을 치유하고 양심을 회복하는 예술의 신성한 의무를 역설하느라 여러 차례 무대에 섰고, 그보다 열 배도 넘는 횟수의 화상회의를 진행했다. 때로는 이런 언어의 사치성에 머리가 빙빙 돈다. 우리가 같이 무대에 올라 춤춘다고 해서(꼭 발레가 아니라 그 어떤 숭고한 예술이라도) 무너진 세상을 바꿀 수 있다고 생각하진 않는다. 예술이 배고픈 자를 먹이거나 무고한 자를 보호하거나 죽은 자를 되살릴 수는 없다. 그러나 집에 가는 길에, 스튜디오에서, 또는 무대에서 나를 감동시키는 무언가를 볼 때면, 진실과 아름다움이 만나는 지점이 어딘가 있다는 걸 믿을 수밖에 없다. 그 지점에 영영 도달하지 못할 수도 있고, 또는 오랫동안 머물지 못할 수도 있다. 그러나 저녁 공기 속에서 그곳이 가까이 다가왔음을 느끼고, 그거면 충분하다.

"6월 중순이면 투어 끝나잖아. 그다음에 뉴욕으로 오면 되겠네." 드미트리가 말을 더한다.

"내가 쥐를 너무 무서워하면?"

"걱정하지 마. 걔네들은 밤에만 나오니까." 그가 코웃음친다. "이제 가봐야 해. 아무튼 생각해 봐."

"그럴게."

공연을 마치고 집에 오니 거의 자정이 다 되었다. 핀이 문 앞에 나와 나를 반갑게 맞이한다. 나는 핀을 한 팔로 안아 들고, 남은 손으로 열쇠와 핸드백 등을 내려놓는다. 식탁 위에 놓인 상자를 보고 이게 무엇인지 잠시 생각을 더듬다가, 아침에 받은 소포라는 걸 깨닫는다. 그대로 놔두고 드레스룸으로 걸어가며 겹겹이 쌓인 하루를 하나씩 벗는다. 파자마로 갈아입었을 때 매그너스에게서 전화가 온다. 그는 현지 방식과 자재를 활용하여 기후 저항성을 지닌 주택을 짓기 위해 니제르공화국에 출장을 갔고, 막 현장에 도착했다고 말한다.

우리는 3년 전, 암스테르담 공항에서 줄을 서 있다가 만났다. 내게 질문을 어찌나 해대는지 당황스러울 정도였다. 말도 안 되게 잘생긴, 그리고 맞춤 정장을 빼입은, 왠지 거만할 것 같은 이 남자가 내게서 뭘 원하는 건지 알 수 없었다. 자진해서 그런 차림으로 장거리 여행을 하다니 어쩐지 회사밖에 모르는 탐욕스러운 자본주의자 같아 보였다. 그런데 전혀 예상치 못하게도 그는 비건에다가 소외된 지역에 친환경 주택을 짓고 '입양되기 힘들다'라는 이유 하나만으로 일부러 검은 고양이를 입양하는 사람이었다. 처음에 나는 날카롭고 도도하게 대꾸했는데, 어떻게 한 건지 그는 세 시간의 비행 동안 내 태도를 누그러뜨렸다. 상트페테르부르크에 도착했을 때 나는 다음 날 그의 집에서 저녁을 먹겠다고 동의했다.

매그너스는 에어비앤비에서 묵고 있었는데, 그는 도구나 재료도 변변치 않은 상황에서 무잣다라,[1] 후무스, 오이샐러드로 레바논식

1 렌틸콩을 넣어서 지은 밥에 볶은 양파 등을 올린 음식.

성찬을 만들었다. 그는 노르웨이 음식을 좋아하지 않는다고 했다. 접시에 묻은 올리브유를 싹싹 긁어 먹은 뒤 우리는 부엌 조리대, 소파, 침대에서 사랑을 나눴다. 그는 내 몸 구석구석을 채워주었다. 다음 날 아침, 욕망으로 허기지고 지끈거리며 깨어나는 섹스가 아니라 영양과 균형과 만족을 남기는 섹스였다. 그리고 그 후로 매그너스와 함께 시간을 보낼 때마다 나는 그런 느낌을 받았다. 함께 보내는 시간이 충분치 않은 게 아쉬울 뿐이다. 그를 처음 만난 장소가 공항이었으니, 이런 상황을 예상했어야 했던 것 같다.

나는 그 프로젝트와 니제르 날씨에 관해 차례로 묻는다. 그의 동료들은 훌륭하고, 날씨는 극도로 덥고 건조하다고 했다.

"오늘은 어땠어?" 이번엔 그가 묻는다.

"아. 아주 길었어." 내가 대답한다. 매그너스가 나에 대한 배려로 무용에 관해 이것저것 묻지만, 근본적인 관심이 있지는 않는다는 걸 나는 일찍이 깨달았다. 내 말을 주의 깊고 성실하게 경청하지만, 거의 이해하지 못했고 즐거워하지도 않았다. 자막 없이 외국 영화를 보는 사람처럼 그는 발레를 감상했다. 결국 나는 내 이런 면을 공유하려고 애쓰지 않기로 했다.

"끝이 없지." 그가 말한다. "참, 좋은 소식이 있어."

"뭔데?"

"친구한테 전화가 왔는데, 폰탄카 강둑길에 부동산 매물이 있대. 아직 시장에 나오지도 않았어. 역사적 건축물도 아니라서 철거하고 바닥부터 새로 지을 수 있어. 거기가 우리 새집이 될 것 같아." 그의 목소리가 행복하게 들린다. 들뜬 채로 방 안을 서성이는 그의 모습을 머릿속에 그린다.

“정말 잘됐다, 매그너스. 나 피곤해서 이제 자야겠어. 핀 사진 보내줄게.”

우리는 번갈아 가며 사랑한다고 말한 뒤 전화를 끊는다. 핀이 내 무릎 위로 뛰어오르고, 나는 한동안 그의 털을 쓰다듬는다.

8년 전쯤, 엄마가 살던 아파트가 철거되기 전에 마지막으로 가보았다. 세료자가 함께 가주었다. 그의 부모님은 이 흐루쇼프카에서 제일 오랫동안 버티다가 퇴거한 분들이었다. 문이 잠겨 있거나 들어가지 못하게 줄이 쳐져 있을까 봐 걱정했는데, 우려와 달리 모든 출입구가 열려 있었다. 엄마의 유품을 정리하고 2년 사이에 흐루쇼프카는 더욱 노후화했다. 완고하게 버티던 거주자들이 떠나자 마치 남아 있던 생명력이 흩어져 사라진 것처럼. 웅웅 울리는 복도에서 우리가 말을 꺼낼 때마다 벽에 난 금들이 퍼져나가는 것 같았다. 우리는 엄마의 아파트 방을 하나씩 거닐며 속으로 작별을 고했다.

그런 다음 우리는 안뜰을 사이에 두고 우리 집을 마주하고 있는 세료자의 옛날 아파트로 갔다. 그 오랜 세월 동안 거기에 들어 간 기억은 몇 번 없었다. 당연히 구조는 우리 집과 똑같았고 방향만 정반대였다. 나는 창밖으로 머리를 빼꼼 내밀었다. 멀찍이 창고들과 폐공장들이 보였다. 역시 곧 철거되어 새 콘도와 사무실이 될 건물들이었다. 석양의 하늘은 황토색과 보라색, 그리고 까악깍 까마귀 우는 소리로 줄무늬가 졌다. 수백 마리로 무리 지은 까마귀 떼가 전깃줄에 줄지어 앉아 있었다. 그러더니 내가 감지할 수 없는 어떤 신호를 받고서 새 떼가 동시에 비상했다. 공중에서 더 많은 까마귀가 모여들었고, 하늘은 날개를 맞대고 날아가는 수천 마리의 까마귀들로 새까매졌다.

"세료자, 저기 좀 봐!" 내가 손가락으로 가리키자 그가 가까이 다가왔다. 거대한 구를 만든 까마귀들은 이제 밑으로 소용돌이쳤다. 꼭 내 꿈속에서처럼.

"나 까마귀들 저러는 거 전에도 본 적 있어." 떨리는 목소리로 말했다.

"아, 떼까마귀. 그랬겠지. 우리 어릴 때부터 저랬으니까. 나 어렸을 때 딱 여기 서서 구경하고 그랬는데. 너네 집에서는 안 보였어?" 세료자가 웃으면서 말했다. 나는 고개를 가로저었다.

"저기 폐공장 굴뚝에 둥지를 튼 새들이야. 저렇게 해서 굴뚝 안으로 들어가는 거야." 상공의 떠들썩한 형체를 바라보며 세료자가 고개를 끄덕였다. 좁은 굴뚝으로 들어가는 떼까마귀들의 모습이 마치 잘못된 방향으로 흘러가는 검은 연기처럼 보였다. "매일 해 질 무렵 매들이 사냥하러 이곳에 나타나. 못해도 보통 한두 마리씩 잡아가지."

"매가 없는 곳으로 가면 될걸. 왜 안 가는 걸까?" 불쌍한 마음이 들어 고개를 돌렸다. 매의 저녁 만찬을 구경하고 싶진 않았다.

"글쎄, 아마 저기가 집이니까 그런 게 아닐까?" 세료자가 창문을 당겨서 닫으며 말했다. "보금자리로 돌아오는 건 아주 강렬한 본능이지. 죽음의 두려움보다도 더 강렬한."

세료자가 이렇게 말하는 순간, 아직 남아 있던 한 조각이 맞아떨어졌다.

"코리트 프티츠корить птиц." 내가 말했다. "파벨은 그가 '빌어먹을 새들'이라고 말한 것 같다고 했어. 근데 그게 아니라 코르밋 프티츠кормить' птиц 였어. '새들 먹이고…….'"

나는 다시 니콜라이를 찾아 나섰지만, 어디에도 그의 흔적은 없었다. 그를 봤다는 사람도 소식을 들었다는 사람도 몇 년째 나타나지 않는다. 하지만 언젠가는 그가 집을 찾아 돌아갈 수 있을 거라고 나는 믿는다.

매그너스가 나의 보금자리일까? 매그너스가 맞는지는 모르겠지만, 아닌 사람이 누구인지는 분명하게 알고 있다. 마지막 〈지젤〉 이후로 10년이 흘렀고 그동안 그와 두세 번 대화를 나누었다. 우연히 같은 도시에 잠시 머물게 되면 둘 중 누구라도 먼저 연락을 했다. 그러면 우리는 저녁을 먹으면서 일 얘기를 했다. 내 안무나 연출, 그가 종종 오르는 갈라 무대와 초대 공연에 관해, 우리가 보고 들은 새로운 예술 작품에 관해. 그리고 당시에 만나는 사람이 있으면 그 상대에 관해서도 넌지시 소식을 나눴다. 그도 나처럼 아직 미혼이지만, 이제 그런 걸 중요하게 여길 시점을 나는 지났다.

우리에게 중요한 건, 〈지젤〉 공연이 우리 각자에게 더 원대한 힘에 사로잡힌 마지막 경험이었다는 사실이다. 그날은 우리 둘에게 인생 최고의 날이었고, 이를 뛰어넘을 수 있는 건 아무것도 없다. 이런 것을 함께 나눈 사람이 있다면 그 사람과 결혼했든 다른 사람과 결혼했든, 그 사람을 사랑하든 다른 사람을 사랑하든, 무슨 상관이 있는가?

핀이 내 손바닥에 코를 비빈다. 간식을 달라는 것이다. 자리에서 일어나 부엌으로 가는데 여전히 식탁에 놓여 있는 파리에서 온 소포가 보인다. 혹시 사샤가 보낸 게 아닐까 싶지만, 그는 깜짝 선물을 보낼 성격이 아니다. 핀의 간청을 무시하고 커터 칼을 들어 테이프를 가른다. 둘둘 싸인 에어 캡 속에 사진책 한 권이 놓여 있다. 검은색 직물 표지에는 은박으로 제목과 작가 이름이 쓰여 있다.

『메멘토 비태Memento Vitae』[1]

레옹 망수리

아무런 메모도, 서명도 없다. 한 장 한 장 찬찬히 넘겨보는 광택지에는 무용수들의 흑백 사진이 담겨 있다. 의상을 갖춰 입고 곁무대에서 대기 중인 무용수, 리파르 스튜디오에서 리허설 중인 무용수, 푸아예 드 라 당스[2]에서 워밍업 중인 무용수. 내 뒷세대라 모르는 사람도 있지만, 대다수가 낯익은 얼굴이다. 양면에 걸쳐 실린 사샤의 리허설 사진이 나오자, 페이지를 넘기던 손길을 멈춘다. 다리를 높이 차 올린 사샤는 웃고 있지 않지만 기쁨을 뿜어내고 있다. 우리 리허설에 레옹을 데리고 왔던 날에 찍은 사진일 것이다. 그리

1 라틴어로 '삶을 기억하라'.

2 오페라 가르니에(파리 오페라의 본 극장)의 무대 뒤에 위치한 대기실로, 화려한 금박과 샹들리에로 장식되어 있으며 19세기에는 상류층 남성들이 무용수들을 만나는 곳으로 악명을 떨쳤다. 지금은 공연 대기실 겸 리허설 장소로 쓰인다.

고 바로 다음 장에 사샤와 내가 함께 등장한다. 목을 부드럽게 맞대고 팔을 휘감은 채 서 있는 우리 둘은 파드되에 심취해 있다. 익숙한 추억들이 이어진다. 뒤풀이에서 테아에게 재밌는 이야기를 들려주고 있는 사샤. 혼자 담배를 피우고 있는 드미트리. 무례할 정도로 멋진 그 샤넬 드레스를 입고서 칵테일 잔을 든 채 카메라를 향해 미소 짓고 있는 나. '사랑해 벽' 앞에서 생각에 잠겨 아연한 표정으로 서 있는 나.

그리고 맨 마지막 페이지에는 그가 찍은 사진 중에 내가 가장 좋아하는, 〈백조의 호수〉 속 내가 있다. '오데트'로 분장한 나는 코르드 발레의 머리 위로 높이 뛰어오르고 있다. 지금도 눈을 감으면 느껴진다. 공중으로 날아오를 때 온 공연장에 깔린 고요함, 눈을 못 믿겠다는 듯한 탄성, 그 승리의 찰나, 희생의 세월.

사진 옆에 보라색 손 글씨가 있다. 레옹이 내게 남긴 유일한 메시지다.

알리스 볼라트 프로프리스 Alis volat propriis[1]

배고프다고 우는 핀을 더는 무시할 수 없어질 때 책을 덮는다. 핀에게 간식을 준 뒤, 나는 추억을 커피 테이블 한편에 치워놓는다.

아무리 위대한 예술 작품이라도 끝이 있는 법이다. 사실, 위대하려면 반드시 끝나야 한다.

1 라틴어로 '자신의 날개로 날아오르다'.

그러나 삶에는 결코 끝이 없다. 한 가닥의 실이 매듭지어지고 다른 가닥이 끊기더라도, 영원히 흐르는 음악에 맞춰 계속 엮이며, 오로지 무한대의 높이에서만 그 전체를 내려다볼 수 있다.

작가의 말

2010년대 초반, 출판사의 편집 조수로 일할 때 담당 편집자는 소설을 쓰는 작가가 감사의 말이나 작가의 말, 참고 문헌 등을 남용해서는 안 된다고 경고했다. 자신의 연구가 얼마나 깊이 있는지 '과시'하는 상황을 예방하기 위해서이다. 개인적으로 나는 작가 본인이 원하는 만큼 설명할 자유가 있다고 생각하지만, 그가 그렇게 권고한 이유도 이해가 된다. 가령 〈햄릿〉 끝에 중세 덴마크 문학의 참고 문헌 목록이 나와 있다면 얼마나 우스꽝스러울까. 우리는 출처 인용이 확실한지, 고증이 잘되었는지를 기대하면서 셰익스피어의 작품을 읽거나 공연을 감상하지 않는다.

그럼에도 나는 이 소설의 이면에서 문학적 영감을 준 이들을 언급하고 싶다. 이 책을 쓰는 동안 여러 예술가와 교감했고 그들의 작품들에 영감을 받았기 때문이다. 그리고 가끔 문학을 번역하는 번역가로서, 번역가의 이름을 빠뜨릴 수 없다.

안나 아흐마토바의 첫 번째 인용문은 「작은 창문을 가리지 않았다I haven't covered the little window」(1916년, 안드레이 크넬레르 역)의 구절이다. 두 번째 인용문은 「파편Fragment」(1959년, A. S. 클라인 역)의 구절이다. 1막은 니콜라이 고골의 「넵스키 거리」(1835년, 리처드 페비어, 라리사 볼로혼스키 역) 속 구절로 시작한다. 또 1막에서 단테의 〈지옥〉 편에 나오는 구절은 존 키얼디의 번역본에서 인용했다. 2막 인용문은 안톤 체호프가 동료 작가들에게 건넨 충고에서 따온 것이다. 해당 버전의 번역가가 누구인지를 찾지는 못했지만, 『체호프 연극(2007, 워드워스 에디션)』에 엘리사베타 펜이 번역한 다음과 같은 문장이 실려 있다. "무대에서 일어나는 일들을 인생에서처럼 복잡하고도 단순하게 펼쳐내라Let the things that happen on the stage be just as complex and yet just as simple as they are in life." 〈카르멘〉의 '하바네라' 발췌문은 레아 F. 프레이가 프랑스어를 번역한 문장이다. 니진스키의 예언 같은 인용문의 출처는 키릴 피트즐룐이 번역하고 조앤 애코셀라가 편집한 『니진스키 영혼의 절규The Diary of Vaslav Nijinsky』다. 마지막으로 "박수쳐 다오, 친구들이여. 희극은 끝났네Plaudite, amici, comedia finita est." 이 문장은 고대 로마에서 연극이 막을 내릴 때 사용되던 구절로, 루트비히 판 베토벤이 임종의 순간에 읊조렸다고 전해진다.

『밤새들의 도시』는 내 인생 전반에 영감을 준 예술가들에게 바치는 경의이기도 하다. 여러 작곡가, 발레 무용수, 안무가들의 이름을 이미 본문에 언급했다. 문학적 측면에서 나는 위대한 바실리 악쇼노프를 참고했다. 그리고 아흐마토바를 비롯해 20세기 초 신고전주의를 지향했던 러시아의 시인들, 동료 아크메이스트들의 시와 삶에 깊이 감동했다. 아흐마토바의 빛나는 전기와 함께 「레퀴엠」과 「영웅 없는 시」의 번역본이 담긴 『죽음의 패배를 초래하는 말the Word That Causes Death's Defeat』을 집필한 낸시 K. 앤더슨에게도 빚을 졌음을 밝힌다.

감사의 말

『밤새들의 도시』를 작업하는 동안, 첫 소설의 독자가 되어준 많은 분이 다음 소설을 기다리고 있다고 내게 연락해 주었다. 전 세계의 이런 독자분들이 없었더라면 계속 글을 썼을지 모르겠다. 한 분 한 분께 말로 다할 수 없을 만큼 마음 깊이 감사하다.

조디 칸은 10년 가까이 내 곁에서 가장 지적인 첫 번째 독자이자 용감한 옹호자, 뛰어난 에이전트, 믿음직한 친구가 되어주고 있다. 변함없이 나를 지지해 준 조디를 비롯한 '브란트&호크먼'의 모두에게 고맙다. 세라 버밍엄, 헬렌 아츠마, 미리엄 파커, 데버라 김, 그리고 출판사 '에코'의 모두에게 깊은 감사를 전한다. 두 번째 소설을 쓰는 내내 우정과 조언을 나누어준 첫 번째 소설의 번역가들과 각국의 문학 컨설턴트에게 말로 표현할 수 없을 만큼 고맙다. 상파울루대학교의 교수이자 한국어-포르투갈어 번역가이며 문학 에

이전트인 (『작은 땅의 야수들』 브라질판의 서문을 써준) 루이스 지랑의 성의와 온정, 기발함이 큰 힘이 되었다. 『작은 땅의 야수들』의 러시아어판을 번역한 키릴 바티긴은 내게 '밤새들의 도시'라는 제목부터 러시아어 문구들까지 작품 전반에 귀중한 통찰을 주었다. 그리고 몇 달 후 키릴과 나는 볼쇼이 극장에서 처음 만났고, 우리의 첫 합작으로 야스나야 폴랴나상을 받는 소중한 경험을 함께했다. 마지막으로 지난 몇 달간 한국어 번역본을 쉬지 않고 검토하면서 김보람 씨의 애정 어린 번역에 많이 감사했다. 마감일인 오늘 아침 드디어 출판사에 원고를 보내려니, 말 한마디 나누지도 않았지만 잘 알게 된 분과 작별하는 듯한 기분이다. 번역 이야기가 나와서 한마디 설명을 덧붙이겠다. 어쩌다 보니 영어를 기반으로 프랑스어, 러시아어, 이탈리아어, 라틴어와 그리스어까지 가미된 책을 쓰게 되었는데, 어떻게 최상의 한국어판을 만들 수 있을지 많은 고민을 했다. 또 『작은 땅의 야수들』의 경험으로 독자들이 얼마나 이름 번역에 궁금증이 많은지 깨달았기 때문에 이 지면을 빌려 잠깐 설명을 하겠다. 러시아 이름은 이름, '누구의 아들-딸', 성으로 구성되어 있다. 손윗사람을 부를 때는 이름과 중간 이름(예를 들면 '미하일 미하일로비치')으로 부르고, 정식 직함이나 '마담' 같은 칭호를 사용할 때는 성을 쓴다('미하일 알리포프 감독'). 따라서 '베라 이고레브나' 등으로 부르는 건 존경과 따뜻함이 동시에 흐르는 어조다. 제일 먼저 러시아 문학에 내 눈을 뜨게 한 작품은 푸시킨의 〈스페이드의 여왕〉이었는데 가장 인상적이고 매혹적이었던 것이 바로 이름 형식이었다. 그래서 더 단순화하지 않고 전통적인 양식을 최대한 고수했다. 이 외에도 필요 없는 외국어를 줄이고, 한국어만의 운율을 살리고자 원서에 없는 문장을 짓는 등 내가 할 수 있는 한 최선을 다했다. 한국 독자분들에게 받은 신뢰와 진심을 저버리지 않는 게 내가 항상 가슴 한편에 명심하고 있는 것인데, 『밤새들의 도시』로 보답을 할 수 있으면 좋겠다.

몇 달 동안 노고를 아끼지 않은 박하빈 매니저님과 김보람 팀장님 및 다산북스의 모든 분들, 존경하는 김선식 대표님께 큰절을 드린다. 이 예술을 향한 평생의 열정을 불어넣어 준 발레 선생님들, 특히 프린스턴대학교의 일라나 수프룬클라이드와 세계적인 수석 무용수이자 '발레클래스닷컴balletclass.com'의 설립자인 잔더 패리시에게 감사하다. 특히 잔더의 부드러운 격려와 아름다운 수업이 이 책을 쓰는 어려운 시기에 한 줄기 빛이 되어주었다.

『밤새들의 도시』를 쓰기 시작하기 훨씬 전부터 나는 '아프리카 뿔 지역'[1]에 관심이 있었다. 기후위기에 가장 심하게 타격을 받기로 손꼽히는 지역인데, 더욱 안타까운 점은 이 재난에 아프리카인의 책임이 미미하다는 사실이다. 연달아 발생하는 역사적인 가뭄에 직면하자, 이곳의 농부와 목양자들은 물과 음식, 생존의 길을 찾아 나서기 위해 수천 년의 전통을 포기할 수밖에 없었다. 전 세계에 충격적인 여파를 준 우크라이나 전쟁은 아프리카 뿔 지역에 이미 심각했던 식량 문제를 더욱 악화시켰다. 세계에서 가장 소외된 지역으로 꼽히는 이곳에서 생명을 구하는 일을 하는 '카리타스 인터

1 아프리카 북동부에 위치한 10개 나라를 지칭하는 표현으로, 지도상의 형상이 코뿔소의 뿔을 닮았다는 데서 이와 같은 명칭이 붙었다.

내셔널리스'와 '카리타스 소말리아'에 감사의 마음을 전한다. 나아가 아프리카를 포함한 세계의 평화와 인도주의를 바라는 마음으로 『밤새들의 도시』 수익금의 일부를 기부할 기회를 주셔서 진심으로 감사드린다. 또한 이 책의 집필을 지원해 준 RACC(지역 예술 문화 위원회)를 빼놓을 수 없는데, 내 문학적 커리어를 이어오는 동안 중요한 순간마다 필요한 격려를 해준 RACC에 항상 감사할 것이다.

완벽한 외톨이에 관한 책을 쓰려고 하는데, 거듭 실패한다. 친구들 없는 삶을 상상할 수 없을 정도로 우정이 내 삶에 너무 큰 부분을 차지하고 있기 때문이다. 언제나 날 격려해 주고 보살펴 준 르네 세렐에게 고맙다. 희망만 가득할 뿐, 에이전트도 없이 간신히 작동하는 초대형 노트북을 들고 다니던 작가 지망생일 때부터 설익은 초고를 과분한 열정으로 읽어준 엘리스 앤더슨에게 고맙다. 디카페인 오트 라테를 만들어준 딜런에게도 고맙다. 그게 없었더라면 이 책의 교정을 보는 일이 불가능했을 것이다. 이 책을 쓰는 내내 부모님은 무조건적인 사랑과 열정으로 나를 지원해 주셨다. 나는 평생 부모님의 믿음 덕분에 불가능을 가능하다고 생각할 수 있게 되었다. 끝으로 남편 데이비드와 우리 ZOK 패밀리, 이들의 사랑은 내 한계를 뛰어넘을 수 있는 용기와 힘을 준다. 초록색 벨벳 소파, 햇살, 내 무릎 위 주스와 오디. 이 책을 쓰던 날을 떠올릴 때마다 항상 기억할 것이다. 『밤새들의 도시』의 커튼콜에서 받은 꽃다발에서 장미 한 송이를 꺼내 데이비드에게 바친다.

옮긴이 김보람

국제관계학을 전공하고, 비영리 민간단체와 대기업에서 일했다. 『힐빌리의 노래』를 시작으로, 『흐르는 강물처럼』, 『씽킹 101』, 『나는 소아신경외과 의사입니다』, 『할아버지와 꿀벌과 나』, 『스틸니스』, 『시간의 계곡』 등 여러 권의 책을 우리말로 옮겼다.

밤새들의 도시

초판 1쇄 인쇄 2025년 6월 4일
초판 1쇄 발행 2025년 6월 13일

지은이 김주혜
옮긴이 김보람
펴낸이 김선식

부사장 김은영
콘텐츠사업본부장 임보윤
책임편집 박하빈 **디자인** 박영롱 **책임마케터** 이고은
콘텐츠사업2팀장 김보람 **콘텐츠사업2팀** 박하빈, 채윤지, 김영훈, 박영롱
마케팅2팀 이고은, 양지환, 지석배
미디어홍보본부장 정명찬 **브랜드홍보팀** 오수미, 서가을, 김은지, 이소영, 박장미, 박주현
뉴미디어팀 김민정, 정세림, 고나연, 변승주, 홍수경
지식교양팀 이수인, 염아라, 김혜원, 이지연
편집관리팀 조세현, 김호주, 백설희 **저작권팀** 성민경, 이슬, 윤제희
재무관리팀 하미선, 임혜정, 이슬기, 김주영, 오지수
인사총무팀 강미숙, 이정환, 김혜진, 황종원
제작관리팀 이소현, 김소영, 김진경, 이지우, 황인우
물류관리팀 김형기, 김선진, 주정훈, 양문현, 채원석, 박재연, 이준희, 이민운

펴낸곳 다산북스 **출판등록** 2005년 12월 23일 제313-2005-00277호
주소 경기도 파주시 회동길 490
대표전화 02-704-1724 **팩스** 02-703-2219 **이메일** dasanbooks@dasanbooks.com
홈페이지 www.dasanbooks.com **블로그** blog.naver.com/dasan_books
종이 스마일몬스터 **인쇄 및 제본** 정민문화사 **후가공** 제이오엘앤피
ISBN 979-11-306-6680-8 (03840)